달콤 쌉쌀한 코코아

달콤 쌉쌀한 코코아

초판 발행 2015년 2월 25일

엮은곳 동국대학교 인간과미래연구소
펴낸곳 글누림출판사

책임편집 이태곤
편집 문선희 오정대 권분옥 이소희 박선주
디자인 안혜진 이홍주
마케팅 박태훈 안현진
관리 구본준

주소 서울시 서초구 동광로46길 6-6(반포4동 577-25) 문창빌딩 2층(137-807)
전화 02-3409-2055(대표), 2058(영업), 2060(편집)
팩스 02-3409-2059
전자메일 nurim3888@hanmail.net
홈페이지 www.geulnurim.co.kr
등록번호 제303-2005-000038호(2005.10.5)

정가 28,000원
ISBN 978-89-6327-280-1 03810

출력/인쇄 · 성환C&P 제책 · 동신제책사 용지 · 에스에이치페이퍼

달콤 쌉쌀한 코코아

동국대학교 인간과미래연구소 엮음

글누림

문학을 통해 세상을 더 넓게 바라보라

2014년 문화체육관광부에서 지원하고 한국문화예술교육진흥원에서 주관하는 2014 학교문화예술교육 문학 창작 분야 시범사업이 있었습니다. 이 사업은 우리 동국대학교 중점기관 <인간과미래연구소>에서 책임을 지고 운영하였습니다.

본 연구소에서는 자기 경험을 바탕으로 다양한 장르를 이해하고 융합하여 새로운 장르를 만들어보는 창작 교육 프로그램을 개발하였습니다. 이를 바탕으로 전국의 16개 고등학교를 선정하고, 15명의 예술강사를 선발 및 교육하여 해당 학교에 파견하였습니다. 한 학기 16주 동안 15명의 예술강사들은 총 350여 명이 넘는 학생들과 함께 문학 창작 수업을 진행하였습니다. 아마 이들에게는 수업을 하는 동안 즐거운 일, 짜증나는 일, 기쁜 일, 슬픈 일 등이 있었으리라 짐작됩니다.

돌이켜보니, 15명의 예술강사들과 16개 고등학교 담당 교사들을 만난 일이 엊그제 같습니다. 무더운 파주의 어느 여름, 2박3일 동안의 힘들었던 창작 교육 연수가 떠오릅니다. 전국 지방에 계신 학교 선생님들과 예술강사들이 힘들게 한 자리에 모여 어떻게 이 창작 수업을 이끌어가야 할지, 문학교수님들의 강의를 듣고 실제 수업 창작 지도안을 만들며 애쓰시던 모습들이 눈앞에 펼쳐집니다.

날이 너무 무더운데 연수 교육장의 에어컨이 시원치 않아 대형 선풍기를 돌려가며 학교 선생님들과 함께 열정적으로 연수에 임하던 예술강사들의 모습은 언제나 처음 시작하는 새로운 마음의 자세를 엿볼 수 있게 하여 신선하고도 흐뭇했습니다. 물론 이 과정에서 16명의 예술강사가 15명의 예술강사로 조정이 되긴 했지만 말입니다.

아무튼 예술강사들은 16주 동안 열의와 성의를 다해 학생들과 함께 문학 창작 활동을 전개하며 창작의 맛과 멋을 마음껏 즐겼습니다. 자유연상을 통해 자기 경험 가운데 의미 있는 경험들을 떠올려보기, 삶 속에서 문학적 표현을 찾아보기, 문학과 삶의 관계를 이해하기, 다양한 장르로 자신의 경험을 표현해보기 등 심미적 언어 표현 활동의 과정 속에서 관계 맺기의 의미를 깨닫는 시간을 가지며 즐거운 창작의 시간을 보냈습니다. '즐거운 창작의 시간'이라 부를 수 있음은, 이들의 결과물을 바탕으로 2014년 12월 27일 창작 발표회를 치른 것을 생각해보면 가능한 표현이리라 여겨집니다.

그날 치러진 '우리들의 창작 울림' 창작 발표회에는 250여 명이 넘는 학생들과 부모님들이 참석하였습니다. 그들은 자신들이 창작한 작품들과 공연들을 관람하며 너무도 행복해하였습니다. 저는 그러한 모습을 지켜보며, 문학을 가르치는 교육자로서 참 많은 생각들을 했습니다. 우리 청소년들이 이렇게 문학을 사랑하고 표현하고 싶은 욕구가 넘치는데, 정작 문학을 가르치고 제도하는 입장에서는 그럴 만한 기회의 장을 마련해주지 못하고 있구나 하는 개탄마저 들었습니다. 그러한 생각이 아마도 이 책을 출간하고자 하는데 많은 작용을 하였으리라 판단됩니다.

이 책은 한 학기 동안 전국의 16개 고등학교(경화여고, 근화여고, 김포제일고, 단원고, 대전공고, 동안고, 문창고, 선주고, 성의고, 안산동산고,

영석고, 유성고, 천안고, 충남외고, 하남고, 한민고) 학생들이 저마다 개성 있는 자신감을 바탕으로 창작한 다양한 장르의 작품을 수록하고 있습니다. 시 65편, 동시 2편, 개인 창작 소설 20편, 공동 창작 소설 7편, 시나리오 5편, 웹툰 1편, 비평문 3편, 동화 2편, 융합 장르 2편, 학생 및 예술 강사 후기 5편 등 총 112편의 작품으로 구성되어 있습니다.

이 책을 읽어보시는 분들은 아마도 오늘의 우리 고등학생들이 무슨 생각과 꿈을 갖고 있는지 잘 들여다볼 수 있을 것입니다. 이들은 많은 꿈과 도전적 자유로움을 지닌 상상의 존재들입니다. 이들의 글 속에는 나름의 삶에 대한 진지한 성찰이 담겨 있습니다. 독자 여러분들은 이들의 삶의 이야기에 귀 기울여주시고 많은 칭찬과 격려를 해주시길 부탁드립니다.

문학이란 삶의 언어적 방식입니다. 우리네 삶의 모습을 더 크고 더 깊게 바라볼 수 있도록 돋보기 역할을 해줍니다. 이러한 돋보기를 우리 학생들 스스로 제작하고 그것을 들어 이 드넓은 세상을 들여다볼 수 있도록 해준 문화체육관광부와 한국문화예술교육진흥원, 전국의 16개 고등학교 담당교사와 예술강사분들에게 진심으로 감사드립니다. 아울러 이 책의 출간에 많은 도움을 주신 글누림출판사 최종숙 대표님께도 고마움을 전합니다.

고재석
동국대학교 국어교육과 교수
중점기관 인간과미래연구소장

02 동시

03 개인 창작 소설

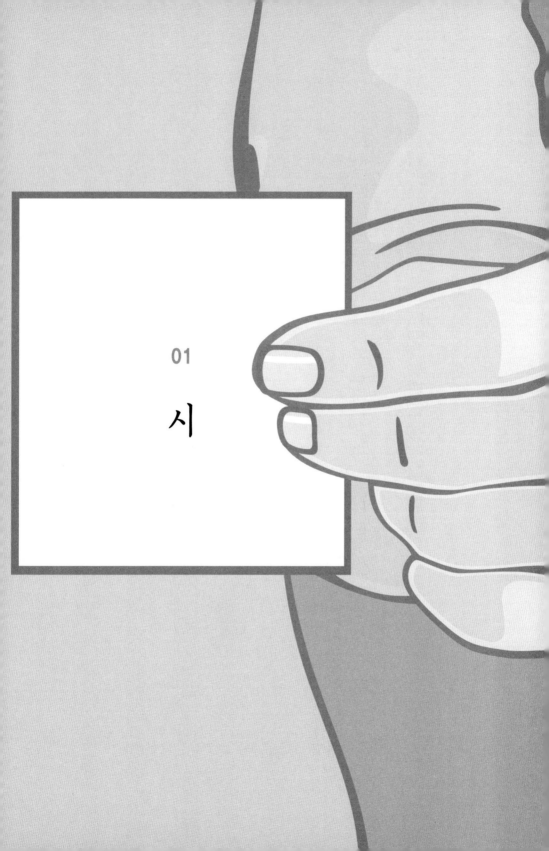

01

시

One

너와 나보다는 우리가 되어 하나가 되고
마음을 모아 눈빛을 담아 하나가 되고
우리라는 단어 속에 숨겨진 희망이라는 뜻을 찾고
우리는 서로를 닮아가고 배워가고

한 송이의 장미꽃처럼
겉으로는 표현 못하는 감정들이
수많은 별들의 미소로 나를 반겨주네

아직까지 하지 못한 말들
내 맘을 아직 다 모를거야

어느 누구보다 특별하고
세상 무엇보다 소중하고
밝은 햇살처럼 따뜻하고
하얀 보석보다 특별한
너와 함께라면 뭐든지 할 수 있네

서로의 눈동자에서 은하수를 발견하고
서로의 가슴에서 달맞이꽃을 키우고
갈대의 흔들림에도 서로의 뿌리를 믿는
굳은 강물처럼 영원하리

당장이라도

내 안에서 벗어나 흘러내릴 것 같지만
굳건하게 버티고 담백할 것 같지만
비릿한 것과는 생각보다 잘 맞지 않고
우유에게는 한없이 부드러워진 너
매일 아침마다 차갑고 컴컴함 어둠속에서
누구보다 따뜻하게 나를 맞아주는 너
너를 그대로 받아들이기에는
나라는 그릇이 너무 작다

자연의 이기주의

피곤한 아침 눈은 떠지지 않는데
대낮부터 모여들어 소란스레
창문 밖에서 계모임하는 새떼들
참 이기적이다

배고픈 점심밥을 먹으러 가는데
소화 잘된 배부른 멍멍 멍멍이
흙도 없는 길바닥에 거름 준 그 놈
참 이기적이다

힘겨운 저녁 힘겹게 집으로 향하는데
안보여도 상관없다는 칠흑 같은 밤
어깨 펴서 다리 거는 저 당당한 돌부리
참 이기적이다

하얀 요정의 마을

설탕가루 같은 눈이 내리는
아름다운 요정의 마을
온 지붕이 하얗게 뒤덮이는
눈사람의 고향
내리쬐는 햇빛에 반짝이는
얼음 알갱이들의 쉼터
거센 세월의 눈보라에 휩쓸리고 남은
희미한 기억 속
천사소년이 건네준
신비한 거울 속에는
영원히 녹지 않는 백색의 마을이
아직도 남아있다

쭉정이 옥수수

봄바람이 싱그럽던 5월
정성스레 물도 주고 비료도 주니
벌써 녹음 우거진 8월
키도 제법 크고 씨알도 굵은 옥수수가
멋진 수염까지 났다
요놈! 속이 꽉 찼겠구나!
껍질을 까보니 쭉정이옥수수

학교에서 돌아온 오후
샤워를 하려 욕실로 들어가
옷을 벗고 바라본 거울 속에는
배에 복근이 선명하고
목젖이 툭 불거진
매혹적인 소년 하나 서 있다

샤워를 마치고 거실로 나가니
만날 놀기만 하고 공부는 안 하니?
시작되는 어머니 잔소리

내가 알아서 할게, 신경 쓰지 마!
큰소리를 쳤지만
알 수 없는 허기가 속을 할퀸다

먼지

혼자 쉬었다가 둥둥 떠다니며
잠깐 쉬었다가 다시 떠다니며
그러다 친구를 사귀면 살금살금
친구를 데리고 그러다 살금살금

구석진 곳으로 뭉쳐서 기어간다
눈에 띄지 않으려고 꼭꼭 뭉친다
날아가지 않게 날아가지 않게

빠져나갈 수 없는 자기만의 세계
도망 나갈 수 없는 자기만의 세계
절대로 부서지지 않는 감옥이다
절대로 탈출할 수 없는 감옥이다

감옥은 부서지지 않는 자신의 마음이다
그 감옥의 열쇠는 자기만의 세계이다
자신의 마음은 곧 열쇠다

속마음

넌 나를 얼마나 잘 알 길래
고민에 빠뜨리고
쓸데없는 걱정으로
내 머릿속을 가득 채우는 건데?

네가 조금만 솔직해진다면
너랑 나랑 싸울 일도
하루 종일 우울해하는 일도
없을 거야.

그렇다고 다 너의 탓을
하는 거는 아니야.
넌 항상 누구보다 날 걱정하고
사랑한다는 걸 아니까
단지, 한 가지 바라는 있다면
너를 좀 더 아끼고
사랑해 주는 것뿐이야.

안개

만져지지 않지만
느낄 수 있어
난 투명하고
솔직하지만

때때로 하얗고
순수함을 미끼로
널 속일 수 있어

그래도 날 벗어나지마
네가 내게서 멀어질수록
난 선명함을 잃어버리니까

굳은 눈물

창문에 흘러내리는 눈물
그 눈물은 누군가에게 고통인가!
또한, 그 눈물은 누군가에게 혼란인가?

이 눈물은 누군가의 환상 속 추억일까?

그 눈물이 깨지는 그 순간
나는 다시 시작한다.

고통과 환상이 깨지는 그 순간들
나는 다시 시작한다.

왕비의 회고록 - 아이의 회고

아이야, 처음에는 살짝 발만 담가보아라.
푹 들어가 치맛자락을 적셔버리지는 말고
살짝, 아주 살짝 건드려보기만 하여라.
만약 만족스러웠다면, 이제는 발을 넣어보는 거야.
괜찮아. 아직은 반대편 발로 빠져나갈 수 있으니까.
좀 더 느껴보고 싶다면 남은 발도 마저 넣어버리어라.
아직 부족하다면 그 발로 좀 더 깊은 곳까지 빠져버려라.
그러면 넌 그 속에서 재미있게 물장구를 칠 수 있을 거란다.
하지만 그것도 잠깐, 곧 네가 후회를 할 때가 온단다.
깊은 그 속에서 발이 닿질 않아 빠져나가려 할 때가 올 것이란다.
소녀야, 그때는 조금 더 안타까워하렴.
본디 힘이란 것이 그렇단다.
한번 맛을 보면 벗어날 수 없이 달콤한 것이란다.
네가 무언가 잘못되었다는 것을 느꼈을 땐
이미 너무 늦어버려 돌아갈 수 없으니,
꿈에서라도 내 몫까지 많이 안타까워해주려무나.

잠

밤하늘에 울려 퍼지는
달빛의 노래

잠들지 못한 내가
그 노래를 듣고 있다.

자장가처럼 들려오는
노래에 기대어 잠을 청한다.

너의 친구 태양이
너와 화음을 이루니

색색거리는 숨소리로
나도 화음을 넣는다.

꿈속에서 나와
새로운 하루를 준비한다.

고물상

지금 내 눈 앞에는
세상의 일부, 세상의 전부가 있다.

공자의 일생이 있고
마르크스의 이상이 있고
나의 열정이 있고
너의 과거가 미래가
잊혀진 모란 한 송이가 있다.

한 장에 깃든 세상은
우리를 일깨우고
다른 한 장에 깃든 세상은
우리를 뒤흔들었다.

십일 키로 이만칠천 원.

숨겨진 선

처음의 이 선 안에는
너와 나 함께였다.

너는 점차
너와 나 사이에
점선을 긋기 시작했고
결국 선이 되었다.

그 선은
나에게 화살이 되었다.

너는 그 화살을
점선으로 바꾸고자 했지만
나에게는 이미
깊게 패인 두 줄의 선

점선
선

어린 아이의 나무

한 사내가 죽여 버렸다.

안 되겠네, 안 되겠다.
가지가 뻗기도 전에 여기저기 잘라내고
나는 아니야, 나는 아니지
햇살이 겨우 통하던 좁은 창문마저 검게 칠해 버렸다.

그 황홀한 꽃들을 피워내기도 전에
한 마디 상의도 없이,
그렇게 죽여 버렸다.

생명력을 잃은 나무,
그 옆에 어린 아이가 서 있다.
오늘도 해맑은 미소로 사내를 반긴다.

사내는 눈을 피한다.
아이를 등져
썩어버린 밑동마저 걷어내고는,

뜨거운 눈물을 훔친다.

탓하지 않는 아이는
그에게 다가가
살며시 손을 내민다.

사내는 흐느낀다.
이내 손을 잡지 못하고
더욱 더 서러운 울음을 터뜨려 버린다.

너에게 묻는다

여긴 벌써 눈이 녹고
따뜻한 바람이 불어
꽃이 만개하여 꽃내음이 불어 오는데
왜 그곳은 아직
찬바람으로 얼어
하얗게 덮여있는지
나는 봄에서 너에게 묻는다

여긴 햇살이 발아래서 간지럽히고
나비들이 날아와 노래하는데
그곳은 외로움과
차가움의 결정들이 소복소복 쌓여
네 주위를 물들이는지
그 결정들을 모아 굴리는
겨울에게 나는 묻는다

그때 나의 나비가
너에게 다가가 노랗게 물들인다
겨울은 그제야 초록을 담아낸다

지금

살랑거리는 입김 한 번
수많은 점이 찍힌다

잔잔히 내딛던 발자국
점은 찍힌다
아스라이 남는다

지워지지 않는다
가만히 스미어
아프게 남는다

비를 삼키며 낙엽을 듣는
서러운 시계
멈추어 건네는 아린 진심은

어제를 위로하며 오늘을 울리지 말라

숱하게 쌓인 발자국

찬란한 그대의 앞에
오롯이 그대에게 젖어
진심만을 함빽 담아낼

지금이 있다

알 수 없어 찬란한
지금이 있다

아버지

아버지 나빴던 우리 아버지
언제 터질지 몰랐던 폭탄 같아
밤마다 휴일마다 두려웠었네.

아버지 착한 우리 아버지
잘 돌아가는 자동문처럼
이제는 내게 마음을 여시네.

가족들이 짊어준 커다란 가방을 메다
넘어지신 우리 아버지
바닥에 떨어진 가방을 보며 한참을 울었네.

우연히 보게 된 아버지의 고단한 마음
정말 슬픈 일이다
어른이라는 이유만으로……
너무나 가슴 아렸던 아버지의 고뇌
가슴 아픈 아버지의 생각을 이해하는 척 했었네.

어느 여름 7월

어느 차가운 도서관 안
나의 거침없는 책 넘김
책 날에 스쳐간 누군가의
눈물이 쓰라리게 떨어진다.

깨닫지 못한 나
여전히 책을 넘긴다.
골짜기처럼 깊어진 상처에서
장대비처럼 눈물이 떨어진다.

어느 공허한 한여름 밤
나만의 깊은 우물에 빠져본다.
뿌옇게 퍼진 안개뿐인 하늘아래

싸늘한 나의 눈 끝 안개가 걷힌다.
머리에서 장대비 기차가 떨어진다.
북극성은 장맛비를 타고 방향 잃었다.
장맛비와 함께 사라진 길과 나

나는 믿고 싶다. 믿고 싶다. 소나기이길
무겁게 적시는 머리카락과 어두운 초점
이제 나는 잡을 수도 없고 부를 수도 없다.

나는 스스로 하염없이 책에 쓸려본다.
길 잃은 그 초점에서 장맛비가 떨어진다.

7월 어느 여름

편지는 사랑하는 사람에게

뭐하고 있니? 밥은 먹었어?
그런 거 말고
너에게만 말하는 숨겨왔던 감정
모두 꾹꾹 눌러 쓴 편지

사랑해! 보고 싶다!
그런 거 말고
너에게만 할 수 있는 말
모두 꾹꾹 눌러 쓴 편지

처음 봤던 느낌 그대로
내 마음 전하고 싶어
모두 꾹꾹 눌러 쓴 편지

보고만 있어도 웃음이 나는 사람
나를 언제나 벙어리로 만드는
편지는 사랑하는 사람에게

달빛편지

따스하게 비추던 태양이 떠나고
달빛이 슬며시 방문을 두드릴 때
나는 오늘도 달에게 말합니다.
은빛은 환하게 나를 비추는데
님의 마음은 굳게 닫혀 있다고
혹시나 들릴까 나즈막한 목소리로
달에게 부탁을 해봅니다.
전해줄 수 있나요?
그 동안 님을 그리며 네게 했던 말들을
어둠이 깊어지면 나는 팔에 날개를 달고
당신에게 날아가는 꿈을 꾼다고 말입니다.

아버지 우리 아버지

영정 사진 앞에 누워있는
아버지, 그의 눈망울에 맺힌
이슬을 보았네.

거인만 같았던 아버지
팔에 찬 완장이 왜 그리
무거워 보이는 걸까!

가장이라는 짐에 짓눌려
축 처진 어깨와 세월에 깎인
그의 이마 틈 사이로 그의 삶을
들여다본다.

가장이라는 죄명으로
헌신을 강요받은 아버지

이제야 알게 된 거인의 실체에
내 눈에는 이슬이 맺히네!

아버지,……

늦가을

하지 않음으로써 남은 후회는
한 뒤에 오는 후회보다 더 무섭다

매 순간 입을 다물며
나는 뭘 그리 참아온 것일까

전하지 못한 말은
한을 품은 채
가슴 속에 맴돌아 다니고

갈 곳 잃은 언어는
은행 낙엽 떨어지듯 쌓여만 가는데
쌓인 가을빛은 노랗게 알을 품는다.

짙고 깊은 슬픈 내음이 나는
쌓이고 쌓인 은행잎은 어느새
무르익은 숲.

익은 가을 냄새가 난다.
가을빛이 난다.

입맞춤

눈을 뜨니
지금은 고요한 자정
커튼 속에서 달을 본다.

달 속에서 웃고 있는 그녀
그녀의 미소가 촉촉할 때
살포시 눈을 감는다.

꿈에서라도 나올 것만 같았던
그녀의 이름이 입가에서 맴돌 듯
삼킨 어느 날

다시 오지 않을 달빛 속 그녀
달을 보며 잠이 든 그날

이라크 03

군번줄을 차고 군복을 입고 총을 가진 나는 군인이다.
잿빛수송기에 몸을 싣고 드문드문 빛을 내는 도시를 보며 억지로라도
잠을 청한다.
깨어있으면 머리만 복잡해질 뿐.

도로가 깔린 사막 한 가운데 군사 도시
기관총, 포신, 반응 장갑으로 무장한 기계들이 굉음을 내며 멀어져간다.
나도 그 기계에 몸을 실어 바그다드로 향한다.
더욱 큰 굉음과 폭탄소리가 들린다.

방금 전 적의 흉탄이 방탄모의 귀퉁이를 스쳐 지나갔다.
흰 스카프를 머리에 두른 아랍청년이 동료의 총탄에 쓰러졌다.
우리가 왜 저 빈약한 무장을 한 아랍인들을 쏴야 하나.
방금 전 나의 총이 한 남성을 쓰러트렸다.

거울

잠에서 깨어났습니다.
밝은 해가 중천
시계를 보니 9시 밥을 먹을 시간입니다.

거실에 내려오니
아무도 없습니다.
가족들은 어디로 간 것일까요

부엌에 들어와도
아무도 없습니다.
가족들은 어디로 간 것일까요

밖을 나가겠다고
구두를 찾아봅니다.
하지만 신발장에도, 현관문에도 없습니다.
구두는 어디로 간 것일까요

방에 올라오니

아까 못 봤던
책상 위에 하얀 꽃 있습니다.

댕, 댕
시계가 2번 울립니다.
춥고 배고프고 졸린 10시입니다.

물망초

잊어주세요
행복한 미래를 꿈꾸며
미소 짓던 우리를

통곡이 울려오면
눈을 감고 귀를 막아주세요

잊어주세요
마지막 추억여행에
한껏 들떠있던 우리를

개나리 여기저기서 보인다면
얼른 뒤를 돌아 피해주세요

당신이 품고 있는 물망초
그 물망초를 꺾어주세요
잊어주세요

십자가월

불쌍한 예수가 그에게 다가 온다
예수가 묻는다
세상과 사랑하느냐고

그는 순간, 세상에서 가장 불쌍한 사람이 되었다

세상과 더욱 더 사랑하라고
예수는 뚫린 손으로 그에게
피를 통해 피를 주고
살을 통해 살을 준다

따스한 십자가월

첫눈

길거리 동물에게는 추위를
가출한 사람에게는 집에 대한 그리움을

어른들에게는 걱정거리를
군인들에게는 일거리를
어린아이에게는 신기한 동심으로

솔로에게는 추위를 가장한 외로움을
연인들에게는 다정한 애정이 시작되는
노인들에게는 과거로 돌아가고자 하는
추억보다 건강염려를

첫눈은 모든 사람들에게 다 똑같은 색도 아니며,
첫눈이 될 수 없다.
어쩌면,

뚝배기

서투르다 보니
사용하는 법을 몰라서
내 맘이 단단하다고
떠나는 이를 잡을 수 없었어

서두르다 보니
접근하는 법을 몰라서
내 맘이 미지근하다고
떠나는 이를 잡을 수 또한 없었어

무겁고 밍밍한 마음으로
떠난 이들을 뒤따르다가
천천히 타오르는 추억 한켠

뒤쳐지는 이들의 마음을
차가워서 타오르는 마음으로 감싸주는 것조차
추억이 되었구나

이제는 내가 직접 뒤쳐져서
이미 식어버린 너의 마음을 달궈주련다
남들보다 늦게 타오르는 나는
뚝배기

조금 지치면 내 마음이 만든
따뜻한 된장찌개
한 그릇이나 먹고 가줘

고백

내가 왜 그럴까?
겉으론 관심 없는 척
차가운 도시의 남자인척
너에게 대하고 있어

이제 더 이상 숨길게
없어! 다만,
이제 표현 할래

자꾸 재촉하지 마
내가 그 드라마의
그 남자가 아니잖아
시간이 없는 게 아니야
그러한 것이 아니야

이제는 말할게
우리……. 연애 할까?
나 용기 있는 남자 되어

너의 곁을 지켜줄게

그래도 될까!

어느 겨울 밤

어둡고 추운 밤
환한 달빛이 어둡고
따뜻한 도시의 불빛마저 차가운
그런 밤

하지만, 이곳은

별빛이 세상을 환하게 비추고
차가운 눈이 세상을 포근하게 덮어주는

어둡지만 환한 춥지만 따뜻한
그런 밤

짝사랑

짝사랑 해 본 적 있니
한 사람만 바라보고
애태우며 가슴 졸이고
흐르는 눈물 삼키는
짝사랑, 해 본 적 있니

이름만 들어도
나도 모르게 너도 모르게
아무도 모르는 그 곳에서 나 홀로
멈춰 서서 깜짝 놀라는
그런 짝사랑 해 본 적 있니

지나가다 길가에서 들리는
가사하나도
떨어진 꽃잎 하나도
다 네가 있어
그걸 보며 혼자, 세상 그 누구보다
예쁘게 웃어 본 적 있니

그게 짝사랑이야
가끔 매서운 바람처럼
날 차갑게 휘몰아 낼 것 같아도
사실 그 바람은 나에게
봄바람이었다는 걸
그걸 알았을 때
짝사랑, 사랑이 시작되는 거야

토요일 오전 풍경

창가 끝자리에서 바라본 바깥 풍경
햇빛, 잔잔한 바람
잘린 샤프심같이 작은 사람들
어디론가 향하는 발걸음 걸음
들쑥날쑥, 꿋꿋이 자란 아파트들
사람들만큼이나 각양각색인 모습

올려다보면
데칼코마니 같은 새들의 행군
정확한 날갯짓
내가 마시고 있는 밀키스처럼 청량한 솜뭉치 구름

어디론가 향해 가는 구름 새들 사람들

나에겐 그저 한가한 토요일 오전
창가 끝자리에서 바라본 바깥 풍경

별이 사라진 밤

달과 별이 가득했던 하늘
어두운 것 같지만 어둡지 않았던 밤

이제는 어둠만이 남은 밤하늘

하늘을 꾸미던 별은 사라지고
어느 별보다 컸던 달은 작아진다

나는 달보고 사라지지 말라 하고
달은 밤하늘을 검게 색칠하지 말라 한다

별을 좋아하지만
나는 밤하늘을 검게 색칠하고
달을 좋아하지만
나는 색칠을 멈추지 않는다

피어오르다

검은 연탄하나가 난로를 채웠다
아버지는 일을 나가셨다

연탄에 불이 피어오르며 집안을
따뜻하게 덥혔다

나는 난로 옆에 앉아
차를 마시고 책을 읽었다

연탄이 힘을 잃고 서서히 식어갈 때
마당에서 힘을 잃은 발걸음이
차가운 마찰음을 내며 문턱을 넘어섰다

아버지의 어깨엔 흰 눈이 수북이 쌓여있었다
앙상한 집게를 들고
아버지가 연탄을 갈으셨다

나는 화력이 다한 연탄을 들고 골목으로 나갔다

발로 밟아 잘게 부수는데
밖으로 나오신 아버지의 담배에서 연기가 피어올랐다
나는 계속해서 연탄을 잘게 부수었다
누렇게 뜬 연탄에서 하얀 연기가 소리 없이 피어올랐다

꽃 몽우리

사실 나는 너를 찾고 있었어
네가 누군지 몰랐을 때부터
너의 그림자를 발견한 그날 까지도

그속에 너는 말이 없었지
초점을 찾아 미간에 힘을 주었고
그러다 애써 너의 숨소리를 들었는데
나보다 더한 걱정들이 너를 묻고 말았어

나는 너에게 눈을 맞추려 안경을 썼어
그래, 난 너에게 시력까지 맞춰 버린거야

나는 너의 달콤함마저 알아버렸어
네가 영원히 녹지 않길 바라며
나는 영원히 입을 열지 않을 테지

나는 답하지 않겠어
내 눈빛이 너를 대신 할 테니, 그때

옛사랑

옛날 저의 모습도
감싸줄 수 있으신가요?
그것이 아니라면
전 다시 제자리로 돌아가겠습니다.

진심이 맞으신가요?
그것이 아니라면
그 자리에 멈춰서
한 발자국도 다가오지 말아주세요

이렇게 설레는 마음도
한 계절의 끝이라는 것을 알기에

당신을 사랑했던 저를 사랑합니다.
그러므로 당신을 잊겠습니다.
부디 좋은 사람 곁에서
오래도록 행복하게 살아주세요

못난이 꽃

추운겨울 손녀 못 이기고
동백꽃 보러 손잡고 가는 할매

할매와 뽀득뽀득 밟고 가는
추운 꽃 나들이 가는 길

산 오르는 길 옆 추운 날씨
눈 녹일 듯한 따사로운 꽃과 태양

소금 덮은 듯한 마을 할매 등에 업혀
추운바람 불어 내려가는 길

할매 손잡고 가던 동백꽃 길
할매와 또 보고픈
못난이 꽃…

뒷모습

무엇이 그리도 바쁘기에

열심히 뛰어갈까

우리는 상대방의

뒷모습조차 보기 힘든데

■ 오재현 / 대전공업고등학교

영원히

태양한테 조금씩 다가가는 달
달한테 조금씩 다가가는 태양
누구도 만날 수 없다고 생각한
달과 태양의 만남 누구도 예측
못한 만남이 이루어진다.
밤하늘을 하얗게 매운 벚꽃처럼

지우개

오늘 그는 자신을 묶고 있는 규칙들을 지우기 시작했다
자신의 온 몸을 거친 종이 위로 굴리기 시작한 것

자유를 갈망하며 그가 규칙을 지울 때마다
부드러운 살결은 찢어지고
존재는 점점 조그맣게 줄어들었다
그래도 그는 자유를 위해 쉴 틈 없이 몸을 굴렸다

세월이 흘러
종이 위에서 그의 발목을 잡던 규칙들은 모두 사라졌고
그의 몸은 이제 맞추지 않은 퍼즐처럼 널브러져 있다

그는 몰랐던 것이다
자신을 구속한다고 느꼈던 그 규칙들이
실은 흐트러지지 않도록 잡아주는
유일한 친구였다는 것을

물

수소 원자 2개 산소 원자 1개
그냥 물
모이면 바다가 되는 물
물은 그냥 있다. 아주 가만히…

금이 간 나룻배를 타고 봄꽃 나들이 하러 간 아이들이
빠졌다, 그리고 죽었다.
물은 그냥 있다. 아주 가만히…

폭발하는 성질을 가진 수소원자 2개
태우는 성질을 가진 산소원자 1개
수소와 산소가 만나면 물이 되지만

물은 아이들의 꿈을 폭발시켰다.
물은 아이들의 교복을 태웠다.

물은 그냥 있다. 아주 가만히…
세월이 흘러도 물은 그냥 있는다. 아주 가만히

지각

손바닥만 한 낙엽이 오그라들어 굴러다닐 때 버스는 매연만 남기고 사라진다.
옅은 한숨이 신호등을 향해 부딪친다.

늙은 소나무 아저씨들이 허리 숙여 녹은 눈 하나 떨궈주신다.
옅은 한숨이 돌덩이가 되어 가라앉는다.

한쪽 자전거들은 실타래처럼 엉켜있고 내 얼은 슬리퍼는 복도를 차갑게 울린다.
옅은 한숨이 교실 문을 배회한다.

손을 높이 뻗는 모든 이들에게

골짜기로 잦아드는 태양아
지평선 더 아래로 멀어져 가는 하늘로
붉게 부르짖으며 두려워 마라

일어나기 위해서는
땅을 짚어야 하는 법이다

산등성이에 턱 걸린 초월아
공포에 가득 차 새파래진 두 뺨은
무엇으로부터 달아나 낙하하길 거부하는가

일어나기 위해서는
손을 높이 뻗어 하늘에 닿기 위해서는
땅을 짚어야 하는 법이다

| 이병훈 / 유성고등학교

시간의 의미

회벽처럼 땅이 굳고
나무들이 점점 말라 가던 때,
안개 핀 호수는 알 수 없이 깊고 맑았다
누군가처럼,

내 손은 점점 그을려 갔지만
차마 거기서 손을 뗄 수 없었다

머릿속이 마냥 궁금해져
따뜻한 손을 뻗어 보려 해도
창문에 맺힌 진눈개비처럼
멀어져갔다
누군가의 뒷모습처럼

너의 질긴 하얀 말에
더 쓰라릴 것을 알면서도
튼 곳은 다시 갈라져
언젠가 다시 불기 시작한

눈 섞인 바람에
애써 머리는 비워 냈지만,
희뿌연 성에는
다시 창문을 메워 버린다

또다시
작고 무거운 무언가
눈물이 되어 흘려 내린다

팝콘

옹기종기 앉아서
재잘재잘 떠드는
샛노오란 옥수수 알알들

틱
갑자기 점점 바빠진 움직임
몸집도 커져 서로 비좁다고 성질만 내다가

펑

순수했던 샛노란 빛깔은 어디갔나
남아있는 건 창백한 피부에 검은 때들
제 갈 길 가느라 정신없구나

행복택배

땀에 절인 택배가 왔다.
팀장님이 나를 상차로 보내셨다.
하차 하는 물건이 나한테와
기다리면서도 눈길을 보낸다.

땀이 훌쩍훌쩍 흘린다.
물, 쌀 그리고 온갖 별것들이 있다.
그것들이 나를 찾아와 짜증이 났다.

처음 상차 하다 보면 입안에서
욕이 맴맴 돌다 나에게로 온다.
그래서 더 더 더, 열심히 하다보면
6만원이 나에게 와 있다.

숨죽어 있는 돈이 하루 같고
땀에 절인 돈이 배추 같다.
오늘도 하루가, 주머니 안으로
들어와 있고, 새벽은 땀을 훔친다.

아주 가끔은

가끔은
아주 가끔은
괴물이 필요하다

실타래처럼 붉게 얽힌 상처들
누구보다 간단히 가지고 놀 고양이 같은

곱게 접어둔 한 켠의 슬픔들
마치 제 것인양 가지고 갈 도둑 같은

안에서 울부짖는 거대한 절망들
마구 삼켜버릴 먹보 같은

가끔은, 아주 가끔은
괴물이 필요하다

온전히 살아가는 법

새벽마다
내 안은 얼기설기
창밖의 달콤한 꿈을 꾸네
밤하늘이 토해내기 시작한
시뻘건 하늘에선
또다시 탐욕스런 독수리 떼가
입맛을 다시네

아침마다
내 안은 우왕좌왕
창을 걷고
손님을 맞네
햇살의 부리가 나를 찢고
한줌으로 발라내어
반토막을 물어가네

날마다
내안은 반쪽자리

수평선 너머로 날아가버린
반토막을 그리며
불완전한 나는
완전히 둥근 지구에서
불완전한 나를 찾는다

아아, 갈비뼈 언저리가 아파온다.

예전에

달리는 일을 왜 그리 좋아했던지
모두 제 자리로 가고
안개 속에 남은
텅 빈 길을 내달리는 일은
왜 그리 즐거웠던지.

예전의 햇살은 사라지고
연한 시멘트 빛 가라앉은
그 조용한 길에서 들리는 건
이따금 밟아 쪼개지는 나뭇가지와,
볼을 스치는 물기어린 바람, 지나가는 수많은 가로수들과
거기 서
후르륵 떨던 나뭇잎소리.

이상하게도
거기 있는 동안은 졸립지 않았다.
지나치는 자동차들을 볼 새도,
낙엽을 머리에 떨굴 새도 없었고

나무 위에서 들리던 어떤 말도
알아차릴 겨를이 없었다.

이제 그들은 떠나고
행여나 머리 위를 전깃줄이 가로질러,
거기 누가 매달려 날아가고 있다면,
정신없이 달려가고 있는 날 향해
그저 이름만이라도 외쳐주기를
잠깐 그 전깃줄이라도 바라보게 해주기를.

속살

오늘도 그대를 감추는 외투가 야속하다
벗겨도 벗겨도 또 벗기고파
애타는 내 마음
나를 눈물 흘리게 하는 그대의 자태
그대에게서 나를 구해주시오
오, 나의 양파여

방황

빗방울이 창문을 두드리는 소리에 멍하니 하늘을 바라보았다. 끝이 아득했다. 현관 앞에 서서 한 걸음만 내딛으면 세상이다.라고 생각을 하면서도 머뭇거렸다. 비가 두려웠다. 다시 집에 돌아가 검은 우산을 들고 왔다. 우산을 잡은 내 손은 한참 동안이나 달달거렸다. 빗방울은 우산꼭지에 닿으며 똑·똑·똑 소리를 냈다. 조심스레 한 발 내딛고, 또 다른 한 발 내딛고, 그렇게 나아갔다. 비는 우산 끄트머리에 간신히 매달리다 마침내 떨어지며 소리를 냈다. 그 소리는 예닐곱 살쯤으로 보이는 아이가 두드리는 실로폰 소리. 스님이 두드리는 새벽의 목탁 소리. 나무 사발에 슬며시 담기는 막걸리 소리. 소리는 어느새 나를 휘감았고 그 흐름과 함께 나는 우산도 던지고 신발도 벗은 채로 혼자만의 춤을 미친 듯이 췄다.

문득 주위를 둘러보니 사람들이 전부 우산을 쓰고 있었다. 나도 슬며시 검은 우산을 집어 들고 가던 길을 갔다. 이제 모두 우산을 쓰고 있었다.

인연

너를 만난 이후로
나의 인생은 세 가지로
축약 되었다.

너를 원해 소리치거나
나를 떠나는 널 잡기 위해
소리치거나
너를 떠나보내 소리친다.

계절

작년에 이러지 않았는데
어느샌가 사라져버린
너의 순수함이
너의 성장이라는 변명으로
해결될 것인가!

3년 전엔 이러지 않았는데
어느샌가 사라져버린
너의 꿈들이
너의 철들음이라는 변명으로
무마될 것인가!

아니다
과거의 너에게 성장하고 철들은 너가
되찾아야 할 것은
너의 순수함
너의 꿈이다

도로의 끝은 어디일까?

이 도로의 끝이 어디일까?
우리의 버스는
우리의 시간을 태우고
계속 달려 나가기만 하는데
이 망할 도로는 끝이 보이질 않네.

이 도로의 끝은 어디일까?
배를 타고 가는 사람도
비행기를 타고 가는 사람도
심지어는 걸어가는 놈도 있는데
그들은 모두 제각기 다른 길로 접어든다.

내가 가는 이 망할 도로는
도대체 끝이 어디인지
끝이 보이지 않는 이 짙은 도로

그럼에도 불구하고
필시 좋은 곳이 있으리라.

약 5천만 인구가 입 닳도록
말하고 말하지 않는가!

나는 오늘도 버스에 올라
졸음 섞인 몸을 내 맡긴다.

학교

무거운 눈꺼풀을 뜨며
묵직한 발걸음이 향하는 곳
그곳으로 들어간다.

교육받은 듯이 책을 펴고
선생님의 말씀에 따라 필기 한다.
필기의 글씨가 휘날릴 때면
바로 날아오는 분필하나

정해진 대로 줄을 서고
통제를 받으며
힘겹게 배식을 받아
허겁지겁 먹는다.

학교가 끝나면
감옥에서 해방된 죄수처럼
자유를 만끽하듯 찬바람을 맞으며
집으로 향한다.

오판

* 문제 : 통나무를 한 단마다 한 개씩 줄여 100개를 쌓으려면 가장 아랫단에는 최소한 몇 개를 놓아야 하는가?

공차가 -1이고 Sn이 100이네

$$n(2a-1(n-1))=200$$

크…… 나는 수학을 너무 잘하는 것 같아

$$2an-n^2+n=200$$

$$n(2a-n+1)=200$$

?

그럴 리가 없어

문제가 잘못된 거 아니야?

이 문제는 등차수열을 풀다가 지친 학생에게 주는 쉬어가는 문제가 분명하다!

$$10+9+8+7+6+5+4+3+2+1=55$$

$$11+10+9+8+7+6+5+4+3+2+1+=66$$

12+11+10+9+8+7+6+5+4+3+2+1=78

13+12+11+10+9+8+7+6+5+4+3+2+1=91

14+13+12+11+10+9+8+7+6+5+4+3+2+1=105

15+14+13+12+11+10+9+8+7+6+5+4+3+2+1=120

16+15+14+13+12+11+10+9+8+7+6+5+4+3+2+1=136

17+16+15+14+13+12+11+10+9+8+7+6+5+4+3+2+1=153

18+17+16+15+14+13+12+11+10+9+8+7+6+5+4+3+2+1=171

19+18+17+16+15+14+13+12+11+10+9+8+7+6+5+4+3+2+1
=190

20+19+18+17+16+15+14+13+12+11+10+9+8+7+6+5+4+3+2
+1=210

나는 천재야

정답 : 14개

가장 아랫단이 n개일 때, 쌓을 수 있는 통나무 개수의 최댓값을 S_n이라고 하면

S_n=n+(n-1)+........+3+2+1

=1/2n(n+1)

S_n이 100보다 크려면

n(n+1)>200----●

n=13일 때 182

n=14일 때 210

따라서 ●을 만족하는 자연수 n의 최솟값은 14개

......

지랄!

통나무를 쌓는 걸 왜 나한테 물어보는 거야?

퍼즐조각

퍼즐 조각이 여기에 있다.
여러 빈 공간들과 함께 조각이 여기에 있다.

우리들은 안다.
빈 곳이 작은 데에는 작은 조각이 필요하다.
빈 곳이 큰 데에는 큰 조각이 필요하다.
그래야 가득 찬다.

퍼즐 조각이 여기에 있다.
여러 빈 공간들과 함께 조각이 여기에 있다.

어린 아이들도 안다.
빈 곳이 작은 데에는 작은 조각을 맞춰야 한다.
빈 곳이 큰 데에는 큰 조각을 맞춰야 한다.
그래야 가득 찬다.

그런데 어른들은 모르는 걸까
빈 곳이 큰 데에 작은 조각이 들어있다.

작은 조각이 채우지 못한 데에는
화려한 색종이로 가득 채우며 완성된 듯이 보이게 한다.
어쨌든 가득 찼다고 말한다.

그러나 우리들은 안다. 어린 아이들도 안다.
퍼즐은 채워지지 않았다.
완성된 줄 알고 두 손으로 퍼즐을 들어 보이면
종이는 바닥에 떨어져 밟힐 것이고
퍼즐 조각은 모두 흩어질 것이다.
그런데 어른들은 모르는 걸까.
어쨌든 가득 찼다고 말한다.

삶의 계절

이곳은 봄 생명이 눈을 뜨는 곳
모든 생명들이 태어나며 함께 기뻐하는 곳
그들은 여름을 향해 나아간다.

이곳은 여름 생명이 삶을 느끼는 곳
모든 생명들이 자신의 삶을 즐기는 곳
그들은 가을을 향해 나아간다.

이곳은 가을 생명이 다음을 준비하는 곳
모든 생명들이 자신을 현명하게 바라보는 곳
그들은 겨울을 향해 나아간다.

이곳은 겨울 생명이 끝을 고하는 곳
모든 생명이 추억을 회상하는 곳
그들은 삶의 기쁨을 느끼며 눈을 감는다.

삶의 계절 속에서

시간과 발맞추어가는 나

시간들이 들락날락거리는
비밀의 문
호기심 가득한 얼굴
문 틈 사이로 집어 넣어본다
흥청망청 흐른 시간들이…
그들의 발 빠른 움직임이었다니
그들의 땀방울이 눈물이 되는 것 같아
내 눈을 잠시 감아본다
눈을 뜨니 보이는 것은 일상
눈에 띄게 변한 것은 없었다
단지 시간과 함께
발맞추어 달려가고 있는
내가 있을 뿐이다

야맹증

해가 진다
나는 친구들과 옹기종기모인 실내에서
밖으로 나온다
이제는 헤어질 시간
밤이 무섭다

밝고 따뜻한 문턱을 지나자
눈앞이 흐려진다

밤은 항상 오는 것
익숙해질 만도 하건만
빛나는 가로등도
현란한 네온사인도
내겐 쓸모없는 것들이다

술기운에 비틀거리는 사람도
바쁘게 달려가는 사람도
내겐 장애물일 뿐

길을 걷는다
아무도 보이지 않고
의지할 수도 없는
나만의 길을

눈부신 하루

새 하얀 눈꽃이 내려 올 때면
사랑하는 사람과 손을 잡고
눈길을 걸어본다 눈꽃이 피어난다.
눈이 부신 너처럼

온 세상이 새 하얗게 물들 때면
사랑하는 사람들과 새눈위에
발자국을 새겨본다 눈꽃이 빛이 난다.
눈이 부신 너처럼

하얀 하루
눈부신 너와 새겨 놓은 눈꽃이 쌓인다.

단풍나무

발그레 붉어진 볼
빠알간 얼굴을 내밀었네

꼬물거리며 내민 손
붉게 물든 나의 마음

나의 마음을 네가 알아주기를
네가 내 손을 잡아주기를

발그레 붉어진 볼
빠알간 입술

나의 마음을 너에게 말할 수 있기를
네가 나의 마음을 알아주기를
발그레 붉어진 볼
빠알간 얼굴을 내밀었네

촛농

어두컴컴하고
적막한 방안
홀로 빛을 내는 양초
몸은 타오르고
끊임없이 녹아내린다
조그마한 빛 속
보이는 하얀 벽지
가슴 벅차 흐르는 눈물

귀찮은 리포트 작성
불편한 회식자리
홀로 가시는 아버지
버티기 힘들고
끊임없이 반복된다
그러나 조그마한 집 속
보이는 아이들
가슴 벅차 흐르는 뜨거운 눈물

CD 플레이어

오늘도 돈을 받지 않았다
같은 좌석만 찾는 관객
하루를 열심히 보내다
밤이 늦어서야 바빴던 숨을 고른다
첫 곡부터 마지막 곡까지 총 5곡
20분의 공연을 매일 들으러 오는
책상 위의 스탠드
거울 옆의 드라이기
의자 위의 책가방
침대 위의 나

왠지 나만 정체돼 있는 것 같아
친구들은 점점 멀어지고
모두 자신 만의 길을 걸어가네*

울컥 밀려오는 가슴 속 파도

---

* 박새별 - 아직 스무살

CD 플레이어가 대신 노래를 불러준다
괜찮아 괜찮아 지나간 일인걸

두꺼운 이불로 나를 위로해 주는 밤
잠잠해진 가슴으로 잠이 든다

아침 7시

햇빛은 다가와 날 흔들며 깨운다
침대는 껴안아 날 묶어둔다

햇빛의 성화에 못 이겨 일어난
내 눈 앞
걸어가는 빨간 양말
소리 지르는 스마트폰

강아지가 다가와 밥을 주는
엄마가 달려와 꼬리 흔드는

조용히 요란스러운 아침

겨울

창밖으로 휘이잉~
거 누구쇼? 저 바람이에요

문틈으로 기웃기웃
거 누구쇼? 눈사람이에요

지붕 틈으로 꼬드꼬득
거 누구쇼? 눈이에요

처마 밑에 꽁꽁
거 누구쇼? 고드름이에요

나의 세계는 검은 색

나의 세계는 검은색이에요

아무것도 없는
검은색을 벗어나고 싶어서

빨간색을 섞어 봐도,
노란색을 섞어 봐도,
파란색을 섞어 봐도,
나의 세계는 검은색이에요

벗어날 수 없어서 가만히 있으면
나의 세계는 더 무섭고, 더 어두운
검은색이 돼요

그런 나의 세계에 누군가
하얀색을 섞어 주었어요

다른 누군가도, 또 다른 누군가도

하얀색을 섞어 주었어요

나의 세계는 밝아졌어요

이제 나의 세계는
빨간색도 될 수 있고
노란색도 될 수 있고
파란색도 될 수 있어요

빨간색에 노란색을 섞으면
주황색이 되고,
노란색에 파란색을 섞으면
초록색이 되고,
파란색에 빨간색을 섞으면
보라색이 돼요
와, 나의 세계는 다양한 색이에요

소설, 문 너머의 세계

끼익, 하는 소리를 내며 음악실 문이 열렸다. 어라? 이 문 원래 삐걱거리지 않았던 것 같은데, 하고 생각하며 문 안으로 발을 내딛은 순간, 그곳은 더 이상 오케스트라의 합주 소리가 들리던 동아리 시간의 음악실이 아니었다. 프록코트에 망토를 두르고 부츠 신은 발을 바쁘게 움직여 어디론가 걸어가는 수많은 사람들. 무엇인지 모를 물건들을 잔뜩 늘어놓고 파는 구멍가게들이 다닥다닥 붙어 있는, 유럽풍의 다소 지저분한 거리.

"여기가 대체 어디야?"

소리 지르는 신유하를 향해 힐끗 고개를 돌리는 사람들도 있었지만, 별 이상한 사람 다 보겠다는 듯 인상을 한 번 찌푸렸을 뿐, 다들 다시 제 갈 길을 갔다. 그때였다.

"우웁웁!"

유하는 누군가에게 입이 막힌 채 뒷골목으로 끌려갔다. 입을 틀어막고 있던 손이 풀리자, 신유하는 콜록대며 상대방을 쳐다보았다. 그런데, 왠지 익숙한 얼굴이라는 생각이 들어 화를 내는 것도 잊고 약 3초간, 이 사람이 누구더라, 하고 생각하고 있는 자신을 발견했다.

"엑, 강소리 오빠?! 지금 오케스트라 합주할 시간인데, 부장이면서 왜 여기 와 있는 거예요? 그나저나, 지금 어떻게 된……."

"쉿, 조용히 좀 해! 아, 정말 너 때문에 나까지 이상한 사람 취급 받겠네.”

강소리는 주위를 둘러보며 인상을 찌푸렸다. 그리고는 잠시 생각하더니, 이내 인상을 펴고 유하의 옷차림을 눈으로 훑어보았다. 미처 생각하지 못했다는 듯, 무언가 깨달은 표정으로 말투를 다시 상냥하게 바꾸어 물었다.

“아! 너 설마, 오늘 처음 온 거야?”

그러나 지금 눈앞에 벌어진 상황을 정리하기에 바쁜 신유하는 전혀 그 말을 이해할 수 없다는 표정을 지을 뿐이었다. 믿을 수 없다는 듯, 신기한 눈빛으로 주위를 둘러보는 유하에게 강소리는 결국 제안(선택의 여지가 없었으니, 제안이 아니라고 할 수도 있겠지만)을 한 가지 하지 않을 수 없었다.

“여기서 이러지 말고, 일단 가까운 카페라도 들어가서 이야기할까? 네 상태를 보니 상당히 이야기가 길어질 것 같은데.”

“음… 그럴까요.”

*

“어디부터 설명하면 좋을까. 그래, 여기는 소위 말하는 ‘마법’이 존재하는 곳이야. 인간은, 모두 마법력을 가지고 있는 마법사야. 응, 왜?”

유하는 질문이 있다는 듯 손을 살짝 들어 소리의 말을 중단시켰다.

“음…… 일단 음악실 문을 열었는데 상점가가 있다는 건, 저도 마법이라는 것 이외에 설명할 방법을 모르겠으니 인정한다고 해도, 여전히 아리송한 점이 있어서요. 첫째, 인간이 모두 마법사라면 왜 마법을 사용하지 못하죠? 둘째, 여기가 어딘지는 모르겠지만, 언니는 여기 생활에 익숙한 것 같은데, 나는 왜 오늘 처음 알게 된 거죠?”

에휴, 하고 강소리는 한숨을 내쉬었다.

“어쩌면 그 성격은 어딜 가나 안 변하니, 아니, 여기로 온다고 해서 매일같이 질문해 대는 네 성격이 변할 거라고 기대한 내가 바보인가? 하긴,

나도 초등학교 때 처음 이 곳을 발견하고 많이 당황하긴 했었지. 하나씩 설명해 줄게, 다 해 줄 테니까, 침착하고 하나씩 들어."

강소리는 방금 나온 진저에일을 홀짝, 소리 나게 한 모금 마시고는 말을 이어나갔다.

"이 세계로 넘어오는 시점은 사람마다 다 달라. 영원히 넘어오지 못하는 사람도 있는 반면, 굉장히 어릴 때 넘어오는 경우도 있지. 그건, 우리의 의지와는 관계가 없는 것이거든. 원래 우리가 살던 세계에서는 세계 자체의 마법력이 약해서, 자신이 지니고 있는 마법력이 굉장히 강한 극히 소수의 사람들만이 마법력을 쓸 수 있는데, 여기 세계는 마법력이 강해서 누구나 마법을 사용할 수 있어. 물론 연습을 통해 능력을 올리는 것도 가능하고 언제 넘어오느냐에 따라 마법력에 차이가 있지는 않아. 물론 이곳에 적응하는 데에는 시간이 더 걸리겠지만."

민트초코에 얹혀 나온 생크림을 콕콕 찔러가며 이야기를 듣던 신유하가 느닷없이 물었다.

"그럼, 오빠는 꽤 오래 전부터 여길 알고 있었던 거예요? 언제부터?"

'나랑 그렇게 친하면서, 왜 이런 세계가 있다는 것도 알려 주지 않았어요?'라고 쓰여 있는 유하의 얼굴을 애써 무시하며, 꽤 긴 침묵 끝에, 강소리는 대답했다.

"초등학교 6학년? 그때쯤이었을걸. 사람마다 편차는 있지만, 중학교 때 사춘기를 겪으면서 이 세계를 찾아내는 경우가 대부분이래. 그러니까 나는 좀 빠른 편, 너는 좀 느린 편인 거지."

유하는 헤에, 하고 고개를 끄덕이며, 어서 다음 이야기를 들려 달라며 재촉했다. 혼자만 이런 세계를 알고 있었다는 것에 대한 배신감보다는 호기심이 더 크구나, 하고 소리는 속으로 생각했다.

"……이럴 때는 이 성격이 다행인 건가."

"네? 죄송한데, 잘 안 들려요."

"아무것도 아니야. 혼잣말, 혼잣말."

속으로만 생각하던 걸 모르는 사이에 입 밖으로 내고 있었다는 사실에 놀라며, 소리는 유하가 더 이상 캐묻지 못하게 얼른 혼잣말이라는 말로 무마했다. 다음 주제를 얼른 떠올려 내려는 듯, 소리는 천장을 쳐다보며 머리를 긁적이다, 문득 생각났다는 듯이 물었다.

"아, 너 이름이 뭐지?"

"에? 신유하요. 몰라서 묻는…… 아."

싱긋, 하고 웃으며 소리는 검지손가락으로 유하의 입술을 지그시 눌렀다. 고개를 갸우뚱, 하는 유하에게 소리는 말했다.

"지금, 굉장히 익숙한데 처음 듣는 긴 이름이 생각났지? 그게 여기에서의 너의 본명이야. 본명을 함부로 말해서는 안 돼. 모든 보안은 이 이름에 담겨 있거든. 은행 금고라던가 비밀번호는 대부분 본명으로 되어 있으니까. 그리고 우리 이름 한 글자 한 글자에 부여된 마법력이 우리 마법사들의 이름을 특별하게 만들어 주지. 마법사가 자신의 본명을 말한다는 건, 그만큼 상대방을 신뢰한다는 뜻이야. 사실 대부분은 배우자 정도에게나 알려 주지, 그 이상은 거의 입 밖에 꺼낼 일이 없어."

"어라, 배우자가 이쪽 세계를 모르거나 아직 넘어오지 못한 경우는 어떻게 되는 거예요?"

"보통, 바깥 세계와 이쪽 세계에서의 배우자는 다른 경우가 대부분. 여기에서의 결혼은 원래 우리가 살던 세계와는 개념이 다르니까. 여기에서의 결혼이란 출산과 육아가 동반되고 집안이 엮이는 그런 예속적인 관계가 아니야. 성인이 되고, 자신이 다른 영혼의 무게까지 짊어질 수 있을 때, 그때 자신과 정말 마음이 통하고 누구보다 더 잘 이해해 줄 수 있는 한 사람과 죽을 때까지 기쁜 일이든 슬픈 일이든 마음을 함께 하며 서로를 의지하고 살겠다는 약속이야. 소울메이트(soulmate)랑 같은 존재라고 하면 알려나? 성별은 크게 관계없어. 사실 대부분은 오랫동안 친하게 지냈던 친구랑하니까, 오히려 동성 간이 더 많을걸? 아, 동물이랑은 안 되냐고? 법으로 금지는 되어 있지 않지만, 동물에게 보호받기보다는 거의 일방적으로 보호하는 게 되니까 많이 하지는 않아."

한 모금 남은 진저에일을 마저 들이키고, 테이블에 탁, 하고 소리가 나게 컵을 내려놓으며 소리는 물었다.

"나머진 직접 하나씩 보여 주면서 설명해 줄게, 그거 다 마신 거 맞지?"

"아, 네네."

*

우중충한 구름 사이로 비치는 한 줄기 햇살을 받으며 유하는 앞장서 어디론가 향하는 소리의 뒤를 따라 길을 걸어갔다.

"소리 오빠, 그래서, 이제 어디로 가는 건데요?"

소리가 걸음을 멈추고 뒤를 돌아보며 말했다.

"내가 여기 화폐를 어디서 얻었다고 생각해?"

유하는 고개를 갸우뚱했다. 별로 대답을 기대한 질문은 아니었던 듯, 소리는 대답을 기다리지 않고 한눈에 보기에도 커 보이는 건물의 문을 열고 들어갔다. 문을 열자마자 영수증이 뽑혀 나올 때의 신경에 거슬리는 소리가 여기저기서 들려왔다. 한 눈에 보기에도 깔끔하고, 최첨단으로 보이는 기계들이 하나 둘씩 눈에 들어왔다. 소리는 사람들이 줄 서 있는 곳을 가리키며 말했다.

"아까 들어오면서 추측했겠지만 이 건물은 은행 건물이고, 저기가 이곳에서의 ATM 역할을 하는 곳이야. 기계에 달린 이어폰을 끼면 안내가 나올 거야, 그 지시대로 하면 돼. 잔고 확인하고, 한 300메르헨 정도만 인출해 와."

"오빠, 말한 대로 300메르헨 꺼내 오긴 했는데요, 잔고에 538큐리이라고 쓰여 있던데, 큐리이가 뭐예요? 그것도 돈 같은 거예요?"

유하의 말을 듣는 소리의 표정이 굳어졌다. 그리고는 믿을 수 없다는 표정으로 유하를 돌아보며 희미하게 웃었다.

"큐리이라는 말은 대체 어디서 들었니? 농담치고는 심한걸."

유하는 상황을 전혀 모르겠다는 천진한 표정으로 웃으며 대답했다.

"저도 아까 처음 봤는데요, 잔고 얼마, 하고 쓰여 있는 칸에서. 확실히 큐리이였어요, 그거."

제기랄, 하고 나직이 내뱉는 소리를 들은 것만 같아 유하는 자신의 귀를 의심했다.

"그러니까, 유하야."

소리는 잠시 뜸을 들이더니 이윽고 결심한 듯이 말을 힘겹게 뱉어냈다.

"너, 엄.청.난. 갑부거든?!"

뱉어냈다고 하기보단, 소리 질렀다, 에 가깝다고 해야 할 정도의 크기였다. 그 소리를 들은 몇몇 사람들이 놀란 표정으로 소리 쪽을 쳐다보았지만, 별 사건이 일어나지 않았다는 걸 확인한 후 김샜다는 표정으로 다시 하던 일로 돌아갔다. 사람들의 시선을 한 몸에 받은 것이 조금 부끄러웠는지, 헛기침을 한두 번 하고, 소리는 침착함을 유지하려 애쓰며 낮게 말했다.

"여기 돈으로 100메르헨이면 5만 원 정도야. 1000메르헨은 1이든이고, 1000이든이 1큐리이. 그러니까 유하 네가 가지고 있는 돈은 538만 메르헨이고, 원으로 환산하면… 얼마지? 26조 9천억 원?"

소리는 계산기를 두드리며 경악한 표정으로 말했다.

"……에? 뭐 그런……."

"천문학적인 숫자가 다 있냐고? 그러게, 나도 오늘 그런 숫자가 존재하는지 처음 알았는데? 사람마다 금고를 처음 조회했을 때 잔액의 양에 개인

차가 존재한다는 것 정도야 알고 있었지만, 큐리이라니, 국가 1년 예산보다도 많잖아."

유하는 갑작스럽게 마법 세계라는 곳에 넘어와 보니 자신이 엄청난 갑부라는 사실을 알게 되어서, 소리는 제일 친하게 지내는 후배가 알고 보니 마법 세계에서는 상상도 할 수 없을 만큼 엄청난 갑부라는 사실을 알게 되어서, 생각이 뒤섞인 혼란스러운 표정으로 서로를 바라보았다.

꽤 긴 침묵의 시간을 먼저 깨뜨린 것은 유하였다.

"오빠, 그런데 여기 시간은 바깥하고 똑같이 흐르죠? 오케스트라 합주 다 끝났겠다."

골똘히 생각에 잠겨 있던 소리가 뒤늦게 유하의 물음을 알아듣고 시계를 쳐다보았다. 동아리 활동 시간은 끝난 지 오래고, 청소시간이 거의 끝나 가고 있었다.

"으, 으아아! 늦었다! 너, 다시 돌아가는 법 모르지? 따라와!"

말은 따라와, 라고 했지만 마음이 급한 소리는 유하의 손목을 낚아채서 반쯤 끌고 가다시피 했다. 5분쯤 손목을 낚아 채여 끌려간 곳에는, 이어지는 벽도 건물도 없이, 앞뒤가 똑같은 새파란 색깔의 나무로 된 문이 있었다.

"먼저 들어가."

뛰어오느라 지친 숨을 고르며 소리가 말했다. 유하는 뭔가 질문을 하려는 듯, 잠시 망설였지만 이내 고개를 끄덕이고는 힘껏 문을 열고 들어갔고, 몇 초 기다린 후에 소리도 유하를 따라 들어갔다.

*

종례시간에는 늦지 않게 갈 수 있었다. 청소시간에 어딜 갔었냐는 담임 선생님의 꾸지람에 유하는 음악 선생님 심부름으로 2학년 선배와 같이 일하다 늦었다며 대충 둘러댔다. 따가운 담임 선생님의 눈총을 받으며, 유하는 종례가 끝나자마자 음악실로 뛰어갔다. 예상대로, 혼자서 바이올린을 켜고 있는 소리가 있었다. 보아하니, 연주에 집중하느라 유하가 온 것도 눈치 채지 못한 것 같았다. 소리 오빠, 하고 부르는 대신, 유하는 플루트를 꺼내 낮게, 제 2바이올린 선율을 연주하며 소리의 바이올린 선율을 받쳐 주었다. 그제야 소리는 유하를 알아차리고 뒤를 돌아보았다.

"어, 유하 왔어? 너도 아까 못 한 연습마저 하려고?"

유하는 주위를 둘러보고, 아무도 없는 것을 확인한 뒤 소리를 낮춰 물었다.

"오빠, 아까 그렇게 가 버리고 저한테 아무런 할 말도 없어요?"

소리는 들고 있던 바이올린을 책상 위에 올려놓고, 가만히 유하를 쳐다보다가 입을 열었다.

"유하야, 혹시, 다음에 마법 세계로 넘어가게 된다면, 아주 가 버릴 생각이니? 저쪽 세계로?"

예상하지 못했다는 듯, 유하는 흠칫, 몸을 움찔했다. 소리는 유하가 대답하기도 전에 말을 이어 나갔다.

"그게, 그 정도 돈이면 대한민국이란 곳에서 힘들게 고등학생으로 공부할 필요도 없고, 일 하나도 안 해도 3대 정도는 하고 싶은 거 다 하고 살 수 있을 텐데……."

유하는 절레절레, 고개를 흔들었다.

"그렇게 긴 시간은 아니지만, 나름대로 생각해 봤어요. 여기를 버리고 그냥 훌쩍 마법 세계로 떠날까, 하고. 그런데 아닌 것 같다고 생각했어요. 다 버리고 떠나기에는 소중한 사람들, 여기에서 이루고 싶은 것들, 여기에서밖에 못 하는 것들이 너무 많아요. 대신 제가 하고 싶었던 것들을 어느 정도 이루고 나면, 저쪽 세계에도 가서 하고 싶은 것들을 해 보고 싶네요."

싱긋, 하고 웃는 유하에게 소리도 싱긋, 웃음을 되돌려 주었다. 왜인지 모를 쓸쓸함이 배어 있는 웃음이었다.

"그럼, 나도 어른이 되면 언젠가 저쪽 세계로 넘어가는 걸로 할까? 돈이 저렇게 많은데, 선배한테 조금은 나눠 주지 않겠어?"

쾌활한 웃음으로 미묘한 쓸쓸함을 덮으며, 연습을 끝낸 소리는 음악실 문으로 천천히 걸어갔다. 유하는 음악실 문을 열고 나가는 소리의 등에 대고 물었다.

"소리 오빠, 하나 말해도 돼요?"

소리는 묵묵히 고개를 끄덕였다.

"제 이름은, 유하시엘즈라이에니온 샤오리에리미에요."

한 마디, 한 마디, 유하는 또박또박 힘을 주어 말했다. 방금 유하의 입에서 나온 말을 받아들이는 데, 소리는 조금의 시간이 걸리는 듯 해 보였다. 잠시 후, 머뭇거리며 유하 쪽을 돌아보고 소리가 말했다.

"내 이름은, 소리스와벨라샤니에레브 레미오뮤즈카야."

음악실 창문으로 쏟아져 내리는 붉은 노을빛이 두 사람을 비추고 있었다.

안단테

　　학생들이 삼삼오오 모여서 교실을 빠져나가는 소리가 꽤나 시끄럽다. 한 손에 꽉 쥐고 있던 분필을 내려놓자 건조한 분필의 촉감이 뻑뻑하게 남아있다. 교탁으로 다가가 물티슈 한 장을 뽑아들고 손을 닦아내면서 의자에 앉자 수업 중에는 느끼지 못했던 피로감이 몰려든다. 학생들의 재잘거리는 소리가 멀어지고 어느덧 침묵이 학생들을 대신한다.

　　겨울이라서 그런지 오후 5시 30분을 조금 넘긴 시각인데도 해가 지고 있다. 멍하게 하늘을 물들인 빨간 노을을 바라보다가 문득 다시 교실 안으로 고갤 돌리자 텅 빈 교실이 눈에 들어온다. 조금 전, 영상을 본다고 블라인드를 내려두었더니 블라인드 사이사이로 붉은 노을이 스며든다. 문득 한기가 팔을 타고 올라오는 느낌이 들었다. 어둠이 서서히 몰려들듯이 그렇게 천천히 의자에서 몸을 일으켜 딱딱한 철제 옷장을 열자 익숙한 코트와 갈색 가방이 보인다.

　　"휴우~"

　　나도 모르게 짧은 한숨을 내쉬며 가방과 코트를 꺼내들고서 교실을 나섰다. 교실들이 늘어서있는 복도는 교실들만큼이나 침묵이 가득하다. 뚜벅거리는 내 발소리가 일정한 간격으로 조용히 울린다.

　　-탁 탁 탁 탁

-요즘 어때?

한때 같이 수업을 듣던 친구들의 목소리가 내 발소리만큼이나 조용하게 울린다. 시끄럽게 삼겹살이 먹음직한 노르스름한 빛으로 익어가는 소리와 투명한 소주잔에 담긴 친구들의 자랑이 부딪히는 소리가 계속해서 울려 퍼진다.

-탁 탁 탁 탁

-그냥 그렇지

건조하고 무의미한 내 대답소리는 금세 잘나빠진 친구들의 소주잔 부딪히는 소리에 묻혀갔다. 눈꺼풀이 무겁게 내려앉을 듯이 피로감이 더해지자 난 침묵을 지키며 친구들의 이야기 속으로 무력하게 빨려 들어갔다.

정신을 차려보자 어느덧 흔들거리는 버스 안에서 사람들과 부딪히며 집으로 향하고 있었다. 정장 교복 할 거 없이 빽빽한 익숙한 풍경. 대부분의 사람들은 스마트 폰을 손에 쥐고서 세상과 소통 아닌 소통에 빠져있다. 1년 사이에 몇몇 사람들만 가지고 있던 스마트 폰은 이제 당연하다는 듯이 사람들의 주머니 속에, 가방 속에 파고들어 익숙한 존재로 자리 잡고 있다.

수업시간 동안 너무 말을 많이 해서인지 입안이 텁텁한 기분이 든다. 가방을 열고서 민트사탕이 담긴 통을 꺼내 두알 정도를 털어 넣자 시원한 느낌이 입안에 맴돈다. 그러나 민트사탕의 시원한 느낌을 즐길 틈도 없이 내려야 할 정거장에 도착하였고, 급하게 사람들을 비집고서 버스 밖으로 빠져나와야했다.

어둠과 차가운 바람이 동시에 코트 안으로 스며들었다. 몸이 떨리는 걸 애써 무시하며 발걸음을 재촉했다. 숨을 내쉴 때마다 뿌연 입김이 내 눈앞에서 아른거린다. 퇴근 시간이라서 그런지 길거리엔 다들 각자 옷을 잔뜩 껴입고서 집으로 향하는 사람들이 가득하다. 나도 걸음을 재촉해서 집으로 향했다.

어머니와 아버지와 함께 살았던 집이지만 3년 전 두 분께서는 아버지의 건강이 악화되자 시골로 내려가시길 원했고 결국 내가 시골에 집을 하나 얻어드렸다. 그렇지만 어쩐지 자꾸 어머니와 아버지와 함께 사는 것만 같은 기분이 든다. 그만큼 두 분의 빈자리가 큰 것이라고 생각한다.

문을 열자 역시나 아무도 없는 집 특유의 싸늘함이 느껴진다. 뭐 이젠 익숙해진 느낌이다. 집에 들어서면 어린 시절의 사진이 담긴 액자와 피아노 대회에서 수상한 상패들로 가득하다. 유독 할머니께서 다른 사촌들에 비해 내게 각별한 애정을 보이셨는데, 그 이유가 내가 어릴 때부터 피아노를 가지고 놀았기 때문이라고 하셨다.

할머니께서는 무명의 피아니스트이셨다. 초등학교에서 교직생활도 하셨지만 어쨌든 피아니스트이셨고 항상 내게 피아노 연주를 해주셨다. 마지막으로 내게 하신말도 '안단테로 연주해라.'이셨는데 정확한 의미는 모르겠지만… 아마도 할머니께서는 모든 음악을 느리게 연주하셨기 때문인 것 같다.

사람들은 할머니의 연주가 느리고 답답하다고 말했다. 나 역시도 마찬가지였지만 할머니의 연주는 자기 전에 들으면 딱 알맞은 연주였다. 할머니께서는 종종 시골에서 올라오셔서 우리 집에 들르시곤 하셨는데 그때마다 항상 내게 자장가로 피아노연주를 해주셨다. 아주 느리고 차분한 할머니만의 느긋한 음표들로 날 현혹시키곤 하셨다. 그러나 나는 대학에 가자 고등학생 때까지 쳐온 피아노 대신 수학을 전공하였다. 그러한 내 선택에 부모님은 만족스러워 하셨다.

-애야, 그거 아니? 넌 조금은 안단테로 연주하는 법을 배워야해.

대학에 간 뒤로 피아노를 멀리한 내가 안쓰러워서인지 할머니는 나와 대화할 때마다 안단테를 강조하셨다. 사실 난 그다지 느리게 연주하는 것을 좋아하지는 않았다. 느리게 피아노 연주를 하다보면 나도 느려지는 것 같아서 말이다. 그래서 모든 악보를 빨리 열정적으로 거칠게 치는 것을 즐기곤 했다.

뜨거운 물로 샤워를 마치고서 책상에 앉았다. 한 손엔 냉장고에서 막 꺼낸 시원한 맥주 한 캔이 쥐어져있다. 생각이 많아지는 날에는 샤워 후에 마시는 맥주 한 캔이 간절해진다.

"내일 수업자료가 어디 있더라?"

가방 안을 살펴보았지만 수업자료가 보이질 않는다. 내일 수업은 즉흥적으로 해내야한다는 사실에 저절로 인상이 찌푸려졌다. 난 수학을 전공했지만 수학적으로 뛰어난 능력은 없었다. 단지 취직을 위해 그나마 수학성적이 좋아서 그쪽으로 갔을 뿐. 그래서 선생이라는 직업을 가졌을 때 학생들과 완벽하게 수업을 해내려면 남들보다 두 배의 노력이 필요하다는 사실을 알아내는데 많은 시간이 걸리진 않았다.

자포자기 심정으로 거실로 나가 소파에 앉아 TV를 켰다. 그러나 금세 싫증이 나서 끄고 만다. 시끄럽게 떠들어대며 세상의 이야기를 전하는 네모난 물건에 그다지 호감은 없으니 말이다. 대신에 TV옆에 놓인 낡은 라디오에 들어있는 테이프 하나를 재생시켰다. 익숙한 느릿한 피아노 연주가 잠시 오래된 테이프를 타고 지지직거리는 소리를 내며 흘러나오더니 금세 제대로 제소리를 내기 시작한다.

"안단테……"

너무나 빨리 흘러가서 숨 쉴 틈도 없는 이 세상에서 유일하게 시간이 멈춘 듯이 흘러나오는 느릿한 피아노연주. 숨이 멎을 듯 그 연주는 실내를 가득 채웠다. 그 연주에 어쩐지 미묘한 우울감이 가슴이 먹먹해지는 것이 느껴졌다. 내가 한때 죽도록 연주했던 베토벤보다도 더 사랑했던 할머니의 연주는 이제 라디오 테이프를 통해서 밖에 들을 수 없다는 게 너무나 먹먹했다. 아마도 내가 생각했던 것보다 더 할머니의 존재는 내게 컸나보다.

눈을 뜨자 보이는 건 창 밖에 하얀 눈송이가 쏟아져 내리고 있었다. 어제 마신 것으로 추정되는 맥주 캔들이 널브러져있다. 딱 한 캔만 마시려고 그랬었는데 얼마나 마신건지 머리가 띵하다. 불행 중에 다행인건 오늘은 오전 수업이 없다는 사실이었다. 억지로 몸을 일으켜 세우자 눈앞이 어지럽게 흔들린다.

'쉬고 싶다.'

정말이지 이럴 때마다 쉬고 싶다는 생각이 간절하다니까. 버스를 타고 가면 분명히 늦을 테니까 자가용을 끌고 가야겠다는 생각에 저절로 한숨이 나온다. 어제도 눈 내릴 것 같아서 버스로 출퇴근했었는데 왜 지각할 것 같은 날에 눈이 저렇게나 내리다니 참 알다가도 모를 날씨다. 시계를 보니 벌써 9시 수업이 시작되었을 시각이다. 이렇게 있다가는 정말로 잠들어버릴 것 같아서 자리에서 일어나 욕실로 향했다.

욕실 속 양치질을 급하게 해대는 내 모습이 우습기도하고 한심하기도하다. 칫솔이 이빨을 스치며 내는 쓱싹거리는 소리가 계속해서 쉬고 싶다는 내 생각을 자극하는 듯하다. 그렇지만 난 더욱 꾸물거리는 내 몸을 재촉해서 준비를 서둘렀다. 인정하기는 싫지만 난 이미 다 커버린 어른임으로 내가 쉬고 싶다고 그래서 쉴 수 있는 위치가 아니다. 더구나 학생을 가르쳐야할 선생님이라는 위치니 더욱 서둘러야한다.

아마 출근시간은 어느 정도 지나서 차가 적을 테니 운전하는 게 더 수월할 것이라는 생각이 들자 조금은 마음이 놓였다. 급하게 면도를 하고 머리도 재빨리 빗어 내린 뒤 어제 입었던 옷을 또다시 입었다. 어제 입었던 옷을 정리하지 않고 잠들었다는 사실이 이렇게 다행이기는 또 처음인 것 같다.

현관문을 뛰쳐나와 엘리베이터에 오르자 별로 유쾌한 이웃은 아닌 윗집 아주머니가 타고 계신다. 그저 고갤 끄덕이며 인사하자 아주머니께서는 재밌는 대화상대를 찾았다는 듯이 내게 말을 걸어오신다.

"어머머 김 선생, 오늘 지각이야? 무슨 일이래?"

"네. 뭐, 그렇게 되었네요."

"어머 어제 늦게 잤나보네. 눈 밑에 다크 써클 좀 봐봐. 일찍 자고 건강 관리도 하고 그래. 그래야 나중에 장가갔을 때 마누라한테 사랑받지? 호호."

내게 어색하게 웃고서 아무 말이 없자 아주머니는 김이 세셨는지 아무 말 않으신다. 아주머니께서는 내가 선생님이 되었다는 소리를 듣자마자 나를 "김 선생"이라고 부르셨는데 그 호칭을 학교가 아닌 다른 곳에서 듣는다는 사실이 난 조금 거북하게 느껴진다.

어색한 침묵 속에서도 엘리베이터는 금방 1층을 알리는 '딩동'거리는 소리를 냈고 난 재빨리 엘리베이터에서 내렸다. 눈은 새벽부터 내렸었는지 꽤나 많이 쌓여있다. 초등학교에 다니는 아이들은 뭐가 그렇게 즐거운지 서로 장난을 치며 학교로 향한다.

"어? 최 선생님! 여기서 뭐하세요?"

최 선생님은 교무실 바로 내 옆자리에서 근무하시는데 햇병아리 선생인 나에게 이것저것 자세하게 알려주신 감사한 분이시다. 물론, 같은 아파트에서 산다고는 생각도 못했지만 말이다. 내 아는 척에 선생님께서도 놀라신 것 같았다. 같은 아파트에 살면서 한 번도 마주친 적이 없었다니 그저 신기할 따름이다.

"어, 김 선생 나야 뭐 눈 치우고 있지. 그나저나 자네 젊은 사람이 휴대 전화도 확인하지 않고 무엇 하는가. 오늘 눈이 너무 많이 내려서 휴교한다고 문자왔던데."

최 선생님의 말에 '아차'싶어서 핸드폰을 확인해보니 역시나 내게도 휴교를 한다는 문자가 와있다. 학교가 조금 높은 언덕 위에 위치하고 있어서 우리학교는 종종 비나 눈이 많이 내리면 휴교를 하곤 한다. 지금 만일 선생님을 못 만났었더라면 학교까지 헛걸음할 뻔했다는 사실에 조금 머쓱해져서 머뭇거리고 있자 최 선생님께서는 허허 웃으시며 빗자루를 내려놓으신다.

"자네 보아하니 아침식사도 제대로 못한 것 같은데 같이 밥이나 한 끼 하겠는가?"

"그럼 저야 감사하죠."

최 선생님은 내 어께에 팔을 두르시고서는 나를 데리고 아파트 안으로 들어가신다. 이렇게 다른 사람 집에서 식사를 대접받는 건 얼마나 오랜만인지 계산조차 되지 않는다.

선생님 댁은 우리 집보다 3층 밑에 위치하고 있었다. 우리 집의 현관문과 똑같은 문인데도 어색하게 느껴졌다. 선생님은 내가 지켜보고 있음에도 비밀번호 몇 자리를 입력하시고서 문을 여셨다.

처음 내 마음에 들어온 것은 오래전에 처음 이사 올 때 사신 것처럼 보이는 소파였다. 가구는 사람을 닮아간다고 진갈색의 육중한 소파는 최 선생님처럼 연륜이 묻어났고 사람을 편하게 해주는 뭔가가 느껴졌다.

"어… 사모님은 어디 가셨나보네요."

"지방에 내려가 있는 딸이 우리 집사람이 하고 싶은 음식이 먹고 싶다고 떼를 써서 말이야. 어찌나 입덧이 심한지 며칠째 음식을 못 먹었다나."

"그래도 곧 손자보시겠네요. 축하드려요."

툴툴거리시지만 자식 걱정하시는 모습이 훤히 보이시는 선생님의 모습이 참 아름답다는 생각이 들었다. 선생님께서는 음식을 하러 주방으로 가셨고 내가 돕겠다고 그러자 그냥 앉아있으라며 신신당부를 하셔서 어쩔 수 없이 소파에 정자로 앉아있게 되었다.

그러던 중에 내 눈에 들어온 물건 하나가 있었는데 바로 피아노였다. 보통 가정집의 피아노는 먼지가 쌓여있기 마련인데 이 집 피아노는 이상하게 항상 먼지를 닦은 듯 깨끗했다. 난 순간적인 충동으로 코트를 벗어두고서 피아노 의자에 앉았다. 살며시 기다란 피아노 뚜껑을 들어 올리자 건반들이 반짝이며 가지런하게 놓여있었다.

"자네 피아노도 칠 줄 아는가?"

언제부터인지 부엌에서 나오셔서 국자를 들고 귀여운 앞치마를 두르신 체 나를 바라보시고 계신 최 선생님의 모습에 웃음이 나올 뻔했지만 대신에 미소를 지으며 고갤 끄덕였다.

"어렸을 적에 할머니께 배운 적이 있습니다."

"오호. 생각보다 다재다능한 젊은이구만. 아직 국이 끓으려면 시간이 좀 걸릴 것 같으니 그 물건 좀 쳐보지 그래."

염치없는 행동이라는 것은 알았지만 난 두 손을 피아노 건반위에 올리고서 잠시 무슨 곡을 연주할지 생각했다. 그러다가 문득 할머니의 연주가 생각났다. 워낙 귀가 닳도록 들어와서 악보가 없어도 연주 가능한 곡이니 말이다. 천천히 건반을 치기 시작했다.

-애야, 빠른 연주는 사람을 흥분시키고 감정이 몰아치게 만들지만 느리게 연주를 하다보면 의식하지 못하고 스쳐지나 갔던 음표들을 보단다. 네 인생도 마찬가지야.

기억하지 못했던 할머니의 말씀이 생각났다. 기억을 잊어버렸던 것이 아니라 너무 빠르게 살아가고 있었던 내가 기억하지 못했던 기억. 할머니께서는 그걸 내게 알려주고 싶었던 것이었다.

-떠나렴. 휴식이 필요하다고 생각되면 원하는 곳으로 훌쩍 떠나버리렴.

너무 느려서 길고 길게 느껴졌지만 짧은 연주가 막을 내렸다. 하얀 건반과 검은 건반 위에 놓여있던 열 개의 손가락을 내려놓았다. 그리고 잊고 있었던 북엇국 냄새가 거실에 진동하고 있었다.

"선생님?"

"어어, 잠시만 있어보게 금방 상을 차려올 테니."

내 부름에 선생님은 화들짝 놀라시며 급하게 부엌으로 들어가셨다. 난 그 모습을 잠시 바라보다가 피아노를 정리했다. 남의 집에서 이게 무슨 민폐인가 싶어서 민망한 순간이었다. 선생님을 따라 부엌으로 따라가서 상 차리는 것을 도와드렸다. 전체적으로 하얀 접시와 그릇에 담긴 음식들이 정갈하게 내 입맛을 자극하였다.

잠시 뒤에 최 선생님과 마주 앉아 식탁에 자리했다. 잘 먹겠다고 인사를 드린 뒤 밥을 먹기 시작했는데 나와 선생님은 둘 다 아무 말이 없었고 젓가락과 숟가락이 그릇들에 부딪히는 소리만이 간간이 들려올 뿐이었다.

"김 선생, 자네는 가보고 싶은 곳이 있는가?"

"글쎄요. 학교 다닐 적엔 여행가고 싶은 곳을 종이에 적어두기도 했었는데 사회생활을 시작하고 나서부터는 꿈도 못 꾸죠."

"나도 그랬다네. 그렇지만 아직 자네는 젊지 않은가. 쉬고 싶으면 쉬기도 하고 어디 떠나보기도 해야지."

문득, 어디로 가고 싶은지, 과연 가고 싶은 곳이 있기나 하는지 내게 질문을 던져보았다. 그저 훌쩍 떠난다고 그게 될 일인지. 할머니의 느긋한 피아노 소리가 귓가에서 울려 퍼진다. 나도 떠날 수 있는 걸까?

'가능할 리가 없지.'

스스로 던진 질문에 이미 답은 정해졌다는 식으로 다시 답을 한다. 피아노 소리가 줄어들어간다. 하긴, 요즘 세상에 꿈이나 쫓으면 된다는 것이 가능하기나한 소리일까.

"자네 듣고 있나?"

"아, 그럼요. 물론 시간이 된다면야 떠나야하겠지만 전 학생들을 가르치는 게 좋습니다."

-거짓말.

"학생들을 가르치다보면 정신없이 시간이 가는 걸요."

-휴식이 필요해.

닥쳐.

피아노 연주는 멈췄다. 동시에 날카로운 목소리가 '탕'거리며 발사된 총알마냥 내 가슴을 뚫고 지나가는 듯 날 멍하게 만들지만 난 그저 의미심장한 미소만 짓고 있을 뿐이다.

조향사 이야기

여느 때와 같은, 이르지도, 늦지도 않은 아침 시간. 그는 찻잔에 차를 따르고 있었다. 그는 커피포트를 쓰지 않고 주전자로 물을 끓여 차를 우려내는 것을 좋아했다. 정확히 말하자면, 물이 끓고, 차의 풍미가 물에 퍼지기를 기다리는 그 여유로운 시간을 좋아했다. 의자에 앉아 찻잔을 들어 그 향을 음미하며, 그는 한가한 가게 안을 찬찬히 둘러보았다.

그의 손님들은 대체로 일이 끝나는 늦은 오후에 오는 이들이 많기 때문에, 그는 아침 시간은 할 수 있는 한 느긋하게 보낼 생각이었다. 그가 좋아하는 향수들의 병이 창문으로 새어 들어오는 햇빛에 예쁘게 색을 내는 광경을 바라보며 차를 즐기고 있었다. 하지만 그의 손님 모두가 늦은 오후에 오는 것은 아니었다. 가끔 예상치 못한 시간에 가게 문을 열곤 하는 손님들이 존재했다.

딸랑.

열린 문 사이로 쏟아지는 새하얀 빛을 등지고, 한 여자가 문가에 서 있었다. 그녀는 차를 마시고 있는 그를 보더니 미소를 지으며 인사를 건넸다.

"오랜만이야."

그것은 실로 뜻밖의 손님이었다.

"설마 했지만 아직도 향수에 빠져 있을 줄은 몰랐어. 조향사 일을 하고 있다는 소식을 듣고 깜짝 놀랐다고"

여자가 웃음을 터뜨리며 말했다. 조향사는 마주 웃으며 여자의 틀어 올린 검은 머리를 바라보고, 목부터 발목까지 가린 검은 드레스를 바라보았다. 여자의 웃음 어린 온화한 얼굴과는 어울리지 않는 모습이었다. 남자의 시선을 눈치챈 여자가 미소를 지으며 설명했다.

"장례식 갔다 오는 길이거든. 갈아입을 시간도 없었어."

남자는 그것이 누구의 장례식이었는지 묻지 않았다. 여자도 딱히 그것에 관해 자세히 언급하지는 않았다. 그저 조용히 남자를 빗겨 나가는 시선으로 어딘가를 응시하더니, 다시 그와 눈을 마주치며 웃었다.

"오랜만에 만나서 반갑기는 하지만, 나는 그저 인사나 하러 온 게 아니야. 내가 왜 왔는지는 대충 알 것 같은데. 그렇지 않아?"

"향수가 필요한 거지? 보아하니 뭔가 사연이 담긴 향수일 테고."

"응. 잘 알고 있네."

그녀가 고개를 끄덕였다.

"알고 왔는지는 모르겠지만, 나는 손님들에게 그들의 이야기를 듣고 그에 맞는 향수를 만들어. 내게 네 얘기를 들려줄 수 있겠어?"

여자는 머뭇거리는 기색 없이 밝게 웃었다.

"내 이야기는 대강 들어서 알고 있을 줄 알았는데. 아니야?"

"네 입으로 듣고 싶어."

"뭐, 그렇다면 뭐…… 그러지 뭐. 그러니까…… 그 사람에 대한 이야기를 하려면, 오빠와 헤어졌던 이야기부터 해야 하는데. 그 이야기는 또 내 어렸을 때와 이어지니까 그냥 그때부터 말할게."

여자의 시선이 아주 먼 옛날을 회상하는 듯 위를 향했다.

그것은 비가 오는 날이었다. 추적추적, 쏟아지는 빗줄기와 기분 나쁘게 달라붙던 공기. 높은 습도가 불쾌감을 자아내던 아홉 살의 어느 여름날이었다. 이름을 붙이라면 어떤 것이든 갖다 붙일 수 있다. 인생 최악의 날, 지긋지긋한 고통의 시작, 아니면 뭐든지 하여튼 최악의 것. 어른이 된 후에도 꽤나 오랫동안 자신에게 지울 수 없는 상처로 남은 날. 그것은 바로 그날이었다.

학교가 끝나고, 앞문에서 우산을 들고 올 할머니를 기다렸다. 빗줄기는 더 거세어지는데 할머니의 노란색 우산은 좀처럼 보일 생각을 하지 않았다. 신경질이 나기도 하고 초조하기도 해서 손목의 시계를 들여다보고는 발끝으로 바닥을 툭툭 차는데, 친구가 어깨를 톡톡 두드렸다.

"같이 쓰고 갈래?"

한 번 더 시간을 확인한 뒤 고개를 끄덕였다.

집에 도착해서 할머니를 만나면 버럭 소리라도 지를 생각으로 철벅, 철벅 젖은 땅에 발을 내디뎠다.

이상했다. 옆에서 친구가 재잘거리는데도 그것은 아주 먼 곳에서 들리는 소리 인양 귀에 제대로 들어오지 않았다. 멍하니 고개를 끄덕이며 앞을 바라보는데, 자꾸만 할머니의 얼굴이 아른거렸다. 그 주름지고 따뜻한 손, 검버섯이 핀 노쇠한 얼굴. 그 얼굴이 웃음 지을 때면 한 번도 안겨 본 적 없는 어머니의 품에 안긴 듯한 기분이 들고는 했다. 집에 가는 발걸음이 더 빨라졌다.

친구와 헤어지고 집 문을 열었을 때, 여름의 습기가 고여 있었던 듯 찐득찐득한 열기가 덮쳐왔다. 홀린 듯이 천천히 거실로 걸어갔다. 집 안에 고여 있는 눅눅한 공기, 그리고 창을 두드리는 빗소리. 그저 모든 게 시끄러웠다. 거실에는 아무도 없었다. 열린 베란다 문 쪽으로 걸어갔다. 잠시 동안 숨이 멎었다. 건조대 앞에 할머니가 고꾸라진 채 손에는 빨래를 쥐고 있었다. 그 그로테스크한 광경에 이것이 현실인지, 꿈인지 혼란이 왔다. 빨래를 널다…… 비가 오는 것을 알았다면 건조대를 거실로 들여놓았을 것이다. 그렇다면 언제? 비가 오기 시작한 것은 학교에 도착하고 나서부터였다. 그렇다면, 그렇다면……

다리의 힘이 풀렸다. 서늘하게 식은 공기. 투두둑, 투두둑. 시끄럽다. 떨리는 손끝이 할머니의 옷자락에 닿았다. 투두둑, 투두둑. 머리가 아팠다. 손으로 옷자락을 꽉 쥐었다. 또, 또, 또 버림받았다. 항상 사랑하는 사람들은 나를 두고 간다. 어미를 잃은 새끼의 울음소리 같은 것이 다문 잇새 사이로 흘러나왔다. 나는 또 손에 쥐지 못하고, 흘려보냈다. 행복은 손에 쥐려 하면 모래처럼 손가락 틈 사이로 흘러내린다. 꼭 쥐지 않으면 안 된다. 놓치지 않을 정도로, 꽁꽁 싸매지 않으면.

소녀는 어른이 되었다. 남자의 손을 잡고 벚꽃이 떨어지는 나무들 사이를 걷고 있다. 그의 옷에서는 그가 요즘 빠져 있다는 향수의 냄새가 난다. 그와 만난 지도 이제 4년째. 슬슬 정착을 생각할 때이다. 서로 같은 생각을 하고 있는 듯 마주 보는 눈에는 신뢰가 가득하다. 끝없이 이어질 것 같은 행복. 꼭 쥐지 않으면 흘러내린다. 그녀는 마주 잡은 손에 힘을 주었다.

"나 지금 장례식에 가야 할 것 같아."

휴대폰을 확인하더니 갑작스레 나온 남자의 말에 그녀가 놀란 듯한 표정을 지었다.

"어떤 분의?"

"고모님이신데, 어렸을 때 날 키워주신 분이셔."

"나도 같이 갈래."

남자가 눈을 깜박였다.

"같이?"

"응. 인사드리고 싶어."

남자는 망설이는 기색 없이 손을 내밀었다.

"그럼 가자."

또 한 번 마주한 죽음. 어른이 돼서 처음으로 겪는 죽음이다. 그것도 사랑하는 남자의 가까운 친척이라 하니 결코 멀게 느껴지지 않았다. 무거운 마음으로 장례식장에 들어서는데, 남자의 친척인 듯한 사람이 남자를 알아보고 다가왔다.

"왔구나. 네게도 연락이 가는 것은 당연하겠다마는, 정말로 올 줄은 몰랐다. 괜찮은 게냐?"

의미 모를 물음에 그녀가 의아해하는데, 남자가 고개를 끄덕이며 대꾸했다.

"예, 괜찮습니다. 저를 키워주신 분이신 걸요."

"키워줬다니…… 거의 너 혼자 큰 것을. 착한 녀석."

남자가 안쓰러운 얼굴을 하는 것을 그녀는 멍하니 바라보았다. 이것은 그의 고모님 장례식이 아니었던가? 그렇다면 이 대화는 대체 뭐란 말인가? 혼란스러웠다.

"그런데 이쪽은…?"

남자가 그녀에게로 시선을 돌렸다. 그녀의 연인은 미소 지으며 여자의 손을 잡았다.

"제 여자친구예요."

"아, 그렇구나. 예쁜 분이시네. 잘해 드려라."

"예."

"그럼 안으로 들어가자."

식장 안은 꽤나 많은 사람들로 북적이고 있었다. 사람이라곤 가족들과 몇몇 지인들밖에 없었던 할머니의 장례식과는 정반대였다. 그녀는 새삼스러운 얼굴로 식장을 돌아보았다. 많은 사람들이 있었지만, 진정 애통한 표정을 짓고 있는 사람들은 몇 없었다. 다들 장례식을 계기로 오랜만에 만나게 된 사람들과 반갑게 인사를 하거나 여럿이서 모인 채 찌푸린 얼굴로 무슨 이야기를 나누고 있을 뿐이었다. 예상과는 다른 모습에 그녀는 위화감을 느꼈다.

"……술이나 마시러 놀러 다니고, 아이는 혼자 집에……"

"……집에 돈이 없어서…… 애가 일을……"

"……제 남동생 애를…… 귀찮은 짐 덩어리처럼……"

"……이상한 여자…… 결국 술독에 빠져……"

그녀는 당혹스러웠다. 아무리 들어도 장례식장에서 할 만한 얘기는 아니었다. 남자를 올려다보자, 그는 조금 기분이 가라앉은 듯한 표정을 하고 있었다. 분명히 숙덕거리는 소리를 다 들었을 텐데도 아무런 설명이 없었다. 어떻게 반응해야 할지 갈피를 잡을 수 없어 머뭇거리고 있는데, 어떤 중년의 여성이 반가운 얼굴로 그들에게 다가왔다.

"이모님. 오랜만에 뵙습니다."

"그래, 오랜만이구나. 한 2년 만인가? 대학 졸업한 이후로 한 번도 못 봤구나."

"그러네요. 죄송합니다, 이모님. 한 번도 찾아뵙지를 못 해서……"

"아니, 나한테 죄송할 게 뭐가 있니? 난 그냥 오랜만에 만나게 된 계기가 하필이면 이런 자리여서 좀 아쉬울 뿐이야."

그녀가 어두운 낯으로 애써 미소를 짓자, 남자도 쓰게 웃다가 마침 생각났다는 듯 아, 하고 입을 열었다.

"은수도 왔나요? 은수 많이 보고 싶었는데."

그러자 그녀가 조금 곤란한 듯 웃었다.

"응, 왔지. 그런데 걔가 지금 좀……"

"엄마."

기껏 해 봐야 스무 살 정도로밖에 보이지 않는 긴 생머리의 여자가 느닷없이 얼굴을 들이밀었다. 그녀의 엄마는 조금 놀란 듯 여자의 팔을 툭 쳤다.

"은수, 이 계집애. 인기척 좀 내지. 어디 있었어?"

"그냥 뭐 좀 먹고 있었어. 그나저나…… 오빠네?"

남자가 부드러운 표정으로 여자를 바라보았다.

"오랜만이야, 은수야. 잘 지냈어?"

"뭐, 나야 잘 못 지낼 게 뭐가 있어? 그보다. 오빠가 왜 여기 있어?"

그녀의 눈빛이 갑자기 날카로워졌다.

"뭐?"

"아니, 그렇잖아. 그 사람이 대체 오빠한테 해 준 게 뭐가 있다고 여기 있느냐고"

아주머니가 당혹스러운 표정으로 은수의 팔을 잡으며 여자를 힐끗거렸다. 외인인 그녀를 의식하는 듯한 태도였다.

"은수야, 그만하는 게 좋겠다."

"엄마, 가만히 있어. 나 진짜 화났어."

"은수야."

보다 못한 남자가 은수를 말렸다.

"오빠는 대체 왜 여기에 왔어? 이제는 없는 사람이라지만, 난 아직도 화가 나. 내가 왜 여기에 와야 하는지도 모르겠어, 나는. 그런 사람이 가는 길을 내가 배웅해줘야 한다는 것 자체가 나는 너무 맘에 안 들거든?"

"그런 말이…… 어디 있어요?"

갑자기 들려온 목소리에 은수의 눈이 그녀를 향했다. 화가 난 얼굴이 그녀를 보고는 대번에 찌푸려졌다.

"아가씨는 뭐예요? 참견하지 마요"

"은수야!"

"생전에 무슨 일이 있었는지는 몰라도, 돌아가신 분께 말씀이 너무 심하신 것 아니에요? 이 자리는 그분을 추모하기 위한 자리잖아요. 그분께도 그분을 사랑하신 사람들이 있을 텐데, 그런 식으로 말하면 상처받잖아요"

"글쎄, 잘 됐네요. 그런 사람 없으니까요"

"은수야, 그만 하라니까! 이모님, 은수 데리고 가세요. 너무 흥분했어요"

남자가 이 상황의 열기를 가라앉히고자 둘 사이에 끼어들자 남자의 이모는 기다렸다는 듯 딸을 데리고 자리를 비켰다. 씩씩거리며 나가는 은수의 뒷모습을 날 선 눈빛으로 노려보던 그녀가 남자에게로 화살을 돌렸다.

"대체 왜 저래?"

"진정하고, 내 말을 좀 들어 봐. 이건……"

"어떻게 다른 곳도 아니고 장례식장에서 저런 말을 하냐고! 고인을 모독하는 거잖아. 저 사람뿐만이 아니야. 여기 사람들 다 그래. 어떻게 그럴 수 있어? 살아있어 주는 것만으로도 감사한 게 사람인데, 어떻게 그런 식으로 말을 할 수 있느냐고! 오빠 집안사람들, 정말 이상해! 정말 못 참겠어! 어떻게 한 명도 눈물을 흘리질 않아? 이 사람이 그런 대접을 받을 정도로 형편없는 사람이었어?! 내가 보기엔 고인을 저런 식으로 대하는 사람들이 더 형편없어!"

남자의 표정이 차가워졌다.

"너. 너무 많이 나갔다. 도가 지나쳐."

잠시 이성을 잃은 사이 벌겋게 달아오른 얼굴을 애써 식히며 그녀가 입을 다물었다. 남자는 처음 보는 얼굴을 하고 있었다. 평소의 다정한 얼굴이 아니었다. 이름으로 부르지 않는 것에도 조금 충격을 받았다. 마치 타인을 대하는 듯한 태도에 그녀는 살짝 상처를 받았다.

"은수, 지금 좀 흥분해서 그렇지 형편없는 애 아니야. 다른 분들도 그래. 다 좋은 분들이야. 은수의 인생에서 나쁜 사람은 항상 고모님이었어. 그래서 그래. 괜히 없는 말 지어내서 고인 모독하는 것 아니라고."

"오빠까지 그러는 거야? 오빠 키워주신 분이라며. 어떻게 오빠까지, 그런……!"

여자가 말을 잇지 못한 채 부들부들 떨자 남자가 눈썹을 찌푸렸다. 그가 할 말이 있는 듯 입을 열었지만 여자가 먼저 말했다.

"나, 오빠한테 정말 실망했어. 살아있을 때 무슨 잘못을 했는지는 몰라. 어쩌면 정말로 나쁜 사람이었을 수도 있지. 아까 그 애가 그렇게 화를 냈던 것처럼. 하지만 이미 없는 사람이야. 다시는 볼 수 없게 되어버렸다고 그런 사람에게 일말의 애틋한 감정이라도 느낄 수 없어? 다시는 보지 못한다는 게, 그게 얼마나 슬프고 괴로운 일인지 오빠는 모르는 것 같아. 나는 그런 사람 싫어. 자기감정에만 휘둘려서 자기가 얼마나 아프고 힘들었는지, 그것만 기억하는 그런 사람은 싫어. 당사자가 되어 보지 않는 한 진실이 뭔지는 알 수 없는 건데, 일방적으로 그 분만 미워하는 것 같아. 그런 건, 난 싫어."

그녀의 말투는 감정적이면서도 침착했다. 마치 오랫동안 생각해 왔던 것인 양 단호하고 차분한, 감정을 억누르는 듯한 어조였다. 어렸을 때부터 삶과 죽음이라는 것은 항상 그녀의 머릿속을 어지럽게 해왔던 소재였다. 왜 사람들은 항상 그녀의 곁을 떠나는지, 죽음이라는 불가항력의 재앙은 어째서 너무도 이르게 들이닥치는지-그래서 그녀를 괴롭게 하는지, 그녀는 그 해답을 찾고자 오랜 시간 동안 방황했다. 그런 시간들을 지나 이제는 어른이 된 만큼 죽음에 관한 그녀의 주관은 상당히 명확했다. 그녀에게 죽음이란 슬픔과 비애였다. 그것은 절대로 좋은 기회나 계기가 될 수 없었고, 어떤 삶을 살았던 이라도 죽음이라는 것은 반드시 안타깝게 여겨야 했다. 그렇기에 그녀는 남의 죽음 앞에서 눈물 흘리지 않는 자를 경멸했다. 죽음이라는 인간의 가장 커다란 고통 앞에서 의연함이라는 것은 있을 수 없다고 생각했다.

현재 그녀에게 남자는 전처럼 세상에서 가장 사랑스럽고 다정한 사람이 아닌, 부모와 같은 사람의 부고 소식에도 단 한 방울의 눈물도 흘리지 않는 피도 눈물도 없는 비정한 남자로 보였다. 그리고 그런 그녀의 시선을, 남자도 알아차렸다.

"……그래. 네 말 잘 알았다. 그러니까 지금은 내가 싫다, 이거지?"

여자는 아무 대답도 하지 않았다. 남자는 긴 한숨을 내쉬었다.

"그럼, 우리 잠시만 떨어져 있자. 지금은 나도 냉정하게 생각을 할 수 없을 것 같다."

남자가 머리카락을 쓸어 올리며 하는 말에 여자는 입을 꾹 다물었다가 이내 고개를 끄덕이며 대꾸했다.

"알았어."

"일단 데려다 줄게. 가자."

"아냐, 됐어. 그냥 나 혼자 갈게."

"데려다 준다니까."

"됐다니까. 별로 늦은 시간도 아니고, 우리 방금 떨어져 있자고 한 거 잊었어? 그냥 있어, 나 알아서 갈 테니까. 오빠는 장례식장이나 좀 지키다가. 곁에 있어드려. 가시는 길 외롭지 않게……"

여자가 터벅, 터벅 멀어져 가는 뒷모습을 남자는 그저 바라만 보았다.

남자는 조금 피곤한 얼굴로 커피잔을 든 채 컴퓨터 앞으로 와 앉았다. 가늘게 뜬 눈으로 모니터를 응시하며 마우스를 몇 번 클릭 거리던 그가, 별안간 커다랗게 뜬 눈을 하고선 벌떡 일어나 화면을 내려다보았다. 믿을 수 없는 소식에 벌어진 입이 닫힐 생각을 하지 않았다.

[만나자. 할 얘기가 있어.]

여자는 이런 문자가 보통 무엇을 뜻하는지 알고 있었다. 몇 번 겪어 본 적도 있고, 드라마나 영화에서도 많이 봤다. 그녀도 연인들의 밀어와 이별의 징조 따위는 구별할 수 있었다. 그저 나오는 한숨에 마른세수를 하며 눈을 감았다.

헤어지고 싶지 않다. 지난번 했던 말들이 조금 후회가 되었다. 죽음 앞에서는 자신도 조금 의아할 정도로 감정적이 되어버린다. 이성을 잃은 사람들이 으레 그렇듯이 나중에는 땅을 치고 후회할 말들을 함부로 내뱉고야 만다. 그리고 이제 와서 자괴감과 죄책감을 느끼는 것이다. 항상 그래왔듯이, 그 패턴은 이번에도 별반 다르지 않았다. 이젠 그것에 신물이 났다. 이 상황의 진부함에 그저 모든 것을 포기해버리고 어디론가 숨어버리고 싶은 심정이다. 어째서 내뱉은 말은 도로 주워 담을 수 없는 것일까? 적어도 회개할 시간이라도 주지, 이것은 정말 불공평하지 않은가. 하지만 자신의 말에 상처받았을 그를 생각하면 그냥 내가 죄인이지, 싶다. 그녀는 거리를 걸으며 그렇게 생각했다. 이제 그에게서 이별의 말을 들을 카페가 가까워지고 있다. 두렵기도 하고, 미안하기도 하고, 그저 후회스러운 마음에 가슴이 아팠다. 왜 자신은 바뀌지 못하는 것일까. 어릴 때의 트라우마고 뭐고 그냥 다 잊어버리고, 다 놓아버릴 수는 없는 것인가. 다른 사람들은 방황의 시기를 지나고 다들 어른이 되어가는 것 같은데 자기 혼자만 아홉 살의 그 소녀 그대로인 것 같아 속이 쓰렸다.

마침내 카페의 문 앞에 도착해, 문고리를 잡으며 그녀는 불안한 낮으로 입술을 깨물었다. 지금이라도 진심이 아니었다고 하면 받아줄까? 저번처럼 타인을 보는 듯한 표정은 보고 싶지 않다……

"왔어?"

남자는 생각보다 태평한 모습이었다. 완전히 타인이 되어 할 말만 딱하고 나갈 줄 알았는데, 마치 아무 일도 없었던 것처럼 무던한 표정이다. 탁자를 보고 그녀는 속으로 쓴웃음을 지었다. 아이스 아메리카노 그녀가 가장 좋아하는 음료였다.

그녀가 의자에 앉아 커피를 한 모금 마셨는데도 남자는 아무 말이 없었다. 그저 자신 앞에 놓인 음료를 마시며 창밖만 바라볼 뿐이었다. 무슨 생각에 골똘히 빠져 있는 듯 자신을 빤히 쳐다보는 여자의 시선 따위는 전혀 느끼지 못하는 듯했다. 그녀와 같이 있는 시간만큼은 온전히 그녀에게 집중해주었던 전과는 달리 그녀보다 중요한 무엇인가가 생긴 듯이 멍하니 다른 곳을 쳐다보는 그의 모습은 저번의 낯선 표정보다도 생경하여 그녀를 주눅 들게 만들었다.

그녀가 이질감을 견디지 못하고 고개를 숙이자 그제야 그녀를 눈치챈 것처럼 그가 그녀를 쳐다보았다. 남자는 음료를 들어 한 모금 마시더니, 탁자에 내려놓은 뒤에야 입을 열었다.

"나……"

"헤어지자고?"

성급한 어조로 말을 잘라버리자 그가 커진 눈으로 그녀를 쳐다보았다.

"응? 아니, 그게 아니라……"

"헤어지자는 거잖아. 그래서 부른 거 아냐?"

그가 난감한 얼굴로 웃었다. 예상치 못한 반응에 그녀는 멈칫했다.

"아니, 들어봐. 나, 외국으로 가게 됐어. 내가 몇 달 전에 우연히 향수에 관해서는 세계에서 손에 꼽히시는 분께 향수를 보내드릴 일이 생겼었는데, 그게 어떻게 잘 돼서 그분 문하에서 직접 배울 수 있는 기회가 왔어. 그거 얘기하려고 부른 거야."

그녀는 할 말을 잃고 그를 바라보았다. 무슨 반응을 보여야 될지 알 수 없었다.

"우리가 지금 좀 서먹서먹한 상태니까, 네가 이 이야기를 어떻게 받아들일지는 모르겠는데, 난 네 뜻에 따를게. 나를 기다려도 되고, 그러지 않아도 되고…… 너의 선택에 달렸어."

그의 말이 끝난 후에도 그녀는 한참 동안 말이 없었다. 양손으로 커피잔을 잡은 채 멍하니 아래를 내려다보았다. 그는 참을성 있게 그녀를 기다려 주었다. 곧 그녀가 무겁게 입을 열었다.

"가서…… 언제 오는 거야?"

그가 머리를 긁적였다.

"잘 모르겠어. 몇 달이 될 수도 있고, 몇 년이 될 수도 있고…… 내가 어디까지 할 수 있느냐에 따라 달라지겠지. 돌아오는 날이 언제가 될 거라고 확언할 수는 없어."

솔직하게 대답하는 그를 그녀는 멍한 표정으로 바라보았다. 그는 눈을 깜박이며 그녀를 쳐다보았다. 초점을 잃은 시선이 허공에서 방황하고 있었다. 그가 조금 의아한 표정으로 그녀를 살필 즈음, 그녀의 눈에 초점이 돌아왔다. 그러나 생기를 잃은 가라앉은 눈빛이었다.

"……잘 알았어. 그럼, 오빠."

"응."

"우리 헤어져."

터덜, 터덜 집에 어떻게 돌아왔는지 모르겠다. 정신을 차려보니 어느새 집 앞이었다. 나사 하나 빠진 사람처럼 비틀거리며 문을 열고 안으로 들어와, 문을 닫는 순간, 눈물이 투두둑 떨어졌다. 모든 감정이 북받쳐 올라 쏟아지는 눈물을 주체할 수 없었다. 목이 메고 가슴이 쥐어뜯기는 것처럼 아파서 숨을 쉴 수 없었다. 쓰러지듯이 바닥에 주저앉은 채 울고 또 울었다.

사랑하는 사람들은 모두 나를 떠나간다. 나는 결국 행복을 줄 수 없었다. 왜냐하면 자신은 처음부터 그럴 수 없는 인간이니까. 자기도 어찌할 수 없는 이런 불신과 불안을 그 누가 잠재울 수 있을 것인가. 후에 어떤 사람을 만나고 어떤 사랑을 하더라도 그녀는 결국 제 발로 그것을 찰 것이다. 그녀는 행복해질 수 없는 고장 난 인간이니까.

식음을 전폐한 채 며칠을 울었을까, 나중에는 지쳐서 더 이상 울지도 못한 채 침대에 엎어져 있는데 문자 알림이 울렸다. 더듬거리는 손으로 휴대폰을 잡아 문자를 확인했다.

[나 지금 공항이야. 배웅 안 올 거야?]

말랐다고 생각한 눈물이 다시 흘러나왔다. 자기도 모르는 새 그녀는 또 울고 있었다. 휴대폰을 붙잡고, 화면의 글자를 마치 그인 것처럼, 그가 거기에 있는 것처럼 손으로 만지고 또 만졌다. 휴대폰 너머의 그가 마치 듣기라도 하는 것처럼 애써 억누른 울음소리가 짐승의 흐느낌 같았다. 그녀는 이내 꺼진 화면을 붙들고 바라보다가, 화면에 비친 자신의 꼴사나운 모습을 보고 더 눈물을 쏟아내었다.

모두 떠나간다. 그녀의 손에서 모래처럼, 흘러내린다.

그 후 오랫동안 그녀는 다른 사람을 만나지 못 했다. 누군가를 만나더라도 다시 헤어지고, 또 그녀를 떠나갈 거라는 생각에 사람을 기피하게 되었다. 사랑하지 않으면 버림받을 일도 없다. 그 단순한 논리가 무슨 구명줄이라도 되는 것처럼 그녀는 그것을 꼭 붙들고 매달렸다. 그렇게 모든 것에서 등을 돌린 채 몇 년이 흘렀을까.

한 남자가 그녀에게 다가왔다. 그녀가 아무리 무시를 하고 눈을 돌려도 그는 항상 밝은 미소로 그녀에게 말을 걸었고 넘치는 호감을 숨기지 않고 드러내었다. 끈질기게 나타나는 그때문에 결국 그녀는 그를 받아들였다. 그러나 불안감은 여전히 있었다. 그도 결국 그녀를 떠나갈 것이다. 얼마나 사랑을 하든, 애정을 갖든 결과는 또 다른 상처일 것이다. 그런 불안감은 그녀를 소극적에게 만들었다. 하지만 그녀가 다가오지 않는 만큼 그는 그녀에게 다가왔다. 그녀가 한 발짝 물러서면 그는 한 발짝, 아니 두 발짝 더 다가와 웃으며 그녀의 손을 잡았다. 그는 그녀를 다시 밝은 세계로 이끌었고, 다시 예전처럼 웃고 즐거워할 수 있게 도와주었다.

그에게는 그녀가 갈망하던 것이 있었다. 그 전까지는 그 누구에게서도 느끼지 못했던 그것, 바로 안정감이었다. 그의 곁에 있으면 편안했다. 그녀가 그의 손을 잡을까 말까 고민할 때 그는 마치 그녀의 마음을 읽은 것처럼 그녀의 손을 잡았다. 그에게는 그녀를 항상 뒤로 물러서게 했던 망설임이 없었다. 그는 마지막 연인과의 이별 이후 어둠 속에 틀어박혀 창백해진 그녀의 피부에 따뜻하게 내려앉는 햇살이었다. 그녀가 오랫동안 닿아보지 못한 그런 다정함이었다.

때로는 힘든 시기도 있었다. 너무 오랜만에 햇볕에 몸을 쬐이면 피부가 햇살에 데는 것처럼, 그녀도 마치 고질병처럼 그녀를 괴롭히는 불안과 불신에 흔들리고 이성을 잃었다. 하지만 그때마다 그는 그 어떤 확신이라도 있는 것처럼 항상 그녀의 팔을 잡았고, 등을 돌리려는 그녀를 붙잡아 이성을 되찾을 때까지 안고 보듬어 주었다.

그러다 아버지가 죽었다. 참을 수 없을 만큼 고통스러웠다. 잠재워졌다고 생각했던 불신이 다시 고개를 들고 그녀를 괴롭혔다. 진정 자신은 행복해질 수가 없는 것인가. 그가 심어준 믿음이 다시 뿌리까지 뽑힐 위험이 찾아왔었다.

그때, 그가 처음으로 그녀와 함께 울었다. 그녀를 안은 채 마치 아이처럼 엉엉 울었다. 처음 보는 광경에 멍청히 그를 바라보고 있던 그녀도 잦아들었던 눈물샘이 다시 터져 같이 울었다. 정말 둘 다 지쳐서 쓰러질 때까지 울었다. 그 순간 그녀는 느낄 수 있었다. 그가 자신을 정말로 사랑한다는 것을. 마지막 벽이 무너지고, 그녀는 그를 완전히 받아들였다.

수없이 많은 눈물이 흘렀다. 다시 아무것도 없는 공허로 돌아가고 싶었던 적도 한두 번이 아니었다. 하지만 그때마다 그가 함께 있어주었다. 같이 고통을 이겨나갔다. 그렇게 병든 짐승처럼 죽어가던 그녀는 되살아날 수 있었다.

그녀를 되살린 것은 바로 믿음이었다. 그녀가 아무리 죽음에 대해 비이성적인 예민함을 보이고 그가 떠나는 것에 대해 원인 모를 불안감으로 히스테리를 부려도 그는 부드럽게 그녀를 감싸 안아 주었다. 말라죽어가는 식물에 계속해서 애정을 퍼부었다. 마침내 그의 노력은 결실을 맺었고, 그녀는 그제야 완전한 한 사람이 될 수 있었다.

그날 그는 그녀의 앞에 무릎을 꿇고 반지를 내밀었고, 그의 떨리는 눈동자를 내려다보던 그녀는 이내 웃음을 터뜨리며 그의 손을 잡고 고개를 끄덕였다.

"그렇게 그이와 결혼을 했지. 그리고 잘 사는 듯하다가, 1년 전부터 그이 몸이 안 좋아지더니, 결국 입원을 했고, 1년 가까이 투병 생활을 하다가 3일 전 끝내 숨을 거뒀어. 갑작스럽진 않았어. 모두, 심지어 그이 자신도 곧 죽음이 임박하리라는 것을 알고 있었고, 그이 가는 길에 다들 함께 했으니 말이야. 외롭진 않았을 거야. 그나마 다행이야. 할머니 돌아가셨을 때처럼 그렇게 혼자 쓸쓸히 가게하고 싶진 않았거든. 오늘이 그이 장례식 날이었어. 장례식이 끝나고 바로 여기로 왔어. 나를 감싸준 사람. 내 상처마저 보듬어 준 사람을 잊고 싶지 않아. 그러니까, 그 사람을 기억할 수 있는 향수를 만들어 줘. 부탁해."

그녀의 말이 끝났다. 조향사는 묵묵히 그녀의 이야기를 듣고 있다가, 그녀의 눈을 똑바로 바라보며 미소 지었다.

"향수를 만드는 건 내 일이야. 부탁까지 할 필요 없어. 오직 너만을 위한, 단 하나뿐인 향수를 만들어 줄게."

"고마워. 정말로…"

그녀가 희미한 미소를 지었다.

"그럼, 이만 갈게. 어머님께 다시 가 봐야 돼서. 오랜만에 봐서 정말 반가웠어. 안녕."

딸랑.

조향사는 창가에 서서 멀어져 가는 그녀의 뒷모습을 바라보았다. 사랑하던 남편을 잃었지만 그녀에게는 예전과 같은 위태로움이 없었다. 그는 미소를 지으며 중얼거렸다.

"잘가."

반드시 만들어 줄게. 네 삶을 위로하고 감싸 안는, 너를 향한 나의 진심 어린 애정에서 나온 향수를. 너를 사랑한 그의 마음을, 너를 위한 그의 헌신을. 모두 담은 향수를, 반드시.

추억이란 이름으로

어느 도시에 위치한 '로드'라는 상담소가 있었다. 상담소의 실체는 조직이었다. 흔히 뒷세계에서 활동하는 놈들이었다.

막 잠에서 깨어난 미르는 정신을 차리기 위해 화장실로 향했다. 세면대에 물을 받아 세수를 한 후 방으로 돌아왔다. 가까운 곳에 전신 거울이 있었기에 우연히 보게되었다.

"맙소사!"

화들짝 놀란 미르가 자신의 방에서 큰소리로 외쳤다. 그 소리를 각자의 방에 있던 동료들이 그녀의 방으로 몰려왔다.

"시끄러워."

"야!"

"잠 좀 자자"

온갖 욕설이 미르에게 향했다.

그와 함께 있던 다섯 명의 눈길이 미르의 모습에 향한다. 인상 쓰는 놈, 놀란 놈, 재밌다는 듯이 보는 놈과 무덤덤한 놈들로 구분되었다.

"무슨 일이세요?"

갈색의 머릿결의 여자가 말했다.

"보면 알잖아요. 시아."

그녀는 까치발로 미르의 머리를 쓰다듬었다.

"헝크러진 머리 보기 흉해요. 미르군"

그녀는 함소했다.

미르의 뺨이 달아오르며 그녀의 시선을 피했다.

"미르한테만 친절하게 구시네"

흑발의 청년이 부루퉁한 표정으로 말했다.

"가온, 당신이 뭘 했다는 거죠?"

가온은 눈을 가느스름하게 뜨고 미르를 노려봤다.

미르는 따가운 시선을 피해 전신 거울 앞에 선다. 아직도 믿기지가 않는지 자신의 볼을 꼬집어본다. 한쪽 눈을 질끈 감는다. 다시 눈을 떠봐도 변함은 없다. 이미 엎질러진 물이었다.

"중요한 약속은 어떡하지…"

사무실문이 열리는 소리가 들렸다. 그들은 아지트에 있던 비밀통로를 이용하여갔다.

로드의 아지트는 복잡한 구조였다. 주택 건물이지만 그것이 아닌 것 같은 구조였다. 로드 상담실로 들어오면 다른 곳과 별달리 이상한 점은 없다. 하지만 손님들이 볼 수 없는 곳에 비밀통로가 있었다. 손님들을 위한 공간이 있고 벽이 하나 놓여있다. 벽 뒤에는 작은 부엌같은 공간이 있었고 그곳을 따라 가면 비밀통로가 있었다. 비밀통로를 이용해 편하게 이동할 수 있었다. 로드의 아지트는 일반 주택이라 봐도 문제가 없었다. 그들의 주택은 5층 주택이다. 특별히 엘레베이터가 있지 않았다. 지하는 없었고 옥상이 있었다.

건물 1층에 도보와 바로 연결되는 로드상담실이자 사무실이 있었다. 2층은 건물안 계단을 이용하여 올 수 있었다. 또 로드 상담실과 연결되어 있는 상태였기에 편하게 다닐 수 있었다. 평소 아지트를 올 때는 로드상담실을 통해 오게 된다. 특별한 날이 아니면 건물 2층에 있는 현관문은 굳게 잠겨있기 때문이다. 로드상담실이 있는 이 건물은 어떻게 보면 로드의 재산이라 볼 수 있었다. 로드의 아지트로 통하는 비밀통로는 로드조직원 밖에 모르고 있지만 일정 다른 동맹조직원 몇 명은 이미 알고 있는 사실이었다. 동맹 조직이 아니었어도 친분이 있는 놈에게는 이미 로드의 아지트가 알려진 상태였다.

"먹었어?"

은발의 남자가 소파에 앉아있었다.

"리첼!"

미르가 그에게 시선을 고정한 채 말했다.

"어제 작은 유리병 있었잖아. 잘 기억해봐"

리첼은 관자놀이를 꾸욱 눌렀다.

유리병이란 말에 미르는 어제의 일을 떠올렸다.

아지트에서는 한참 파티로 시끄러웠다. 시아는 그 가운데에 책을 읽고 있었다. 이번에 그녀가 읽는 것은 철학이다. 미르는 술을 다 퍼 마시고 더 가져오라 술주정을 부렸다. 인상을 팍 쓴 가온이 냉장고를 더듬었다. 남은 것이 없었는지 그는 편의점에 비싼 와인을 사온다. 이미 비몽사몽한 놈들은 맛만 보고 골아 떨어져 버린다. 아직 정신이 멀쩡한 놈끼리 뒷담을 해 댔다.

리첼이 비틀거리며 유리병을 테이블 위에 올려두었다. 흐릿흐릿한 형체가 테이블 위에 나뒹군다. 와인을 다 마셔버린 미르가 테이블 위를 더듬더니 그의 손에 유리병이 잡혔다. 낚아채 자신의 눈 가까이 바라봤다. 잠시 망설이나 싶더니 그대로 뚜껑을 따버리고 마셨다. 그는 점점 흐릿해지는 의식에 잠들어버렸다.

"유리병…"

미르의 표정이 어두워진다.

"마셨구나… 원래대로 돌아가려면 1년 걸리는데 괜찮겠어?"

리첼은 소파의 몸을 파묻었다.

"만나기로 한 약속은 꼭 지켜야 되는 상황인데…"

미르는 입술을 깨물었다.

부드러운 붉은 머리가 허리춤까지 길게 늘어뜨려져 있었다. 곱상하게 생긴 얼굴에 특유의 오드아이 눈동자가 빛났다.

그녀는 어제의 자신을 원망했다. 술에 손만 안 댔어도 이런 사태가 벌어지진 않았을 것이다. 판단이 흐려져 잡히는 대로 먹었다는 것이 굴욕이었다.

리첼의 옆에 자리했던 적갈색 머리의 남자가 크크거리며 웃었다.

"류한, 지금 웃을 분위기 아니거든?"

리첼이 날카롭게 쏘아 말했다.

흥미가 떨어진 것인지 류한이 정색했다.

"리첼, 유리병에 들어있던 약을 만든 장본인이 있을 거 아니야?"

미르가 진지하게 물었다.

"있지, 네가 싫어하는 사람이라도 괜찮겠어?"

리첼은 조심스레 대답했다.

미르는 잠시 생각에 잠기더니 고개를 끄덕였다.

"화백"

그의 굳은 결심에 리첼이 어렵게 입을 열었다.

한순간 미르의 몸이 경직되었다. 영원히 안 들을 줄 알았던 이름이 입 밖으로 나왔기 때문이다. 그토록 만나기 싫은 원수라도 이 정도는 아니었을 것이다. 그 만큼 그와의 기억이 안 좋았다. 첫인상부터 불쾌했던 놈이다. 로드와 밀접한 관계 조직인 '체이스'의 리더, 백화의 형이다. 백화의 지인이다 보니 어쩔 수 없이 만나는 경우가 종종 있지만 웬만해서는 그때를 피한다. 보통 외부조직으로 가야할 경우 사정에 미리 말해둔다. 그렇기에 상대방의 일정과 자신의 일정이 맞는 날짜로 확정이 된다. 그렇기에 화백을 만나지 않는다. 하지만 지금 때를 가릴 때가 아니었다. 빠른 시일 내로 본모습을 찾아야했다. 현제로 계속 있는다면 활동 중에 무리가 올 수도 있다. 체력이나 정신력 면에서 이미 떨어질 때로 떨어진 상태였다.

"그가 속한 곳이 어딨지 알아?"

미르는 마른침을 삼켰다. 비장한 각오로 놈을 찾아야했다.

리첼은 대답대신 고개를 저었다.

"화백이라면 백화가 알고 있지 않나?"

잠잠코 있던 류한이 태연스레 말했다.

미르는 류한을 잠시 노려보다가 작게 한숨 쉬었다.

"갈 거야?"

리첼이 불안한 듯 말했다.

"가야지."

"얼굴 맞대기도 싫잖아? 나도 피장파장이지만…"

침묵이 흘렀다.

미르는 무의식적으로 손톱을 물어뜯다가 시아를 바라봤다.

"같이 가주셔야겠습니다."

시아는 한 치의 망설임도 없이 승낙했다.

"대신 조건이 있어요."

그녀의 한마디에 미르가 불안에 떨었다.

"걱정 마세요. 어려운 부탁은 안합니다. 지금 같이 있는 4명도 가주셔야 겠습니다."

시아는 상담실에 있던 모두를 훑어보고 말을 이었다.

"리첼군, 가온군, 류한군 그리고 윤슬군까지 말이죠."

미르는 시아의 말에 모두를 차례차례 훑었다. 다들 내키지 않다는 듯이 시선을 피했다. 미르는 애처로운 눈빛으로 한번만 도와달라는 듯 동정심을 유발시켰다.

구석에 앉아있던 금발의 남자, 윤슬이 자리에서 일어났다.

"어쩔 수 없네, 갈 거면 빨리 가자. 시간낭비해서 좋을 것 없어."

각자의 차에 올라타 체이스가 위치한 곳으로 이동했다.

시아개 맨 먼저 체이스의 아지트로 향했다. 노크인마냥 그 주변을 지키고 있던 두 놈에게 무엇인가를 속삭였다. 그러자 놈들은 움찔거리며 아지트 안으로 들어오게 해주었다. 그것에 대해 궁금증을 느낀 미르는 시아에게 슬쩍 물어봤다.

"음, 별말 안했어. 학창시절에 놀고먹던 친구인데, 들어가고 싶다고 하니까 보내주더라?"

반은 진실이라 하여도 상관없겠지만 반은 거짓일 것이다. 놈들이 간단하게 들여보내 줄 성격이 아니다.

체이스의 아지트 안으로 들어서자 낯익은 얼굴이 보였다.

푸른색을 띄는 머리카락이 마치 사파이어를 보는 느낌이였다.

"지로 씨 오랜만이에요."

시아가 반갑게 말했다.

"시아구나, 무슨 일로 찾아 온 거야?"

지로는 그녀에게 상냥하게 대했다.

"별 것 없어요. 오늘은 그냥 백화얼굴이나 보러올까 했는걸요."

거짓이다. 그녀는 지로에게 거짓말을 하고 있었다. 분명, 목적은 미르의 해독제였다. 즉, 화백을 만나기 위하여 백화를 찾아온 것이다.

지로는 짧게 미소지었다. 시아도 그런 그의 미소에 미소로 대했다.

"백화 어딨어요? 나와 주실래요?"

시아가 큰소리로 말했다.

체이스의 일원들은 시아가 못마땅한지 조금씩 시비를 걸었다.

"누군데 남의 아지트에서 소란이오?"

"큰 소리로 말 안 해도 우리 보스, 귀 안 먹었어."

"감히 여기가 어디라고 큰 소리야?"

체이스의 일원들은 신경질적으로 시아를 대했다.

시아는 최대한 밝은 미소를 그들에게 선물했다. 남자들로만 우글거렸던 아지트 안에 아무도 손을 댈 수 없는 꽃 한 송이가 피어난 느낌이었다. 남자들은 헤벌레 하며 시아에게 막대한 것에 대해 사과를 연신해댔다. 시아는 짤막하게 미소를 짓고 백화가 있는 방으로 쳐들어갔다.

쾅하며 요란하게 문이 열렸다. 그녀가 마지못해 발로 차서 연 것이다.

"뭐야…"

불쾌한 표정을 짓고 있는 사내가 차갑게 말했다.

방에서는 두 사내가 테이블을 사이에 두고 이야기중이었다.

"네, 네, 이걸로 끝입니다. 두 분의 대화도…"

시아가 밝은 목소리로 말했지만 분위기는 어두웠다.

시아를 뒤따라 미르가 들어왔다.

"너 왜…"

시아가 미르를 제재하려했지만 그녀는 결국 들어왔다. 그 순간 그녀의 몸이 굳었다. 바로 앞에 있던 건 다름이 아닌 화백이었다.

"어째서…"

미르는 입이 쉽게 떨어지지 않았다.

"미르…"

시아가 안쓰럽게 말했다.

"화백형!"

뒤따라 들어온 리첼의 동공이 커졌다.

다른 일행들도 차례차례 방으로 들어왔다. 그들은 놀란 기색을 숨길 수 없었다. 바로 눈앞에 놈이 있을 줄은 상상도 못했었다.

시아가 미르의 두 어깨를 잡아 흔들어 그제야 미르는 자신의 처한 상황을 이해했다.

미르는 주먹을 한번 불끈 쥐고 풀었다. 화백에게 다가가 그의 앞에 한쪽 무릎을 꿇고 고개를 떨어뜨렸다.

"부탁해요. 화백형 해독제를 주세요."

미르는 공손하게 말했다.

화백은 그의 행동에 당황하는 기색도 없이 앉아있던 의자를 뒤로 빼고 몸을 낮추어 그녀와 시선을 맞추었다.

"고개 들어."

나직한 목소리가 귀가에 맴돌았다.

미르는 당장이라도 울 것 같은 얼굴로 화백을 바라봤다.

화백은 싱긋 웃더니 오른손을 내밀었다. 미르가 잠시 머뭇거리더니, 그의 손을 잡았다. 화백은 그녀를 일으켜 주고 먼지를 털어주었다.

"미안해. 난 만들어줄 수 없어."

화백은 테이블에 하체를 기대었다.

미르의 눈가가 촉촉해진다. 당장이라도 뚝뚝 떨어질 듯한 그녀의 얼굴에 애석하기만 했다. 화백은 그런 그녀를 살포시 안았다. 그녀가 우는 모습을 누구에게도 보여주고 싶지 않았는지 그는 그녀를 자신의 품속으로 파묻었다.

"이봐, 이봐… 아예 못 만드는 것도 아니잖아."

백화의 한마디에 미르는 화백을 밀쳐버렸다.

"무슨 말이야?"

미르는 다급하게 물었다.

"끄응… 그게 말이지, 해독제를 못 만드는 이유가 재료가 없기 때문이야. 그래서 재료만 있으면 해독제를 만들 수 있어. 당장은 못 만들겠지만, 빠르면 내일모래정도고 늦으면 일주일 정도 걸려."

백화는 차근차근 말했다.

희망이 있다는 것을 깨달은 미르는 눈을 반짝이며 백화에게 집중했다.

"그럼 1년이 아니어도 돌아 갈 수 있다는 점은 사실이지?"

미르의 분위기가 밝아져갔다.

"응, 그렇지만 내가 만드는 건 아니라는 점 명심해. 난 그저 참고가 될까하고 말 할 뿐이야, 만들 줄 아는 건 화백형뿐이라고"

미르는 화백을 바라봤다. 화백은 뻘줌하다는 듯 머리를 긁적였다.

"나한테 왜그래, 그래, 만들수는 있다고 하지만 재료가 쉽게 구하기…"

화백의 시선이 미르에게 향했을 때 미르는 그 어느 때보다 예뻐보였다. 그는 눈동자를 사방으로 굴리더니 말을 이었다.

"아, 알았어. 만들어줄게. 그렇지만 백화말대로 시간은 조금 걸려."

미르가 환한 미소를 지더니 '응' 한마디를 내뱉었다. 화백에게는 얼마나 그 모습이 귀여웠는지 괴롭혀주고 싶을 정도였다.

잠시나마의 기쁨도 잠시 미르는 심각한 고민에 빠져버린다. 3시간 뒤면 약속이 있다는 사실을 깨달았다. 그녀는 자신이 여자라는 시점에서 모든 것을 포기해 버리고 싶을 정도였다. 약속에 가야되는 것은 남자인 자신이었다. 하지만 자신은 여자가 되어버렸고, 현제로써 무슨 수를 쓸 방법조차 생각나지 않았다.

"어떡하죠? 중요한 약속이 있는데…"

화사했던 분위기는 급 어두워져버렸다.

"나라도 괜찮다면 어느 정도 도와줄 수 있어."

화백이 밝게 말했다.

"정말요? 어떻게?"

미르의 말투는 공손함에서 멀어져갔다.

"간단하게 속이는 수법을 써야지. 내가 미르와 친분 있다는 사이로 그곳에 가고 넌 그의 여동생이라고 속이면 되잖아?"

화백은 건성건성 말했다.

미르는 잠시 생각에 빠지더니 어쩔 수 없다는 듯 화백의 말대로 하기로 결심했다.

"약속은 3시간 뒤에요. 지금부터 준비하고 당장 나가야해요."

미르는 자신의 재킷주머니를 더듬었다.

"잠깐만"

시아가 날카롭게 말했다.

"네?"

"이번 건에 모든 게 걸려있어요. 알고 계시죠? 성공적으로 마무리하신다면 우리 쪽이 유리해지고 아니라면 불리해집니다. 신중하게 행동하시고 의심도 하시면서 결정하세요. 저고 함께 가고 싶지만 아무래도 그 여자가 절허락하진 않겠죠."

시아는 입맛을 다시고 화백에게 고개를 숙였다.

"제가 없다면 당신이 대신 저의 역할을 해주실 수 있을 듯싶은데요. 화백씨 당신을 믿어보죠. 미르군의 실수를 만회해 주실 거라고 믿어요."

화백은 상체를 숙여 그녀의 손등에 입맞춤을 했다.

"가련한 꽃송이가 시들지 않게 노력해보죠"

그는 가볍게 미소지었다.

미르는 시아의 충고를 귀담아 듣고 화백에게 끌려가는 듯 체이스 아지트에서 유유히 나갔다.

"화백형이 차좀 고분고분하게 몰면 좋으련만."

백화는 혀를 찼다.

"무슨 말이야?"

시아의 시선이 백화에게 향했다.

"아, 그 시절의 시아로 돌아왔네?"

그는 눈미소를 지었다.

그녀는 무엇이 문제냐는 듯 벽에 기대었다.

"문제야 많지. 화백형, 평소에 운전 할 때 거칠게 몰아서 아무도 안타거든"

시아는 어깨를 으쓱이고 그에게 손키스를 날리고 일행들과 돌아가 버린다.

"지로, 나중에 로드가 오면 대접 좀 해줘. 오랜만에 학창 시절 때의 그녀를 봐버려서 추억이 스멀스멀 올라오는 거 같아."

백화는 의자에 파묻히듯 뒤로 젖혀 눈을 감았다.

미르는 화백에게 반강제적으로 끌려가 그의 차에 탔다.

"광채 장난 아니네요"

미르는 뒤로 젖혀있던 의자를 앞으로 당겼다.

"억대 될 거야. 아마."

"아마는 뭐에요?"

미르가 호기심 가득한 얼굴로 물었다.

"내가 안 샀으니까. 백화가 사줬어."

미르는 대략 이해했다는 듯 고개를 끄덕였다.

화백이 차에 시동을 걸었다. 시끄러운 소음은 들리지 않았다. 차는 조용히 달렸다.

3시간 후 약속 장소에 도착했다.

'아인'카페, 아마 뒷세계를 활보하는 조직들 중 하나 일 것이다. 아니면 그녀가 속한 조직일 확률도 있다. 미르는 카페 이름을 몇 번이나 확인하고는 안으로 들어갔다. 약속시간보다 2~3분 늦게 왔기에 곳곳에 자리를 확인하면서 상대를 찾아야했다. 맨 구석쯤 끄트머리에 위치한 자리에 약속 상대가 기다리고 있었다. 미르는 화백의 옷깃을 잡았다.

"뭐야?"

화백이 그녀에게 귓속말했다.

"아, 아뇨"

"음, 민아라고 속여. 미르의 여동생인데, 오늘 오빠가 아프니까 대신해서 나왔다고 해. 그리고 민아야, 날 부를 때 오빠라고 불러라?"

미르가 잘못 들은 건지 그의 마지막말에 웃음이 들린 듯싶었다.

화백은 미르의 손을 부드럽게 잡고 약속한 상대가 있는 곳으로 갔다.

"안녕하세요?"

그는 자연스럽게 인사했다.

이긴 생머리를 한 여자가 미소를 머금었다.

"미르씨인가요?"

여자는 화백을 보며 말했다. 그녀의 첫인상은 밝게 웃고 있어 상당히 좋아보였다.

"아니요, 그의 친분사이입니다. 그가 오늘 심하게 병을 앓았거든요 그래서 대신 나왔습니다. 옆에는 그의 동생인 민아입니다."

화백은 자연스럽게 미르의 머리를 쓰다듬었다.

미르는 그의 손길을 피하지 않았다.

"그럼 제 소개가 늦었네요 전 설아에요"

설아는 짧게 미소지었다.

"실례지만 나이가 어떻게 되시죠?"

설아가 다시 말했다.

"32…"

화백은 사적인 대화에 난처했다.

"32시구나… 더 젊어 보이셨는데, 오빠라 불러도 될까요?"

"편하신대로 하세요."

사적인 대화가 진행이 될수록 미르의 표정이 어두워졌다.

"아! 민아의 나이가 어떻게 되죠?"

"24"

"네? 24살이요? 제가 알기로는 미르씨도 24인걸로…"

화백이 그녀의 말을 잘랐다.

"사적인 대화는 이쯤하고 본론으로 들어가죠. 설아씨?"

"씨는 빼세요. 딱딱해 보이잖아요. 그리고 가능하면 반말로 하는 편이 낫지 않을까요? 이렇게 격식차려 봤자 좋을 것도 없잖아요?"

"그러지, 그럼 바로 본론으로 넘어가자"

"응, 그럼 오빠, 우선 이것부터 확인해줘."

설아가 넘긴 건 거래 내용이 적힌 서류였다. 화백은 꼼꼼히 확인 후 서명을 하려는 순간 미르가 그를 막았다.

"무슨 짓이야?"

화백이 신경질적으로 말했다.

"이건 뭔가 아니야…"

미르는 무엇인가 이상하다는 것을 느꼈다.

"이렇게 안하면 이익은 없을 거야. 무의식적으로 그러지 말라고…"

화백의 말이 침착해져갔다.

"어? 화백오빠?"

설아가 당황했다.

"네 리더가 바랬던 거야. 그만 끝내버려."

미르는 고개를 저었다.

일처리 너무나도 쉽게 풀리고 있었다. 이상한 점은 한두 개가 아니었다. 무엇가가 자신을 압박해오는 듯한 느낌을 받은 미르는 일을 중단시켜야했다. 무엇을 위해 그녀가 자신의 조직을 배신했는가가 너무나 터무니없었다. 그녀가 자신의 속한 조직을 밝히진 않았지만 이 정도의 정보를 제공한다고 하면 자신의 조직에 대한 내용밖에 없을 것이다. 미르는 긴 고민 끝에 입을 열었다.

"설아씨, 이거 모두 당신이 속한 조직을 배신하는 행위 아닙니까?"

설아는 멈칫했다. 자신보다 어린 여자가 그렇게 말한다는 사실이 어이 없었다.

"동생분이면 동생분답게 가만히 계시는 게 어떤가요?"

설아의 목소리에는 짜증이 담겨있었다.

"이미 다 알고 계신 거 아닙니까? 뭔가 이상하잖아요. 저와 이 남자의 대화가 말입니다."

설아는 인상을 찌푸리더니 길게 한숨을 쉬었다.

"좋아요. 일단 당신의 이야기라도 들어보죠. 뭘 말하고 싶은 거죠?"

설아는 자신의 긍지를 잃지 않고 꿋꿋이 대꾸했다.

"믿거나 말거나 일수도 있겠습니다만, 제가 미르에요. 당신과 만나기로 했던 남자죠. 지금 이 모습으로 있을 수 밖에 없는 이유가 있는데 한번 들어보시겠습니까?"

그녀는 코웃음을 치더니 계속 해보라는 듯 손짓했다.

미르는 자신이 지난밤에서부터 지금까지 일어난 일들을 낱낱이 말했다.

"네, 당신이 변한 이유는 그렇다고 치죠. 그런데 제가 정보를 제공한 것에 대한 불만이라도 있나보죠?"

두 여자의 팽팽한 신경전이 시작되는 듯싶었다.

"네, 확실한거 하나는 당신이 제공하는 것이 진실이라면 당신은 지금 당신이 속한 조직을 배신하는 행위라고 밖에 설명할 수 없겠네요. 맞지 않나요?"

"좋아요. 그렇다고 쳐봐요. 그럼 제가 왜…"

화백이 그녀의 말을 끊었다.

"아, 대충이해가 가는군. 아무래도 이중스파이 같은데… 내말이 맞지 않나 설아?"

설아는 허탈한 웃음만 내뱉었다.

"네, 맞아요. 이중스파이에요. 그래서 당신들에게 정보를 제공하고 제가 퍼드리고 다닌 것이 아닌 상황으로 만들 생각이었죠"

"이야기는 끝났네요. 그럼 이만 끝내죠."

미르는 그녀가 보는 앞에서 서류를 찢어버렸다.

설아는 허망한 미소를 지었다.

"모든 게 끝이군요. 물거품으로 돌아갔다니…"

미르는 자리를 옮겨 설아의 옆자리에 앉았다.

"당신은 '이안'조직의 리더 아닌가요?"

미르는 나직이 그녀에게 속삭였다.

설아는 순간 움찔하더니 순순히 인정했다.

"그리고 자신이 숨어든 조직은…"

"거기까지만 말씀하세요. 이 곳이 안전하다는 보장도 없으니까."

설아는 비참한 모습으로 자리에서 일어나 유유히 카페를 빠져나갔다.

"화백형, 우리도 이만 나가자."

미르는 어느 순간부터 화백에게 존대를 하지 않았다.

"서류 쪼가리들은 어쩌려고?"

"누가 보겠어? 저 정도라면 유출되진 않을 거야. 그만 나가자."

화백은 찢어진 종이들을 주섬주섬 서류봉투에 담아 들었다.

카페에서 나갈려는 순간 낯익은 남자와 마주치게 되었다. 그녀는 순간 멈칫하고는 남자에게 시선을 두었다. 순간 남자와 눈이 마주치게 되었고 그는 입가에 미소가 가득했다. 소름이 끼친 미르는 떨면서 이러지도 저러지도 못하는 상황에서 화백이 그녀의 손목을 잡고 차가 세워진 곳으로 갔다.

"그 남자 아렌이지?"

화백은 심각한 얼굴을 하고 있었다. 미르는 아무 말 없이 벌벌 떨고 있었다.

"마, 맞아…"

"그런 놈하고 다시는 엮이지 마."

미르는 차안으로 들어갔다. 화백도 그녀를 따라 차안으로 들어갔다.

"어떡해… 출발해?"

미르가 고개를 끄덕이자 화백은 차의 시동을 걸고 로드사무실로 도착했다.

"다 왔어."

미르는 계속 떨고 있었다. 화백은 그녀를 엎고 로드의 아지트로 들어갔다. 화백은 시아를 찾았고, 그녀는 화백에게 정중히 인사를 했다. 그녀는 미르의 방으로 그를 안내해 화백은 미르를 안고 미르의 방으로 가 그녀를 침대 위에 내려놓았다.

"시아, 그 녀석 괜찮은 거야?"

"응, 아마 괜찮을 거야. 그런데 무슨 일이 있든 거야?"

화백은 카페에서 마주친 남자에 대해 이야기를 했다. 시아는 짐작이 가는 남자를 떠올렸고 한동안 미르의 움직임은 보이지 않았다. 미르는 여자인 상태로 침대에 누워있어야 되었고, 그 기간 동안 화백은 로드의 아지트에 머물면서 여자인 미르를 밤새 간호했다. 그는 점점 여자인 미르를 지워버리기 아쉬웠지만 예전의 그로 돌아오는 편이 낫기에 화백은 그녀를 잊지 못 할 추억으로 간직할 수밖에 없었다. 그래도 그의 입가에는 미소로 가득했다. 미르가 원래대로 돌아온다면 다시는 볼 수 없을지도 모르는 미소였지만 그에게는 그 만큼의 행복과 즐거움이 있었을 것이다. 그는 그녀를 간호하면서 늘 즐거웠고 후회스럽던 적이 없었으며 계속 그녀와 함께 있고 싶은 바람만이 그의 머릿속을 맴돌았다. 하지만 미르를 그대로 여자로 둔 채 자신만의 것으로 가질 수는 없는 노릇이었다. 그녀는 로드조직이었고, 아직까지 미르에게는 비밀로 하고 있는 자신의 조직 때문이다. 화백은 백화와 같은 체이스조직의 일부였기도 하였기에 그녀와는 이루어 질 수 없다는 것을 이미 미치도록 경험해보았다. 다른 조직과 엮였다가는 좋지 않은 일이 생기기 다반사였다. 특히 그에게는 크게 적용되는 일이었다.

미르에게는 자신의 조직을 안 밝히고 있다는 점도 그것에 대한 하나였지만 그와 아무리 친분이 있다 해도 이 사실을 밝혔다가는 사건이 터지게 되어 있다. 다행이도 내가 어디에 속하는지 알고 있는 로드 조직원들이 나에 대해 미르에게 말해 주지 않고 있는 것에 감사하게 생각하고 있다. 그것에 대한 감사함과 또 속인다는 미안함이 양심에 찔렸지만 좋은 사이로 남으려면 이러는 편이 그와 나에게는 도움이 된다. 언젠가는 밝혀질지 모르는 일이 될 수도 있겠지만 밝혀진다면 그것은 운명이라 받아들일 수밖에 없을 것이다. 아무리 속여도 어느 정도의 기간이 한정일 것이다. 밝혀진다면 깨끗이 모든 것을 포기하고 미르의 곁에서 떠나는 것을 선택하겠다.

몇 주가 지난 후 미르가 움직이기 시작했다. 미르는 상담실로 나왔고, 그곳에는 화백이 기다리고 있었다. 그는 손에 무언가를 흔들고 있었다. 곧바로 달려가 확인해보자 그것은 해독제였다.

"네가 계속 누워만 있기래, 건네주는 게 늦어졌네."

"아, 아냐. 형, 해독제 고마워"

화백은 여자가 된 미르의 마지막 웃는 모습을 보게되었다.

'역시 예쁘네, 웃는 모습.'

미르는 해독제를 마시자 서서히 남자의 체형이 돌아왔다. 그는 화백의 손을 잡으면서 함박미소를 지었다.

"고마워 형!"

"징그러우니까, 떨어져."

화백도 원래대로 돌아온 미르의 모습의 아쉬움을 느꼈지만 한편으로는 미르의 원래대로 돌아온 것에 대해 감사했다. 실험 중이었던 약물에 부작용이 적용되어 그가 못 돌아올 수도 있는 상황도 올 수 있었지만 그는 다행이 원래대로 돌아와 주었다. 그의 희생덕분에 이번실험에서 약물의 효과에 대해 자세히 알게 되어 미르에게 미안하면서도 고마울 뿐이었다. 화백은 그의 상태를 마지막으로 체크한 후 기록으로 적어 놨다. 아마 그녀와 함께 보낸 날은 꿈과 같았다. 로드조직이란 점이 걸렸으나 같이 있다 보면 정이 든다는 듯이 어쩌면 그녀가 끌렸던 이유는 한순간의 꿈일지도 모른다. 그녀와 함께한 나날들은 자신의 추억이란 이름으로 자신의 기억과 마음속에 간직했다. 화백에게 있어서 추억은 이번 기회가 처음이자 마지막이었을 지도 모른다. 그에게 첫사랑이란 단어도 그녀뿐이었다. 그녀가 첫사랑이자 사랑을 느끼게 만들어준 장본인이었다. 하지만 그녀는 자신의 만들어낸 약을 먹고 만들어진 환각과 환상과도 같은 사람이었기에 다시는 그런 여자를 만나기를 힘들 것이다. 딱 한 번의 첫사랑과 사랑이란 감정을 느끼게 해준 여자는 그 누구도 아닌 자신이 만들어낸 환상에 불가했다는 것이다. 다시 사랑이란 감정을 느끼게 된다는 그것은 인공적이며 환상이 아닌 진실이 되고 실존하는 사람과 사랑을 느끼고 싶다. 그저 그녀와의 추억은 이름뿐이지만 한순간의 물거품은 아니었다. 아름다웠고 한순간의 꿈이어도 좋았다. 첫사랑은 그저 한순간이 아니라 간직해놓고 두고두고 추억이란 이름에 걸 맞는 그였을지도 모른다.

낚시

처음이었다. 아버지의 차를 타보는 것도, 가족이 다함께 놀러 가는 것도, 바다를 보는 것도 나는 별로 기쁘지 않았다. 아니, 오히려 기분이 나빴다. 내가 아버지의 차를 타는 이유가, 가족들과 다함께 놀러 가는 이유가, 바다를 보는 이유가 모두 형을 위한 일이기 때문이다. 나는 그저 묵묵히 자동차 창문에 머리를 기대고 이름 모를 앙상한 나무들이 줄지은 가로수를 보고만 있었다. 덜컹거리는 자동차 덕에 계속 머리가 가볍게 창문을 두드리긴 했지만 내가 기분이 나쁘다는 것을 가족들에게 드러내기 위해선 뚱한 표정과 자세를 유지할 수밖에 없었다. 하지만 아버지는 말없이, 그러나 미소 띈 얼굴로 운전을 하고 있었고, 형은 조수석에서 영단어 책을 조용히 읊조리며 보고 있었다. 어머니는 내 옆에서 평소와 같이 성경책을 읽고만 있었다. 나는 포기하고 슬며시 머리를 떼었다.

나의 형은 원체 우월한 사람이었다. 공부도 잘했고, 수영도 잘했고, 게임도 잘했고, 못하는 게 없었다. 나는 형을 이겨보고 싶어서 뭐든 손을 대봤지만 항상 잘되지 않아 곧 그만두곤 했다. 나는 그런 인내심에서 조차 형에게 지고 말았다는 생각을 하곤 했다. 방금도 그랬다. 형이었으면 끝까지 머리를 붙이고 있었을까? 그렇게 아프진 않았는데 더 참을 걸 그랬나? 그럼 옆에서 엄마가 "왜 그러니?"라고 물어봐주진 않았을까? 괜히 생각에 잠겨서 더 기분이 나빠졌다. 침체되는 내 기분과 달리 자동차는 제법 빠르게 달리고 있었다.

"다 왔다. 내립시다, 우리 아드님들."

아버지가 차에서 내려 재빨리 조수석의 문을 열어주었다. 나는 어머니가 내린 문으로 같이 내렸고, 차문을 닫아 앞에 펼쳐져 있는 바다를 보았다. 겨울이라 바람이 제법 추웠다. 나는 점퍼 지퍼를 끝까지 올려서 내 입까지 덮었고 양 주머니에 손을 깊숙이 넣었다. 아버지는 트렁크를 열어 낚싯대를 꺼냈다. 낚시하러 간다고 했었지 참. 아버지는 낚시를 참 좋아하셨다. 하지만 나는 아직 어리다며 항상 형하고만 낚시를 가곤 했었다. 형이 낚시를 처음 갔을 때가 내가 9살 때, 즉 형이 11살이 된 해였으니까 올해 11살이 되는 나도 이제 낚시를 할 자격이 되었다고 생각했다. 아버지가 나에게 낚싯대를 주지 않는다면 형만 좋아하느냐고 한바탕 할 심산이었다.

"자, 우리 큰 아들 꺼. 그리고 이건… 우리 짝은 아들 꺼!"

아버지가 나에게 낚싯대를 쥐어줬다. 나는 속으로 알 수 없는 안도감이 들었다. 나는 어디서 본 모습대로 낚싯대를 어깨에 메고 아버지를 뒤따라갔다.

"5만원입니다. 3번 부표로 가시면 됩니다."

아버지는 카운터에 5만원을 내었다. 보트를 운전하실 수 있다며 아버지는 직접 노를 젓겠다고 했다. 나는 아버지의 뒤를 따라 3번 보트로 향했다. 아버지가 먼저 타서 뒤따라 타는 형의 손을 잡아주었다. 아버지가 형을 보트에 앉히는 동안 나는 말없이 보트를 탔다. 나는 최대한 떨어져서 보트 머리맡에 앉았다.

"다 탔지? 그럼 간다. 어잇차!"

아버지는 호쾌하게 노를 저었고 형은 가방에서 노트를 꺼내어 무언가를 적고 있었다. 기행문에 쓸 내용을 정리하는 중인 것 같았다. 그러더니 주머니에서 사진기를 꺼내어 바다 여기저기를 찍어대었다. 나는 형이 부산스럽게 사진을 찍어대는 모습이 괜시리 아니꼬왔다. 좋은 사진이 나오지 않기 위해 더 뚱한 표정을 지었다.

어느덧 부표에 도착했고 아버지는 밧줄을 묶고 흔들리는 보트와 바닷물 덕에 미끄러운 보트 끝부분 때문에 행여나 넘어질까 어머니의 손을 잡아서 내리도록 도와주었다. 형이 내리고 내가 내릴 때도 아버지는 손을 잡아 주었는데 아버지의 손을 잡아 본 적이 내 머릿속의 기억에는 존재하지 않았다. 아버지의 손은 생각보다 훨씬 투박하고 차가웠다.

부표는 생각보다 좋았다. 어디서든지 낚시를 할 수 있게 사방이 뚫려있었고 가운데에는 숙식을 할 수 있는 작은 오두막도 있었다. 어머니는 애초에 낚시에 관심이 없는 분이라 오두막에서 성경을 읽겠다고 들어가셨다. 나도 그냥 들어가고 싶었지만 아버지가 나에게 준 낚싯대를 보니 그냥 매정하게 들어갈 수가 없었다. 그냥 대충 낚시에 신이 난 아버지 비위 좀 맞춰주다가 들어갈 심산이었다. 사실은 형하고 비교당하고 싶지 않았다. 잘할게 뻔했으니까.

"자, 이렇게 바늘에 지렁이를 끼고… 자 봐. 이게 릴이라는 건데…"

아버지는 나에게 낚시바늘에 미끼 끼우는 법부터 릴을 감고 푸는 법 등등을 알려주셨다. 아버지가 나에게 뭔가를 이렇게 성심성의껏 알려주신 적 또한 처음이었다. 나는 그래도 최대한 열심히 들으려 노력했다. 옆을 슬쩍보니 형은 이미 릴을 풀고 낚싯대를 힘차게 던지려 하고 있었다.

아버지의 장황한 설명을 다 들은 나는 차근차근 하라는 대로 했다. 릴을 풀고 최대한 세게 던졌다. 하지만 바늘은 바로 앞 쪽에 퐁당 하며 힘 빠지게 떨어져버렸다. 창피했다. 옆에서 형이 나를 비웃는 듯한 느낌이었다. 하지만 티내면 더 창피할까봐 아무렇지 않은 척했다. 그렇게 시간이 흘러가는 듯했다.

10분도 되지 않아 내 손에서 이상한 느낌이 났다. 툭. 툭. 뭔가가 내 손을 가볍게 두드리는 듯한 느낌이 들었다. 이건가 해서 슬며시 릴에 손을 가져가대었다. 릴을 감으면서 혹시 물고기가 없으면 어쩌나 걱정부터 들었다. 형이 허탕을 친 나를 보고 뭐라고 비웃을지 생각만 해도 진저리가 났었다. 하지만 미끼만 걸려있었을 때랑 무게가 다름을 느꼈고 나는 눈을 꽉 감고 확 땡겼다.

아빠의 짧은 외침이 들렸다.

낚싯대에 떨리는 느낌이 전해졌다.

나는 행여 낚싯대를 놓칠까 더욱 꽉 잡았다.

그리고 나는 슬며시 눈을 떴다.

잡았다. 물고기가 있었다. 내가, 낚시를 처음 해본 내가, 항상 형에게 뒤쳐졌던 내가 잡았다. 그것도 형보다 먼저. 나는 본능적으로 형을 먼저 쳐다봤다. 형은 놀란 눈으로 나를 보고 있었다. 아니, 나의 물고기를 보고 있었다. 이게 그렇게 가지고 싶나보지. 하지만 이건 내꺼다. 내가 잡았단 말이다. 내 입에 슬며시 미소가 번졌지만 나는 인지하지 못했다. 그리고 나는 다시 낚싯대 끝에 매달려 퍼덕거리고 있는 내 물고기, 내 승리를 쳐다보았다. 햇살에 비쳐져서 유난히 황금색으로 찬란해 보였다. 가만히 고기를 보고 있자니 가슴이 벅차오르는 느낌이 들었다. 무엇보다 형이 그렇게 놀란 표정을 처음 보았다. 괜히 잘생겨보였던 형이 저렇게 못난 얼굴도 가지고 있었구나 하는 생각이 들었다. 나는 좋아서 어쩔 줄을 몰랐다.

나는 낚시에 급격한 자신감이 생겼다. 오늘 계속 처음 겪었던 일들이 그걸 말해주는 듯 했다. 혹시나, 행여나, 잘하면, 어쩌면 내가 오늘 형을 처음으로 이길 수도 있겠구나. 형이 나에게 져서 분해하는 모습을 상상하니 웃음이 끊이질 않았다. 나는 물고기를 빨리 빼고 새 미끼를 끼워서 바다에 힘차게 낚싯대를 던졌다.

몇 분이 지났을까. 한 20마리정도 잡은 것 같았다. 30마리인가. 쉽게 말해서 완전 대박 난거다. 형은 아직 한 마리도 못 잡고 고전 중이었다. 내가 물고기를 미친 듯이 잡는 동안 형의 표정 변화를 바라보는 게 참 가관이었다. 나는 그렇게 승리감을 느끼면서 낚시를 하고 있었다. 그런데 갑자기

형이 신경질적으로 릴을 감았다. 분해서 낚시를 그만 두려나 하는 생각이 들자 웃음이 안 나올 수가 없었다. 형이 포기를 하는 모습도 오늘 처음 보는 건가 하는 생각이 들었다. 형이 낚싯대를 어깨에 메더니 나에게 다가왔다.

"야! 나와! 내가 거기서 할 꺼야!"

형이 나에게 갑자기 비키라고 소리쳤다. 나는 왜 괜히 나한테 와서 성질인가 살짝 부아가 났다. 하지만 이내 생각을 고쳐먹었다. 그만큼 나한테 지는 걸 느끼는 거겠지. 그래서 뭐라도 해보는 거겠지. 그렇게 생각하자 형이 약간 안쓰럽기도 했다. 하지만 낚시를 그만 둘 생각은 없었다. 그동안 수없이 짓눌렸던 내가 이번엔 형을 한번 바닥까지 눌러 볼 심산이었다. 나는 꼭 여기가 아니어도 낚시를 잘 할 자신이 있었다. 나는 형이 더 수치스럽도록 흔쾌히 허락하고 반대로 아까 형이 낚시를 했던 자리로 옮겼다.

결과는 변하지 않았다. 형은 마찬가지로 그 자리에서 아무것도 잡지 못했고, 나는 계속 물고기를 낚아 올렸다. 이제 나는 잡을 때마다 크게 숫자를 외치기 시작했다. 일부러 형이 들으라고 말이다. 내가 외치는 숫자가 세 자릿수가 되는 것을 마음 속 목표로 잡았다. 형과 내 사이가 이렇게 벌어졌다는 것을 형에게 크게 와 닿게 해주고 싶었다.

"어, 어어!"

형 쪽에서 소리가 나자 나는 본능적으로 형을 쳐다보았다. 형이 자신의 낚싯대와 씨름을 하고 있었다. 낚싯줄은 굉장히 팽팽했고, 낚싯대는 금방이라도 부러질 듯이 휘어있었다. 엄청 큰 물고기를 잡았나? 내가 지금까지 잡은 물고기보다 더 크면 어쩌지? 나는 아무렇지도 않은 척 했지만 속으로는 굉장히 안절부절 하였다. 이번에도 결국 그렇게 되는 건가? 나는 결코 어찌 되던 형은 이길 수가 없는 건가? 형이 낚싯대를 놓치길 바랐다. 낚싯대가 부러지길 바랐다. 낚싯줄이 끊어지길 바랐다. 결국 힘을 이기지 못해서 형이 차라리 바다에 빠지기를 바랐다. 아버지가 형에게 다가갔다. 형을 도와주는 구나. 내가 물고기를 이만큼 잡았을 때도 도와주는 시늉 한번 없었으면서. 짧은 순간에 별별 생각이 다 들었다. 아버지는 그 사이에 형의 낚싯대를 대신 잡았다.

"아고, 돌에 걸렸네. 끊어야겠다. 가위 좀 가져와라."

나는 아버지의 말을 듣자마자 안도의 한숨을 내쉬었다. 돌에 걸렸다니. 추가 밑바닥까지 내려가서 바늘이 돌에 걸린 것이다. 나는 다리가 풀릴 뻔하였으나, 이내 정신을 가다듬고 가위를 가지러 오두막으로 들어갔다. 오두막 안에서는 어머니가 여전히 성경을 읽고 계셨다. 가위를 들고 나오던 길에 어머니가 나를 부르셨다.

"조심해…"

"뭐를요?"

"아니 그냥… 조심해서 놀라고."

난 또 뭐라고 나는 예 라고 짧게 말하고는 어머니를 지나쳐갔다. 어쩌다 슬쩍 보니 어머니의 성경에는 창세기 4장이라는 문구가 적혀있었다.

나는 아버지에게 가위를 가져다 드렸고, 아버지는 가위로 낚싯줄을 잘랐다. 형의 실망한 표정이 나를 너무나도 신나게 했다. 봐도 봐도 질리지가 않는 저 표정. 형의 주머니에서 사진기를 꺼내서 형의 얼굴을 찍어주고 싶은 마음을 억누른 채, 나는 내 자리로 돌아가서 다시 낚시에 몰입했다.

37번째 물고기가 어서 낚이길 바라면서 나의 낚싯줄만을 바라보던 내 옆에 형이 슬쩍 다가왔다. 많이 잡았네? 하면서 내 물고기를 쭈그려 앉아서 보더라. 형의 말에서 형이 지금 얼마나 배 아파 하는지 나는 느낄 수 있었다. 나는 실컷 봐라 하는 마음으로 뿌듯해하며 보게 내비뒀다. 그러더니 형은 다시 자기 자리로 갔다. 미끼를 새로 끼울 심산인지 형은 릴을 감아 낚싯대를 꺼내었다.

"아!"

형의 고통스러운 비명에 나는 또 뭔 일인가 싶어서 쳐다보았다. 형의 손에서는 피가 나고 있었고 옆에는 언제 잡았는지 잘 기억도 안 나는 우럭한 마리가 등지느러미의 가시를 세운 채 퍼덕거리고 있었다. 대충 상황을 짐작해보니 형이 내 물고기를 슬쩍해 자기가 잡은 양 자기의 낚싯줄에 끼우고 생쑈를 하려는 모양이었다.

"어디 봐라, 괜찮니?"

아버지는 형에게 달려가 형의 손을 바라보았다. 형은 계속 고통에 찬 신음소리만 뱉어대고 있었고, 나는 내 물고기를 다시 가지고 오려 다가갔다. 나는 내 우럭을 집으며 지금 엄청 수치스러워 하고 있을 형이 더 창피함을 느끼라고 한 마디 무심한 듯 툭 뱉었다.

"정말 가지가지 한다."

말이 끝나자 순간 형의 신음소리가 사라졌다. 나는 뛸 듯이 기뻤다. 얼마나 창피할까. 얼마나 모욕적일까. 아주 머리에 팬티를 쓰고 춤이라도 추고 싶었지만, 최대한 점잖은 자세를 유지하려 애썼다. 그게 더 모욕적일 테니까. 형은 민망한지 이내 다시 아아 하며 아파하는 소리를 내었다.

"이거 생각보다 상처가 깊은데? 아빠가 빨리 가서 약 사올게. 낚시하지 말고 가만히 있어."

형의 손이 생각보다 많이 찢어졌는지 아빠는 보트를 타고 약을 사러 갔다. 나는 아빠가 간 것을 확인하고는 슬쩍 형의 곁으로 다가갔다. 형은 바닥에 주저앉아 자신의 손만 바라보고 있었다. 내가 자신의 곁으로 온 것을 분명 눈치 챘을 것이지만 창피해서 어떻게 보겠나. 나 같아도 내 눈 똑바로 못 볼 것이다.

"왜 그랬어? 내 물고기가지고 뭐할라고?"

나는 형의 속을 살살 긁어대었다. 내가 오늘 아니면 언제 이런 기분을 만끽하겠는가. 달콤한 꿈이라고 생각하고 나는 최대한 이 상황을 즐기기로 마음먹었다.

"응? 응? 그렇게 고기를 잡고 싶었어? 내 물고기 쌔벼가지고 쑈라도 하고 싶었나 보지?"

"…저리 가라."

먹혀들었다. 형은 지금 마음 깊숙이 굉장히 창피할 것이다. 창피하고 수치스럽고 모욕적이고 부아도 치밀 것이다. 그렇다. 지금 형은 나에게 패배감을 온 몸이 저리도록 느끼고 있는 중인 것이다. 이런 생각을 하니 이제 더 이상 내 흥을 주체하지 못하겠다는 생각이 들었다.

"어때? 나는 지금 물고기를 얼마나 잡았는지 알아? 우리 같이 세볼까? 하나. 둘. 셋… 어휴―. 이 많은걸 언제 다 세, 그치? 근데 내가 이마안큼 잡을 동안 형은 뭐했어? 바다 봤어? 경치가 그렇게 좋디? 이 내용을 형 방학 숙제에다가 써야 된다고 알아?"

형은 아무 말도 하지 못했다. 고개를 바닥에 쳐 박고 몸을 부들부들 떨고 있었다. 아마 분해서 눈물을 흐리는 모양이었다. 나는 잠시 말을 멈추고 형 앞에 쭈그려 앉았다. 그리고 형의 얼굴을 손으로 들었다. 역시나 형은 울고 있었다. 이빨을 꽉 깨문 채 나를 노려보며 눈물을 흘리고 있었다. 이 얼마나 아름다운 눈물인가! 나에게는 성수와 같았다. 형의 패배감이 잔뜩 담긴 그 눈물을 바라보자니 마치 신이 된 느낌이었다.

"왜 울어? 그렇게 분했어? 동생한테 한 번 져 주는 게 그렇게 싫어? 아니지. 져 주는 게 아니지. 이건 그냥 진거야. 형이 졌다고 나한테 말이야. 지금까지 형이 공부든 수영이든 뭐든지 간에 나한테 이겼을지 모르겠지만, 오늘만큼은 내가 이겼어. 내가 승리했다고 이제 알겠어? 그냥 인정해."

나는 마지막으로 한 마디를 형에게 뱉었다.

"형은 나보다 낚시 못해. 형이 나보다 못하는 게 생긴 거야."

"으아아아아아아!"

형의 분노가 극에 달했는지 형은 찢어진 손으로 주먹을 움켜쥐고 부표 바닥을 내리치면서 울부짖었다. 나는 그런 형의 모습이 너무나도 아름다웠다. 저게 바로 처음 패배를 맛 본 오만한 자의 모습이구나. 진심으로 아름다왔다. 평생 이 순간을 간직하고 싶었다. 이 순간도 지나가리라는 생각을 하니 굉장히 아쉬웠다. 이래서 사진을 찍는 거구나 싶었다. 나는 형에게 다가가 형의 호주머니에서 카메라를 꺼내었다. 그리고 형을 이리저리 찍기 시작했다. 아까 형이 부산스럽게 바다를 찍었던 모습 그대로. 한 열댓 번 카메라 셔터를 눌러 댄 후, 나는 형 앞에 카메라를 툭 던져줬다.

"내가 사진 많이 찍어줬으니까 기행문에 꼭 붙여~ 알았지?"

나는 내가 낼 수 있는 최대한 비릿한 웃음소리를 내 주고는 내 낚싯대로 돌아갔다. 낚싯대를 잡으니 마음이 너무나도 편안해졌다. 평생 형과 단 둘이 낚시를 하면서 살고 싶었다. 어느 샌가 형의 울음소리가 사라졌다. 뭐 이제 상관없다. 충분히 즐겼다. 나는 이제 여유롭게 낚시를 즐길 심산이었다.

퍽.

갑자기 내 몸이 기우뚱해지는 것을 느꼈다. 바다가 갑자기 나의 눈앞으로 다가왔다. 나는 소름끼치게 차가운 바닷물에 몸을 담그자 정신이 들어 몸을 부표 쪽으로 돌렸다.

형이었다.

형이 나를 노려보고 있었다.

형이 나를 민 것이다. 굉장히 센 힘으로 말이다.

나는 형의 얼굴을 바라보았다. 나를 노려보고 있었지만 형의 동공에는 힘이 없었다. 형은 나를 민 자세 그대로 서서 천천히 잠겨가는 나를 바라보았다. 나는 숨을 쉴 수 없었다. 게다가 나는 형과 달리 수영도 못했다. 그래서 그냥 그렇게 잠겨갔다.

형이 나를 밀었다. 나를 밀었을 때의 그 힘을 느껴보니 형은 진심이었던 것이다. 나는 너무나도 기뻤다. 형이 진짜로 나에게 졌다는 것을 인정했구

나. 형이 어떻게 해도 나를 이기지 못할 것을 안 것이구나. 결국 분노를 이기지 못하고 나를 민 것이구나. 나는 바다 속에서 형을 바라보며 씨익 웃었다. 그리고 형을 끝까지 바라보았다. 물속이라 안 들릴 것을 알았지만, 입모양이라도 보라고 나는 형에게 기포를 쏟아대며 소리쳤다.

내가 이겼어!

변기맨이 된 남자

아버지는 변기가 되셨다. 변기에 아버지의 허벅지와 등이 녹아버린 탓이었다. 아버지의 허벅지와 등이 변기에서 떨어질 때는, 단 하나의 이유 때문이었다. 끼니거리를 준비하기 위해주방으로 오는 것 빼고는 모든 생활을 변기 위에서 하셨다. 먹는 것도, 자는 것도, 책 읽는 것도 아버지는 변기 위에서 기본적인 욕구 충족을 끝내고 나면 책을 읽었다. 톨스토이의 사람은 무엇으로 사는가. 아버지는 며칠 내내 그 책을 읽고 계셨다. 다음 장을 넘기다가도 다시 이전 페이지로 넘어와 다시 읽고, 그 다음 장을 넘기다가도 다시 전전 페이지를 다시 들추었다. 아버지는 무엇으로 사는가. 우리 아버지는 요새 변기로 살아가고 있었다.

"아버지. 저 잠깐이면 되는데 자리 좀 비켜주시면 안 돼요?"

처음에는 베란다에서 싸. 대꾸라도 해 주던 아버지는 이내 나의 말을 무시하기에 이르렀다. 나는 결국 집에서 뛰쳐나와 아파트 단지 내의 미니 정원에서 똥을 쌌다. 똥을 싸는 내내 풀들이 나의 엉덩이를 만지작거렸다. 하지 마, 이 성희롱범죄자들아! 마지막으로 있는 힘을 쥐어 짜 남아 있던 똥을 세상 밖으로 탈출 시켰을 때, 나는 딱 기절하고 싶었다. 내가 좋아하는 미영이가 나를 커다란 눈을 더 커다랗게 뜨고 쳐다보고 있었다. 정원에서 미친 듯이 뛰어와 변기 위에서 스테인리스 그릇을 껴안고 비빔밥을 퍼먹고 있는 아버지를 확인 했을 때, 아버지 멱살을 쥐고 변기 위에서 끌어

내고 싶었다. 아버지가 딱 죽기 직전 까지 아버지를 후려패고 싶었다. 이런 패륜적인 욕망을 품은 것은 단언컨대 그때가 처음이었다. 아버지가 마지막 한 입을 싹싹 긁어모으고 있었을 때, 변기에서 쪼르륵 소리가 들려왔다. 섭취와 동시에 배출이라니. 아버지의 장이 사실 일자형인 건 아닐까. 진심으로 아버지가 걱정되었다. 하지만 그렇다고 해서 아버지를 때리고 싶은 마음이 사라진 것은 아니었다. 이것은 내가 아버지를 미워하기 때문이 아니었다. 정말이었다.

엄마에게서 연락이 왔다. 엄마는 아버지가 변기가 되기 전에 집을 나갔다. 혹시 아버지가 변기가 된 이유는 엄마 때문이 아닐까? 엄마, 엄마 때문에 아빠가 죽어버렸어. 변기가 되어버렸다고 하지만 내 입은 움직이지 않았다. 아빠는 잘 지내? 응, 엄청나게 지내. 어떻게 지내기에?

"변기가 되었거든."

엄마는 아무 말이 없었다. 전화를 끊어야하나 말아야하나 진지하게 고민하고 있을 때, 뭐? 병기? 엄마가 소리쳤다. 생각해 보니 아버지는 병기가 맞기도 했다. 지금 아버지 앞에 말 잘한다는 버락 오바마를 데려다 놓아도 아버지는 아무 말 않고 꿋꿋이 듣고 있을 터였다. 가장 험하다는 미국 하렘가의 양아치를 데려다 놓고 모욕적인 말을 퍼부으라고 해도 아버지는 미동조차 없을 것이었다. 아버지는 변기니까. 그 전에, 아버지가 영어를 할 줄 알았던가?

"아니 변기. 아빠는 고장 난 변기가 되어버렸어."

엄마는 전화를 끊었다. 아빠를 버린 건 엄마잖아. 찔리기라도 하는 거야? 여기까지 생각하니, 아버지가 왜 변기가 되었는지 정말로 궁금해졌다. 단순히, 엄마 때문인 것일까.

아버지는 왜? 언제부터? 종이 한 가운데에 변기를 그렸다. 그리고 그 위에 앉아 있는 아버지. 접점은 아무 것도 없었다. 왜 하필 변기여야만 했을까. 슈퍼맨도 있고 배트맨도 있는데 아버지는 왜 하필 변기맨이 되어버린 것일까. 그때였다. 덜컥. 어딘가 이프로 부족한 변기레버 돌아가는 소리가 들렸다. 하지만 평소와 같은 크르릉- 변기의 울음소리는 들리지 않았다. 쿨렁쿨렁. 무언가에 의해 가로 막힌 소리만 들렸다. 변기가 고장이라도 났나? 아버지는 내려가지 않는 변기 물에 놀라는 기색이 없어 보였다. 그렇다면 답은 하나였다. 나는 변기의 이상증세를 뒤늦게 알아차렸다. 그렇다면 또다시 문제. 변기는 언제부터 고장이 났나? 우리 집의 하나뿐인 변기가 고장이 났다. 그동안 싸고 쌌던 아버지의 똥 때문일까? 아니, 아버지는 항상 볼일을 보고 나면 변기 레버를 돌리니 그 전부터 고장이 났을지도 몰랐다. 엄마가 떠났을 때부터? 아니면 그 전날? 그것도 아니라면 아버지가 넥타이를 매야 할 이유가 사라졌을 때부터? 변기가 언제 고장 났는지는 정확하게 알 수 없었지만 아버지가 변했다는 것은 확실했다. 그 뒤에도 아버지는 자신의 몸속에서 배출을 하고 나면 항상 덜컥. 변기 레버를 습관처럼 돌렸다. 나는 그것이 아버지가 자신이 인간이었다는 것을 상기시키고 있는 행동 중 하나라고 여겨졌다. 쿨렁쿨렁. 변기 레버를 돌릴 때 마다 가래가 잔뜩 낀 기침소리가 들려왔다. 물은 내려가지 않았다. 변기는 제 기능을 상실한 것이었다. 그리고 그 변기 속엔 아버지의 똥과 오줌이 들어있을 것이었다. 기능을 상실한 변기와 넥타이를 매야 할 이유가 사라진 아빠. 무언가 묘하게 잘 어울리는 커플이었다. 그리고 나는 그 무언가를 아직까지 찾지 못했다.

아버지는 변기 위에서 꾸벅꾸벅 졸기 시작했다. 반쯤 감긴 눈에서는 흰자위밖에 보이지 않았다. 고개를 잘게 끄덕이다가도 방심하면 팍! 꺾어버리는 아버지의 목에, 저러다 부러지는 것 아닌가 걱정이 되었지만 나를 비웃기라도 하듯 오뚝이처럼 발딱 일어났다. 아버지, 여기서 주무시지 마시고 방에 가서 주무세요. 예? 아버지는 말없이 일어나 침대로 향했다. 드디어 아버지가 정신을 차린 것일까. 쾌재를 부르며 방으로 들어가려 했을 때, 아버지는 베개와 이불을 가지고 밖으로 나왔다. 아버지, 설마. 설마요 아버지는 화장실 타일 위에 누웠다. 아버지는 갑자기 엄습한 타일의 차가움에 몸을 잘게 떨었다. 하지만 그걸로 끝, 나는 아버지가 침대 위에서 자고 있다는 착각이 들었다. 그렇게 변기 앞에, 침대가 새로 생겼다. 아들, 불 좀 꺼라. 탁. 내일은 꼭 근처 대학병원의 정신과 전화번호를 알아 봐야지. 덜컥. 아버지가 자는 틈을 타 변기레버를 내려 보았다. 나는 무얼 기대했을까. 물은 내려가지 않았다.

아버지는 배가 고프다는 나의 말에 앉은뱅이책상을 들고 오셨다. 간만에 보는 아버지의 서 있는 모습이라 감회가 새로웠다. 책상 위에 그려진 토마스 기차캐릭터가 나를 향해 웃고 있었다. 뭘 봐, 이 자식아. 토마스의 웃는 얼굴은 왠지 모르게 기분이 나빴다. 근데 아버지, 이 책상은 갑자기 왜 꺼내 오신 거예요? 아버지는 책상을 화장실 문 바로 앞에 내려놓았다.

"밥 먹자."

식탁이 새로 생겼다. 아버지는 변기 위에서, 나는 화장실 문 앞에서. 부자지간의 사이가 조금 가까워진 것 같기도 했다.

"아버지, 전 아버지 때문에 변기에 앉는 기분이 어떤 지 까먹은 것 같아요"

여전히 변기 위에 앉아 있는 아버지에게 물었다. 아버지는 토마스의 얼굴 위에서 밥을 먹고 있는 나를 내려다보며, 그것 참 안타까운 일이구나. 하고 말했다.

"변기 위에 앉는 기분은 어때요?"

"중력을 버티는 느낌이야."

아버지. 그렇게 따지자면 지금 저도 중력을 버티는 중인데요. 대체 아버지가 말하는 중력은 뭔데요? 아버지는 담배에 불을 붙이고 능숙하게 재를 떨었다. 변기 위에서 담배를 피울 때 담뱃재를 다리에 잘못 떨어뜨려 비명을 지르던 아버지는 없었다.

"그런 말도 안 되는 소리 말고요 저처럼 뭔가 까먹었다는 생각은 안 드세요?"

"그래, 뭔가 잃어버렸긴 하지."

혹- 아버지는 한숨과 함께 연기를 뱉어냈다. 괜찮아, 변기가 있거든. 화장실에서 내가 앉아 있는 토마스의 얼굴 위까지 담배 연기가 끼쳤다. 아버지. 엄마한테서 전화가 왔어요. 뭐라고 그러디? 잘 지내냐고 묻던데요. 그래서 뭐라고 대답했는데?

"아버지가 변기가 되어버렸다고요."

아버지는 아무 말도 하지 않았다. 아버지의 담배 연기는 내 머리 위로 더욱 짙게 흩어졌다.

학교 양변기 위에 조심스레 엉덩이를 갖다 대었다. 근래에 양변기를 이용하는 것은 처음이었다. 쉬는 시간 시작종이 울리고 수업 시작종이 울릴 때까지 계속 양변기에 앉아있어 보았지만 아버지가 말했던 중력을 버티는 느낌은 들지 않았다.

"너희 집에 변기 있지?"

준석이는 뭐 그리 당연한 걸 묻느냐며 나를 흘겨보았다.

"우리 아버지는 변기맨이야."

너 미쳤냐? 준석이가 질린 눈으로 나를 쳐다보았다. 하지만 진짜였다. 그런데 아버지가 왜 변기맨이 되었더라?

집으로 돌아왔을 땐 아버지는 끙끙대며 똥을 싸고 계셨다. 볼일이 끝난 후, 아버지는 습관적으로 변기 레버를 돌렸다. 그때였다.

크르릉-

두 귀를 의심했다. 때를 기다리고 있던 맹수의 울음소리가 들렸다. 아버지 방금 맞죠? 들으셨죠? 변기가 울었다. 며칠 내내 감기 열병을 앓다 드디어 훌훌 털고 일어난 것이었다. 아버지는 변기레버를 내리던 동작 그대로 굳어버렸다. 물 빠지는 소리, 물 채워지는 소리. 드디어 기다렸다는 듯이 솨 솨 하는 변기의 콧김 소리. 아버지는 느릿하게 일어나 변기 속을 확인했다. 아버지를 따라 변기 속을 쳐다보니, 상상과 달리 변기는 깨끗했다. 더 이상 냄새도 나지 않았다. 당연한 일이었다. 진짜 변기가 나타났으니. 아버지. 아버지도 이제 정신 차리고 일어나요. 다 끝났어요.

"변기, 변기가 돼야 해."

순식간이었다. 변기에서 일어난 아버지가 변기의 콧구멍으로 머리를 집어넣은 것은. 출렁출렁. 들이닥친 아버지의 머리에 변기물이 크게 출렁거렸다. 아버지는 자신의 머리가 쉽게 들어가지 않자, 손을 높이 뻗어 변기 레버를 돌렸다. 새 변기물이 아버지의 머리를 적셨다. 아버지, 코 안 따가우세요? 코와 귀마저 변기 속에 묻은 아버지는 나의 말에 대답하지 못했다. 쿵. 쿵. 아버지의 머리는 물의 흐름을 따라 변기에 몇 번 부딪혔다. 지금이다. 미뤄뒀던 질문의 대답을 찾을 때이다.

"아버지, 변기가 되려고 하시는 이유가 뭐예요?"

아버지는 고개를 번쩍 든다. 나의 말을 들은 것일까? 가슴이 두근거린다. 아버지의 머리카락은 얼굴에 착 달라붙어 뚝뚝 눈물을 흘리고 있다. 아버지는 벌건 눈을 하고 사방을 두리번거리셨다. 아버지 뭐 찾으세요? 아버지는 다급하게 베란다 끝의 벽장으로 뛰어간다. 이대로 혼자가 될 수는 없어. 변기가 돼야 해. 아버지가 챙겨 오신 것은, 다름 아닌 망치이다.

"너도 나랑 똑같았잖아!"

깡. 깡. 쨍그랑. 깡. 작은 파편들이 튀어 올랐다. 변기는 두 동강이 났다. 아버지는 이미 죽은 변기를 잘게 쪼개고 있었다. 혼자만 살아남겠다는 거야? 이기적인 새끼! 내가 얼마나 너를 아꼈는데! 혼자만 제 살길을 찾아? 아버지는 화장실이 떠나가라 소리를 질렀다. 변기 파편사이로 변기물이 흘러나왔다. 변기가 우는 것일까. 하지만 나는 변기가 아닌 아버지가 울고 있다고 느껴졌다

"아버지도 고쳐지면 되잖아요. 이 고장 났던 변기처럼요. 돌아오면 쉬운 일 아니에요?"

아버지는 이미 귀가 먹어버린 듯하다. 쨍그랑. 깡. 쨍그랑. 변기가 다 깨지고 나면 아버지가 변기가 되는 것일까? 사람의 말을 듣지 못하는 변기. 아버지는 변기가 되기 위해 지금의 변기를 죽이고 있는 것일지도 모른다. 아니, 아버지는 꽤 오래 전부터 변기가 되어 왔을지도, 되고 있는 중일지도 모른다. 언제부터였을까. 왜 진작 눈치 채지 못했을까. 화장실 휴지통 너머로 구겨진 넥타이가 보인다. 아버지가 가장 좋아하시던 파란색 넥타이. 아버지가 왜 변기가 돼야만 했는지, 어렴풋이 알 것 같다. 그제야 옛날의 아버지가 떠오른다. 아버지라는 지위가 가장 잘 어울리던 남자. 자신이 아버지라는 걸 자랑스러워하던 남자. 사회시간에 배운, 가부장적인 성격을 고스란히 가지고 있던 남자. 남자는 가장이 해야 할 기능을 잃고 고장 난 변기가 되었다. 왜 하필 변기가 되어야만 했을까. 글쎄. 아마도 그에게 가장 힘들었던 때, 제일 위로가 되었던 건 자기와 똑같이 제 기능을 잃은 고장 난 변기가 아니었을까. 지금 남자는, 자신의 새로운 자리를 갖기 위해 열심히 움직이는 중이다. 새로운 변기가 되기 위한, 변기맨이 되기 위한.

식탁 위에 그려진 토마스는 화장실 앞에서 아버지와 나를 향해 웃고 있었다. 지금만큼은 토마스에게 아무 말도 할 수가 없었다.

정다운 사람들

1

별 하나도 찾을 수 없는 밤이었다. 나는 힘없는 입김을 내쉬고 있었고, 어느새 현관을 지나 엘리베이터에 올랐다. 내가 쪽지를 발견했을 때 낡은 손목시계는 지겨운 1시를 가리키고 있었다. 어제도 그제도……. 내가 편의점 아르바이트를 끝내고 집에 올 때쯤이면 항상 같은 시간, 항상 같은 모습으로 입김만큼이나 축 처진 나를 발견하였다.

엘리베이터 안, 나란히 놓인 거울 속에는 의미 없는 공간들이 끝없이 이어져 있었다. 벽에는 모기와 하루살이일지 모르는 작은 벌레들이 짓눌린 채 말라 붙어있었다. 누군가의 명언도 붙어있었지만 나는 애써 그것을 보려 하지 않았다. 하지만 나는 어제까지 항상 똑같던 엘리베이터에서 변화를 찾아내고 말았다. 아니 찾을 수밖에 없었다.

A4 용지를 반으로 그리고 또 반으로 함부로 찢은 쪽지는 수상하게도 사람의 시선과 전혀 상관없이 무릎 언저리 높이에 붙어 있었다. 쪽지를 떼어 봤을 때 내 머릿속은 복잡했다.

"살면서 억울한 분들은 내일 자정, 106동 지하주차장으로 오시오"

'도대체 뭐지? 장난치는 걸까?'

쪽지의 내용은 이해 할 수 없었고 복잡함이 호기심으로 바뀌려는 순간 엘리베이터는 13층을 알리며 '땅' 소리가 끝나는 동시에 문이 열렸다. 나는 아무 생각 없이 쪽지를, 붙여져 있던 것만큼이나 함부로 패딩 점퍼 주머니에 쑤셔 넣고 집으로 들어갔다.

집은 공허함으로 가득 찼다. 길에서 우연히 발견한 어느 곤충의 탈피한 껍질처럼 옷들은 어질러 있었고 맥주 캔들은 여기저기에 나뒹굴고 있었다. 아침에 몸만 빠져나온 이불과 베개는 그 자리를 그대로 지키고 있었다. 누가 봐도 심란한 이 상황이지만 오는 사람 하나 없으니 그곳은 쓸쓸함으로 가득한 빈 공간에 불과했다. 나는 집으로 들어와 오늘 입었던 옷들을 어제처럼 벗어던져 버리고, 집 안에서 또 다른 집을 찾아가듯 이불 속으로 들어가 잠을 청하였다.

씻는 것쯤은 내일 하면 되는 일이라고 생각했다. 쉽게 잠이 오지 않아 옆으로 돌아 누어 주위를 둘러보았다. 내 눈에는 아무런 의미 없이 널브러져있는 물건들이 들어왔다. 처음 살 때만 해도 소중한 보물처럼 여겼지만 새벽의 칠흑 같은 어둠 속에서 그것들은 단지 따분한 것들에 불과했다. 정리를 하면 물건들이 빛날 지도 모른다고 생각 했지만 별로 치우고 싶지는 않다.

2

삐리리리리리…

알람 소리가 잠을 깨웠다. 간단히 몸을 씻고 대충 옷을 입고 학교로 향했다. 집을 나서며 스치듯 거울을 보니 어제 입었던 옷과 별반 다를 게 없었다. 상관없다.

나는 학교를 갈 때 주로 버스를 이용한다. 버스에는 노약자나 임산부를 위한 노란 의자가 있다. 하지만 팔팔한 놈들이 그 의자에 앉아 있는 것을 어렵지 않게 볼 수 있다. 그런 양심 없는 사람들을 좋아하지 않았지만, 버스를 둘러봐서 노약자나 임산부들이 없을 때에는 재빠르게 의자에 앉았다. 노약자나 임산부가 없을 때에는 그것은 일반 좌석과 다를 바 없으니까. 그러면서 노약자가 타지 않기를 내심 바라며 눈을 감았다.

버스를 30분쯤 타면 학교에 도착한다.

고등학교 시절…….

대학이란 나에게 꿈의 결정체였다. 그리고 인생을 좌우하는 특별한 상징성을 갖는 곳이라 생각했다. 그런 대학에 진학하기 위해 경주마처럼 달려왔다. 대학에 들어가기만 한다면…… 그러나 막상 대학교에 진학하니 생각과 달랐다. 그토록 부르짖었던 자유는 없었고 점수에 맞춰 들어간 학과 수업은 흥미가 없었다.

학교와 학과 선택에 있어 나의 생각은 그다지 중요하지 않았다. 비전과 전망, 유망이라는 명목으로 떠들던 주위 사람들. 부모님, 선생님, 친척 어른들, 심지어 옆집 수다쟁이 아줌마들까지. 그들의 의견이 반영되어 지금 다니는 학과에 진학하게 되었다. 나는 결국 떠밀려서 온 것이었다. 적응이라도 하면 마음이라도 편할까 했지만 적응하는 게 쉽지 않다.

교실에는 책걸상이 많지만 앞자리는 항상 붐볐다. 빈자리가 없다. 맨 앞자리의 학생들은 항상 같은 자리에 앉는다. 그리고 학점도 높았다. 그들은 교수가 시키는 잔심부름 등 별일을 다 하는 사냥개이다. 나는 사냥개와 그 사냥개를 부리는 교수 둘 다 좋아하지 않는다. 나는 애써 '토사구팽(兎死狗烹)'이란 고사성어를 떠올렸다. 웃음이 났다.

수업 시간, 나는 멋대로 노트에 '吐.辭.久.佇.'이라 적어 놓고 수업 내내 꼬리를 흔드는 사냥개를 보았다. 그런데 어느 순간 누가 사냥개인지 헷갈리기 시작했다. 더욱 깊이 고민하려던 순간 다행이도 수업이 끝났다.

강의실을 나오며 휴대폰으로 '토사구팽'의 한자어를 검색했다.

'젠장 맞는 한자가 하나도 없네.'

나는 씁쓸하였다. 하지만 멋대로 적어 내린 한자의 의미가 왠지 아련하다는 생각을 했다.

'털어놓다.', '하소연하다.', '오래가다.', '부리다.'

나는 한자의 훈을 좀 전과 마찬가지로 멋대로 조합해 떠올렸다.

'털어놓고 하소연하다.' '오래도록 부려먹다'

'오래도록 부려먹은 것을 털어놓고 하소연하다'

그리고는 입으로 중얼중얼 거리기 시작했다.

'털어놓고 하소연하다, 털어놓고 하소연하다. 털어놓고 하소연하다'

하지만 재빨리 마음을 추스르고 편의점으로 향했다.

나는 편의점에서 7시부터 12시까지 아르바이트를 한다. 유통기한이 다 된 폐기직전 삼각 김밥으로 배를 채우고서야 일을 시작하였다. 시계가 11시를 넘길 즈음이면 불안해져 간다. 이 시간이 되면 어김없이 취객이 나타나기 때문이다.

나는 취객들도 좋아하지 않는다. 취객들은 항상 자신들이 우월하고 왕이라고만 생각한다. 처음 취객을 대할 때는 술을 마시지도 않았는데 그들의 모습만 보아도 구역질이 나올 것 같았다.

이제 그마저도 익숙해졌다고 생각했는데 오늘 손님은 악몽 그 이상이었다. 발로 문을 밀치며 들어와 생수를 집어 계산대로 와선

"뭘 꼬라봐?"

취객이 첫 마디였다.

하지만 여기서 뭐라고 하면 안 된다는 걸 알기 때문에 애써 시선을 피했다. 취객한테서는 강하게 술 냄새가 났다. 몸은 이리 저리 흔들렸고 얼굴

은 시뻘겠다.

"1200원입니다."

나는 빨리 계산하고 보내는 게 상책이라 생각해 서둘러 계산하였다. 취객은 지갑에서 돈을 꺼낸다.

"야… 딸꾹… 너 지금 보니 내 나이가 네 부모님 뻘 될 거 같은데…크으, 그냥 좀 주면 안 되냐?"

"아, 그건 좀…"

"뭐?"

"그건 좀 어렵습니다. 손님."

마음속으로는 어이없음에 경찰이라도 부르고 싶었지만 최대한 정중하게 거절하고자 노력했다.

"왜? 나 참내 어이없네. 이 나이에 이렇게 부탁하는데 딸꾹… 너는 어미 애비도 없냐?"

그러고는 내 유니폼 명찰을 초점 잃은 눈으로 껌벅거리며 쳐다보고는 "김세원? 내가 너 기억해 둔다. 에라이, 더러워서 다신 안 온다."

그러고는 천원을 휙 던지고는 생수를 가지고 나가 버렸다.

"2…200원은?" 그러나 이미 무례한 손님은 빨간 신호등에도 불구하고 편의점 앞 횡단보도를 건너고 있었다.

부족한 200원은 시급에서 까일 것이 분명하기에 나는 분노를 느꼈다. 그러나 분노의 대상은 취객이 아닌 나 자신이었다. 구체적으로 내 처지에 대한 회한이 섞인 분노였다.

시계 바늘이 12시를 가르키고 있다. 나는 분노를 가라앉히려 애쓰며 집으로 향했다. 어쩐 일인지 엘리베이터 앞에 도착했는데도 분노가 사그라들지 않는다. 그래서 집앞 슈퍼마켓으로 향했다. 술이라도 마시지 않으면 화를 참을 수 없을 것 같기 때문이었다. 슈퍼의 입구 옆에는 음료나 술 등이 진열돼 있었다. 맥주 한 캔과 손에 잡히는 과자 한 봉지를 들고 계산대 앞에 섰다. 주머니에 손을 넣어 돈을 확인해 보았다. 동전들 사이에 종이 조각 하나가 잡히었다. 웬 지폐인가 싶어 확인해보니 어제 엘리베이터에서 주머니에 집어 넣은 쪽지였다. 나는 쪽지를 다시 펼쳐 보았다.

"억울한 사람들이라…"

나는 지갑을 두고 왔다고 주인에게 말하고는 맥주와 과자를 제자리에 두었다. 나중에 가져다 줘도 된다는 주인의 호의를 멋쩍은 미소로 받아치고는 슈퍼를 나섰다.

3

나는 무작정 106동 지하 주차장으로 달려갔다. 회한 어린 슬픔은 호기심과 기대감으로 바뀌었고 발걸음은 조금 전보다 가벼웠다. 106동에 도착한 나는 지하주차장 계단을 내려가고 있었다. 비상구 표지판 속 초록색 사람은 주차장으로 나를 안내하고 있었다. 계단을 내려갈수록 사람들의 목소리는 선명하게 들리기 시작했다. 인사를 나누는 듯하였다. 나는 최대한 발소리를 줄이고 이야기 소리가 들리는 곳으로 발을 떼었다. 어둡고 거리가 있어 몇 명인지, 누군지는 알지 못했다. 조금 더 가까이 다가가려고 했다. 그때, 누군가 함부로 던져 놓았던 깡통이 발에 채이며 "깡" 소리를 냈다. 이야기를 하던 사람들의 시선이 일제히 나에게 모아졌다.

"아… 안녕하세요?"

머쓱하게 인사를 하고 주변을 둘러보았다. 새벽이라 차는 들어오지 않았고 누군가는 주차장 구석에서 집어온 돗자리를 깔고 앉기도 하고, 누군가는 선 채로 무언가 얘기를 나누려는 찰나였던 거 같았다. 나는 용기를 내어 단발머리를 한 20대 후반으로 보이는 여자의 옆자리에 쭈볏쭈볏 다가갔다. 여자는 깜짝 놀라는가 하더니 갑자기 얼굴을 찡그렸다. 나는 당황하지 않을 수 없었다. 그녀는

"아! 죄…죄송해요. 순간 너무 놀라서요. 몇 동 사세요?" 그녀를 이해할 수 없었지만 곧 대답을 했다.

"아, 전 108동에 삽니다."

"네… 저는 107동에 살아요."

나는 가까이서 다른 사람의 얼굴도 살펴보았다. 그곳에는 익숙한 얼굴도 있었다.

"김세원 씨? 여기서 만나게 되네. 그동안 잘 지내셨나?"

그는 내가 월세를 계약한 부동산 중개인이다. 사업을 하는 사람이라 그런지 용케 나의 이름을 기억하고 있었다. 하지만 나 역시 계약서에서 한번 보았던 그의 이름을 어렵지 않게 기억해 낼 수 있었다. 그의 이름은 '방남준'이다.

난 그의 이름을 처음에 '방 남줌'이라 착각했고 이름과 직업이 참 어울린다 생각했었다. 세월이 거쳐 간 얼굴을 보면 그는 50대 중반 정도로 보였지만 나이는 알지 못한다. 내가 중개인과 악수를 하자, 그 옆에 있던 또 다른 남자도 나에게 악수를 청한다.

"전 112동에 삽니다. 잘 부탁드립니다."

"네, 안녕하세요." 나는 무엇을 잘 부탁한다고 하는지는 알 수 없었다.

112동 남자가 처음 손을 건넸을 때, 그의 커다란 손에 살짝 놀랐지만 애써 괜찮은 척 악수를 하였다. 아귀힘이 꽤 셌고 딱 벌어진 어깨는 그가 입고 있던 가죽 재킷과 잘 어울렸다.

하지만 가장 눈에 띈 것은 112동 남자 옆에 있던 긴 생머리의 여자였다. 어쩐지 친숙해 보이고 한두 번 만난 것만 같았다. 그녀가 누굴까 생각하고 있을 때, 그녀가 먼저 인사를 하였다.

"안녕하세요."

"네… 안녕하세요. 혹시 108동에 사시나요?"

"네! 그쪽 바로 옆집이요."

"네?"

그녀가 옆집에 사는 것을 모르는 것이 나에게는 그다지 놀랄 일은 아니다. 나는 엘리베이터를 타면 으레 이어폰을 귀에 꽂고 핸드폰만을 계속 보았다. 전화나 문자가 오지 않아도 핸드폰은 엘리베이터 속 어색한 분위기를 빠져나오게 해주었다. 나는 그래서 더욱 핸드폰에 의지하려 하였고 이웃의 얼굴 따위 보지 않았다. 하지만 바로 옆집 사람도 알아차리지 못했다는 사실이 창피하기는 했다. 내 볼이 붉어졌음을 난 열기를 통해 알 수 있었다. 내가 당황한 것을 알아차린 듯, 중개인은 재빨리 말을 꺼냈다. 역시 그는 사업을 하는 사람이었다. 타인의 심리변화에 대해 민감하게 반응한다.

"그래서? 어떤 억울한 일이 있었나?"

중개인의 말에 나는 흠칫 놀랐으나 태연하게 오늘 있었던 이야기를 하였다. 아니 그냥 흘러 나왔다. 노약자석에 당당하게 앉아있던 염치없는 젊은 놈의 이야기, 교수한테 잘 보이려고 별 노력을 다하는 사냥개 이야기, 아르바이트 할 때 욕이란 욕을 다했던 취객의 이야기. 이야기를 하는 중간 중간 "어머……", "쯧쯧" 등의 반응들이 나를 위로하는 것처럼 느껴졌다. 그래서 일까? 나는 평소의 모습과 달리 주저리 주저리 떠들어 대기 시작했다.

그때, 나의 넋두리를 끊으려는 듯 옆집 여자의 전화벨이 주차장에 울려 퍼졌다. 옆집 여자는 전화기의 발신자번호를 확인하고는 얼굴을 찡그렸다. 하지만 여자는 전화를 받지 않았다. 또다시 핸드폰이 울어댄다. 여자는 갑자기 핸드폰의 배터리를 빼버렸다. 여자는 화가 나는지 크게 숨을 고르고 있었다. 갑작스런 여자의 행동에 나 뿐만 아니라 모두들 당황했고 잠시 정적이 흘렀다. 중개인이 또다시 정적을 깼다. 역시 그는 사업가이다.

"아가씨, 무슨 일이야?"

그 말을 듣자 갑자기, 그녀의 눈에서는 갑자기 눈물이 흐르기 시작하였다.

"언니, 왜 그래요?. 무슨 일 있어요?"

107동 여자와 옆집 여자는 서로 아는 사이인 것 같았다.

옆집 여자는 한참이나 흐느낀 후에 비로소 입술을 움직이려 하였다. 모두 그녀의 입을 주목하였다.

4

옆집 여자는 집에서 아이들에게 영어를 가르치는 과외선생이라고 하였다. 여자는 아이들을 노예라고 불렀다. 그리고 그 노예들의 주인은 그 아이들의 부모라고 하였다.

"처음에는 아이들에게 즐겁게 영어를 가르치고 싶었어요. 영어는 매우 실용적인 학문이며 대화만 통하면 그만이라 생각했죠. 그런데 아이들 학교 영어 점수가 높아지지 않는다는 이유로 하나 둘 떨어져 나갔죠. 노예의 주인들이 생각하는 영어는 달랐어요. 주인들은 대화 보다는 빠른 해석과 점수를 높여 경쟁에서 이기는 것을 원했죠. 어쩌면 요즘 세상도 그것을 바라고 있는지 모르죠"

잠시 망설이더니 말을 이었다.

"저는 아이들에게 경쟁에서 이길 수 있는, 노예의 주인들이 원하는 영어를 가르쳐야만 했어요. 프린터기를 혹사시키며 숙제를 뽑아댔죠. 아이들이 아우성을 질러 댔지만 부모들은 좋아라 했어요. 이상하죠? 아이들은 살려 달라하는데 부모는 저보고 잘한대요"

나의 어린 시절을 떠올려도 그랬던 것 같다. 내가 학원 숙제에 허덕이며 힘겨워 했을 때, 나의 어머니는 주위 수다쟁이 아줌마들한테 학원 홍보대사가 되어 있었다.

"학자금 대출도 갚아야 했고, 생활도 해야 했기에 저는 그 노예들의 주인이 좋아하는 수업을 했죠. 그런데, 어느 날 한 아이가 와서 우리가 왜 이렇게 까지 다른 나라 문법 공부를 해야 하냐고 물었어요, 저는 우리가 교양인이 되기 위해서라고 대충 얼버무렸지만 마음은 편치 않았죠. 거짓말은 아니지만 진실이라 할 수 없는 대답…뭐 그런 거였어요. 저는 점점 애들에게 죄책감을 느꼈고, 지쳐갔죠. 하지만 거꾸로 아이들의 성적은 올랐고 제 형편도 좋아졌어요. 아이들의 성적표는 제 죄책감을 씻는 면죄부와 같은 것이었어요."

'면죄부? 누가 누구에게 어떤 죄를?'이란 생각에 잠시 잠겼다. 그녀는 우리에게 자신의 죄에 대한 핑계를 대듯 이야기를 계속 했다.

"하지만 그런 노력에도 모든 아이들로부터 자유로울 수는 없었어요. 아니 아이들로 부터가 아니라 노예의 주인들로부터 자유로울 수 없었다는 것이 정확한 표현이겠죠. 한 달 전이에요. 밤늦게 수업이 끝나고 저 혼자만의 시간을 가지고 있었어요. 잔잔한 음악을 틀어 놓고 다음 수업을 위한 자료를 만들고 있었죠. 그 시간만큼은 까랑까랑하게 아이들을 쪼아대던 제 목소리도 없는 고요하고 평화로운 시간이에요. 그런데 갑자기 전화벨이 울렸어요. 좀 전과 같이……. 벨소리를 시끄러운 아이들 사이에서도 들을 수 있게 아주 크게 설정해 놓았던 터라 벨소리가 울리자 잔인하게도 달콤함은 깨부숴졌어요."

나도 그랬다. 늦은 밤 편의점은 정적이 흐른다. 그래서 가요나 라디오를 틀어 놓는다. 가끔 손님이 드물고, 오래 전에 유행했던 애잔한 사랑 노래가 흘러나오면 나도 이 여자처럼 그 시간을 즐겼다. 그러다 오늘 같이 막 되 먹은 인간들이 들어와 술 트림을 해대면 분노가 치밀어 오른다. '젠장, 빌어먹을 인간들……'

옆집 여자는 다시 분노가 치밀어 오르는지 목소리에 힘이 들어간다.

'젠장, 왜 하필 지금이야!' 그래도 침착하게 전화를 받았다. 매일 숙제도 잘 안하고 뺀질되던 범수의 주인이었다.

"여보세요?"

"네, 안녕하세요. 범수 어머님"

나는 조금 전 감정을 들키지 않으려 아침 식탁에 막 씻어 올린 토마토 샐러드처럼 상큼하게 전화를 받았다.

"우리 애는 성적이 왜 이 모양이죠?" 다짜고짜 묻는다.

"네…?"

"아니 다른 애들 점수는 높은데 왜 우리 범수만 성적이 낮게 나왔냐고요?"

"어머님… 일단 진정하시고요. 범수가 머리는 좋은데 노력을 안 해요"

나는 최대한 주인의 화를 삭히기 위해 정중히 말했다.

"선생님이 잘못 가르친 것 아니에요?"

"네…?"

"아니 우리 애 머리가 좋은데 이렇게 점수가 안 나오는 건 그쪽 책임 아니냐고요? 과외비 아깝게……."

다행이 범수에게 더 주의 주는 쪽으로 흘러갔지만, 눈물이 하염없이 흘렀다. 미친 듯이 억울하였다. 다음날 나는 유난히 범수에게 숙제를 더 많이 냈다. 범수는 나에게 화를 냈지만 노예에게는 자유와 존중 따위는 필요치 않다고 생각하며,

"왜 그런지 니 엄마한테 물어봐!" 하고 쏘아 붙였다. 범수에게 미안했다. 기말고사에서 범수의 성적은 올랐고 나는 범수에게서 면죄부를 받을 수 있었다. 그러나 이제는 범수가 아닌 다른 노예들의 주인에게서 계속 전화

가 온다. 노예주의 전화가 익숙해질 쯤 나는 그들의 몇 가지 특징을 알아 낼 수 있었다.

주인들은 노예들의 잘못을 절대로 인정하지 않는다. 사실 주인들은 노예의 잘못을 이미 알고 있다. 다만 외적인 핑계거리가 필요한 것뿐이었다.

'또 화풀이 대상이 필요한가 보네.'

나는 노예의 주인들이 전화가 올 때마다 이런 생각을 하였다. 애들을 가르칠수록 나의 자존감은 계속 떨어졌고 그만두고 싶다고 생각을 할쯤이면 어김없이 고지서가 내 마음을 찔렀다. 괴로워도 나는 노예 감독을 멈출 수가 없다. 괴로운 삶을 살고 있는 지금 나는 면죄부와 공납금을 위해 이 짓을 계속 이어나가야 한다. 마치 어제 저녁 엘리베이터에서 홧김에 때려잡은 하루살이 같은 벌레처럼……

5

"이왕 이리 된 거 이야기 해보는 게 어때? 여기까지 온데에는 다 이유가 있지 않아?" 중개인의 말이었다. 대답은 하지 않았지만 모두 고개를 끄덕거렸다. 사실 나도 다른 사람들이 여기까지 온 이유가 궁금해 하던 참이었다.

공인중개사 방남준은 이야기를 시작했다.

"속이는 사람이 잘못이야? 아니야, 속는 사람이 잘못이지!. 속는 사람은 멍청하니까 속는 거야. 가끔씩 보면 말이야, 뻔한 사기인데도 낚이는 사람이 있잖아?"

재수 없다. 하찮은 궤변에 불과하다. 부동산도 잘 되는 거 같은데 뭐가 억울하다는 것일까? 어쩌면 엘리베이터의 쪽지도 저 작자의 짓일지 모른다. 새로운 건수라도 잡으려는 것일까? 그런데 중개인이 숨을 한번 크게 들이키고는 내 예상과는 빗나가는 이야기를 하였다.

"나이 50먹고 세상 바라보니 난 참 정직하더라고 돈에 눈이 멀어 남 따위는 배려도 안하고 보이스피싱, 다단계, 보험사기 등 남 등 처먹고 아무런 죄책감 없이 사는 사람들 많던데."

그래서 당신은 정직 하다고? 그의 의중을 알 수 없었다. 그리고 그가 왜 여기서 이런 이야기를 하는지도 알 길이 없었다.

"그런데 요즘 자꾸만 10년 전 그때 그 일이 떠올라."

5-1

'속이는 사람이 잘못이야? 아니야, 속는 사람이 잘못이지! 속는 사람은 멍청하니까 속는 거야.'

나는 가끔 일하면서 과거를 합리화하기 위해 이 말을 생각한다. 나는 부동산에서 일하며 여러 사람들을 만났다. 손님마다 각각의 특징을 찾아 기억해 내는 것이 나의 일에서 가장 중요하다. 하지만 나는 10년 전 그 멍청이는 잊으려 해도 잊을 수 없다.

인생의 가장 큰 위기가 있었던 적이 있다. 아내가 갑작스럽게 쓰러졌고, 병원에서 유방암 판정을 받았다. 그렇게 건강하던 사람이 암이라니… 다행이 아직 초기라 생명에 위협은 없다고는 하지만 문제는 병원비였다. 지금까지 모아 놓은 돈으로는 아내의 병원비를 대기에는 턱없이 부족했고 나에게 있는 재산이라고는 부동산을 시작하기 전, 사기꾼에게서 웃돈을 주고 산 달동네 땅이 고작이었다. 돈은 나에게 물과 같았다. 자연에 순행하듯 매우 빠르게 나를 스치고 지나갔으며 아무리 가둬놓아도 결국 증발할 뿐이었다. 남들은 물을 나누려 하지 않았고 누군가는 댐이나 호수를 가지고 있어 맘대로 퍼다 쓰곤 했다. 반면 나는 바닥이 드러난 종이컵에 담긴 물이 고작이었고 이 세상이 부당하다고 생각할 때쯤 그 멍청이는 내 사무실 문을 열었다.

"저… 계세요?"

"어서 오세요! 무슨 일로 오셨나요?"

"저… 부동산 투자에 대해 좀 알아보려고요."

시간이 오래 지나 잘 기억은 안 나지만 멍청이는 순한 인상의 소유자였던 것 같다. 나는 친절을 다해 부동산 정보에 대해 알려주기로 마음먹고 지도를 폈다. 그 순간, 그 달동네가 내 눈에 들어왔다. 그 곳은 무인도와 다를 바 없었다. 사람이 찾아가지 않고 누구도 신경 쓰지 않으니 그곳은 서울 속에 있는 무인도인 셈이었다.

"손님?"

"네?"

"투자하기에 아주 좋은 땅이 있습니다."

나는 멍청이에게 그 부지에 대해 소개하였다. 지금은 비록 달동네 판잣집에 불과하지만 재개발 가능성이 있고 재개발만 된다면 떼돈을 벌 수 있다는 말을 하였다. 사실 그곳은 언제 재개발이 전혀 알 길이 없었다. 그런데 절박감 때문이었을까? 그때의 거짓말이 어찌나 달콤하던지…

"비용은… 어느 정도인가요?"

"2억 4천이요."

사실 나는 거기서 그 멍청이가 땅을 살 것이라는 기대는 하지도 않았다.

"어… 저는 그 정도의 돈이 없는데요?"

"그럼… 2억 2천쯤에 해드릴게요."

"조금만 더 낮게 해주시면 안 될까요?"

"그럼 특별히 2억에 해드릴게요. 그 대신 조건이 있습니다. 바로 지금 계약을 하는 것이죠."

멍청이는 이미 나의 빛나는 썩은 미끼를 물어버린 상태였다. 나는 계약서를 가져오기 위해 나의 책상으로 갔고 살짝 멍청이에게 미안해지기 시작했다. 행색을 보니 돈이 많은 사람으로는 보이지 않았다. 갑자기 든 동정심과 미안함에 어찌해야 할지 모르는 순간, 아내의 얼굴이 떠올랐다.

'그래, 괜찮아. 그저 남의 물을 좀 뺏는 것일 뿐이야. 지금 잘못 하고 있는 건 속고 있는 저 멍청이야. 내 잘못은 없는 거라고.'

그에게 계약에 대한 설명을 했다. 재개발의 가능성을 강조하면서. 하지만 '계약파기는 절대 불가하다'는 경고는 좀 작게 말한 것 같다.

'그래. 어서 찍으라고 아내를 위해서야. 빨리 찍어버려! 이 멍청한 새끼야.'

멍청이의 이름이 박힌 인감도장의 빨간 흔적이 계약서에 묻어났을 때, 쾌감은 말이나 글로 다할 수가 없었다.

10년이 지난 지금. 그 달동네는 아직도 재개발이 되지 않았다. 아직도 그때의 기억을 생각하면 내 마음이 너무 시리다. 너무나도 쉽게 속았던 그 멍청이에게 지금은 매우 미안하다. 뭘 그리 쉽게 속아 넘어간 것인지……

6

항상 정직하고 친절하게 보였던 중개인의 이야기에 모두 적잖은 충격을 받은 듯했고 다들 말이 없었다.

"그런데 세상 살아보니 나는 양반이더라. 보이스피싱, 다단계, 보험사기 등 남 등 처먹고 아무런 죄책감 없이 사는 사람들 많더라고"

그 말을 듣고 잠깐의 정적이 흐르고, 잠시 후 112동에 산다는 남자는 자신의 차례가 되었다는 듯 자연스럽게 말을 이었다. 112동 남자는 자신을 경찰이라 소개했다. 그러자 중개인은 자신의 이야기를 털어 놓은 것이 멋쩍었는지 "민중의 지팡이시군요"라고 말했다.

중개인의 말에 112동 남자는 '부러진 민중의 지팡이'이라고 맞받아쳤다.

"철없던 어린 시절 드라마를 보고 경찰의 꿈을 꾸었습니다. 사람들을 괴롭히는 악당들을 내손으로 잡는 모습은 매력적이었습니다. 처음에는 그래서 유도를 배우기 시작했는데 어느새 어린 시절 꾸었던 꿈은 잊혀 갔고, 체육특기생으로 대학도 진학했습니다. 그런데 운동이란 것이 그렇습니다. 아무리 우승을 많이 했더라도 큰 부상 한번이면 선수 생활 끝입니다. 저역시 그런 케이스였죠 실업팀에 들어가지도 못할 운동 더 하면 무슨 의미가 있을까하는 생각에 결국 그만두었습니다. 그런데 막상 그만두니 막막했습니다. 술로 보내던 어느 날, 제 이런 모습이 안타까웠는지 선배가 경찰 특채공고를 보여주더군요 순간, 어릴 적 꿈을 떠올렸고 결국 경찰이 되었죠"

112동 남자의 이야기는 영웅담 같았다. 결국 어려운 시련을 이겨내고 꿈을 이룬 사람이었다. 그에게 잘 어울리는 가죽점퍼만큼 직업도 그에게 잘 어울린다 생각했다. 나는 그가 멋있다고 생각했다.

나에게도 꿈이 있었다. 물론 지금은 내가 원치 않는 학과를 다니고 있고, 대학 진학과 동시에 꿈도 잊혀갔다. 112동 남자가 부러웠다.

"하지만 제 생각이 틀렸다는 것을 아는 데는 그리 오랜 시간이 걸리지 않았습니다."

6-1

첫 취조하던 날, 나는 부푼 기대감과 흥분을 가라앉히질 못했다. 드라마에서 보던 취조실과 사뭇 다른 분위기이지만 범인을 꼼짝 못하게 하는 질문과 논리는 오랜 시간이 흘렀지만 생생하게 기억할 수 있었다.

처음 취조 대상은 금은방 보석 털이범이었다. 정확하게 말하면 '털이범'보다는 다이아 커플 반지 한 세트를 훔친 '절도범'이었다. 하지만 나는 보석털이범을 취지한다고 마음먹었다. 좀 더 이 흥분된 기분을 즐기고 싶었기 때문이다.

절도범은 서른 중반의 평범한 남자였다. 드라마에서 보던 반항적이던 범죄자와는 달리 힘이 축 빠진 채 고개를 숙이고 불안한지 다리를 떨었다. 이미 모든 걸 인정하고 있는 분위기였다. 김이 빠졌다.

"이름?"

"강태훈입니다."

"나이는?"

"36살이요."

"지난 OO시, A금은방 다이아 반지 세트 훔친 거 당신이지?"

"네… 맞습니다. 죄송합니다." 싱겁게 끝나버렸다.

"훔친 이유가 뭐야?"

"……"

절도범은 갑자기 흐느끼기 시작했다. 당황스러운 순간이었다. 그러나 날아온 대답은 나를 더 당혹스럽게 했다.

"부…부장님한테 드리려고 했습니다."

전혀 예상치 못한 답변에 당황해 있던 중 그는 말을 이어갔다.

"30살 중반이 되니 입사 동기 중 한 명이 정리해고를 당했습니다. 어쩌면 다음은 저 일 수 있다는 생각을 했고요. 어떻게든 상사한테 잘 보여야 한다는 생각만 가지고 있었습니다. 그런 고민 하던 중 금은방이 보였어요. 부장님 결혼기념일이 몇 일 남지 않았다는 이야기도 들었던 터라 그만……"

처음 그 말을 들었을 때는 기분이 너무 더러웠다. 악당을 잡아서 죄를 캐물어 처벌하여 사건을 끝맺고 담배 한 개비를 폼 나게 피우는 그런 상상과는 너무나 달랐다. 그는 도저히 악당처럼 보이지 않았다. 그저 세상이 내몰아친 피해자처럼 보였다.

그 후, 나는 몇 명을 더 취조 하였다. 맞고 있다가 저항한다고 쳤더니 하룻밤만에 범죄자가 된 학생, 시급 안주는 악덕 사장을 치다 잡혀온 취업 준비생, 갑작스런 정리해고에 난리치다 끌려온 회사원 등 점점 취조를 하면 할수록 내가 선택한 이 길에 대한 후회는 늘어났고 더 이상의 흥미도 느낄 수가 없었다.

7

112동 남자의 이야기가 끝났다. 107동 여자는 망설임 없이 그리고 자연스럽게, 하지만 차분하게 입을 열었다.

이제 서로에게 자신의 억울함을 토로하는 것이 당연하게 느껴진 분위기이다.

7-1

나는 한마디로 '여자 백수'이다. 예전에는 나 같은 이를 '백조'라고 부르기도 하고, '결혼준비 중'이라고 미화시키기도 하였다는데 그것은 지금 나에게 어울리지 않는다. 그냥 나는 '여자 백수'이다.

성공이 하고 싶다는 생각에 악착같이 공부해서 남들이 놀라는 명문대에, 남들이 좋아할 만한 학과에 들어갔다. 토익, 어학연수, 자격증 등을 악착같이 준비해 대기업 공채에 지원하였지만 면접관은 나에게 관심이 없었다.

'아마 내가 못생겼기 때문이다.' 나는 그렇게 생각했다. 하지만 나는 인텔리한 여자다. 그냥 추측하는 것이 아니다.

면접관은 내 옆에 있는 예쁜 지원자에게 가족 관계, 대학시절의 추억, 어떤 회사 생활을 하고 싶은가 등 초등학생도 답 할 수 있는 질문을 하였다. 하지만 나에게는

"흠······. 이혜주 씨는 왜 이 회사에 지원하셨나요?"

"이 회사에서 떨어지면 어디로 가실 건가요?"

등등의 대답하기 곤란한 질문들로 나를 고의적으로 떨어트렸다. 물론,

옆의 예쁜 지원자가 합격했는지는 나로서는 모르는 일이다.

더럽고 치사해 술로 하루하루를 보낼 때 성형 광고지가 눈에 띄었다. 제 2의 인생이 어쩌구저쩌구, 'before-after'라고 쓴 굵은 고딕체 글씨 밑에는 누가 봐도 흉한 얼굴과 환골탈태한 예쁜 여자의 얼굴을 담았다.

'뻔한 상술!, 이런 것에 넘어가는 사람이 있나?'

그래도 마지막 문구만은 신선했고, 매력적이었다. 적어도 나에게는.

"성형 후 취업률 100%! 당신의 스펙을 지원해 드립니다."

헛소리다. 저 말 대로면 성형하면 무조건 합격이라는 말이다. 하지만 뻔한 거짓말, 뻔한 상술일 텐데 구미가 당긴다.

평소 성형은 스펙에 자신 없는 것들이나 한다고 생각했고, 성형했음을 자랑하는 친구들에게 "어머, 너무 예뻐졌다. 자연스러워."라는 말은 했지만 속으로는 '그렇게 자신이 없니?'라는 생각을 했다. 나는 절대 성형을 하지 않겠다고 다짐했고, 성형이 나에게는 필요하지 않다고도 생각했다. 그 재수 없는 면접관의 얼굴이 떠오르기 전까지는.

'나를 떨어뜨린 그 재수 없는 면접관에게 복수하기 위해서라도……. 다시는 못생겨서 상처받지 않기 위해서라도……'

그렇게 세상은 나를 수술대 위로 올려 보냈다. 성형이 끝나고 나는 다시 태어났다. 과거의 나라고는 생각하지 못할 정도로 내가 봐도 아름다웠다. 이제 나는 외모 스펙까지 갖추었다.

하지만 이번에는 '여자'라서 문제가 되었다. 일 대 일 면접에서 면접관의 첫 질문은

"저희 회사는 할 일이 많아요. 외근, 야근, 출장도 잦아 여자가 일하기 쉽지 않을 텐데요?"

답을 할 수 없는 질문이었다. 나는 질문에 "그래도 최선을 다해서 일 할 수 있어요."라고 말 하지 않은 것을 후회하면서 다섯 정거장이나 앞서 버스에서 내렸다. 그리고 급할 것 없는 걸음으로 집으로 돌아오고 있었다.

나는 누군가의 손이 내 다리를 스치는 것을 느끼고 뒤 돌아 섰다. 배는 불룩하고 와이셔츠의 가장 높은 단추는 잠기지 않는 것인지 풀려 있는, 그래서 넥타이가 목에 대롱대롱 걸려 있는 남자는 누군가를 삿대질을 하며 몰아세우고 있었다.

남자의 손끝이 가리키는 곳으로 시선을 옮겼다.

"야 너 똑바로 일 못해?"

"제…제송합니다, 제발 잘루지 말아요"

외국인 노동자였다. 순간 모든 차별로 상처받는 그에게서 나의 모습이 보였다. 그들은 나를 비추는 거울이었다.

8

시간이 많이 흘렀다. 이제 잠시 후면 새벽에 일을 나가는 사람들부터 차례대로 지하주차장으로 쏟아져 내려올 것이다. 107동 여자의 말이 끝나고 있을 때, 나는 내가 말 할 이야기가 떠올랐다. 아무에게도 털어 놓지 못했던, 나의 고3 시절이 머릿속 판도라의 상자에서 튀어 나왔다. 지금 말을 꺼내지 않으면 다시는 누구에게도 '털어놓고 하소연' 할 기회가 없을 거 같았다.

나는 돌연변이다. 돌연변이는 집단을 위협할 수 있기 때문에 항상 소외당한다고 한다. 하지만 왜 학교라는 집단에서도 그런 일이 일어나는 것일까. 내가 남들과 다른 것은 별로 없다. 그저 조금 소심할 뿐. 하지만 나는 철저하게 외면당하고 있었다. 학교의 돌연변이를 우리들은 왕따라고 부른다. 그러나 처음부터 나는 왕따는 아니었다. 처음 서로가 어색할 때는 그럭저럭 살만 했고, 친구도 몇 명 있었다. 그러나 1학기 중간고사가 끝나고 많은 것이 변해 있었다. 어느 날부터인가, 친구들은 나를 반기지 않았다.

아무도 나한테 말을 걸지 않았다. 도대체 무슨 일인가 싶었을 때, 내가 친하다고 생각한 지훈이가 한 가지 사실을 알려 주었다.

"세원아… 이것 좀 봐봐."

친구가 보여준 것은 우리 반에서 가장 인기가 많은 혁준이와의 메신저 내용이었다. 그곳에서는 나에 대한 온갖 비방이 들어 있었다. 메시지 끝에는 나와 친하게 지내지 말라는 충고인지 협박인지 알 수 없는 내용도 있었다. 충격과 함께 모든 사건이 이해가 되기 시작하였다. 억울했지만 그 친구에게 따질 용기는 들지 않았다. 나는 모든 것을 멈췄어야만 했다. 시간이 지나면 지날수록 우리 반은 나를 점점 더 멀리하기 시작하였다. 그리고 나도 그들을 멀리하였다. 자연스럽게 친했던 친구들도 하나 둘씩 떨어져 나갔다. 어느 날 우연히 체육 시간 배드민턴 라켓을 놓고 와서 다시 반으로 들어가려던 중 우연히 지훈이와 혁준이가 대화하고 있던 내용을 들었다.

"야, 너는 왜 그 병신이랑 같이 다니냐? 너도 당하고 싶냐?"

"너야말로 세원이한테 왜 그러는데? 왜 못 잡아먹어 안달인데?"

"재밌잖아?"

나는 더 이상 둘의 이야기를 들을 수가 없었다. 나는 반으로 들어갔고 그들의 대화는 끊겼다. 하지만 며칠 후 지훈이 마저 나를 떠나가 버렸다. 난 이 집단에서 혼자가 된 것이다. 부모님이나 선생님들한테 말하고 싶었지만 걱정 끼칠 것만 같아 그럴 수가 없었다. 그때부터 나는 공부를 시작하였다. 공부만이 나를 이 집단과 돌연변이의 삶으로 부터 빠져 나오게 할 수 있다고 믿었기 때문이었다. 너무나 외로워도 조금만 참으면 될 거 같았다.

9

나는 이야기의 끝을 맺고 있었다.

"근데 친구들이 내 뒷담 이야기, 대놓고 무시한 일 등이 전부 어젯밤 꾼 꿈처럼 선명해요 그때는 지금만 지나면 괜찮을 줄 알았는데 도저히 기억 에서 지워지지가 않아요"

사람들은 주위를 둘러본다. 한 사람이 부릉 시동을 걸던 차였기 때문이 다. 사람들이 하나 둘 자리를 차고 일어난다. 그는 무슨 위로의 말이라도 기대했을까 나는 아직 차가운 땅에 엉덩이를 붙이고 있었다. 하지만 아무 도 내 이야기에 어떤 위로나 공감의 말을 잇지 않았다. 날이 밝아오려 했 기 때문이다. 사람들이 하나 둘 나타나기 시작했기 때문이다.

아무 일 없었다는 듯 돌아갈 준비를 하는 이들 중 누군가가 물었다.

"그런데 엘리베이터에 쪽지는 누가 붙인 거죠?"

순간 나는 방남준을 쳐다보았다. 그런데 방남준은 112동 남자를, 112동 남자는 107동 여와 108동 옆집 여자를, 그리고 그녀들은 나를 바라보았다.

나의 시계가 7시를 가리키고 있었다. 나는 여전히 사람들이 떠난 지하 주차장에 앉아 있었다. 주차장 안으로 가는 빛줄기가 들기 시작했고 그 빛 때문인지 비상구표지판은 초록빛을 잃어 가고 있었다.

어둠과 빛은 공존한다

이 세상 모든 사람에게는 제각각의 시간이 주어진다. 그 시간은 삶과 함께 돌아가기 시작되어 죽음과 함께 멈춘 시간은 이내 혼과 함께 이계로 보내지는 것이 세상의 순리. 그러나 모든 일은 그리 순탄히 돌아가지 않는 법. 시간이 멈추었음에도 삶에 미련을 갖고 남아있는 혼은 수두룩하다. 그렇기에 사자의 혼을 이계로 보내어 줄 이가 필요했다. 그 자들은 사신. 흔히들 저승사자라고 부르는 것이다.

여름이라 그런지 오후 7시가 지난 이 시간에도 해는 질 줄 모르고 떠있다. 하원은 약 2시간 전 옆 골목에서 난 교통사고 때문에 소란스러워진 골목을 바라보았다. 사고로 죽은 소녀가 바닥에 주저앉아 무릎 위에 고개를 박고 울고있다. 소녀는 처음 자신이 사고로 죽었다는 것을 알자마자 그 자리에서 도망쳤다. 마치 인정할 수 없다는 것처럼. 하지만 그 바람은 너무 쉬이 무너져버렸다. 한 무리의 동네 남자아이들이 찬 공이 날라 와 그녀의 몸을 통과해버린 것이었다.

"이제 어떡해……."

"이런, 난 저렇게 우는 애들은 싫은데 말이지."

하원은 기분이 나쁘다는 듯이 혼잣말을 하고는 천천히 기대었던 몸을 일으켰다. 오래 전 자신이 죽는 그날 그는 미련 없이 이 세계를 떠났다. 그와 함께 사람들의 시간을 끊어 온 시간은 그의 감정을 무디게 하기엔 충분했다. 그는 이번에도 망설임 없이 일을 마치고 돌아갈 참이었다. 생각치도 못한 변수만 없었다면…….

"이제 그만 울어 채연아."

위로부터 들려오는 목소리에 소녀는 고개를 들었다. 채연과 한두 살 차이가 날까 하는 소년이 소녀의 키에 맞추어 허리를 숙였다.

"울지마……."

소녀의 귓가를 맴도는 익숙한 목소리는 다정했지만 슬픔이 담겨있다.

"채연아 그만 울어. 너 울어도 사람들 너 못보고 네가 하는 말, 들을 수 없어"

채연에게 말을 거는 소년의 모습에 하원 눈매가 가늘어졌다. 소년을 감싸고 있는 기운이 하원의 눈에는 똑똑히 보인다. 완벽히 제어하지 못해 불안하게 흔들리기는 하나 그 크기가 작지만은 않다. 소년의 힘이 고작 유령을 보는 것으로 끝이 날 리 없다. 그것을 증명하듯 소녀의 어깨에 소년의 손이 닿자 멈춰 있던 채연의 시간이 다시 움직이기 시작했다.

"재운오빠……. 무섭다. 혼자인건 싫은데."

소녀는 떨리는 목소리로 말했다. 재운이라 이름을 불렀으나, 답을 바란 것이 아닌 듯 이내 고개를 떨구어버렸다. 재운은 채연의 손목을 잡아채었다.

"오빠?"

소녀의 질문에도 소년은 무작정 뛰었다. 혼자는 싫다. 외로움이 싫다. 3년전 자신이 가진 힘 탓에 누구와도 어울리지 못한 채 어둠 속에서 살던 자신에게 빛이란 것을 안겨준 한 소녀가 외로움을 느끼고 있다. 이제는 자신이 소녀에게 빛을 나누어주고 싶다.

"왔어?"

재운의 형이라 짐작되는 이가 재운을 반겼으나 이내 표정이 굳는다.

"누구야?"

처음 소년을 반기던 목소리가 날카로워졌다는 것을 느꼈는지 채연은 한 발자국 물러섰다.

"이현 형 화내지마. 채연이야. 안 된다는 건 아는데, 어쩔 수 없었어."

재운의 말에 그는 재운 뒤로 숨어버린 소녀를 보았다. 윤채연. 잊었을 리가 없다. 유령을 보고 그들의 시간을 돌려주는 재운의 능력이 그 아이 자신에게 좋은 영향을 줄 수 없다는 것을 알았기에 곁에서 머물러왔다. 처음에는 무심결에 자신의 시간을 돌려준 소년에 대한 단순한 감사 혹은 걱정에. 하지만 끝내 그 감정은 외로움을 많이 타는 그 아이에 대한 사랑으로 번져 그 주위를 맴돌았다는 것이 맞을 것이다. 그랬기에 지금 그는 재운에게 화를 낼 수 없었다. 재운은 다른 사람의 이야기를 거의 하지 않는 아이었다. 어찌 보면 사람들이 그 아이를 멀리 해 홀로 지낸 탓일지도 모른다. 그러던 중 들려 온 이름이 채연의 이름이었다. 자신을 피하지 않는다 하였다. 어쩌면 어린 마음의 호기심으로 재운에게 다가섰던 것일 수도 있다. 하지만 그로 인한 재운의 변화에 자신은 얼마나 기뻐했던가. 그는 다시 눈앞의 소녀에게 눈길을 주었다. 눈이 마주치자 15살의 소녀는 급히 눈을 피해버린다.

'겁을 먹은 건가. 몹쓸 짓을 했군……'

"괜찮아. 채연이라 했지? 난 한이현. 여기 있으면 죽어도 혼자가 아니잖아? 나도 이 상태로 18년을 살았다고? 그러니 무서워 할 것 없어."

그의 말에 경계심이 풀리는지 소녀의 얼굴에 옅은 미소가 보이는 듯하다. 그는 어쩔 수 없다는 듯이 재운에게 손을 흔들며 방을 나왔다. 3년만의 기쁘고도 슬픈 재회에 끼어들고 싶지는 않았다.

"이현아, 한이현?"

뒤에서 자신을 부르는 소리에 그는 뒤를 돌아 봤으나, 이미 목소리의 주인은 그 자리를 떠나버린 뒤였다.

"하원아, 어이 이하원!"

자신의 친구가 언제부터 이리 무방비한 인간(사신)이 되어버린 것일까. 아침까지만 해도 자신의 친구 하원은 '사신의 본보기'라 불릴 정도로 냉철하고 완벽했다. 그런데 일한다고 나가더니 돌아오자마자 2층으로 오르는 집 안 계단에 앉아 20분 째 움직이지 않고 있다. 평소라면 이미 시끄럽다거나 왜 부르냐는 등 비난의 말이 날아왔어야 할 터인데, 지금은 어떠한 반응도 보이지 않는다.

"어이, 이하원!"

"일하다 실수해서 기분 안 좋아 보이니까 그만 둬."

계속되는 시우의 장난에 가희는 한숨을 쉬며 그를 막아섰다.

"농담이지?"

친구의 걱정보다 호기심을 먼저 내보이는 시우에 가희는 하원의 눈치를 보며 설명했다.

"오늘 놓쳤데. 이름이 재운이라고 했나? 혼의 시간을 돌려줬다나봐. "

"와우. 그거 참 대단한 능력이네. 그럼 그건 저 놈 실수가 아니잖아. 시간이 돌아가면 우리 손 떠난 거지. 뭘 그렇게 침울해져있어?"

"시끄러워."

계속해서 들려오는 주위의 억측에 그는 다른 곳에 있던 정신을 다잡았다. 재운의 능력에 흥미가 생겨 그의 뒤를 쫓았고 뜻밖의 인물을 보았다. 그로 인해 떠오른 생전의 기억과 만남에 흔들렸다. 그뿐이다. 그는 가희와 시우에게 눈길을 돌렸다.

"무슨 일인데?"

"딱히 용건이라기보다는 새롭다를 넘어 신선하게 보이는 네 상태에 걱정이 된다."

입에 침도 안 바르고 거짓말을 하는 시우에 하원은 할 말을 잃었다.

"걱정하는 얼굴로는 보이지 않는다. 오히려 호기심에 가까운 표정이다."

"틀리진 않아. 그도 그렇게 이런 모습을 흔히 볼 수 있는 건 아니잖아? 악!"

점점 하원의 화를 부를 듯한 말에 가희는 시우의 팔을 꼬집으며 말했다.

"그 정도야 뭐, 그렇게 오래 일하면서 처음 한 실수인데, 누가 뭐라고 하겠어? 신경쓰지 마."

"억측이다. 게다가 오른손엔 사슬이 있었어. 이번 생이 마지막이라는 거다."

"마지막 생? 그럼 문제될 건 없잖아? 그게 아니면 문제 될 게 뭔데?"

"……."

짧은 침묵 끝에 먼저 입을 연 것은 하원이었다.

"한이현. 시간을 되돌렸다는 꼬맹이 집에서 이현이 있더라. 이제 그만 가라."

하원의 입에서 흘러나온 '이현'이라는 이름에 가희는 시우의 팔을 잡아 끌었다.

"미안. 우리 이제 갈게."

"누구야?"

밖으로 나서자마자 예상하던 질문이 그녀에게 날아들었다. 천진난만한 표정으로 물어오는 시우의 모습에 가희는 한숨을 내쉬었다.

"하아. 하원이 친구."

"그 싸가지라곤 손톱만큼도 찾아 볼 수 없는 놈한테 우리 말고 친구가 있었어?"

"살아 있었을 때의 친구."

"하원이가 살았던 곳이 좋은 곳이 아니었던 것으로 아는데……."

"그래. 나 같으면 하루도 못 살았을 만큼 끔찍한 곳. 그 삶을 함께 했던 친구라고 들었어."

자신은 알지 못했던 사실이 들려오자 시우는 놀랐다. 자신의 속 이야기는 잘 해주지 않는 하원의 과거 이야기가 지금 가희의 입에서 나오고 있다는 탓이다.

'그치만 지금은 그게 중요한 게 아니지.'

"근데 친구라면 힘들어 할 이유가 없잖아?"

"이유는 몰라. 하원이에게 좋기만 한 기억이 아니라는 것만 알 뿐."

"정말 알 수 없단 말이지. 저 이하원 이라는 놈은."

잠시 생각에 잠기는 듯하더니, 시우는 이내 가희를 향해 씨익 웃어보였다.

"또 무슨 일을 하려고?"

"곧 알게 돼. 너는 조용히 따라만 오라고."

"여긴가?"

"여기네."

도착한 곳은 한 주택가 옆에 있는 나무 위. 이 곳에서라면 '재운'의 방을 볼 수 있다.

"하원이가 알면 화낼 거야."

"너만 조용히 하면 돼. 게다가 궁금한 건 너도 마찬가지잖아?"

정답이다. 말은 안 해도 한시우란 놈이 모를 리 없다. 자신이… 하원을 어떻게 생각하는지.

"그래. 나만 조용히 있음 되는 거지……."

그녀는 체념하고 재운의 방을 보았다. 이른 새벽이라 아직 방 안의 움직임은 없다.

"여기서 뭐하는 거지?"

아래에서 들려오는 소리에 놀라 시선을 돌려보니 한 유령이 그들을 노려보고 있다. 당황한 가희와는 다르게 시우의 얼굴에는 웃음기가 가득하다.

"찾았다! 네가 이현이지?"

낯선 이들이 재운의 방을 들여다보고 있는데 그냥 지나칠 수 있을 리 없다. 게다가 그 입에서 자신의 이름이 나오니 그들을 노려보는 눈에 힘이 들어갔다.

"화내지마. 그냥 궁금해서 온 거니까."

상대가 꽤나 화가 나 있다는 것을 알았으나 평소 하원을 상대로도 웃으며 이야기를 하는 시우가 눈 하나 깜짝 할 리 없다. 가희는 점점 더 일그러져가는 이현의 표정에 시우를 말리려 하였으나 또 다른 이의 등장에 굳어버렸다. 놀란 것은 시우와 이현도 마찬가지다.

"한시우."

평소 같았으면 웃으며 넘겼을 시우도 낮게 가라앉은 하원의 목소리에 입을 다물었다.

"하원…이구나."

하원은 자신의 이름을 부르는 오래 된 친구를 봤다. 그 사이 시우가 가희를 끌고 도망쳤지만 신경 쓰지 않았다. 두 사람은 시선을 마주하고 시간을 재듯 누구하나 입을 열지 않았다.

-삐리리~ 삐리리~

재운이 곧 일어날 것이다.

"이쪽."

그는 하원의 근처 공원으로 데려왔다. 유령과 사신이니 만큼 사람들 눈을 걱정한 것은 아니었다. 그저 재운에 대한 걱정이 앞섰기 때문이다. 그런 생각을 하며 바라본 옛 친구는 이전과는 많이 달라 보인다. 근데 어딘가 긴장을 한 모습이 역력하다. 예기치 못한 만남에 대해 긴장하기라보다는 초조해 보인다는 말이 맞을 것이다.

"사신도 긴장을 하나? 죄졌니? 왜이리 긴장을 해?"

하원에 긴장을 풀고자 하는 마음도 있어 더욱 스스럼없이 농담을 던져보나 하원의 얼굴에는 더 짙은 어둠이 드리워질 뿐이다.

'죄? 죄라면 있지 않은가. 평생이 지나도 용서 받지 못할 죄가……'

하원이 살던 곳은 너무나도 끔찍한 세상이었다. 그곳의 사람들은 부모가 없는 고아들을 가축보다 못한 대우를 해주며 일을 시켰고 심지어는 인체실험마저도 시행했다. 그 모든 일은 세상 어느 곳에도 알려지지 않은 채 비밀리에 시행되었다. 그러던 도중 한 여자아이가 실험 중 약을 버티지 못하고 죽었다. 그 사건은 아이들을 공포에 떨게 했다.

"이제 우리 어쩌면 좋아?"

"무서워……."

그때 나섰던 이가 하원이었다.

"울지 마! 왜 울어? 뭐 잘못했어?"

그는 모두와 함께 이 끔찍한 세상에서 도망치고자 하였으나 단 하루 만에 계획은 물거품이 되었다. 그 후 그들의 잔인함은 극도에 다다랐고 아이들은 죽음보다 더한 고통을 받다가 한명씩 죽어갔다. 이현도 그 아이들 중 하나이다. 자신 때문에 죽어간 수많은 아이들 중 하나.

"너…. 너는 화도 안나? 너 나 때문에 죽었어! 그곳에 있던 애들이 다 나 때문에 죽었다구!"

가희나 시우 앞에서는 차갑기만 하던 하원의 목소리가 떨렸다.

"그건 어디까지나 모두를 위한 일이었어. 그러니 이제 자신을 너무 괴롭히지 마."

하원의 답이 들려오지 않자 그는 말을 계속했다.

"어찌됐던 그 계획에 모두는 동의 한 일이었고 주도자가 모든 책임을 질 필요는 없다는 말이다. 기억해 두라고 그리고 이젠 내 용건."

이현의 용건이라는 말에 하원의 표정에 의아함이 서린다.

"너 채연이 담당이지? 게다가 손목 보니 마지막 생일 듯 하구."

이현의 입에서 아무렇지도 않게 술술 흘러나오는 이야기에 하원은 당황했다. 아니, 오히려 남아있던 긴장감마저 잊은 채 입을 열었다.

"너는 전직 사신인거냐?"

"유령의 삶으로 살아온 경력이 있으니까. 그래서 한동안 채연이를 이대로 뒀으면 해."

사신 앞에서 이렇게 당당한 유령이 있을 수 있는 것일까. 그는 호흡을 가다듬었다.

"용건이 뭔데? 채연이를 걱정하는 건가?"

"내가 걱정하는 건 재운이야. 그 아이. 내게는 친동생같은 아이야."

이 말만 듣고서는 아무리 생각해도 이현이 걱정하는 게 무엇인지 가늠할 수 없다.

"채연이가 재운이를 바꿨어. 그 아이를 만나고 재운이가 진심으로 웃는 모습도 봤다. 그래서 걱정이 된다. 재운이가 잘못된 결정을 할까봐."

"잘못된 결정이라니?"

"어둠과 빛은 공존해. 겉으로는 빛이 나 보여도 누구나 보이지 않는 어둠이 있어. 재운이는 특히 더 그렇고"

모호한 말을 끝으로 이현은 말을 마쳤다. 질문도 했으나 돌아오는 답은 여전히 모호했다.

"그 얘긴 그만. 지금은 돌아가 볼게. 그리고 이제 주변사람 걱정시키지 말고 살아. 좀 웃기도 하고 아까 온 그 친구들한테도 말이다. 화는 나도 네 걱정하는 것 같던데."

"그래."

그와 이야기를 하며 수십 년 간의 괴로움이 한 덩어리 덜어지는 느낌이다.

'주변사람이라면 시우와 가희 얘기인가.'

시우와 가희. 아무리 차갑게 대해도 그의 곁에 있어 주었던 사람들. 밀어 낼 수 없다면 마주하는 것 또한 나쁘지 않다.

"저기, 하원아……"

"미안하다."

"에?"

엄청난 불벼락이 떨어질 것이라 조마조마해 기다리던 시우와 가희는 하원의 입에서 나온 '미안하다'라는 말에 입이 벌어졌다.

"생전의 기억 속에 머물러 너희에게 상처준 거 사과할게. 미안하다."

시우와 가희에게 처음으로 한 사과였다. 가희의 눈가에는 눈물이 고였다.

"흑. 하원아~."

"그래도 울지는 마라. 우는 건 싫다."

"그냥 둬. 이런 기념일 같은 날에는."

"뭐가 기념이냐."

"헤헤."

그들과 함께해온 지 오랜 시간 처음으로 집 안에는 따뜻한 공기가 흘렀다.

"어디가?"

"이현이한테."

"정말 너무하다. 이젠 우리도 눈에 들어오지 않지? 좀 봐! 네 곁의 슬픈 소녀의 얼굴을!"

"시우야!"

"슬프기는 무슨. 그럼 나간다."

탕!

문이 닫히고 시우는 가희에게로 고개를 돌렸다.

"괜찮냐?"

장난처럼 말했지만 그가 나가고 곁에 있는 소녀의 얼굴에는 그 말에 맞게 슬픔이 보인다.

"너 때문에 안 괜찮아. 치, 이제 포기해야 하나봐."

쓴웃음을 지어보이는 가희에 그녀를 보는 시우의 마음도 편치 않다.

"아. 하원이형이죠?"

분명 이현을 만나러 왔다. 그러나 그를 맞아주는 이는 예상밖의 인물이다.

'게다가 형이라니. 우리가 언제 봤다고 형이야.'

"하원형 맞죠? 잠시만요."

묵묵히 재운을 내려다보는 하원의 손목은 이미 재운의 손에 넘어간 후이다.

"뭐하는 거야?"

도착한 곳은 일전에 하원과 왔던 공원. 한 집에 살더니 둘 다 닮아가는지 제멋대로인 성격이며 끌고 오는 장소도 같다.

"형한테 할 말이 있어서요. 집 앞에서 하면 이현이 형한테 들키잖아요."

"무슨 말을 하려고 들키면 안 된대?"

"조금 어려운 부탁하려구요. 형만이 해 줄 수 있는 일이에요."

"일단 얘기는 해 봐. 되고 안 되고는 내가 판단해."

"채연이……. 채연이를 살리고 싶어요."

죽은 자를 살린다니! 재운의 입에서 튀어나온 말은 황당하기만 하다.

"안 돼."

"마지막 생이라잖아요!"

"어디서 들었는지는 몰라도 어떤 것에나 마지막은 있어. 그리고 인간에게 있어 그 생이 마지막이라는 건 아무런 의미가 없지. 죽으면 아무것도 기억 할 수 없으니까."

"그래도 싫어요……. 내가 기억하는데……."

"죽은 자를 살린다는 게 할 소리는 가볍게 할 말이 아냐! 그렇게 되면 네가 죽어! 아니 네 생도 마지막이 될 거다."

"상관없어요. 애초에 후회할 일이었다면 형에게 부탁하지도 않아요."

일전에 이현이 말한 잘못된 결정이란 이런 일이었던 것인가······.

"아무도 내 곁에 남아있지 않을 때 채연이는 내 곁에 있어줬어요."

"그게 이유냐? 그럼 네가 죽는 걸로 인해 슬퍼할 사람들은? 가족들은······."

"이름뿐인 가족. 가족이란 건 같은 공간 뿐 아니라 같은 시간을 걸어가는 사람들이에요. 그치만 그 사람들 한 지붕 아래 있어도 내 곁에서 같이 시간을 걸어주지는 않았어요."

재운의 입에서 흘러나오는 말을 들으며 하원은 이를 악물었다.

"생각은 해 둘 테니 일단 돌아가."

그 말에 돌아오는 답은 없다. 그는 그저 조용히 집으로 돌아갔다.

"이제 그만 나와."

"······."

"네가 말한 '잘못된 결정'이라는 것은 정말 최악의 일이었네."

"마지막 생이라······. 나. 그 아이 결정이라면 말리지 않을 생각이야."

"쓸 데 없는 걱정하지 마. 내가 알아서 해. 오늘은 나 이만 갈게."

충분히 의미를 알 수 있을 말이었다. 하지만 재운이 걱정에 그러지 못하였다.

늦은 밤. 집으로 돌아와 채연에게 인사를 하고 이현이 있을 다락방으로 올라갔다.

"형."

"채연이에 관한 얘기라면 들었어. 그게 네가 결정한 일이라면 말리지 않을거야."

"미안해 형. 그치만 나 후회하지 않아. 내 결정 존중해줘서 고마워 형."

"뭘 그렇게 써? 뭐야, 생의기록? 뭐하려고?"

"내가 할 수 있는 마지막 일. 감성적이지는 않아도 글을 완전 못 쓰지는 않거든."

자신을 향해있는 하원은 어느 때보다 행복해보였다.

'이하원. 그렇게 보면 붙잡고 싶어도 붙잡을 수가 없잖아.'

가희가 준 '생의 기록'이라는 책에는 하원의 서체로 채연의 이름이 쓰여 있었다.

"이게 뭐죠?"

"말 그대로 생의기록이에요. 죽은 사람을 살릴 때 그 사람이 죽기 전으로 시간을 되돌릴 수는 없어요. 그저 비어있는 시간을 짜 맞추는 거죠. 하원이가 써놓고 갔어요."

'썼다'가 아닌 '써놓고 갔다'라니. 그제야 며칠 전 하원의 말이 떠오른다. 재운이 걱정에 정신이 팔려 그의 말을 흘려들었다. 이런 일이 있으리란 걸 알았다면 막았을 것이다.

"이하원. 마지막까지 참 많은 사람 울리고 가는구나."

생의기록의 마지막 장.

'빛과 어둠은 공존한다. 이현이 너와 가희 그리고 시우까지. 너희는 어둠속의 내게 빛을 주었어. 죽어서도 끊어지지 않을 굵은 인연의 실이 언제나 함께 이어져 있기를.'

"재운오빠. 빨리요."

"그래. 형 우리 갔다 올게요."

"빨리 가. 기다리잖아."

"네."

"헤. 이현오빠, 담에 또 놀러 올게요!"

재운에게는 하원에 관한 이야기는 하지 않았다. 이 아이가 웃음을 잃는 것을 원하지 않았으니까. 작은 비밀에 이 아이들의 마음에 다시 한 번 빛이 스며들고 있었다.

'사라지는 이가 나였다면 괜찮았을까. 너는 다른 생을 살기를 원했는데. 오랜 시간을 죄책감에 시달리며 어둠 속에 살았으니까. 네가 빛을 느끼며 누군가와 함께할 수 있는 삶을 살기를 바랐는데 말이지……. 내 무리한 바람이었나보다.'

그런 생각을 하며 그의 시간은 멈추었다. 이 생에 어떠한 미련도 남기지 않고서…….

18세

1

해수 할아버지.

아침 6시가 되면 어김없이 나오는 해수 할아버지의 수레 소리가 동네를 울린다. 할아버지는 밤사이 쌓인 폐지나 병들을 줍는다. 해수 할아버지는 할머니 없이 홀로 지적장애인 2급인 왕수 삼촌을 돌보며 살고 계신다. 장애 때문에 삼촌은 나이가 마흔이 넘었음에도 불구하고 독립적인 생활을 할 수 없다. 다행히도 가까운 교회에서 운영하는 지적 장애인 카페에서 교육을 받고 일하며 약간의 생계를 보태지만 경제적으로도, 심적으로도 역부족이다. 그러나 할아버지는 항상 먼저 웃으며 손을 흔들어 주신다. 할아버지의 까무잡잡한 얼굴에 지금껏 고생한 세월의 흔적이 묻은 주름진 웃음이 밝게 피면 그 누구도 웃지 않을 수 없게 된다.

아침에 일찍 나갈 일이 있어 우연히 할아버지와 마주친 적이 있다. 역시나 먼저 다가와 밝게 인사를 하셨다. 할아버지는 무슨 일로 잠꾸러기 아가씨가 일찍 일어났냐며 농담을 하셨다. 나는 가볍게 웃으며 일찍 보내야 되는 원고가 있어서 멀리 가려면 일찍 출발해야 된다고 했다.

"아가씨는 만화가가 꿈인가?"

"아니요, 저는 작가가 꿈이에요. 이건 백일장에 낼 원고에요."

"이야, 미래의 작가님이랑 아는 사이라 영광이구먼. 나중에 책 나오면 할아버지도 하나 챙겨줘야 된다. 아는 사람들한테 자랑할 테니까."

네, 하며 짧은 대답을 하고는 돌아서려다가 나는 할아버지를 다시 불렀다.

"할아버지, 내일 혹시 시간 있으세요?"

"시간? 무슨 일인데 그려?"

"내일 말씀 드릴게요! 내일 제가 찾아뵐게요. 안녕히 계세요!"

"허허, 그려 그럼."

짧게 인사를 드리고는 그대로 버스정류장을 향해 갔다.

다음날, 나는 작은 노트와 펜을 들고 아래층으로 내려갔다. 똑똑 문을 두드리자 베이지색 가디건을 입고 밝은 미소를 보이며 문을 열어주는 할아버지가 보였다.

"어서와. 밖에 춥지? 어여 들어와서 앉아. 코코아라도 마실래?"

"네, 한잔 주세요"

할아버지와 마주 앉고 나는 내가 찾아온 이유를 천천히 말씀드렸다. 새로 쓰고 있는 원고의 주제가 청소년기라서 주변 사람들의 이야기를 수집하고 있는 중이고, 할아버지의 어린 시절 이야기가 궁금해서 왔다고 했다. 할아버지는 털털 웃으며 늙은이 옛날이야기로 글 써서 뭐하냐며 손사래를 쳤다. 그러다 잠깐 동안 침묵이 이어졌다. 할아버지는 한참 창밖을 바라보다 조심스럽게 말을 이어나갔다.

*

나는 꽤 운동을 잘하는 놈이었어. 학교에서는 축구부 주장도 하고 쑥스럽지만 여자들한테 인기도 많은 편이었지. 체육부 선생님은 나를 아껴주었고, 대회가 있을 때마다 참가할 기회도 마련해 주었지. 밤늦게까지 운동할 때면 라면도 끓여주시고 말이야. 참 좋은 분이었지. 그때 나는 운동에 미처있었어. 칭찬도 받고 인기는 많아지고, 국가대표가 될 수 있을 것만 같 았지. 나는 하루하루가 행복했어. 하하… 하지만 이 할아버지의 18살은 내 인생을 바꿔놓은 해이기도 하단다.

봄이었는데, 막 벚꽃이 피기 시작해서 정말 아름다웠어. 벚꽃이 흩날리 면 꽃눈이 내리는 것 같았지. 특히 우리학교는 학교 가는 길이 벚꽃으로 되어있어서 구경하러 오는 사람들이 많았어. 등굣길을 급히 뛰다 한 여자 애와 부딪혀서 우린 동시에 넘어지고 말았지. 여자애는 까진 무릎을 감싸 며 나를 노려봤고 나는 그 아름다운 눈매 때문인지, 아니면 흩날리는 벚꽃 이 뿜어대는 봄기운 때문인지 사랑이라는 감정을 느꼈어. 처음이었어. 그 렇게 심장소리가 크게 들리고 세상에 나와 그 여자애밖에 없다는 생각을 한건.

여자애는 휙 돌아서 가던 길을 마저 갔어. 나는 멍하니 그 뒷모습만을 쳐다보았지. 그날 이후로 나는 그 여자애를 쫓아다니기 시작했어. 그렇게 겨우 친해지게 될 즈음 나는 운동에 소홀하게 되었고 우리는 서로를 사랑 한다고 믿었고 영원할 거라고 생각했단다. 우린 그때 18살이었으니까. 하 지만 우리는 너무 어렸어. 순간의 판단으로 간단한 짐만 챙겨서 집을 나왔 지. 지금의 왕수가 바로 그때 생겨났단다.

부모의 그늘 아래 있다가 홀로 서기는 절대 쉬운 일이 아니더라고 돈을 벌기 위해 닥치는 대로 일을 했지. 차가운 반지하 문을 열고 들어가면 어 떻게 해서든 아기를 보호하려는 처절한 엄마의 몸부림을 보는 것이 너무 괴로워 거의 집에 들어가질 않았어. 그렇게 집에 들어가지 않고 일하고 술 마시기를 반복했는데, 그게 가장 큰 실수였지. 직감이라는 게 참 무섭더라. 그날은 왠지 집에 들어가야겠다는 생각이 들어 반지하 문을 열고 들어섰 더니 아이를 안고 있어야 할 엄마의 모습은 보이지 않았어. 소름끼치도록 차가운 공기만이 두 돌도 안 된 아이를 무섭게 감싸고 있었지. 헐레벌떡 아이를 데리고 병원으로 갔지만 들려오는 대답은 나를 벼랑 끝으로 떨어지게 만들었단다. 아직 면역이 약한 아기가 찬 공기에 너무 오랜 시간 노출되어 있었고 영양상태도 좋지 않아 뇌에 손상이 간 거래. 그렇게 왕수는 지적장애인 2급이 되었지. 평생을 안고가야 되는 낙인을 내가 찍어버린 것 같아 가슴이 찢어지게 아파. 그때 내가 그 여자아이를 좋아하지 않았더라면, 집을 나오지 않았더라면, 왕수를 갖지 않았더라면……. 힘들 때마다 수백 번, 수천 번은 생각했어.

그럼에도 불구하고 내가 지금 이렇게 웃으며 살 수 있었던 건, 날 보면 천사 같은 웃음을 짓는 내 아들, 내 하나밖에 없는 아들 때문이야. 그 아이를 만난 건 내가 살면서 가장 기쁘고 행복하고 잘한 일이야. 그래서 난 18살을 잊을 수도 잊고 싶지도 않단다. 너무도 차가웠지만 따뜻한 한줄기의 빛을 만난 나의 18살을 말이야.

2

경자 이모

"이모, 이모 계세요?"

문을 두드려도 대답 없는 이모의 집 앞에서 계속 서성였다. 한두 번이 아니었기에 나는 집안에서 미세한 소리가 들릴 때를 기다렸다. 잠깐의 침묵 후 자동문을 여는 소리가 들리며 이모의 얼굴이 보였다.

"뭐야, 아래층 꼬마잖아. 아씨. 또 무슨 일이야. 귀찮게."

역시나 술 때문에 빨개진 코와 쾌쾌한 냄새가 후각을 괴롭혔다.

"엄마가 잡채 했다고 드셔보시래요."

"잡채? 음… 엄마한테 감사하다고 말씀드려. 빈 그릇은 내일 드린다고 하고."

"이모, 올라가서 같이 드실래요?"

"됐어. 아무튼 고맙다."

쓸쓸한 모습을 들키지 않으려는 듯 씨익 웃으며 문을 닫는 이모. 거친 말투 때문에 사람들은 경자이모를 많이들 오해하지만 난 이모가 따뜻한 사람이라고 생각한다. 이모는 2년 전 가정폭력을 일삼는 남편과 긴 투쟁 끝에 이혼했다. 끔찍한 시간들이었다. 폭력이 날로 심해지자 이모는 경찰에 스스로 신고를 하고 남편과 이혼 절차를 밟았다. 아이들은 심리치료를 받기 위해 독일의 할머니 집에 보내고 이모 혼자 외롭게 이곳에 남았다. 아이들뿐만 아니라 이모의 충격 또한 말로 표현할 수 없었을 것이다. 그 여파가 이모를 알코올 중독자로 만들었고 술은 이모의 유일한 출구이자 안식처가 되고 말았다. 가끔 밖에서 마주칠 때면 아래층 꼬마, 하고 부르며 막대사탕과 소시지를 쥐어주는 모습이 고마우면서도 나를 보며 자기 아이들을 떠올리는 것 같아 안타까웠다.

*

"그러니까, 내 학창시절을 말해달라고?"

"학창시절 말고, 18살 때요. 18살."

"그게 그거잖아! 아씨, 갑자기 18살을 왜 얘기하라는 거야, 애는."

"이모 이야기를 책으로 써준다니까요! 얘기해줘요, 해줄 때까지 집에 안 갈 거예요."

"진짜 꼬맹이가 귀찮게 하네! 얼른 집에 가라고!"

"안가요!"

이모는 잠깐 기다려 보라며 방에 들어가서는 한참을 나오지 않았다. 자는 건가 싶었는데 분홍색 앨범을 하나 들고 나왔다.

"앉아봐. 잘 기억이 안 나니까 사진보면서 얘기해줄게."

앨범을 열자 빨간색 체크무늬로 된 교복을 입고 늘씬한 자태로 포즈를 취한 소녀가 서있었다. 믿기지 않는다는 표정으로 이모를 쳐다보자 이모는 닥치고 사진이나 보라며 다음 장을 넘겼다.

고등학교 때 나는 정말 순둥이였어. 친구들이 무슨 부탁을 하던 다 들어주고, 반에서 조용히 뒤치다꺼리 하는 그런 애 있잖아. 친구들은 귀찮은 일, 더러운 일, 하기 싫은 일이 있을 때만 날 찾았어. 난 그냥 어디서든 조용한 그림자 같았어. 학교에서든 집에서든 아무도 날 반기지 않았고 나는 세상에 존재하지 않는 듯 취급했어. 엄마 아빠는 각자 일에 바빴고, 나는 늘 혼자였지. 내 18살은 너무나도 암흑 같았고, 외로웠고 나는 아무에게도 기억되지 못했어.

별 시답잖은 얘기를 다하네. 나도 진짜…. 학교 다닐 때는 친구들이랑 어울려 떡볶이 먹으러가는 친구들도 부러웠고, 함께 쇼핑가는 애들도 부러웠고, 엄마 아빠랑 여행 갔던 얘기를 하는 애들도 부러웠지. 하루는, 학교 갔다가 집에 왔는데 공기가 너무 찬 거야. 가을이었는데도 몸이 시리도록 추워서 두꺼운 옷을 꺼내 입고 침대에 누워 그냥 있었어. 한 시간, 두 시간, 시간은 흐르는데 그때 얼마나 서럽던지, 다른 애들은 아프면 엄마가 이마의 땀도 닦아주고, 죽도 끓여주고 한다던데 왜 나는 혼자 이러고 있어야 되지? 나는 왜 다른 애들처럼 평범한 가정이 아닌 거지? 왜! 도대체 왜…. 세상의 모든 불행이 나한테 온 것만 같고, 불안한 마음들은 나를 점점 더 죄여왔어. 나는 무작정 집을 뛰쳐나왔고 발길이 가는 대로 걷고 또 하염없이 걸었어. 18살이 뭘 안다고, 세상을 뭘 안다고 그렇게 한 맺힌 소리로 꺼억꺼억 울어댔을까. 갈 곳 없는 나는 첫 가출을 아무도 가출한 줄도 모르게 끝내버렸고, 얼마 안가 부모님은 이혼도장을 찍으셨어. 완전 최악인거지. 소설이나 영화에서 보던 영웅, 극적인 상황, 재회, 만남, 가족의 사랑, 희망 같은 건 현실에는 없었어. 사랑받지 못하는 여자는, 자기 인생을 철없는 여자애들 뒤치다꺼리나 하며 보내기 싫었던 그 이기적인 여자는 자기 삶을 찾아 떠난 거야. 그렇게 떠나버린 자리에는 내가, 철없는 18살 여자애만 남아있었던 거고 학교에서는 은따, 집에서는 그림자, 아무도 사랑하지도, 아무도 필요하지도 않는 그냥 그런 애 말이야. 내 18살은 다시는 기억하고 싶지 않아.

3

앞집 아저씨.

앞집 아저씨가 이사 온 지는 어느덧 1년 반의 시간이 흘렀지만, 내가 아저씨의 얼굴을 본 건 손에 꼽을 정도다. 항상 검은 모자에 며칠을 잠도 못 잔 듯 피곤한 얼굴, 길게 자란 수염, 퀭한 눈. 아저씨의 첫인상은 꼭 범죄 영화에 나오는 주인공 같았지만, 나쁜 사람은 아니란 걸 1년이 지난 후에야 나와 엄마는 깨달았다.

동네 주민자치회는 매번 집을 번갈아 가면서 한다. 주민수가 많지 않아 자기 순서가 되는 건 금방이다. 아저씨의 경우도 그렇다. 처음에는 흔쾌히 자기 집을 내줄 것인가에 대해 의문을 품었다. 심지어 둘이 내기를 할 정도로 우리 집에서는 큰 화두였다. 주민 자치회 당일, 우리는 반신반의로 현관문을 열고 들어섰는데 둘 다 놀라 입을 다물지 못했다. 아저씨는 현관문을 활짝 열어놓고 A4용지에 정갈한 글씨로 '주민 자치회 장소'라고 써 놓은 종이를 붙이고 계셨다. 우리는 아저씨의 안내를 받아 집으로 들어섰다. 형형색색의 푸른 숲속에 와있는 느낌을 주는 여러 가지 그림들이 집안을 가득 채우고 있었다. 아저씨네 집은 환상의 나라를 연상케 할 정도로 아름답고 마음이 따뜻해지는 그림들이 있었고, 벽에는 간간히 시를 쓴 글들도 있었다. 정말 예상 밖의 일이었다.

이윽고 주민들이 하나둘 들어오기 시작했고 모두 우리의 표정과 다를 것이 없었다. 회의를 마치고 다과를 즐기면서 주민들은 너도나도 한마디씩 거들었다. 이런 분일 줄 몰랐다, 예술가 아니냐, 너무 의외다, 등등. 아저씨는 그저 살짝 입 꼬리를 올릴 뿐 별다른 반응은 없었다. 나는 그때 아저씨의 미소에서 조금은 공허하고 허탈함을 발견했다. 아저씨와 얘기를 나눠보고 싶었고 무섭기도 했지만 용기를 내보기로 했다.

"아저씨, 안녕하세요. 앞 집사는 학생이에요."

"어… 그래, 안녕."

"이 그림들 정말 아저씨가 그린 거예요? 놀라워요!"

"아, …. 고마워."

"아저씨, 내일 또 와도 돼요? 자세히 그림들도 보고 싶고… 안돼요?"

"우리 집에 또 온다고? 안될 건 없는데, 낯선 사람 집에….'"

"괜찮아요! 내일 또 놀러올게요!"

뭔가 아저씨와 더 친해진 기분이었다.

아저씨 집에 있는 그림들은 공통적으로 작은 새들이 그려져 있었다. 모양과 종류는 달랐지만 모두 새였다. 겉모습만 보면 우울한 피카소 그림 같은 분위기였는데 아저씨의 그림 중에는 단 한 개도 우울한 느낌의 그림은 없었다. 그림들은 밝고 희망차고 순수한 느낌이었다. 나는 소파에 앉아 오렌지 주스를 마시며 오늘 여기에 온 진짜 목적을 이야기했다.

"아저씨는 학생 때부터 그림을 그리셨어요?"

"고등학생 때부터 그림이 너무 좋아서 계속 그림만 그렸어."

"저는 글쓰기가 좋아서 계속 글만 써요. 저희 닮았네요"

아저씨는 나의 엉뚱함이 웃겼는지 긴장이 풀리기 시작한 것 같았다.

"아저씨는 18살 때 어떤 학생이었어요? 뭐 공부를 잘한다거나, 운동을 잘한다거나, 그림을 그리는 순수한 청소년이었든가 그런 거 있잖아요. 조금만 얘기해 주세요."

"…. 나는 그림을 그리는 거랑, 새들을 관찰하는 것 밖에는 없었어."

"역시 새를 좋아하실 줄 알았어요! 아저씨 그림에는 전부 새들이 그려져 있더라고요."

"저 새들이 있어서 내가 그림을 그릴 수 있었고, 또 내가 그림을 그릴 수 있었기 때문에 새들을 만날 수 있었지."

*

　나는 외동인데, 네가 생각하는 귀하고 좋은 음식 먹으면서, 하고 싶은
거 다 하면서 살고, 부모님이 오냐오냐 키우는 그런 외동은 아니었어. 부
모님들은 경제적 여건 때문에 밤낮으로 육체적 노동을 해야 했어. 부모님
은 나한테 많은 걸 기대하셨어. 더 좋은 대학, 더 좋은 직장을 가지길 바라
셨지. 나의 의지와는 상관없이 내 미래를 결정했어. 나는 미래에 대한 확
신을 갖지 못했어. 그림이 좋은데 그림을 그려도 되나? 새를 관찰하는 게
좋은데 사회에서는 새를 관찰하는 애를 받아주나? 현실은 남들보다 우위
에 설 수 있는 나만의 능력을 요구했고 자신들의 일에 충실한 개가 돼서
시키는 모든 일은 다 해낼 수 있는 고학력자들만 바라보고, 그런 사람들만
고용했지. 나는 지금 해야 하는 것과 하고 싶은 것의 경계에 서서 외줄타
기를 하고 있는 것만 같았어. 수 만 가지 생각들이 하루하루 나를 집어삼
켰어. 내가 만약 가슴 뛰는 일을 선택한다면, 사람들은 나를 이상주의자라
고 부르겠지. 나를 사회에서는 미숙한 사람으로 취급하겠지. 부모님은 나
를 모질게 대하실 거야. 나는 돈도 못 벌고 가난하고 굶주린 화가가 되겠
지. 18살한테 미래를 결정하는 일은 결코 쉬운 일이 아니야. 하지만 어른
들은 자신들이 만들어 놓은 사회에 자라나는 새싹들을 밀어 넣었지. 꾸역
꾸역 들어가기 위해서는 더 뾰족하고 더 힘이 세야해. 옆 사람을 먼저 들
여보내는 배려 따위 필요하지 않아. 오직 나만 들어갈 수 있는 힘을 가져
야 해. 그게 바로 현실이야.

　난 의문을 품기 시작했지. 많은 예술가들은 사회의 낙오자, 실패자인가.
그들이 그린 그림들은 지금 수 백, 수 천 억 원의 금액으로 세상의 부자들
손에서 왔다갔다 거리면서, 고급 관리층의 여가 시간은 그런 사회 낙오자
들의 그림을 보는 시간인데도 말이야. 현실은 결국 자기가 그렇게 만들어

가는 거야. 그 길을 나가기가 두렵고 무서우니까, 성공할 가능성이 없고 돈도 잘 못 벌 것 같으니까, 짐작만 가지고 자신이 이룰 수도 있을 미래를 '이상'이라는 단어로 만들어버리는 거지. 그리고는 현실적인 탁월한 선택을 했다고 떠벌리지. 사회는 점점 더 이런 분위기를 만들어가고 사람들은 더 많이 자신들이 만들어 놓은 '현실'을 선택하고, 꿈도 없고 희망도 없는 사람들이 늘어나고 서점과 인터넷에서는 자기계발서나 꿈을 이야기하는 에세이들이 불티나게 팔리지만 사람들은 그 누구도 그런 선택을 하지 않지. 악순환은 계속되고 그 수레바퀴가 지금 너희세대까지 이어진 거야. 그리고 18살의 어리고 약한 소년에게도 선택의 순간이 왔어. 그 소년은 과연 용기를 냈을까?

안타깝게도 18살의 소년은 그 사회와 현실을 감당하기에는 너무 여렸단다. 그리고 남들이 가는 길을 똑같이 로봇처럼 갔어. 그래도 다행인건, 소년은 남들이 가지지 못한 작은 열망을 간직하고 있었어. 그 작은 열망 덕분에 용기를 가졌고 지금은 즐거운 일들을 하고 있단다. 나는 내가 현실을 이긴 사람이라고는 말 할 수 없지만 나는 비겼다고는 생각해. 네가 보기에는 초라하고 작은 그림이나 그리는 백수 같다고 생각할 수도 있지만 나는 내가 그림 그리는 순간만큼은 내가 피카소고, 내가 고흐고, 내가 이 시대 최고의 화가라고 생각해. 그게 지금 내가 살아가는 이유고 희망이야. 우리는 그 누구도 18살 때 자신의 펼쳐질 미래를 계획하지도 단정 짓지도 못해. 누구나 불안정하고 불확실하고, 부딪히고 울고 깨지고 단단해지고 고민하고 좌절하고 기뻐하고 결정의 순간에 놓이기를 반복해. 그리고 그걸 경험 할 수 있는 최고의 순수한 마음을 가진 희망적인 사람들이 바로 18살 청소년들이야.

지금까지 만난 세 명의 어른들은 모두 18살 때 상처를 받고 아픔을 가지게 된 이들이었다. 겉모습만 보고는 알 수 없었지만 그들은 그 누구보다 치열하게 이 현실과 싸우기 위해 고군분투한 자랑스러운 이들이었다. 우리는 청소년기에 모두 방황하고 흔들린다. 가출청소년, 비행청소년, 미혼모, 사회 낙오자, 왕따, 학교폭력, 가정파괴, 꿈을 포기하게 되는 청소년들. 지금 우리 사회의 많은 청소년들의 모습이다. 도대체 누가 이들을 이렇게 힘들게 만든 걸까. 책이 말하는 꿈과 희망이 넘쳐나는 미래의 소망인 청소년들은 현실 속에서는 존재하지 않았지만 그 누구보다 차가운 현실에 맞서기 위해 노력한 그들에게 그리고, 지금의 모든 청소년들에게 박수와 눈물 담긴 위로를 전해주고 싶다.

동백섬 하늘

서울에서 느낄 수 없는 바다 향내와 푸근한 바람이 나를 감싼다. 오랜만에 보는 바다 정경이라 그런지 입가에 절로 미소가 지어졌다. 하늘에서 내려 보면 마음 심(心)자를 닮아 이름 지었다는 설이 있는 '지심도', 처음에그 이름을 들었을 때 느낌이 묘했다. 아니 그 섬이 나를 홀리고 있었다. 회사에서 지심도 관광조경 설계를 한다고 공고 했을 때 나의 손으로 멋진 지심도 정경을 만들겠다는 욕심이 생겼다. 대학생 이후 욕심내서 작품을 구상하고 싶다는 생각을 안 했었는데……. 처음으로 회사 프로젝트를 하겠다고 했다. 여태까지 회사에서 8년 동안 많은 건물, 조경 설계를 해왔지만 이렇게 하고 싶은 마음이 든 곳은 이곳이 처음이다. 지심도 첫인상부터 느낌이 좋다.

오랜만에 느끼는 설렘이 나의 심장을 뛰게 했다. 인터넷에 지심도를 검색해보니 내 눈 앞에 동백꽃으로 뒤덮인 풍경이 펼쳐졌다. 빨리 출발하고 싶다는 생각 말고는 아무것도 내 머리에 들어오지 않았다. 다음날 새벽 나는 5시간이나 운전해서 거제도로 내려갔다. 거제도에 도착하자 지심도 관광사업 협력업체 사장인 김 사장이 나를 반겼다. 김 사장은 멀리서 와서 피곤할 것 같다며 리조트에서 쉬고 오후에 지심도를 가자고 말했다. 빨리 가고 싶은 생각에 난 김 사장의 호의를 거절하고는 곧장 배를 타기위해

장승포항으로 갔다. 배를 기다리는 동안 항구 근처 카페에서 지심도를 바라보며 설계 구상을 생각하던 중 지심도 근처에 작은 어선 하나가 들어가고 있었다. 어선이 우연히 사진에 찍혀 확대해 보았더니 어선 안에는 젊은 남자와 아저씨가 타고 있었다. 아마도 지심도 주민들 같았다. 그 어선을 보며 어부들은 참 부지런하다는 생각이 들었다. 나도 나름 부지런한 아침을 보낸다 생각했는데……. 어부들의 부지런함은 사뭇 달랐다. 생각해보니 나는 늘 기계처럼 일어나 출근 준비를 하며 아침을 보낸 것 같다. 아침 일찍 일어나도 정신없이 하루를 시작하는 나와 달리 뱃사람들은 아침에도 여유가 넘치다 못해 한가로워 보였다. 문득, 배에 타고 있는 젊은 청년이 궁금했다. 요즘 이런 시골에 젊은 사람이 있다는 게 신기하고, 그가 왜 여기 있는지 궁금해졌다. 김 사장이 말을 걸어왔다.

"유민 씨, 곧 있으면 운항 시간이라 선착장에 가야할 것 같은데……"

"아, 네! 근데 장 비서님은 어디 갔어요?"

"아, 장 비서는 서류 가지러 사무실 갔어. 뭐 장 비서까지 걱정하시나? 얼른 선착장이나 갑시다."

"네…… 사진 한 장만 찍고 나갈게요"

정신이 든 나는 서둘러 배를 타야 해 육지에서 지심도 사진을 별로 찍지 못해 아쉬웠다. 돌아올 때 보면 되지 뭘 그렇게 아쉬워 하냐는 김 사장 말에 애써 위안을 삼았다. 그래도 처음 본 지심도를 오래 간직하고 싶은 마음은 쉽게 지워지지 않았다. 나는 배를 타자마자 창문 쪽으로 시선을 돌렸다. 하늘과 어우러진 동백 숲의 정경은 아름답다 못해 신비로웠다. 동백 숲을 휘감고 있는 구름도 나의 시선을 사로잡았다. 한참 동안 하늘과 동백 섬을 바라보았다.

"유민 씨, 밖에 나와서 보면 좋은 구상이 나올 거 같은데 나오지 그래 바람도 상쾌하고 말이야."

김 사장의 말을 듣고 나는 얼른 밖에 나갔다. 바람을 맞으며 나는 열심히 사진을 찍고 구상을 했다. 구상을 하던 중 곧 있으면 지심도에 도착한다는 안내방송이 나왔다. 허겁지겁 짐을 챙겨 지심도에 발을 디뎠다. 내가 묵을 민박집부터 찾자는 김 사장과 달리 나는 설계를 빨리 하고 싶어 캐리어를 선착장에 던져두고 곧장 지심도를 둘러보자고 김 사장에게 말했다.

김 사장은 석연치 않은 표정으로 나를 보았지만 나의 왕고집에 마지못해 섬 주변을 돌아보며 설명해 주겠다고 했다. 김 사장은 거제도가 자기 고향이라며 눈 감고도 지심도를 설명 할 수 있다고 했다. 속으론 미심쩍었지만 나는 눈웃음으로 그의 말에 화답했다. 더듬거리며 안내 표지만 뚫어져라 보고 있는 김 사장의 모습을 보니 한숨이 절로 나왔다. 최근 들어 거제도 관광 사업에 부쩍 많은 투자를 하고 있는 우리 회사는 돈 많은 거제도 주민과 손을 잡아 프로젝트를 진행하고 있다. 김 사장도 그 주민들 중 하나이다. 문득 거제도 리조트 사업 책임자로 일한 동민 선배가 설계에 설자도 모르는 사람과 함께 일해서 힘들었다고 한 말이 생각났다. 나는 왠지 동민 선배의 말이 남 일처럼 느껴지지 않았다. 원래 설계할 때 민감하고 꼼꼼한 편이라 누군가 옆에서 조언이나 아이디어를 주면 좋지만, 김 사장은 짐처럼 느껴졌다.

"아휴. 참 오랜만에 지심도에 오니까 별로 생각이 안 나네. 장 비서는 왜 안 오는 거여? 아이고, 유민 씨 배고프지? 장 비서 올 때까지 밥이나 먹으며 기다리자고 자자 여기에 해물파전이랑 막걸리 잘하는 집 있으니까 거기 가서 먹자고 응?"

나는 장 비서 타령이나 하는 김 사장과 같이 둘러보느니 빨리 밥 먹고 장 비서 설명을 듣든지 혼자 둘러봐야겠다고 생각해 김 사장을 따라 식당에 갔다. 김 사장은 젊은 아가씨가 참 잘 먹는다고 파전과 함께 막걸리까지 덩달아 주문했다. 막걸리는 먹고 싶었지만 맨 정신으로 섬을 둘러보아야 설계가 더 잘 될 거 같아 서둘러 밖으로 나와 장 비서를 기다렸다. 한참을 기다려도 장 비서는 오지 않았다. 장 비서는 언제 오냐고 김 사장에게 묻고 싶었지만 김 사장은 막걸리에 취한 듯 보였다. 계속 기다리다간 오늘 아무것도 못할 것 같은 생각이 들어 식당 아주머니께 김 사장한테 저녁 7시에 여기로 오겠다는 말을 전해달라고 부탁하고 서둘러 발걸음을 옮겼다. 식당을 나오다가 아까 어선에서 본 남자가 보여 그 남자를 뒤따라 갔다. 따라가는 동안 곳곳에서 동백꽃들이 나를 반겼다. 동백꽃은 4월 하순경에 져서 그런지 아직 활짝 펴 있었다. 쌀쌀한 바닷바람이 나의 얼굴을 스쳐갔지만 오히려 상쾌한 기분이 들어 좋았다. 나도 모르게 동백꽃에 취해 걷고 있었다. 어느덧 설계도 구상은 잠시 잊은 채 선착장 반대편 끝자락 낚시터까지 왔다. 그 남자는 낚시터에 도착해 관광객들의 낚시를 도와주었다. 나도 모르게 자연스럽게 그를 향해 걷고 있었다. 가까이서 보니 젊은 남자는 생각보다 어려 보였다. 갓 대학을 졸업한 것 같았다. 그는 웃으면서 아줌마들에게 낚시를 가르쳐주고 있었다. 그의 웃음은 저절로 마음에서 우러나오는 것 같았다. 그가 행복해 보였다. 요즘 나는 대학 졸업 후 막 취직해 정신없이 나의 20대를 보낸 거 같아 후회하고 있었는데 그 남자를 보니 부러웠다. 한참 동안 멍하니 서있었다. 바닷가를 바라보던 중 벨소리가 울려 전화를 받아보니 김 사장이었다. 이제 술이 다 깼나 보다.

"유민 씨 혼자서 둘러보고 있다며? 막걸리가 너무 술술 들어가서 그만 취해버렸네 허허 이거 참 미안하네. 장 비서가 배를 놓쳐 늦게 왔더라고 장 비서도 왔으니 슬슬 설명도 들으며 둘러보는 게 좋지 않겠나? 내가 유민 씨 있는 데로 갈게 어디야?"

"아니에요, 제가 갈게요. 아까 식당으로 가면 되죠?"

"거참 내가 가도 되는데 그러면 식당으로 올래?"

"네 서둘러 갈게요."

나는 좀 더 그를 보고 싶었지만 서둘러 발걸음을 재촉했다. 분명히 아까 오던 길로 가고 있는데 식당은 나오지 않았다. 하늘이 어둑어둑해졌다. 김 사장한테 전화하려고 핸드폰을 봤지만 핸드폰은 배터리가 나가 이미 꺼진 상태였다. 나는 같은 길을 맴맴 돌고 있었다.

"저기 헤매고 계신 거 같은데 어디 찾으세요? 제가 여기 지리는 잘 아니까 도와드릴게요"

뒤돌아보니 어선에 있던 그가 멀리서 걸어오고 있었다. 나는 잠시 멍하니 서있다 대답했다.

"아, 제가 혼자 산책은 처음이라…… 여기 해물전집 어디에요?"

"아 재룡이 아저씨네 전집이요. 저기 오른쪽으로 조금만 가시면 되는데. 그걸 못 찾으시고 헤매셨네. 저랑 같이 가시죠. 마침 저도 거기에 볼일도 있으니까."

나는 그 남자의 뒤를 따라 전집으로 갔다. 몇 분도 안 돼 식당에 도착했다. 김 사장이 시계를 바라보며 말했다.

"유민 씨, 왜 이렇게 늦게 왔어. 여자 혼자 위험하게 말이야. 핸드폰도 꺼져있고……."

"죄송해요. 배터리도 없고 길을 헤매는 바람에 늦었네요"

"곧 있으면 배도 끊기고……. 난 가야하니까 유민 씨도 빨리 민박집에 짐 풀고 얼른 쉬어. 장 비서가 짐도 가져왔으니까. 장 비서 유민 씨 데려다 주고 선착장으로 와."

"아, 네. 유민 씨 가시죠. 저기 할머니가 하시는 민박집 있는데 여기서 가까워요"

그 남자가 조심스럽게 말을 걸어왔다.

"저기 저희 집이 그 민박집 옆인데 제가 데려다 드릴게요. 배도 곧 끊기는데 걱정 마시고 얼른 가세요"

김 사장은 활짝 웃으며 말했다.

"허허 그러시겠어요? 우리야 고맙죠. 유민 씨 괜찮지?"

"아, 네. 배 끊기기 전에 가보셔야죠. 얼른 가세요. 내일 연락드릴게요"

얼떨결에 그 남자가 나를 데려다 주게 되었다.

나는 고마운 건 둘째 치고 당황스러워 그냥 멀뚱히 서있었다.

"저기……. 저도 볼일 끝났는데 가시죠."

"네."

나는 말없이 그의 뒤를 또다시 따라나섰다. 어색함이 맴도는 게 느껴졌는지 그는 자기소개를 하며 어색함을 풀려고 했다.

"제 이름은 김하늘이에요. 혹시 성함이?"

"저는 안유민이라고 합니다. 아까도 도와주셨는데 감사해요."

"아니에요. 저는 여기서는 아주 어렸을 때부터 자라서 여기 지리는 잘 알고 있거든요. 가끔 유민 씨처럼 길 헤매시는 분들이 있어서 도와주곤 해요. 뭘 이런 거 가지고 마침 제 옆집에서 묵는다고 하니 잘됐죠 뭐."

"아 그러시구나! 그래도 정말 고마워요. 처음 뵙는데 자꾸 신세만 지네요."

"뭘 이런 걸 가지고. 보니까 관광하러 오신 분은 아닌 거 같은데, 여긴 뭐 땜에 오셨어요?"

"저희 회사가 이번에 지심도 관광 사업을 추진하거든요. 그래서 조경설계 구상하러 왔어요."

"아 여기에 관광지 개발한다더니 거기서 오셨군요……."

그렇게 그와 얘기하다 보니 벌써 민박집에 도착해 있었다. 그와 좀 더 대화를 하고 싶었지만 시계를 보니 벌써 8시라 나는 서둘러 인사를 하고 민박집에 들어갔다.

민박집은 주인 할머니와 아들 그리고 며느리가 같이 살고 있었다. 주인 할머니는 지심도에서 최고령자라고 했다. 연세가 90 정도 넘으셨는데도 건강해 보이셨다.

"아이고 어여 와. 짐도 많네. 밥은 먹었나?"

"아! 아직 못 먹었어요"

"아이고, 배고프겠네. 민수야, 어서 네 각시 불러 밥 안치라고 해라."

"벌써 안치고 있어요"

나는 서둘러 짐을 풀고 편안한 옷으로 갈아입은 후에 부엌으로 향했다. 주인집 아주머니께서 먹음직스럽게 매운탕을 끓이고 계셨다. 매콤한 냄새가 내 코를 맴돌고 있어 나의 식욕을 자극했다.

"아이고, 아가씨 서울에서 왔다고? 아까 돈 주고 간 양반이 그러던데 무슨 일로 먼 데서 여기까지 왔나?"

내가 차근차근 주인아주머니께 설명을 하는 동안 매운탕도 다 끓고 어느덧 할머니와 주인집 아저씨도 식탁에 앉았다. 나는 배고팠던지라 금세 밥 한 공기를 뚝딱 해치웠다. 오랜만에 먹는 집 밥이라 더 반가웠다. 만날 사먹거나 인스턴트식품으로 끼니를 연명해서 그런지 더욱 맛있었다. 아줌마는 젊은 아가씨가 잘 먹는다며 밥 한 공기를 더 주셨다. 나는 배불렀지만 나도 모르게 입안에 밥을 집어먹고 있었다.

"우리 아들도 서울에서 교수하고 있는디, 아가씨 보니까 아들 생각 나네! 아가씨도 많이 바쁘지? 울 아들도 너무 바빠 여기에 자주 내려오지도 못해."

아주머니는 아들 자랑을 늘어놓으셨다. 밥을 다 먹고 나서 방에 들어왔는데 너무 소화가 안돼서 바닷바람을 쐬러 나왔다. 모래사장을 걷고 있는데 내일 바다에 나갈 채비를 하고 있는 하늘 씨가 보였다. 물끄러미 하늘 씨를 보고 있는데 하늘 씨와 눈이 마주쳤다.

"어, 유민 씨. 이 밤에 왜 밖에 나왔어요? 오늘 서울에서 새벽부터 오셨다면서?"

"저녁을 너무 많이 먹었더니 소화가 안돼서 잠깐 나왔어요"

그를 향해 걸어갔다.

"하늘 씨는 이 밤에 뭐하고 있는 거예요? 집에서 안 쉬고……."

"지금 내일 고기 잡으러 갈 채비를 해놓으면 편해서요. 유민 씨도 가까이 와서 배 안 구경도 해봐요."

배 안을 둘러보니 그가 열심히 일한 흔적이 느껴졌다.

"유민 씨 쌀쌀한데 따뜻한 커피 마실래요?"

그가 타준 커피는 따뜻해 나의 차가운 손을 녹였다. 커피를 다 마시고나서 그와 헤어졌다.

"유민 씨, 어서 와. 아침 먹어."

주인아줌마 소리에 벌떡 잠에서 깨어났다. 오랜만에 푹 잤다. 나는 서둘러 아침을 먹고 섬을 좀 더 둘러보기 위해 길을 나섰다. 어제는 너무 내 감정에 취해 일을 제대로 못해서 오늘은 최소한 구상은 다 끝내고 싶었다. 지심도를 둘러보며 동백꽃과 관련해서 조경을 그리고 싶었다. 카메라로 동백꽃을 찍고 있는데 하늘 씨의 목소리가 들렸다. 하늘 씨가 오늘 낚시하러 오는 손님이 없다면서 지심도 길 안내를 하겠다고 했다. 내심 좋았지만 괜찮다며 길을 나섰다. 그런 내 맘을 알았는지 어느새 하늘 씨는 내 옆에서 걷고 있었다. 하늘 씨는 지심도에 살게 된 이야기를 해주었다.

"저희 아버지는 원래 서울에서 직장생활을 하시는 분이었어요. 어느 날 과로로 쓰러져서 응급실에 실려 가서 건강검진을 받았는데 심장이 안 좋다는 판정을 받았어요. 그래서 직장생활을 그만 두고 찾은 곳이 지심도예요. 그래서 저희 가족은 지심도로 이사 와서 살게 됐어요. 그렇게 잘 사나 싶더니, 누나가 사춘기가 심하게 오더라고요……. 자기는 섬에서 사는 게 싫다면서 부모님과 싸우던 중 말도 없이 집을 나가더군요. 저도 원래 대학을 졸업하고 육지에서 취직해서 자리 잡으려 했는데 부모님이 걱정되어 졸업 후에 아버지를 도와 일하기로 하고 지금 이렇게 살고 있어요. 유민 씨 보니까 누나 생각이 나더라고요. 누나도 유민 씨처럼 도시에서 잘 살고 있을지……. 유민 씨를 보면 누나가 생각나요. 제가 괜한 말을 했네요"

그의 얘기를 들으니 좀 찔렸다. 나는 겉보기에는 도시에서 잘 사는 커리어우먼처럼 보이지만 나에게는 늘 내 삶보다는 회사의 삶이 더 많았다. 마음이 공허했다. 그래도 그의 누나가 생각이 난다는 말은 기분이 좋았다.

"누나도 저처럼 열심히 일하면서 잘 살고 있을 거예요. 언젠간 오겠죠"

"저도 그렇게 생각해요. 그래서 여기서 열심히 일하고 있어요. 마당에 빨간 동백꽃도 열심히 심고 있고요"

그제야 아침에 하늘 씨네 마당에서 본 빨간색 동백꽃이 생각났다. 여기 오기 전에 빨간 동백꽃의 꽃말을 조사했는데 꽃이 사랑과 기다림을 뜻한다는 것이 기억났다. 나는 위로하고 싶어 그의 어깨를 토닥였다. 우리 둘은 어느새 바닷가까지 왔다. 그곳에는 푸른 바다가 우리를 반기고 있었다. 심장이 떨렸다. 처음에는 탁 트인 바다 때문이라 생각했는데 하늘 씨를 보니 뭔가 묘한 기분이었다. 볼이 빨개져 한참 동안 바다를 보고 있는데 김 사장이 전화가 왔다. 김 사장은 오늘 저녁에 육지로 가야하니 짐 싸고 지심도 구경하다 5시에 배타는 곳으로 오라고 했다. 나는 전화를 받고 아차 하는 생각을 했다. 여기 있으면서 조경 설계 생각보다는 내 생각만 한 것 같았다.

전화를 받고나서 우리 둘은 서둘러 민박집을 향해 뛰어 갔다. 손을 꼭 붙잡고 민박집에 도착해 나는 하늘 씨에게 짐 싸야한다며 집에 가라고 했다. 하늘 씨는 짐 다 싸고 연락 달라며 연락처를 내 핸드폰에 입력했다. 나는 볼이 빨개졌다. 나는 서둘러 민박집으로 들어갔다. 짐을 다 싸고 나는 한참 동안 망설이다 하늘 씨한테 연락했다. 하늘 씨는 5분 뒤에 데리러 갈 테니 기다리라고 했다. 우리 둘은 지심도를 마저 다 돌고 얘기를 했다. 시계를 보니 벌써 5시가 다 되어갔다. 나는 무거운 걸음으로 배 타러 갔다. 매표소에 도착했는데 하늘 씨가 잠시 기다리라고 했다. 하늘 씨는 하얀 동백꽃을 꺾어 왔다.

"유민 씨, 집에 가서 하얀 동백꽃의 의미 꼭 찾아봐요!"

나는 전에 본 하얀 동백꽃의 꽃말이 기억나지 않았다. 궁금해서 물어 보고 싶었지만 장 비서가 날 부르고 있었다. 나는 서둘러 캐리어를 들고 배에 탔다. 그렇게 나는 배에서 지심도를 바라봤다. 동백꽃과 어우러진 하늘은 아름다웠다. 나는 육지에 도착할 때까지 지심도와 하늘을 바라보았다. 푸른 하늘은 순수한 하늘 씨 같았다. 내 코끝으로 하얀 동백꽃 향기가 들어왔다.

회사로 돌아와 정신없이 조경 설계에 몰두했다. 그렇지만 하늘 씨를 머릿속에서 지울 수 없었다. 내 조경 설계도에 하늘 씨와의 누나 이야기와 추억을 담고 싶었다. 그래서 빨간 동백꽃과 지심도, 그리고 푸른 하늘을 주제로 설계도를 그렸다. 일주일 동안 거의 자나 깨나 조경 설계에 집중했다. 설계를 다 완성하고 나서야 하늘 씨가 준 하얀 동백꽃이 생각났다. 새 하얀 동백꽃을 보고 있는데 옆에서 민지 선배가 나한테 비밀 연애 하냐며 장난을 쳤다. 그제야 그 의미를 알게 됐다. 당장 지심도에 내려가서 하늘 씨를 보고 하얀 동백꽃에 대한 답을 말하고 싶었지만 또다시 나에게 쉴 새 없이 업무가 닥쳤다. 나는 환상에서 일상으로 돌아왔다. 그래도 하늘 씨와 연락의 끈을 놓지 않았다. 나는 틈틈이 과장님의 눈을 피해 하늘 씨에게 문자도 보내고 주말에는 꼭 전화를 했다. 우리 둘은 떨어져 있었지만 마음만은 가까웠다. 그렇게 일 년이 지난 후에야 지심도 조경 마무리를 보기 위해 지심도로 갔다. 하늘 씨가 보고 싶었다. 거제도에 도착했지만 두근거리는 마음에 지심도로 향하는 배로 발이 움직이지 않았다. 한참 동안 커피를 마시면서 지심도를 보고 있는데 하늘 씨가 멀리서 하늘 씨의 누나와 함께 하얀 동백꽃을 들고 오고 있었다. 우리들은 웃으며 서로를 바라보고 있었다.

선택

아침 6시. 자명종이 머리 위에서 시끄럽게 울렸다. 잠시 한숨을 내쉬고 알람을 끈 뒤 검정색 뿔테 안경을 썼다. 필요한 가구들만 있는 이 집의 거실은 쇼생크의 죄수실을 방불케 했다.

화장실로 들어가 거울에 내 모습을 비춰보았다. 작은 눈과 낮은 코, 생기 없는 입술. 그 얼굴이 오늘따라 낯설게 느껴졌다. 얼굴은 무언가 잃어버린 듯 당혹한 표정이었다.

따르르르릉. 거실의 전화벨이 나를 거울 속에서 꺼내주었다. 이 전화의 주인은 아마 직장 동료인 김 대리일 것이다. 나는 화장실에서 나와 수화기를 귀에 댔다.

"여보세요?"

"자네 미쳤나? 지금 몇 시인 줄 알아?"

수화기 건너편으로 삼십대 중반 남성의 신경질적인 목소리가 쏟아졌다.

"아직 7시밖에 안됐습니다. 무슨 일 있으십니까?"

나는 꽤나 퉁명스럽게 대꾸했다.

"오늘 일찍 나와야 하잖나! 직장인 설문조사, 분명 어제 회식자리에서 내가 말했잖은가?"

순간 머릿속에서 지난밤 기억들이 하나씩 떠오르기 시작했다. 나는 침묵할 수밖에 없었다.

"듣고 있나? 이봐, 이 사원!"

거친 목소리는 내 귀를 마구 찔러댔다.

"네……. 대리님 죄송합니다. 제가 그만……."

"자네 생각이 있는 건가, 없는 건가!? 어휴!"

그렇게 전화는 끊어졌다. 나는 급하게 신발장으로 달려갔다. 구두를 발에 끼워 넣으려는데 오늘따라 구두는 주인을 잘못 찾았다는 듯 품을 내주지 않았다. 겨우 오른쪽 신발을 신었을 때, 창밖에서 러시안 블루 고양이가 차가운 시선으로 나를 쏘아보았다. 온몸에 소름이 돋았다. 그와 동시에 왼쪽 발이 구두에 들어갔고, 나는 현관문을 박차고 뛰쳐나갔다.

엘리베이터에는 위층 아이가 타고 있었다. 꽤나 귀여운 여자아이. 나는 고갯짓으로 작은 인사를 해보았다. 그러나 아이는 아무런 표정도 짓지 않았다. 나는 급한 걸음으로 아파트를 빠져나왔다.

오늘따라 버스는 오래된 고물 트럭처럼 굴러가는 것 같았고, 시간은 신형 벤틀리처럼 빠르게 지나갔다. 불안 끝에 도봉산역에 도착했다. 뛰다시피 열차에 몸을 실었다.

역을 빠져 나가자 빌딩들이 나를 내려다보고 있었다. 내가 다니고 있는 식품회사의 건물은, 마치 거대한 큐브 같은 6층 건물이었다. 손목 위의 시계바늘이 9시를 가리켰다. 죽도록 무거운 분위기다.

사무실에 도착하니 마치 굶주린 암사자 가운데 던져진 가젤이 된 기분이었다. 나는 구석에 있는 사무용 책상으로 조용히 가서 앉았다. 압박감에 고개를 처박고 있은 지 얼마나 지났을까.

창문에는 어둠이 드리워졌고, 모두가 퇴근한 사무실에는 정적만이 나를 지켜보고 있었다. 빈 책상들은 공동묘지의 비석들처럼 보였고, 창문으로 들어오는 냉기들은 영혼의 메아리 같았다. 거울에 비친 내 모습은 초췌 그 자체였다. 나는 그 길로 건물에서 나와 거대한 횡단보도에서 신호를 기다렸다.

저녁의 열차는 아침 풍경과 달리 조용했다. 녹초가 된 직장인들과 술에 취한 사람들이 저마다 고개를 숙이고 앉아 있었다. 손목시계를 보니 11:59분. '이렇게 또 하루가 가는 구나.' 생각하고 있었을 때, 시계의 숫자가 11:60으로 바뀌었다. 그리고 곧 11:61로 변했다. 순간 코끝에서 시큼한 향이 돌았고 뇌에는 둔기로 맞은 듯한 충격이 느껴졌다. 억지로 감기려는 눈을 겨우 떴을 때, 온몸의 신경이 터질 듯이 요동쳤다. 지하철의 승객들은 모두 시체마냥 굳어 있었고 눈앞에서 움직이는 것이라곤 낯익은 풍채의 남자 한 명뿐.

그의 얼굴을 확인했을 때 나는 소스라칠 수밖에 없었다. 그는 '나'였기 때문이다. 정확히 말하자면 나보다는 머리가 좀 길었지만, 그래도 영락없는 내 얼굴이었다. 우리는 멈춰진 시공간 속에서 만감을 주고받았다.

그의 눈에는 놀라움과 함께 안도의 빛이 섞여 있었다. 나는 이게 무슨 상황인지 묻고 싶었다. 그러나 그때 다시 한번 시큼한 향이 나더니 그의 모습이 지워져버렸다. 시계의 숫자는 12:00. 혼돈이 나를 덮쳐왔다.

지하철이 의정부역에 도착했다. 물밀듯이 빠져나가는 인파 속에 섞여 개찰구까지 흘러갔다. 집으로 도착해 양말도 벗지 않은 채 침대로 직행했다.

정신을 차려보니 어느덧 아침이었다. 거실 창으로 아침 햇살이 들어오고 있었다. 뭐지? 평소 이 집은 쥐새끼가 사는 어두운 구멍이나 다름없었다. 밤사이 빌딩이 철거 된 건가? 혹은 아직 꿈에서 헤어나질 못하고 있는 걸까? 하지만 햇살은 분명한 현실이었다. 나는 차가운 물로 샤워를 하려고 욕실로 들어갔다. 거울 속에는 어제 보았던 장발의 내가 서있었다. 나는 경악하고 말았다.

화장실에서 뛰쳐나와 생각을 정리해 보았다. 그러나 아무것도 알 수 없었다. 시계는 어느덧 7시를 가리키고 있었다. 오늘은 러시안 블루도 모습을 보이지 않았다. 재빨리 출근 준비를 하고 엘리베이터를 타니 위층 아이가 서있었다.

"안녕하세요."

아이가 밝은 표정으로 나에게 인사를 했다. 이사 온 지 3년 만에 처음 받아보는 인사였다. 얼떨떨한 마음으로 "그래."하고 대답했다. 나는 집근처의 공원으로 발걸음을 옮겼다. 구석의 벤치에 앉아 담배를 꺼내 물었다. 그러나 무엇이 현실이며 무엇이 꿈이었는지 생각할수록 혼돈만 가중되었다. 담배를 비벼 끄고 자리에서 일어났다. 하늘의 태양이 나를 비웃듯이 빛나고 있었다.

나는 평소보다 일찍 출근을 했다. 그러나 내가 다니던 식품회사는 그 자리에 없었다. 건물은 마치 증발되어 버린 것 같았다. 텅 빈 부지 앞 표지판에는 이렇게 씌어 있었다.

'마세라티 전시장 입점 예정.'

당혹스러웠다. 주머니에서 휴대전화가 울려댔다. 정 선생님? 정 선생이 누구지? 나는 통화버튼을 눌렀다.

"여보세요?"

스피커 너머로 중년 여성의 목소리가 흘러 들어왔다.

"네."

강한 의구심을 느끼며 나는 간단하게 대답했다.

"이 선생님 지금 어디세요? 무슨 일 있으세요? 아이들이 기다리고 있습니다."

전화기의 목소리가 점잖게 다그쳤다.

"빨리 가겠습니다. 죄송합니다."

나는 얼결에 대답을 하고 전화를 끊었다. 잠시 멍하니 있다가 지갑을 열어보았다. 놀랍게도 그 안에는 교사 자격증이 있었다. 의정부 여자고등학교, 담당과목 물리. 그렇다면 일단은 그쪽으로 가볼 수밖에 없는 것이다.

곧 나는 의정부 여고에 도착했다. 난생 처음 보는 건물이었지만 낯설지 않았다. 교무실에는 중년의 여선생 한 분이 앉아 있었다.

"왜 이렇게 늦게 오신 겁니까?"

아까 스피커 속의 목소리였다.

"죄송합니다. 제가 늦잠을……."

말하고 난 뒤에야 아차 했다. 교사가 늦잠으로 지각이라니.

"수업이 먼저니 빨리 교실로 들어가세요"

그녀의 말이 끝나자마자 나는 교무실에서 도망치듯 뛰쳐나갔다. 물리의 'ㅁ'도 몰랐지만, 선택지는 존재하지 않았다. 유일하게 교사가 없는 교실로 들어서자 아이들이 나를 주목하기 시작했다. 나는 멀뚱히 서있었다. 잠시 후 한 아이가 엉거주춤 일어나더니 나를 향해 인사를 했다.

나는 학창시절 선생들이 하던 대사를 떠올려 보았다. 그리고 이렇게 말했다.

"오늘 몇 페이지 할 차례지?"

"215페이지요. 상대성이론 할 차례입니다."

누군가 대답했다.

"아, 그래 상대성이론."

나는 칠판을 마주하고 돌아섰다. 칠판이 이렇게 크게 느껴진 것은 처음이었다. 무언가라도 써야 될 것 같은 압박감에 분필을 쥐었다. 그러자 망각의 저편에서 출처 모를 기억들이 쏟아져 나왔다. 나의 손은 춤추듯이 상대성이론에 관해 써댔고 칠판은 온갖 기호와 글씨들로 가득 찼다.

겨우 수업을 마치고 밖으로 나왔다. 안도의 한숨과 함께 해냈다는 성취감이 뒤섞여 묘한 기분이 느껴졌다.

나는 학교 앞 6차선 도로에서 신호등의 신호가 바뀌기를 기다렸다. 그때 또다시 두통과 함께 시큼한 냄새가 코끝에서 맴돌았다. 손목시계의 숫자는 17시 60분. 나와 같이 신호를 기다리던 수많은 여고생과 행인들이 호흡을 멈추고 죽은 듯이 서있었다. 싸늘해진 주위를 돌아봤을 때, 한 남자가 건너편 인도에서 도망치듯 뛰어가는 게 보였다. 무의식적으로 '저 사람은 어떻게 움직일 수 있을까?'하는 호기심과 함께 알 수 없는 흥분감이 몸속에서 요동쳤다. 그때, 내 다리가 움직이기 시작했다. 나는 무언가에 홀린 듯 그를 향해 질주했다. 그는 다리를 절고 있었으므로 뜀박질이 평범한 사람보다 느렸다. 나는 횡단보도의 수많은 인파를 밀쳐내며 뛰었다. 그가 두려움에 가득 찬 눈으로 돌아보았다. 그는 어린아이처럼 울고 있었다.

"너는 왜 움직일 수 있는 거지?"

마침내 그를 붙잡고 나는 물었다.

"아무것도 모르고 계신가 봐요?"

그의 표정이 한순간 비웃는 듯 돌변했다.

"곧 있으면 61분은 지나가요. 이왕이면 궁금한 걸 물어보시죠? 어차피 저는 곧 소멸해 버릴 텐데."

말을 끝낸 그의 표정에는 어떠한 감정도 남아 있지 않았다.

"왜 없어지는 거지 너는?"

내가 물었다.

"그야 당연히 주인에게 돌아가는 거죠. 제 얼굴 모르시겠어요?"

그가 말했다.

순간, 그의 초췌한 얼굴에서 나의 눈빛을 발견할 수 있었다. '이 또한 나인가?'라는 생각이 머릿속을 스쳐지나갔다.

"주인? 그게 누구지?"

나는 마음을 가다듬고 다시 물었다.

"그야 당신이죠."

그의 메마른 입술이 움찔거렸다.

"뭐?"

나는 당혹감에 그의 팔을 잡았다. 그러자 그의 팔이 사라지기 시작했다. 멈춰 있던 사람들도 서서히 움직였다. 그의 입술이 가늘게 떨리고 있었다.

"열쇠는 현재와 과거가 일치할 때 열립니다. 명심하세요. 악마는 배부를 땐 속삭이지 않습니다."

말이 끝나는 것과 동시에 사람들이 바쁘게 횡단보도를 건너갔다. 그의 존재는 거짓말처럼 사라지고 없었다. 시계의 숫자는 18:00을 가리키고 있었다.

"과거, 현재, 과거라……."

집으로 돌아오자마자 옛 물건들이 담긴 상자를 뒤져 어릴 적 일기장을 꺼냈다. 유독 한 페이지가 삐죽이 나와 있었다.

'2016년 12월 1일. 오늘 진로 활동에서 깨달았다. 공대의 전망이 생각보다 어둡다는 것을. 여태껏 쌓아온 생기부의 스펙이 아깝지만 진로를 바꿔야겠다.'

하지만 공대 포기 결심은 반년 뒤 담임 선생과의 면담에서 꺾였고, 나는 결국 공대에 진학했다. 그렇다면 무엇이 문제일까. 대체 그는 왜 사라진 거지? 혹시나 하는 두려움에 나는 거울 앞으로 갔다. 내 모습은 장발 그대로였다. 아까 그의 모습으로 바뀌지 않은 것이다. 그는 왜 나로 바뀌지 않은 것인가? 그러나 소멸해 버린 그에게 물어볼 수는 노릇이었다.

아무래도 또 다른 나를 만나야만 이야기의 실마리가 풀릴 것 같았다. 순간적으로 '열쇠는 현재와 과거가 일치할 때 열립니다.'라는 속삭임이 뇌리를 스쳐갔다. 하지만 도대체 무슨 소린지 알 수 없었다. 떠오르는 것이라곤 여태껏 만난 순간들을 다시 재현하는 것뿐.

손목 위의 시계가 11시를 가리키고 있었다. 나는 처음 또 다른 '나'를 만난 그날과 같이 소요산행 열차에 11시 59분까지 탑승해야 했다. 물론 그 이론은 어디까지나 가정이지만.

집 밖으로 뛰쳐나와 역으로 가는 버스에 몸을 실었다. 내 예상이 맞다면 그들은 '또 다른 나'임이 틀림없었다. 그들을 만남으로 해서 나는 변하는 것이다. 해답을 찾은 듯 흥분감이 밀려왔다. 제4의 나에 대한 호기심도 파도처럼 밀려들었다. 하지만 어째서 제2의 나는 나에게로 흡수되지 못한 것일까? 새로운 나를 만나면 나를 변화 시키는 내가 있고, 그저 망각의 저편으로 넘어가는 내가 있는 것일까?

버스가 의정부역에 멈추자마자 역을 향해 뛰었다. 한걸음 내딛을 때마다 기대감과 두려움에 몸이 떨렸다. 수많은 화학물질이 심장 고동을 타고 온몸에 퍼져 나가는 것 같았다.

마침내 열차가 도착했다. 나는 그날과 같은 칸에 앉아 주체할 수 없는 떨림을 억누른 채 시계에 눈을 고정시켰다. 손목시계의 느린 움직임이 나를 농락하는 것 같았다. 호흡이 가빠졌다. 눈앞이 몽롱해지고 손바닥에서 식은땀이 솟았다. 드디어 11시 59분이 되었고, 코끝에는 익숙한 냄새가 흘러들었다. 11시 60분이었다. 모든 사람이 멈추어 있는 나만의 세계에 들어온 것이다.

얼른 자리에서 일어나 주변을 샅샅이 뒤졌다. 또 움직이는 사람이 없을까 하는 호기심으로, 인육을 찾아 헤매는 좀비마냥 열차 속을 거닐었다. 마침내 누군가 나를 보는 시선이 느껴졌다. 뒤를 돌아보자 꽤나 값비싼 양복을 입은 남자가 서있었다.

"이제야 바꾸려 하는군."

그가 말했다. 그는 미소와 무시가 섞인 얼굴로 나를 보고 있었다.

"뭘 바꾼다는 말이지?"

내가 물었다.

"너는 아무것도 모르는구나."

그가 한심하다는 듯 대답했다. 나는 머리를 굴려 보았다. 하지만 혼란만 가중될 뿐이었다.

"알려줘 또 다른 '나'들에 대해서. 그리고 그들의 기원에 대해서."

나는 간절한 목소리로 부탁했다.

"그래. 어차피 말해 줄게."

그는 피식 웃었다.

"나, 그리고 그들 모두는 너로부터 나왔다."

그러나 그것만으로는 모든 것을 이해할 수 없었다. 그는 계속 말했다.

"한마디로 말하자면, 우리 모두는 네가 해온 선택에서 이중적으로 파생된 존재들이지. 네가 지금 선생인 것은, 공대를 가게 된 선택의 뒷면에서 이루어진 결과물이다. 네가 한 선택은 '이것을 실행한다면'이라는 1번과 '하지 않았다면'이라는 2번의 결과를 만들어 냈다는 거야. 알겠나?"

그 말을 듣자, 마지막 한조각의 퍼즐을 끼워 맞춘 듯 전체적인 그림이 그려졌다. 그러나 여전히 풀리지 않은 궁금증이 있었다.

"그런데 왜 너희들은 내게 흡수되고 사라져 버리는 거지?"

"그야 우리는 너로부터 파생된 존재들, 즉 본세계의 시점에서는 왜곡된 존재이기 때문이지. 그러니 너와 마주친 순간에는 더 이상 왜곡된 세계를 만들 수 없게 되는 거야. 그러니 흡수됨으로써 세계의 왜곡을 끊어 버리는 거다."

그가 말했다.

"그렇다면 이전의 기억은 어떻게 되는 거지? 나는 예전에 회사 직원일 때의 기억이 나지 않아."

내가 말했다.

그는 차가운 미소를 던지며 입을 열었다.

"그건 너 자신만의 문제다. 너는 지금 상황이 전보다 만족스럽기 때문에 무의식적으로 기억을 지워가는 거지. 다시 돌아가고 싶지 않은 과거에 대한 것들을."

"그렇다면 내가 또 다른 나를 흡수함으로써 바뀌는 것은 사회적 위치와 외모뿐인가?"

나는 다시 물었다. 마음이 어쩐지 절박해졌다.

그러나 그는 또다시 미소를 띠며 한가롭게 대답했다.

"그렇다고 할 수 있으나, 원래 그들의 습관이나 특성들은 그대로 너에게 이어질 수 있지. 예를 들면 지금의 네가 담배를 피우는 것처럼."

그 말을 듣자마자 무의식적으로 안주머니에 손을 넣었다. 던힐 한 갑이 들어있었다. 그러나 이전의 나는 담배를 안 피웠던가? 기억이 나지 않았다. 어느새 시계는 12:00로 바뀌려 하고 있었다. 그의 몸이 프레임 갈라지듯 사라지고 있었다.

"최고의 시점에서 최악의 선택은 하지 말라고"

상반신밖에 남지 않은 그가 씁쓸하게 웃으며 말했다. 그리고 사라졌다. 그는 왜곡을 끊어낸 것이다. 내 몸뚱이에는 그의 값비싼 양복이 입혀져 있었다.

다시 버스정류장.

나는 핸드폰을 꺼내려 주머니에 손을 넣었다. 그러나 그 속에는 지갑과 차키가 들어있었다. 지갑을 열어보자 수많은 수표와 명함들이 꽂혀 있었다.

'영석그룹대표 이우석.'

그자는 꽤나 성공한 '나'인 것 같았다. 순수하게 나만의 힘으로 그런 자리에 오를 수 있었을까 하는 의문이 스멀스멀 기어 나왔다.

차키에는 벤틀리 마크가 박혀 있었다. 역 주변을 5분 정도 돌아보니 검정색 벤틀리 한 대가 눈에 띄었다. 흔히 볼 수 있는 차가 아닌 것이다. 벤틀리에 올라타자 삶에 대한 의문이 풍선처럼 날아가 버렸다. 직장 생활을 하던 내가, 혹은 교사 생활을 하던 내가 평생을 벌어도 가질 수 없는 차에 지금 타고 있었다.

시동을 걸자 배기관의 LED가 빛나기 시작했다. 기어를 4단으로 넣고 엑셀을 밟았다. 벤틀리가 도로를 가르는 바람처럼 달려 나갔다. 주변의 자동차들이 움찔대며 피해갔다. 이것이 아리스토텔레스가 말한 궁극적인 쾌락이었다. 입에서는 나도 모르게 환호성이 터져 나왔다. 네비게이션에 찍혀 있는 집으로 차를 몰았다.

마침내 도착한 순간, 나는 넘치는 흥분을 주체할 수가 없었다. 시궁쥐나 살 법한 어두운 집이 아닌, 고래 등 같은 저택이 있었기 때문이다. 문패에는 '이우석' 이름 석 자가 박혀 있었다. 도저히 믿기지 않았다. 이게 내 것이라니. 웃음이 실실 쏟아져 나왔다.

남의 집에 들어가는 도둑처럼, 아니 당당한 괴도처럼 마당을 걸어 들어갔다. 나무들은 모두 정원사의 손길이 닿은 듯 가지런했다.

현관에 들어서자 문이 열리고, 영화에서나 봤던 고상한 가정부가 나를 반겼다. 뭔가 낯선 광경이지만 나쁘지 않았다. 들고 있던 가방과 겉옷을 건네고 방으로 들어섰다. 커다란 침대에 누워 천장을 올려다보았다. 성당처럼 높은 천장에서 나에게 흡수된 과거의 사나이가 노려보는 시선이 느껴졌다.

'그렇게 노려보면 어쩔 건데? 지금 여기 있는 건 바로 나야!'

냉소를 흘리고 자리에서 일어났다. 이러고 있을 시간이 아닌 것이다. 이렇게 좋은 기회를 얻었는데 방구석에 있기는 싫다. 모두의 위에서 군림하는 시간이 나를 향해 달려오고 있었다. 두 팔 벌려 맞이할 준비는 되어있다.

"이봐요!"

"네."

가정부가 재빠르게 대답했다.

"나갈 준비를 해주세요"

가정부는 곧 모든 채비를 끝냈다. 나는 회색 오크통 코트를 받아 걸쳤다. 현관을 나서자 정원의 나무들이 나를 향해 늘어선 사창가의 여자들처럼 보였다.

거리에서, 나는 모두의 시선을 받으며 벤틀리를 몰아댔다. 클럽 앞에서 다가오는 수많은 여성들을 거절하고 안으로 들어갔다.

"발렌타인!"

내가 외치자 웨이터가 고개를 끄덕이고 경쾌하게 술병을 땄다.

나는 잔을 여유롭게 흔들고 술을 입안으로 흘려 넣었다. 새 삶을 시작한 뒤, 그동안 얼마나 많은 일이 있었던가.

나는 법의 심판을 돈으로 피했다. 값비싸고 기름진 음식들로 배를 채워 넣었다. 호텔의 스위트룸에서 고급 양주를 마셨다. 나는 높은 곳에서 아래를 내려다보며 개미 같은 사람들을 지켜보는 게 즐거웠다. 가끔은 그런 일상이 좀 어색하기도 했으나, 그래도 지금 이 삶은 내 것임에 틀림없었다.

사실 이 삶 일궈낸 그(나)는 정말 대단했다. 그러나 다르게 생각해보면, 나 역시 어느 시점에서 충분히 누릴 수 있는 삶이었다. 그러니까, 잘못된 선택을 하지만 않았다면! 그렇다. 지금 이 삶이 내 것이 아니라고 누가 말할 수 있단 말인가? 어쨌든 그는 사라지고 없는 것이다! 나는 반쯤 마신 술잔을 탁자 위에 내려놓았다. 눈꺼풀이 서서히 닫히고 있었다.

태고의 빛이 내 각막을 건드렸다. 나는 건물의 셔터를 들어 올리듯 천천히 눈을 떴다. 창에는 햇볕이 스멀스멀 들어오고 있었다.

간단하게 씻은 후 체크아웃을 하고 거리로 나왔다. 속이 쓰렸다. 나는 호텔 주변의 편의점으로 들어가 숙취음료를 사들고 거리의 벤치에 걸터앉았다. 주위를 둘러보니 전화기를 붙잡고 발걸음을 재촉하는 회사원들이 보였다. 문득, 어떤 모습이 떠올랐다. 무엇인가 망각 속에서 어렴풋이 고개를 내밀었다. 지금의 생활과는 철저하게 달랐던 과거가. 참 한심한 생활이었다. 모든 쾌락에서 배제된 과거의 삶은, 다시는 들춰내기 싫은 내 역사의 치부였다.

만약 '그들'을 만나지 않았더라면, 그래서 '그들'을 흡수해버리지 않았다면, 그 삶을 계속 살았을 거라고 생각하니 참을 수 없는 역겨움이 느껴졌다. 내 입가에는 미소가 번졌다. 나는 지금 그 누구의 아래에도 있지 않았다. 하지만 이건 작은 사회에서 봤을 때의 이야기였다. 사실 나는 이런 생각을 계속해서 하고 싶지 않다!

그러나 다른 시점, 조금 더 큰 시점에서 바라본다면⋯⋯. 나는 아주 작은 연못을 군림하는 잉어 한 마리밖에 되지 않을 것이다! 그렇다면 내 최선이 겨우 여기? 아니, 그럴 리가 없다!

만약 이 이론이 맞다면, 나는 지금보다 더 아름다운 여자를 만날 수 있을 것이다. 더 많은 돈과 더 좋은 차를 가질 수 있을 것이다. 어쩌면 더 좋은 집에서 살고 있을지도 모른다. 이보다 더 좋은 삶을 살고 있을 거란 말이다!

이런 결론이 나오자 나는 초라한 벤치에 앉아 1초라도 낭비할 수가 없었다. 미래의 쾌락들을 낭비할 수는 없기 때문이다. 핸드폰을 꺼내 비서에게 전화를 걸었다.

"지금부터 이 도시, 아니 전국에서, 아니 전 세계에서 나와 닮은 사람을 찾게! 비용이 얼마든지 상관없어. 합법적인 방법이 아니라도 상관없네! 단지 나를 찾아줘. 최대한 빠른 시일 내로!"

그날 이후, 나는 수많은 '나'를 찾아 나섰다. 하지만 나보다 더 큰 쾌락을 누리고 사는 '나와 비슷한 것'은 발견되지 않았다. 무수한 '나'들이 나와 마주친 순간 무력하게 사라져 버렸다. 그러나 그 과정 속에서 새롭게 발견된 사실이 있었다.

'나보다 못한 것'들을 마주하고 나서 61분의 시간이 지나면, 그들이 해 왔던 인생의 모든 실수들이 내게로 흡수되는 거였다. 그 결과, 나의 호화로운 삶은 점점 위태롭게 변해갔다. 언제까지나 이어질 것 같았던 삶이, 그 누구도 아닌 '나'들에게 위협당하고 있는 것이다!

비서가 찾아준 '그들'의 리스트는 이제 '그들'을 피하기 위한 용도로 사용되었다. 불안은 점점 증폭되었고, 나는 그 어떤 만남도 가지지 않는 저택의 구석으로 숨어들었다. 미칠 듯한 두려움들, 무수한 고민 끝에 마침내나는 이 왜곡의 고리를 끊어낼 효율적인 방법을 찾아냈다. 그 방법은 바로 '나'들을 죽이는 것이다!

지금, 나는 그것을 실행하기 위해 인적 드문 골목에 서 있다. '나'로 보이는 노숙자 뒤에서 서슬 파란 칼날을 번뜩이면서.

나는 누구보다 조용하게 그의 뒤로 접근했다. 손에서는 식은땀이 흘러넘쳤고 겨드랑이는 젖어들었다. 하지만 한 발짝 한 발짝 그에게 접근할 때마다 희열이 끓어올랐다. 마침내 바로 그의 뒤에 서자 알 수 없는 기대감에 마음이 부풀었다.

인기척을 느낀 그가 돌아서려 했다. 나는 그의 목을 향해 번뜩이는 칼날을 휘둘렀다. 검붉은 피가 분수처럼 쏟아졌다. 몸통은 바닥으로 꼬꾸라져 조금 떨리더니 곧 멈춰버렸다.

"어서 사라지라고, 과거의 치부!"

나는 원망 서린 눈으로 나를 보고 있는 나, 아니 그를 향해 소리쳤다. 비명을 들은 사람들이 하나 둘씩 모여들었다. 무수한 카메라 렌즈가 나를 향해 반짝거렸다. 문득 '부자였던 나'의 마지막 말이 떠올랐다. '최고의 시점에서 최악의 선택은 하지 말라고'

어쩌면 그는 이미 알고 있었는지 모른다. 혹은 그 역시 이러한 선택을 해보았던 걸까? 하지만 나는 이미 최악의 선택을 해버렸고, 되돌릴 수는 없다. 모든 것이 다 끝났다. 나는 반짝이는 카메라를 향해 다가갔다. 그러자 그들 대부분 비켜서거나 도망쳐버렸다. 나는 도로 한가운데로 나아갔다. 누구도 나의 선택을 말리려 하지 않았다.

'다시 돌아가고 싶다!'

몸속 어딘가에서 누군가 울부짖었다. 모든 것이 환상 같았다. 꿈같았고, 조작된 세계 같았다.

"이 거지같은 꿈에서 깨어나 얼른 출근 해야겠다. 안 그러면 김 대리가……." 중얼거리는 찰나, "쾅!"하는 소리가 났다. 순간, 무엇인가 내 몸 안으로 흡수되었다.

걸음, 거리

"자, 종쳤다. 마킹 그만하고 맨 뒤에 사람은 일어나서 답안지 걷어라."

오후 5시 10분. 마침내 고등학교 1학년의 마지막 시험인 12월 모의고사가 끝이 났다. 기말고사 직후에 본 시험이었기 때문에 학생들은 이제야 제대로 된 해방감을 느낄 수 있었다. 곳곳에서 탄성이 터져 나왔고 심지어는 비명에 가까운 괴성이 들리기도 했다. 앞으로 며칠간은 공부에 신경 쓰지 않고 맘껏 놀 수 있다는 생각에 교실은 후끈 달아올라 있었다. 시끄러워진 교실은 담임이 책상을 두드리자 순식간에 조용해졌다.

"올해 마지막 시험 치르느라 모두들 고생했다. 교탁 위에 답안지 올려놓을 테니까 가져가서 채점하고 집에 가라."

말이 끝나기가 무섭게 학생들은 우르르 교탁으로 몰려들었다. 채점을 하는 학생도 있었지만 대부분은 답지만 챙기고는 교실 밖으로 나갔다.

이권재는 남아있는 사람 중 한 명이었다. 필통에서 빨간 펜을 찾고 있던 그의 곁으로 제호가 다가왔다.

"시험 잘 봤냐?"

"채점 해 봐야지."

"그건 집 가서 하고, 애들 모아서 pc방이나 가자."

"나 자습반이잖아. 거기 가야돼."

자습반이란 말 그대로 학생들을 남겨서 자습시키는 반이었다. 주말은 물론 추석과 설날을 제외한 공휴일에도 나와야하기 때문에 학생들 사이에서 힘들기로 유명했다. 모의고사가 끝나는 날에도 8시까지는 반드시 남아 있어야 했다.

"자습반? 하루만 째라. 오늘 같은 날에는 쌤도 봐주겠지."

"11월 모의고사 때 너랑 똑같은 말을 하면서 빠진 애가 있었는데 가차 없이 잘렸다."

권재가 끽, 소리를 내며 손으로 목을 베는 시늉을 하자 제호는 피식하고 웃었다.

"알았다 알았어. 이 독한 것아 그럼 남아서 공부 열심히 해라. 내일 보자."

"그래, 잘 가라."

제호가 나가자 교실엔 권재 혼자뿐이었다. 권재는 채점을 시작했다. 펜을 들고 시험지 한 번, 답지 한 번 번갈아 시선을 두며 동그라미를 쳐나갔다. 볼펜이 종이 위를 그그극 지나가는 소리가 들렸다.

채점이 끝났다. 점수는 지난번보다 더 떨어졌다.

'그렇게 노력했는데도 이 점수구나……'

권재는 주섬주섬 가방을 챙겨 교실을 나왔다. 아무도 없는 텅 빈 복도를 지나 급식실로 발걸음을 옮겼다. 오늘 같은 날은 자습반만 저녁을 먹기 때문에 급식실은 한산했다. 혼자 저녁을 먹으니 10분도 되지 않아 급식판을 깨끗이 비울 수 있었다.

식사를 마친 권재는 자습실로 향했다. 문을 열자 일렬로 펼쳐진 수많은 독서실 책상이 보였다. 권재는 그 중 자신의 책상을 찾아 앉았다. 가방을 내려놓자 자습 시작을 알리는 종이 쳤다. 오답노트를 쓰기 위해 모의고사 시험지를 펼쳐보았지만 이내 다시 접었다. 머릿속이 복잡했다.

8시가 되자 학생들은 하나둘씩 가방을 챙기기 시작했다. 이미 갈 준비를 마쳤던 권재는 가장 먼저 자습실을 나왔다.

학교 밖으로 나오자 차가운 밤공기가 느껴졌다. 하아 하고 숨을 내뱉자 담배 연기 같은 입김이 뿜어져 나왔다.

권재는 주머니에 손을 넣고 버스정류장으로 향했다. 타야할 버스는 배차간격이 20분이 넘기 때문에 한 대를 놓치게 되면 오랫동안 추위에 벌벌 떨어야 했다. 환승을 한다면 시간이 덜 걸리겠지만 버스를 갈아타는 귀찮은 짓은 하고 싶지 않았다. 권재의 발걸음이 빨라졌다.

정류장은 텅 비어있었다. 버스 한 대가 방금 손님들을 한가득 태우고 떠난 듯 했다. 권재는 속으로 그것이 자신이 탈 버스가 아니었기를 빌었다. 권재는 의자 위에 가방을 내려놓고는 그 옆에 털썩 주저앉았다. 차가운 냉기에 순간 엉덩이가 찌릿했지만 곧 괜찮아졌다.

아직 12월 중순이었지만 거리에는 이미 크리스마스 분위기가 한창이었다. 가로수마다 칭칭 감긴 꼬마전구는 알록달록한 빛을 내고 있었고 가게에서는 캐럴이 흘러나오고 있었다. 팔짱을 낀 연인들의 모습도 어렵지 않게 찾아낼 수 있었다. 권재는 이 모든 것이 마음에 들지 않았다. SNS를 하는 것만 같았다. 나 빼고 다 행복하구나.

문득 고등학교에 올라와 진심으로 행복했던 적이 있었나 하는 생각이 들었다. 곰곰이 생각해보니 하루 17시간을 학교에서만 보내는 생활 속에서 행복할 틈이 있을 리가 없었다. 이 짓을 2년이나 더 해야 한다니. 고개가 절로 푹 숙여졌다.

버스가 멈춰서는 소리에 권재는 고개를 들었다. 번호를 확인하고는 주머니에서 교통카드를 꺼내 버스에 올라탔다.

버스 안은, 사람이 많은 건 아니었지만 남은 좌석은 출입문 바로 앞자리 뿐이었다. 별로 좋아하지 않는 위치였다. 그 자리에선 버스에 올라타는 승객들과 꽤 자주 눈이 마주쳤기 때문이었다. 그 순간의 민망함이란. 하지만 그렇다고 해서 서서 가기에는 가방도 무겁고 다리도 아팠으므로 결국 그

곳에 앉을 수밖에 없었다.

'치익-' 소리를 내며 문이 닫히자 버스는 천천히 속도를 높이며 나아가기 시작했다. 권재는 창밖을 바라보았다. 풍경이 서서히 변해가고 있었다. 가까이 있는 가로수는 눈 깜짝할 사이에 휙휙 지나가버렸지만 저 멀리 건물들은 한참이 지나도 그 자리였다.

모양도 높이도 다른 수많은 건물들에서 나오는 빛이 도시의 야경을 한껏 더 아름답게 꾸며주고 있었다. 제자리에서 꿈쩍도 않는 그 빛은 밤하늘에 촘촘히 박혀있는 별들을 연상케 했다. 그렇게 생각하니 도로 위를 달리는 차들은 반딧불이같이 여겨졌다. 그 모습이 생각보다 예뻤다.

'이번 역은 자이 2차, 자이 2차입니다.'

다음 정거장에 도착했음을 알리는 안내 방송이 흘러나왔다. 권재가 잠시 야경에 한눈 판 사이 버스는 이미 세 정거장이나 지나온 것이었다.

버스가 신호등의 빨간불에 멈춰있을 때였다. 얼마 떨어져 있지 않은 다음 정거장에서 한 여학생의 모습이 어렴풋이 보였다. 교복을 입고 있는 그 학생은 버스기사에게 나 여기 있어요, 라고 알리려는 듯 손을 앞으로 쭉 뻗고 있었다.

재도 지금까지 학교에 있었나 보네. 묘한 동질감을 느낀 권재는 그녀에게 호기심이 생겼다. 얼굴을 유리창 가까이에 붙였다. 그런데 그녀의 모습을 보고 있을수록 권재는 호기심이 아닌 전혀 다른 감정을 느끼고 있었다.

낯이 익다.

이윽고 신호가 바뀌고 정류장에 가까워짐에 따라 그 여학생의 모습이 점점 선명해지기 시작했다. 버스가 완전히 멈추자 권재는 그녀의 얼굴을 확실히 볼 수 있었다.

'윤시나?'

윤시나. 그녀는 윤시나였다. 시나는 중학교 시절 권재의 같은 반 친구였다. 동시에 짝사랑이기도 했다. 어딘가 맞는 부분이 있어 대화를 꽤 많이 나누긴 했었지만 졸업과 동시에 연락이 뚝 끊겨버린.

숨이 턱 막혔다. 머릿속이 복잡해졌다. 예상외의 시간, 기대하지도 않은 장소에서 권재는 한때 가장 보고 싶어 했던 사람을 만났다. 하지만 막상 그녀를 보고나니 어떤 행동을 취해야 할지 몰랐다. 인사를 해야 하나, 날 기억하긴 할까? 시치미 뚝 떼고 모른 척 할까? 당황스러웠다.

그 순간 시나와 눈이 마주쳤다. 권재는 그제야 자신이 아직 창문에서 얼굴을 떼지 않았음을 깨달았다. 깜짝 놀라 뒤늦게 고개를 돌렸지만 놀란 가슴은 여전히 쿵쾅대고 있었다.

놀란 건 시나도 마찬가지인 듯 했다. 그녀는 권재가 있던 그 창문에서 시선을 떼지 못하고 있었다.

"학생, 탈 거야, 안 탈 거야?"

버스기사의 물음에 시나는 퍼뜩 정신을 차리고 버스에 올라탔다. 카드를 찍은 시나는 잠시 멈칫하더니 권재 옆에 섰다. 그리고는 그를 빤히 쳐다보았다.

권재 역시 얼굴을 들어 그녀와 시선을 마주했다. 지금 이 상황이 믿기지 않는다는 듯 시나는 눈살을 약간 찡그리고 있었다.

어색한 침묵 속에서 먼저 말을 꺼낸 쪽은 권재였다.

"윤시나……?"

끝으로 갈수록 점점 기어들어가는 목소리였다.

시나는 대답이 없었다. 그저 가만히 권재를 보고만 있었다. 잔뜩 소심해진 권재는 그것을 부정적인 의미로 받아들일 참이었다. 이를테면, 자신을 기억하지 못하는 시나가 아까부터 계속 쳐다본 것에 대해 기분 나쁘게 생각하고 있다던가하는.

다행히도 그런 일은 일어나지 않았다.

시나는 수줍은 듯 손바닥으로 입을 가리고 있었지만 그녀의 얼굴에 함박웃음이 한가득 피어나고 있음을 권재는 알 수 있었다. 그리고 그것은 권재가 지금까지 보아왔던 어떤 모습보다도 더 아름다웠다.

대답 대신 시나는 고개를 끄덕였다.

이번에는 권재의 얼굴에 미소가 가득 퍼졌다.

"정말, 진짜 윤시나 맞아?"

시나는 이번에도 말없이 고개를 끄덕였다.

권재는 자신만 앉아있는 것이 미안해서 시나를 데리고 맨 뒤로 자리를 옮겼다. 그리고는 함께 나란히 앉았다.

그토록 보고 싶던 그녀였는데 막상 만나고 나니 어떤 말을 꺼내야 할지 당황스러웠다.

"잘 지내?"

권재가 오랜 고민 끝에 꺼낸, 오랜만에 만난 친구에게 할 수 있는 가장 무난한 질문이었다.

"응, 잘 지내. 와 이렇게 만나게 될 줄은 정말 상상도 못했는데."

1년 만에 들은 시나의 목소리는 맑고 명랑했다. 그 목소리가 권재가 시나에게 반한 이유 중 하나이기도 했다. 간신히 멈춘 심장이 다시 쿵쾅쿵쾅 뛰기 시작했다.

"그러게."

떨린다는 사실을 들키지 않으려고 최대한 짧게 대답했다.

"1년 만인가?"

"그럴걸? 졸업식 이후에는 한 번도 못 봤으니까."

"시간 되게 빨리 가는구나."

시나의 말에 권재는 고개를 끄덕였다. 같은 교실에서 웃고 떠들며 지내던 게 엊그제 같았는데, 어느새 시간이 흘러 이제는 서로를 만난다는 것만으로도 이토록 기쁘게 되는 사이가 됐다.

"원래 이 시간에 끝나?"

권재가 물었다.

"응?"

"오늘 모의고사 봤잖아. 5시 반에 학교 끝나지 않아?"

"아, 그때 끝나긴 했는데 친구들하고 노래방에서 놀다 왔어."

"그렇구나……."

"너는? 너희 학교는 지금 끝난 거야?"

"우리 학교도 5시 반에 끝나긴 했어. 자습반 때문에 지금 끝난 거야."

시나가 고개를 갸웃거렸다.

"자습반?"

권재는 시나에게 자습반에 대해 설명해주었다. 평일에는 밤 11시까지, 모의고사가 끝나는 날에는 8시까지, 주말은 물론 공휴일에도 나와서 자습시키는 반.

얘기를 들은 시나는 권재의 어깨를 토닥여 주며 말했다.

"어우, 진짜 힘들겠다. 공부도 몸 좀 아껴가면서 해."

"괜찮아. 어차피 하라는 학습 보충은 안하고 잠만 보충하거든."

시나는 그게 뭐야, 라고 말하며 조그맣게 웃었다. 권재 역시 따라 웃었다.

"에잇, 그럼 격려가 아니라 혼을 내야겠군. 자습 시간에 자면 안 돼!"

시나는 마치 어린 아이 훈계하듯 눈에 힘을 주고 최대한 무서운 표정을 지었다. 그리고 권재는, 그 모습이 꽤 귀엽다고 생각했다.

둘은 짧은 시간동안 웃고 떠들며 그동안 못 했던 이야기들을 나누었다.

'이번 역은 호서 웨딩홀, 호서 웨딩홀 입니다.'

이대로 시간이 멈춰주기를 바랐건만, 결국 권재는 자신의 목적지를 알리는 안내방송을 들을 수밖에 없었다. 권재는 하차벨을 눌렀다. '삐-'하는 기계음이 조용한 버스 안을 가득 메웠다.

"어? 내리는 거야?"

시나가 다소 시큰둥하게 물었다.

"응. 이번에 내려야해."

"그렇구나…… 좀 더 같이 있고 싶었는데."

권재는 애써 태연한 척 말했다.

"나도. 하지만 다음에 또 만날 수 있을 거야."

"언제?"

시나의 날카로운 질문에 권재는 말문이 막혔다. 생각해보니 지금 헤어지면 언제쯤 다시 만날 수 있을지 시나와 권재, 누구도 알지 못했다. 오늘 만나는 데도 1년이나 걸리지 않았던가. 이대로 헤어진다면, 어쩌면 앞으로 다시는 서로를 볼 수 없을지도 모르는 일이었다.

"그럼, 같이 내릴래?"

어디서 나온 용기였을까. 권재는 자신도 모르는 사이에 시나에게 손을 뻗고 있었다. 시나는 잠시 그를 쳐다보더니 말없이 그 손을 잡았다. 그녀의 손이 닿는 순간 권재의 머릿속에 든 생각은 하나 뿐이었다.

내가 아직 애를 좋아하고 있긴 한가 보다.

버스에서 내린 사람은 권재와 시나, 둘 뿐이었다. 땅에는 눈이 살며시 쌓여있었다.

"어? 여긴 눈이 잠깐 내렸었나 보네."

혹시나 뽀드득 소리가 날까 싶은 마음에 살며시 눈을 밟으며 시나가 말했다.

"금방 오다 그쳤나 보다."

"횡단보도 건너야해?"

시나는 빨간불이 켜진 신호등을 가리켰다.

"응. 여기서 안 건너면 뺑 돌아서 가야돼."

둘은 횡단보도 앞에 나란히 서서 신호를 기다렸다.

또다시 어색한 공기가 맴돌았다. 이번엔 무슨 말을 꺼내야 되지, 권재는 힐끔 시나를 봤다. 시나는 몸을 완전히 이쪽으로 돌려 이미 한참 전부터 그랬던 것처럼 권재를 빤히 쳐다보고 있었다.

"엄마야."

화들짝 놀란 권재는 아랑곳하지 않고 시나는 흐음, 잠시 뜸을 들이더니 입을 열었다.

"키 컸어?"

"음? 아니? 하나도 안 컸는데."

이 말은 사실이었다. 작년과 비교해서 단 1cm도 자라지 않았다.

"아닌데, 큰 거 같은데."

"진짜야. 안 컸어."

"재보면 알겠지."

시나는 한 걸음을 성큼 내딛어 단번에 권재의 코앞까지 다가섰다. 자신의 머리 위에 손을 올려보고는 그대로 전진시켰다. 손가락이 권재의 턱에 닿았다.

"봐봐, 컸잖아. 작년엔 코가 닿았었어."

시나가 싱글벙글 웃으며 권재를 올려다보았다. 그녀는 추위 때문이라고 생각했겠지만, 권재의 얼굴은 전혀 다른 이유로 새빨개져 있었다.

"시, 신발에 깔창 있어서 그래."

권재는 획 고개를 돌렸다. 그 순간 신호가 바뀌었다.

"어? 초록불이다."

시나가 먼저 앞으로 나아가자 권재도 곧 이어 뒤따라 갔다. 횡단보도 건너에는, 길게 늘어져있는 오렌지색의 가로등 불빛이 거리 위를 비추고 있었다. 어느새 둘은 나란히 발 맞춰 걷고 있었다.

아직 12월 중순이었지만 거리에는 이미 크리스마스 분위기가 한창이었다. 가로수마다 칭칭 감긴 꼬마전구는 알록달록한 빛을 내고 있었고 가게에서는 캐럴이 흘러나오고 있었다. 팔짱을 낀 연인들의 모습도 어렵지 않게 찾아낼 수 있었다. 권재는 이 모든 것이 아름답게만 느껴졌다. 추위조차 느껴지지 않았다. 아, 설렌다.

어디선가 귀에 익숙한 멜로디가 흘러나오고 있었다.

'어, 이건……'

권재는 주위를 둘러보았다. 휴대폰 판매점에서 틀어놓은 캐럴이었다.

Merry Christmas Mr. Lawrence. 한때 죽자고 연습했던 피아노곡이었다. 많이 알려지지 않은 곡이라 이렇게 도로 한복판에서 듣는 건 처음이었다. 반가운 마음에 발걸음이 우뚝 멈춰 섰다.

"여기 뭐 있어?"

한참을 혼자 걷다 뒤늦게 권재가 없다는 사실을 알아차린 시나가 되돌아오며 물었다.

"어? 아, 별건 아냐. 그냥 음악 때문에."

"음악이 왜?"

"예전에 이거 한번 쳐보겠다고 일주일 내내 피아노 앞에서 살았던 적이 있었거든."

놀라게 하려는 의도는 아니었는데, '피아노'란 말에 시나의 눈이 휘둥그레졌다.

"피아노? 너 아직도 피아노 쳐?"

"가끔씩만 쳐. 그렇게 잘 치지는 못해."

"에이, 잘 치면서. 너 중학교 때 음악실에서 피아노 쳤던 거, 아직도 생각나."

"언제?"

"학기 초에, 기억 안나? 난 곡 이름까지 기억나는데."

"무슨 곡이었는데?"

"진짜 기억 안 나는 거야? 봄날 벚꽃 그리고 너."

권재는 기억을 더듬었다. 풍경 하나가 어렴풋이 그려졌다. 피아노를 치는 자신과 그 옆에 나란히 앉아있는 윤시나.

"아!"

"이제 기억나는 거야?"

아아, 생각났다. 작년 초, 그러니까 권재가 피아노를 치기 시작한지 얼마 지나지 않을 무렵이었다. 권재는 점심 시간에 종종 음악실에 들려 혼자 피아노를 치곤했었다. 하루는 음악실 열쇠를 받기 위해 선생님을 찾아갔더니 이미 다른 누군가가 가져갔다고 말씀하시는 것이었다. 그게 누굴까 하는 마음으로 음악실 문을 열었다.

그곳엔 시나가 있었다. 말없이 피아노 앞에 앉아만 있던 그녀는 권재를 보고는 얼른 자리를 비켜주었다. 당황한 듯한 모습이었다.

"그때 피아노 안치고 뭐하고 있었어?"

시나는 잠시 머뭇거리는가 싶더니 심호흡을 하고는 천천히 입을 열었다.

"너 기다리고 있었어."

예상치 못한 대답. 권재는 깜짝 놀라 시나를 쳐다봤다.

"나를? 왜?"

시나는 권재를 바라보며 무언가 말을 했다.

"……"

시나가 무슨 말을 했는지는 권재만이 알고 있다.

이야기를 이어간다.

한 걸음 한 걸음, 거리를 걸으면서.

받은 메일 내용

날짜 : 2014. 5. 6.
제목 : 스팸 메일이 아닙니다.
보낸 이 : dipper0321@naver.com

안녕하세요, 한 씨. 저는 10년 전 '그녀는 가버렸다'를 본 이후로 당신의 열렬한 팬이 된 사람입니다. 올해 여름 당신이 감독한 '드래고노이드'를 방영할 거라는 소식을 접하게 되어 급히 메일을 보냅니다.

단도직입적으로 말씀드리겠습니다. 한 씨, 당신과 저를 포함한 많은 사람들은 지금 심각한 위험에 처해있습니다. 불행히도 당신이 이 메일을 읽고 무언가 조치를 취해주신다 하더라도 저희들은 계속 그 위험에 처해 있을 겁니다. 그것들은 이제 멈추기에는 너무 늦었으며, 아무리 예방 대책을 세우더라도 결코 벗어날 수가 없습니다. 그러나 머지않아 생길 끔찍한 희생자들을 조금이라도 줄이고자 이 메일을 보냅니다.

우선 저는 그것들의 징조에 대해 이야기를 해볼까 합니다.

대략 4년 전의 일이었습니다. 그때 저는 아직 개봉이 되지 않은 3D 공포 영화를 보고 있었습니다. 그 공포 영화는 친한 친구가 제작한 것으로, 개봉에 앞서 제 평가를 듣고 싶다며 친구들을 초청해 미리 상영해준 것이었습니다.

영화는 다른 공포 영화들과 다를 게 없었습니다. 검은 머리를 풀어 헤친 여자 귀신이 스크린 여기저기에서 튀어나왔고, 피가 튀었으며, 대사보다도 긴장감을 올리는 음악 효과나 비명 소리가 더 많았습니다. 영화가 끝나갈 때쯤, 저는 이 영화가 그렇게 흥행이 되지는 않을 거라는 생각을 가졌습니다. 영화가 막바지에 이르면서 이야기는 더 많은 희생자들을 빠르게 죽이는 것으로 급히 끝을 마무리하고 있었습니다. 그리고 상영 시간이 끝날 때쯤, 여자 귀신이 결국에는 혼자 남은 주인공마저 죽이고 마는 장면이 나왔습니다. 그 여자 귀신은 주인공의 잘린 손을 들더니 씩 웃더군요. 속으로 끝났구나하고 핸드폰을 꺼내 시간을 확인하려던 찰나였습니다. 여자 귀신이 갑자기 제 쪽으로 얼굴을 돌리더니 절 쏘아보더군요. 귀신의 고개가 옆으로 기울어지며 일그러졌습니다. 마치 자신보다도 기묘한 것을 보는 듯했습니다. 하지만 처녀 귀신의 한기는 영화의 어느 장면보다 소름끼치고 섬뜩했습니다.

영화가 끝나고 나서 저는 잠시 동안 숨을 쉬지 못했습니다. 귀신의 일그러진 얼굴은 스크린이 꺼지고 나서도 계속 거기에 있는 듯 했습니다. 몸이 자꾸만 으슬으슬 떨렸고, 참을 수 없이 불안했습니다. 진짜 귀신과 마주본 것 같은 끔찍한 기분은 그 영화관에 있던 다른 영화 관계자들도 느꼈던 것이 분명했습니다. 어떤 남자가 '이 영화는 대박날 거야!'라고 소리치고 나갔었으니까요. 그 사람의 얼굴은 아직도 파랗게 질려 있었습니다. 저는 영화관에서 나오자마자 그 친구에게 전화를 걸어 이번 영화는 틀림없이 성공할 거라고 말해주었습니다. 제가 마지막 장면에 대해 언급을 하자, 친구는 엉뚱한 소리를 했습니다. 자신은 그런 장면을 넣은 적이 없었다는 겁니다.

이상함을 느낀 제 친구는 그 장면에 대해 스태프들과 배우들에게 물어

보았습니다만, 그들 중 아무도 그 장면에 대해 아는 것이 없었습니다. 그 당시 제작진들 사이에서는 정말로 귀신이 찍힌 거라는 둥의 소문이 잠시 오갔었습니다만, 그건 곧 영화의 흥행을 더욱 돋우는 촉매제가 되었습니다.

지금의 제 견해를 밝히자면, 마지막 장면의 그 여자는 귀신이 아니었습니다. 아니, 귀신이라고 해야 할지도 모르겠군요. 만약 귀신이라고 하더라도 원한이 영혼까지 사무쳐 이승을 떠도는, 그런 종류의 것은 아니었습니다.

그것은 그 영화 속의 귀신 자체였습니다. 필름 속에서 귀신이라는 역할을 부여받은 가상의 존재였던 겁니다. 그 존재가, 디지털에 불과한 그것이, 저를 포함한 관객들에게로 얼굴을 돌려 그 핏발 선 눈을 부라렸던 것입니다. 아시겠습니까, 한 씨? 저는 영화 속 캐릭터가, 스크린 속의 밋밋한 캐릭터가, 방청객을 인식했다고 말하고 있습니다.

영화 관계자인 한 씨라면 지난 몇 년 동안 이런 얘기들을 숱하게 겪거나 들어왔을 것이라고 믿어 의심치 않습니다. 제가 첨부해 드린 통계자료를 보면 아시겠지만, 영화 속 인물들이 시나리오대로 움직이지 않고 스크린 너머의 관람객들을 응시하는 현상이 점점 늘어나고 있었습니다. 한 씨, 당신이 코웃음 치며 누군가의 장난이라고 치부한 그 괴현상들은 결단코 실수가 아니었습니다. 그것들은 그것들이 볼 수가 없는, 그것들의 세상을 바라보는 관찰자들을 인식하기 시작했던 겁니다.

저도 지금의 한 씨와 마찬가지로, 처음의 징조를 목격한 직후에는 제 생각을 터무니없는 농담으로 여겼습니다. 제가 징조들에 대해 위기감을 갖게 된 것은 두 번째 징조를 목격한 뒤였습니다. 다른 징조들보다 진화했다고 밖에 표현할 수 없는 일이었죠 저는 영화관에서 인기 있기로 소문난 범죄 영화를 보고 있었습니다. 옆에 앉은 커플들은 계속해서 시시덕거리고 있었고, 쓰고 있는 3D 안경은 조금 흠집이 나 있었기에 그렇게 편한 자리라고는 할 수 없었습니다. 하지만 영화가 아주 박진감 넘치게 진행되었기 때문에 저는 모든 불만을 잊고 완전히 영화에 몰입했습니다. 내용은 간단했습니다. 두 열혈 형사가 정신 나간 살인자를 잡는다는 것이었습니다. 오른쪽 다리를 절고 있는 살인자는 포크로 죽인 희생자의 목에 상처를 내는 것에 집착하고 있었는데, 두 형사는 이것을 단서로 서서히 용의자들을 줄여나가고 있었습니다. 저는 형사들의 담백한 대화와 살인자의 무자비하고 광기 어린 모습에 마음이 완전히 빼앗겼습니다. 그리고 무수한 장면이 지나, 결국 궁지까지 몰린 살인자가 형사의 어린 딸을 납치하고 협상을 시도하려는 부분에 들어섰습니다.

그 징조는 정확히, 형사가 살인자로부터 온 전화를 받은 뒤에 일어났습니다.

"넌가?"하고 형사는 말했습니다. 수화기 너머로 말소리는 없었습니다. 형사가 다시 한번 "넌가?"라고 물었습니다. 역시 그것을 대답해주는 말소리는 없었습니다. 몇 초 뒤 형사는 격분하여 자신의 딸을 내놓으라고 소리쳤습니다. 대답은 없었고, 형사는 그렇게 한동안 대답하지 않는 수화기를 든 채 혼자서 소리를 지르고, 눈물을 흘리고, 결국 체념하는 얼굴로 알았다고 말한 뒤 전화를 끊었습니다. 살인자의 말은 끝까지 들리지 않았습니다. 그 뒤 형사들은 살인자를 놓아주기 위해 경계를 느슨하게 했다가 오히려 그것을 함정으로 써먹어 살인자를 잡았습니다. 형사는 자신의 딸을 찾고 다른 형사가 살인자에게 수갑을 채워 경찰차에 태우더군요.

그러나 살인자는 없었습니다. 형사는 분명히 수갑을 채우고 몰려드는 기자들을 헤치고 경찰차에 탔지만 살인자는 어디에도 없었습니다. 그런데 수갑, 형사가 살인자에게 수갑을 채우는 시늉을 보이는 그 장면 이후로 수갑은 그 자리에서 둥둥 떠 있었습니다. 마치 투명 인간으로 변한 살인자가 수갑을 차고 있는 듯 했습니다.

그렇습니다, 한 씨. 살인자는 영화 속에서 완전히 삭제되어 있었습니다. 검거 장소에 몰려든 사람들 때문에 화면 속은 아수라장이었지만, 저를 포함한 관객들의 대부분은 있지도 않은 살인자의 손목을 채운 수갑을 볼 수 있었습니다. 형사는 보이지도 않는 살인자를 거칠게 밀며 경찰차 안으로 밀어 넣었습니다.

경찰차가 도로 위를 사라지며 영화는 끝났고, 엔딩 크레딧이 뜨며 영화관 내에 불이 들어왔습니다. 사람들은 영화가 끝나자 영화의 결말에 대해 핸드폰으로 검색을 해보거나, 친구들에게 전화를 걸어 이상한 결말에 대해 말을 하느라 바쁜 것으로 보였습니다. 살인자가 투명 인간이라는 것이 영화의 설정이라고 치기에는 지금까지의 영화의 내용이 너무 현실적이었기 때문입니다. 더군다나, 형사들은 살인자가 보이지 않음에도 한눈에 정확하게 투명한 그의 손목이 어디 있는지 찾아냈고, 잡는 데 일말의 망설임도 없었습니다. 찝찝한 기분으로 일어서는데 누군가가 뒤에서 비명을 지르더군요.

여자 한 명이 손가락으로 바닥을 가리키고 있었습니다. 바닥에는 어떤 남자가 죽어 있었습니다. 남자가 누운 자리에는 영화관의 붉은 카펫과 대조되는 또 다른 붉은색이 선명하게 드러나 있었습니다. 영화관 안이 급격히 소란스러워지기 시작했습니다. 점원들은 손님들을 진정시키고 즉시 경찰을 불렀습니다. 경찰이 오는 사이 어느 겁 없는 시민이 시체 가까이로 가서 남자의 상처를 살폈습니다. 그는 손은 대지 못하고 남자를 빤히 쳐다보더니 크게 외쳤습니다.

남자의 목에는 포크 자국이 있었던 겁니다. 영화 속의 살인마가 집착하던 살인 방법 그대로 말입니다.

그날은 영화가 개봉한 지 일주일이 되는 날이었습니다. 경찰은 시체의 포크 자국을 보고 모방 범죄라고 결론을 내렸습니다. 저와 그곳에 있던 관람객 전부는 새벽이 될 때까지 조사를 받고서야 집에 돌아갈 수 있었습니다. 다음 날 조간신문을 보니 그 모방 범죄에 관한 기사가 4쪽 구석에 나와 있었던 것을 기억합니다. 혹시 몰라 그 기사도 첨부해 두었으니, 시간이 남으면 한 번 읽어보시기 바랍니다.

살인마는 사건이 일어나고 닷새 뒤 어느 허름한 모텔에서 잡혔습니다. 잡힌 살인마의 증언은 참으로 이상했습니다. 자기는 어느 형사의 딸을 납치하고 그것을 이용하여 자신의 마당(살인마는 자신이 살인을 저지른 현장의 마을을 마당이라고 부르고 있었습니다. 영화 속 살인마도 물론 그랬습니다.)에서 나가려고 했는데, 보고 있던 텔레비전에서 갑자기 어두운 곳에 앉아 있는 사람들이 보였다는 것입니다. 그는 맨 처음에 텔레비전이 고장이 난 줄 알고 채널을 바꾸려고 했으나 바꾼 채널에도 계속 자신을 뚫어져라 쳐다보고 있는 사람들이 있었다고 했습니다. 어두운 가운데 그들의 머리 위에 있었던 빛과 몇몇 사람들이 팝콘과 음료를 들고 있는 것을 보고는 영화관 관람객들을 찍었다는 것을 알 수 있었고, 텔레비전이 고장 난 줄 알고 옆구리를 때리는데 어쩌다가 손이 화면 속으로 쑥 들어갔다는 것이었습니다. 그러다가 자기도 모르게 그 화면 속으로 온전히 들어가고 말았는데 정신이 들고 보니 그는 화면 속에서 보았던 그 영화관 속에 있었으며, 자신의 뒤에 있었던 스크린에서는 놀랍게도 자신과 대치하고 있던 형사가 자신은 걸지도 않은 전화에 대해 대답을 하고 있었다고 했습니다.

형사가 살해 동기에 대해 질문을 했습니다. 살인마는 영화에서의 시나리오 그대로 이렇게 대답했습니다.

"나는 숱한 드라마와 영화가 요구하는 대로 신명 넘치는 인생을 살았을 뿐이다."

사건이 일어났을 때와는 다르게 그가 검거될 때의 기사는 1면 바로 뒷부분에 장식되었습니다. 잡힌 살인마의 얼굴이 그 당시 제가 본 영화의 사라진 살인마를 연기했던 배우 이중혁 씨와 똑같이 생겼기 때문입니다. 그 때문에 경찰은 이번 사건을 배우 이중혁 씨의 광팬이 모방 살인을 벌인 것이라고 결론을 내렸습니다. 그 살인마는 지금 정신병원에 있으며, 아직도 자신이 순간 이동을 했다고 믿고 있습니다. 제 견해를 말씀드리자면 그는 순간 이동 같은 것을 한 게 아닙니다. 그는 분명 스크린에서 나온 것이 틀림없습니다. 그는 영화 속 살인마가 가지고 있던 등의 흉터를 완전히 동일한 모양으로 갖고 있었습니다. 그리고 그 흉터는 분장이 아닌, 영화 속의 시나리오와 똑같이 우연히 발생한 화재로 생긴 것이었습니다. 더군다나 경찰 관계자와 취재를 빌미로 얘기를 나눈 결과, 경찰은 그 살인마에 대한 그 어떠한 신상 정보도 찾지 못했다고 했습니다. 그가 가지고 있던 핸드폰은 시중에서 판매되고 있는 것과 동일한 디자인이었습니다만 전혀 작동을 하지 않았습니다. 그의 핸드폰 전화등록부에 저장된 전화번호들은 모두 영화 속 살인마와 관련된 인물들의 것이었습니다. 어떻습니까, 한 씨. 이제 사태의 심각성을 깨달으셨습니까? 디지털 속에서 방청객의 존재들을 인식하고 있던 영화의 생물들이 이제 바깥으로 나오기 시작한 것입니다.

한 씨, 제가 무엇보다도 당신에게 말하고 싶은 것은 이 일이 불과 몇 달 전에 일어났다는 것입니다.

여기까지만 쓰고 메일을 보내려고 했습니다만, 혹시 아직까지 믿고 계시지 않으실까봐 신문 기사 몇 가지를 더 첨부해두었습니다. 기사들은 날짜별로 정리해두었습니다. 불과 이틀 전까지의 기사들입니다. 제목들을 보시면 아시겠지만, 영화관에서 일어나는 일들은 점차 그 횟수가 늘어나고 있습니다. '2012'에서 밀려들었던 홍수 장면 때 맨 앞줄 방청객의 무릎까지 잠길 정도로 물이 들어왔다든지, '어벤져스'의 헐크가 쓰러트렸던 건물들의 잔해가 날아와 방청객의 이마를 맞히어 뇌진탕을 일으켰다든지, 대중

들이 들으면 알 법한 영화들도 점점 우리들에게 가까이 다가와 있습니다. 이미 일부 사람들은 자기들만의 가설을 세워 사람들의 눈길을 끌고 있습니다. 당신이 영화인이라면, 주변 사람들에게 질문하는 것만으로도 이런 이야기들을 쉽게 들을 수 있을 겁니다. 아니, 이미 당신들의 지인 중에서도 영화 속 세계에서 날아온 조각과 맞닥뜨린 사람이 있을지도 모릅니다.

한 씨, 다시 한번 말씀드리겠습니다. '드래고노이드'의 상영을 중지시켜 주시기 바랍니다. 당신의 힘이 닿지 않는다면, 영화의 필름을 들고 멀리 달아나 주시길 바랍니다.

저는 제 온갖 지인들에게 연락을 취해서, 그 영화가 쥐라기 시대의 공룡들에게 특수한 물질을 쏘아서 인간의 말을 듣도록 사육하는 내용이라는 사실을 알아냈습니다. 여러 국가에서 이 영화를 동시 개봉할 것이며, 많은 사람들의 관심을 받고 있다는 사실 또한 알고 있습니다. 갑작스레 영화 상영을 중지시킬 경우 어떤 일이 일어날지 짐작도 하고 있습니다. 하지만, 부탁입니다. 생명이 걸려 있습니다. 한 씨, 당신의 영화를 보러 온 수천 명의 사람들의 잘못 뻗은 공룡의 발톱에 짓밟힐지도 모릅니다. 어쩌면 머리통이 통째로 들어와, 상반신이 뜯겨나갈 사람들도 있을 겁니다. 잘 생각해 보십시오 당신의 영화를 고대했던 친구나 친척이 싸늘하게 식어 발견될지도 모릅니다. 당신이 창조한 세계가 재앙이 될 수도 있습니다.

한 씨, 뉴스를 기다리고 있겠습니다.

비바라기

한 남자가 교실 안에 서 있다. 남자는 책걸상을 모두 교실 중앙에 모아 놓고 준비해 온 가방에서 무언가 꺼낸다. 그리곤 금세 코를 찌르는 기름 냄새가 교실 안을 가득 채운다. 꾸물꾸물 코를 스치는 기름 냄새에 남자는 비릿한 웃음을 짓더니 다시 가방을 뒤적인다. 얼마 지나지 않아 빨간 불길이 남자의 뺨에 닿는다. 불길은 남자의 얼굴을 매만지며 자신만큼 빨간 홍조를 만든다. 남자는 개의치 않고 양팔을 펼쳐 하늘을 올려본다. 그는 하늘에 소원을 비는 듯, 지그시 눈을 감았다. 남자가 지펴 온 불길이 이번엔 천장에 있던 스프링클러에 닿아 비가 되어 내려온다. 남자는 즐거운 듯 미소를 지으며 외친다.

"비 온다."

남자의 몸을 타고 물이 주륵, 주륵 내려온다. 남자는 물을 느끼며 조용히 흐느낀다.

세상은 항상 나에게 '안 돼, 위험해'하며 내 앞길을 막았다. 나는 그런 세상에게 '괜찮아요, 할 수 있어요'하고 항의해보았지만 세상이 나를 믿어주는 일은 결코 없었다.

나는 어릴 적에 무척이나 심장이 좋지 않았다. 어느 정도였냐면 조금 빠른 걸음으로 걸으면 머리가 핑 돌고 더 빠른 속도로 걸으면 세상이 노랗게 보였다. 그 이상은 도전해 본 적이 없어서 잘 모르겠다.

심장이 안 좋은 나에게 엄마가 항상 당부하는 말이 있었다.

'안 돼, 위험해.' 나는 그럴 때마다 '괜찮아요, 할 수 있어요.'하며 엄마를 안심시켰고, 엄마는 어쩔 수 없다는 표정을 지으며 한 발자국 물러나 나를 지켜봤다. 그런 엄마가 너무나 좋았다.

엄마는 사정상 24시간 나의 간호를 맡을 수 없었다. 그렇기에 엄마는 나에게 도우미 아줌마를 붙였고 나는 24시간 내내 침대 위에 있으면서도 지루함을 느끼지 못 했다. 아줌마는 참 재밌는 사람이다. 밖에 나가지 못 하는 나를 위해 언제나 이야기보따리를 한 짐씩 짊어지고 와선 내 앞에서 마법이라도 부리는 양 확 하고 풀어버렸다. 나는 그런 아줌마를 산타라고 믿었다. 아줌마와 함께 있으면 언제나 그날은 크리스마스가 되었다. 아줌마와 함께 있으면 항상 마음 가득 선물을 받았다. 그런 산타 아줌마가 너무나 좋았다.

아줌마의 급한 볼일 덕에 집에 홀로 남던 어느 날, 엄마는 나에게 전화를 걸어 몇 가지를 당부했다.

"나가지 말고, 움직이지 말고, 쉬고 있어 엄마 금방 갈게."

나는 엄마에게 그러겠다고 말했지만 실제로 그러고 싶은 마음은 전혀 들지 않았다. 5살짜리 나의 반항이었다. 처음으로 갖는 나의 시간이었다. 어떤 재미있는 일들이 일어날지 모르는 바깥세상이 너무나 궁금했다. 아줌마가 나를 위해 열어 두었던 창문 사이로 감미로운 바람이 내 볼에 촥 하고 감겼다. 나는 침대 위에 있던 얇은 이불을 끌어와 밖으로 나갔다. 문을 여는 감각은 참 이상하고 야릇했다. 차가운 금속에 매달리듯 올라타 나무 문을 향해 몸통을 들이 박았다. 문이 스르륵 열리더니 그 사이로 달빛이 쏟아졌다. 아줌마가 말하던 인어 공주의 첫 세상 구경이 이런 느낌이었을까. 나는 달빛에 취해 그 자리에 주저앉아 그저 바라보기만 했다. 바라보는 것만으로도 좋았다. '혹시 이게 아줌마가 말했던 사랑이라는 건가'하는 터무니없는 생각도 들었다.

한참을 그렇게 시간 가는 줄 모르고 바라보다 저 멀리서 나를 부르는 소리에 퍼뜩 정신을 차렸다. 엄마가 저 멀리서 내 이름을 부르며 뛰어온다. 나도 엄마를 부르며 마주 달렸다. 엄마의 표정이 싹 굳더니 나에게 달려오던 다리가 멈췄다.

나는 그제야 내 시선 속의 엄마가 세로가 아닌 가로로 서있다는 걸 눈치 챘다. 엄마는 멈췄던 다리를 다시 움직여 나에게로 달려왔다.

휘영청 밝은 달이 뜨던 밤 엄마는 쓰러져있는 나를 안아 올리고 말했다.

"안 돼, 위험해."

나는 반사적으로 "괜찮아요, 할 수 있어요"라고 하려다 내 얼굴에 떨어진 물방울에 입을 닫았다. 그 후로 나는 엄마의 어쩔 수 없다는 표정을 볼 수 없었다.

얼마 남지 않았다. 나는 이 순간을 위해 12년간을 인형처럼 살았다. 12년 전 사고가 있은 후 엄마는 내가 무언가 할라치면 내 팔에 시선이라는 실을 묶고 뒤에 서서 나를 조종했다. 엄마의 시선에 따라 움직이는 내 꼴이 우스웠지만 엄마의 눈에서 흘러내린 보석이 땅에 떨어져 사라지는 것이 너무나 아까워 엄마를 거역할 수 없었다. 기다리면 누군가 나를 구해줄 거야, 나를 데리고 떠나줄 거야, 허무한 상상에 가득 찬 하루가 지나갈 때쯤 나는 동화 속 라푼젤이 되어 나를 위로했다. 허나 동화처럼 라푼젤을 구하러 오는 용사는 없었고, 동화는 마녀의 교통사고로 끝이 난다. 혼자 남은 라푼젤은 결국 쓸쓸함에 눈물을 흘린다.

한 달 전 엄마는 나에게 무엇이 먹고 싶느냐고 물었다. 나는 별 생각 없이 카스테라가 먹고 싶다고 답했고, 엄마는 알겠다며 웃는 얼굴로 문을 열고 나갔다. 그리고 4시간 후 병원에서 급한 연락이 왔다. 전화를 받은 아줌마는 웃음기를 거두고 사색이 되어 창고에 박혀있던 휠체어를 끌어 나에게 왔다. 엄마가 뺑소니 사고를 당했다는 소식이었다.

나는 멍한 얼굴로 휠체어를 거절했고, 아줌마는 알았다며 급히 나갈 채비를 했다.

나는 현관 앞에 앉아 신발장을 열었다. 신발장 깊숙한 곳에서 신발을 발견 할 수 있었다. 이 신발은 이모가 빨리 병이 나았으면 하는 마음에 14살 때 생일 선물로 준 신발이었다.

이모는 신발을 신고 내가 뛰어 놀았으면 하는 바람이었을 텐데, 이런 날 쓰게 될 줄은 이모도 나도 엄마도 몰랐을 것이다.

딱 봐도 작은 신발에 발을 구겨 넣고 있을 때 아줌마는 나에게 다가와 신발 끈을 풀고 발을 차근차근 집어 넣어주셨다. 아줌마가 신발 끈을 리본 모양으로 묶어줄 쯤 신발 위로 물방울이 떨어졌다. 고개를 숙인 아줌마의 얼굴은 볼 수 없었지만 아줌마가 울고 있다는 사실은 바보가 아니면 누구든 알 수 있었을 것이다. 나는 아줌마에게 따져 물었다.

"아줌마 울지 마요, 엄마가 어떻게 된 것도 아닌데 왜 울어요"

그렇게 말하자 이번엔 내 쪽에서 눈물이 났다. 아줌마의 머리 위로 물방울이 떨어졌다. 아줌마에게 들키지 않기 위해 급히 얼굴을 들었지만 아줌마는 눈치챘는지 아까보다 더 느릿느릿 신발 끈을 묶어주셨다.

병원의 응급실은 그야말로 시장통보다 더 시끄러웠다. 모두가 앓는 소리를 내며 침대에 쓰러져있다. 웃기게도 손가락이나 팔꿈치가 조금 까진 것 갖고 의사를 부르며 엄살을 부리는 사람이 대다수를 차지했다. 개중에는 정말 아파보이는 사람도 있었는데 그 환자의 주위에는 의사와 간호사들이 잔뜩 몰려 동물원 우리 안을 구경하는 관람객 같았다.

아줌마는 응급실에 들어오자마자 모든 침대를 붙들며 엄마를 찾았고, 나는 퀘퀘한 냄새에 코를 막고 아줌마의 뒤를 쫓았다. 곧이어 아줌마가 한 무리의 관람객 사이에 들어가더니 한 뭉텅이의 빨간 이불을 끌어안고 우렁차게 통곡을 하신다. 그때 빨간 이불 안에서 빨간 케첩이 범벅된 카스테라가 떨어진다. 별똥별이 추락하듯 우아하게 떨어진 카스테라는 동물을 구경하던 관람객이 던진 먹이였을까? 아줌마는 분명, 동물들에게 함부로 먹이를 주면 안 된다고 하셨는데, 세상엔 참 몰상식한 사람들이 많나 보다. 아줌마는 이불을 내려놓고 관람객의 멱살을 잡아 뒤흔든다. "도와주세요, 살려주세요." 하지만 관람객들은 자신이 그러지 않았다는 양 고개만 휘저었다.

그 후 엄마는 집으로 돌아오지 않았고, 나는 침대에서 나가지 않았다. 아줌마는 오랫동안 꾸준히 짊어지고 왔던 이야기보따리를 내려놓으셨고, 나는 그토록 보고 싶어 했던 아빠를 드디어 만날 수 있었다. 말로만 듣던 아빠는 엄마의 입속에서 뛰놀던 아빠의 모습과는 달랐다. 엄마가 말했던 자상하고 따뜻한 아빠는 어디가고 차갑고 무뚝뚝한 아빠가 왔는지 엄마에게 찾아가 따져 묻고 싶은 심정이었다. 아빠는 나를 한 번 쳐다보더니 내가 살고 싶은 대로 살라는 이 말만을 남기고는 뒤도 돌아보지 않은 채 방문을 빠져나가 버렸다. 나는 창밖으로 멀어지는 아빠의 차를 보며 입만 뻐끔댔다.

이사 준비는 착실하게 이뤄졌다. 그간 필요 없던 나의 물건을 버렸더니 내가 챙길 물건이라고는 일기를 썼던 노트 몇 권과 집에서 입었던 잠옷 몇 벌, 가끔 필요한 약 정도가 전부였다. 얼마 안 되는 나의 물건을 박스에 담을 때 아줌마가 방문을 왈칵 열더니 호들갑스럽게 질문을 쏟아낸다.

"준비는 다 하셨어요? 몸은 좀 어떠세요? 언제 출발할까요?"

그런 아줌마의 모습에 웃음이 났지만 나도 같이 호들갑을 떨었다.

"다했어요! 오늘 몸 상태 정말, 정말 좋아요! 이제 출발해요!"

상기된 기분이 나쁘지 않았다. 아줌마와 한껏 호들갑을 떨고 이삿짐을 차에 옮겼을 때 마지막으로 집의 풍경을 눈에 담았다. 안에서만 봐왔던 집의 외관은 많이 낡아있었다. 언뜻 보면 잘 칠해져있는 페인트와 화려한 구조 덕에 새 집처럼 보이지만 결이 선 나무기둥이나 모서리에 낀 이끼를 보면 얼마나 오랜 시간 이 집이 이곳에 서있었는지 짐작이 간다. 나는 이제 그런 집을 떠난다. 나를 붙들고 있던 시선이라는 실이 끊겼다. 나는 아무것도 하지 않은 채 자유를 얻었다. 이건 진정한 자유라고 할 수 없다. 내가 얻은 현재의 외출은 자유를 얻기 위한 기회이다. 나는 이 기회를 놓칠 수 없었다.

'별을 보던 아이는 조용히 창문 문턱에 걸터앉는다. 아름다운 별빛을 가까이서 보기 위해서이다. 별빛은 바람결처럼 다가와 아이의 볼을 간질이다 점점 멀어져 간다. 아이는 떠나가는 별을 향해 손을 내민다. 애타게 더 애타게 별빛은 손에 닿을 듯하면서도 닿지 않아 아이의 마음을 더더욱 애태운다. 순간 아이의 손이 별빛에 닿더니 따뜻함이 전해진다. 그렇게 아이는 몸을 차디찬 바닥에 뉘어 영원한 따뜻함을 경험한다.'
아줌마가 들려준 가장 슬픈 이야기의 일부이다.

한참 차를 타고 달려 인적이 적은 마을에 도착했다. 집들은 옹기종기 모여 있었고, 얼마 되지 않을 것 같은 아이들을 위해 작은 학교도 마련돼 있었다. 마을을 거쳐 조금 더 산길을 따라 들어가니 산속 별장이 나왔다. 아빠는 나에게 무엇이든 해볼 기회를 주셨고 내가 택한 답은 이것이었다. 산속에서 불어오는 바람이 상쾌하기 그지없었다. 바람은 나를 거쳐 이삿짐을 내리는 아줌마의 얼굴도 쓸어내리고 이사를 돕는다며 마을에서 산까지 올라온 마을 이장님의 빵실한 머리털도 한번 쓱 훑고 지나간다. 아줌마가 이장님과 인사를 나눌 때쯤 나는 안전을 확인한다는 명목 하에 숲속으로 정찰을 떠났다.

숲 속은 평화롭고 한가했다. 어딘가를 마음껏 걷는다는 일이 이렇게 즐겁고 짜릿한 기분이라고는 생각조차 하지 못했다. 무작정 걷다가 어여쁜 나무를 발견하면 주체 할 수 없는 기분에 나무를 꼭 껴안고 너는 이제 마들렌이야, 너는 퐁듀가 좋겠어, 하며 이름을 붙이곤 했다. 그렇게 한참을 돌아다니다 얼마쯤 지났을까. 하늘에는 우중충한 구름이 끼더니 비가 부슬부슬 내리기 시작한다. 약한 가랑비 같은 것이 처음엔 느낌조차 들지 않다가 점점 내려 옷 끝을 적신다. 너무 오래 걸었던 것일까? 금세 한기가 들더니 콜록거리는 기침소리가 조용한 빗소리 사이를 가로지른다. 나는 골골대는 몸을 부여잡고 급한 대로 나무 사이로 몸을 숨긴다. 마음대로 숲을 휘젓고 다닌 내게 숲이 화를 내는 것일까? 풍성했던 나뭇잎은 빗물을 막아주기는커녕 그대로 빗물을 내려 나의 머리를 적셨다. 나는 몸을 오들오들 떨며 주저앉아 다리를 한껏 끌어안았다. 추위, 배고파, 비가 안 그치면 어떡하지? 여기서 살아야 되나?, 비오면 오늘은 별이 안 뜨겠네, 생각은 끝말잇기처럼 무언가의 개연성을 지니고 계속 이어졌다. 생각이 '사막에 비가 내렸더라면'까지 이어졌을 때쯤 누군가 나뭇잎을 저벅이는 소리가 들렸다.

저벅 저벅 저벅 저벅 작게 들려오던 발소리는 어느새 커지더니 내 앞에서 멈추어 선다. 노란 반팔 우비에 노란 우산을 쓴 여자아이가 나를 내려다본다. 노란 소녀는 아무 말 하지 않고 한참 동안 나를 본다. 나도 소녀를 한참 마주 봤다. 먼저 고개를 돌린 쪽은 내 쪽이었다. 콜록이는 기침이 새어나와 어쩔 수 없이 고개가 돌아갔다. 나의 패배다. 언젠가 아줌마가 첫 만남에서 가장 중요한 것은 눈싸움이라고 말했던 적이 있었는데, 나는 그 중대한 싸움에서 져버린 것이다. 눈싸움에는 별 관심이 없다는 듯한 태도가 마음에 들지 않았지만, 그런 것을 일일이 캐묻진 않았다. 분한 마음에 소녀를 다시 바라보니 소녀는 눈을 돌리고 우산을 내 머리 위로 덮는다. 소녀는 나를 일으키더니 허락도 받지 않고 나의 팔에 자신의 팔을 포갠다. 어, 어, 어, 처음 접한 여자아이의 팔이 그간 느꼈던 아줌마나 엄마의 살결

보다 고왔다. 당황스러운 감정에 머릿속은 하얀 도화지화 되고, 얼굴에선 미열이 느껴졌다. 여자아이는 묵묵히 내 팔을 잡아당겨 걷다가 한순간 떨쳐 버렸다. 그리곤 뒤도 돌아보지 않고 저벅 저벅 저벅 저벅 걸어가 어느새 숲 사이로 사라지고 말았다. 노란 우산 꼭지가 사라져 갈 때쯤 나는 마취가 풀린 환자처럼 어버버거리며 제정신을 챙기기 바빴다. 곧 다시 터벅, 터벅 누군가 걸어오는 소리가 들리더니 내 앞에 멈춰 섰다. 기대감에 위를 다시 올려보니 아줌마가 걱정스러운 표정으로 내 몸에 담요와 우비를 칭칭 감아댔다. 아줌마에게 업혀 별장을 가는 길엔 약속한 것 마냥 비가 뚝 그쳐 아름다운 노을이 지는 것을 보며 포근한 아줌마의 등에서 잠을 청할 수 있었다.

이건 불공평하다. 어떻게 얻은 기회인데, 하루 빨리 진정한 자유를 찾기도 바쁜데, 아줌마는 내가 기침을 조금 콜록댄다는 이유로 외출을 금지하였고, 나는 또 기약 없이 자유를 박탈당했다. 아줌마에게 여러 이유를 대며 항의 했지만 새어 나오는 기침을 참을 순 없었다. 아줌마는 또, 나를 어린아이 달래듯 달랬고 그것이 아줌마의 방법이라는 걸 아는 나는 뚱한 표정을 지으면서도 고개를 끄덕일 수밖에 없었다.

감기가 나에게 붙어서 떨어지지 않은 게 5일째. 하루 종일 침대에 누워 시간을 허비 하는 게 예전 나의 모습과 다를 바 없었다. 나에게 손을 뻗는 지루함을 피해 이리 뒹굴 저리 뒹굴 했지만, 손바닥만 한 침대에서 그 거대한 놈의 손길을 피할 순 없었다. 아줌마는 이렇게 지루할 때 나를 두고 어디를 갔는지 아무리 불러도 돌아오는 대답은 없었고, 집안 어딘가 문을 열어 놨는지 감미로운 바람이 내 볼에 착 하고 감겼다. 나는 침대 위에 있던 얇은 이불을 끌어와 밖으로 나갔다. 어린 시절 아름답던 외출처럼 바람은 또 나를 유혹했고, 나는 어김없이 바람에게 유혹 당했다. 아무 생각 없이 무작정 문을 박차고 뛰어 나왔지만 갈 곳 없는 나는 현관에 주저앉아

맑게 빛나는 구름을 구경하는 것 외엔 할 일이 없었다. 하지만 그것으로 충분했다. 내 방 창문에서도 충분히 볼 수 있는 구름이었지만 창틀이라는 액자에 갇힌 구름그림을 보고 싶진 않았다. 때마침 뒷산의 맑은 공기가 머릿속에 들어와 한바탕 춤을 추고는 자정을 넘긴 신데렐라처럼 급하게 떠나버린다. 급하게 떠나버린 공기 뒤로 차가운 한기가 몰려오더니 반짝반짝 빛나던 구름은 어느새 거무튀튀하게 물들어 있었다. 검은 구름은 무언가 웅성, 웅성 움직이더니 구름을 보던 내 눈 위로 차가운 물방울을 흘린다. 하늘이 우는 걸까? 눈 위로 떨어진 구름의 눈물은 내 볼을 타고 내려 꼭 내가 흘린 눈물마냥 자리 잡는다. 흘러내린 구름의 눈물이 전의 엄마의 것과 비슷하다. 엄마는 하늘에서 잘 살고 있을까? 아줌마 말로는 엄마가 착한 일을 많이 해서 하늘나라로 이사 간 거라고 하지만, 더 이상 어리지 않은 나는 엄마가 죽음으로 인해 하늘나라로 간 것을 알고 있었다. 하늘나라에서도 엄마는 울고 있을까? 지금 내리는 비는 엄마의 눈물이 아닐까? 자유를 향해 나아가는 나를 보고 걱정이 되어 또 눈물을 한 바가지 흘리는 엄마를 생각하니 가슴 한편이 따끔거렸다.

"엄마, 나 잘하고 있어요. 걱정하지 말아요."

나는 아까부터 봐왔던 검은 구름에게 냅다 소리 질렀다.

"뭘 잘하는데?, 그렇게 콜록거리면서."

하늘이 아닌 마당에서 대답이 들려왔다. 전의 그 소녀였다. 오늘도 노란 반팔 우비를 입고 노란 우산을 들었다. 나는 당혹스러움에 여자애를 빤히 바라보았다.

"뭘 잘하는데?"

소녀는 내가 질문을 듣지 못했다고 생각하는지 다시 한 번 같은 질문을 했다.

"그게, 그러니까……."

무언가 잘 하겠다고 소리는 쳤지만 무언가가 무엇인지 생각하지 않은 게 흠이었다.

"잘 모르겠지?"

나를 놀리는 듯한 태도에 아무 말 않고 입을 꾹 다물고 있으니 소녀가 내 손목을 잡고 끌어당긴다.

"모르면 이제부터 찾으러 가자."

자존심 탓에 "싫다, 싫어." 했지만 여자애의 팔을 내칠 수가 없었다. 아닌 척 했지만 내 몸은 나가고 싶었던 모양이다. 그날 저녁 나는 이불을 칭칭 감은 채 뒷산 나무 구멍 안에서 잠이든 채 발견됐다. 아줌마의 등에 업혀 돌아갈 때 쯤 저 멀리서 여자애가 손을 흔들고 있었다. 나도 조그마한 미소를 지으며 여자애에게 손을 흔들어보였다. 그 애가 등을 돌려 사라지더니 차츰 먹구름이 걷히고 전에 봤던 아름다운 노을을 다시 볼 수 있었다. 나는 포근한 아줌마의 등에서 다시 잠을 청할 수 있었다.

그 후로 소녀는 나의 친구가 되었다. 하지만 친구라고 해도 소녀를 볼 수 있는 날은 그리 많지 않았다. 소녀는 헤어질 때 "다음 비오는 날에 만나자"하며 작별 인사를 했다. 무슨 이유가 있는지 물어도 봤지만 소녀는 내 질문을 강가에 종이배 띄우듯 그냥 저냥 흘려보냈다. 날이 갈수록 알 수 없는 소녀와의 만남은 신비로워졌다.

그리고 다시 비가 오던 날, 나는 항상 소녀를 기다리던 나무 구멍에 앉아 소녀를 기다렸다. 바스락 바스락 바스락 바스락 제법 날씨가 추워졌는지 이사 올 때만 해도 파릇파릇 하던 나뭇잎 밟는 소리가 어느새 부스러져 가는 낙엽소리로 바뀌어 있었다. 나는 귀에 닿는 낙엽 소리에 기분이 좋아져, 눈을 감고 소녀가 내 앞에 다가오길 기다렸다. 그리고 바스락 바스락 바스락 소리가 점점 커지더니 내 앞에 멈추어 선다. 나는 눈을 뜨며 소녀의 얼굴을 올려다보았다. 나도 모르게 헉 소리를 내며 뒤로 넘어가고 말았다. 소녀의 얼굴은 말이 아니었다. 어디선가 맞았는지 눈두덩은 부어

있었고, 입술은 퍼래져서 보기 흉했다. 나는 놀라서 말을 잇지 못한 채 소녀에게 손을 뻗었다. 소녀는 다가오는 내 손에 흠칫 놀라더니 닿기 싫다는 듯이 손을 쳐낸다.

"영원히 가지 않았으면 했던 여름이 가고, 더 이상 만나고 싶지 않던 가을이 왔어. 이제 여기서 이별이야."

소녀는 뜻 모를 말을 남긴 채 이미 저 멀리 나무 사이를 향해 달리고 있었다. 소녀의 뒷모습은 안개처럼 사라져 갔다. 부슬부슬 내리는 비와 안개 같은 소녀의 뒷모습이 꽤나 아름다웠다. 소녀를 잡고 싶었지만 소녀를 잡는다면 안개처럼 내 손에서 흩어질까 겁이 났다. 나는 퍼뜩 정신을 차리고 소녀의 뒷모습을 따라 힘껏 뛰었다. 원래 좋지 않던 심장이 아팠다. 소녀가 쳐낸 손등이 아팠다. 멀어져가는 소녀를 잡아주지 못해 마음이 아팠다. 그렇게 소녀와 나는 이별했다.

소녀와 이별한 다음 날도 비가 왔다. 그 다음 날도, 그 다음 날도, 장마철이라더니 요 며칠 계속 비가 왔다. 난 당연히 나무 구멍에 앉아 소녀를 기다렸다. 하지만 소녀는 나타나질 않았다. 아줌마는 비가 오는 날 나가는 나를 걱정했지만 나는 소녀 걱정에 아줌마의 걱정은 눈에 들어오지 않았다. 소녀를 기다린 지 사흘째 되던 날 결국 나는 몸져눕고 말았다. 숲 속에서 쓰러져 아줌마에게 업혀 오면서도 나는 소녀가 올까 싶어 잠들기커녕 나무 구멍 쪽을 유심히 바라봤다.

짧은 장마가 끝났다. 장마가 끝나고부터인가 비가 오지 않는다. 바꿔 말하면 아예 소녀를 만날 방법이 사라졌다. 펄펄 끓는 열 때문에 뜨거워진 물수건에 손을 얹으며 언젠가부터 내 방 구석에 자리 잡고 있던 TV를 틀었다. 재미없고 따분한 세상 소식이 허무함으로 가득 찬 내 두 눈에 반사된다. 한 시간쯤 됐을까 호들갑스럽게 생긴 앵커가 나와서 뉴스 소식을 전한다.

'얼마 전 농촌 지역 OO학교에서 화재가 일어났습니다. 학교는 낡고 오래 되어 신식 시설인 스프링클러를 설비하지 않아 큰 화재를 미연에 방지하지 못했습니다. 그렇기에 각국은 낙후한 지역 건물에 스프링클러를 필수적으로 부착해 큰 화재를 미연에 방지할 것을 법으로 지정하였습니다.'

앵커는 소식을 전하더니 현장 특파원을 부른다. 현장 특파원은 하얀 방 안에 들어가 성냥 한 개비를 피우더니 천장 가까이 내밀었다. 곧이어 천장에서 보기만 해도 시원한 빗줄기가 쏟아져 내린다. 나는 눈을 크게 뜨며 저거다 싶은 마음에 떨어진 물수건은 안중에도 없었다.

전에 이사 올 때 본 학교는 주말이라 사람이 없는지 평화롭고 조용하기 그지없었다. 나는 정말 기발한 생각을 해낸 것이다. 비가 오지 않으면 내가 만들면 되는 일이다. 이렇게 간단한 일을 나는 왜 여태껏 생각지 못했을까 곧 있으면 만날 소녀를 생각하며 입가에는 조그마한 미소가 번졌다.

나는 여러 교실을 돌며 가장 넓은 교실을 찾았다. 나는 널찍한 교실의 책상과 의자를 모두 모아놓고 별장 창고에서 찾은 기름을 술술 붓는다. 그리곤 금세 코를 찌르는 기름 냄새가 교실 안을 가득 채운다. 이제 다시 만날 소녀를 생각하니 나도 모르게 입가에 미소가 떠오른다. 나는 다시 가방을 뒤적여 성냥을 한 개비 꺼내어 책걸상 사이로 던진다. 얼마 지나지 않아 빨간 불길이 나의 뺨에 닿는다. 뺨을 통해 뜨거움이 전해지지만, 여자애를 볼 생각에 뜨거움도 꾹 참았다. 불길은 나의 얼굴을 매만지며 자신만큼 빨간 홍조를 만든다. 나는 곧 내려올 비를 기다리며 양팔을 펼쳐 하늘을 올려본다. 나는 다시 소녀를 만날 수 있길 하늘에 소원한다. 지그시 눈을 감고 소녀가 저벅 저벅 저벅 저벅 걸어오길 기다린다. 불길이 천장에 있던 스프링클러에 닿아 비가 되어 내려온다. 나는 입가에 지어지는 미소를 어찌하지 못하고 외친다.

"비 온다."

나의 몸을 타고 물이 주륵, 주륵 내려온다. 나는 이리저리 살펴봤지만 여자애의 모습은 보이지 않는다. 또, 여자애는 나타나지 않았다. 나는 서러움에 눈물을 흘렸다. 픽, 픽 소리를 내며 흩날리던 스프링클러의 물이 멈췄다. 물탱크에 물의 양이 부족했던 건지 물은 불을 이기지 못했다. 그때 물에 젖은 나무 바닥 밟는 소리가 들려온다. 나는 눈을 감았다. 차박거리는 소리가 매우 듣기 좋았다. 누군가가 내 앞에 오기까지 기다렸다. 차박, 차박하는 소리가 점점 커지더니 내 앞에서 멈춘다. 나는 조심스럽게 위를 올려다본다. 그곳엔 소녀가 서있었다. 소녀는 이제껏 봐왔던 노란 우비가 아닌 하얀 천사의 옷을 입고 있었다. 너무나 아름다운 소녀가 나에게 손을 내민다. 나는 얼굴을 붉히며 멀뚱멀뚱 쳐다만 보고 있었다. 소녀는 한숨을 쉬더니 나에게 다가와 내 손을 낚아챈다. 따뜻하다. 소녀는 나를 보고 미소 지으며 말한다.

"가자 아들."

언젠가 아줌마가 해줬던 가장 슬픈 이야기가 생각난다. 철없이 어린 나는 아줌마에게 물었다.

"아줌마, 그럼 그 아이는 어떻게 됐어요?"

울먹이는 나를 보고 아줌마는 잠시 머뭇거리다 전의 그 환한 미소를 지으며 대답한다.

"영원한 행복을 얻었지."

아줌마는 울먹이는 나를 껴안았고, 나는 아줌마에게 안겨 이른 잠에 빠져들 수 있었다.

독서광

0

내가 이야기를 하나 하려 하는데, 이 이야기에는 아무런 주제도 교훈도 없다. 재미가 있을지 없을지는 모르겠다. 이건 감정에 대한 이야기이다. 단순히 어떤 감정에 대해 처음으로 강렬하게 느낀다는 것에 대한 소설이다.

감정에 대해서 이야기해보자. 인간이 가질 수 있는 가장 강렬한 감정에는 뭐가 있을까? 이 질문을 하고나서 생각하는 거지만, 이 질문은 의미가 없다. 아무 감정이라도 가장 강렬해질 수 있기 때문이다. 그렇다면 가장 인상 깊고 영원히 간직해야만 하고 잊을 수 없는 감정에는 뭐가 있을까? 기쁨이나 슬픔, 행복 같은 건 전혀 아니라는 것만은 확실하다. 다행이다. 어차피 그런 건 쓰고 싶은 마음도 없었다. 결국 쓰고 싶은 감정이 있으나 막무가내로 적긴 좀 그래서 이걸 적고 있는 셈이다. 그냥 써버리자면 그 감정은 증오다.

누구든지 싫어하는 것은 있을 것이다. 가령 끝없이 이어지는 잔소리라던가, 곰팡이가 피어버린 샌드위치, 잘게 썰려있지만 채 다 잘려있지는 않는 피부의 상처 등등. 보편적으로 우리가 싫어하는 건 존재하기 마련이다. 그리고 한 인간, 개인의 차원에서 꺼려하는 것 또한 당연히 존재한다. 거울을 싫어하거나, 책을 싫어하거나, 로맨스 영화를 싫어하거나, 의무적으로 눈물을 쥐어짜게 만드는 감동적인 이야기라던가. 그런 건 어지간한 사건이 아니면 절대 일어날 일은 아니다. 앞으로 이어질 이야기는 그런 이야기이다. 어지간한 사건이 아닌 일이 아니라, 뭔가 싫어하는 것이 생겨나는 이야기이다.

만약을 위해서 밝혀두는데, 나는 화자이다. 이 소설 속에서 등장하는 건 주인공이다. 가끔 내가 아니라 다른 사람이 말할 때가 있을 텐데, 여기서 분명히 밝히겠다. 그 사람은 내가 아니다. 내가 소설 속에서 전면적으로 드러나는 일은 절대 없다.

이야기를 시작하도록 하겠다.

1

그 사람. 뭔가를 싫어하는 사람. 아니, 아직은 나도 알지 못하는 뭔가를 싫어하지 않는다. 그걸 싫어하게 될 그 사람. 그 사람은 남자이다. 머리는 그렇게 나쁜 편은 아니고 그럭저럭 잘 돌아가는 편이다. 나이는 12살. 초등학교 5학년이다.

그는 시험을 쳤다하면 기본 80점을 받는다. 간혹 6~70점을 맞을 때도 있지만 그런 경우는 대개 음악이나 미술 같은 예체능 과목이다. 그는 음악이나 미술에 관심이 없다. 그는 학기 초에 으레 하곤 하는 자기소개 시간에 취미나 특기란에는 언제나 독서라고 적는다. 왜냐하면 그는 독서를 하기 때문이다. 언제나.

자고 일어나서 깨자마자 그 전날 읽지 못했던 책의 다음 내용을 읽고, 밥 한 숟갈 먹을 때 소설 한 단락을 읽는다. 부모님이 뭐라고 하면 "공부하고 있는데……"라는 말을 해서 독서를 방해하지 못하도록 한다. 학교 갈 때도 책을 읽으면서 간다. 가다가 차가 지나간다 싶으면 그제야 앞을 바라본다. 분명 또래 아이들이 그의 집에서 학교까지 간다고 하면 길어야

7분 정도 거리겠지만, 그가 학교까지 걸어가는 시간은 20분이 넘는다. 학교에 도착해서도 책을 읽는다. 한 권 끝나면 또 다른 한 권, 한 권. 수업 시간이나 쉬는 시간에도 읽는다. 책을 읽지 못할 때는 체육 시간뿐이다. 그는 책을 읽지 못하기에 체육 시간을 싫어한다.

적어도 그는 그렇게 생각한다. 사실과는 다르다. 그는 운동을 잘하지 못한다. 기본적인 신체능력이 모자란다. 왜소한 체구에 허약한 힘. 그것 때문에 유도학원도 다니지만, 아무래도 기본능력이 떨어지기 때문에 무리다.

체육 시간이 끝나면 교실에서 책을 읽는다. 그는 독특하게도 쉬는 시간보다 수업 시간을 더 좋아한다. 왜냐하면 쉬는 시간보다 수업 시간이 훨씬 조용하기 때문이다. 가끔 선생님의 목소리가 거슬릴 때도 있지만 대개 쉬는 시간보다는 조용하기 때문에 그는 신경 쓰지 않는다.

담임 선생님은 성격이 없다. 그는 그렇게 생각한다. 수업 시간에는 자기 할 말만 하고, 절대 남이 찍소리 하는 걸 허용하지 않는다. 자는 아이는 깨우지도 않고 시끄러운 아이들만 잡아서 야단칠 뿐이다. 쉬는 시간에도 모습을 감추고, 점심 시간에도 언제나 무표정이다. 다른 반 선생님과 얘기할 때만 감정을 드러내긴 하지만 그가 보기에는 그저 장단 맞추는 척 할 뿐이다. 담임에게서 학생은 인형이고 다른 반 선생님들은 시간 죽이기용이다. 담임은 그냥 시간만 죽이면서 월급만 재깍재깍 받아내면 그걸로 좋은 거다. 그는 그렇게 생각한다. 왜냐하면 담임은 그에게 수업 시간에 다른 책을 읽고 있다고 야단친 적이 없기 때문이다. 4학년 때까지 그의 담임 선생님들은 그에게 대개 신경도 쓰지 않았지만 그래도 가끔씩 수업 시간에 다른 책을 보는 것을 보고 뭐라 한 적은 있었다. 현재 그의 담임은 선생님이라는 자리를 학생을 바르게 성장하기 위한 수단으로 보는 것이 아니라 공무원으로서 절대 망하지 않는 평생직장이라는 시선으로 바라보고 있는 것이다. 그는 그것이 매우 다행이라고 생각했다. 그가 유일하게 느끼는 즐거움은 책이었으니까. 사실상 그에게 감정은 책인가, 아닌가로 나뉜다. 책을 읽지 않으면 불안하고 책을 읽으면 즐겁다. 책을 읽으면서 느껴지는 감정만이 그에게 있어 진정한 감정이었다. 그는 책을 읽지 않으면 아무런 감정도 느낄 수 없다. 그는 그 자신 스스로가 책을 통해서만 존재하고 있다고 느끼고 있었다.

간단히 말해 그는 책에 미쳐 있었다. 누가 보기에는 그가 책이 되고 싶어 하는 것처럼 보일 수 있다. 또 다른 누가 보기에는 정신적으로 문제가 있는 것처럼 보이기도 한다. 하지만 그에게 있어 누가 그 문제를 지적한다고 하더라도 그 노력은 별로 소용이 없을 것이다. 그는 초등학생 주제에 친구란 굉장히 따분하고 지루한 존재라고 여긴다. 그가 보는 교실에서의 애들 간의 장난은 전부 무의미해보이고, 아이들의 이야기소리는 소음. 그 이상 그 이하도 아니다. 수업 시간에 담임이 자주 말하는 이야기 "쉬는 시간에 뭐했니? 쉬는 시간에 떠들지 왜 수업 시간에 떠드니?"는 그가 담임이 하는 이야기 중 유일하게 공감하는 이야기이다.

학교가 끝나고 나면 그는 책을 읽으며 집에 돌아간다. 집에서 옷을 갈아입은 뒤 곧바로 도서관으로 가 끝없이 책을 읽는다. 그러다가 4시 47분이 되면 자리에서 일어나서 곧바로 유도학원에 간다. 유도학원이 끝나면 또다시 도서관에 간다.

거기서 책을 계속해서 읽고, 더 읽고 싶은 책을 대출한다. 대부분 명작소설이거나 SF, 미스터리, 호러물이다. 모험이야기도 있다. 하지만 만화책은 읽지 않는다. 그는 만화책에 질려 버린 것이라고 자각하고 있다. 자기기만이다. 그는 그가 보는 책을 남들도 보고 있다는 사실이 싫을 뿐이다. 자신은 어차피 초등학생이지만, 초등학생 취급받는 것에 대해서 싫어하고 있다.

밤 10시 넘어서 집에 도착하면 잠을 자거나 책을 조금 더 본다. 이로써 그의 모든 일과, 모든 독서가 끝난 것인가 싶으면 반은 맞고 반은 틀리다. 일과는 모두 끝났지만. 그의 꿈이라는 형태로 그의 독서는 계속해서 이어지고 있다. 꿈에서 끝없이 펼쳐져가는 이야기 속에 그가 좋아하는 방식으로 또 다른 이야기가 생겨나고 잊히니까.

2

"우리 애는 공부도 안하고 늘 싸돌아 다녀서······. 이러다가 커서 뭐가 되려는지······."

이런 이야기를 들을 때마다 그의 어머니는 자신이 아이를 잘 키우고 있다는 확신 덕분에 흐뭇해진다. 하지만 내색하진 않는다. 아직은.

"휴우. 그 집 애는 어떤 학원 보내요? 아직 초등학생이라서 보내지 말아야 할지. 아니면 중학교 대비해서 공부시켜야 할지······. 그래도 초등학교 때 습관이 어른까지 간다는 걸 생각하면."

"아, 저희 애요? 호호호. 저희 애는 학원 같은 데 안 보내도 점수 잘 받아오던데요?"

"아, 그러면 우리 지균이하고 같이 공부하게 하는 건 어떨까요?"

"글쎄요. 저는 우리 애 의견을 존중하는 쪽이라서. 그런 건 확답드릴 수 없겠네요. 호호호"

"······."

지균의 엄마는 순간적으로 '이쪽 엄마는 대체 부모 역할을 하는 건지, 오히려 방임하는 거 아냐?'라는 생각이 들었다. 저건 다시 말해 자세히는 모른다는 의미니까.

"아, 그리고 보니 그 집 애는 책을 참 많이 읽는다면서요? 지균이한테서 이야기 많이 들었어요."

물론 그와 함께 이해할 수 없는 녀석이라고 말했긴 했지만.

"어머. 그렇게까지 소문이 났어요? 호호호. 이것 참."

"그 집 애는 어떤 책을 많이 읽나요? 우리 집 애는 책 읽으라고 만화책도 사놓으면 안 읽고 또 밖으로 나가버려서."

"우리 애요? 제가 책을 읽으라고 시키지도 않았는데, 알아서 다 읽더라고요. 호호호"

독서광의 어머니는 늘 이런 식으로 자기 자랑만 하다가 대화의 맥을 끊어 놓기 때문에 초등학교 학부모 모임에서 기피 대상이 되어 있었다. 물론 그녀도 어느 정도 자신이 과한 점을 알고 있었지만, 그래도 자신이 아이를 잘못 키우지는 않았다는 이런 대화가 그녀를 자기 자랑만 해대는 엄마가 되게 하는 것이다.

그녀도 그녀의 아들이 늘 책만 읽는 것이 문제될 수 있음을 알고 있다. 그래도 '어느 정도 성적은 나오고 아들이 말다툼 같은 것도 많이 벌이려 하지 않아서 굳이 책 읽는 걸 멈춰야하나?'라는 생각이 드는 것도 사실이었다. 게다가 아들의 담임이 며칠 전 통화에서 아들이 '매우 착하고 성실하며 매사에 적극적'이라는 이야기를 들어서 굳이 신경 쓰지 않아도 아들은 알아서 잘하고 있다는 확신도 들고 있다. 그녀는 이 아이에게 만족한다.

그녀는 누구나 어려워하는 게임에서 고득점을 획득하는 운이 좋은 사람이다.

3

체육 시간이 되면 나는 중지된다. 책을 읽지 못하니 나의 삶 역시 중지된다. 시간이 멈춰있는 거나 마찬가지이다.

준비운동을 시작했다. 발끝부터 머리끝까지 좀 더 다루기 쉽게 충분히 근육이 이완되고, 정신이 깬다. 좋아. 이정도면 어떻게 움직이더라도 그게 충분히 가능할 느낌이 든다. 나의 신체는 매우 이상적이다.

지시가 들린다. 운동장을 5바퀴 돌라는 내용이다. 이 지시의 주변에 여러 가지 잡음이 들린다. 집중하지 않는다. 집중하지 않으면 마음이 편해진다. 무념무상. 그러자 놀랍게도 주위가 조용해진 것……은 아니다.

나는 어떤 숲에 있다. 그 숲에서 나는 달릴 것이다. 매미소리나, 새가 지저귀는 소리나 다른 동물들이 혹은 내가 달려서 생기는 바스락거리는 소리. 그렇게 자연 속을 음미하니 잡음은 없었다. 바스락거리는 소리뿐. 자연 속에 있다고 생각하니, 마음이 푸르른 하늘처럼 환했다.

아, 아니었다.

옆에서 잎사귀가 떨어지는 것이 얼굴에, 아니, 누군가 나를 건드리고 있었다.

"뭐야, 너 지금 신성한 체육 시간에 뭐하는 짓거리야?"

뒤돌아 봤지만 현재 나의 지적인 수준에 도달한 생물은 없어보였다. 아무런 의미도 가지지 않는 행위에 무한한 흥미를 지니는 생물이 존재할 뿐이었다. 그 녀석들은 이것보다 더 재밌는 행위는 찾을 수 없다는 듯이 행복한 미소를 지었다. 천상의 하느님도 짓지 않을 듯한 행복한 미소에 나는 이해가지 않았다. 이 행동이 무슨 의미를 지니는 건지, 어째서 저들이 저렇게나 행복한 미소를 띠는지. 혹시 인간이란 손가락으로 누군가를 건드리면 쾌락을 얻는 구조가 존재하는 모양이다. 하지만 인간인 나도 누군가를 건드린다고 해서 기분이 좋아진다거나 하지 않는다. 아직 다른 누군가를 검지로 콕 찌른 적은 전혀 없지만, 이때까지 책장을 넘기면서 확인했던 검지의 감촉에서 그런 기쁨을 느껴본 바 없다. 저 녀석들은 또 다른 감각체계를 지니고 있는 건가?

요즘 애들의 사고방식은 이해할 수 없다. 그저 받아들여야하는 성질의 사건 중 하나. 해가 동쪽에서 떠서 서쪽으로 진다거나, 연쇄살인범이 사람을 죽였다거나 하는 이해는 할 수 없지만 그럴 수도 있다는 것으로 받아들여야 하는 것이다.

그렇게 생각한 나는 누구의 방해도 받지 않고 자연의 상태로 돌아왔다. 나만의 생각에 빠질 수 있는 그런……

"너는 왜 책을 읽는 거야?" 그들 중 한 명이 나에게 질문했다.

내가 왜 책을 읽는 거냐고? 갑자기 그런 질문을 하더라도 내가 그런 생각을 해본 적은 없는데……. 다만 굳이 내가 돌아서서 대답할 의무를 생각해내지 못했기에 그냥 뛰면서 되는 대로 대답했다.

"그야 책이 재밌으니까. 이 세상 그 무엇도 책보다 소중한 건 존재하지 않아. 그리고 책을 읽는다고 하여도 그로 하여금 내가 어떠한 난관에 봉착될 위기가 다가오리라 나는 생각하지 않아. 나는 그냥 책을 읽는 게 내 삶에 있어 가장 신나는 일이라 판단하는 것일 뿐. 그 이상, 그 이하가 아니라고 판단하고 있어."

사실이 아니다. 책을 재미로 읽는 것은 아니다.

책은 나의 인생. 나의 삶 전……. 생각이 끊겼다. 분명 나는 이렇게 생각할 여유가 넘쳐나지만, 책에 대해 생각할 만큼 여유는 없다.

나는 뭔가에 걸려 넘어졌다. 그 뭔가가 돌멩이인지, 뭔지는 모른다. 어쩌면 내 발에 헛디며 넘어진 건지도 모른다. 무릎에서는 빨간 피가 모래와 함께 섞여있어 보기 흉했다. 무릎에는 연골이 있다고 들었는데. 이 사건 때문에 먼 미래의 내가 관절염에 걸릴지도 모른다. 키도 이 상태로 멈추게 되고 그렇다면 정말 큰일이다.

그래도 걸을 수는 있을 것 같다. 이렇게 판단을 내린 순간 내가 그 줄에서 열외 되어 있다는 사실을 깨달았다. 열외 돼서는 안 된다. 나는 우선 저 줄 끝에라도 서서 뛰어야 한다. 무릎이 아프지만, 움직일 때마다 무릎의 상처와 운동장의 모래가 함께 으깨어지는 느낌이 들지만 뒷줄에서 끼기 위해 나는 달렸다. 그 줄에서 벗어나서는 안 된다.

그렇게 생각했지만 얼마 안가서 또 넘어졌다. 무릎이 너무 아팠다. 체육 선생님이 다가와 보건실에 가라고 하신다. 나로서는 거부할 이유가 없는 조건이다. 보건실에 가기로 했다.

보건실에는 아무도 없었다. 침대와 세면대, 세면도구, 의료도구 들뿐. 할

게 없어서 책이나 읽을까하고 책장으로 갔지만 책장은 잠겨 있었다. 나는 별 수 없이 아무 의자에나 앉아서 생각을 시작했다. 갑자기 든 의문이었지만 미처 생각하지 못했던 것.

나는 왜 책을 읽는 것일까. 책 자체는 그렇게 재미있지도 않다. 그냥 사람 사는 이야기의 연장이다. 책표지가 맘에 든다거나 좋아하는 작가가 있는 것도 아니다. 책이란 그 내용물이 중요한 거지, 제목이나 표지, 작가는 껍데기에 지나지 않는다. 조개에 빗대어 말하자면 껍질은 아무런 쓸데가 없다. 그 조개를 누가 만들었는지 그 조개가 얼마나 예쁜지, 그 조개가 무슨 종인지도 소중하지 않다. 그 알맹이가 얼마나 맛있는가만 중요한 거다.

결국 책이란 재미로 읽는다는 결론이 나온다. 아니다. 단순히 책이 재밌다고 하는 건 아니다. 내가 책을 읽는 이유는 그렇게 단순하게 정의되는 것은 아니다.

책이라고 하는 것을 내가 계속해서 읽는 것은 그밖에 재미있는 게 존재하지 않기 때문이다. 책을 읽으면 상상의 나래를 펼칠 수 있다. 그 무엇이라도 가능하고, 누군가가 만든 이야기이기 때문에, 이해가 언뜻 되지 않더라도 후에 어떻게든 이유가 생기고, 근거가 생기고, 결과가 도출된다. 해피엔딩이든 배드엔딩이든 끝이 존재한다. 아무리 재미없는 이야기도 책이라면 다 읽고 다른 책을 읽으면 된다. 그러면 나는 언제든지 흥미로운 이야기에 집중하고, 즐길 수 있다.

그렇지만 현실은 어떤가? 지금 내가 다쳐서 보건실에 있다는 사실, 책 읽는 이유를 생각하고 있는 현실. 아무런 재미가 없다. 내가 체육 시간이 끝나고 교실에 돌아간다 하더라도 소설이나 과학책을 읽는 것처럼 재미있고 환상적인 이야기는 절대 나오지 않는다. 기껏해야 미친놈들이 더 미치려고 작정하는 이야기일 뿐. 전혀 재밌지 않다. 우리 집 이야기를 하더라도 늘 밥 먹고, 자고, 엄마와 아빠랑 이야기하지 않는다는 이야기밖에 나올 게 없다. 무척 지루하다.

이렇게 재미없는 현실을 그나마 긍정적으로 볼 수 있는 게 바로 책이라고 하는 물건이다. 나의 생각에는 책이란 걸 발명한 게 인류가 해낸 가장 위대한 업적이라고 생각한다. 책을 읽으면 나도 생각하지도 못한 이야기가 뿜어져 나온다. 내가 예상했더라도 이야기도 전혀 다른 형태로 다가온다. 똑같은 이야기더라도 얼마든지 변주해낼 수 있는 게 바로 책이다. 그렇기에 책은 게임보다도 가치 있다. 기껏해야 그림 예쁘고, 기술 멋져서 하는 게임보다도 책은 가치가 있다. 게임 속에서 등장하는 이야기는 등장인물이 싸우기 위해서 하는 배경에 지나지 않는다. 플레이어가 진심으로 믿으면 좋고 안 믿어도 즐기면 그만인 수준. 아무리 재밌다고 해봤자 게임은 그저 시간낭비에 지나지 않는다. 인간의 기력을 낭비시키는 가장 효율적인 방법. 그것은 게임이다. 게임은 사람들 병들게 만든다. 하여간 게임같은 건 인생 사는 데 아무 데도 쓸데가 없다.

내가 살면서 가장 재밌다고 생각하는 건 독서다. 그러므로 누군가 나에게 독서의 이유를 묻는다면 나는 이렇게 말해야 한다.

'나의 삶의 이유가 독서이기 때문이다.'

'독서가 나의 삶의 이유이기 때문이다.'

무미건조한 현실보다는 찬란한 이상을 제시하는 책을 읽는 편이 더 낫다. 그런 이야기이다.

드르륵. 문이 열렸다. 또 다른 환자인가? 나는 그렇게 생각했지만 그런 것 치고 키가 컸다. 보건선생님이셨다. 아니, 보건선생님일 것이다. 나는 담임 선생님 이외의 선생님 얼굴은 기억하지 못하니까.

"미안. 여긴 금연구⋯⋯. 전화하다가 좀 늦었네. 어디가 아파서 왔니?"

담배를 피운 건가? 여자 선생님이 그래서 의외⋯⋯ 이었지만, 생각해보면 소설 속에서 여자가 담배를 피우는 경우가 없었던 것은 아니다. 이건 흔한 일이다.

"체육 시간에 운동장에서 달리기를 하다가 무엇에 걸려 넘어진 건지는 몰라도 넘어지게 되어 무릎이 까진 것으로 인해 저는 이 보건실에 온 것입니다."

누군가에게 어떤 사실을 전할 때 육하원칙을 지킬 것. 상식이다.

"흐음. 그렇구나. 여기에다가 이름하고 학년, 반을 적어줄래?"

그녀는 나에게 무슨 기록장을 건넸다. 알아서 적어주면 좋을 텐데. 아, 그 생각을 그녀가 한 건가? 책상 위에 놓인 볼펜으로 그것들을 기록했다.

그녀는 핀셋으로 뭔가를 집어서 다시 다른 뭔가에 담근 다음—알코올인가? 그거 소주에 쓰이지 않나?—상처에 갖다 대었다. 굉장히 따가웠다. 하지만 현실을 직시하기로 했다. 아직 이건 무미건조한 일상이다. 일상에서 감정이란 무의미한 것이다. 그러니 좀 나았다. 반창고를 붙여주셨다.

아무 말씀도 안하셔서 가만히 있었더니 그녀께서는 가라고 하신다. 그래서 그냥 나갔다.

4

그의 상처는 나아가고 있었고, 여전히 담임은 무심했으며 그가 평소에 생각하는 일상이 지나고 있을 어느 점심 시간의 일이다.

그는 여전히 책을 읽고 있다. 다시 말해 그는 생존하고 있다. 그는 살아가고 있다.

그런 그에게 누군가 다가가고 있었다. 그는 누군가 다가오고 있어도 신경 쓰지 않고 있었다. 그 누군가가 그의 바로 옆에 아무 말 없이 서 있어도 그는 신경 쓰지 않았다. 그에게 현실이란 간단히 무시해도 되는 것이기 때문에, 평소처럼 가뿐히 무시하고 있었다. 누군가 말하기 전까지.

"이거 <신전> 맞지? 베레나 르세바르트가 쓴."

그가 고개를 들어 그 누군가를 바라보았다. 그는 모르는 사람이었다.

같은 반이었지만 그는 모른다. 그를 알고 싶어 하지만 그는 모른다. 어차피 그는 타인에 대해서 관심이 없다. 타인과의 관계 자체가 없기 때문에. 그가 관심이 있는 인물은 책 속에서 나오는 인물뿐이다. 그렇기에 그는 그 누군가를 모른다. 하지만 그 누군가는 그를 안다.

여기서 그 누군가에 대해서 설명하자면, 통칭해서 S라고 하자. S는 독서광에 대해서 관심이 있다. 아니, 신경 쓰고 있다고 하는 편이 좋을 것이다. S가 그, 독서광을 관찰하게 된 건, 언제나 그가 아무하고도 이야기 하지 않고 있는 것을 알아차렸을 때부터였다. 그는 독서를 하고 있다. 다른 누군가와 이야기를 하는 것을 본 적이 없다. 그래서 S는 그가 말을 할 수 없는가 하고 생각했었다. 아무리 장난을 치려해도 그는 아무런 관심도 보이지 않고, 직접적인 접촉이 이루어져도 상당히 불쾌하다는 표정으로 거절했기 때문이다. 그럼에도 불구하고 S는 그 독서광에게 관심을 가졌다.

말을 할 수 없으면 수화를 하면 된다. 들을 수 없다면 문자를 하면 된다. 제대로 볼 수만 있다면 의사소통은 가능할 것이다. 여기서 그는 최소한 독서는 가능하니 시각은 존재하고 있다. 유도학원에 다니는 애의 말을 듣자 하니 말도 할 수 있는 모양이다. 그렇다면 언어를 활용하는 능력도 존재한다. 그는 장애를 가지고 있는 것이 아니다.

S는 그렇게 생각했다. 그렇기에 지금 그에게 말을 건 것이다.

"너 이거 알아?"

"한번 읽어본 적이 있거든. 삼촌이 가져와서 보기에 읽어 봤지."

S가 그렇게 말했지만 사실 그렇지는 않았다. S는 그렇게까지 삼촌과 친한 편은 아니었고 삼촌도 바빠서 S를 잘 몰랐다. S가 그 책을 알게 된 것은 순전히 인터넷 카페에서 언뜻 보게 된 정보가 전부였다.

"거기에 나오는 용 말이야. 불쌍하지 않아?"

"왜? 신전에 용이 있는 건 용이 원해서 스스로 간 거야. 다른 누군가의 강요는 전혀 없었어."

그, 독서광, 해바라기는 그렇게 말했다. ―지금 누군가의 이름을 S로 지은 것처럼 지금부터 그의 이름은 해바라기로 통칭하자. ―해바라기는 그 용이 무얼 하든 그 의지가 그 자신에게서 나온다면 그걸 보고 뭐라 할 수는 없다고 생각했다.

"그래도 평생 그 신전 안에 살아야 하는 거잖아. 너무나도 뛰어나서, 그래서 크레이지하게 될 수밖에 없었던 레그스 드 진센이 그 자신이 밖으로 나왔을 때 등장할 수 있는 여러 가지 사건의 가능성을 헤아려 버려서 그 자신이 신전을 나가지 않는다고 결정을 내렸다는 건, 그녀가 용이 아니었다면 레그스 드 진센 자신의 자유를 그대로 유지시킬 수 있는 가능성이 존재한다는 거잖아. 안 그래?"

S는 진심도 아닌 이야기를 시작했다. 물론 이 말도 정확하지 않을 수 있다. S에게는 진심도, 본심도, 주관도 존재하지 않는다. 빨랫줄에 매달려 잇는 옷가지마냥, 상황에 따라 이리저리 바뀌는 인간이었으니까.

"하지만 자신 ― 그녀가 직접 선택한 길이라면 ― 그것도 자신이 가장 효율적이라고 생각하는 방법을 여러 번 검토하고 선택해서 그것을 받아들이고 인내하며 이해한 결과 ― 누군가의 명령으로 어쩔 수 없이 행하고 있을 때(왕자가 시킨 잡무를 처리하던 제노슨이라든가, 죽고 싶지도 않았는데 죽게 된 엑스트라13)보다 ― 불쌍하다고 판단하는 건 안 될 것 같아."

"하지만 그녀는 신전에서 지낼 때 계속해서 불만을 말했잖아? 그리고 신전 자체도 그렇게 대단한 건 아닌 것 같고 왕궁에 비해서 말이지."

그는 S의 견해에 흥미롭다는 생각이 들었다.

"그 불만은 대부분 투정 비슷한 거였잖아. 거기다가 사제가 괴로워하는 걸 보면서 즐거워하는 부분도 있으니까. 불쌍해 할 부분은 아니지. 그리고 그녀가 신전에서 사는 건 신전만큼 큰 곳이 지상에서 3곳밖에 없기 때문이잖아? 생각해보니, 그녀가 신전에 사는 것도 '너무나도 뛰어난, 정점의 생물이 아무렇지도 않게 돌아다니면 그 뛰어남을 알아채는 생각하는 모든 동물들은 자괴감을 갖고 자기파멸의 길로 넘어가기 때문에 그들을 배려하기 위하는 것'도 있고, 신전에 살면서 '살아있는 신'이 되고 싶어 하는 부분 역시 있으니까. 그런 식으로 불쌍하다고 볼 수는 없지. 오히려 부러움의 대상 아냐?"

지극히 당연한 말에 S는 또다시 반론을 제기한다.

"소설상으로 볼 땐 그게 맞지. 그게 맞는데, 현실적으로 봤을 때, 현실적으로 봤을 때 그렇게 사는 게 괜찮냐구. 처음에는 괜찮다고 생각하겠지. 내가 신전에 살기만 해도 이 세상 문제의 70%가 줄어들어.(레그스 드 진센이 모든 문제를 해결하면 방심한 생물들은 안전함을 당연하게 생각하고, 오히려 지겨운 것으로 받아들여 위험한 상황 속으로 빠져들어 안정감을 느끼려 한다는 이야기가 있는데 이것이 '안정-파멸 이론'이다. 더 자세한 이야기는 나중에 하도록 하자.) 사람들은 나를 보고 신이라고 불러주지. 나쁠 게 뭐가 있어? 처음에는. 그런데 이 생활을 계속한다고 생각해보자. 다른 할 만한 게 뭐가 있을까? 없어. 신전에서 신이 되는 건 교도소에서 죄수가 되는 거랑 비슷한 거 아닐까? 단지 머리가 좋다고, 용으로 태어났다고, 남을 돕기를 좋아한다는 이유만으로 자신의 자유를 억압하는 상황이 펼쳐진다는 건, 다른 의미에선 명령이 아닐까? 용은 용으로서 살아갈 뿐. 인간과 교류할 수가 없지. 할 수 있다하더라도 언어뿐이야. 절대로 정확하게 인식하는 건 불가능해. 자신만큼의 두뇌 수준을 가진 사람도 별로 없고, 용도 이 수준에 못 다다르지. 이건 다시 말해서 이 세상으로부터 고립되어 있다는 이야기잖아."

"고립?"

"분명 <신전>은 왕이 용의 생포명령을 내리고, 용사들이 그 용을 잡기 위해서 고군분투한다는 이야기였을 텐데. 어째서인지 S의 이야기를 들으면 용도 나름의 이유로 괴로워하는 게 느껴져."

그는 생각했다. 책 속의 내용을 받아들이지 않고, 감정도 가지지 않고, 생각하기 시작했다.

S의 이야기는 계속 이어진다.

"용에게 친근함을 갖고 이야기하는 사람들도 있지만, 그런 용도 있지만, 그녀가 정말 친근함을 느꼈을까? 그녀에게 있어서 모든 생물의 이야기는 한 번 들었던 이야기임에도 불구하고, 그녀가 보는 모든 것들은 그녀에게 대답해 주지. 시험문제를 풀기 전에 정답지를 보는 것처럼, 몇 번이고 반복되는 이야기를 끝없이 이어나가는 거야. 그런 그녀에게 있어 모든 생물은 아래에 있지. 마치 신처럼."

그는 씩 웃었다. S도 그랬다.

"신이 인간과 함께 산다면 그것만큼 불쌍한 게 어디 있을까?"

이때 시간이라도 맞춘 듯 점심 시간이 끝났다.

수업 시간 동안 처음으로, 초등학교 처음으로, 한글을 떼고 난 뒤 처음으로 그는 현실에 관심이 생겼다.

-1

앞에서 말한 것을 어겨서 죄송하게 생각하지만 나는 화자이다. 소재가 고갈돼버렸다. 여기까지 쓰는 것도 꽤 힘들었다. 생각나는 대로 쓰면 되겠지 하고 생각했는데, 너무 어렵다. 내 이야기가 그렇게 가치 있는지도 모르겠다. 내가 쓴 소설을 다시 봐도 별로 잘 쓴 것 같지도 않고 시험 삼아 인터넷에 올려봤지만 댓글 자체가 없다.

그래서 일주일 동안 글에 손을 놓기로 한다. 아마도 일주일 정도 지나면 나는 그 기억을 잊어버릴 것이다. 어차피 누가 쓰라고 해서 쓰는 것도 아니고, 내가 원해서 쓰는 거니까. 얼마든지 쉬어도 상관없다.

라고 생각한 순간, 차라리 친구에게 보여주는 편이 더 낫다는 생각이 들었다. 고등학교 친구한테 연락하기로 했다. 그 녀석은 책을 많이 읽지는 않지만 안목은 꽤 뛰어나니까. 영화를 보고 난 뒤 별점 같은 걸 수첩에 적는데, 별 4개 쓴 대부분의 영화가 망하고, 별 1개친 영화는 대부분 흥행하곤 한다. 이 녀석에게 의견을 물어서 비판적인 의견이 나오면 그냥 받아들이면 되고, 긍정적인 반응이 나오면 그 부분만 고치면 되니까. 욕먹고 고치는 것보다 칭찬받고 고치는 게 더 나을지도 모른다.

다음 날 오후 2시. 그 녀석과 만났다.

"우리가 무슨 고등학생도 아니고, 도서관에서 만나냐?"

"왜, 괜찮잖아? 카페에 가봤자 사람도 많고, 시끄럽고, 어차피 소설을 읽을 건데, 조용한 편이 더 좋지 않겠어?"

돈 쓰기 싫은 거지만.

그 녀석. 배진혁이라고 하는 대학생에게 이 소설을 보여주면 어떤 반응을 보일까? 욕하면 좋겠는데. 이 녀석에 한해서 작품 욕을 들으면 기분이 좋을지도 모른다.

"이거 네가 쓴 거야?"

"당연하지. 내가 뭐 때문에 보여 준 거겠어. 감상을 말해 보라구. 히히"

"난 소설을 보는 안목 같은 게 없어서 말은 잘 못해주겠네."

너, 작품 보는 안목 없는 거 알고 있었던 거냐?

"영화라면 좋은지 나쁜지는 알겠는데, 이건 좀 애매하네. 소설하고, 영화의 차이인가?"

"그래서, 너는 이 방대한 분량을 보고도 아무 생각이 안 드는 거냐?"

"아니, 아무 생각도 안 드는 건 아냐. 여기서 나오는 S는 적휘를 모티브 삼은거야?"

"적휘? 누구야, 걔?"

"고등학교 때, 소적휘라고 그 왜, 있잖아? 이대팔 가르마에 언제나 이어폰 꽂고 엎드려 있던 애."

"그런 애도 있었나? 그렇게 말하니 있던 것 같은 느낌도 들고?"

"그런 느낌이 드는 게 아니라 있었어. 소적휘 개는 쓸데없는 걸 굉장히 많이 생각하고 있었지. 만날 베고 자던 책들도 전부 하드커버에다가 철학책. 철학책 같은 건 평생 쓸모도 없는데 말이지."

"흐응. 그렇구나."

"아니 하고 싶은 이야기는 그게 아니고, 그 녀석 말이야. 수업 시간 도중에 울고 있기에 '왜 울고 있냐?'고 물으니까 '내가 인간인 게 슬퍼서' 같은 걸 말했다니까? 솔직히 그런 거 고등학교까지 와서 말하고 싶냐구. 별로 이해하고 싶지도 않았고"

별로 이해하고 싶지 않은 게 아니라 이해할 노력도 안 한 거겠지.

"어느 점이 찬휘랑 S랑 닮은 건데."

"그거야. 어른스러운 척하는 거잖아. 무조건 상대 말에는 반대되는 말을 하면서 뭔가 잘난척하려는 거. 초등학생이 이런 단어구사력을 보인다는 것 자체가 비현실적인거 아냐? 따지고 보면 주인공도 너무 어른스럽고, 겉멋만 잔뜩 들었잖아?"

"……. 어른스러운가? 흠. 꽤 받아들일 만한 의견이라고 생각해. 어차피 현실에서 잔뜩 모티브를 가져와도 상관없어. 소설가는."

"왜지? 쓸데없이 자신감에 차 있는데?"

"어느 유명한 소설가가 이렇게 말했다고 해. '훌륭한 소설은 자신이 경험하는 것'이라던가 뭐라던가. 어차피 소설가는 자기 이야기밖에 안 써."

5

"S, 아까 쉬는 시간에 뭐했어?"

"맞아, 너 아까 책 읽던 애하고 이야기 하던데. 무슨 이야기 했어?"

"인생사는 이야기. 내면의 소울을 관찰했지. 너희는 그런 거 절대로 안

할 테지만."

"그러고 보니 너, 전에도 개한테 이상한 거 물어봤잖아. '왜 책을 읽고 있니?'라고."

"흠, 그랬었나? 인식되지 못하는 과거에는 의미가 없는 법이지. 다만 그 것에 나름대로의 환상을 덧붙이면 의미가 생길지도."

"왜 그런 애한테 말을 거는 거야? 시간이 아깝지도 않아?"

"……. 불쌍하잖아? 언제나 혼자 고독히 아무와도 사회적인 접촉 없이, 누구와도 대화하지 않으니까. 외로워 할 것 같아서."

"개하고 친구가 되고 싶다는 거야? 왜? 개가 재밌게 이야기해? 게임을 잘해? 대체……."

"그런 전략적 관계는 목적이 아냐. 이건 단순히 호의일 뿐이지. 모름지 기 진정한 도덕이라 하면 남을 위해서라면 자신 따위는 가뿐히 버릴 수 있어야 하는 것이다."

"뭐? 도덕? 역시. 너, 우리가 생각할 수 있는 범위를 아무렇지도 않게 넘 어가 버려. 그 점이 멋져, 존경하게 돼!"

"그런 판단을 그만둬 두지 않겠어?"

"어째서? 넌 남자가 아닌 거냐?"

"나는 남자지만, 그런 판단을 그만두라는 거다. 그런 게 도덕이라던가, 멋지다거나 너무 유치하다고 생각하지 않아? 애초에 그 녀석이 S의 호의 를 받아들이지 않을 수도 있잖아?"

"그런 소인배의 의견은 무용(無用)이다. 중요한 건 대인배의 햇빛과도 같은 호의다. 이런 호의는 대인배가 소인배를 위한 발걸음. 따뜻한 햇볕도 처음에는 눈이 부실 수 있겠지만, 장차 우리가 살아가기에는 적당한 온도 를 제공해 줌을 알게 된다. 잠깐의 저항쯤이야 중요할 리가 있겠는가? 그 렇지 않나? S?"

"진정해. 마음을 가라앉혀. 나는 그렇게까지 그 녀석을 위하는 건 아냐.

궁금했을 뿐이야. 저 녀석은 왜 말을 않는지, 왜 늘 책만 읽는지. 너희들 중에서 저 녀석처럼 진득하게 책만 읽을 수 있는 녀석이 있어?"

"……."

"없지? 그래서 나는 그 녀석이 궁금했던 거야. 책만 읽는 녀석은 신선하니까. 한 번쯤 얘기를 한 것뿐이야. 전에 내가 그 녀석에게 왜 책을 읽는지도 그런 맥락으로 물어본 거야. 장난치려고 그런 게 아니라고. 장난은 이때까지 많이 쳐봤잖아? 왜 그걸 몰라? 내가 하고 싶은 건 시시껄렁한 장난하고는 달라."

"네가 하는 게 시시껄렁한 장난하고 뭐가 달라? 재밌어서 하는 거잖아?"

"달라. 너희들은 자원봉사를 게임하는 거하고 같다고 생각하나?"

"같거든? 같거든? 뭐가 다른데?"

"후. 게임은 자신을 위하는 거지만, 자원봉사는 남을 위하는 것. 남을 위하는 것은 곧 숭고한 행위. 곧 도덕. 스스로 남을 위하는 행위는 자신을 희생하기 때문에 게임과는 차원이 다르지."

"너, 이런 생각. 후회할 거야. 후회할 거라고."

"그럴지도 몰라. 그건 그때 가서 생각하지 뭐."

6

11시가 되어 그는 집으로 돌아왔다. 어둑어둑해져 글자가 잘 보이지 않았다. 해바라기는 가로등이 있는 곳만 골라 걸어간다. 사고를 피하기 위해서라기보다는 빛이 있어야 책을 읽을 수 있기 때문이다. 앞으로 나아가다 뒤로 나아간다. 그림자로 책이 가려지는 것을 막기 위해서. 오직 책을 읽기 위해서. 그의 세계는 안전하다.

집은 환했다. 그는 안도했다. 이제 충분한 독서가 가능할 느낌이 들기 때문이다. 집에서는 편안하게 책을 읽을 수 있을 것이다. 그는 그것만으로 만족한다. 의자에서 책을 얼마든지 읽는 것. 그는 집에서 살아 남아있다.

집 안은 시끄러웠다. 해바라기의 부모가 싸우고 있다. 소설상으로는 지극히 정상적이고, 일상적이며 무시할 수도 있는 일이지만, 현실에서 보자면 시끄럽고 정신이 혼란해지고 생각이 정지된다. 거실에서 목청 터지도록 외치고 있다. 대부분의 부부싸움이 그러하듯 사소한 문제로 싸우고 있다. 대부분의 부부싸움이 그렇듯이 쉽게 해결될 문제는 아니다. 오랜 대화가 필요하다.

"다녀왔습니다."

그는 이 사실을 인지하고 있다. 자주 접해 왔기 때문에 별 신경 쓰지 않고 방으로 들어간다. 방문을 닫은 순간, 이상할 정도로 멍한 상태가 시작되었다. 선득해지는 침묵이 다가와 머리를 짓누른다. 아니, 가장 활기찬 정적이 방안을 가득 메운다. 그는 그들도 그를 위하여 배려해주는 것이라 판단한다. 감사히 여기며 의자에 앉는다.

벌컥 하고 문이 열리더니 해바라기의 어머니가 그에게 다가간다.

"애야, 조금 나오렴. 할 말이 있단다."

그의 어머니는 나긋하게 내뱉는다.

너무 나긋나긋해서 거부감마저 들 정도지만, 그는 너무나도 많이 들었기에 그런 것에 상관하지 않는다. 뭐라 하려해도 언제나 긍정의 파워를 외치는 그녀에게 그런 의견은 부정적인 패러다임의 표출이니까.

"지금 그곳에서 말할 수는 없어요?"

순간 그의 어머니 표정이 일그러진다. 해바라기는 그냥 나오기로 결심한다.

거실 소파에는 그의 아버지가 앉아있다. 그 옆에 엄마가 살며시 앉는다.

"너 요즘 너무 늦게까지 돌아다니는 것 아니니?"

의외로 그녀가 먼저 말했다. 해바라기는 그러려니 하고 받아들인다.

"아무리 도서관에서 책을 읽는다고 하지만, 그래도 이 시간까지 있는 건 너무 늦은 거 아니니? 도서관이 우리 집이니? 너 왜 이리 늦게 다녀?"

그는 늦었으니 혼나는 것을 알고 있지만, 어머니가 그렇게 말하자 당황하기 시작했다. 보통 이런 경우 대개 아버지가 자신을 혼내고 어머니는 말리는 역할이었는데 지금은 그러하지 않기 때문이다. 그는 뭔가 다름을 느꼈다.

"너 정신이 있니, 없니? 요즘 성적을 보니까 자꾸 떨어지고 있던데, 너 책만 보니까 그렇게 성적이 안 나오는 거야."

"내가 계속 말했었잖아. 사내 녀석이 너무 책만 들여다보면 안 된다고 저 나이 때에는 다른 애들하고 놀고 좀 싸워도 상관없다고 어차피 공부는 나중에……."

"당신, 지금 뭐하는 거야? 지금 애 망치려고 그러는 거야? 해바라기. 너는 공부를 해야 돼. 그런 시답잖은 책 볼 시간에 영어단어라도 좀 외우고, 내가 수학문제집 샀으니까, 그거 좀 풀고, 역사는 책 좀 보고."

"우리 애 성적이면 괜찮잖……."

"당신이 뭘 알아? 계속 책 보지 말라고 그러고, 사내애, 사내애, 그러는데 해바라기가 여자애였으면 당신 아주 집을 나가겠어? 당신 말대로 하다가 우리 애 엇나가서 노가다 뛰면 당신 뭐라고 할 수 있어? 그거 보고 당신 참 기분 좋겠어?"

해바라기는 현재 이런 싸움소리가 들리지 않는다. 현재 그에게 들리는 건 없다. 또 다른 의미의 정적이 해바라기 안을 가득 채운 것이다.

세계가 흔들리는 커다란 충격. 그는 집에서 숨쉬기가 힘들어졌다. 그, 해바라기라고 하는 그 존재는 현재 폭풍 속 등불처럼? 그 정도는 아니다. 파도로 사라져 버린 모래성처럼 흔적을 찾아볼 수도 없어져 버렸다고 생각하는 편이 더 낫다. 그 존재를 확실하게 부정당했다는 충격은 그를 혼란 속으로 끌어들이기에 충분했다.

그는 조용히 방으로 걸어갔다. 현재 그의 세계는 사라지고 있다. 삶 또

한 사라지고 있다. 그의 어머니가 해바라기에게 좀 더 자세하게 말해주기 위해, 그의 성적이 현재 정말 위험하고, 더 이상 지금처럼 살아가는 것은 무리라는 현실을 일러주기 위해 그를 잡아 세웠다. 그는 울고 있었다.

"넌 뭘 잘했다고 울어? 그냥 넌 책만 읽었잖아? 그동안 많이 읽었잖아? 그러면 더 읽을 필요는 없잖아? 뭘 잘했다고 울어? 이 엄마는 지금까지 어떻게든 참아보려고 했어! 다른 애들이 공부한다고 할 때 우리 애는 공부를 알아서 하는구나, 하고 생각했어! 그런데 지금 담임 선생님한테서 들었는데, 너 성적이 평균 6~70점이라며? 국어 빼고 평균이 그 정도라며? 왜 그런 점수를 받고도 공부하지 않는 건데? 넌 책만 읽으면 뭐든 끝난다고 생각하는 거야? 그런 식으로 현실도피를 하는 거야?"

그의 어머니는 그렇게 외쳤다.

"현실도피를 하려고 책을 읽을 바엔 차라리 읽지를 마!"

7

또다시 S가 해바라기에게 말을 걸었다. 이것도 벌써 3개월째다. 해바라기는 책 읽는 것을 그만두고 S와 책에 관해서 이야기를 시작한다. 해바라기는 S와 대화하면 할수록 인간의 이해가 커져가는 것을 느낀다. 동시에 누군가와의 대화는 유익할지도 모른다는 생각도 든다. 아니, 실제로도 유익하다. 대화를 통해 해바라기는 책을 읽는 관점이 더더욱 다양해졌으니까. 'S라면 이렇게 생각하겠지.'라는 생각이 들어 또 다른 관점에서도 이야기가 이해되어 책 읽는 것이 좀 더 흥미로워졌다. 친구는 유익했다.

해바라기는 그렇게 느꼈다. 적어도, 그는 그랬다. 그렇기에 해바라기는 S가 자신과 대화하지 않을 때, S를 관찰했다. 관찰했다는 건 틀릴지도 모른다. 책을 읽으면서 이야기를 듣는 거니까. 도청하고 있다하는 편이 사실에 가까울 것이다. 이다음부터 이어지는 이야기는 해바라기가 생각하는 S

의 모습이다.

S는 잘생겼다. 얼굴은 긴 편이고 눈매는 날카롭다. 그의 머리카락 길이는 약 7cm정도 된다. 피부는 하얀 편이다. 키도 크다. 대체로 마른 편이다. 친구들도 많다. 장난도 많이 치고, 가끔 혼난다. 어른스러운 면도 있어서 장난을 많이 치는 아이들 중에서 리더 역할을 할 때가 많다. 고기반찬을 좋아하기는 하지만 채소반찬도 좋아한다. 생선은 별로 좋아하지 않는다. 식사할 때 콩은 남긴다. 말도 깔끔하게 한다. 학교가 끝나면 곧바로 친구들과 놀러 다닌다. 그는 해바라기와 비슷하게 독서도 많이 한다. 해바라기는 그렇게 판단한다. 그도 수업 시간에 교과서가 아닌 책을 읽고도 있었고, 애들이랑 놀러갈 때에도 언제나 한 손에는 책이 들려져 있었기 때문이다. 얇은 책이었지만 그 표지는 며칠마다 변했기 때문에 그가 그 책들을 읽고 있음은 분명했다. 그가 장난을 주도할 때—그는 이상한 장난을 잘 생각해 낸다. 선생님 커피 잔에 흙탕물을 넣거나, 아무의 생일도 아닌데 공연히 달력에 생일 표시를 해서 수업 시간을 훼방 놓거나 하는—애들이 떠나면 그는 교실에 남아 책을 읽는다. 보통 2~3페이지도 못 지나서 애들이 돌아오지만, 독서의 방해를 받음에도 불구하고 그는 아무렇지도 않다는, 오히려 즐겁다는 표정으로, 더욱 장난기 넘치는 표정으로 장난을 시작한다.

군이 해바라기가 들으려 한 것은 아니지만(듣고 싶었을 수도 있겠지만 해바라기는 별로 인정하고 싶지 않다. 그는 고의가 아니라 우연히 같은 반 교실에 있었기 때문에 어쩔 수 없이 그들의 이야기를 듣게 되었다. 그는 그렇게 판단한다.) 그에게는 형이 2명 정도 있는 모양이다. 큰형은 명문대학인 '평화로운 대학'에서 3학년인 듯하다. 고치는 걸 잘하는 듯하다, 한 일화를 쓰자면 어떤 아이가 고장 난 MP3를 S에게 주자, S의 큰형이 고쳐 S가 쓰고 있는 모양이었다. 그리고 S의 작은형은 중학교 3학년으로 S만큼 공부를 잘하는 편은 아니라고 한다. 그도 역시 뭔가 만드는 걸 좋아하며 그림도 잘 그린다고 한다. 군이 보려고 한 건 아니지만 S가 평소에 쓰는 장갑도 그의 형이 디자인 한 거라고 한다. 빨강과 검정색의 조화와 뭐라고 적혀있는지 알아보기 힘든 영어―알아 볼 수 있는 영어단어는 DEVIL뿐이다―무시무시한 분위기를 자아낸다. 그 밖에 S가 쓰는 헤드폰이나, 손목시계도 S의 작은형에게서 물려받은 모양이다. 대단하다고 생각한다.

"S."

"응."

"우리 친구 맞지?"

"당연하지."

S는 무심코 거짓말을 해버리고 말았다. 아닐지도 모르지만. 이때 S가 무슨 마음으로 그렇게 말한 것인지는 그 누구도 모른다. 정녕 신이라도 모를 것이다. S는 해바라기를 도와주기 위한 방법으로 해바라기에게 말을 걸었지만, 해바라기와 친구라고는 생각하지 않았을 수는 있다. 그저 상처주지 않기 위해서 S가 거짓말을 했을 가능성도 있다. 하지만 진심으로 친구라고 생각했을지도 모른다. S가 한 말이 과연 진실인지 아닌지는 오직 S만이 알고 있을 것이다.

"그러면 너랑 만날 같이 노는 애들도 친구야?"

"당연하지. 친구가 아닐 리가 없잖아. 하하하. 그런데 갑자기 그건 왜?"

"나는 걔들 맘에 안 들어."

"왜?"

"시끄럽잖아."

해바라기는 말을 이었다.

"수업 시간에도 만날 시끄럽다고 걸리고, 공부는 안하고 만날 놀러만 다니고 이야기 하는 것도 대부분 게임이야기잖아. 대부분은 아니지. 전부 게임 이야기."

"하지만 쟤들은 착한 애들인데? 남에게 피해주는 건 나쁘다고 생각하고, 게임을 하면 즐겁다고 생각하는 평범한 애들이야. 그리고 공부를 아예 안

하는 건 아냐. 쟤들도 학원은 다녀. 노력을 안 할 뿐이지."

"그러면 너는 저런 애들이랑 노는 게 좋다는 말이야? 너랑 지식수준도 안 맞는 애들이랑 얘기해서 뭐가 좋다고 그래?"

"난 쟤들이랑 얘기하는 게 즐거워. 같이 게임하는 것도 즐겁고, 장난치는 것도 즐거워."

"어째서 그게……."

"……."

별안간 S는 말하기를 멈췄다. 해바라기는 S를 응시했다. S는 해바라기를 향해 이상한 표정을 짓고 있었다. 그 표정은 '어쩌라고'라든가 '그래서?'라든가 '네가 뭔데 그런 소리를 지껄이는 거지?'하는 뉘앙스가 느껴졌다. 물론 해바라기는 그런 뉘앙스를 이해하지 못했다.

"결국 하고 싶은 이야기가 그거야? 나랑 그 녀석들이랑 별로 어울리지도 않고 그에 반해 너는 엄청나게 우수하니까, 나는 너만의 친구가 되어야 한다?"

S는 해바라기의 뺨을 때렸다.

"넌 그렇게밖에 말하지 못하는 놈이었냐?"

8

뺨을 맞은 나는 얼얼했지만, 일주일 정도 지나자 괜찮아졌다. 그동안 S랑 말을 그만둔 것도 아니다. 2번 정도 대화했다. S는 언제나처럼 대화했다. 주제는 책에 관해서였다. 아마도 이 대화가 화해라는 의미일 것이다. 나는 그렇게 생각한다.

뺨맞은 지 일주일이나 지난 오늘. 월요일 아침이다. 학교에 도착하니 뭔가 소란스럽다. 책 읽으면서 힐끗힐끗 쳐다보니 평소 시끄럽게 놀던 애들이 카드게임을 하고 있다. 요즘 유행하지도 않는 카드를 가지고 와서 하려고 하는 모양이다. 카드게임. 그것은 분명 두뇌싸움이다. 장기나 체스 같은 머릿속에서 무수한 공방이 오가는 두뇌싸움. 저 녀석들이 하는 게 과연 진정한 카드게임일까? 제대로 전략을 구사할 수나 있을까?

하지만 그렇다고 해서 내가 꼭 저 카드를 가지고 게임을 해야 하는 건 아니다. 아니 내가 왜 굳이 저 녀석들하고 카드를 가지고 게임을 해야 하는 거지? 나도 카드는 있어. 도서관카드라든가, 트럼프카드라든가. 트럼프카드는 엄마가 가위로 잘라내 버렸지만.

쉬는 시간 내내 그 녀석들은 카드를 가지고 놀고 있다. 재밌어 보이기는 하지만, 저 녀석들에게 말을 먼저 걸 수는 없다. 우리 반 친구라고 하는 것도 말뿐이지, 사실상 모르는 사람들이니까. 가까이 간다고 해서 그들이 나에게 신경 쓰지 않을 거라는 건 알고 있다. 한 번 해보게 해달라고 요청해도 무시할 게 뻔하다.

나는 그런 생각이 든다. 책 읽는 것보다 저렇게 애들이랑 어울리는 게 더 낫다는 생각이 든다. 며칠 전에 엄마와 아빠도 책 같은 건 그만 읽으라고 하셨다. 저렇게 카드게임을 하면서 시간을 보내는 것도 좋지 않을까? 한 번 해보게 해달라고 말하는 것 정도는 할 수 있잖아? 어쩌면 내가 저 게임을 하면 나도 모르는 도박의 재능이 터져 나와서 어떻게 하든 무조건 이겨버릴지도 모르고, 만약 아니라면 절대로 도박하지 않을 테니 그것도 괜찮고 그러므로 한 번쯤은 해봐도 괜찮을 것이다.

그런 번민에 휩싸인 나는 수요일까지 고민하다가 그나마 조용해 보이는 애에게 다가가서 말했다.

"나 그거 한 번만 시켜주면 안될까?"

"싫어. 너 같은 책벌레가 뭘 안다고 그래? 가서 책이나 읽어."

거절당했다. 저런 녀석에게 거절당했다. 나는 이해되지 않았다.

어째서 저 녀석이 나에게 이렇게 말하는 거지? 왜? 내가 싫은가? 내가 이상한 짓을 했나? 내가 저 녀석에게 원한이라도 진건가? 아니다. 그냥 한 번은 그럴 수 있다.

다른 애에게 물어보기로 했다.

"나 그거 해보……"

"꺼져. 지나다니는 데 방해되니까 저기 네 자리에 앉아서 네가 좋아하는 책이나 실컷 보고 있어. 어차피 너 이거 할 줄도 모르잖아?"

"아냐, 할 줄 알아. 그러니까, 나 한 번만."

"어, 그래? 너 이거 할 줄 알아? 근데 난 너한테 이거 하게 해주기 싫은데?"

비슷한 반응이다. 머릿속이 텅 빈 느낌이 든다. 오히려 추워졌다. 등 뒤가 서늘하다. 현실인가. 어질어질하다. 잘못해서 헛디디면 그대로 넘어진 채로 끝날 느낌마저 든다.

자리로 돌아왔다. 저 녀석들은 계속해서 카드게임을 하고 있다. 여자애들도 하기 시작했다. 모두가 카드를 가지고 놀고 있다. 나만 빼고

나는 왜 소외되어 있는 거지? 내가 무슨 잘못을 한 건가? 아니다. 난 저들을 알지도 못한다. 그렇다고 해서 저들이 나를 싫어할 만한 이유도 없다. 왜 어째서. 난 저들과 놀지 못하는 거지? 내가 능숙하지 못한 건가? 요청하는 방법이 다른 건가? 잠깐의 호의조차도 나한테 보이는 것은 아깝다는 건가? 다른 아이들이 하는 것을 보았다. 나를 보고 신경 쓰고 있는 아이는 별로 없었다. 오히려 적극적으로 무시하면서 카드게임을 이어나갔다. 웃으며 즐거워한다. 카드게임이 그렇게 재밌나? 대화를 하는 것처럼. 재미있나? 그렇다면 왜 굳이 나만 빼고 하는 건데? 나를 제외한 모든 아이들이 카드게임에 빠져있다.

목요일이 되었다.

여전히 카드게임을 하는 아이들이 많았다. 나는 혼자 남겨져 독서를 하고 있다. 주변의 시끄러운 아이들의 대화소리는 절대 내가 함께할 수 없음

을 부각시켜주고 있었다. 나도 카드게임을 하고 싶다. 이 마음은 더욱 커져갔다. 하지만 저들은 나를 거부한다.

생각해보면 처음부터 그랬지 않나? 나는 저들하고 대화한 적이 없다. 그러니 지금 와서 친근한 척 대하는 것도 꺼려지는 것은 사실이다. 그러니 나는 대화한 적 있는 상대와 대화하여야한다. 대화의 즐거움을 알게 된 것도 S와 이야기하면서부터였다. 친구라는 것이 얼마나 좋은지 알게 된 계기도 S였다. 인간을 이해할 수 있게 된 것도 S 덕분이었다.

S는 어디 있지? 혹시 S에게 말을 걸면 나도 카드를 가지고 놀 수 있지 않을까?

S는 지금 다른 아이와 카드게임을 하고 있었다.

"S, 나 네가 하고 있는 카드게임 하게 해주면 안 돼?"

S의 표정은 굉장히 진지했다. 그래서 내가 그렇게 말을 걸자 중요한 무언가가 틀어진 듯한 표정을 지었다. 내가 분위기를 잘못 읽은 건가?

"야, 너 지금 내가 게임하고 있는 거 안보여? 방해는 하지 말아야지. 그렇게 하고 싶으면 네가 직접 사서 혼자서 하면 될 거 아냐? 왜 다른 사람을 성가시게 해? 너는 다른 사람에게 부탁밖에 할 줄 모르냐?"

"그래도 좀 빌려줄 수 있지 않아?"

S가 웃었다.

"하하하하. 너 참 재밌는 소리를 하는구나? 내가 왜 너한테 내 카드를 빌려줘야 하는데? 너희 부모님께서는 용돈 안주시니?"

S도 이런 반응인건가? 왜? 왜 나한테 카드를 빌려주지 않는 거지? 나와 S는 친구사이, 아니었나? 착각했었던 건가? 분명 S는 나에게 친구라고 대답해 주었는데. 왜 나에게…

"용돈을 안주시는구나? 그래도 상관없어. 이 카드게임은 카드를 가지고 있는 사람만이 할 수 있는 거야. 신은 스스로 돕는 자를 돕는다고 했어. 이 정도면 충분하지?"

그러고 나서 S는 게임을 계속했다. 나는 얼떨떨하게 서있었다. 그는 나에게는 눈길도 주지 않았다. 그렇지만 나는 움직일 수 없었다. 인정하고 싶지 않은 진실이 내 머릿속을 가득 메웠기 때문이다. 오래전부터 알고 있었지만 최근 들어 내가 잘못 생각한 게 아닐까 하고 생각했던 것. 그렇게 생각하고 싶었던 것.

이 교실에서 나는 혼자이다. 다른 그 누구도 나와 친해질 수는 없다. 나는 남과 대화하는 것을 잘 못한다. 인간이라는 것은 나와 대부분 다르다. 나는 인간이긴 하지만 엄연히 말해 다른 존재이다. 이 사회에 적응할 수 없는 인간이다. 간단히 말해 사회부적응아이다. 누구와도 친해질 수 없고, 이해할 수도 없다. 그냥 다른 것이다. 살다보면 그저 받아들여야 하는 게 있는 법이다. 어떻게 바꾸려고 해도 바꿔지지 않는 게 있는 법이다.

"야, 비키라니까? 아까 말했잖아!"

누군가 소리쳤다. 나는 내 자리로 돌아온다. 아무에게도 피해를 줘서는 안 되니까. 원래부터 이랬다. 나는 누구에게도 도움 되지 않는다. 누구도 필요로 하지 않는다. 드러나지도 않게 행동해야한다.

카드게임은 포기하기로 했다.

오히려 마음이 편해졌다. 결국 마음의 문제다. 할 수 없는 것이라면 포기하는 편이 좋다.

그 다음 주 월요일 아침. S가 나에게 카드 몇 장을 주었다.

"너한테 카드가 없어서, 같이 카드게임을 하지 못했지? 내가 몇 장 줄 테니까 같이 할래?"

웃기시네. 저번 주에는 화내놓고

S는 언제나 이런 식으로 문제를 회피하고 살아 온 건가? 잘생긴 외모와 남을 위하는 것 같은 말투로 다른 사람을 매혹시켜 온 건가? 그렇다면 여기서 나는 확실히 그게 통하지 않는다는 선언을 해 둘 필요가 있었다. 나

는 그런 일반인이 아니란 말이야.

나는 S를 업어 쳤다. S는 그대로 쓰러졌다. 나는 S를 타고 올라갔다. S는 희미하게 웃고 있었다. 왜지? 짜증이 났다. 얼굴을 주먹으로 후려쳤다. 또 쳤다. S는 저항하지 않고 온전히 맞아주었다. 때리고 또 때렸다. S의 코에서 피가 흘러내렸다. 그래도 난 계속해서 때렸다. S는 갑자기 나를 밀치고 도망쳤다. 나는 S를 따라갔다. S는 너무 빨라서 내가 따라잡을 수 없었다. 잠시 후 S가 담임 선생님을 불러왔다.

9

담임 선생님이 해바라기와 S를 수업이 끝난 후에 남게 했다.

"왜 때렸니?"

해바라기는 자신이 왜 때렸는지에 대한 질문에 대해 침묵했다. 그도 왜 때렸는지 자세하게는 말해주기 싫었기 때문이다. 그것은 그만이 생각하는 것이다.

침묵이 길게 이어지자, 담임 선생님은 S에게 물었다.

"S. 넌 왜 해바라기가 널 때렸다고 생각하니? 넌 분명 누가 때릴 만한 행동을 하는 사람도 아닌데."

"저도 잘 모르겠습니다. 해바라기가 그냥 앉아서 카드게임하는 것을 구경하고 있기에 카드게임을 하는 것을 원하는 것 같아서 제 카드를 빌려주려고 했을 뿐입니다. 그런데 해바라기는 저를 쓰러뜨리고 마구 때렸습니다."

"그러니? 해바라기. 너 정말 S가 아무런 잘못도 하지 않는데 때린 거 맞니?"

아니다. 해바라기는 그것을 부정하고 싶었다. 하지만 표면적으로 볼 때 S는 아무런 잘못도 하지 않았다. 일방적인 폭력이 S에게 가해졌을 뿐이다.

"네."

"손 대."

담임은 정말 피곤한 표정으로 매를 들었다.

"몇 대 맞을래?"

그는 대답하지 않았다. 몇 대를 말하든 그는 원하는 대로 할 것이다. 결국 그는 7대를 때렸다.

"해바라기야. 다음부터 S는 때리지 말고 너희 부모님께 전화 드릴게."

담임 선생님은 둘이 사과하도록 했다. 그리고 난 뒤 집에 가도록 하게 했다. 다른 건 하지도 않았다. 보통 다른 선생님이 할 만한 훈계나 악수하기도 하지 않았다. 이상했다.

해바라기는 곧바로 집으로 돌아갔다. 집 안에는 아무도 없었다. 아빠는 아직 일하는 중이고, 엄마는 학부모 모임을 갔다. 집 안에서 해바라기는 시간을 보냈다. 도서관에 반납할 책은 없었다. 부모도 책을 읽지 말라고 했다. 지금 그는 책을 읽는 것을 시간 죽이는 것이라고 생각한다. 모두가 그를 싫어한다고 생각한다. 살아있는 게 낭비라고 생각한다.

그는 아파트에서 산다. 11층에서 산다. 베란다에 섰다. 아직 낮이라 그런지 주차장에 차는 많아보이지는 않았다.

10월 21일 월요일 오후 2시 27분. 그가 아파트에서 떨어졌다.

다음 날. 10월 22일 화요일 오후 2시 12분. S는 추궁당하고 있다.

"S. 넌 책임을 느끼지 않는 거야?"

"왜? 난 아무것도 안 했는데? 내가 뭘 했다고 책임을 느껴야 하는 건데?"

"해바라기 말이야. 네가 괴롭혀서 그렇게 된 거잖아."

"아, 해바라기. 어제 솔직히 너무 아팠어. 친구라고 생각했는데."

"친구라고 생각했다고? 정말이야?"

"거짓말이야. 친구는 아니었지. 내 친구 중에 그렇게 나약한 놈이 있을 리는 없으니까."

"나약하다고? 네가 한 짓을 알고서 하는 소리야? 넌 카드를 공짜로 돌리면서 해바라기한테는 절대로 카드를 건네주지 말라고 했잖아?"

"생각해 보니까, 개한테는 장난을 친 적이 별로 없더라고 처음에는 별로 장난을 받아들여주지도 않았지만, 지금이라면 장난칠 수 있을 거라고 생각했어. 그리고 설마 그런 걸로 자살을 시도할 줄은 몰랐지. 안 죽고 바로 병원에 옮겨져서 다행이지. 차에 떨어져서 그나마 살았다고 했나? 하하하."

"넌 친구가……. 친구가 아니라고 했나? 그래도 해바라기하고 가장 친하게 지낸 건 너잖아. 너 때문에 그 애가 다쳤는데 그렇게 웃을 수 있어? 그게 즐겁냐고?"

"그럼. 즐거웠지. 장난이란 얼마나 즐거운 행윈지. 너는 그렇게 생각하지 않아? 너도 결국 재밌으니까 내 말에 따랐던 거잖아?"

"진심이야?"

"글쎄? 난 별로 그런 생각이 없는데. 우선 말한 이상 진심이 되는 건가?"

"어쨌든 넌 아무런 잘못도 하지 않았다는 거야? 왜 해바라기에게만 카드를 주지 않았냐고. 해바라기가 그렇게 한 동기는 분명 네가 한 일이 원인일 것 아냐."

"그야 시련이지. 나는 이걸 계기로 해바라기가 강해졌으면 했어. 자신을 위해서 자신을 희생할 수 있는 용기. 할 수 있다면 나는 그 녀석을 칭찬해 줄 예정이었지. 마치…"

"마치?"

"새끼를 절벽에 내모는 사자처럼. 눈물 없이는 할 수 없는 희생이었지. 오히려 해바라기가 나한테 고마워해야 하는 거 아닌가? 그 시련에서 실패한 놈이 친구라고 생각하지 않아. 나는."

"미안하지만 사자도 새끼를 절벽에서 떨어뜨리지는 않아. 그리고 네가 무슨 천사도 아니고, 그런 게 해바라기한테 도움이 될 거라고 생각하는 거야? 솔직히 나는 그런 이유로 네가 해바라기를 괴롭혔다는 건 믿지 않아. 사실을 말해."

공기가 멈췄다. S는 숨을 멈췄다. 불빛은 위에서 아래로 내리쬐고 그 둘은 서로를 바라보았다. S가 먼저 시선을 돌렸다.

"몰라. 아마도 지겨웠던 거 아닐까? 기억은 정확하게 안 나지만, 만날 그 녀석이랑 이야기하니까 따분했거든. 재밌는 얘기도 없고 그 녀석은 계속 나를 기대하고 있고 한다고 해도 이미 읽었던 책이야기. 난 그것 때문에 읽지도 않는 책을 읽어야 했다고."

"……."

"게다가 걔랑 이야기하다보면 시간이 아깝거든. 장난도 안치면서 시간이 지나가. 걔는 장난을 싫어하고, 진지하니까. 상대적으로 경박한 나는 진지한 척을 해야 해서 피곤했어."

"결국 넌 해바라기한테 잘못했다고 생각 안 해?"

"그러는 너는 해바라기가 잘못했다고는 생각하지 않아?"

"뭐?"

"해바라기가 책만 읽지 않고, 게임이라도 했으면 나도 거기에 맞춰질 수 있었을 거야. 만약 해바라기가 말을 잘 했으면 난 그렇게까지 장난치지 않았을 거야. 해바라기가 작은 장난들을 받아줬다면 이렇게까지나 심한 장난은 치지도 않았을 거라고."

"너 때문에 일어난 일이니까, 네가 책임을 져야지! 넌 잘못했다고 생각 안하는 거야?"

S는 뭔지도 모를 표정을 걸치고 말했다.

"생각하기 나름이지."

그 후. 해바라기는 퇴원했습니다. 학교에는 이미 어찌할 수 없을 정도로 인간이기를 포기하고 싶은 사람이 생겼습니다. 또한 모두가 그를 카드라고 부르기 시작했습니다. 카드는 겉으로 내색하지 않았지만, 카드를 가장 싫어하게 됐습니다. 이것으로 이야기는 끝.

제가 이렇게 글을 쓰기로 생각한 건 얼마 전입니다. 초등학교 동창회를 가면서 이런 저런 이야기를 나눴습니다. 저는 어렸을 때부터 모범생인 모양입니다. 어렸을 때부터 성적이 괜찮았다고도 하고요. 제 머릿속의 저는 그땐 참 많이 장난치면서 살았던 것 같은데. 그 동창회에서 불참한 사람이 있다고 누군가 말했던 것 같습니다. 솔직히 그 이름을 듣기 전까지, 그리고 듣고 난 뒤에도 생각나지 않았는데, 동창회가 끝나고 다음날이 되니 그때서야 기억이 났습니다. 그 애는 제가 심하게 장난쳤었던 친구였습니다. 그리고 제 장난도 기억해 냈는데 너무 심한 것 같았습니다. 제가 생각해도 그건 심했어요. 그래서 왠지 미안해져서 어떻게 연락을 주고받다가 그의 집에 찾아 가게 됐습니다.

그는 이미 죽어있었습니다. 라는 결말은 없었습니다. 해외에서 일하는 모양입니다. 그래서 그의 어머니가 반겨주셨는데요, 그때 그의 방에 들어갈 기회가 생겼습니다. 그의 방은 깔끔하게 정리되어 있었습니다. 거기서 그가 초등학생일 때 작성했던 일기를 보았습니다. 아니 일기라고 할까, 표지는 깔끔했고, 서툰 글씨로 써진 글씨는 그가 초등학생이었음을 알려줍니다. 내용은 책을 보고 감상한 내용이거나 그가 만든 이야기라든가가 있었습니다. 그리고 이 이야기가 들어있었습니다. 잊어버렸던 일이지만, 그에게는 저는 정말 나쁜 사람이 되어있더군요. 좋았습니다. 그래서 이 이야기를 쓴 겁니다. 이 이야기를 하기 위해서.

나, S는 그때 정말 너에게 미안했다고 말하기 위해서. 정말 그때에는 몰랐지만 해바라기 네가 정말 힘들었다는 걸 이제는 알아버려서 미안하다고 말하기 위해서.

보통 앞에 쓰는 이야기지만 한번 여기에다가 써보도록 하겠습니다.

해바라기에게 이 책을 바칩니다. <끝>

-2

이렇게 끝났다면 얼마나 좋을까.

하지만 이건 소설이다. 허구의 이야기다. 현실과 다르다. 현실을 적자면.

나는 그렇게 공부를 잘한 편은 아니었다. 평균 3~40점대에, 음악은 바닥을 기었고, 미술은 기묘하게 90점 정도였다. 그림 그리는 걸 좋아했던 모양이다. 한 마디로 표현하자면 미술의 천재? 이 정도는 너무 심한 것 같다. 별로 기억하고 싶지도 않은 초등학교 생활을 묘사하기 위해 직접 내가 그렸던 그림을 찾아봤다. 초등학생치고는 꽤 잘 그린 그림이었다. 꽤 편향되어 보이지만.

내가 초등학생일 때 누나는 만화책을 많이 샀다. 화보집도 많이 사고, 디자이너가 되겠다고 언제나 말했었다. 지금은 미용사가 되었으니 어느 정도 꿈은 이룬 셈이다. 헤어디자이너가 되었으니. 아무튼 그때 사온 그림이나 만화를 집에서 보면서 따라 그리면서 시간을 보냈는데, 미술 성적이 이상하게 높은 것은 그 때문일 것이다.

주인공처럼 마음대로 살고 너그러운 부모님과 무관심한 선생님은 없었다. 오히려 잔소리 해대는 부모님과 너무 관심이 지대해서 교과서에 낙서하기만 해도 학교에 남기기까지 하는 선생님뿐이었다. 내가 커피를 싫어하는 이유도 이때 발생한 일 때문이다.

나중에 '자살커피사건'이라고 불리게 되는(내가 커피라고 놀림 받게 되는) 이 일은 이 소설과 유사하다. 카드를 커피로 바꾸면 된다. 나는 해바라기였고, S는 노내인이라고 하는 애였다. 그냥 S라고 하자. 나는 멋지고 고상하고 우아하게 독서를 한 게 아니라 교실 책상에 낙서를 했다. 그 일은 두 달 동안 이어졌다. 그 점이 다르다.

여기서 S에 대해 설명하자면 그 녀석은 흔히 말하는 '엄친아'였다. 돈도 많고, 성적도 좋고, 머리도 기막히게 좋았다. 그러고도 그가 범인인 게 들키는 경우는 없었다. 거의 없는 게 아니라 아예 들키지 않았다. 그 점이 그 녀석의 멋진 점이었다. 마지막 한 순간은 들켰지만.

그의 은밀한 장난을 폭로한 건 나다. 한 달 동안은 잠자코 있었지만, 두 달째가 되자 나는 참을 수가 없었다. 커피는 집에서도 먹지 말라고 하는데, 다른 아이들은 아무렇지도 않게 벌컥벌컥 마신다. 이건 꽤 굴욕이었으니까. 증거도 모으고, 그 애가 말하는 걸 낙서하는 척하면서 적어 놨다. 애초에 나는 그 놈이 싫었다. 보기만 해도 구역질이 치솟는 사악함은 느껴지지 않았지만, 그냥 싫었다. 지금 생각해 보려 해도 왜 싫어했는지는 잘 기억나지 않는다. 너무 오래전 기억이니까.

그런 걸 이용해 모두가 보는 앞에 그걸 폭로하자, S는 화를 내며 나를 때렸다. 모든 아이들이 보는 앞에서 때렸다. 아이들은 S를 이상하다는 듯 쳐다봤다. S는 화가 나서 울 것 같은 표정이었을 것이다. 자세히는 생각나지 않는다. 기억나는 건 나는 입속에서 쇠 맛이 느껴져도 통쾌하다는 생각에 웃으면서 맞았다는 것이다. 맞으면서 생글생글 웃는 아이라니. 지금 생각해도 담임 선생님이 S보다 나를 혼낸 건 마땅한 처사였다는 생각이 든다.

그런 식으로 S가 나쁜 사람이 되었다. 끝. 끝이다. 끝이었다. S가 끝났다. 이제 S가 나올 부분은 더 이상 없다. 왜 내가 S를 싫어했는지, 그 정도로 S가 사악했는지는 잘 모른다. 왜냐하면 S는 자살했기 때문이다. 내가 완전히 폭로한 날의 바로 다음날. 21층 아파트에서 뛰어내린 S의 사체가 발견

됐다. 그때 신문을 찾아보니 5.27.목요일. 너무 빨랐다. 초등학생이 설마 자살까지 하겠냐고, 겨우 이런 일로 죽겠냐고 생각이 들지만, 때론 현실이 소설보다 극적인 법이다. 지금에서야 그렇게 생각한다.

유서에는 평범하게 '학원가기 싫고, 내일 학교도 가기 싫고, 게임도 거의 끝났고 살기 싫다.'라고, 투정이 적혀있었다.

지금 들어 하는 생각이지만, 그깟 이유로 죽을 놈은 휴지통을 제때 비우지 않았다고 자살할 놈이며, 유통기한 지난 우유 먹었다고 자살할 놈이다. 하지만 그때는 그 게 아니었다. 자살 사건은 어떻게든 해결되었지만 반 아이들과 선생님은 그게 전부 나 때문이라고 생각했다. 선생님과는 어떻게든 오해를 풀었지만 남은 초등학교 생활동안 나는 아이들에게 '커피로 사람을 죽일 놈'이라는 등, '살인자'라는 등 욕을 들어야 했다. 우유 배급할 때도 내 우유는 커피우유로 바꿔서 줬고, 내 사물함 자리에는 커피가루를 마구 뿌렸다. 복도를 걷고 있으면 다 안 마신 커피 캔으로 머리를 맞혔다. 그래도 나는 별말을 할 수가 없었다. 나는 확실히 사람을 죽였으니까. 실제로는 아니더라도 그렇게 생각하니까.

정말 실수는 중학교였다. 그나마 먼 곳이라고 생각한 곳에 같은 초등학교 애들이 있어서 지옥 같은 날을 보냈다. 밥 먹을 때 국 받는 부분에 커피를 뿌리고, 하얀 와이셔츠에 커피를 뿌리고, 내가 물청소할 때는 내가 닦아야 할 부분에 보온병으로 커피를 데워 와선 따라다니면서 뿌리고……. 열거하면 얼마나 많은지 모른다. 다행히 중학교 중반쯤 이사를 가게 되면서 겨우 나는 커피에 대해서 잊고 살 수 있게 되었다.

전학 온 중학교에서 나는 최초로 인간관계를 맺었다고 생각한다. 그때부터 영화를 보기 시작했다. 이제 그림보다는 그림을 통해서 전달되는 이야기가 중요하게 느껴졌다. 그런 이유로, 그래서 나는 이 이야기를 쓴 것이다. 진짜 동기를 밝히자면 0이 맞다. 나는 S가 아닐 뿐만 아니라 남을 괴롭히는 걸 별로 좋아하지 않는다. 이 이야기를 쓰게 되어 기뻤다. 내가 더 이상 쓸 이야기는 없다. 여기까지 읽어주어 감사하다.

아버지, 진지 드셨습니까?

'들들들 덜덜덜 탕 탕 탕'

시끄러운 소리에 눈이 떠진다. 짜증이 확 밀려온다. 막 고등학교를 졸업한 스무 살의 아침잠이란 것은, 지난 수년간의 학업에 지친 몸을 눕혀 쉬이고 개운하게 깨야 마땅하거늘, 저놈의 가스관 공사는 왜 1분 1초가 아쉬운 내 잠을 이렇게 설치게 만드는 것인가? 아니 애초에 왜 가스관 공사를 이 아침에 하는 거지? 찐덕찐덕한 머리를 짜증스레 긁으며 시계를 보니 이미 세시가 넘었다. 아침이 아니었구나… 머리가 간질간질한 게 감으러 화장실로 향한다.

누리끼리한 화장실 전구 아래 거울에 수염이 검게 자란 험악한 산적 얼굴이 꼴 보기 싫게 비친다. 대충 옷을 벗어던지고 비누 거품에 비적비적 두피를 긁고 있는데 문득 수능 생각이 난다. 짜증이 솟구친다. 믿을지는 모르겠지만 나는 공부를 좀 하던 편이었다. 초등학교 때는 전교 1등을 놓진 적이 없고, 중학교 때도 평균 90점 이상은 꼬박꼬박 맞아왔다. 문제는 고등학교 때부터였다. 어째 학교생활은 남녀 공학 고등학교의 낭만으로 즐겁기만 한데 점수 그래프는 어찌 그리도 예의가 바른지 시험을 치면 칠수록 매번 고개를 더 낮게 숙이곤 했다.

그래도 초등 6년 중등 3년 도합 9년을 상위권에 살았던 나라서, 자존심은 있지 대학이라도 잘 가보려고 수시다 논술이다 정시다 이것저것 들쑤시고 다니다가 결국 하나도 제대로 챙기지 못한 채 이 사단이 나버렸다. 결국 유명한 대학은커녕 한 번쯤 이름이라도 들어본 대학에라도 가기 위해 복잡한 전략을 짰고, 입시 관련 종사자들이나 알 법한 대학에 겨우겨우 지원서를 넣을 수 있었다. 지난 12년간 나는 학생이었지만 대학 합격 여부는 이미 상관없었다. 더 이상 공부 할 필요성도 느끼지 못하고 하고 싶지도 않다. 그렇다고 가슴 콩닥이는 다른 뭔가가 있는 것도 아니고, 그저 하루하루 아까운 청춘을 보내는 내 자신을 보며 신세한탄뿐.

인서울 대학에 합격해 열심히 공부하면서 까리한 캠퍼스 라이프를 즐길 줄 알았던 나의 이십대의 시작은, 이름 들어보기도 힘든 대학을 위해 미리 가서 적응한다는 핑계로 정든 도시 고향을 떠나 시골구석으로 내려왔고 이제부터는 등록금을 걱정해야할 판이다. 이럴 바엔 대학을 왜 다니나 하는 생각이 들기 시작, 지난 고등학교 생활이 통째로 후회 덩어리가 되어 머릿속이 복잡해지길 여러 번⋯ 어차피 이런 고민 해봤자 컴컴한 미래는 그대로라는 걸 깨닫고 한숨이 푹 새어나온다.

정신이 말똥말똥하다. 어제 새벽 4시에 잠이 들어 오후 3시에 일어났으니 11시간이나 잠을 잔 셈이다. 거실 방바닥에 철퍼덕 하고 누워있는데 발치에서 '카톡' 소리가 난다. 뭐지, 누가 게임이라도 보냈나 보다. 무시하자. 여성부가 그러는데 게임은 마약이라더라. '카톡 카톡 카톡⋯⋯' 계속 울려댄다. 게임은 아닌 것 같고, 채팅방에 초대라도 됐나 보다. 수능 전날 선배님들 응원한답시고 알지도 못하는 후배들이 3학년을 단체로 채팅방에 소환해놓고 테러한 날 이후로는 처음이다. 간만에 온 연락이 무슨 일인지 궁금해진다. 발가락으로 스윽 밀어 가져와 확인한다. 아빠?

'qkqdms ajrdjTsi'
1분 뒤 다시 메시지가 날아온다.

'밥은 먹었냐?'

한글/영어 변환키를 안 눌렀나보다. 그보다 저 짧은 걸 치는데 1분이나 걸린 거야? '나 일나가요.' 짧게 대답하고 가장 싼 요금제의 부족한 용량이나 아낄 겸 데이터를 끈다. 먹긴 뭘 먹어. 지금 남은 통장잔고는 362원. 밥은커녕 편의점 가서 쿨피스도 못 사먹는다. 시계를 보니 오후 3시 30분. 일 나가기엔 이미 늦었다는 사실.

밖에 나와 보니 하늘이 소름끼치도록 시퍼래서 부담스럽기까지 한 게 기분이 좋지가 않다. 차디찬 공기가 츄리닝을 뚫고 들어온다. 추위를 막기 위해 목을 움츠리며 인력사무소행 버스정류장으로 부지런히 걸어간다. 인력사무소에서는 기술직, 청소부와 같이 많은 일감들을 소개해주지만 지금 내가 원하는 것은 공사장 일용직. 그래, 그 유명한 '노가다'다. 저번에 운이 좋게 대기업 건설 노가다일을 얻어서 해봤다. S사나 H사 같은 대기업은 페이는 가장 싸지만 노동법도 철저하게 지키고 상대적으로 안전하다. 아침부터 오후까지 일하면 식대포함 8만원 약간 안 되는 정도. 교통비, 인력사무소 수수료, 고용보험비 다 떼면 대략 7만원 조금 안되게 남는다. 오래 하면 심신이 혹사해서 술값, 병원값 나가서 본전이라고들 하지만 어쨌든 나는 젊으니까. 그때 '형님'들은 젊은 놈이 여기서 뭐하냐며 기술이라도 배우라 핀잔을 주면서도 또 많이 귀여워 해주셨다. 생초짜라 안전화도 안 가져온 나에게 낡긴 했지만 안전화도 주셨다. 오른쪽 밑창이 많이 닳았으니 빨리 바꾸라하던 좋은 분들이었는데 다시 볼 수 있을까?

인력사무소에 도착하니 이미 시간은 4시쯤. 원래라면 3시에 일어난 순간 이미 정상적인 일은 포기해야하지만, 한 가지 좋은 생각이 났다. '야간 단타'이다. 지금부터 못해도 6시까지는 기다려야 야간 일이 떨어질까 말까다. 현장에서 일하시는 분들이 워낙 40,50대 형님들이시다 보니 체력 관리하시느라 야간 권유를 거절하면 야간 인력을 충원하기 위해 인력사무소로 연락이 온다. 오늘은 그걸 노리는 거다. 야간 일이 걸리기만 하면 저녁 먹고 7시쯤부터 10시 정도까지 일하고 7-8만원을 챙긴다. 짭짤하다. 물론 인력사무소까지 연락이 오는 경우는 흔하지 않다. 인력사무소에서 연락받고 나가도 야간 일은 현장에서 아침부터 일했던 사람 우선으로 뽑는 아주 까다로운 일이다. 그래서 초짜들은 대부분 사무소에서 기다리다 지쳐 나가버리지만 나는 '어차피 할 일도 없는데 여기서 죽치고 앉아 있을거다'라고 얼굴에 붙여놓은 범상치 않은 초짜다. 오늘 일을 못하면 내일 삶이 팍팍해진다. 아니 이미 팍팍한가? 얼굴에 주름이 깊게 패인 형님들이 나를 측은하게 바라본다.

오늘은 운이 좋았다. 야간 일이 젊은 내게까지 아슬아슬하게 떨어졌다. 현장에서 양보해주신 '형님'들께 심심한 감사를 드린다. 밥이야 대충 때우고 현장에 도착하니 6시 40분쯤이다. 설렁설렁 작업복으로 갈아입고 물려받은 안전화, 안전모, 안전고리를 입는다. 좋아 이제 젊음의 패기를 보여주지. 오늘 내가 할 일은……

"야간으로 새로 오신 분들은 상부 일 좀 해주세요"

아, 상부…… 네? 상부요? 내가 야간에 급하게 투입된 건 다 이유가 있어서였다. 지금부터 내가 해야 하는 일은 동바리(콘크리트가 소정의 강도를 얻기까지 고정하는 지지대)를 세우기 위해 5미터 위에 올라가서 어깨 넓이의 공간에 의지해서 제일 상부에 멍에(길고 네모난 1~3m의 쇳덩이)를 올려놓는 일이다. 공사의 기본 지지대가 되는 필수적인 작업이지만 야간에 하기엔 너무 위험하다. 건설사가 그 작업을 야간에 시킬 리가 없는데? 그 순간 전 작업장에서 만났던 형님이 해주신 이야기가 기억났다.

'작은 군읍면 단위 건설사가 운 좋게 대규모 프로젝트를 따내서 대규모 공사를 하는 때가 있는데 이런 곳은 안전장비도 없이 위험한 곳 오르고 쇠파이프 나르고 고생이란 고생은 다 하는 위험한 곳이야. 이런 곳은 무조건 피해, 아니 그냥 노가다판은 이번 일로 떠나라 젊은 놈은 이런 데에 오

래 있으면 안 돼야.'

식은땀이 흐른다. 대기업의 마크, 하다못해 그 하청이라는 마크라도 찾기 위해 고개를 두리번거린다. 아무래도 안 보인다. 불안해지기 시작한다. 저쪽 구석에 흙먼지 묻은 가림막이 보인다. 햇빛에 바랜 흐릿하게 지워진 글자가 공사장 조명에 밝고, 뚜렷하게 읽힌다.

'매화건설'

망했다. 올라가보니 쇠파이프가 몇 개가 붙어 있다. 이제부터 저 가는 쇳덩이에 의지해 무거운 멍에를 옮겨야 하는 것이다. 오늘 야간 일 양보하신 '형님'들께 드렸던 심심한 감사는 취소다. 내가 심심한 감사를 드렸던 '형님'들도 살자고 야간을 뺀 거다. 아무리 노가다 판이라도 이 정도로 악재가 겹치긴 쉽지 않다. 야간, 안전규범을 무시하는 소규모 건설사, 떨어지면 최소 중상이라는 동바리 상부작업, 차디찬 밤바람. 욕이 치민다. 그래 페이를 생각하자 페이를. 3시간 정도만 버티면 7만원이다. 시급으로 따지면 2만 3천원. 최소시급 3배가 넘는다. 옆에 남아 계신 '형님'도 두머리(이틀치) 준다길래 남았다니깐. 그래, 건설사도 생각이 있을 거다. 돈을 생각하니 마음이 좀 가벼워진다. 무거운 멍에를 나른다. 묵직하다. 건설사에서 라이트를 켜지만 썩 밝진 않다. 바로 발아래 파이프에 콘크리트가 묻은 게 보이는 수준이다. 분명 저 어둠 아래엔 철근으로 된 기자재들이 위험하게 깔려있겠지. 발아래에 집중한다. 집중이 풀리는 순간 진짜로 훅 간다. 중간쯤 왔을까? 한 걸음을 내딛고, 그 다음 걸음을 위해 발을 든다. 소름이 돋는다. 차디찬 밤바람이 내 몸을 살짝 민다. 파이프로 내딛은 오른쪽 안전화가 미끄러진다. 갑자기 세상이 위로 치솟는다. 그 순간 품속에서 '카톡' 하는 소리가 들린다. 그 소리에 정신이 든다. 이미 몸은 떨어지고 있다. 팔을 뻗어 밟고 있던 파이프를 손으로 잡는다. 멍에가 떨어진다. 온몸의 관성이 충격이 되어 팔로 전해진다. 아래에서 '캉!'하고 쇳덩이와 쇳덩이가 부딪히는 소리가 난다. 품에서는 계속 '카톡, 카톡'하며 밀린 메시지가 밀고 들어온다. 아래에서 웅성웅성 대는 소리가 커진다. 사람들이 몰려든다.

그 길로 야간작업 반장한테 쫓겨났다. 보험금은 못 받았다. 뚜렷한 사고가 발생해야 받을까 싶지 나같이 큰일 날 '뻔'의 경우는 이 마당에서는 비일비재하니 바라는 것 자체가 욕심이지 싶다. 보상은커녕 오히려 '제발 인력사무소로 연락이 가지 않아야 할 텐데.'하고 바라고 있다. 그쪽으로 연락이 가면 앞으로 일 얻기 쉽지 않을 거다. 작업장에서 빠져나오며 밤하늘을 본다. 주황색 가로등 불빛이 번지며 별빛을 지워 밝은 검은색 빛을 띠고 있다.

작업장 앞 정류장에 도착한 버스에 오른다.

"삑, 잔액이 부족합니다."

버스가 떠난다.

정류장에 쪼그려 앉는다. 초등학교 때 전교 일등이었던 나는 노가다는 게임할 때나 쓰는 말인 줄 알았다. 노가다를 시작할 때 부모님이 위험하니 차라리 호프집 알바를 하라며 만류하길래 바짝 긴장하고 첫 작업을 나갔던 기억이 있다. 그런데 한번 해보니 '할 만하네' 싶었던 걸까? 나는 오늘 진짜로 죽을 뻔 했다. 그때 카톡만 아니었으면 그대로 떨어졌을 거다. 맞아, 카톡… 분명 나는 데이터를 껐는데? 휴대폰을 꺼내 상단바를 확인한다. 길 건너 편의점의 통신사 와이파이가 아슬아슬하게 신호를 유지하고 있다. 심장이 덜컥한다. 망에 접속이 되었더라도 누군가 메시지를 보내지 않았으면 큰일 났을 것이다. 추위에 바들바들 떨리는 손으로 카톡 아이콘을 누른다. 카톡 보낸 사람은 아빠였다.

5:32 밥은 먹었나

6:12 밥은 먹었나

6:51 밥은 먹었나

7:21 밥은 먹었나

8:11 밥은 먹었나

웃음이 배직배직 새어나온다. 생각해보면 어릴 때 아버지가 밥을 해주셨던 적이 있다. 어머니가 편찮으실 때 간혹도 그냥 간혹이 아니라 정말, 정말, 간혹이었지만, 아버지가 해주는 밥은 더럽게 맛이 없었다. 그때마다 아버지가 말하셨다. '다 먹고 살자고 하는 짓인데 밥은 먹어야지.' 아버지께 전화 드려야겠다. 그런데 번호가 뭐더라. 전화 아이콘으로 가던 손가락으로 카톡을 누르고 아버지 채팅방을 연다.

"아버지 진지 드셨습니까?"

메시지 창 옆에 1이 사라진다.

아버지의 국수가게

나는 오늘도 가게 문을 밀고 들어갔다. 문 꼭대기에 달린 종이 '딸랑' 하고 짧게 울렸다. 문에 붙여진 종이에는 '당기세요.'라고 쓰여 있었지만 나는 고집스럽게 문을 온몸으로 밀며 들어갔다. 문을 열자 국수 냄새가 혹 끼쳤다. 모든 게 마음에 들지 않았다.

"나 왔어!"

큰 소리로 외치자 뿌연 김이 뭉게뭉게 피어나는 커다란 솥 뒤에서 아빠 의 목소리가 들렸다.

"어, 왔어?"

나는 대답도 하지 않고 이층에 있는 우리 집으로 계단을 쿵쿵 올라갔다.

우리 집은 국수가게를 한다. 다른 가게처럼 떡볶이나 김밥 같은 것도 팔 지 않고 오직 잔치국수 한 가지만 파는 국수가게. 그래서 우리 가게에는 메뉴판도 없다. 하지만 손님은 많다. 끼니 시간이 되면 가게는 여지없이 북적거리고 손님이 많이 없는 시간인 3~4시쯤에도 두세 개 테이블에는 꼭 손님들이 있다. 우리 가게는 반찬과 물도 셀프다. 괜한 서빙을 하느라 드는 시간과 힘은 최대한 아끼겠다는 아빠의 철학이기도 하다. 하지만 유 일하게 아빠의 그 철학이 비껴가는 사람들이 있다. 노인들. 아빠는 노인들 이 오면 몇 개 없는 물병에 물을 채워 탁자에 올려놓고 컵에 물도 따라 준다. 아마 몇 년 전 할머니 한 분이 물을 따르다가 컵을 깨고 난 후부터인 것 같다. 노인들은 아빠의 그런 행동을 당연하다는 듯이 받아들이시곤 한다.

노인들은 대부분 어중간한 시간에 혼자서 와서는 국수 한 그릇을 시켜서 오래오래 드신다. 그리고 대부분 다 드시고도 얼른 일어나지 않고 아빠와 한참씩이나 이야기를 하시기도 한다. 아빠는 그런 손님들 때문에 잠깐 쉬는 시간도 빼앗기면서 항상 웃는다. 한 번은 내가 저런 손님은 안 왔으면 좋겠다고 말했다가 아빠에게 크게 혼난 적도 있다. 아빠에겐 뭔가 남들과 다른 점이 있는 것 같다.

아빠는 손도 크다. 국수를 담을 때도 덥석덥석, 고명에 들어간 고기도 많이씩 담는다. 손님들은 그런 우리 가게를 근 10년 동안 꾸준히 찾아오고 있다. 나도 처음에는 소신 있고 정 많은 장사를 하는 우리 아빠를 존경했다. 내가 나중에 이 가게를 하게 되면 꼭 아빠처럼 장사를 하고 싶다는 생각을 어렸을 때부터 무의식적으로 키워왔었다. 하지만 내가 13살이던 어느 날, 그 생각은 뚝 멈춰버렸다.

그날 밤늦게까지 야근을 하게 된 엄마를 기다리며 아빠와 나는 텔레비전 다큐를 보고 있었다. 5대째 냉면집을 하는 가족에 관한 이야기였던 것 같다. 그때 냉면집 인테리어가 맘에 들지 않았던 초등학교 6학년이었던 나는 과자를 우물거리며 아빠에게

"아빠, 나는 나중에 국수가게 물려받으면 벽 분홍색으로 칠할 거야!"

라며 나의 당찬 포부를 밝혔다. 그 말에 돌아온 대답은

"나는 너한테 가게를 물려줄 생각이 없다."

였다. 뜻밖에 날아온 말에 당황한 나는 더듬거리며 '나는 외동딸이니 다른 사람에게 물려줄 수도 없지 않냐'며 아빠에게 따져보았고 아빠는

"너는 음식장사를 하기에는 너무 똑똑해."

라고 말씀하셨다.

나는 내가 너무 잘나서 장사보다는 다른 쪽으로 성공하기를 바라시는 줄 알고 의기양양해서는 아빠에게

"똑똑하니까 장사를 더 잘할 수 있잖아요? 나는 이 가게를 아주 크게 성공시킬 거예요."

라고 말했다.

그런데 아빠의 다음 말은 잘난 척하던 나를 무척이나 무안하게 만들었다.

"음식 장사하는 사람은 약아서는 안 돼."

나는 되물었다.

"왜요?"

"배려심은 스스로 깨우쳐야 하는 거야."

아빠는 알쏭달쏭한 말로 나를 서운하게 하고 있었다. 아빠가 한 말의 의미를 생각해 봤지만 알 수가 없었다. 그 이후부터 나와 아빠와의 사이에는 뭔가 알 수 없는 거리감이 들었고 그것은 시간이 지날수록 나에게 건널 수 없는 넓은 강 같은 것이 되고 있었다.

그 뒤로 나는 아빠와의 대화가 부쩍 줄었고, 학교에서 돌아와도 별다른 대화 없이 바로 내 방으로 들어가 버리는 일상이 반복되었다. 가끔씩 '스스로 깨우치지 못한' 나를 안타깝게 바라보는 아빠의 시선이 등 뒤로 느껴질 때가 있었지만 그럴수록 나는 더 마음의 문을 닫았다.

가방을 침대에 던져두고 핸드폰을 켜려는데 오늘따라 방안에 놓인 화분이 눈에 들어왔다. 평소에는 신경도 쓰지 않던 꽃까지 오늘처럼 짜증스러운 날에는 신경질이 났다. 알스트로메리아. 2~3년 전에 아빠가 생일선물로 사다준 꽃이다. 꽃말은 배려. 생일 선물로 '배려'라는 아주 기분 좋은 꽃말을 가진 꽃을 받은 나는 부아가 치밀었다. 확 꺾어 뽑아버리려는데 그대로 꺾어 버리기에는 꽃이 너무 예뻤다. 멈칫 하다가 좀 더 두고 보자는

심정으로 일단 놔둔 게 벌써 화분갈이를 몇 번 했는지 모른다.

그날을 생각하며 멍하니 앉아있던 나는 생각해보니 지금까지 아빠는 나에게 수도 없이 '배려'를 강조했음을 문득 느끼게 되었다. 아빠의 삶의 철학은 배려인 것인가? 그리고 그 철학을 딸이 이해하지 못하자 돌연 가게를 물려주지 않기로 결정한 것일까? 거기까지 생각이 미치자 한숨이 나왔다. 그냥 스마트폰으로 관심을 돌렸다.

오늘따라 자려고 침대에 누워서도 잠이 오질 않았다. 예전에도 내가 친구들하고 있을 때 하나 남은 과자를 집어 먹으려 하자 아빠는 친구들이 가고 난 뒤 나를 타이르며 배려를 가르쳤다. 내가 텅텅 빈 버스에서 가장 먼저 보인 노약자석에 앉으려고 하면 아빠는 나에게 배려를 이야기했다. 학교에서 돌아와 신발을 벗을 때에도 늦게 들어오는 엄마를 배려해 신발을 정리해야 한다고 이야기했었다. 지금까지 그냥 무심코 넘겼었던 아빠의 말들이 하나같이 배려를 논하고 있었다는 것을 알게 되었다. 배려. 아빠의 신념은 배려인 것이 확실하다. 그리고 나는 배려를 할 줄 모르는 아이이고 말이다. 눈물이 차올랐다. 그냥 대놓고 이야기해 주면 차라리 태도를 고치려고 노력해보았을 텐데, 그렇게 상처를 주면서까지 나를 대한 건 어떤 이유에서였을까?

오늘은 역사 쪽지 시험이 있는 날이다. 저녁 내내 시험범위를 읽고 또 읽었지만 마음이 콩밭에 가 있어서 그런지 머리에 잘 들어오지 않아 걱정이 되었다. 그러나 여지없이 시험시간은 찾아왔고 책상에 고개를 숙이고 시험지를 받아들었다. 일단 아는 답부터 써내려가자 생각보다 맞출 수 있는 문제가 많았다. 안도의 한숨을 내쉬며 무심코 고개를 쳐들었다가 한 아이와 눈이 마주쳤다. 오늘따라 자기가 전교 1등이라도 되는 듯 누가 자기 답안지를 훔쳐보지는 않나 미어캣처럼 수시로 주위를 경계하던 아이였다. 눈이 마주치자마자 갑자기 그 아이가 사색이 되더니 소리쳤다.

"너 지금 뭐하는 거야?"

아이들이 일제히 고개를 돌려 나를 보았고, 교탁에서 감독을 하시던 선생님은 고개를 번쩍 쳐들었다. 나는 절대 아니라며 손사래를 쳤지만 선생님은 놀란 눈을 하며 입을 앙다물었다.

나의 주장에도 불구하고 쪽지 시험이 끝난 뒤 나는 교무실행이었다. 참담했다. 울고불고 시험지까지 들이밀며 결백을 주장하는 나에게 선생님은 동정과 의심이 반반 섞인 눈빛을 보냈다. 아빠에게도 모자라 선생님에게도 내가 신뢰 따위는 없는 사람이라는 것을 알게 된 나는 더욱 서럽게 울었다. 더욱더 절망적인 것은 내가 컨닝을 했건 안 했건 선생님이 부모님한테 이 사실을 알려야 한다는 것이었다.

그렇게 되면 엄마는 요즘 회사가 바빠 집에 있는 시간이 거의 없으니 아빠가 학교로 올 것이다. 아빠에게 이 사건을 알리는 것은 이미 6학년 때의 그날 무너져 내렸으리라 생각되는 내 신뢰—신뢰가 없으니 나에게 배려심이 없다고 이야기 했겠지—를 아예 태워버리는 행위였다. 죽자고 달려드는 나를 눈 하나 깜짝하지 않고 무시한 뒤 담임은 아빠에게 전화를 걸었다. 얼마 지나지 않아 가게는 어떻게 하고 왔는지 아빠가 헐레벌떡 달려왔다. 그러나 놀랍게도 아빠의 놀라고 당황스러운 표정은 선생님의 이야기를 들을수록 차츰 편안하고 침착해졌다.

"그럴 애가 아니라는 건 알고 있는데 그래도 당한 학생이 그렇게 강력하게 이야기를 하니까요."라며 잠재적으로 나를 가해자로 몰아가는 담임의 마지막 말을 듣고 나자 아빠는 담담하게 이렇게 말했다.

"저와 집사람은 아이를 그렇게 키우지 않았습니다. 한쪽 입장만을 들으시고 아이를 혼내시는 건 지나친 처사가 아니십니까? 선생님은 그 장면을 목격하셨습니까?"

그 말을 듣자 선생님은 말을 더듬기 시작했다. 그렇게 그 일은 일단락되어 나는 풀려났고 눈물 콧물 다 빼고 지쳐버린 나는 조퇴서를 던지듯 내고서는 아빠와 귀가했다.

아빠도 나도 아무 말이 없었다. 그렇게 가게에 점점 가까워지자 내 책가방을 한쪽 팔에 들쳐 매고 걸어가던 아빠가 먼저 말을 건넸다.

"컨닝 안 했지?"

나는 아무 말도 하지 않으려다가 나의 결백은 아빠가 알아야 할 것 같아서 간신히 '어'라고 대답했다. 대답하면서도 억울함이 밀려왔다. 이층으로 올라가려는데 아빠가 나를 보며 나지막이 말했다.

"신뢰도 배려와 함께 만들어지는 거야"

아무 말도 하지 못하고 멍하니 서 있는 나를 두고 아빠는 서둘러 부엌으로 뛰어갔다. 터벅터벅 내 방으로 올라가 침대에 멍하니 앉아 피곤했던 하루를 되짚어보았다.

그렇게 담임 선생님과 이야기를 하고도 다시 한 번 확인하는 건 나를 정말 못 믿는 걸까 하는 마음이 들면서도 선생님 앞에서 그렇게 당당하게 이야기한 건 그래도 나를 믿기 때문이 아닐까 하는 생각이 들었다. 배려가 신뢰와 만들어지는 거라니, 그럼 내가 배려가 생겼다는 말일까? 머리가 복잡했다. 하지만 다시 내려가서 그게 무슨 의미냐고 되물을 수는 없었다. 아빠를 위해서가 아니라 나를 위해서였다.

내가 또다시 무슨 말을 들을지 알 수 없었기 때문에, 무슨 혼란에 빠지고 무슨 상처를 받을지 알 수 없었기 때문이다. 내가 머리가 복잡하든 말든 화분의 꽃은 가만히 서서 조용히 나를 바라보는 듯 했다. 자기 꽃말이 배려라는 것을 강조하기라도 하는 듯.

그 사건 이후 나는 13살 때부터 굳어져 있던 아빠를 향한 분노에 조금씩 회의감이 들기 시작했다. 나에게는 가게를 물려받고 말고가 중요한 것이 아니었다. 나에 대한 아빠의 판단이 나의 삶을 결정했다. 아빠가 선생님에게 그렇게 이야기 해준 건, 그래도 나를 믿는다는 거겠지 하는 마음이 한구석에서 피어오르려고 했다.

학교에서 끝나자마자 인사도 하지 않고 방으로 뛰쳐 올라갔다. 화가 나고 기분이 바닥을 치고 있었다. 아빠가 무슨 일 있냐며 올려다보았지만 들은 체도 하지 않았다.

오늘의 마지막 수업이었던 체육 시간이었다. 수행평가로 조별 달리기를 하게 되었다. 5~6명이 100m 달리기를 해서 1등 2등으로 순서를 매긴 뒤 점수를 주는 것이다. 우리 조에는 체육에 뛰어난 여자아이가 있었기 때문에 모두 일등은 바라지도 않고 있었다. 달리기를 그렇게 잘하는 편은 아니었지만 꼴찌를 도맡아 할 만큼 느리지는 않았기 때문에 편안한 마음으로 준비 자세를 취했다. 호루라기 소리가 들리고 앞으로 한참 달려 나가고 있는데 아이들의 놀란 목소리가 들렸다. 무심코 뒤를 돌아보니 체육에 뛰어난 그 여자아이가 넘어져 무릎에 피를 흘리고 있었다.

나는 무심코 계속 달리고 있었다. 그러나 순간적으로 배려를 이야기하던 아빠의 얼굴이 스쳐지나갔고 그 짧은 시간동안 나는 어쩌면 이번이 나 자신을 바꿀 마지막 기회일지도 모른다는 생각을 했다. 나는 그대로 뒤로 돌아 그 아이를 부축하기 위해 달려갔다. 아이들의 놀람과 환호를 들으며 배려를 실천하는 것이 꽤나 기분 좋은 일이라는 생각이 들어 뿌듯해지려 하는 찰나였다. 하지만 정작 그 아이는 내 손길을 차갑게 거부했다. 그 아이의 눈에서는 눈물이 흐르고 있었지만 강한 자존심은 다른 사람의 배려를 철저히 밀어내고 있었다. 나는 이루 말할 수 없이 당황했다. 나는 그저 아빠의 신념을 지키는 딸이 되고 싶었고 그래서 이제라도 아빠의 눈에 들고 싶어서 나를 바꾸려 했다. 그렇지만 나의 배려는 철저히 거부당했고 나는 가식적이고 잘난 체 하는 인간이 되어버린 듯 했다. 잠시 뒤 체육선생님이 달려와 그 아이를 보건실로 부축해 갔고 나는 그 자리에 우뚝 서서 아무것도 할 수 없었다.

내가 두 번 다시 배려를 실천할 수 있을지 의문이었다. 나의 선한 의도는 무시당했다. 그러나 배려를 실천하지 않는다면 아빠는 나를 계속 실망스런 아이로 보겠지. 나는 머릿속으로 그 장면을 셀 수 없이 돌려보며 그때의 감정을 곱씹었다. 다른 사람 같았으면 그냥 기분 나쁘다 하고 넘길 일을 이렇게까지 해야 하는 내가 싫었다.

배려. 그 아이는 배려를 거절했다. 나는 의사를 묻지 않고 그 아이를 도와주려 했고 그 아이는 그것을 거절했다. 나는 원치 않은 배려를 행한 셈이었다. 상대방이 원하지 않은 배려를 행하려고 한 나에게도 잘못이 없진 않다는 생각이 들기 시작하자 뭔가 안개가 조금씩 걷히는 느낌이 들었다. 지금까지 내가 살면서 자랑스럽게 여겼던 행동들, 스스로 뿌듯함을 느꼈던 배려들이 결국은 남이 아니라 나를 위해 행한 것들이라는 생각이 들었고 나는 처음으로 그날 밤 아빠의 말을 조금 이해하게 되었다.

이래저래 피곤한 한 주가 지나가고 있었다. 쉴 새 없이 사건이 터지고 혼란스러웠다. 하지만 그런 일들이 일어날수록 뭔가 아빠가 이야기 했던 배려가 아주 멀리 있는 이야기만은 아니라는 생각이 들고 있었다. 4년 만의 변화일까? 나는 혼란스러울 때마다 화분에 담긴 꽃을 보았고 조금씩 마음이 진정되는 것을 느꼈다.

월요일까지 안내장에 부모님의 도장을 받아놓아야 했다. 항상 도장이 있던 거실 탁자를 보았지만 웬일인지 그곳에 없었다. 도장을 찾아줄 사람이 필요했지만 간만에 하루 휴가를 얻어 안방에서 편히 자고 있는 엄마를 깨울 수는 없었다. 할 수 없이 나는 아래층으로 내려가 바쁘게 육수를 붓고 있는 아빠를 불렀다.

"아빠! 도장 어디 있어?"

"거실 에어컨 옆 서랍에!"

나는 다시 2층으로 올라가 서랍을 열었다. 아마 저번 보험 가입 때 엄마랑 아빠가 도장을 잃어버리고 난 뒤 서랍에 잘 간수하기로 다짐한 모양이었다. 도장을 꺼내 인주를 묻혀 찍고 다시 넣어놓으려는데 옆에 못 보던 봉투가 하나 보였다. 볼까 말까 망설이다가 '뭐 어때'하는 마음으로 꺼내 보았다. 봉투를 열자 접힌 종이는 다름 아닌 아빠의 유서였다. 미래를 철저히 대비하는 꼼꼼한 아빠 성격에 이런 유서가 없을 리 없었다. 요즘에는 미리미리 유서를 써 놓는 사람들이 많다며, 찜찜하다는 엄마의 잔소리를 뒤로 한 채 혹시라도 무슨 일이 생길 때를 대비해 한 7~8년 전에 써 놓았던 것이다. 그 당시에 내용을 보지 못했던 나는 호기심과 두근거림으로 종이를 펼쳤다. 막상 읽어보니 그렇게 심각한 내용이 없어 약간 실망하고 있던 나는 이윽고 믿을 수 없는 내용을 발견하고 말았다.

'사망 시 가게는 딸에게 물려준다. 단, 딸이 스스로 자질을 기를 때까지 비밀로 한다.'

그 뒤의 다른 내용들은 더 이상 눈에 들어오지 않았다. 덜덜 떨리는 손으로 간신히 유서를 봉투에 넣어 서랍을 닫고 나는 한동안 아무 것도 할 수 없었다. 가게를 나한테 물려준다고 쓰여 있다. 그건 아빠가 나를 믿는다는 뜻이었다. 나는 아닌 줄 알았다. 아빠가 나를 믿지 못하는 줄 알았다. 왜냐하면 4년 전에 아빠가 그렇게 말했으니까. 하지만 그건, 내가 아직 스스로 깨닫지 못했다는 것일 뿐, 나에 대한 불신이 아니었다. 아빠는 내가, 스스로 '배려'라는 자질을 기를 때까지 기다리고 싶었던 것이다. 그리고 아빠는 나에게 그런 마음을 어려운 문제의 힌트처럼 툭툭 던져 주곤 했다. 아빠가 생각하기에 장사에 가장 중요한 성품이라고 생각되는 바로 그 '배려'를 깨우치라고 말이다. 그리고 신기하게도 나는 요즘 점점 '배려'에 대해 깨달아가고 있는 중이었다.

가슴에서 벅차오름과 함께 그동안 느꼈던 서러움과 응어리가 눈물이 되어 터져 나왔다. 오해는 더 큰 오해를 불러일으켰고 나는 스스로에게 상처를 주며 살아왔다. 하지만 그 시간들이 이제는 나에게 충분한 의미가 있게 느껴진다. 이제 더 이상, 아빠를 실망시키고 싶지 않았다.

계단을 내려갔다. 아빠가 부엌에서 그릇에 육수를 붓고 있는 모습이 보였다. 아빠에게 다가가려던 그때 종이 딸랑 울리고 문이 열리더니 노인 한 분이 들어왔다. 그 노인은 걷는 것과 문을 여는 것이 꽤나 힘겨워보였다. 아빠는 컵이 깨지는 것이 아까워서가 아니라 노인들이 떨리는 손으로 물병을 드는 것이 힘이 들까봐 물을 따라놓는 것이었다. 그 모습을 본 나는 숨을 고르고 걸음을 돌려 탁자로 다가갔다. 빈 탁자에 물병을 올려놓고 물도 따라 놓았다. 아빠가 늘 하던 것처럼 말이다. 노인은 자연스럽게 그 자리에 앉아 물을 마셨고, 한쪽에서 그런 나를 바라보며 미소 짓는 아빠가 보였다.

박제된 거리

그러니까 말이다. 3년 조금 더 전에 3차 세계대전이 발발했단다. 겨우 일주일의 전쟁이었지만 사망자는 전 인류의 80%를 맴돌았지. 음 너무 어렵니? 10명 중에 8명이 죽었다고 보면 된단다. 사람들은 너무 놀라서 일제히 총과 폭탄을 내려놓고 평화협약을 맺었지. 협약의 일면에는 인류학자가 쏘아붙인 유언과도 같은 말이 숨어있었단다.

"2000년의 인류역사가 곧 휴지쪼가리가 되겠군! 거참 보기 좋은 일일세 그려!"

인류학자는 거칠게 쏘아붙이고 평화협약을 맺고 있던 회의장 밖으로 달려 나가다가 미처 제거하지 못한 지뢰를 밟고 죽어버렸어.

그가 사라지고 사람들 앞에 놓인 제일 큰 문제는 건물의 잔해, 사람들의 시체, 부서진 무기로 뒤덮인 지구였지. 대표자로 뽑힌 한 장교가 나를 찾아왔어.

"조지, 자네 쓰레기를 처리할 뭔가를 만들어야겠네."

"뭘 말씀하시는 겁니까?"

"그러니까 쓰레기를 흔적도 없이 처리할 뭔가 말일세!"

이리저리 종횡하던 장교는 이내 탁자 위 연구자료 사이에서 견과류를 발견하고서 게걸스럽게 먹어치우기 시작했고 나는 말만하면 그게 다 말인 줄 아는 거냐고 턱주가리를 한 대 쳐 올리고 싶은 마음을 애써 가라앉히며 꽉 쥐어진 두 주먹을 호주머니에 쑤셔 넣었단다. 그렇게 하지 않았더라면? 당연히 한 대 치지 않았겠니?

"장교님 저는 연구소에 들어간 지 겨우 일주일밖에 안 된 신입입니다."

"전쟁 일수까지 더하면 2주로군? 이제 됐나?"

난 거기서 어금니를 악 다물었었지.

"다른 연구원들은요?"

사실 이 질문은 하나마나였지만…

장교는 말없이 창밖을 가리켰어. 손끝이 닿은 데는 다 무너지고 시커먼 축만 남은 폐허가 자리하고 있었지. 전에 내가 일하던 과학연구소가 있던 자리였어. 공습경보가 울리고 눈앞에서 무너져 내린 곳임을 누구보다 뼈저리게 알고 있었지만 나는 이제 공식적으로 남은 연구원이 나뿐이란 걸 끝내 부정하고 싶었단다. 장교가 돌아가고 난 뒤 분노와 무거운 책임감에 벽에 연거푸 이마가 깨지도록 머리를 들이박았어. 이딴 곳 박차고 나갈까 하는 생각을 하루에 몇 십 번씩 하다가도 눈앞에서 지뢰를 밟고 터지는 바람에 내 발치에 굴러왔던 인류학자의 머리통을 생각하면 밖에 나가는 게 너무나 두려웠단다.

여기까지 말을 마친 조지는 창가에 놓여 있던 뜨거운 차를 들이키고 목을 축이는 사이 작은 방을 한번 둘러봤다. 두꺼운 시멘트벽. 짙은 갈색의 마루는 휠체어가 굴러갈 때마다 듣기 싫은 소리를 내며 삐걱거렸다. 침대와 소파, 작은 주방. 정말 기본적인 것들이 다인 방이 못 견디게 쌀쌀한 느낌이라 조지는 겉옷을 좀 더 여몄고 조지의 무릎 위에 앉아있던 희원은 조지가 말을 끊어버리자 어지간히 궁금증이 도졌던지 그새를 못 참고 조지의 팔을 흔들며 이야기를 재촉했다.

"그래서, 그래서요?"

"음 그래서…"

나는 결국 장교가 말한 것같이 '쓰레기를 흔적도 없이 처리해버리는 무언가'를 만들어 냈어. 거창한 건 아니고 그냥 조금 독특한 빛깔의 진득거리는 용액이었어.

"어디에 담았냐니. 유리병에 담았단다."

"유리병은 없어지지 않았어요?"

"만들 때 유리는 없애지 않도록 했거든."

임시정부는 기다렸단 듯 공장을 지어 올렸지. 공장이 어디에 지어졌냐고? 베네치아라는 도시란다. 전쟁 전에 물의 도시라 불리며 아름답기로 손꼽히던 도시였지. 전쟁으로 황량한 모래사막이 되어 버렸지만 말이다. 여간에 나는 풀어헤쳤던 짐을 다시 싸고 떠날 채비를 마쳤단다. 그래. 이제 내 다리가 이렇게 된 이유를 얘기하려고 하잖니. 그날, 그날은 모두가 다음 날 있을 공장 가동 기념식과 임시정상회의 개최로 마치 옛날로 돌아간 것 같다며 들떠있던 날 밤이었지.

"수고했네 조지. 공장은 내일 이른 아침부터 가동 될 걸세. 그런데 자네 정말 떠나야하나?"

장교는 조금 아쉬운 눈치로 내가 탄 자동차 곁에서 얼쩡거렸어. 자신들 아쉬운 것 없다며 내게 이래라 저래라 무리한 요구를 할 때는 언제고 말이야. 멈추지 않고 달리려고 큰 트렁크에는 기름만 한가득이었단다. 잠깐 눈을 붙였다 출발하려고 의자를 뒤로 쭈욱 젖혔지. 눈길이 연구소에 닿았고 멍하게 그 폐허를 지켜보다 홀린 듯이 차를 몰고 곁으로 다가갔어. 깨진 플라스크 조각들이 손전등 불빛을 반사해 반짝이고 타다만 논문 조각들이 흩뿌려져 있더구나. 내 청춘과 열정, 젊은 날을 다 바친 것의 결실인 곳, 국립과학연구소가, 죽어가는 별이 마지막으로 폭발하는 것 마냥 달빛을 눈 아프도록 반사하며 빛나고 있었어. 내가 바친 모든 걸 비웃는 것 같은 나는 그 모습을 참을 수가 없어서 울분과 설움에 가득 찬 채 반쯤 정신나간 상태로 용액을 주위에 모두 쏟아 부었어. 그만한 양을 써보기는 처음이었는데… 나는 항상 한 방울씩 조그맣게 실험을 했거든.

용액은 폐허를 녹이며 특유의 오묘한 빛깔과 같은 색의 연기를 피워냈고, 한참 그 모습을 지켜보다 걸음을 옮기는데 대차게 넘어지고 말았단다. 연기를 쬈던 왼다리가 겉보기엔 멀쩡한데 만져보니 마치 돌덩이처럼 딱딱하더구나. 만져진다는 감각도 없었지. 그제야 내가 만든 용액의 심각한 부작용을 알게 된 나는 어렵사리 차에 올라탔지. 다시 공장으로 달려가 철문을 두드리자 장교가 짜증이 가득한 표정으로 걸어 나오더구나.

"용액에 문제가 있소! 공장을 가동하면 안 됩니다!"

"아닌 밤중에 무슨 봉창 두드리는 소리를. 안가고 뭐하시오?"

"쓰레기를 없애는 과정에서 나오는 연기가…!"

장교는 내말을 끝까지 듣지도 않고 연구할 때 전혀 문제가 없지 않았냐며 내 말을 헛소리로 치부해버리더니 설사 문제가 있다고 해도 우린 시간이 없다며 손을 내젓더구나. 낙담한 나는 밤새도록 철문을 두들기며 소리질렀지. 동쪽 모래언덕이 새빨갛게 타오르는 모습을 보고서야 놀라 다리를 끌어 겨우 차에 올라탔지. 미친 듯이 달렸단다. 차에 기름을 채울 때만 아주 잠깐씩 멈춰 섰어. 더 쉬려고하면 뒤에서 꿈틀대며 시시각각 다가오는 연기가 나를 삼킬 것만 같아서 너무 무서웠단다. 내가 이 거리에 거의 다 왔을 때쯤에서야 연기는 멈췄어. 아마 공장에 비축해뒀던 용액이 다 떨어져서겠지.

공포감, 동시에 호기심으로 눈을 반짝이며 조지의 얘기를 듣고 있던 희원은 문을 똑똑 두드리는 소리에 장난스럽게 쉿 하고 뛰어 나갔다. 일을 마치고 돌아온 희원의 어머니였다.

"조지랑 무슨 얘기를 했니?"

"그건 둘만의 비밀이에요 엄마! 조지가 절대 말하면 안 된다고 했다구요!"

희원의 말에 살짝 미소 지은 조안나는 희원을 안아들고 나를 돌아봤다.

"조지, 같이 저녁 먹지 않을래요?"

조안나는 그 말을 하며 희원을 물기 어린 눈으로 꽉 끌어안았다. 아이가 숨 막힌다며 웃을 때까지 오래도록.

식사가 끝나고 졸던 희원이 완전히 곯아떨어지자 조안나는 조심스럽게 내게 희원의 옷을 건넸다. 오늘 아침에 입고 왔던 긴팔의 흰 티. 옷가지를 받아든 나는 조금 참담한 기분이 들었다. 희원이 태어난 지는 불과 3년. 하지만 희원은 믿을 수 없는 속도로 자라났고 현재에 다다라서는 겉모습은 대략 열 살 정도의 아이로 보이는 것이다. 최근 들어서 겨우 정상적으로 자라나 했더니 아침에 이야기를 시작할 때만 해도 딱 맞던 희원의 윗옷은 조안나가 왔을 때 껑충 줄어들어 손목이 죄 드러나 있었다.

"다시 빠르게 자라는 걸까요?"

조안나의 짙고 푸른 눈에 공포와 걱정스러움이 뒤섞여 요동쳤다. 3년간의 관찰 보고서를 뒤적이던 나는 마땅한 해답은 찾지 못하고 침음만 흘렸다.

"일단 우기 동안 지켜보는 게 좋을 것 같네요. 조안나, 테오 잠시 머물러도 될까요?"

"그렇게 하세요."

부부가 침실로 들어가고 거실에 앉아 전과 똑같은 달을 내다보던 나는 내일쯤이면 몰려올 우기를 떠올렸다. 지구의 반이 박제되고 구름마저 박제된 건지 비가 오지 않는다며 웃지 못 할 우스갯소리를 하던 어느 날이었다. 비가 오기 시작한 것은. 또한 살아남은 사람들이 고심 끝에 내건 법이 거리에 걸린 다음 날이기도 했다.

각국 언어로 적힌 붉은 글씨의 단 한 문장.

'일하지 않는 자는 죽는다.'

저 멀리 흰색의 법전이 습기 찬 바람에 박제된 채로 덜컹거렸다.

"조지?"

"희원아, 안 잤니?"

"손목이 조금 아파서요. 방금 일어났어요."

또다시 내 무릎 위로 올라앉은 희원은 창밖으로 조심스레 손을 내밀었다.

감추려고 애쓰는 듯 보였지만 곧 다가올 우기를 기뻐하는 기색이 만면에 가득해서 나는 문득 불안해졌다.

"희원아 너는 첫 우기를 기억하니?"

"아니요. 조지, 얘기해주세요."

비가 오던 날은 법이 제정된 다음 날이었지. 이건 안다고? 알았다. 그럼 그 다음부터 얘기해주마 음, 그래 빗소리에 놀라서 새벽부터 일어난 사람들은 환호성을 지르며 길거리를 뛰어다녔단다. 나는 그 환호성에 깨서 목욕이나 할까 하고 냄비를 다 꺼내 물을 받고 있었어. 장식용으로 전락했던 이 빠진 욕조를 깨끗이 닦고 콧노래까지 부르며 욕조에 물을 반쯤 채웠을 때였어. 왜 빗물로 목욕하려 했냐니. 그때는 물이 부족했거든.

"지금은 조지가 물을 정화하는 커다란 기계를 만들었잖아요?"

"그래 벌써 햇수로는 3년 전의 일이네."

정강이까지 물에 담근 순간 뭔가 타오르는 것도 같고 얼어붙는 것도 같이 다리의 감각이 없어지더구나. 잘린 것 같은 느낌이었어.

희원이 조지의 다리를 덮고 있는 담요를 조심스레 걷었다. 조지의 다리는 털 한 올, 발톱의 미세한 결마저도 3년 전과 한 치의 오차 없이 똑같았다.

콧노래에 가렸던 창밖의 침묵도 그제야 귀에 들어왔지. 허둥지둥 기어가 거리를 쳐다봤는데, 달리던 모든 사람들이 웃는 표정과 달리던 그 자세 그대로 멈춰서있더구나.

"그 참사가 저기 저 '끝나지 않을 마라톤'의 이야기죠?"

"그렇지."

"그래도 저는 우기가 좋아요."

창밖에서 낮고 거친 천둥소리가 길게 울리고 본격적인 우기가 시작되었는지 세찬 비가 내리기 시작했다. 희원이 우기에 반나절가량 실종 되었던 날도 꼭 이런 날씨였다.

"조지! 비가와요!"

"쉿, 엄마아빠는 주무시잖니."

그날은 정말 온 거리가 다 뒤집혔었다. 사람들은 두려움과 공포를 잔뜩 짊어지고서도 두세겹씩 우비를 걸친 채로 온 거리를 헤매며 희원을 찾았다. 나갈 수 없는 조지 자신은 불안함에 발만 동동 구르며 그 좁은 집안을 몇 바퀴를 빙빙 돌았다. 희원을 찾은 건 정확히 반나절 후였었다.

"내일 나가도 되나요?"

잠깐 침묵하던 조지는 이내 희원의 두 눈을 똑바로 들여다보며 물었다. 아이의 기장이 조금 모자란 낡은 잠옷자락이 빗소리와 함께 잘게 팔락였다.

"희원아 여태껏 내가 얘기를 들려줬으니 이제 네가 들려줘 볼래? 우기를 좋아하는 이유를 말이다."

"저는 전쟁 후의 사람이잖아요? 제가 알고 있는 지구는 부서지고 멈춘 것들이 가득한 정의하자면 망가진 지구예요 하지만 엄마나 아빠, 조지의 얘기를 들어보면 저는 옛 지구의 모습이 그리워져요 겪어본 적은 없지만 그리워지는 걸요 그래서 제가 우기를 좋아하는 거예요 우기엔 물웅덩이가 생기고 그 위에 떨어지는 빗방울의 파동이 안의 물그림자를 살려주는 걸요 그럼 마치 제가 옛 지구에 가있는 것과 같은 기분이 들어요 항상 물 안의 그림자를 만져보고 싶지만 그럴 수가 없으니까 제가 지켜보는 거예요 물웅덩이를."

행복과 기쁨에 가득 차 재잘거리는 희원의 얘기를 잠자코 다 들은 조지는 사태의 심각성과 동시에 안타까움을 느꼈다. 밖에서 뛰놀아야할 나이에 한 달에 꼭 일주일씩은 투박한 시멘트 건물 안에 갇혀 두려움을 느껴야하

는 희원의 기분은 알지만

"희원아 그래도 네가 어른이 될 때까지는…"

"하지만 제겐 시간이 없는걸요. 내일 아니 당장 모레라도 어른이 될 수도 있잖아요."

말문이 막힌 조지는 침묵으로 긍정을 표했다. 감춘다고 사라지는 진실이 아니다. 아이는 하루가 다르게 크고 있고 정말로 내일이라도 다 자라서 어른이 될 수도 그 다음 주면 노인이 되어 죽음을 맞을 수도 있는 몸이니까.

"안녕히 주무세요"

희원이 들어간 방문을 한참 바라보다 휠체어에 앉은 채로 잠들었던 것 같다. 날 깨운 건 조안나였다. 새파랗게 질린 얼굴, 흐트러진 머리칼. 테오는 온데 간데없고 희원 또한 없었다.

"조지! 희원이 없어졌어요!"

결국 나갔구나. 태평하게도 그런 생각이 들었다.

"테오는?"

"희원을 찾으러 나갔어요."

초조함에 물어뜯은 손톱 사이로 피가 배어나왔다. 손을 뻗어 조안나의 손을 감싸 쥔 나는 영혼 없는 손길로 조안나의 등을 토닥이며 창밖을 응시했다. 대충 어디에 있는지 알 것 같아서.

"테오보고는 들어오라고 해요. 내가 찾으러 갈 테니까."

얼굴을 가리는 마스크와 고글, 우비는 두 겹을 껴입고 휠체어를 다 덮는 비닐에 바퀴를 짚을 것을 대비해 방수되는 장갑까지 꼈다. 우산을 휠체어에 고정시켜주던 조안나는 걱정스러운 기색을 내비쳤지만 그 앞에서 더 크게 어른거리는 희원의 그림자가 보여서 나는 살짝 웃어주며 밖으로 나왔다.

비가 온다. 바람이 약하게 분다.

망설임 없이 사거리 쪽으로 휠체어를 틀었다. 비가 오기 전 희원이 자주 놀던 사거리엔 왜 생겼는지 모를 깊고 큰 구덩이가 있었다. 어른 키보다도 깊고, 넓은 구덩이가. 아마 그곳에 간 거겠지. 비가 와 물이 찼을 물구덩이를 보러. 힐끔 옆의 물웅덩이를 내려다봤지만 내게 물그림자는 크게 다가오질 못했다. 그냥 흐린 회색의 단순하게 물에 반사될 뿐인 그림자. 과학적인 분석.

마라톤 행렬 속에서 1등으로 빠져나오자 저 멀리 아슬아슬하게 물웅덩이가에 무릎을 꿇고 앉아 있는 희원이 보였다. 나는 그 모습이 보이는 곳에서 멈춰 섰다. 희원을 부르지도, 인기척을 내지도 않고 그냥 멈춰 섰다. 뭘 잡으려 하는 걸까. 팔 길이가 모자랐는지 우산까지 접어서 물웅덩이를 휘 젓던 희원에 더 가까이 다가섰다. 그제야 물웅덩이위의 꽃이 한 송이 보였다.

"잡았다!"

기쁨에 차 벌떡 일어선 희원이 서서히 쓰러졌다. 적어도 내 눈에는 희원이 넘어지는 모습이 시간이 느리게 흘러가는 것마냥 그렇게 느리게 보였다. 기쁨에 가득 차 있던 표정이 무너져 내렸다. 눈에 의문이 서렸다가 이내 공포가 서렸다. 호선을 그리며 위로 올라가 있던 입꼬리가 일그러져서 내려왔다. 풍덩.

나는 느리게 웅덩이에 다가섰다. 그림자 속에 가라앉은, 옛 지구 속에 들어앉은 희원은 그다지 행복해 보이진 않았다. 어젯밤과 다르게. 희원이 일으킨 파동으로 일렁이던 물웅덩이는 언제 그랬냐는 듯 곧 다시 잔잔해졌다. 빗방울에 약한 파동이 일어 그림자가 흔들리고 희원의 손안에 든 꽃도 같이 흔들렸다. 깊은 물웅덩이 안에 희망과 소원이 박제된 채 잠겼다.

하상(下上)법, 하상(河上)법

무서운 속도다. 무섭지만 멈추어지질 않는다. 저 아래 파란 물속 시꺼먼 물체만 보인다. 날개를 접고 곧장 내리꽂으면 잡힐 듯……

하상이는 놀라서 잠을 깬다. 이마가 얼얼하다. 과학이 칠판 앞에서 이쪽을 노려보고 있다.

"어딜 수업 시간에 졸아! 여학생이 침까지 질질 흘리고 졸리면 뒤로 나가 들을 것이지 앉아서 정신을 놓고 있어! 당장 뒤로 교과서 들고 나가!"

하상이는 멍한 채로 한 손으로는 교과서와 볼펜을 든다. 그러고는 입가의 침을 닦고는 얼얼한 이마를 만진다.

사물함이 있는 교실 뒤편으로 나가기 위해 자리에서 일어난다. 툭, 무엇인가 교복 치마에서 떨어진다. 푸른색 분필이 두 동강 난 채 책상 아래서 뒹굴고 있다. 하상이는 멍하게 서서 더 이상 의미 없는 수업을 듣고만 있다. 하상은 사물함에 몸을 비스듬히 기댄 채 방금 전 꾼 꿈을 생각한다. 왜 무섭게 추락하는 꿈을 자꾸 꿀까? 골똘히 생각하다가 종소리에 흠칫 놀라 볼펜을 요란하게 떨어뜨린다.

"강하상 저거저거, 뒤로 나가서도 정신줄 놓고 있지! 정신 차려."

과학이 교실 문을 열고 나가면서 한마디 통을 주고 간다. 교실 저편에서 소꿉친구 가람이가 걱정스레 이쪽을 보고 있었다.

청소시간이다. 교무실 청소담당인 가람이는 교무실로 내려가면서도 계속 친구 하상이 생각을 한다. 교무실 문을 열려다가 갑자기 안에서 문이 벌컥 열려 깜짝 놀란다.

"조심해야지"

한 선생님께서 밖으로 나오시다가 웃으시며 말씀하신다. 가람이는 그저 고개만 꾸벅 숙여 짧은 목례를 하고 교무실 안으로 들어간다. 머릿속은 여전히 온통 친구 하상이 생각뿐이다.

"강하상 학생 말입니다."

과학 목소리다.

"요즘 왜 그런답니까?"

가람이 청소 도구함을 열려다 멈칫한다.

"학기 초만 해도 그러지 않았던 것 같은데."

"죄송합니다. 하상이 요새 많이 힘든 모양이에요. 제가 좀 더 주의를 시키겠습니다."

'선생님들께서 하상이에 대해 뭘 안다고 그러세요, 하상이를 잘 알지도 못하면서', 하고 가람이는 속으로 생각한다. 비질을 하는 척 하면서 선생님들 쪽으로 귀를 기울였으나 드문드문 들리는 소리를 구분하기가 힘들다. 어차피 더 들어 보았자 가람이도 다 아는 이야기만 들려올 것 같아 조용히 빗자루를 청소도구함에 도로 집어넣는다. 무거운 마음으로 교무실 문을 열고 밖으로 나왔다.

이번엔 도달할 수 있을 것만 같다. 깃털을 스치는 바람이 칼날같이 매섭기만 하다. 작은 몸통을 뚫고 지나갈 듯 거센 바람이 온몸을 휘젓고 지나간다. 무섭고 아찔하다. 멈추려고 해도 멈출 수가 없다. 필사적으로 발버둥쳐도 계속 떨어진다.

"야, 강하상, 일어나! 언제까지 잘 거야!"

하상은 눈을 흐리멍덩하게 뜨며 책상 위에 엎드렸던 몸을 일으킨다. 가람이 옆에 서서 웃고 있다.

"너는 무슨 애가 청소도 안하고 자면서 식은땀을 흘려? 어디 아픈 거 아냐? 괜찮아?"

하상은 가만히 고개만 젓는다. 그러면서 늘 꾸는 '꿈'을 생각한다. 아직 누구에게도 말하지 않았다. 매번 꾸는 걸 보면 단순한 개꿈은 아닌 듯싶다. 입 밖에 내면 꿈의 의미를 영원히 이해하지 못할 것 같다는 생각이 어렴풋이 든다. 엄마는 하상의 꿈 이야기나 듣고 있을 시간이 없다고도 말했다. 괜히 바보 취급만 받는 것 같았다.

"뭐, 잠귀신이라도 끌어당기나 보지? 크크 물귀신 말구 잠귀신."

가람의 농담에 하상은 순간적으로 흠칫 놀랐지만 피식 웃는다. 그러나 어딘지 모를 쓸쓸함과 슬픔이 배어 있었다. 자리로 돌아온 가람은 가방에서 보충수업 교재를 꺼내면서 하상이 쪽을 흘긋 본다. 계속 하상을 웃게 하려고 했지만 늘 피식 웃는 웃음으로 대처하는 하상이 걱정된다. 예전처럼 맑게 웃으면 좋을 텐데, 가람은 착잡해졌다. 언제쯤 하상이 다시 환히 웃는 모습을 볼 수 있을까.

하상은 책가방에 손을 넣어 책을 꺼내고 멍하게 앉아 있다. 하상은 수업이 시작되든 말든 책상 위에 엎드려 도로 자고 있다. 하상의 짝 채영은 고개를 설레설레 흔들었다. 그러고는 깨워줄 생각도 안하고 칠판만 바라본다. 이제 나도 지쳤다, 하는 것이 느껴진다.

하상이가 원래 이런 무기력한 학생은 아니었다. 어릴 적부터 똘망똘망한 소녀였다. 그런데 초롱초롱하던 하상이 눈빛은 근래에 색이 바래버렸다. 학생 가정조사로 인해 선생님들은 알고 있어 동정의 눈길을 보낸다고 하상이는 생각한다. 자존심 강한 하상이는 친구들에게 아무것도 말하지 않았다. 가람이를 제외하고 말이다. 하상이의 비밀과 상처는 하상이로 하여금 마음을 닫게 했고, 그것은 다시 하상을 주변과 멀어지게 만들었다.

"아빠!"

"아이구, 우리 하상이, 천천히 걸어와. 넘어져요"

어린 시절, 사실은 몇 달 전까지 하상이는 아빠와 유독 친했다. 하상이의 모든 것은 아빠로부터 왔다고 해도 틀린 말이 아니었다. 하상과 아빠가 손을 잡고 거리에 나가면 사람들이 붕어빵 부녀라 할 정도였다. 하상이는 그 말이 듣기 좋았다. 늘 누군가가 그런 말을 해주길 바랐다. 유치원 앞에 늘 나와 계시는 아빠에게 달려가는 것은 하상의 커다란 행복이었다.

초등학교를 가도 늘 아빠와 함께였다. 하루하루 커 가는 하상을 보며 아빠는 더없이 기쁜 표정을 지었고, 하상은 그러한 표정을 보는 것이 좋았다. 초등학생 정도면 눈치 없이 까불거릴 나이이지만, 하상은 아빠의 표정을 보면 모든 것을 이해하고 눈치 챌 수 있을 정도로 아빠 앞에서는 의젓한 딸이었다.

학예회 공개수업 연극 공연 당시 하상이 그저 '작은 새' 역을 맡았음에도 불구하고 어찌나 흐뭇하게 바라보던지. 교실 앞에 설치한 조그마한 무대에서 하상이 대사를 잊어버려 당황했던 연극이었는데도 말이다. 무심코 아빠 쪽을 바라보니 아빠가 눈으로 웃고 있었다. 아빠가 전하는 응원이 귓가에 들리는 것만 같았다. 아빠의 눈웃음을 본 순간, 대사가 다시 머릿속에 떠올랐다. 하상은 무사히 토끼와 싸워 이긴 거북이를 축하해주는 작은 새가 될 수 있었다.

중학교 3학년이 될 때까지도 해마다 아빠의 도움을 받아 왔다. 학예회 공개수업뿐 아니라 다른 모든 일에서도 중간, 기말고사를 볼 때에도 항상 아빠의 응원을 듣고 가서 시험지에 녹아내었고, 수행평가나 각종 프로젝트 등을 할 때, 또는 동아리 발표나 대회 등에서도 아빠는 하상이 뒤에서 언제나 응원하고 있었다. 마침내 하상은 C고등학교에 합격할 수 있었다. 같이 합격한 가람이네와 축하 모임을 가지면서 얼마나 행복하게 웃었던지.

그 기분은 입학을 앞둔 시점까지 계속 이어졌다. 하상은 늘 자신이 아빠의 마음을 읽을 수 있다는 것에 매우 자랑스러워했다.

하상이는 아빠가 그렇게 무섭게 소리 지르는 것을 처음 보았다. 펑펑 내리던 눈이 그날따라 내리지 않았다. 싸늘한 바람만 하상이 집의 유리창을 쿵쿵거리며 때려 대었다. 입학 3주 전이었던가, 엄마하고 하상이는 담소를 나누며 거실 소파에 앉아 있었다. 그때 밖에서 쾅 하는 소리가 났다. 모녀는 현관문을 쳐다보았다. 하상이는 그때 번호키를 따는 소리조차 듣지 못했다. 문이 갑자기 휙 열리더니 아빠가 손에 피를 묻히고 들어왔다.

"아빠 왜 이래요?"

하상이는 아빠 손을 잡으려고 했다. 그런데 아빠가 손을 휙 빼더니 하상이를 떠밀었다. 아빠의 눈빛을 읽을 수 없었던 건 그날이 처음이었다. 하상이는 아빠의 눈빛을 그 후로 다시는 읽을 수 없었다.

하상은 불안에 떨며 밤을 보낸 후에도 다음 날 오전에 잠시 집을 나왔다. 현관 앞에 피 묻은 각목이 반으로 부러져 있었다. 각목을 집어 들고 밖으로 내달렸다. 오만 가지 생각이 머릿속을 스치고 지나갔다. 심지어 아빠에 대해 험악한 생각이 들기도 하였다. 집 앞으로 다시 돌아와 문을 열었다. 문득 엄마 아빠가 계시지 않다는 것을 깨달았다.

"여보세요? 하상이니?"

하상의 전화를 한참 만에 받은 엄마의 목소리는 쉬어 있었다.

"하상아 잘 들어, 아빠가… 아니다, 네가 병원에 좀 와줘."

하상은 수화기를 던지듯 내려놓고는 콜택시를 불렀다. 아빠가 계신 병원으로 향하던 중에 하상은 손목에 찬 묵주 팔찌를 만지작거렸다. 아무 생각도 들지 않았다. 병원에 도착한 하상은 자동문이 채 열리기도 전에 로비로 뛰어 들어갔다. 로비에서 서성이던 엄마가 하상의 손목을 덥석 잡더니 병원 구석 의자로 끌다시피 데려갔다.

모든 것을 듣고 나니 하상이는 참을 수가 없었다. 무의식적으로 단발머리를 헝클어트렸다. 지금까지 너무 아빠를 몰랐다는 죄책감이 들기 시작했다. 아빠의 마음을 읽을 수 있다고 자부한 것도 부끄러웠다. 아빠를 보는 것 자체가 무서웠다. 의자에 앉아 있는 하상이는 저도 모르게 손톱을 입으로 물어뜯기 시작했다.

화장실에서 얼굴을 씻으며 엄마의 말을 떠올렸다. 저번에 아빠가 회사에서 급작스럽게 배를 움켜잡고 바닥을 뒹굴었다고 한다. 그 후에 병원에 가서 검사를 받았는데, 대형병원에 가서 정밀검사를 받아보란 말을 들었다. 불안한 마음으로 정밀검사를 받았다. 위암. 말기…. 지금껏 그 사실을 가족들에게 숨겨 왔다고 했다. 하루하루를 진통제로 버텼다. 가족들을 위해 회사에도 집에도 알리지 않았다. 늘 밝은 척했던 아빠는 힘들게 지냈다. 그런데 몇 주 전 병원에서 직장 상사와 마주쳤고, 다음날 일방적으로 대기발령 처분을 받았다.

아빠는 결국 회사를 나왔다. 회사 주변을 배회하다 밤이 되어서야 집에 왔다고 했다. 집 앞에서 아빠는 눈에 보이는 각목을 들고 집의 외벽을 후려쳤을 것이다. 막대기가 부러지면서 아빠의 손을 쳤고 그 바람에 손에서 피가 흘렀을 것이다.

모녀에게 의사 선생님이 다가왔다.

"들어가셔도 됩니다. 그러나 환자는 절대 안정이 필요해요"

하상이는 그 말이 꼭 자신을 나무라는 소리로 들렸다. 고개를 폭 숙이고 하상이는 엄마와 병실로 들어가려 일어났다. 하상이는 병실 문을 쳐다보았다. 차마 그 문을 열 수가 없었다. 엄마도 같은 생각을 했는지 옆에서 떨고 있었다. 그때 안에서 문이 덜컥 열렸다. 간호사 언니가 나오면서

"서 계시지 마시고 들어오세요."

하며 웃고 간다. 하상이는 열린 문으로 천천히 발걸음을 내딛었다.

아빠는 파리한 얼굴로 누워 있었다. 하상이를 보자 손을 내밀었다.

"하상아, 이리 온."

아빠의 목소리가 이상하리만치 밝았다.

"하상아, 아빠가 미안해. 아빠가 술 먹고 정신이 없었나봐. 하상아 한 번 웃어봐. 자 스마일!"

하상이는 억지로라도 웃었다.

"미안해 하상, 아빠가 어제 소주를 너무 많이 마셔서 하상이가 미워 보였나 부다. 아빠가 다신 안 그럴게."

하상이는 억지로 웃으며 아빠 손을 잡아 보았다.

"하상아, 늘 웃고 살아, 알았지?"

하상이는 그 말이 꼭 유언처럼 들렸다.

고등학교에 입학하고 나서 하상이는 이상하리만치 밝게 지냈다. 힘들어도 웃었고 괴로워도 행복한 척했다. 아빠의 부탁을 억지로라도 들어주기 위해 즐거운 가면을 눌러 쓰고 학교를 다녔다. 우울한 티가 날 수가 없었다. 그러나 그것도 오래가지 않았다.

햇볕이 쨍쨍한 일요일, 아빠는 가족들이 지켜보는 가운데 조용히 떠나갔다. 그 후로 하상이는 웃음을 잃었다. 학교생활도 의미가 없었다. 생각없이 학교를 어기적어기적 배회했다. 그러다 그마저도 그만두고 결국 무기력해져서 책상에 엎드려 잠만 자기 시작했다. 그때부터였을까, 하상이의 이상한 꿈은 그 무렵부터 시작되었다.

보충수업 끝나는 종이 울린다. 선생님께서 나가신다. 하상은 그래도 일어나지 않고 잠만 잔다. 자면서 뭣에 서러운지 어깨를 들썩거린다. 하상은 잠결에 시끄러운 소리를 듣는다. 하상이는 고개를 돌려 다시 잠을 자려고 한다. 웅성웅성 소리는 점점 더 커진다.

"하상, 강하상! 야 일어나 강하상!"

웅성웅성 소리는 자신을 부르는 친구들의 소리다. 아 진짜 뭐야, 하고 하상은 고개를 든다.

"과학샘이 지금 당장 너 나오래, 다앙자앙"

친구들이 얘기하면서 하상이를 본다. 뭔가 심상치 않다. 과학샘은 학생을 딱히 좋은 일로 부르는 법이 없다. 맨날 불러서 쓴소리만 해댄다. 옆에서 채영이 코웃음을 친다.

"수업 시간에 그렇게 생난리를 쳐 대는데 안 부를 리가. 지금까지 안 불린 것도 용하지."

하상은 채영의 말에 대꾸할 힘도 없다.

하상은 복도를 지나 계단을 내려가면서 과학이 무슨 말을 할까 생각한다. 뻔한 얘기겠지만, 무언가 대답할 거리를 생각해 두어야 할 것 같다. 하상은 교무실 앞에서 다시 마음을 가다듬는다. 말실수 하면 어떡하나. 선생님들이 자신을 동정한다고 생각한 이래로 하상은 선생님 호칭을 붙이지 않았다. 선생님들이란 호칭을 쓴다는 게 매우 거부감이 들었다. 선생님이란 말을 그대로 풀면 먼저 태어난 님, 이라는데, 그래서 더 배울 게 있다는데 하상은 그냥 그 의미를 무시해버렸다. 특히 과학, 다른 분들은 선생님이라 붙여도 과학은 도저히 붙이기 힘들었다.

철컥, 문손잡이를 잡고 교무실 문을 연다. 과학 자리를 찾아서 걸어간다.

"저, 선. 생. 님. 부르셨어요?"

선생님 말하기가 너무 힘들다. 말하고 나니 괜히 씁쓸하다. 찝찝함과 거부감 반, 죄책감 반. 과학은 교무실 한 구석의 책상을 가리키며 앉으라고 한다. 이런, 담임도 아니면서 상담인가? 상담이면 나하고 상의해야 하는데 그것도 아닌 것 같고 어떻게 대응해야 할지 모르겠는 하상이는 일단 시키는 대로 의자를 드르륵 빼서 책상 앞에 앉는다.

"선생님이 뭐래?"

교무실에 다녀온 하상에게 가람이가 가장 먼저 와서 묻는다.

"별 말 안 했어."

하상은 그렇게만 대꾸한다.

"뭐, 보나마나 잠 좀 그만 자라고 했겠지."

옆에서 채영이 비아냥거린다. 가람의 얼굴이 벌게지면서 무어라 대꾸하려 하자 하상이 말린다. 됐어, 대꾸할 필요 없어, 하고 하상은 다시 교실 밖으로 나간다.

하상은 화장실 변기 위에 앉아 있다. 앉아서 조금 전 과학과 나눈 짧은 대화를 생각한다. 암만 힘들어도 수업은 들으라는 거였다. 그러나 과학의 말 한 구절이 계속 맴돈다.

"계속 떨어지고 있으면, 이제 올라와야 할 때 아닌가? 그게 하상 아닌가?"

꼭 과학이 하상의 머릿속에 꿈을 넣어준 것처럼 꿈과 반절은 맞는 말이다. 떨어지고 있다는 얘기까지만. 아직까지 올라오진 못하고 있지만. 거기다가 하상은 자신의 이름을 그렇게 해석하는 사람은 처음 보았다. 하상의 엄마도 자식을 낳으면 이름에 강 하(河) 자를 넣어서 짓고 싶었다는 말만 했지 정확히 의미를 말씀해주시진 않았다. 보통 본인의 이름을 이야기하면 남자아이 이름 같다는 사람이 많아서 그리 좋아하지 않았는데, 이제부터는 조금은 하상이란 이름이 좋아질 것 같기도 하다.

하상은 다시 꾸벅꾸벅 졸면서 과학 수업을 듣고 있다. 그렇게 과학이 불러다가 혼을 냈건만, 심한 무기력증은 어쩔 수 없나 보다. 그냥 수업을 듣겠단 의지 자체도 없다.

"자 이 새 이름이 뭔지 아는 사람?"

과학이 컴퓨터 화면에 자료를 띄우면서 하는 말이 드문드문 귀에 들린다. 그러다가 '새' 하는 소리에 하상은 자신도 모르게 잠을 깬다. 마치 무엇인가를 하상에게 말하려고 하는 것처럼 '새' 라는 단어가 잠을 깨웠다. 화면을 봤더니 부리가 긴 파란 새 한 마리가 있다. 왠지 모르게 기품이 있어 보인다. 몸집은 작지만 파랗고 푸르스름한 날개에 윤기가 흐르며 비취색을 띤다. 기다랗고 단단해 보이는 부리는 어떤 결의에 차 보인다. 화면의 새는 순간적으로 하상의 눈길을 끈다.

"아무도 모르나? 물총새다, 물총새. 파랑새목 물총새과의 조류다."

아 그런가, 근데 왜 어디서 본 것 같지, 하는 생각이 든 하상은 화면을 자세히 쳐다본다. 그리고 다시 무기력해져서 도로 자려는 찰나, 하상은 과학의 말에 귀가 번쩍 뜨인다.

"물총새가 사냥을 어떻게 하는 줄 아나? 강 근처 나뭇가지에 앉아서 일단 대기. 물고기가 보이면 그 위를 날다가 곧장 아래로 내려간다. 매우 빠른 속도로. 물총새가 사냥에 실패하는 경우는 별로 없다. 물고기를 저 기다란 부리로 잽싸게 낚아챈다. 그러고는 위로 솟는다. 잡은 물고기를 먹기 위해."

어디서 많이 들어 본 말 같은데, 하고 하상은 고개를 갸웃거린다. 그리고 물총새의 사냥 과정이 왠지 낯설지 않다. 뭐지, 이 익숙한 느낌은, 하는 이상한 의문이 든다.

"알았나 하상?"

과학의 목소리에 하상이 기겁한다.

"네? 네…."

과학이 나가고 하상은 책상에 턱을 괸다. 흐리멍덩한 하상이 눈에 언뜻 빛이 반짝이려다 곧 사라진다. 하상이 무기력해진 이후 이렇게 생각 많이 하는 건 오랜만이다. 지금까지 힘없이 늘어진 채 살았지만 요즈음 뭔가 이상한 기운이 하상에게 흐른다. 하상도 그것을 느끼고 있는지.

저 아래 무언가 보인다. 드디어 형체가 조금씩 드러난다. 잘 모르겠지만 반들거려 보인다. 물결을 따라 유유히 움직인다. 가만 보자, 저게….

"으악!"

하상은 소리를 지르며 벌떡 일어난다. 시계를 보니 아직 일어날 시간은 되지 않았다. 등에서 식은땀이 줄줄 흐른다. 하상의 외마디 소리를 듣고도 아무도 달려오지 않는다. 그럴 수밖에. 하상과 엄마 두 모녀가 살고, 엄마는 몇 달 전부터 회사를 나가게 되었으니 말이다. 하상은 잘 시간이지만 엄마는 출근길을 걷고 있을 것이다. 집에 아무도 없으니 들은 사람도 없는 게 당연한데 하상은 괜스레 서러워진다.

하상은 침대에 다시 누워 이불을 덮어쓴 채로 생각에 잠겼다. 방금 전 꾼 꿈 역시 떨어지는 꿈이긴 한데 점점 결말에 가까워지고 있다는 느낌이 든다. 꿈을 꾸면 꿀수록 아래 형체가 잘 보이는 것 같기도 하다. 방금 전에는 밑으로 떨어져 그 물체를 보려고 하는 찰나, 무언가에 튕겨 위험을 감지했기 때문에 깜짝 놀라 꿈에서 깼다. 하상은 무엇인가 생각나려고 하지만 잘 되지 않는다. 꿈은 무언가를 기억할 때 꾸는 거라고들 하는데, 하상의 꿈은 그 무언가를 기억해 달라고 끊임없이 요청하는 것 같다. 그게 도대체 무엇일까.

하상은 고개를 옆으로 돌린다. 책장에 꽂혀져 있는 책들 중 하나가 눈에 들어온다. 아빠가 사 준 시집. 중학교 입학식 때 두고두고 읽어 보라고 한 시집인데 아빠와 이별한 후 손에 대지도 않았던 시집이다. 시집을 책장에서 뽑았다. 위에 먼지가 허옇게 쌓여 있었다. 하상은 먼지를 후 불었다. 방에는 먼지가 날렸지만 하상은 이상하게 속이 조금 시원해진다. 시집을 잡고 아무 페이지나 펼쳤다.

'매운 계절의 채찍에 갈겨 마침내 북방으로 휩쓸려 오다. 하늘도 그만 지쳐 끝난 고원 서릿발 칼날 진 그 위에 서다. 어데다 무릎을 꿇어야 하나 한 발 제쳐 디딜 곳조차 없다. 이러매 눈 감아 생각해 볼밖에 겨울은 강철로 된 무지갠가 보다.'

하상은 시를 한참 들여다보고 있다. 하상이 좋아했던 시다. 오랜만에 시를 읽음과 동시에 마음 한켠이 뭉클해진다. 무심결에 펼쳤는데 손가락이

이 페이지를 찾아줬는지 신기하기도 하다. 그러다 아빠가 다시 떠오른다. 아빠 생각을 떨치려 했지만 이미 하상의 눈에선 눈물이 줄줄 흐르고 있다. 어떻게든 눈물을 그치려 하지만 잘 되지 않고 되려 더 많이 나온다. 눈물이 책장을 적셔 글씨가 번져 보인다. 하상은 시집을 덮고 침대 아래 던진다. 그러나 이내 다시 시집을 주워 도로 책장에 얌전히 꽂아 놓고 눈물을 닦는다. 이때, 하상의 머릿속을 무엇인가 스치고 지나간다. 끊어졌던 머릿속에 누군가 다리를 놓아 주듯이. 또 가라앉았던 게 빠르게 솟아오르듯이.

하상은 미친 듯이 달린다. 머릿속엔 한 가지 생각뿐이다. 정신없는 와중에 어떻게 옷을 주워 입었는지 모른다. 그러나 하상은 양말을 짝짝이로 신었든 신발 끈이 풀렸든 말든지 간에 일단 그곳에 가야 한다. 성당. 하상이 다니는 그 성당. 모든 단서는 그곳에 가면 있을 것 같다. 아빠가 말하고 있었다. 빨리 오라고 물론 주일미사를 드리러 가야 하지만 그때까지 기다릴 시간이 없다.

헐레벌떡 하상은 성당에 다다랐다. 숨이 턱에 닿았지만 계속 달린다. 성당을 지나쳐서 바로 옆 작은 강으로 간다. 건물 밖 마리아상이 하상을 보고 지긋한 눈빛을 보낸다. 강가에 다다라서 하상은 주저앉았다. 회상의 강, 언제부터 그 이름으로 불리어졌는지 모르지만, 성당 신자들은 이 강을 그렇게 불렀다. 조용히 흐르는 강이 하상을 부른다. 무언가 말하고 싶어 하는 것 같다. 수면은 햇살을 받아 반짝거렸다. 작은 회상의 강 옆의 나무들은 말없이 나뭇잎들을 흔든다. 흔들릴 때마다 쉭쉭 소리가 난다. 예전에는 이곳에 오면 마음이 편안했었는데. 늘 자주 찾았는데. 아빠를 화장하고 뿌린 이후로 오기가 씁쓸했다. 그러나 다시 하상은 이곳을 찾았다. 헉헉거리면서도 마음은 편안했다. 모든 것을 알 것 같았다.

"하상아, 아빠는 이곳에 오면 아빠도 모르게 마음이 편안해져. 우리 하상이는 어때?"

"나도 그런 것 같아 아빠."

"그렇지? 이 강은 조그마하지만, 그래도 무언가를 품어 주는 포근함이 있는 것 같아. 앞으로 자주 오자. 그리고 하상이가 힘든 일이 있을 때 이 강을 찾아와 봐. 힘든 일을 털어놓고 그럼 강이 그것을 흘려보내 줄지 어떻게 아니?"

그때는 그저 쿡쿡 웃었다.

"하상아 저거 보이니?"

"어떤 거?"

"저기 빙빙 날고 있는 파란색 새 말이야. 물총새야, 하상아. 하늘에서 빙빙 돌다가 아래로 곧장 떨어져 물고기를 낚아채지. 가만 봐봐. 저 물총새가 무얼 하는지."

"근데 물총새가 물살에 휩쓸리면 어떡해?"

"그렇지 않을 거야. 비록 떨어질 때 강한 바람과 같은 저항에 휩싸이긴 하겠지. 하지만 물총새는 먹이를 포기하지 않아. 바람이 불어도 물고기를 향해 곧장 내리꽂지."

그때 물총새가 아래로 쏜살같이 내려갔다. 작은 물보라가 일면서 물총새가 햇살을 받으며 잽싸게 위로 솟구쳐 올라갔다. 입에는 물고기 한 마리가 파닥거리고 있었다.

"하상아, 멋지지?"

하상은 아무 말도 하지 않았다. 경이로운 날갯짓에 감동을 받은 하상이는 자신이 말을 꺼내면 이 놀라움이 깨질 것만 같았다.

"하상아, 어떠한 시련이 있어도 물총새는 자신이 갈 길을 포기하지 않아. 아빠는 하상이가 물총새와 같은 사람이 되었으면 좋겠어. 많은 시련이 앞으로 닥치게 될 거야. 그럴 때마다 하상이가 무너지면 안 돼. 참고 이겨내서 물고기를 낚아채고 다시 솟아오를 수 있는 사람이 되어야지."

하상은 그때 그저 빙그레 웃었었다.

하상은 갑자기 과학의 설명이 생각난다.

"물총새가 사냥을 어떻게 하는 줄 아나? 강 근처 나뭇가지에 앉아서 일단 대기. 물고기가 보이면 그 위를 날다가 곧장 아래로 내려간다. 매우 빠른 속도로. 물총새가 사냥에 실패하는 경우는 별로 없다. 물고기를 저 기다란 부리로 잽싸게 낚아챈다. 그러고는 위로 솟는다. 잡은 물고기를 먹기 위해."

아빠의 말과 같았다. 그리고 하상은 늘 꾸는 꿈이 생각난다. 모든 것들은 연관되어 있다. 꿈도, 아빠도, 과학도 하상은 털썩 앉아서 머릿속의 복잡한 생각의 실타래들을 풀려고 애쓴다. 하상은 과학에게 처음으로 고마움을 느꼈다. 하상은 앞으로 과학을 선생님이라고 불러 주기로 결심한다.

또다시 하상의 눈에서 눈물이 또르르 흐른다. 그러나 눈물을 따라 이리저리 얽힌 실타래는 조금씩 풀린다. 하상은 늘 떨어졌던 꿈의 의미를 알 것 같았다. 그 꿈은 바로 하상 자신을 나타내는 것이었다고 하상은 깨닫는다. 계속 떨어지기만 했던 하상의 꿈. 꿈이 하상에게 말을 건네고 있었다. 왜 하상은 그 기억을 잊고 살았었는지 하상 자신도 모른다. 어쩌면 그저 아빠가 생각날까 봐 외면하고 싶었는지도

은빛 물체를 낚아채었다. 주변에는 물보라가 사방으로 퍼진다. 햇살이 환하게 빛이 난다. 온몸의 작은 깃털들이 푸르게 반짝이고 작은 심장은 환희로 가득 찬다.

하상은 번쩍 눈을 뜬다. 눈을 떠 보니 회상의 강 옆 작은 벤치다. 벤치에 앉아서 깜빡 잠이 들었던 모양이다. 처음으로 떨어졌다가 위로 솟는 꿈을 꾸었다. 하상은 더 이상 마음이 복잡하지 않았다. 인기척이 느껴져서 고개를 돌리니 가람이가 서 있었다.

"네가 앉아 있는 모습을 보고 왔어. 너 되게 여기 오랜만에 오는 거지?"

어떻게 알고 왔어, 하고 물으려는 찰나, 가람이 대답한다.

"여기 오면 네가 있을 것 같았어."

하상이 아무 말이 없자, 가람은 생뚱맞게 말을 던진다.

"나두 여기 정말 좋아. 너 내 이름 알지? 가람. 강의 순 우리말. 우리 아빠가 강이 좋아서 내 이름을 이렇게 지은거래. 너두 마찬가지일걸. 언뜻 들은 말인데 너희 엄마랑 아빠랑 나처럼 자식 이름에 강을 넣고 싶었는데 내가 가람이라 너는 그냥 한자 이름으로 했다고 그래서 우리가 잘 맞는가봐"

알아, 강과 물총새. 너무 잘 어울리지. 두 소녀의 뒷모습은 너무나 닮아 있었다.

몇 년이 흘렀다. 하상은 고등학교 졸업식 날 다시 회상의 강을 찾았다. 그날 이후 다시 정신을 차리고 열심히 살았다. 흐리멍덩했던 눈이 다시 생기를 찾아 반짝거렸다. 잃어버렸던 웃음도 서서히 되찾고 학교생활을 밝게 지냈다. 떨어지는 시간을 보답이라도 하듯이 가람이와 강에서 손잡고 돌아온 날 이후로 하상은 완전히 바뀌었다. 하상을 한심하게 쳐다보던 친구들도 서서히 사라졌다. 그래서 하상은 좀 더 편안하게 학교생활을 보낼 수 있었다.

바람을 맞으며 하상은 회상의 강을 바라보고 있다. 어디선가 웃음소리가 들리는 것 같다. 하상은 웃음소리를 따라서 되찾은 미소를 환하게 지었다. 하상은 마음속으로 아빠를 부른다. 퍼덕이는 소리가 들린다. 고개를 돌리니 신기하게도 물총새 한 마리가 날고 있다. 고독해 보이지만 당당한 물총새. 겨울이라 여름 철새인 물총새가 날 리 없었다. 오직 하상의 눈에만 보이는 물총새. 물총새는 언 강을 향해 빠르게 내려가 얼음을 박차고 다시 날아올라 햇빛을 받으며 스르르 사라졌다. 사라지기 직전 물총새는 하상에게 짧은 순간이었지만 깊은 눈빛을 던졌다. 하상아, 앞으로 열심히 살아야 해. 물총새가 이렇게 말하고 가는 것 같았다. 아빠의 목소리가 귓가에 들리는 것만 같았다. 그러나 하상은 이제 울지 않았다. 아빠와 물총새가 하상의 곁에 머물러 줄 것을 알기에. 그 이후에 하상은 회상의 강에서 날아다니는 물총새를 다시는 볼 수 없었다.

광장의 꽃

사랑과 가족 그리고 그 외에 모든 것을 포기한 나는 동생이 병에 걸리자 무작정 한국으로 떠나왔다. 내 손을 붙잡던 어머니 손의 촉감이 아직도 생생하다. 겨우 뿌리치고 떠나오고 보니 젊음의 열정이 모든 것을 이겨내리란 생각과는 달리 온갖 비리와 멸시가 나를 맞이했다. 자신감으로 무장했던 내가 사회에 발을 내딛어 보니 내 자신이 한심해도 이렇게 한심할수가 없다.

내 주장으로 한국에 온 만큼 어머니께 부끄럽지 않은 아들이 되고 싶다. 한국에 온 뒤 가장 먼저 한 일은 통장 만들기이다. 그렇게 통장을 만들면서 티끌모아 태산이라고 조금씩 돈을 모아 동생 치료비도 벌고 가족들과 좋은 집에서 살리라 다짐했었다. 오늘 새벽, 잠이 오지 않아 뒤척이다 혹시나 해서 또 은행에 갔었다. 할 일이 없을 땐 은행에 가는 것이 어느새 습관이 되어버렸다. 기대는 안 했으나 역시 통장의 시간은 11월 9일 이후로 멈춰있다. 시간이 멈추기 시작했던 그날 이후 기계가 고장 난 것은 아닌지 매일 은행에 찾아와 확인했지만 늘 한심스럽다는 투의 '들어온 게 없네요.'라는 은행원의 말만 돌아올 뿐이었다.

그렇게 터덜터덜 집으로 돌아오는 길, 동네 조그만 슈퍼 옆에 설치된 펀치머신이 보였다. 보통 남자 성인의 키 반만 한 붉은색의 이 녹슨 펀치머신에는 어렸을 적 좋아했던 터프한 근육을 가진 금발의 힘이 센 남자캐릭터가 그려져 있는데, 녹이 슨 곳을 몇 번이나 페인트칠을 덧발랐는지 원래 펀치머신과 맞지 않는 불그스름한 페인트가 군데군데 두껍게 칠해져있었다. 펀치머신이 위치한 이 거리는 재개발 지역이 된다고 선포한 지 어언 6년째지만 정부의 예산 문제로 건물만 허문 채로 유지되고 있는데 인적이 드물어 황폐한 거리와 낡은 펀치머신이 잘 어울렸다. 나의 유일한 낙이라면 집 앞에 있는 이 펀치머신이다. 매일 고된 노동이 끝난 후 힘만 쓰고 와서 또 힘쓰고 싶으냐고 궁금해 할 수 있겠다마는 펀치머신은 내게 단지 힘겨루기를 위한 기계만의 의미가 아니다. 주머니를 뒤적거리다 백 원짜리를 탈탈 털어 보았다. 800원. 다행히 액수가 맞다.

'띠링띠링 띠리리리 띵띵~ 또 오셨네요? 이번엔 더 세게! 힘을 내봐요 ♫'

펀치머신에서 나오는 발랄한 목소리와 밝은 노래가 나를 반겨주었다. 하루 종일 지내면서 듣는 소리 중 가장 행복한 소리다. 이윽고 가죽이 다 벗겨져 보기 흉한 샌드백이 조금은 거칠게 녹이 슬어 뻑뻑해진 쇳길 사이로 힘겹게 다가왔다. 온 힘을 다해 샌드백을 내리쳤다.

'아우! 아쉬워요 150점입니다! 하지만 한 번 더 칠 수 있는 기회가 있다는 거! 현재 최고점수는 850점….'

기계 목소리가 끝나기도 전에 한 번 더 세게 내리쳤다. 100점. 고된 노동의 뒤라 그런지 어깨와 팔에 힘이 들어가지 않아 좋은 점수가 나온 적이 없다. 그래도 행복했다. 일을 끝마치고 가는 길, 펀치머신 앞 아무 생각 없이 샌드백을 칠 때만이 나의 유일한 즐거움이다. 다시 터벅터벅 집을 향해 몇 걸음 떼다 뒤를 돌아봤다. 저 낡아빠진 펀치머신을 좋아하게 된 건 한국에 온 지 막 한 달쯤부터였다.

7월 한국의 여름, 타국 땅을 밟은 지 한 달 만에 월급이란 걸 받았다. 어머니께 드디어 전화를 할 수 있겠다는 마음으로 오늘 일이 끝나기를 얼마나 기다렸는지 모른다.

"야! 거기 어딜 그렇게 뛰어 가!! 야! 안전모는 벗고 가야지!!!"

한국 지리를 모르는 나는, 그동안 이리저리 다니며 적당히 공사판과 집에서 가까운 공중전화기를 눈 여겨두고 있었다. 분명히 한국인들에게 길을 물어보면 화를 내며 짜증을 낼 게 뻔하니 차라리 내가 직접 발로 뛰며 찾는 게 맘 편하다.

오늘 하늘이 비가 오려는지 새카맣고 네 시인데도 벌써 저녁인 듯 어두컴컴했다.

공사판에서 일하던 그대로 달려와서 손에 먼지와 하얀 시멘트 자국이 선명히 남아있었다. 아무래도 상관없다. 어머니의 목소리를 들을 수 있다.

"어이, 거기 학생! 이제 그만 들어가! 몇 시간째야! 비도 이렇게 많이 오는데! 얼어 죽겠어! 아니, 외국인이잖아? 한국말… 못 알아듣나? 저기 이, 익스큐즈미? 고우! 고우홈!"

그렇게 비가 막 쏟아지는 여름, 어머니께 아버지의 사망 소식을 들었다.

공중전화 앞에 서서 비를 맞아 내 몸과 옷에서 나오는 바닥의 흙탕물만 바라 볼 수밖에 없었다. 옷의 흙탕물이 다 빠지고 얼굴의 먼지도 눈물로 다 씻기고 나서야 비가 그친 하늘을 원망스럽게 바라보며 집으로 향했다.

한 손에는 소주, 한 손에는 오늘 받은 월급을 들고 미친 사람처럼 걸었다. 새벽인지 사람도 없어서 좋았다. 눈치 볼 것 없이 당당해 질 수 있었다. 우리나라에서는 늘 당당해질 수 있는 난데. 집 근처 슈퍼 앞 땅바닥에 앉아 남은 소주를 탈탈 털어 넣었다. 소주병을 시원하게 깨뜨리고 나서 일어섰다. 그 옆에 펀치머신이 있었다. 다 낡아빠져서 먼지 쌓인 저 기계가 마치 내 모습 같았다. 사람들이 찾지 않는, 보고도 피해가는. 그래 너 맘에 들었다. 비틀거리는 몸을 일으켜 어머니와 통화하고 남은 동전들을 모조리 넣었다. 신나는 노래와 목소리가 나온다. 술에 취한 데다 한국어라 뭔 소린지도 모르겠지만 날 반겨주는 목소리인 것만큼은 확실했다. 샌드백을 세게 내리쳤다. 한 번 더 내리쳤다. 이렇게 시원할 수가. 여태 동안 날 모질게 대하던 한국인들에게 복수를 한다는 느낌으로 아주 세게 내리쳤다. 나에게 모든 짐을 지우고 간 원망스러운 아버지 얼굴도 아른거렸다.

　2년 전, 그때 이래로 펀치머신의 점수는 200은커녕 150이 한 번도 넘어간 적이 없지만 아무렴 어때. 펀치머신은 내 오래된 유일한 친구였다.

　아. 또 왼쪽 어깨가 아파왔다. 공사판에서 일 하는 막노동을 각오하고 왔건만 매번 반복되는 노동에 몸이 남아나지를 않는다.

　문득 동생의 얼굴이 떠올랐다. 그렇게 곱던 얼굴이 삐쩍 말라 뼈만 앙상하게 남아 볼 때마다 마음이 아팠다. 땀을 뻘뻘 흘리며 핏기도 없는 눈으로 날 바라보며 환하게 웃는 그 얼굴…

　나도 모르게 손에 힘이 들어갔다. 다 포기하고 조국으로 돌아가고 싶다는 충동을 억제하는 방법들 중 하나다. 동생이 다시 건강해질 수 있다면 무엇이든지 할 수 있을 것 같다.

　이놈의 눈물은 왜 이리도 눈치가 없는지 상황과 장소를 가리지 않고 등장한다. 아직 20대인 내겐 세상이 너무 힘들 뿐이다. 오랜 시간 동안 월급을 받지 못한 탓에 월세 집에서도 쫓겨났다. 그냥 무작정 지하방에서 뛰쳐나와 발이 이끄는 대로 집 앞 버스에 올라탔다. 마침 가진 거라곤 티셔츠 세 장에 바지 두 개 그리고 외투 한 벌이라 금방 짐을 싸고 나올 수 있었다. 가고 싶은 곳도, 정해진 목적지도 없다. 그렇게 나는 버스에 올라 앉아 눈을 감았다. 눈을 뜨고 싶지 않았다. 그냥 이대로 사라지고 싶다. 그저 빈 공간으로 사라져 버렸으면. 블랙홀이 있다면 지금 내게로 와주었으면. 무교인 나는 매일 밤 알라신부터 예수까지 안 불러본 신이 없다. 한국에 온 후 함께 현장에서 일하는 필리핀 동료가 힘들어 하는 나에게 교회에 가자고 했던 바로 그날 나를 데리러 오다 교통사고로 하늘로 떠났다. 그 이후로 더욱이 예수라는 작자를 믿을 수가 없다. 그 누구보다 열심히 일하고 착하게 살려고 노력하는 친구였다. 그래도 이젠 그마저도 너무나 필요한 존재가 되어버렸다. 정말로 존재하신다면 제발 제게 와서 남들에게 다 해주는 구원이라는 걸 좀 해주시죠. 버스 라디오에서 신나는 크리스마스 캐럴이 흘러나왔다. 벌써 시간이 이렇게 됐나. 5번째 맞는 한국의 크리스마스다. 창문 밖에는 흰 눈과 길거리엔 산타를 기다리는 갓 태어난 영혼들과 밤을 기대하는 오염된 영혼까지 모두 들뜬 마음으로 크리스마스를 기다리는 듯했다. 어느샌가 나도 눈을 보면서 설렘보다는 짜증이라는 단어가 먼저 떠오르는 사람이 되었다. 버스가 움직이면서 보이는 또 다른 행복한 사람들과 화려하게 장식된 크리스마스트리에 눈을 질끈 감아버렸다. 한국인이 아니라는 이유만으로 내가 남자로 보이지 않는다며 걷어차인 작년 크리스마스가 떠올랐다. 그리고 그녀는 일주일 후인가 아주 멋진 한국 남자와 데이트 하고 있었다. 내게는 보여주지 않던 그녀의 눈부신 미소를 잊을 수가 없다. 예쁘던 그녀가 그날에는 황홀할 정도로 아름다웠다. 얼굴을 스치는 부드러운 느낌에 눈을 떠보니 내 무릎 위에 작고 노란 꽃잎이 떨어져 있었다. 나는 꽃잎을 바라보았다. 고개를 들어 창가를 바라보니 나의 무릎 위에 있는 꽃잎과 같은 수많은 꽃잎들이 세상에서 눈이 부시는 춤을 추고 있었다. 나는 의자에서 일어났다. 공허하고 비었던 나의 눈에서 불타오름을 느꼈다. 손에 쥐고 있던 꽃잎을 살며시 내려놓고 버스에서 내리기 위해 벨을 눌렀다. 그 순간부터 내가 버스에서 내릴 때까지 심장에 설렘이란 탱탱볼을 던져 놓은 듯, 이리저리 움직이며 쿵쾅거렸다. 나는 살며시 입가에 미소를 머금었다. 무엇인가 좋은 일이 일어날 것만 같다. 지쳤던 내게 뭔가 생명력을 불어 넣고 있었다.

'이번 역은 광장, 광장역입니다…'

버스 문이 열리고 광장 역에 내렸다. 새하얀 이불이 온 거리를 따뜻하게 덮어주고 있었다. 나의 눈에 노란 아름다움이 가득 찼다. 누군가가 나의 마음을 어루만지고 있는 것 같이 편안하고 따뜻했다.

'아… 여기구나. 여기였구나.'

광장의 한가운데로, 꽃의 향기가 날 부르는 대로, 걸음을 뗐다. 지금 이 순간 나의 발걸음은 날개라도 단 듯이 가볍다. 광장은 너무나 거대해서 한 눈에 쉽게 들어오지 않았다. 가족들과 산책 나온 사람들, 행복한 미래를 속삭이는 연인들, 그리고 신나게 캐럴을 부르는 교회 사람들까지 매우 다양했다. 그들은 모두 다른 곳에서 왔고, 다른 곳을 향해 가지만 모두 즐거움을 외치고 있음에 화가 났고, 나는 그들보다 행복하지 않음을 알기에 더욱 빠르게 발걸음을 재촉했다. 두리번거리며 내게로 다가왔던 꽃을 찾기 시작했다. 사람들이 둥그렇게 모여 있었다. 아무래도 길거리 공연을 바라보고 있는 듯 했다. 가까이 가서 자세히 살펴보니 광장 한가운데서 한 소녀가 기타를 치고 있는 것이 보였다. 소녀의 모습은 너무나 외로워서 살짝이라도 어깨를 어루만져주면 그 눈물에 한동안 빠져나오지 못 할 것 같았다. 그래서 그냥 멀리서 다른 사람들과 함께 그 소녀의 노래하는 모습을 바라보았다. 그 소녀도 나처럼 아픔과 고통 속에서 허덕이고 있는 듯했다. 그 소녀의 팻말 옆에 노란 예쁜 꽃들이 꽂혀져 있었는데, 다른 사람들이 꽃을 가져가고 열 개도 채 안남은 듯했다. 마음이 급해졌다. 나는 저 꽃이 너무나 갖고 싶었고, 나도 모르게 꽃에게로 발걸음이 향하고 있었다. 가까이로 다가가니 점차 흔들리는 소녀의 목소리가 느껴졌다. 그 소녀의 마음은 먼저 하늘로 떠난 인주라는 친구에게로 향해있는 것이 분명했다. 떨리는 손으로 꽃을 들었다. 이렇게나 아름다운 꽃이 하찮고 투박한 내손으로 들어온 것에 감정이 북받쳐 올랐다. 사람들을 기쁘게 해주는 싱싱한 꽃이 시들어가는 내게도 왔다. 그리고 말했다. 괜찮아, 그저 괜찮아 모두들 그렇게 살아가는 거야. 아직 네게는 가장 뜨겁고 화창한 날이 오지 않았을 뿐이야. 아픔은 네 인생에서 귀중한 시간들이야. 너는 그 속에서 날로 성장해가고 있잖아. 나의 눈물이 꽃에게로 떨어져 고맙다는 말을 대신했다. 아무도 상처받은 내게 이런 말을 해주지 않았었다. 그동안 고통을 억눌러 와서 내려갈 데도 없던 나의 마음속 새싹이 움트기 시작했다. 이제 곧 비가 오고 해가 뜰 일만 남았다. 지금 이 순간 만큼은 아무도 의식하지 않고 내 시간에만 집중했다. 노래하는 저 소녀가 내게는 중요한 사람이 되어 버렸다. 이 꽃을 들고 다른 사람들처럼 그 소녀의 아픔에 귀 기울였다. 마치 보통의 사람들과 함께 즐기고 있는 듯 자연스럽게 사람들 속에 묻혀가고 있는 듯한 느낌이 들었다. 흰 돌 사이의 검은 돌이 아니라 행복했다. 나는 꽃으로부터 새로운 길을 걸었고 꽃으로 인해 새로운 길을 걸어갈 것이다.

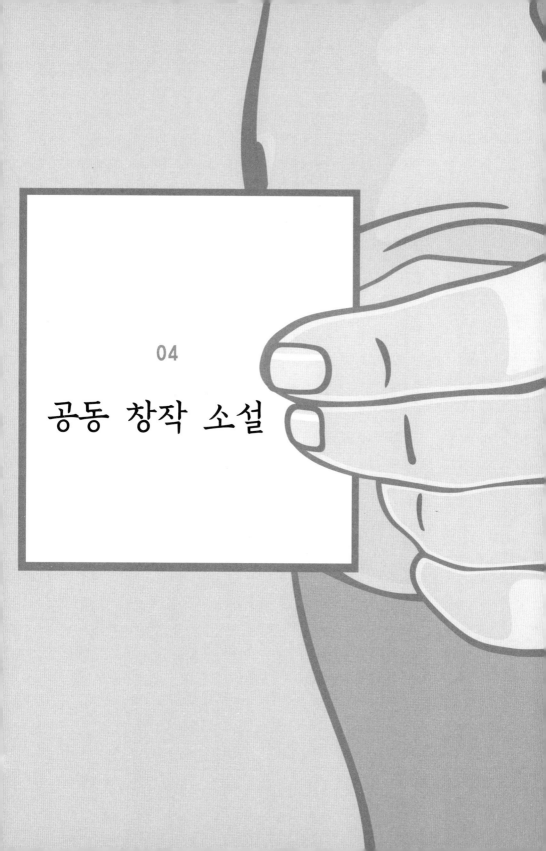

04

공동 창작 소설

숨바꼭질

우리 훈이는 남들과 조금 다르다. 내가 훈이를 가졌을 때 우리 부부는 힘들게 얻은 첫아이인 훈이를 지극정성으로 아끼고 하루하루 행복한 나날들 속에서 살았다. 그리고 몇 달 후에 태아 검사 차 산부인과에서 검사를 받았을 때의 일이다. 나와 남편은 그날 하늘이 무너져 내리는 것 같은 한마디를 전해 들었다.

"기형아입니다…"

그 말 한마디. 믿을 수 없었다. 그리고 믿고 싶지 않았다. 애초 우리 부부에게 장애아를 가진다는 것을 상상조차 해보지 않은 터라 우리에게 그의 한마디는 우리 부부의 마음을 와장창 무너뜨리고 말았다. 행복했던 나날들은 더 이상 찾을 수 없었고 우리 부부는 아이에 대한 깊은 고민에 빠져 버렸다. 힘겹게 얻은 첫아이. 그리고 우리의 피를 나눈 아이. 그런 아이를 생각하니 무책임하게 지워 버릴 수는 없었다. 마음이 너무 아팠다. 한동안 무기력하게 하루하루를 보내다 보니 건강은 나빠지고 정신적으로 스트레스를 많이 받았다. 우리 부부는 더 이상 이렇게 지내다가 나뿐만 아니라 우리 훈이도 위험해질 것이라는 판단에 확고한 결정을 내렸다. 그렇게 우리 부부는 훈이를 낳기로 결심한 것이다.

우리 부부는 남들에게 비밀 아닌 비밀이 생겨 버렸다. 힘들게 얻은 첫아이에 기대를 가지고 계신 시댁 부모님과 임신 중인 딸을 안타깝게 여기시는 친정 부모님. 이렇게 이들에게 우리는 비밀 아닌 비밀을 가지게 된 것이다. 그러던 어느 날 시어머니가 찾아오셨다. 첫 손자를 가진 며느리를 돕고 싶으셨는지 연락도 없이 갑자기 오셨다. 나는 당황했다. 하필 그날이야말로 정기적으로 검사를 받으러 가는 날이었다. 시어머니와 나는 현관에서 마주쳤다.

"어디 가는 길인가 보네?"

외출 준비를 한 옷차림의 나의 모습에 어머니가 말씀하셨다. 나는 당황하여서 말을 잇지 못하다가 결국 병원 가려고 막 나서던 참이라고 말씀드렸다. 어머니는 환한 미소를 지으시며 말씀하셨다.

"그래, 혼자 가기 버거울 텐데 마침 잘 됐구나."

어머니의 동행에 나는 몹시 당황하고 말았다. 병원을 가는 동안 어머니는 시댁 옆집에 먼저 태어난 아기 이야기를 하며 우리 아기가 더욱 예쁠 것이다, 그리고 어머니가 남편을 가졌을 때의 이야기, 아기를 키울 때의 이야기 등의 이야기를 하면서 첫 손자에 대한 큰 기대를 품고 계셨다. 그런 이야기를 들으면서 나는 얼굴이 창백해졌다. 그런 나의 얼굴색을 보고 어머니가 말씀하셨다.

"어디 아프니?"

나의 비밀을 들킨 것만 같았다. 나는 아무런 대답을 하지 못하고 어머니와 병원에 도착하였다. 대기 번호를 기다리며 진찰 순서를 기다렸다.

"권주희 님 들어오세요!"

간호사의 부름에 나와 어머니는 진찰실로 들어갔다. 원장 선생님은 인자하게 웃으시며 말하셨다.

"지우지 않고 출산하시기로 한 것 잘 하셨습니다. 다운증후군은…"

그리고 우리 아이가 가진 장애에 대한 설명을 하셨다. 나는 가슴이 뛰어 미칠 노릇이었다. 차마 어머니의 얼굴을 쳐다 볼 수 없었다. 원장님은 내 맘을 아는지 모르는지 계속해서 설명을 하셨다. 그렇게 진료가 끝나고 어머니가 물으셨다.

"애야, 저게 무슨 소리니?"

나는 쉽게 말을 뗄 수가 없었다. 집으로 돌아가는 길에 나는 용기 내 첫 마디를 꺼냈다.

"어머니 사실 저희 아이, 기형이래요."

난 마치 죄를 짓는 것만 같았다. 죄송함에 눈에서 눈물이 났다. 그리고 떳떳하게 밝히지 못한 나의 마음에 뱃속에 있는 훈이에 대한 미안함이 들었다. 어머니가 대답했다.

"알았다. 일단 집으로 가자."

집 앞까지 나를 바래다주고 어머니는 근심 가득한 얼굴로 곧바로 집으로 향하셨다. 그날 저녁 시댁에서 한 통의 전화가 걸려왔다. 마음이 초조했다. 전화를 받은 나는 더욱 당황하였다. 전화를 거신 분이 바로 시아버지셨다.

"왜 이 사실을 이제야 말하는 거냐… 너희가 아무리 힘들게 얻은 아이라고 해도 장애를 가진 아이를 데리고 살 수 있겠니? 나는 이 아이 낳는 거 반대야. 하루 빨리 병원 가서 수술 받아라."

이건 대화가 아닌 일방적인 통보였다. 우리 부부의 마음을 이해해주지 못하는 시댁 부모님들이 원망스러웠다. 나는 친정에 전화했다. 그리고 사실을 토로했다. 나의 말을 듣고 엄마가 우는 소리가 전화선을 타고 흘러들어왔다. 나도 모르게 눈에서 눈물이 났다. 그렇게 한참 전화를 끊을 수 없었다.

어느덧 출산 예정일이 다가오고 우리는 시댁을 설득하지 못하고 결국 아기를 출산하게 되었다. 첫아이. 박훈. 훈이가 태어났다. 내가 처음 본 훈이는 다른 아이들과 조금 달랐다. 그래서 우리 부부는 훈이가 자라는데 어려움을 겪지 않도록 더욱 더 훈이에게 각별히 하자고 다짐했다. 훈이가 5살이 된 해에 훈이는 다른 아이들에 비해서 더딘 성장을 보였지만 나는 다른 또래의 친구들과 다름없이 유치원에 입학시켰다. 아직 어린 나이라고 생각하고 관심이 소홀했던 우리는 가슴 아픈 상황을 겪어야만 했다. 어느 날, 훈이가 내게 아직 말하는 것이 익숙하지 않은 듯 어리숙하게 말을 했다.

"엄마, 난 왜 친구들과 달라?"

가슴이 찢어지는 것 같았다. 해를 거듭 할수록 훈이를 향한 아이들과 주변의 시선은 더욱 거칠어졌다. 철이 든 아이들보다 무서운 건 아직 천진난만한 아이들이었다. 생긴 게 조금 다르고 특이하다는 이유로 훈이를 놀려댔다. 내가 훈이를 위해서 해 줄 수 있는 것은 그저 집으로 돌아와 훈이를 따뜻하게 반겨주는 일뿐이었다. 그저 반겨주는 일. 동네에서 우리 가족은 감정 없는 대화와 싸늘한 눈초리를 받으며 하루하루를 보냈다. 내가 유치원에서 마친 훈이를 데리고 집으로 오는 길에 생긴 일이다. 훈이 때문에 언제나 주변 이웃들에게 호의와 친절을 베풀며 살자는 각오를 항상 다졌고 그리고 그렇게 살아왔다. 그런데 그날 엘리베이터에서 내려 훈이와 함께 복도를 지나는데 우리 집 위층 아주머니와 친하다고 생각했던 옆집 아주머니, 그리고 낯선 두 여자가 복도 끝자락에서 우리 집을 손짓하면서 이야기를 하다 나와 훈이를 보고 깜짝 놀라더니 급하게 말을 끊었다.

"어… 그래 훈이 엄마, 훈이 데리고 오는 길이구나."

너무 놀란 나머지 더듬대는 옆집 아주머니의 말투에서 나는 더 이상 진심이라고는 느껴지지 않았다. 나는 그들에게 무심했다는 듯이 가벼운 눈인사만 하고 집으로 들어왔다.

따뜻했던 것 같던 집의 온기는 냉랭하게 식어있었다. 지금껏 우리 부부의 노력은 모두 껍데기에 불과하였고 그 노력들은 우리 부부에게서 등 돌리고 있었다. 집에 와서도 난 계속 생각에 잠겨있었다. 그날 나는 초등학교 입학을 앞 둔 훈이의 새로운 시작을 위해서 새로운 결심을 했다. 이사. 새로운 시작을 위해 나와 남편은 정 붙였던 동네를 떠나 새로 시작하기로 마음을 굳혔다.

"여기는 어때, 훈아?"

나의 말에 훈이는 오늘도 대답 없이 그저 해맑게 웃고 있다. 언제나 그랬던 것처럼. 그렇게 이사한 새 집, 새 이웃, 새 동네 우리 가족은 차츰 적응해 나갔다.

"수고 하셨어요."

이삿짐센터 직원들에게 간단한 인사를 건네고 돌아서려는데 직원 중 한명이 훈이를 빤히 보고 있었다. 그러다 나와 눈이 마주친 그는 당황한 듯 황급히 고개를 돌렸다. '그래요 우리 애가 다른 아이들과는 좀 다르죠' 다행히 훈이는 그의 눈빛을 보지 못한 것 같았다. 그런 상황이라면 골백번도 더 겪어본 나로서는 애써 웃어 보이며 현관문을 닫았다. 새 이웃들에게 돌릴 떡을 나눠 담다가 나는 혼자 생각에 잠겼다. 그이가 곧바로 출근하느라 집에는 나와 훈이 뿐이었기 때문에 훈이를 집에 두고 갈수 없었다. 그렇다고 데려가자니 이웃들의 시선에 훈이가 상처 받을까 걱정이 되었다. 결국 함께 집을 나선 우리는 가장 가까운 옆집의 초인종부터 눌렀다. 훈이의 두 손에는 보자기로 덮인 시루떡이 먹기 좋게 들려있었고 나는 직접 달인 따뜻한 모과차를 보온병에 담아 옆집에서 사람이 나오기를 기다렸다. 대문을 열고 나온 아주머니는 굉장히 푸근하고 인심이 좋아 보였다.

"안녕하세요 저희 옆집에 이사 와서 인사드리러 왔어요 떡도 좀 드셔 보세요."

"아이고 어쩐지 아침부터 웬 사람들이 왔다갔다 하길래 누가 이사왔나 보다 생각은 했는데 옆집이었네."

반갑게 맞아주는 아주머니의 모습에 안심한 나는 훈이를 타일렀다.

"훈아, 떡 드려야지."

부끄러웠는지 내 뒤에 숨어있던 훈이가 슬그머니 떡을 내밀었다.

"여… 여기."

다운증후군 특유의 얼굴로 더듬거리며 떡을 건네는 훈이의 모습에 아주머니는 약간 당황한 듯 했다.

"다운증후군이에요."

나는 애써 덤덤하게 그녀가 궁금해 하고 있을 의문을 설명했다.

"아…"

그녀는 그제야 알겠다는 듯 고개를 끄덕였다.

"잠깐만요."

그러고는 황급히 집으로 뛰어 들어가는 그녀를 보며 우리는 또 지난 마을에서처럼 외면당하는 존재가 될 것이라 생각했다. 그런데 그녀는 무언가 묵직하게 들어있는 검은 비닐봉투를 들고 나왔다.

"이거 호두인데 애들한테 좋대. 우리는 영감이랑 나밖에 없어서 필요 없으니까 가져가서 먹어요."

"어우 괜찮아요… 뭘 이런 걸…"

예상 밖의 호의였다. 지금껏 받아보지 못한 대접에 나조차 당황스러웠다. 보통 훈이의 모습을 본 사람들의 반응은 한결같았다. 인사를 끝으로 자기가 가던 길을 황급히 가거나 티를 내지 않으려 노력하는 듯했지만 인상을 찡그리며 어서 피하고 싶다는 듯 여겼다. 그러나 이 아주머니는 달랐다. 훈이를 보고서도 전혀 연민이나 불쾌감을 드러내지 않았다. 처음엔 그저 연륜이 있어 표정을 숨기는 데 일가견이 있나보다 했다. 하지만 호두를 건네는 순간 비로소 나는 그녀가 우리를 진정한 이웃으로 대해주고 있음을 느꼈다.

"감사합니다. 잘 먹을게요."

나는 고개를 돌려 눈물을 훔치고는 대답했다.

이사를 온 지 며칠이나 지났을까. 나는 생각보다 씩씩하게 새 환경에 적응하는 훈이가 대견스러웠다.

그런데 훈이가 사라졌다.

다 나의 잘못이었다.

매일 학교를 마칠 때 즈음이면 훈이의 학교 앞으로 마중을 나갔었지만, 그날은 이사 온 집에 관한 일 때문에 학교로 마중 나가주지 못해서 훈이를 학교에 보낼 때

"조심히 와야 해. 훈아! 학교 마치자마자 집으로 꼭 오는 거야! 알았지?" 라고 신신당부 했었는데…

이사 일이 끝나고 집에 돌아오는 길에 골목에서 본 우리 집에는 불이 켜져 있지 않았다. 불안한 마음을 안고 집으로 뛰어가는 길에 '왜 슬픈 예감은 틀린 적이 없나' 라는 노래 한 소절이 생각이 난다. 훈이가 집에 들어오지 않았다.

보통 한시면 학교에서 수업이 끝나고 아무리 늦어도 두시엔 집에 도착해야하는 훈이가 네 시간은 훌쩍 넘은 여섯시까지 들어오지 않고 있다.

하늘이 무너지면 이런 기분인가보다. 눈앞이 까맣다 못해 아무것도 보이지 않는다.

왜 하필 나에게만 이런 일이 생길까? 하늘이 정말 있다면 왜 나에게만 이런 시련을 주는 걸까? 그 짧은 순간에 수많은 생각들이 지나쳐간다.

허겁지겁 훈이의 담임 선생님에게 전화를 걸어보았다.

뚜 -- 뚜 -- 뚜 -- 숨 막히는 시간이 지나고 훈이의 담임 선생님이 전화를 받았다.

"선생님, 훈이가 아직 집에 들어오지 않아서 그런데 혹시 훈이가 제시간에 학교에서 나왔나요?"

"네 어머님, 훈이가 아직 집에 들어오지 않았다구요? 그럴 리가 없는데… 제가 훈이랑 인사도 하고 훈이가 제시간에 학교에서 나가는 걸 봤거든요."

"알겠습니다. 감사합니다, 선생님."

선생님이 뒤이어 말을 하는 것 같았지만 전혀 들리지 않았다. 정신을 놓은 사람처럼 나는 말없이 전화를 끊었다.

옷을 갈아입을 시간도 없었다. 집에 오자마자 나는 바로 훈이를 찾으러 다시 나가야만 했다. 눈물로 화장이 엉망이 되어도, 구두를 신고 달린 발들이 아려도 나는 상관없었다. 훈이만 찾을 수 있다면 뭐든 할 수 있을 것 같았다.

내 모습이 처량해 보였던 건지 동네 사람들이 하나 둘 창문 밖으로 고개를 내밀고 나를 쳐다보았다.

시간은 계속 흐르는데도 훈이가 보이지 않자 속이 타들어가는 것만 같았다.

"주희 씨!"

옆집의 재민이네 엄마였다.

"재민이가 자기 잘못이라고 울면서 저한테 오길래 무슨 일인지 자초지종을 들었거든요."

"네?" 울다 지친 쉰 목으로 내가 힘겹게 내뱉은 첫마디였다.

옆에 있던 재민이가 우물쭈물 망설이며 나에게 이야기 해주었다.

"사실은 그게요…"

재민이가 울먹이며 말을 이어갔다.

"훈이랑 저랑 친구들이랑 네 명이서 숨바꼭질을 했는데요, 훈이가 술래가 됐는데…"

재민이가 훌쩍이며 말하는 바람에 답답한 마음이 있었지만 훈이가 어디 있는지 알고 있는 것 같아 꾹 참고 재민이의 이야기를 듣고 있었다.

"밥 먹을 시간이 돼서 저랑 친구들은 집에 갔는데… 훈이도 집에 갈 줄 알았거든요."

"아…"

나는 짧은 탄식과 함께 가슴 한편이 먹먹해져 왔다.

우리 훈이가 아프지만 않았더라도… 이런 생각도 잠시, 계속 훈이의 이야기를 들어야 한다.

"그래서 훈이가 어디 있는지는 모르는 거니?"

재민이가 울음을 터뜨리는 바람에 나는 더 이상 훈이의 행방에 대해 물을 수 없었다.

재민이가 울먹이며 작게 한마디를 내뱉었다.

"놀…"

워낙 작게 말했었고, 무슨 말인지 알아듣기 어려웠기에 대수롭게 여기지 않고 재민이네 엄마에게 고맙다고 인사를 하고 다시 훈이를 찾으러 가려던 찰나에 재민이가 나의 옷자락을 잡아당기며 말했다.

"놀이터… 놀이터에서 같이 술래잡기를 했어요"

재민이네 엄마가 같이 찾으러 가자며 손짓을 보낸다. 그것은 편견 가득한 시선으로 날 바라보던 차가운 세상의 손짓이 아니었다.

따뜻한 재민이네 엄마의 호의, 장애아의 부모가 아닌 그저 한 아이의 엄마로 봐주는 세상에서 가장 고마운 배려에 나는 눈물이 다시 핑 돌았다. 너무 많이 울어서인가 머리가 아파온다.

"앞장서야지. 재민아."

재민이네 엄마가 말한다.

놀이터로 우리를 안내하는 재민이를 따라 재민이네 엄마가 나를 부축하며 괜찮을 거라며 나를 다독여준다.

얼마나 걸었을까 놀이터에 도착한 우리는 훈이를 찾기 시작했다.

"훈아, 어디 있니? 훈아!"

"훈아, 미안해. 어디 있는 거야. 훈아. 내가 정말 미안해 훈아."

이미 어두워진 놀이터에는 훈이를 찾는 목소리만 가득하다. 훈이의 모습이 보이지 않자 다리에 힘이 풀린 나는 그만 주저앉아버리고 말았다.

그때 저 멀리서 부스럭 거리는 소리가 들리더니 작은 그림자 하나가 우리를 향해 뛰어온다.

"재민이… 재민이 찾았다…!"

훈이다. 내가 살아가는 이유이자 내 모든 것, 내가 사랑하는 내 아들 훈이.

재민이는 다시 울음을 터트리며 훈이에게 사과한다.

"훈아, 정말 미안해. 이제 절대로 너를 버리고 가지 않을게. 약속해. 훈아. 미안해."

뭐가 그리 즐거운지 훈이는 그저 웃으며 재민이의 눈물을 닦아준다.

"울지마, 괜찮아. 울지마, 괜찮아."

이 말만을 반복하며 훈이는 계속 싱글벙글 웃고 있을 뿐이다.

"어? 엄마도 찾았다."

훈이는 재민이 뒤를 뛰어 가고 있는 나를 보자 환하게 웃으며 말했다. 나는 훈이를 보자 그 자리에 주저앉았다. 훈이는 나에게 뛰어와

"엄마, 괜찮아?"

하고 물었다.

"우리 훈이 숨바꼭질은 재밌었어?"

정말 가슴이 뭉개지는 것 같았다. 훈이의 첫 숨바꼭질이 이랬어야만 하는지, 훈이가 남들과 같았어도 훈이의 첫 숨바꼭질이 이렇게 끝났을까?

그 자리에서 훈이를 앉고 눈물을 흘렸다. 훈이는 아무것도 모른 채 오늘 있었던 숨바꼭질을 나에게 설명해주었다. 이제 재민이를 찾았으니 나머지 친구들도 찾아야 한다며 나에게 도움을 요청했다.

"훈아, 우리 이제 집에 가서 놀자. 숨바꼭질은 내일 다시 하고."

나는 훈이를 안고 일어서 재민이네 엄마에게 감사하다는 말만 남기고는 집으로 돌아갔다.

"내일도 같이 놀자."

훈이는 재민에게 손인사를 하면서 내일 만나자는 약속까지 했다. 재민이는 아무런 대답 없이 재민이네 엄마 뒤로 숨었다. 나는 집으로 돌아가는 길 내내 아무 말 없이 훈이의 손을 꼭 잡으면서 눈물을 참았다. 집으로 돌아가니 옷도 갈아입지 않고 서서 나에게 전화를 걸고 있는 남편을 보았다. 그제야 남편의 수십 통의 부재중전화를 확인하였다. 훈이는 남편을 보고 달려가 안겼다. 남편도 웃으며 훈이를 안아 주었다. 남편과 훈이가 샤워를 하는 동안 식탁에 멍하니 앉아 오늘 있었던 일들을 생각해보았다. 혼자 남아 친구들의 모습을 찾으면서 돌아다녔을 훈이가 계속해서 떠올랐다. 이사를 잘못 온 것일까? 정말 우리 가족이 행복하게 살아 갈 수 있는 동네는 없는 걸까? 또 눈물이 나오려고 했다.

샤워를 마치고 나온 훈이를 방으로 데려가 눕혀 놓고 나와 남편에게 오늘 있었던 일들을 말해 주었다.

"조금만 더 기다려보자. 아직 우리 훈이가 얼마나 좋은 아이인지 사람들이 잘 몰라서 그러는 걸 거야."

남편의 위로의 말에도 불구하고 나는 아까 훈이의 모습이 잊혀지지 않았다.

"훈이를 위해서 이사를 왔는데 오히려 훈이를 다치게 하는 게 아닌지 나는 너무 걱정이 돼."

나는 훈이가 다른 친구들에게 상처 받을까 많이 불안했다.

"우리 시간을 가지고 조금만 더 기다려보자."

남편의 말에 나는 일단 수긍하며 잠자리에 들었다.

다음 날 아침 일찍 나는 재민이네 집으로 향했다. 문이 열리고 재민이 엄마가 나왔다.

"안녕하세요…"

긴장한 듯한 모습의 재민이 엄마가 인사를 건넸다. 나는 고개만 숙이고 안으로 들어갔다. 식탁에 앉은 나는 차를 기다리며 냉장고를 바라보았다.

재민이의 초음파 사진처럼 보이는 사진이 자석으로 붙어 있었다.

"저때부터 였어요."

차를 가지고 않는 재민이 엄마에게 나는 말을 했다.

"네?"

당황한 재민이 엄마는 나에게 되물었다.

"저때부터 였다고요 내 배 속에서 나올 아이가 장애라는 걸 알았을 때 가."

재민이 엄마는 아무런 대답 없이 고개를 숙이고 있었다.

"저도 잘 알아요. 저 사진을 찍으러 가는 그 병원길이 얼마나 설레였을 지를. 아이가 태어나면 정말 최고의 엄마가 될 거라 다짐하면서 병원으로 가셨겠죠. 저도 그랬고요. 하지만 우리 부부는 가는 길과는 다르게 나오는 길에는 멍한 표정으로 서로를 부축하면서 나왔어요."

재민이 엄마는 계속 고개를 숙인 채 아무런 말이 없었다.

"그 뒤로 훈이를 낳기까지 많은 일들이 있었어요. 어쩌면 훈이를 낳지 못했을지도 몰라요. 그렇게 힘든 훈이를 낳고 기른 첫 동네에서 우리 가족은 쫓겨나듯이 이사를 했어요. 바로 이 동네로 이렇게 피난 오듯 온 동네 여서 우리 가족은 정말 잘 살아 보려고 했어요. 그런데 요즘 들어 훈이를 낳은 게 정말 잘한 일인지 계속 의문이 들어요. 훈이를 계속해서 상처 입 히고 있는 것만 같아서. 어제 일만해도 훈이가 혼자 친구들을 찾고 다닐 때 저는 아무것도 모르고 있었죠."

이때부터 고개를 숙이고 있던 재민이 엄마의 손에는 눈물이 떨어졌다.

"정말 죄송합니다."

"아니요. 괜찮아요. 저희 훈이는 정말 친구들과 숨바꼭질을 한 줄로만 알고 있거든요."

그때부터 재민이 엄마는 아무런 말없이 계속해서 울기만하였다.

"재민 엄마, 저는 오늘 재민이를 혼내려고 온 것도 아니고 책임을 물으려고 온 것도 아니에요. 단지 저희 훈이를 재민이와 같은 아이로 바라봐 주었으면 해서 이렇게 찾아오게 됐어요."

나는 그제야 내가 하고 싶은 말을 했다. 재민 엄마는 눈물을 멈추고 고개를 끄덕였다.

나는 차를 마시면서 그동안 있었던 마음고생들을 다 말하고 나서 재민이네 집을 나왔다.

집으로 돌아와서 훈이를 안아 주었다. 다음날 훈이를 유치원에 대려다 주는 길에 재민 엄마와 함께 있는 엄마들을 보았다.

"안녕하세요."

나는 가볍게 인사만 하고 집으로 돌아왔다.

텔레비전을 켜보니 다운증후군을 위한 모금을 하고 있었다. 사연과 함께 기부금을 보내면 추첨을 해서 방송국에 직접 출연하는 형식의 프로그램이었다. 나는 내 아들이 다운증후군을 앓고 있다는 내용과 그 엄마들의 마음을 잘 알고 있다는 식의 사연을 적어 기부금을 보내기 위해 은행으로 향했다.

"훈이 어머니?"

기부금을 보내고 있는 나의 뒤에서 재민이 엄마가 나를 불렀다.

"안녕하세요? 무슨 일로 오셨어요?"

나는 기부금을 마저 다 보내고 인사를 하였다.

"실은 훈이 일을 계기로 재민이 친구들 엄마들과 TV 프로그램에 기부금을 보내기로 했어요. 비밀이었는데 들켰네요."

재민이 엄마는 웃으며 말했다.

"아, 그러셨구나."

나는 조금은 당황스러웠다. 그날 집에 찾아갔던 덕분일까 재민 엄마의 생각은 완전히 달라져 있는 거 같았다.

"꼭 채택되어서 TV에 나가서 우리 동네 사람들에게 알릴 거에요. 훈이가 다른 아이들처럼 좋은 아이라는 걸요."

이제는 아주 다짐을 했나보다.

"아, 감사합니다."

나는 인사를 하고 집으로 돌아왔다.

그 뒤로부터는 훈이를 상대로 장난치는 일들은 일어나지 않았다. 우리 가족은 조금씩 이 동네 속에 적응하고 있었다. 며칠 뒤 나와 남편은 TV를 켜고 깜짝 놀랐다. 분명 재민 엄마와 친구들 엄마였다. 그때 기부금을 보냈던 프로그램이었다.

"저희 동네에는 다운증후군을 앓고 있는 아이가 있는데 처음에는 동네 사람들이 꺼려하는 모습들이 보였습니다. 하지만 더 이상 이러한 시선들을 버리고 그 아이를 따뜻한 시선과 관심으로 바라보아야합니다."

자신감 넘치는 재민 엄마의 목소리에 나는 감동을 받았다. 다른 엄마들도 숨바꼭질 일부터 시작해서 우리 훈이에게 사과하는 솔직한 모습들을 보였다. 그러한 모습들이 많은 사람들에게 공감을 일으켰다.

그 후로 나와 훈이가 문밖을 나가면 동네 사람들이 따뜻한 미소와 함께 훈이를 쳐다보면서 인사를 건넨다. 드디어 우리가 행복하게 살아갈 수 있는 동네가 온 것이다. 요즘 훈이는 주말이면 그 따뜻한 동네로 숨바꼭질을 하러 나간다. 훈이의 그런 행복한 모습을 보면 이때까지 있었던 크나큰 일들도 다 녹아 없어지는 것 같다.

가락국수

1

하얀 눈이 목련 꽃 눈송이처럼 앉아있다.

나는 낭랑하다는 18세 김준수다. 하지만 23일 후면 19세다.

결국 고3이 되어가는 지금, 시간들은 정말 빠르게 지나간다. 냉정한 겨울만큼이나…

길게만 느껴졌던 2년, 이렇게 소리 없이 지나가 버릴 줄이야!

야자를 마친 나는 바로 집에 가야하지만 별로 가고 싶지 않다.

"오늘도 열심히 했니?"

그 한 결 같은 질문도 다정한 것만큼이나 잔인한 화가 솟구친다.

어쩌면, 기대에 부흥하지 못한 내 자신이 집을 밀어버리고 싶은 가시방석일지도…

나는 오늘 새로운 길목을 찾아 저벅저벅 향한다.

이 길로 가면 이제까지 다녔던 길보다 더 많은 시간이 걸리겠지만, 오늘은 이 길로 가야만 할 것 같다.

문득, 두렵다.

18년간 큰 사고 없이 보내온 나에게는 이런 작은 변화조차 도전이었던 가!

그래도 이런 식으로 살고 싶지 않다.

내가 좋아하는 주희에게도 이런 모습을 보여주고 싶지 않다.

'좋아! 김 준 수. 넌 할 수 있어. 네가 새로운 길을 세워볼 것이다.'

시리게 맺힌 땀방울 그리고 주먹 쥔 손, 그 안은 공기 눅눅하다.

이 길 또한.

나 역시……

2

수많은 시간은 삶이라는 그림자 안에 둘러놓은 시간 같다.

얼마나 반복해야 나의 무게가 나의 존재가 삶이라는 것을 알게 될까?

어렵다. 아직은 모르겠다.

얼마나 지났을까? 새로운 사건이 반겨 줄 것만 같던 거리가 그저 차가운 한숨이 안경에 앉아 뿌옇게 맞이한다. 다른 길이란 이런 것인가?

그저 주저앉고 싶다. 울고 싶다.

내 눈 앞에서 깜빡이는 저 가로등마저 나를 놀리는 것 같다.

지금이라도 항상 그러하듯 그럼에도 불과하고, 그런 객쩍은 말이나 하며 그냥 그렇게 살아가야 하는가?

따스한 공기가 감싸온다.

'뭐지?'

허름한 우동 가게가 있다.

양철 굴뚝에서 뜨거운 김이 모락모락 올라온다.

색 바랜 미닫이 문, 드문드문 노란 테이프로 새겨진 가락국수, 오랜 시간만큼이나 버텨온 그 간판을 그 한결 같은 그 곳처럼 멍 때리는 나.

손님으로 보이는 남자 한 명이 나오고 있다.

열리는 문틈으로 우동 냄새가 따뜻하다.

'좋다.' 하는 그 순간, 뇌리에 박힌 그 무엇!

무언가에 끌리듯이 우동 가게 안으로 들어와 있는 멍 때리는 나.

우동 가게는 생각보다 깔끔하다. 외부와 전혀 어울리지 않을 만큼 따뜻하다.

'뭐지.'

이상한 기운이 느껴지는 순간, 누군가 내 어깨 위에 손을 올려놓는다.

"학생, 우동 먹겠나? 들어와 앉아보게."

'아니. 아니…… 저는 그냥.'

"오늘 면은 아주 좋군. 내가 오늘은 우동 한 그릇 대접해주지."

'면이? 좋아, 뭐지 여기.'

이 아저씨는 어디서 나타 난거지 온 몸에 털이 삐죽하게 선다. 이건 경고야. 아니 낯설음이다. 나갈까?

하지만 내 몸은 어느새 아저씨가 가리키는 곳에 앉아있다.

어릴 적부터 맛있는 음식 앞에 나의 코는 점령당해있었다.

익숙함이란 가끔 두렵기도 하다.

그러하듯, 우동 냄새 어딘가에 내 기억은 조각처럼 사라지고 있었다.

"메뉴판?"

선뜻 받은 메뉴판을 보고 마시던 보리차 물을 뿜어 버릴 뻔 했다.

"크크큭 크-크크큭" 익숙한 풍경을 보듯 웃는 저 소리가 좋다.

"저기 아저씨, 이게 무슨 뜻인지."

"아이고, 저희 가게는 특별한 메뉴가 없습니다."

"저는 손님 여러분들의 이야기를 듣고, 적당한 우동을 만들어 드리지요."

"적당한 우동이요?"

"네, 손님에게는 이제까지 살아온 삶이 항상 일정하지 않지요. 나는 그 손님의 인생을 사고, 손님에게 적당한 우동이 무엇인지 만들어 대접합니다."

'내가 살아온 삶!'

"저는 손님의 추억을 우동으로 대접해 드립니다. 어떠신가요?"

어느새 내 안에 웃음은 사라졌다. 내가 누구인지조차도 따뜻한 연기와 함께 사라졌다.

이 우동은 어쩌면 오늘 내 인생을 바꿀 선택을 할지도 모르겠다.

"아저씨 한 번 믿어볼게요."

"네, 시작하세요."

"저는 이제 고 3이 됩니다. 솔직히 고3이라는 게 크게 와 닿지는 않아요."

"그렇군……!"

"돌이켜보면 정말 빠른 날들이 지나갔는데 저는 모르겠습니다. 남들은 고등학교 가면 시간이 정말 빠르게 지나간다고 했는데 이제 고3이 되니 실감해요, 그 두려움이, 남은 시간 그리고 주변 시선……"

"'음…… 그 기대가 너무 두렵습니다."

"저희 집은 꽤나 잘 삽니다. 아버지는 회사에서 꽤나 높은 자리에 계시거든요. 그런 집에서 공부 못하는 아들의 위치가 어느 정도겠어요? 집에 있으면…… 마치, 제 뒤에 가족 시선이 붙어있는 것 같습니다."

"음-" 어깨가 자꾸 내려간다.

"집에 있는 시간이 정말 불편합니다. 물론, 저에게 문제가 있죠. 2년 동안 고등학교 생활을 어물 저물 보낸 것 같습니다."

"……"

"차라리 남들처럼 공부에 빠지든지, 실컷 놀든지, 연애를 해보든지, 저는 그저 남의 시선만 눈치보고 부모님이 하라는 대로 맞춰 살아온 것 같아요."

"차라리 하고 싶은 것을 맘껏 하면서 내 자신을 돌아봤으면 지금의 고민이 없겠죠. 지금은 제가 허무하게 보내온 그 2년이 후회스럽습니다."

"그럼, 학생, 아직도 그런 모습으로 살고 싶은가요?"

나는 아무런 말도 할 수가 없었다. 아니, 나의 고민조차 작게 느껴졌다.

"부모님을 제외한 다른 사람들에게도 자신에게 그런 모습을 보여주고 싶은가요?"

"물론 아니죠! 저도 친구는 당연히 있고 좋아하는 사람도 있다고요."

주인아저씨의 짤막한 질문은 마치 나의 가슴을 크게 두들기는 거 같았다.

나는 좋아하는 사람이 있다. 지금으로써는 그저 그 사람에게 좋은 모습을 보여주고만 싶다.

그런데 무언가 빠진 느낌이다. 무언가……

"그렇다면 노력해보세요. 손님에게 남은 시간이 고작 1년이 아니라 1년씩이나 남았다고 생각해보세요. 남은 1년마저 지금처럼 보내고 싶지는 않지요?"

사실이다. 나는 이대로라면 남은 1년마저 지금처럼 보내버릴 것이다.

3

'1년/ 일 년/ 365일'
모든 것은 숫자 위에 세상이 놓여있다.

드르륵 문이 열리는 소리가 난다. 본능적으로 문 쪽을 본 나는 사람을 뚫어지게 바라보고 있다.
'당황스럽다' 내가 짝사랑하던 신 주 희.

주희는 언제나 항상 매고 있던 빨간색 머플러를 내리며 내 옆자리에 앉았다. 딱히 내 옆을 골라 앉았다기보다는 좁은 가게의 구조상 내 옆자리에 앉게 된 것이었다.

"여기 분위기가 왜 이래요? 히히."
주희가 가게에서 한 첫마디였다.
나는 어쩌면 좋을까? 고민하며 그저 아저씨가 내준 물을 홀짝 거렸다.
주희는 나를 알아채지 못한 것 같다.

"여기는 뭐하는 곳이에요? 식당 맞죠! 근데 왜 메뉴가 없죠?"
주희는 매우 흥미를 느낀다는 듯이 주인아저씨께 물어봤다.
"여기는 손님 고민에 따라 우동이 달라지게 나옵니다."
"오 오 오! 엄청 신기하네! 요즘은 메뉴 없는 식당이 뜨나?"

그녀의 뜬금없고 어이없는 말에 나와 아저씨는 크게 웃어버렸다.

'아랑곳 하지 않는 주희가 신기하다. 이 시간에 애는 여기 왜 왔을까?'

주희의 특유의 밝음이 가게를 둘러쌌고, 나는 그런 활기찬 분위기 안에 즐거우면서도 씁쓸했다.

4

이 공간 안에 그녀는 주위를 환하게 비추고 빛나게 하지만 그건 나의 어둠을 오히려 돋보이게 해주었다.
그런데 난 봐버렸다.
그녀의 밝음에 비쳐지지 않았던 어깨 위의 답답함, 눈 밑의 외로움, 가슴 한 구석의 쓰라림을 주희는 주인아저씨에게 자신의 고민을 들어줄 수 있냐고 물었다.
"그러게 학생."
진지하지만 무게가 있는 듯 없는 듯 부담스럽지 않은 표정이다. 사람들이 여기 와서 말하는 이유가 어쩌면 저 아저씨 특유의 말투 때문 일지도 모르겠다.
"감사합니다."
주희는 밝게 웃으며 고민을 들어달라고 말했다.

"저는 어렸을 때부터 쭉 도우미 아주머니와 지냈어요. 아빠는 판사여서 항상 바쁘셨고 엄마는 삼성병원 의사세요. 그래서 초등학교 때 부모님 참관수업에는 당연히 못 오셨고 졸업식도 못 오는 분이셨어요. 제가 몇 번 못 보는 가족이라도 저보다는 자기 일이 더 중요한 분들이셨어요."

"음!"

아저씨의 짤막한 공감. 어쩌면 우리가 바랐던 것이 아닐까?

"어렸을 때 아니, 초등학교 때부터 알던 애들은 저를 부모님이 없는 애로 놀리더라고요. 아니라고 따지고 싶어도 화내고 싶어도 저는 도움을 청할 사람이 한 명도 없었어요. 차라리 도우미 아줌마한테 부탁이라도 해야 했었나? 그렇게 학교생활을 지내고 나서 내가 중3때 반장이 제가 너무 심한 언어폭력에 시달리는 걸 보고 담임 선생님께 말했었어요. 학교폭력위원회가 열리게 되고 생각보다 일이 커졌어요. 이 일 때문에 부모님이 학교에 오셔야하는데 부모님들은 서로에게 책임을 떠넘기려고 했어요. 자기는 바쁘다는 거죠. 이러고 책임만 피하고 있었지 저를 걱정해 주지는 않으시더라고요."

"힘들었겠구나!"

"네… 지난 일이지만, 아직도 덜 익은 열매 같아요… 마치… 그래요."

"그때 절 괴롭힌 애들이 무릎을 꿇으면서 미안하다고 사과하고 그 애들 부모님들도 무릎 꿇고 있는데 그걸 저와 담임 선생님께서 처리해야했었어요……. 솔직히 저로서 감당하기 힘들어 기댈 사람이 필요했는데 그 역할을 담임 선생님이 대신 해주신 거죠. 너무 자존심이 상하고 과연 지금 같은 집에서 살고 있는 이 사람들이 내 부모님인가 했어요. 그런 생각을 아무리해도 부모님은 일을 핑계로 저에게 괜찮은지 물어보지도 않았어요. 정말 1주일 동안 방에 틀어박혀 울기만 했어요. 그래서 저는 지금 아빠 직장에서 가까운 아파트에서 혼자 살고 있어요."

"반대가 심했겠구나!"

"네. 처음에 혼자 살겠다고 했을 때는 엄청나게 반대 하셨죠. 아직 어린데 부모 없이 어떻게 혼자 사냐고 그 말을 들은 제 심정이 어떨 거 같으세요. 정말로 어이가 없었죠! 그래서 소리쳤죠. 당신들 때문에 나가는 거라고 당신들과 같은 집에서 살고 싶지 않다고! 순간 실수했다는 걸 느끼고 얼버무렸죠. 그런데 부모님은 아무 말도 안하시더라고요. 그러더니 미안하다 한 마디 툭 던지더니 며칠 후에 아파트를 잡아주시면서 이렇게 말씀하셨어요. '우리가 너에게 너무 무심했던 거 같구나. 우리 잠시 떨어져 살면서 서로에게 서로가 얼마나 필요한지 느껴보자꾸나.' 그렇게 지금까지 혼자서 살고 있어요. 근데 왠지 이제는 그렇게 혐오스러웠던 부모님이 그리워요."

"근데 다시 그 커다란 집에 들어가는 내 작은 모습이 보여서 도저히 용기가 나지 않아요."

"다시 들어갈 생각을 하니 힘든가 보군요."

"네"

긴 이야기 끝에 대답은 대롱 매달려 있는 감 같았다.

잠깐 동안 우동 가게 안에 싸늘한 적막이 일어나고 내 어깨를 스치고 지나갔다.

5

덜 익은 열매를 먹고 있는 그 기분! 주희가 한 그 말을 계속 생각하게 된다.

덜 익은 열매 같다는 생각이 지금 우리들 아닌가.

우리들 그 무언가의 우리들……

난 주희처럼 밝은 아이가 이런 고민을 가지고 있을 줄은 몰랐다.

'주위 사람들에게 계속 무시 당하는 그런 삶! 어쩌면 주희와 나는 비슷한 고민을 가지고 있었던 것 같다.'

주희의 고민을 내가 과연 들어도 되는 걸까?

생각보다 다른 면의 주희를 보게 되니 왠지 죄책감이 들었고 그런 나를 자책하며 찬물을 벌컥 들이켰다.

"그럼 저는 두 분께서 주문하신 우동을 만들러 가 보겠습니다."

그렇게 가게 안에는 주희와 나 두 사람만 남게 되고 어색한 정적만 흘렀다.

"어머, 너 준수 아니야?"

"어, 그러게 얼떨결에 네 애기, 듣게 됐네! 미안."

진심으로 미안하다고 생각해서 한 사과에 주희는 그저 옅은 미소를 보이며 나에게 말했다.

"괜찮아, 나도 고민을 털어 놓게 되서 마음이 놓여. 그리고 나의 고민을 들어줘서 기쁘다."

"음, 어 괜찮다니 다행이네."

사실 주희랑 나는 같은 동네 같은 아파트에 살고 있었다.

푹푹 찌던 올해 여름이었다. 너무 더워 아이스크림이라도 사러갈까 하고 집을 나서던 때였다. 아파트 복도에 동그랗게 말려있는 생물이 고개를 들었고 그 생물의 입에서 나온 첫마디는 "같은 반이지? 신세 좀 질게!" 하며 내 집으로 달려 들어갔다.

주희가 복도에서 몸을 말고 있었던 이유는 집 열쇠를 놓고 나와서 열쇠 따주는 사람이 올 때까지 기다렸던 것이었다. 그러던 중 집을 나서던 내가 보였고 같은 반이라는 걸 알아채고 달려든 것이었다. 솔직히 이런 털털한 점이 내 마음을 잡아채갔다. 나라면 아마도 푹푹 찌는 아파트 복도에서 그저 쭈그리고 누군가를 계속 기다렸을 것이다. 그런 행동력 있는 모습이 항상 나는 부럽기만 했다.

"음. 고마워!"

주희는 갑자기 고맙다고 한다.

"야야, 뭘 어색해 하니? 솔직히 그때 여름 너 좀 의외였어."

"아, 아 그래"

"너 그때 날 잘 챙겨 줬잖아!"

"아… 오늘은 정말 우동 가게 들어와서 정말 다행이다. 솔직히 너 학교에서 그냥 별로 말도 없고 항상 남 애기만 들어주자나. 별로 튀는 점도 없고"

"으음… 그냥 불편하니까."

'이제 어떡하지. 말을 계속해야 하나?'

"준수야! 지금 니 컵 물이 넘쳐!"

아. 나 지금 물 따르고 있었구나. 컵에는 물이 살짝 넘쳐흘렀고 나는 그걸 황급히 마시다가 사레를 걸려 얼굴이 시뻘게지도록 기침을 토해냈고 그리고 그걸 보는 주희는 너무 웃긴지 나처럼 숨도 못 쉬고 웃고 있었다.

나의 그런 행동 덕인지 주희의 얼굴에는 밝게 변하고 있었다……

그 사이에 벌써 우동이 나와 있었고 그걸 받은 나와 주희는 살짝 놀라 말이 없어짐과 동시에 미지근한 미소를 띠며 우동을 받아들였다.

"어떤가요… 맛은 괜찮은가요?"

눈을 쑥 내밀며 말하는 바람에 우리도 눈을 크게 뜨고 멍 때리고 있었다. 마치 잠깐의 시간이 멈추듯 그러했다.

아저씨의 말끝은 그렇게 정적이 흘렀지만, 이내 웃음이 나왔다.

아저씨의 물음에는 대답하지 않아도 되며 그렇게 묘하면서도 자연스러운 분위기가 이 가게를 둘러싸고 있었다.

6

하얀 가락국수는 보통 때 먹던 국수랑 같았다.

하지만 시원하다.

자꾸 우동을 먹는데 가슴이 먹먹하다… 그동안의 가슴 아픈 쓰라림이 나아지는 걸까?

우동은 비어있었고, 나는 당장이라도 눈물을 흘릴 것만 같았다.

옆을 보니 주희는 고개를 숙이고 있었다.

나는 조용히 일어나 아저씨께 인사드리고 천천히 우동 가게를 나왔다. 또 그렇게 말없이 걸었다. 어색하지 않고 오히려 다정하게.

'어쩌면, 갈 길을 알고 있는 듯이.'

아마 그녀는 그녀의 길을 찾았을 것이다.

내 입에서 나온 입김이 작은 눈을 감싸 그대로 사라진다.

검은 밤길은 하얀 안개로 변해가고 가로등 불빛도 하얗게 깜빡거린다.

우동 가게도 점점 멀어졌고, 뒤돌아보지 않아도 알 수 있었다. 나와 주희는 조용히 걸었다.

집으로 들어오니 부모님은 "이 자식…" 입안에 맴도는 작은 돌멩이 같은 욕들이 튀어나온다.

그래, 너무 늦은 시간이고 화낼 만한 일이다.

"엄마, 다르다와 다른 길은 어떤 차이일까요?"

멍 때리는 엄마 그리고 동생, 아버지.

침대에 누워 천장을 바라보며 생각했다.

내일도 오늘 왔던 길로 다시 가보는 게 어떨까?

나는 아직 내 고민을 말하지도 못했다. 아니 했다. 그런데 남은 찌꺼기가 있다.

'오늘은 도시 전역에 많은 눈이 내릴 것으로 보입니다. 주민 여러분께서는……'

내리는 눈 소리 사이로 들려오는 방송.

7

어쩌면, 길을 찾았을지도 모른다.

어쩌면, 나는 시간이 좀 더 필요했을지도 모른다.

좋은 아침. 그리고 저녁.

그곳에는 다른 손님이 있었다.

'그들은 누구일까?' 그 질문은 쐐기처럼 나에게 와서 대답한다.

'너잖아.'

살면서 우리는 자신에게 질문하는 법을 모른 채 남의 시선만 의식하고 산다.

어쩌면, 우리들의 고민은 한낱 납작 엎드린 풀보다 못할지도 모른다.

하지만 지금 이 고민은 나를 봐 주는 법을 모르기 때문일지도, 어쩌면, 이것 또한 내가 잡고 있는 것일지도 모른다.

언제나 그렇게 하루하루 살아가는 시간 속에 연결 지어져 있는 또 다른 나와 누군가를 연결 지어 놓는 장난처럼……말이다.

나는 그 가게로 들어가지 않았다.

지금까지는 달라지기 위해서 내가 해야 하는 일을 밖으로 찾았다면, 이제는 다른 것과 다른 길에 대한 답을 나에게 묻고 있었다.

차가운 바람이 내 머리를 한 번 쓰다듬어준다.

내 기분을 이해하는 차가운 바람이 기분을 으쓱하게 한다.

"……그날의 추억은 새로운 만남이자 새로운 인생의 전환점이 되었다."

달콤 쌉쌀한 코코아

"어, 왔어?"

"안녕하세요—"

그날도 어김없이 꼬마가 찾아왔다. 제집 드나들 듯 자연스럽게 신발을 벗고 거침없이 거실로 들어오는 산의 모습에 지희가 슬며시 미소를 지었다.

"누나, 나 코코아 먹고 싶어요."

"그놈의 코코아. 지겹지도 않아? 어제도 먹고, 그제도 먹고."

"그렇지만, 형은 코코아 안 타준단 말이에요."

"조금만 기다려봐."

익숙하게 휠체어를 끄는 지희의 모습을 물끄러미 바라보던 산이 입을 열었다.

"누나, 나 여기서 살면 안 돼?"

"자기보다 나이 많은 사람한텐 높임말 쓰는 거라고 말했지."

"치, 형한테도 높임말 안 쓰는데…"

"그럼, 이제부터 형한테도 쓰던가."

코코아 분말을 퍼 담으며 지희가 말했다.

"아니, 난 그냥 형이랑 살기가 싫어…요."

산이 내키지 않는 듯 입을 샐쭉거렸다.

"안 돼. 자, 여기 코코아. 뜨거우니까 혀 데이지 않게 조심하고"

"아싸!"

산이 좋아라하는 모습에 지희는 소리 없이 미소를 지었다. 어느덧 '강산'이라는 꼬마가 자신의 집에 찾아온 지 보름이 지났다.

산이를 처음으로 본 그날은 왜인지 날씨도, 기분도 무척이나 꿀꿀했다. 아침이 다 지나가기도 전에 해는 모습을 감추어 버렸고, 비가 올 것 마냥 집 안이 텁텁하고 눅눅했다. 밖으로 한 발자국도 나가기 싫은 마음을 억지로 달래어 겨우 몸을 이끌었다. 바닥에는 샛노란 은행잎과 불그스름한 낙엽이 떨어져 있었다. 밝은 날이라면 예쁘게 보였을 세상의 것들이 왠지 모두 아니꼽게 보였다.

마트에서 가볍게 장을 보고 돌아오는 길에는 비까지 내렸다. 우산을 챙겼지만 별 의미가 없었다. 휠체어를 끌면서 우산을 받칠 수 없었다. 우산을 받치려면 다른 사람의 도움이 필요했다. 설상가상으로 젖은 땅에 바퀴가 미끄러져 웅덩이에 박혀 버렸다.

멈춰버린 그녀를 슬쩍 보고 지나가 버리는 사람들의 시선이, 장애인이 왜 집 밖에 나와서 민폐나 부리냐는 지나가던 남자의 중얼거림이, 넌 혼자서는 아무것도 할 수 없는 사람이라는 울림이 되어 지희를 덮쳤다. 가슴 속으로 밀려들어 오는 비참함에 눈물이 비와 섞여 흘러 내렸지만 장바구니와 우산, 그리고 끼어버린 휠체어 바퀴는 눈물을 닦을 여유조차 주지 않았다. 빗소리가 마치 넌 왜 태어났냐며 소리 지르는 것만 같아 몸이 덜덜 떨려왔다.

그때 산이가 다가와 휠체어를 밀어줬다. 어린 아이의 목소리로 집에 데려다 주겠노라며 제법 점잖게 말하는 모습이 퍽이나 귀여웠고, 그 마음 씀씀이가 예쁘다고 생각했다. 쉴 새 없이 조잘거리는 꼬마에게 감사한 마음까지 들었다. 비에 홀딱 젖은 산이를 집에 데려와 집에 있던 사촌 동생의 옷으로 갈아입히고 코코아를 한 잔 타주던 것이 인연이 되어 계속 이어졌다.

산이에게는 부모님이 없었다. 왜 부모님이 안 계시냐고 형한테 물어봤다가 크게 혼났다고 한다. 산이의 형은 말 그대로 소년 가장이었는데, 산이의 말을 빌리자면 '막가파'다. 여기저기서 싸우고 다니는. 지희는 자신도 모르게 혀를 끌끌 찼다. 그런 형 밑에서 올바르게 자라준 산이에게 괜스레 고마워 코코아를 홀짝이는 그의 머리를 쓰다듬었다.

"그게 그렇게 맛있어?"

"싱거운데. 코코아 가루 더 넣으면 안돼요?"

"안 돼. 이 썩어."

"치, 나쁘다."

"전혀 아닌데."

어깨를 으쓱거리던 지희가 갑자기 들려오는 낯선 소리에 검지를 입술에 가져갔다.

"조용히 해봐. 무슨 소리 들리지 않아?"

"너 안에 있는 거 다 알아! 당장 나오지 못해?"

뭔가 심상치 않다. 이건 손으로 문을 두들기는 수준을 넘어서 발로 문을 차는 소리다. 지희가 그 사람의 정체를 깨닫게 된 건 몇 초 후의 일이었다.

"강 산!!! 당장 튀어나와!!!"

문 밖 너머로 들려오는 남자의 목소리에 산이가 어깨를 흠칫 떨었다. 산이는 마시던 코코아를 내려놓고 미적지근한 발걸음으로 신발을 꿰신었다. 굳이 산이에게 물어보지 않아도 지희는 한 번에 알아챌 수 있었다. 지희가 현관문을 열자 산이는 누군가에게 끌려가듯 현관문 쪽으로 나갔다. 지희도 급하게 휠체어 바퀴를 굴려 현관으로 향했다. 험상궂은 자신 또래의 낯선 남자가 산이의 팔을 잡아 이끌며 나가는 모습이 보였다.

"그만둬요!"

카랑카랑한 지희의 목소리에 소년이 인상을 쓰며 뒤를 돌아보았다. 지희는 신경질적인 그의 얼굴을 똑바로 쳐다보며 말했다.

"당신이 누군지는 모르겠지만, 이 아이한테 용건이 있으면 말하고 데려가세요."

순간 소년의 표정이 일그러졌다. 마치 네가 무슨 상관이야? 하고 말하는 듯이 보였다. 그의 손에 이끌려 나가던 산이는 지희를 바라보며 고개를 휘저었다. 누나, 하지 마. 입을 움직여 뻐끔거리던 산이의 얼굴을 봤지만 지희는 다시 그 소년을 올려다보았다.

"넌 뭐야?"

울컥, 하고 지희의 눈썹이 찡그려졌다. 아무리 어디서 사는지, 어느 학교에 다니는지, 그저 이름과 나이밖에 모르던 꼬마라고 해도 제 집에 몇 번이고 들락날락 거리던 아이를 영문도 모른 채 그냥 보낼 수는 없었다. 지희는 휠체어를 다시 고쳐 잡고 정원으로 나갔다. 그리고 그의 손에 붙들려 있던 산이의 손을 낚아채 자신 쪽으로 끌어당기고는 별게 다 꼬이네라고 중얼거리는 소년을 향해 말했다.

"당신야말로 누군데 남의 집에 막 들어오는 건데요? 누구세요?"

지희의 말에 소년의 미간이 사정없이 구겨졌다. 어정쩡한 자세로 서있던 그가 몸을 돌려 지희를 내려다보았다.

"애 형이다. 됐냐? 몸이 불편하면 집에 곱게 짜져 있어."

사냥개가 으르렁거리듯 위협적인 표정으로 자신을 쳐다보는 소년의 모습에 지희는 입을 다물었다. 그것보다 집에 곱게 박혀있으라는 소년의 말이 가슴에 꽂힌 듯 쓰라렸다.

"강 산, 따라와."

소년이 건조한 목소리로 산이를 부르고는 현관 밖으로 나갔다. 다 해진 자신의 운동화만 뚫어져라 쳐다보던 산이 억지로 발걸음을 옮겼다. 그래도 스멀스멀 올라오는 분한 마음에 지희는 주먹을 움켜쥐고 대문을 나서는 그들을 따라갔다.

"산아, 다음에 오면 코코아 더 맛있는 거 해 줄 테니까 꼭 와?"

지희의 말에 산이가 미소를 짓고 고개를 끄덕였다. 지희가 산이의 부스스한 머리를 한 번 쓸어 넘겨주니 눈물을 세게 문질러 닦은 산이가 한결 가벼운 발걸음으로 대문을 나섰다.

한숨을 내쉬고 지희가 집 안으로 다시 들어왔다. 덥수룩한 머리, 햇빛에 그을려 새까맣게 타버린 얼굴, 이곳저곳 흙이 묻어 더러워 보이던 교복 셔츠에 누군가의 것을 물려 입은 듯 낡아 보이는 바지를 입고 있던 소년을 잠시 떠올리던 지희가 이내 고개를 절레절레 저었다. 지희는 다 식어버린 산이의 코코아잔을 물끄러미 쳐다보았다.

"강 산."

산이 훌쩍거렸다. 아까 삐죽 튀어나온 눈물 탓도 있을 것이다. 아까 그 상황이 그렇게 슬프거나, 형이 지희 누나에게 화를 내서 무서웠던 것은 아니었다. 그 집에서 형의 모습은 자신이 그렇게나 싫어하는 드라마 속 깡패나 건달과 비슷했기 때문이다.

'망했네.' 이런 분위기라면 집에 가서 120퍼센트 맞을 게 분명하다. 아까 신경질적으로 닦은 눈 밑이 따끔따끔거렸다.

"대답해. 강 산."

"왜."

솔직히 산이는 형이 어째서 화가 나있는 것인지 이해가 가지 않았다. 자신은 평소처럼 행동했을 뿐이다. 평소와 다른 것은 형이 멀쩡한 얼굴을 하고 있다는 것과 다른 날보다 일찍 자신을 찾았다는 것뿐이다.

"넌 형이……. 후… 됐다. 앞으로 그 집 찾아가지마."

"왜?"

"그것까지 네가 알 필요는 없어. 형 말에 토 달지 마."

"형이 언제부터 나한테 관심이 많았다고 나한테 짜증이야?"

인준은 동생의 마지막 말에 반발심이 들었으나 딱히 할 말을 찾지 못해 입을 다물었다.

"형도 내가 싸우고 들어오지 말라고 말해도 항상 약속 어기잖아. 나는 형이랑 약속 어긴 적 없어. 내가 형이 하는 일에 상관 안 했으면 좋겠다며. 그럼 형도 내가 하는 일에 신경 쓰지 마."

인준의 미간에 주름이 그려졌다. 자신과 닮은 듯 닮지 않은 동생은 어린 나이에도 불구하고 거침없이 정곡을 찔러 말했다.

"야! 그건 형이 네 걱정이 돼서 그런 거지."

"갑자기 왜?"

"……"

"형보다는 지희 누나와 있는 것이 훨씬 안전할 걸. 걱정하지 마."

5살이 넘게 차이 나는 동생으로부터 듣는 질책은 결코 좋은 느낌이 아니었지만 인준은 반박하지 못했다.

"……네가 뭘 안다고, 그 누나가 위험한 사람인지 아닌지 네가 어떻게 알아?"

"난 알아. 그리고 그건 형이 빨리 집에 들어오면 해결될 일이잖아?"

"……"

"난 내일도, 내일 모레도 그 누나 집에서 놀 테니까. 형은 그런 줄 알고 집에나 일찍 들어와."

인준은 짧은 시간에 자신의 동생에게서 신뢰를 얻은 그 여자애가 아주 잠깐 부러웠다.

어느새 12월 중순, 기말고사 기간이었다. 지희가 시험 공부를 하는 동안 산이는 한 손에는 코코아잔을 들고 지희의 집안에서 찾은 책을 읽곤 했다. 이따금씩 인준이 찾아와 산이를 데려가기도 하고 지희와 투닥거리기도 했다.

그날도 역시 어김없이 산이가 지희 집 벨을 눌렀다. 인터폰을 통해 바라본 산이의 모습은 이상스러웠다. 지희는 손에 쥐고 있던 샤프를 던지고 휠체어를 끌고 문 밖으로 나왔다.

"산아? 누구세요?"

"학생. 학생이 애 누나야?"

"……. 네. 그렇습니다만, 무슨 일이세요?"

"아니, 학생. 학생 부모님은 어디 있어?"

"예?"

"대체 집에서 교육을 어떻게 시켰기에 애가 사람을 패고 다녀?"

"네?"

"지금 학생 동생이 우리 아들을 때렸다고!"

"그게 무슨 말씀이신지?"

"허, 참. 이거 안보여? 눈이 있으면 한 번 보던가!"

화난 듯 손을 허리에 얹고 씩씩대며 나이든 여자가 인상을 찌푸리며 다짜고짜 따져들었다. 여자의 말대로 산이 또래의 남자 아이의 얼굴과 팔뚝에 반창고가 붙어 있었다. 그 옆에는 시무룩한 얼굴인 산이가 있었다. 이게 어떻게 된 일이지? 평소 산이는 누군가와 크게 싸울 만한 아이도 아니거니와 문제를 일으킬 정도로 산만하지도 않았기에 지희는 당혹스러웠다. 게다가 그 남자 아이보다 산이의 모습이 더 가관이었다. 찢어진 티셔츠에 피가 새어나와 얼룩진 옷이 지저분하고 눈두덩이 쪽을 세게 맞았는지 눈은 평소보다 두 배 이상 부어오른 상태였다.

"우선 싸우게 된 이유라도 말씀해 주시면 안 될까요?"

"됐고, 우리 아들 좀 보라고! 세상에 금쪽같은 얼굴이 이렇게 엉망이 됐어!"

싸운 이유를 다시 물어도 되돌아오는 대답은 '내 아들 좀 봐!'라는 말

뿌이었다. 지희가 산이를 제 쪽으로 끌어당기고 연유를 물었다. 엄마, 아빠도 없는 고아라고 했단다. 그것도 벌써 열댓 번째나. 산이의 말을 듣고 보니 오히려 화내야 할 쪽은 산이였다. 분명 저 아주머니는 앞뒤 말도 듣지 않고 산이에게 화부터 냈겠지. 지희는 심호흡을 하고 여자에게 다가가 말했다.

"죄송하지만 아드님이 먼저 제 동생에게 심한 말을 한 것 같은데요?"

"그게 무슨 소리야! 그래봤자 시답잖은 아이들 말장난 중 하나일 텐데. 그런 말 갖고 이렇게 친구를 때릴 수 있어?"

"때린 건 분명히 잘못했습니다. 그건 사과드리겠습니다. 하지만 산이가 아드님을 때린 이유가 뭔지 알고 계세요?"

지희가 차분한 얼굴로 여자를 응시했다. 하지만 여자는 뻣뻣하게 고개를 들고 지희에게 다시 따지기 시작했다.

"학생. 말투가 왜 그래? 그래도 어른한테 말씀드리면 좀 더 공손하게 해야 하지 않겠어? 학생 부모님이 그렇게 가르치디? 어휴, 이래서 이 동네 애들하고는 놀면 안 된다고 했지?"

자신의 아들을 쳐다보며 저런 근본 없는 것들하고는 어울리지 말랬잖니! 하고 말하는 아줌마의 모습에 지희는 기가 차서 머리를 쓸어내렸다. 어떻게 하지. 지희가 인상을 찌푸렸다. 그러나 여자는 오히려 고개를 들고 허리를 곧게 핀 채로 자신을 내려다볼 뿐이었다. 딱 봐도 자신이 어리고 휠체어에 앉아 있다는 이유로 저렇게 몰아붙이는 것이 빤히 보였다. 지희는 억울함을 넘어서서 화가 났다. 물론 저 아이를 때린 산이도 잘못이긴 하지만 그런 행동의 근본적인 원인은 저 아이에게 있었다. 바로 저 아이! 지희는 속이 부글부글 끓는 것 같았다. 억울해! 지희는 더 이상 참지 못하고 여자에게 따지기 시작했다.

"아주머니. 아드님이 산이에게 무슨 말을 했는지 들으시고 화를 내세요"

"보나마나 별거 아니겠지! 구질구질한 게 이 쪽 동네 애들 특징이니까."

"산이에게 먼저 엄마, 아빠 없는 자식이라고 놀렸대요. 산이가 저 친구를 때린 건 폭력이죠. 사람을 때리는 게 올바른 방법은 아니에요. 하지만 아드님이 우리 산이한테 한 말은 폭력이 아니라면 뭔가요? 저 친구가 한 말은 어른이 들어도 상처받는 말인데, 어떻게 어린 아이가 상처를 안 받겠어요? 언어폭력도 폭력이에요."

"세상에, 머리에 피도 안 마른 게 어디서 대들어! 저러니 부모가 없다는 소리를 듣지. 욕먹는 데에는 다 이유가 있다니까? 정말."

"장애인은 빠져!"

치맛자락을 꽉 쥔 채로 여자의 뒤에 숨어있던 아이가 소리를 질렀다. 그 목소리에 지희가 몸을 흠칫 떨었다. 지희는 그 말 한마디로 명치를 세게 맞은 기분이 들었다. 장애인은 빠지라니. 숨이 턱 막혔다.

"그래, 학생은 몸도 불편하면서 왜 나서서 나를 화나게 해? 학생은 빠지고 산이 엄마나 아빠 불러와!"

자신을 위 아래로 훑어보는 여자의 모습에 지희의 기분이 한층 더 가라앉았다. 다리가 불편하면 이런 대화를 해서는 안 되는 것인가? 장애인이면 이런 불합리한 일을 따져서는 안 되는 것인가? 갑자기 억울함이 파도처럼 밀려들어왔다.

"저기, 아주머…"

"아줌마. 말이 좀 심하시네요 장애인은 빠져라? 불편한 건 다리 하나고 입은 멀쩡한데 말도 못하나요?"

"참나, 학생은 또 뭐야? 둘이서 아주 가정교육 못 받은 거 티내는구먼. 이래서 이 동네 애들이란…"

지희의 집에 산이를 데리러 가는 것이 습관이 되어버린 듯 지희의 집을 향해 터벅터벅 걸어오던 인준이 웬 아줌마와 옥신각신하고 있는 지희의 목소리를 듣고 달려왔다. 깐깐해 보이는 아줌마는 아니나 다를까 아들을 옆에 끼고 고래고래 소리를 지르고 있었다. 인준이 여자를 똑바로 쳐다보며 말했다.

"애들 싸움에 어른들이 끼시면 보기가 참 그렇죠. 제가 산이 친형입니다. 댁의 아드님 말대로 산이는 엄마도 아빠도 없어요. 그러니깐 없는 엄마나 아빠 찾지 마시고 저한테 말씀하세요."

"크흠, 됐어. 애들하고 무슨 말을 더 해. 아줌마가 이번 한 번만 봐줄 테니까, 너희들 인생 똑바로 살아! 가자, 상재야."

험상궂은 인준을 보더니 더 이상 할 말이 없는지 여자는 자신의 아들을 데리고 이 자리에 있으면 오염되겠다고 소리치며 자리를 떠나버렸다.

"왜 싸운 거래?"

"저 아줌마 아들이 산이한테 부모님 없다고 놀렸대."

"아… 강 산."

인준이 고개를 끄덕거렸다. 자신의 이름을 부르는 인준의 목소리에 산이 묘한 긴장감을 느꼈다.

"…잘했어. 그래도 다음엔 손을 쓰지 말고 웬만하면 말로 끝내. 그런 애들한테는 주먹도 아깝다."

"응."

인준이 씨익 웃으며 시무룩한 표정의 산이의 머리를 헝클었다. 그 손길이 모든 다 용서해주겠다는 말로 들려 산이의 눈에서 눈물이 찔끔 삐져나왔다.

"어, 눈 내린다."

때마침 눈이 내리기 시작했다. 지희가 고개를 들어 점차 많이 내리기 시작하는 눈을 쳐다봤다. 흰 것이 꼭 하늘에서 뿌리는 솜 같았다.

"애들아."

지희가 하늘을 쳐다보다 말고 손이 시린지 손을 호호 불며 말했다.

"코코아 마실래?"

가을비

세상이 다채로운 물결로 덮여 있었다. 나는 보던 책을 덮고 우산을 챙겨 도서관을 나왔다. 이 세상에 존재하는 색깔만큼이나 많은 사람이 나를 지나가고 있었다. 그 색깔들 틈에서 나와 집에 도착한 나는 우산을 털었다. 거기서 단풍잎 하나가 빗물과 함께 떨어져 나왔다. 이 단풍잎도 나무에 매달려 있었을 때는 그저 수많은 나뭇잎 중의 하나였을 것이다. 사람들의 운명을 알 수 없듯, 단풍잎들도 자신들의 떨어질 순서를 모른 채 떨어지는 대로 살아왔을 것이다. 나는 집 안의 서재로 들어갔다. 책장에 꽂혀 있는 수많은 책에서 빨간 단풍잎을 붙여놓은 꽤 두꺼운 책을 꺼냈다. 이 책 안에는 내가 상담했던, 내 손에 있는 빨간 단풍잎보다 사연이 깊은 6명의 이야기가 있다.

- 어떤 외교관의 이야기 -

정장을 입은 지친 얼굴의 여성분은 손에 커다란 캐리어를 들고 상담실로 들어왔다. 창밖을 보고 있던 나는 벌떡 일어나서 인사를 건넸고, 그분은 눈인사로 대답했다. 상담실에 들어와서 자리에 앉기까지 행동 하나하나가 예의 있고 단정한 느낌이 들었다. 상담하기 전에 적는 정보들을 살짝 훑어보니 외교관이라 적혀있는 직업란이 눈에 들어왔다.

"외교관이시면 해외에 많이 가시겠네요? 해외여행 가고 싶어서 고민 중이었는데 부럽네요."

"여행이 딱 좋죠. 계속 살다 보면 역시 한국이 최고라는 생각이 많이 들어요."

나의 부러움이 섞인 말에 살짝 미소를 지으며 대답하는 표정 속에서 외국에서의 삶이 그렇게 쉽지 않다는 것을 느낄 수가 있었다.

"저를 찾아오신 것도 그런 것 때문이겠네요."

"아니요. 그런 것쯤은 각오하고 선택한 직업이니까 견딜 수 있어요. 하지만 전 한 명의 외교관이기 전에 한 아이의 엄마고 한 남자의 아내예요. 이 세 가지를 병행하는 것이 이렇게 힘든 줄 젊었을 땐 몰랐어요."

"보통 직장 여성분들을 위한 정책들도 부족한 점이 많아서 힘든데 외교관은 특히 외국에 나가 있으니 더 힘들겠네요……"

"한 곳에 적응해질 때쯤이 되면 다른 나라로 이동하고, 다른 사람들은 애들이 많은 문화를 경험할 수 있겠다면서 부러워하지만, 나이 어린아이들에게는 불안함으로밖에 느껴지지 않거든요. 제가 함께 있어줄 수 있는 시간이 많은 것도 아니라 애들한테 항상 미안했죠."

그렇게 말하는 그분에게서 모성애라는 것이 보였다. 어린 시절 아픈 아버지의 병간호 때문에 항상 집에 늦게 들어오시며 미안하다고 맛있는 걸 사오시던 어머니의 모습이 떠올라 이야기에 더 몰입하게 되었다.

"아이가 나라에 적응해서 새로운 친구를 만들기까지 부모의 관심이 필요했을 텐데 저는 항상 아침 일찍 출근하고 저녁 늦게 퇴근하느라 많이 신경 써주지 못했거든요. 이제는 커서 자기들이 알아서 할 수 있다고 걱정하지 말라고 하지만 그게 더 마음이 아파요."

"전 아직 결혼은 안 했지만, 그 느낌을 알 것 같네요. 그래도 제가 보기에는 나름대로 최선을 다하신 것 같아요. 아이들도 자신의 일에 열심히 임한 부모님들을 보면서 자라온 만큼 어머님을 더 자연스럽게 여길 거예요."

"그렇게 말씀해주시니 감사해요."

사라졌던 미소가 다시 생겼다. 내 어머니가 떠오르게 하는 그 미소를 보니 나도 기분이 좋아졌다. 상담 사무실을 차리고 처음 방문하셨을 때 기뻐하던 어머니의 모습이 생각나 이번 주말엔 어머니를 뵈러 가야겠단 생각을 했다.

"음… 남편 분은 무슨 일을 하시나요?"

"그이도 외교관이에요. 외무고시를 준비하면서 한번 스치듯이 만났었는데 둘이 외교관이 되어서 다시 만났어요. 그리고 연애하다가 결혼했죠."

여자는 나이와 상관없이 죽을 때까지 소녀라는 말이 있다. 그 말을 증명하듯 남편 이야기를 하는 조금은 부끄러워 보이는 그 얼굴 속에는 첫사랑에 부끄러워하는 어린아이가 있었다.

"두 분 다 외교관이시면 그래도 서로 도와가면서 할 수 있고, 바쁜 점도 이해해 주는 점은 정말 좋겠네요."

"신혼 때는 서로 힘든 점도 같고 일에 대해 이야기도 하면서 좋았죠. 근데 아이를 낳고 엄마, 아빠 역할을 하다 보니까 한 명이라도 애들 돌볼 수 있었으면 좋았을 텐데 하는 생각도 들어요. 남편도 결혼 전에는 아내가 아침에 회사 가기 전에 아침 차려주고, 갔다 오면 아이들과 함께 마중도 나오고 하는 걸 기대했다고 장난스레 말했는데 그게 또 미안하더라고요. 항상 아침에 애들 챙기고 저 준비하느라 바빠서 제대로 된 아침밥보단 나가면서 둘이 샌드위치 같은 것 사 먹으면서 출근하거든요."

대한민국의 직장이 있는 여성들은 확실히 자신의 삶을 살아가는 시간보다는 엄마로서, 아내로서 사는 비중이 더 큰 것 같다. 어제 본 뉴스에선 간호사들이 임신하면 직장에서 이기적인 사람이라며 흉을 봐서 임신을 하지 못하는 여성들이 많다는 것도 나에겐 큰 충격이었다. 그런데 외국에서 사는 것은 오죽할까.

"서로 바빠서 그런 건데요. 남편 분도 이해해 주실 거예요. 근데 부모님은 한국에 계시나요?"

"한국에 계시긴 하는데 될 수 있는 한 저희가 있는 곳으로 와서 애들을 봐주려고 하시죠. 외교관이 되기까지도 많이 고생시켜드렸는데 커서도 고생이시죠 뭐."

"그래도 자랑스러워하실 거예요. 제가 여기 상담 사무실 차렸을 때 전 어머니가 그렇게 기뻐하시는 건 처음 봤어요."

나이가 적어도 많아도 부모님들이 자식을 생각하는 마음이 다를까. 내가 부모가 되어도 부모님에게 나는 아직 어린아이처럼 느껴질 것으로 생각한다. 부모님의 마음을 나는 아직 느낄 수 없지만 이분의 고민은 이 세상의 모든 사람이 한 번쯤은 생각해봤을 거로 생각한다.

"제가 이곳저곳 자주 돌아다니느라 막상 한국에 오면 자기 일하느라 바쁜 친구들이랑 잘 만나지도 못하고 저도 시간이 없어서 이런 이야기 할 사람도 없었는데 허심탄회하게 말하니까 속 시원하고 좋네요. 어머니가 꼭 가보라면서 공항 도착하자마자 끌려왔거든요. 항상 부모님 말 들으면 자다가도 떡이 생긴다고 하시는데 맞는 말이네요."

"저희 어머니도 항상 그러셨는데 어렸을 땐 이해 못 했죠. 저도 저희 어머니 생각이 나서 이번 주말에 찾아뵈려고요."

"기회가 되는 만큼 자주자주 가세요. 부모님이 일찍 돌아가셔서 잘 못 해드린 거 후회하는 사람들 많은데 아직 시간이 있잖아요."

상담 사무실을 열고 시간이 오래된 것은 아니라 내가 미숙할 때의 상담이었지만 아마도 이분은 혼자서 이겨 내왔던 자신의 이야기를 들어줄 사람이 필요했던 것 같다. 그분의 말씀을 듣고 나서 아버지가 일찍 돌아가시고 혼자 고향에 사시는 어머니를 최대한 많이 찾아뵈려고 노력했지만 돌아가셨을 때 후회를 하지 않은 건 아니다. 부모님이 돌아가셨을 때 후회하지 않을 사람이 이 세상에 얼마나 될까? 이분과의 상담은 상담이라는 것이 내가 다른 사람을 돕는 것뿐만 아니라 나도 그분들에게 무언가를 얻는 의사소통임을 알게 해준 내 젊었을 때의 소중한 추억 중 하나이다.

- 자신의 아이를 지키지 못했던 남자 -

남자는 한참 동안이나 입을 다물고선 바닥만 쳐다보았다. 퀭한 눈과 움푹 패인 볼, 정돈되지 못한 머리와는 상반되게 말쑥하게 차려 입은 남자는 입을 달싹거리더니 한숨만 줄곧 내쉬었다. 분위기를 풀어보려 준비했던 가벼운 인사말마저 남자의 한숨 소리에 묻혀 사라지자 나는 남자를 기다려줄 의향으로 입을 다물었지만 그 뒤로 남자는 계속 한숨만 쉬었다. 입을 달싹거리기를 몇 번이나 반복하던 남자는 내가 입을 다물고 한참이나 지나서야 입을 열었다.

"도저히 일상생활을 할 수가 없어 여길 왔는데, 사실 여기 온 것도 제 자신에게 용서가 되질 않습니다. 내 마음 편하자고 여길 오다니, 전…전…제 아이를 죽였습니다. 제가 죽였어요. 무슨 말을 하려고 했는데, 그 아이가 그렇게 울 것 같은 얼굴을 처음 보았는데도 바쁘다고 듣지 않았습니다. 나중에 얘기하자고, 아니 내일 얘기하자고 했는데, 내일이 없었습니다. 내일이 없었어요. 그렇게 갔습니다. 아이 엄마가 죽은 후에도 밝고 명랑한 아이였는데……"

"사고를 당했나요?"

실수를 한 것 같았다. 남자는 내 말을 듣자마자 고개를 들더니 일그러진 얼굴을 손으로 감쌌다. 조금이나마 진정 되었던 분위기가 다시 일렁였다. 절망이 나에게까지도 전해져 왔다. 나는 아이가 없었다. 이러한 상황도 겪어 본적도 없었다. 그래서인지 건네야 할 말을 머릿속에서 찾아 끄집어내는 게 쉬운 일이 되지 않았다. 아이를 잃은 부모 내가 지금껏 상담해온 사람들 중 가장 어려웠다.

"제 아이는……. 자살했습니다. 온몸이 멍투성이라 멍이 안 든 곳을 찾기가 더 어려울 정도였어요. 저는 아이가 웃을 때 한 번도 학교생활은 어떠냐고 물어보지도 않았죠. 항상 제 일에 바빠서 괜찮다는 말이 그저 진짜줄만 알고 제 일에만 몰두한 것이 너무 원망스럽습니다. 풍족하게 키우는 것이 제일이라고 생각했었는데, 아니었어요. 전 정말 아무것도 몰랐습니다. 그게 절 미치게 합니다. 멍든 몸을 죽은 후에야 봤습니다. 아빠라는 사람이 그게 말이나 됩니까? 전 평생 동안이나 절 용서하지 못할 겁니다."

그가 괴로워하며 꺼낸 말은 그동안 남자가 왜 망설여 왔는지를 알게 해주었다. 남자는 계속 자신을 자책했다. 말을 끝낸 뒤에도 남자는 고개를 푹 숙이며 눈도 제대로 마주치지 못했다. 쭉 그런 식이었다. 나는 잠시 우울한 기분을 떨쳐내고 입을 열 수밖에 없었다.

"아이가, 그렇게 된 건 유감스럽습니다. 저도 아이가 있었더라면 당신에게 더 나은 해결책을 줄 수도 있었겠죠. 하지만 일단 한 가지 묻고 싶은 게 있습니다. 당신의 아이를 괴롭히던 아이들은 어떻게 되었나요?"

"그건…"

"아이의 일은 당신의 탓만은 아닙니다. 물론 당신에게 책임이 없다는 것은 아닙니다. 아이를 방치하는 것은 부모로서의 일을 제대로 하지 않았다는 것이니까요. 그렇지만 일은 벌어졌고, 되돌릴 수 없는 이 상황에서, 자책만 하는 것이 정말로 최선책인가요?"

"당신은 아이를 잃어본 적이 있습니까? 도저히 잊을 수가 없어요. 제가 밉습니다. 하루라도 그 생각이 안 나는 날이 없단 말입니다. 자책만 한다고요? 얼마든지 노력해봤습니다. 하지만 못해요. 할 수가 없어요. 일도 손에 안 잡히고, 저 자신이 원망스럽기만 한데…"

"잊으라는 게 아닙니다. 전 그저 자책 말고도 그 일을 받아들이고 대처할 방법이 많다는 것을 알려드리고 싶었습니다. 말씀드렸다시피, 그건 당신의 탓만은 아니니까요. 괴롭히던 아이들도, 당신처럼 양심의 가책을 느끼고 있었습니까?"

"이제 와서 그런 것이 무슨 소용이 있습니까!! 제 아이가 제 곁에 없는 데…"

"제가 보기에는 당신은 여러 부모와는 다른 것 같습니다. 저라면, 그 아이를 위해서라도 먼저 가해 학생들을 만나 보았을 텐데요. 아이가 어떤 일을 당했는지, 자세히 알아야 하지 않습니까? 아이가 죽을 지경에 이른 환경이 도대체 어떠했는지, 괴롭힌 학생들은 지금 어떻게 지내는지, 알고 싶지 않습니까? 그들이 원망스럽지 않나요? 이런 말을 하는 건 실례일 수 있겠지만, 당신은 지금도 무책임한 아버지 같습니다."

남자는 내 공격적인 말투에 놀랐는지 그제야 내 눈을 바라보았다. 원망과 죄책감이 뒤섞인 눈이 붉어져 있어서 조금은 후회스러워졌지만, 눈을 피하지는 않았다. 나는 계속 남자의 말을 기다렸다. 화를 낸다면 지금까지 아무런 대책도 마련하지 않은 남자에게 충고할 생각이었다. 그런데 남자는 나를 빤히 쳐다보다가 일어섰다. 놀란 내가 멀뚱히 그를 바라만 보고 있자, 남자는 꾸벅 내게 인사했다.

"고맙습니다. 저는 정말 무책임했어요. 이래서 제 아들놈 얼굴을 똑바로 바라볼 수나 있을까 걱정입니다. 자책은 이제 그만두어야죠. 평생 가슴에 묻고 지내야겠네요. 그래도 전, 아마 제가 미울 것 같습니다. 그 학생들보다 더요."

남자는 그 말을 하고 곧장 문밖으로 나갔다. 나는 갑작스럽게 종결된 이 상황을 멀뚱히 앉아서 남자에게 생각해 놓은 마지막 말을 내뱉을 생각조차 못 했다. 내 말에 비위가 상해 나간 건지, 진짜 이 상황이 해결된 건지 가늠하기도 어려워 헛웃음이 나왔다. 나는 계속 멍하니 앉아만 있다 남자가 열어 놓은 문에서 찬바람이 들어오자 그제야 정신이 들어 문을 닫았다.

남자가 떠난 후 상담실은 다시 찾은 건 3주가 훌쩍 지난 후였다. 여전히 안색은 창백했지만, 패인 볼은 약간 생기가 도는 것도 같았다. 그는 가해 학생들의 부모와 자식들을 만났다고 했다. 그들은 계속 찾아갔지만 만남도 거절하던 남자가 이제야 자신들을 찾아오자 놀라며 미안하다는 말만 되풀이했고 몇 명은 벌써 소년원에 들어가 만날 수도 없었다 한다. 그는 모든 학생들을 처벌하는 대신 진심 어린 사과를 받았고, 이것이 변호사인 제 직업 덕도 있다며 웃었다. 그리고 나선, 그의 아이가 꿈에 나왔다고 했다. 그 얘기를 시작했을 때는 남자의 눈에 벌써 눈물이 고여 있었다. 아이는 활짝 웃고 있어서 더 가슴 아팠고, 더 그리워졌으며 그 꿈을 꾸고 나서 나를 꼭 찾아와야겠다는 생각이 들었다는 남자는 그 아이가 꿈에 나온 것도 이제 다 내 덕인 것 같다며 연신 감사하다며 과일 바구니를 나에게 주며 돌아 갔다. 처음 그를 보았을 때보다 많이 좋아져 있는 것 같아 마음이 조금은 편해졌다.

- 자신의 실수를 인정하고 자신의 삶에 책임을 지게 된 남자 -

문밖에 누군가 있는 것 같다. 문을 열기 전인데도 역한 담배 냄새가 진동한다.

'누굴까? 이번엔 또 어떤 사연일까…?'

문을 열고 들어오자마자 그는 이렇게 말했다.

"내가 왜 이렇게 살다 가야 하나고요! 예?! 내가 뭘 잘못 했습니까? 내가 세상에 뭘 그렇게 죄를 지었습니까. 신은 왜 나에게 이런 시련을 주는 겁니까? 내가 왜…… 죽어야 합니까……"

그는 정말 내 책상을 부수어버릴 듯이 화를 내다가 점점 자신의 죽을 날이 얼마 남지 않았음을 고백했다. 나는 아무 말도 할 수가 없었다. 그러자 그는

"알고 싶어서 그럽니다. 왜 하필 나인 것인지, 신은 왜 나를 죽이기로

한 것인지……"

"……."

내가 계속 말이 없자 그는 다시 화를 냈다.

"말 좀 해보세요! 유명한 상담가라고 그랬잖아요! 난 이대로 죽기 싫다고요! 내가 지금 어떻게 해야 하느냐고 묻고 있지 않습니까!"

"당신은 나에게 어떤 말을 원하시는 겁니까…? 시한부 선고는 오진일 것이다, 당신은 죽지 않을 것이다. 이런 의미 없는 말이라도 나에게 듣고 싶어 오신 겁니까?"

"뭐라고요? 당신은 상담가가 맞습니까? 그게 지금 할 소립니까?!"

"너무 안타깝습니다. 그렇게 젊은 나이에 세상과 이별해야 한다는 것. 사랑하는 모든 것들과 작별해야 한다는 것. 하지만 어쩌다 이 지경까지 오게 된 건지 한 번이라도 생각해 보았나요? 자신을 돌본 적이 있나요?"

"그럼 이 끔찍한 일이 모두 내 잘못이라는 겁니까?! 내 잘못?! 아니야 아니라고! 내가 뭘!! 웃기고 있네. 이건 신이 나를 저주해서 생긴 일이라고 나를 미워해서 그런 거라고! 내 탓?! 그런 게 어딨어. 나처럼 착하게 살아온 사람 있으면 나와 보라 그래!"

그는 미친 사람처럼 화를 냈다. 마치 광분한 한 마리의 소 같았다. 그를 진정 시켜야 할 것 같았다.

"착하게 살거나 나쁘게 사는 것의 문제가 아닙니다. 폐암이라고 하셨는데 하루에 담배를 몇 갑이나 피시나요?"

막 화를 내던 그 남자는 갑자기 표정이 굳어지더니 자리에 앉았다.

"……모릅니다."

"예?"

"모른다고요. 내가 얼마니 피는지… 정말 모릅니다."

"혹시 너무 많이 피워서 모른다는 말씀이신가요…?"

그는 한참을 망설였다. 한참 동안 말이 없었다.

"네."

"사실 들어오실 때부터 담배 냄새가 많이 나더군요. 멀리에서도 코를 찌를 정도로 정말 많이 피운다는 것 정도는 쉽게 알 수 있었습니다. 솔직히 제가 예상한 상담 내용은 금연하는 방법이나 앞으로의 남은 삶을 어떻게 살아가야 할지를 함께 고민해 보는 것이었습니다. 그런데 제 생각과는 정 반대로 세상과 신에 대한 원망만을 늘어놓더니 나에게 공감하기를 강요하는 것 같아 보였습니다. 끊어 보겠다는 결심을 해본 적이 없나요? 몸이 점점 망가져간다는 것을 알았을 거 아닙니까."

"… 우리 아버지는 내가 태어나기 전부터 동네에서 소문난 골초였습니다. 담배에 미친 분이셨죠. 저희 집은 항상 담배 연기로 가득했고 결국 나에겐 공기 같은 존재가 되어 버렸습니다. 그렇게 쉽게 끊을 수 없었습니다. 간단한 문제가 아니었다고요. 잠깐만 안 피워도 정말 죽을 것 같다고요 정말……"

그는 말을 마치자마자 담배를 꺼내 입에 물었다. 평소 담배와 친하지 않은 탓에 괴로웠지만 그의 표정을 보고는 섣불리 그만 피워달라고 말할 수 없었다.

"제 말은… 모든 것을 당신 외의 것의 탓으로 돌리시지 말라는 얘기입니다. 사람들은 흔히 자신의 실수를 남의 탓으로 돌리며 회피하려하고, 위로 받으려 합니다. 하지만… 상황은 결코 나아지지 않을 겁니다. 자신의 실수를 인정하고 미래를 좀 더 가치 있게 만들어 가려는 노력이 필요한 것이지요. 당신도 그러길 바랍니다. 이미 너무 잦은 흡연과 잘못된 몸 관리로 시한부 선고를 받은 이상, 신을 탓하든 담배를 피우게 된 계기인 당신의 아버지를 탓하든 결과의 책임은 당신에게 있습니다. 남은 시간을 곁에 있는 사랑하는 것들과 행복하게 보내셨으면 좋겠습니다. 원망, 절망보다는 조금 더 자신을 돌아보는 시간을 가지고 삶을 마무리하려고 노력해 보세요. 화를 낼수록, 욕할수록 더 아플 겁니다. 더 괴로울 겁니다. 몸도 마음도…"

그 남자의 상황은 누가 봐도 딱했다. 솔직히 그냥 위로를 해 줄 수도 있었다. 그런데 이상하게 그에게는 입에 발린 말을 하고 싶지 않았다. 나는 그가 현실을 좀 더 직시하고 남은 시간만이라도 조금 더 나은 삶을 살게 하고 싶었던 것 같다.

- 마지막으로 자신의 이야기를 누군가에게 하고 싶었던 외로운 노인 -

똑똑 노크 소리가 들렸다.

창가를 보며 잠시 멍을 때리고 있다가 급하게 돌아서서 문을 향해 "들어오세요."라고 말을 하였다.

그 이후 아주 천천히 조심스럽게 문이 열리면서 들어오신 분은 바로 나이가 지긋해 보이시는 할머니 한 분이셨다. 한눈에 보기에도 세월의 흔적이 느껴질 정도로 주름이 있으셨고 다리 한쪽은 불편해 보이셨다.

할머니께선 조심조심 한 발을 내딛으시면서 내가 도움을 드리려고 움직이려 하자 애써 손짓을 내저으시면서 도와주지 않아도 된다는 표현을 하셨다.

"어서 오세요, 무슨 일로 오셨어요?"

"……"

할머니께선 쉽게 입을 여시지 않고 뒤에 있는 창가를 한참 동안 바라보셨다.

아마 말하기가 쉽지 않은 사연일지도 모르겠다. 난 생각을 하고 대답을 해주실 때까지 기다렸다.

"선생님, 이곳에선 무슨 이야기든 다 해도 되나요?"

"네, 물론이죠. 어르신께서 하시고 싶은 이야기 그걸 저에게 말씀해주시면 됩니다. 그게 제 역할이기도 하고 직업이기도 하니까요"

"그렇다면 내가 살아온 나의 인생을 말해도 될까요? 선생님, 내가 말하고 싶은 건 그것뿐이라오."

"물론이죠. 할머니."

나는 미소만 지으며 고개를 끄덕였다.

나는 어릴 때부터 쭉 혼자였던 것 같다. 내 형제는 8명이었지만 모두 병에 걸려 죽고 결국 남은 건 나 혼자뿐이었다. 내가 외로움이란 감정을 알게 된 것은 바로 이때부터였다.

내 나이 19살 그때 나는 비록 내 부모님께서 정해주신 짝이지만 내가 사랑하게 될 사람과 결혼을 하게 되었다. 내 의지는 아니었지만, 그 사람과 살아가면서 진심으로 사랑하였고 얼마 지나지 않아 아이도 가지게 되었다. 내 아이의 이름은 그 사람과 나의 이름을 따서 김명선이라는 이름도 지었었다. 그러나 얼마 안 가서 전쟁이 터져 버렸다. 이게 무슨 날벼락인지 솔직히 그때는 감도 오지 않았다. 일단 부랴부랴 짐을 싸서 황급히 남쪽으로 내려가기에 급급했다. 하지만 피난을 떠나가지도 못하게 인민군이 한강 다리를 폭파해 버렸고, 그 이후에는 인민군들이 와서 젊은 남자들을 데려가기 시작했다. 나는 어찌할 줄도 몰라 동동거리면서 군인들의 다리를 붙잡고 그저 엉엉 울며 매달렸다.

"제발 그 사람만큼은 안돼요! 데려가지 마세요! 저에겐 아이도 있습니다. 저 사람은 애 아빠라고요."

눈물 콧물을 흘리며 다리에 매달려 울부짖는 나를 그 사람들은 그저 아무렇지 않게 무시를 하였다. 눈물도 피도 없는 사람들이었다. 심지어 내가 끝까지 놓지 않고 매달리자 총으로 내 다리를 후려쳤다. 그 이후로 내 다리는 평생을 장애를 안고 살아갈 다리가 되어 버렸다. 난 그때 이대로 헤어지게 된다면 아마 보지 못하게 될 것이란 걸 나는 알고 있었던 걸까? 결국 내 남편은 인민군 손에 그대로 끌려 어디로 갔는지도 모르게 되었고 그 뒤로 난 남편이 이 참혹한 전쟁 속에서 무사히 돌아오기만을 기다리는 신세가 되었다. 사실 돌아올 거라는 보장은 없었다. 그냥 내 속에 희망을 믿었다. 그때는 무언가라도 붙잡고 싶은 절박한 심정이었다. 하지만 시간은 10년, 15년이 흐르고 내 아이는 점점 커 가는데도 내 남편은 도저히 돌아올 생각을 하지 않았다. 20년 만에 난 그 사람의 죽음을 인정하고 그 순간에 마음이 무너지기 시작하였다. 하지만 그럴 수가 없었다. 나에게는 그 사람과 같이 낳은 아이가 있었기 때문에, 내가 이 세상을 견디며 살 수 있게 해준 유일한 희망. 나의 아들 김명선이 있었기 때문이었다. 그이후로 더욱 악착같이 세상에 버텼다. 오로지 내 아들만 바라보며 아이만 잘된다면 난 더도 바랄 게 없었기 때문이었다. 내 아이는 정말 고맙게도 부족한 나에게 자랐음에도 훌륭하게 성장해주었고, 35세가 되던 해에 짝을 만나서 결혼을 하게 되었다. 그때 명선이가 했던 말을 아직도 기억한다. "어머니, 그동안 키워주셔서… 정말 감사해요. 고생 많으셨죠. 이제 저만 믿고 오세요." 내 주름진 손을 꼭 잡으면서 눈물을 흘리던 내 아들의 모습. 그 아들의 모습이 아직도 이렇게 눈앞에 훤하다. 하지만 끝가지 난 혼자일 운명이었을지도 모르겠다. 그렇게 행복한 시간만 오게 될 거라 생각했는데 명선이의 마지막 모습은 교통사고로 부인과 차갑게 주검이 된 모습이었다. 아아 그래, 차라리 혼자 가는 것보다는 네가 사랑하는 부인과 함께 가는 것이 훨씬 좋은 거겠지. 혼자 남겨진 고독함과 아픔을 내가 아니깐 그래 차라리 잘되었어… 하지만 그래도 넌 대체 무슨 잘못이 있길래, 난 대체 무슨 죄를 지었길래. 대체 자식이 나보다 먼저 세상을 떠나게 되는 거니? 명선아, 너조차 이 어미를 혼자 두고 떠나가는 거니? 장례식에서도 눈물 한번 흘리지 않았던 나는 집에 돌아와 명선이의 사진을 찾아보며 눈물을 흘렸다. 가슴이 너무 아파서, 숨이 막혀서 가슴을 두들기면서 오열했다. 마지막 남은 내 핏줄도 떠나보내고 나니 나는 정말 혼자였다. 내 주변엔 그 누구도 남지 않았다. 처음엔 커다랗게 느껴지던 타인의 빈자리도 20년, 30년이 지나자 빈자리를 느끼지도 못할 만큼 고독에 익숙해져갔다. 생각해

보니 난 어릴 때도 혼자, 지금도 혼자였다. 뭐 그런 건 아무렇지도 않다고 생각했다. 이미 죽어가는 몸 이젠 아무렇지도 않다고 생각했다.

"그러다 그저께였을 거요. 내가 살아갈 날이 얼마 남지 않았다는 걸 깨닫게 된 순간이. 길을 가다 심장에 극심한 고통을 느꼈지. 그러고 그 고통에 아파하면서 아마 그대로 쓰러졌던 것 같아. 눈을 떠보니 병원이었고, 난 내가 겪은 고통이 나에게 살날이 얼마 남지 않았다는 걸 알려주는 신호였단 걸… 만약 내가 길거리가 아닌 내가 사는 지하방이었다면 그 누구도 내가 죽었다는 걸 알지 못하겠지. 그리고 누군가 날 기억할 것이라는 생각이 들지 않았고, 그러다가 누군가 내 이야기를 들어주고 날 알아주었으면 좋겠다는 생각이 들어서… 그래서 이곳을 찾게 된 거라오."

말을 마친 할머니의 눈에는 살짝 눈물이 고여 있었다.

말로는 다 느끼지 못할 그분의 세월의 고통이 느껴졌다. 그렇구나 이분에게 정말 필요한 건 자신의 이야기를 들어주는 사람, 단지 그것뿐이구나.

나는 다음 장을 넘기려다가 멈추었다. 내가 아직도 너를 잊지 못했다는 것을 잘 알고 있으니까. 책을 급하게 덮었다. 그러나 이미 가을비처럼 뜨겁고도 차가운 눈물이 흐르고 있었다.

- 그 여자-

내가 평생 잊지 못할 사람이었다.

가을, 그 애의 말을 빌리자면 새가 울고 붉은 단풍이 떨어지는 견딜 수 없는 슬픔으로 채워진 그런 가을에 그 여자애는 빛바랜 낙엽처럼 내게 찾아와 내 안에서 바스러져 가곤 했다.

"사람의 운명을 알 수 없듯, 단풍잎도 그래. 매달려 있었을 때는 그저 수많은 나뭇잎 중의 하나였을 것이지만, 결국 떨어질 순서를 모른 채 그저 떨어지는 대로 살아왔을 거야."

난 너를 바라보기만 했다. 그때 우리 앞에서 떨어지던 단풍잎처럼.

"너, 나 좋아해?"

아무렇지 않게 물어보던 소녀의 얼굴도,

알 수 없었지만 와 닿았던 그 슬픈 눈빛도,

모두 가을비가 오면 젖어가다가 그렇게 내 안에서 썩어 버리고 봄이 오면 잊혔다.

주룩… 주룩…

빗소리는 멈추지 않고 내 슬픔 위를 두드렸다.

"너, 나 좋아해?"

"아니, 그런 거 같아서. 아니면 말고"

"나 좋아하지 마."

"이런 가을이면 너무 슬퍼서 울고 싶어져. 그런데 울 수가 없어……."

여자애와의 대화 속에서 나는 아무 말도 할 수 없었다.

여자애는 어떤 내가 이해할 수 없는 그 속 깊은 곳에서 나온 말까지 아무렇지 않게 내게 말했었다.

그렇게 내가 아무 말도 할 수 없게 만들고는 아무렇지 않게…….

똑… 똑…

나는 견딜 수 없어져서 집 밖을 나갔다. 은은한 그 현관의 노란 불빛 아래에 나는 홀리듯 멈춰 섰다. 조용히, 하지만 슬프게 연주되는 그 고요한 가을밤의 비는 나를 씻겨 내리기는커녕, 한 번도 흐른 적이 없었던 그 여자애의 눈물을 내 안으로 흘려보내는 듯했다.

나는 우산을 펴고 그 슬픔의 거리 위를 걸었다.

방향 없이 한참을 그렇게 걷고 나서야 나는 다시 집으로 돌아왔다.

그리고 아무것도 생각하지 않고 침대까지 걸어가 쓰러지듯 잠이 들었다.

－ 희망이 되어 주었던 남자와 오랫동안 함께 한 남자 사이에서
갈등한 여자－

아름다운 여자가 지독하게 차가운 눈을 하고 내 앞에 앉았다. 그 차가운 눈은 깊고도 영롱했다.

"그럼 이제 당신의 이야기를 해보세요."

그 여자는 조용히 눈을 감았다.

나는 아무렇지 않았다. 누군가가 엄마 아빠를 부르는 소리를 들어도, 돈이 없어 삼시 세끼를 굶는대도, 옷이 두 벌밖에 없어도, 나는 정말 아무렇지 않았다. 이런 내가 유일하게 원했던 것은 다른 사람에게 절망을 주는 것이었다. 나를 보며 안쓰럽다는 듯, 눈이라도 마주치면 어색한 미소를 짓는, 나를 보며 희망을 얻었다는 그 얼굴에서 드러나는 오만함. 나는 그들이 꿈꾸는 것도 허락되지 않을 부러운 인생을 살고 싶었다. 그들이 자신을 무력과 패배감에 갇힐 수 있도록. 그리고 이것이 가능해지려면 지금보다 더 힘들게 살아야 한다는 것을 알았기에 하루하루를 미쳤다고 해도 좋을 만큼 노력했다. 그러자 드디어 나에게도 기회가 찾아왔다. 나를 고등학교에 보내주겠다는 익명의 후원자가 나타났다. 후원자가 누군지 알아볼 수 있었지만, 그러지 않았다. 그 사람도 결국 나에게서 희망을 얻어간 사람일 테니까.

정말 오랜만에 학교에 가게 되었지만, 기분이 하나도 좋지 않았다. 철조망 틈 사이로 나를 보는 개나리를 비웃어 줄 뿐이었다. 내가 기회를 얻은 것은 후원자의 도움도 하늘의 뜻도 아니다. 내가 혼자 이뤄낸 것이다. 개나리에게 말해 주었다. 희망은 끝없는 고통을 가져올 뿐이라고. 그러자 하늘에서 비가 내렸다. 마치 내가 틀렸다고 말하려는 듯, 머리를 차갑게 적셨다. 하지만 이젠 하늘이 내게 무슨 짓을 해도 믿지 않는다. 나에게 희망을 속삭이던 그 하늘은 어느 순간 헛된 눈동자의 안개를 걷어버리고 어렸

던 나에게 눈이 타버릴 것만 같던 빛을 쏘아댔으니까. 내가 무시하자, 비는 더 세차게 내렸다. 고개를 들어 하늘을 노려보았다. 눈을 찌르는 무거운 빗방울에 천천히 손을 뻗었다. 그러자 내 손을 따라온 노란 햇살이 비를 멈추게 했다. 손에는 무엇인가가 쥐어졌다. 고개를 돌려보니 처음 보는 남자가 나를 묵묵히 쳐다보고 있었다.

"왜 비를 맞고만 있어?"

나는 그를 가만히 바라보았다.

"오늘까지 교무실로 우산 가지고 와."

까만 우산을 쓴 그 사람은 그렇게 나를 지나갔다. 나는 내 손에 들려있는 노란 우산을 가만히 바라보다 곱게 접어 아까부터 나를 계속 보고 있던 개나리를 향해 던졌다.

"네 이름이 뭐라고?"

이지혁이라는 남자가 나에게 되물었다.

"홍서아요"

그는 나에게 할 말이 많아 보였다.

"나는 네 담임이고 네 사정은 대충… 잠깐만, 너 혹시 우산 안 가지고 왔니? 다 젖었잖아."

그는 나에게 손수건을 건넸다.

"제가 알아서 잘 말릴게요. 저는 이만 교실에 가보겠습니다."

싫다. 누군가 말을 거는 것도, 신경 써주는 것도 그것들이 다 사치임을 누구보다 잘 알기에. 다른 사람에게 잘 보이고 싶은 마음 같은 거 없었고 그래서 나를 싫어하든지 말든지 상관없다. 그것이 반 아이들이건, 선생님들이건. 그것이 아무도 내 편이 되어주지 않는 세상에서 내가 살아가는 방법이었다.

질문하러 수학 교과서를 들고 교무실을 찾아갔다.

"무슨 일이야?"

상냥했던 말투가 사라진 담임이 나에게 물었다. 질문하러 왔다고 말하려 했는데, 갑자기 어떤 남자가 끼어들었다.

"제 우산 돌려주러 온 거예요, 선배."

"너 우산 있었니?"

그 남자가 계속 내 말을 가로채 갔다.

"제가 급해서 그러는데 애 좀 데려 갈게요."

내 팔목을 잡았다. 나는 인상을 쓰며 힘을 주었지만, 그는 억지로 나를 교무실 밖으로 끌고 갔다.

"뭐예요?"

"수학 물어보러 온 거지? 내가 알려줄게. 근데, 너 고3이었니? 나는…"

"당신이 왜요?"

"나 너한테 우산도 돌려받아야 하고 내가 너 도와줄 수 있을 것 같아서. 선배한테 질문하려고 한 거 아니야? 근데, 선배가 지금 바빠서 말이야."

생각해보니, 나는 질문하러 교무실에 왔다. 그러니까 이 사람이 도와주겠다는데 굳이 싫다고 할 이유가 없다.

"우산은… 다음에 갖다 드릴게요. 우선, 이 문제 설명해주세요."

그는 내가 생각한 것보다 설명을 잘했다. 그리고 앞으로 모르는 것이 있으면 자신을 찾아오라고 했다.

"그런데 너 왜 이렇게 젖었어? 괜찮아?"

나는 대답하지 않았다. 가볍게 인사를 하고 뒤를 돌았다. 교실로 걸어가는데 머리가 무거웠다. 어지러웠고 곧 다리에 힘이 풀렸다.

눈을 뜨니 병원이었다. 그 사람이 나를 보며 웃었다.

"아, 일어났어? 비를 많이 맞아서 그냥 몸살 걸린 거래. 몸조심해. 앞으로는 우산도 잘 챙기고."

이상한 사람이다. 나는 분명히 이 사람을 오늘 처음 만났는데, 왜 이렇게 나를 도와주려고 하는 걸까. 이제 나에게서 얻어갈 것도 없을 텐데.

"당신도 내 사정 알죠? 그래서 도와주는 거죠? 가여워서, 딱해서, 힘들까 봐. 나, 내가 불쌍하다고 생각해 본 적 없어요. 그래서 당신이 나한테 아무리 잘해줘도 고맙다고 하기 싫어요."

그러자 그 사람은 내가 세상에서 제일 싫어하는 표정을 지었다.

"이해해. 난 너를 이해할 수 있어. 아무리 가난해도 희망을 품고 살면 뭐든지 할 수 있어. 내가 도와줄게."

나보고 희망을 품으란다. 세상에서 가장 헛된 것이 희망이라는 것을 모르나 보다.

"함부로 말하지 마요. 당신이 가난이라는 것에 대해서 알아? 당신 같은 사람들은 '가난했지만 잘 이겨냈어요.'라는 이 한마디가 얼마나 대단한 건지 몰라. 결코, 쉽게 이야기할 수 없는 말인데. 왜 다 안다는 것처럼 말해? 이해하려 하지 마. 겪어보지도 않았으면서 날 그렇게 위로하지 마. 입에 발린 소리로 나에게서 희망을 얻어가려고 하는 당신 같은 인간들, 정말 역겨워."

그 사람은 아무 말도 하지 못했고 나는 그를 두고 병원을 뛰쳐나왔다. 혼자서 집으로 하염없이 걸어가는데 머리가 다시 어지러웠다. 그때, 그 사람이 내 팔을 다시 붙잡고 그의 차에 태웠다.

"약 놓고 갔어. 지금 네 앞 서랍에 있는 물 꺼내서 약 먹어. 그런데 너 집이 어디야?"

"그냥 내려줘요. 저 혼자 갈게요."

그 사람이 화를 냈다.

"고집 부리지마. 지금까진 네 말이 맞으니까 반말해도 넘어가 줬어. 그런데, 이제는 내 말 들어. 역겹게 느껴져도 내가 도와주는 거 거부하지 마. 날 위해서가 아니라 널 위해서. 날 이용해서 네가 성공하면 그걸로 된 거야."

왠지 나에게 말하지 않은 것이 있는 것 같았지만 이 사람 말 듣기로 했다. 그가 말한 것처럼 내 성공을 위해서. 나도 내가 이기적이라고 생각했지만, 인정하기 싫었지만 그의 도움이 필요했다. 그렇게 3개월 동안 그는 나를 도와주었고 나는 그를 따랐다. 처음으로 내 편이 생겼다. 그 사람은 다른 사람들과는 달랐다. 자신이 한 말에 책임을 지는 사람이었고 내가 무슨 말을 하든지, 무슨 일을 하든지 나를 믿어주었다. 그는 나를 위로하려고 하지 않았다. 짧지도, 길지도 않은 그 시간동안 나는 그에게 의지하게 되었다. 그리고 그 사람은 조금씩 나에게로 다가와 내가 믿을 수 있는 희망이 되었다.

체육 시간, 모두들 교실에서 체육복을 갈아입고 있었다. 그런데 갑자기 문이 벌컥 열리더니 그가 들어와 소리쳤다.

"서아야!"

이윽고 들려오는 여자아이들의 비명소리에 그는 당황해하며 부리나케 문을 닫았다. 그러자 나에게로 몰리는 아이들의 시선을 무시하고 옷을 다 갈아입은 나는 복도로 나갔다.

"무슨 일이에요?"

그의 입이 아주 귀에 걸렸다. 나는 그가 왜 웃는지 짐작하고 있었다.

"서아야! 너 수학 경시대회 1등 했더라. 잘했어, 아주 잘했다."

그는 내 볼을 두 손으로 잡아 당겼다. 그의 웃음에 기분이 좋아졌다.

"오늘 우리 맛있는 거 먹으러 가자. 수업 끝나고 주차장에서 기다리고 있어. 아! 내가 핸드폰을 집에 두고 왔거든? 그러니까 전화 안 받는다고 먼저가면 안 된다. 알겠지?"

나는 고개를 끄덕였다.

"홍서아, 나 좀 보자."

수업이 다 끝나고 담임이 나를 불렀다.

"오늘 영광이 너를 찾았다던데, 무슨 일이야?"

나는 그 사람 이름이 영광인가보다 했다.

"너 지금까지 수학 문제도 영광이한테만 물어보고 그러던데, 무슨 감정이니?"

"저 사심 없습니다."

담임이 피식 웃었다.

"그래, 그냥 혹시 해서 물어본 거다. 날 이상하게 생각하지는 마라. 대신 너 조심 좀 해라. 아니면 영광이랑 말을 하지 말든지. 요즘 애들은 별별 소문을 다 내고 다니니까. 지금도 조금 있는 것 같고 영광이, 결혼할… 여자도 있으니까, 이건 그냥 친한 선배로서 걱정돼서 너에게 부탁하는 거야. 너 제법 눈치도 빠르고 똑똑하잖아."

"뭐라고 하셨어요?"

"너 똑똑…"

"아니, 그게 아니라. 그 선생님, 여자 친구 있으셨어요?"

"그래, 만난 지는 5개월 정도 됐겠다. 사실, 영광이가 여동생이 있었는데, 5년 전에 죽었거든. 여동생이 비 오는 날, 영광이한테 전화해서 우산 좀 갖다달라고 했었어. 그런데 영광이가 바빠서 알겠다고 하고 잊고 있었어. 그날 저녁, 여동생이 우산 없이 집에 오다 교통사고를 당했어. 사고 낸 운전자는 어두워서 영광이 여동생이 잘 안 보였대. 그래서 영광이가 자기 탓을 많이 했어. 그래서 영광이 아버지가 차라리 빨리 결혼해서 잊으라고 하셨대. 아버지 말씀대로 영광이가 많이 만나보다가 지금의 여자 친구를 만나서 잘 지내고 있는 거고 그런데 너 영광이 여동생이랑 정말 많이 닮았어. 그래서 내 생각에는 영광이가 너를 많이 챙겨준 것 같다. 그러면서 영광이도 많이 괜찮아진 것 같고 고맙다, 영광이에게 네가 큰 힘이 되어 준 것 같아서. 그 녀석, 정말 많이 힘들어했었거든."

이제 말이 된다. 날 잘 아는 것처럼 행동한 것도, 우산을 빌려준 것도, 나에게 잘해준 것도 그 사람에게 난 그저 그의 동생과 닮은 아이 외에는 아무것도 아니었다. 지금까지 나는 그것도 모르고 그 사람을 희망이라 생각했다. 왜 세상은 내가 품게 된 희망은 잔인하게 걷어버리는 것일까. 왜 나는 그의 여동생이라는 가면을 쓰고 세상에 태어난 것일까. 괜히 믿었다. 바보 같은 짓을 하고야 말았다. 희망이라는 단어가 나에게 얼마나 헛된 것인지 잘 알고 있었는데, 처음 맞는 봄바람에 꽃이 흔들리듯 나는 그렇게 흔들렸다.

집에 가려는데 비가 내렸다. 나는 가방에서 노란 우산을 꺼냈다. 지금까지 왜 나는 이걸 돌려주지 않고 있었을까. 우산을 펴는데, 어떤 여자가 나에게 다가왔다.

"혹시, 네가 서아니?"

이 여자는 같은 여자가 보아도 참 고왔다. 나는 왠지 이 여자가 그 사람과 만나는 여자일 것 같았다.

"네."

"내 이름은 강선화야. 사실 네가 들고 있는 우산, 내가 영광 씨에게 빌려 줬던 거야. 영광 씨가 네 이야기 많이 했어. 아, 내가 지금 영광 씨랑 전화가 안돼서 그러는데, 어디 계신지 아니?"

당연히 그는 교무실에 있을 것이다. 가끔 나를 집까지 데려다 주었기 때문에 그가 내려오는 시간은 잘 알고 있다.

"집에 가셨을 거예요. 아까 급히 내려가시는 걸 봤어요."

"아, 그래? 고마워. 그럼 난 이제 가봐야겠다."

나는 그 사람에 대해 아는 것이 아무것도 없는데, 그는 나를 너무 잘 알고 있는 것 같다. 싫다. 이제는 남의 입에 오르내리는 것도, 누군가를 신경 쓰는 것도, 전부 다. 나는 고개 한번 돌리지 않고 집까지 앞만 보고 걸어갔다.

그 후로 나는 그를 피했다. 그것이 내가 할 수 있는 최선의 방법이었다.

그렇게 몇 주 동안 나는 그와 말하지도, 밖에서 만나지도 않았다. 그가 나를 붙잡아도 무시했다. 어느 날, 담임이 나를 교무실로 불렀다. 담임은 나를 무섭게 보았고 나는 무슨 일인지 짐작조차 할 수 없었다.

"너, 내가 적당히 하랬잖아. 너 강선화… 알지? 영광이를 좋아했던."

좋아했던? 나는 더 이상 그 사람에 대해 듣고 싶지 않았다.

"네, 그럼 저 이만…"

"저번 주에 병으로 죽었어. 그런데 영광인 그때, 선화 옆에 없었어. 너네집 앞에서 너한테 전화하느라 내 전화도 못 받았어. 선화는 영광이를 정말 좋아했는데, 그래서 내가 아무 말도 못 하고 양보했는데, 그 자식은 자기 동생 닮은 너 때문에 병원에 오지 않았어. 홍서아. 내가 경고했지, 너 그아이랑 많이 닮았으니까 조심해서 행동하라고."

담임은 나에게 편지를 내밀었다.

"이거 영광이가 부탁해서 너한테 전해주기는 할 거야. 근데, 이건 네가 아니라 영광이 동생인 너에게 주는 편지인 거 알지? 그러니까 부탁인데 열어보지 마. 그게 너에게도 영광이에게도 좋을 거야."

멍하니 편지를 들고 집에 왔다. 나는 공부를 하다가 문득 편지를 보았다. 나는 그의 이야기를 직접 듣고 싶어졌다. 내가 지금 힘든 것처럼 그도 지금 힘들 테니까. 그가 나를 많이 도와줬던 것처럼 나도 그를 도와주고 싶었다. 그래서 나는 그렇게 편지를 뜯고 말았다.

시계를 보니 8시였다. 집에서 나와 택시를 잡았다. 나는 공항으로 가야만 했다.

'서아에게, 넌 지금 나에게 가장 소중한 사람이야. 내가 요즘 너무 힘들어서 그러는데… 서아야, 무슨 일로 나를 피하는지 모르겠지만 네가 항상 내 옆에 있어 줬으면 좋겠어. 오늘 나 한국을 떠나. 너만 가지 말라고 말해주면 떠나지 않을게. 너만 내가 필요하다고 해주면 계속 네 옆에 있을게.

난 오늘 밤 10시에 영국으로 가는 비행기를 타. 그 전에 나를 잡아주겠니? 서아야, 보고 싶다.'

공항에서 그를 찾아다녔다. 영국으로 가는 비행기 줄 옆에서 줄곧 기다렸다. 오늘 그 사람을 잡지 못하면 후회할 것 같았다. 헛된 희망이라도 계속 붙잡고 있으면 바라는 대로 될 줄 알았다. 하지만 그는 3시간이 지나도록 오지 않았고 나의 희망은 헛된 것이 아니라 원래 없었던 것으로 생각하게 되었다.

"오늘 영국으로 가는 10시 비행기에 영광이라는 사람이 탔나요?"

지나가는 스튜어디스를 잡고 물어보았다. 그 스튜어디스는 금방 알아보고 오겠다고 했다.

"박영광 씨는 8시에 출국 절차를 마치시고 비행기에 무사히 탑승하셨습니다."

8시…? 내 귀를 의심했다. 8시라니, 이게 무슨…

"이거 받아요."

그 스튜어디스는 나에게 막대 사탕을 주고 갔다. 허탈했다. 비참했다. 왜 그가 갑자기 마음을 바꿨는지 모르겠다. 걸어가다 어떤 사람과 부딪혔다.

"어? 홍서아!"

나는 얼굴도 보지 않고 내 손에 들려있던 사탕을 넘겼다.

"이거 너 먹어."

나는 공항에서 빠져나왔다. 나는 하얀 깃털처럼 그 사람의 옷자락이라도 붙잡고 싶었지만 그러지 못했다. 태어났을 때부터 나에게 불행한 순간이란 없었다. 세상에 무엇을 기대해 본 적이 없었다. 그런데 그가 나의 희망이 되고서부터는 그가 없는 순간이 불행이 되어버렸다. 혼자 주저앉아 울부짖었다. 내가 그렇게 소중하다면서 어떻게 이렇게 갑자기 떠나버릴 수 있어. 잡아달라며, 붙잡아 달라며 왜 마음이 변했어. 필요 없다고 할 땐 그

렇게 도와주겠다더니, 내가 가장 간절히 필요로 할 때는 왜 말도 없이 가
버려! 나는 한참을 그렇게 울었다.

"그래서 그렇게 그 남자와는 이유도 모른 채 헤어진 것입니까?"

내가 물어보자 그녀는 씁쓸한 웃음을 남겼다.

"네, 그런데 제 생각에는 그냥 저를 동생으로 생각했던 게 맞는 것 같아
요. 저 혼자 어리석게도 그를 필요로 했던 거죠."

나도 처음으로 좋아했었던 여자가 말도 없이 가버렸기 때문에 그녀의
이야기에 공감할 수 있었다. 아직도 그녀를 그리워하는지 물어본다면 그렇
지 않다고 할 것이다.

"그렇게 그 사람이 가고 다음날 같은 반 남자애가 저에게 말을 걸었어
요."

"야, 홍서아. 맛있더라. 네가 어제 준 사탕."

어제 나와 부딪힌 아이가 이 남자애인가 보다 했다.

"넌 왜 말이 없냐? 좀 웃어보기라도 해봐."

그 아이는 자신의 이름이 정 훈 이라고 했다. 그리고 그날부터 계속 나
에게 말을 걸고 먹을 것도 나눠주고 그랬다. 그 남자가 떠난 공허함을 훈
이가 막아주었다. 하루는 내가 훈이한테 그날 왜 공항에 있었냐고 물었더
니, 미국에서 아버지를 만나고 그날 입국했다고 말했다. 그리고 훈이는 갑
자기 내 눈치를 보더니 자기가 홍서아 아버지가 되어주겠다고 했다. 그 말
에 나는 처음으로 웃었다. 내가 웃음을 터뜨리자, 더 해맑게 웃으면서 내
아빠가 되겠다는데 그게 얼마나 자신만만 해보였는지 모른다. 그 말을 지
키려는 듯, 훈이는 그 후로 자기와 같이 수학 과외를 할 수 있도록 배려해
주었고 가끔 밥도 사주었고 기념일도 챙겨주었다. 정말 보통 사람들의 아
버지처럼 나를 챙겨주었다. 훈이의 부모님은 자상하신 분들이었다. 나는
그 분들이 내가 훈이랑 어울리는 것을 싫어하실 줄 알았는데, 오히려 훈이
가 공부를 열심히 하게 되었다고 좋아하셨다.

우리는 그렇게 고등학교를 무사히 마치고 같이 좋은 대학에 들어갔다. 그리고 훈이는 군대에 갔고 나는 계속 바쁜 대학생활을 보냈다. 시간이 흘러 내가 대학을 졸업하게 되었을 때, 군대에서 돌아온 훈이가 고백했다. 그냥 이렇게만 나와 영원히 함께하고 싶다고. 순간, 정말 오랜만에 그 사람 생각이 났지만 지웠다. 말없이 떠나고 언제 돌아올지 모르는 그 사람보다 지금 내 앞에서 웃어주는 훈이가 고마웠으니까. 훈이가 나를 설레게 한 적은 없었어도 항상 내 아버지 같은 존재가 되어주었기에 나도 좋다고 했다.

그런데 며칠 후, 한 번도 연락이 없었던 후원자에게서 연락이 왔다. 후원자는 나를 그의 집으로 초대했다. 그의 집은 생각보다 아담했다. 50대 중반쯤 되어 보이는 그는 자신을 대학원 교수라고 소개하면서 자신이 다니는 대학원에 내가 다닐 것을 권유했다. 나는 기꺼이 그러겠다고 대답했다. 그러자 그는 품에서 사진 한 장을 꺼냈다.

"사실, 내가 자네를 후원하게 된 것은 너무 내 딸과 닮아서였네. 10년 전 죽은 내 딸과 너무 닮아서. 혹시, 내 양딸이 될 생각은 없나? 이건 우리 가족 사진이라네. 내 아내도 몇 년 전 세상을 떠났고 나는 지금 내 아들과 둘이서 지내고 있네."

그의 가족사진을 보고 나는 놀라서 벌떡 일어났다.

"잠시만, 화장실 좀 다녀오겠습니다."

나는 곧바로 훈이에게 1분 이내로 전화를 걸어 달라는 문자를 보냈다. 그리고 후원자의 앞에 다시 앉았다.

"내 양딸이 되어주면 안 되겠나?"

"죄송합니다. 저는 한 번도 아버지가 필요하다고 생각해 본 적, 없습니다."

벨 소리가 울렸다. 나는 훈이의 전화를 받았고 후원자에게는 급한 일이 생겨 가보아야겠다고 말씀드렸다.

"3년이라는 시간 동안, 저를 후원해 주셔서 감사합니다. 앞으로 종종 찾아뵙겠습니다."

그리고 다급히 구두를 신고 현관문을 열었다. 그런데 내 앞에 그 사람이 서 있었다. 그 사람은 비밀번호를 누르려던 손을 내리고 나를 뚫어지게 바라보았다. 나도 말없이 그를 쳐다만 보았다. 이젠 그는 나와 아무 상관 없는 사람이라 생각했다. 그런데 만날 수 없을 것만 같던 그를 다시 만난 순간, 심장이 뛰었다. 이젠 나만 바라보는 사람도 생겼는데, 그는 아직도 나의 유일한 희망이었다. 나는 가만히 그를 보았다. 후원자가 현관문으로 다가왔다.

"둘이 서로 아는 사이야?"

나는 '아니요.'라고 대답했고 그는 '네.'라고 대답했다. 그리고 다시 정적이 흘렀다. 나는 어색하게 고개를 내리고 그를 지나쳤다.

"근데 제가 궁금한 것이 있는데, 당신을 바라보던 그 오만한 사람들은 어떻게 되었나요? 어렸을 때, 많이 스트레스가 되었을 것 같은데. 극복하셨나요?"

"네. 그 사람과 훈이 덕분이었어요. 그들 덕분에 힘든 시간을 극복할 수 있었어요. 그 사람은 잠시나마 저의 희망이 되었고, 훈이는 지금까지 저의 가족 같은 존재가 되어주었으니까요."

나는 나에게서 희망을 얻어간 그 오만한 얼굴들에게 사과를 받으러 뒤를 돌아봤다. 그런데 그들은 이미 나에게서 사라지고 없었다. 그들은 과거의 나와 같은 사람들을 향해 또다시 오만한 미소를 짓고 있었다. 결국, 사람들의 희망은 그랬다. 누군가를 보며 마음의 위안을 얻거나 누군가를 보며 동경한다. 가장 어렵고 힘든 누군가는 그 오만한 시선들에게 복수하겠다는 그 마음으로 딛고 일어선다. 사람들의 희망은 모두 다 다르게 생겨났고 움직이고 있었다. 설령 그것이 거짓일지라도 그 순간만큼은 그들을 행복하게 한다. 내가 마치 그 사람을 향한 설렘을 희망으로 느꼈던 것처럼.

"저 어떻게 해야 할까요?"

어느덧, 어두컴컴해진 밖을 보며 그녀에게 말했다.

"오늘은 늦었으니 내일 오후에 다시 상담하도록 하지요"

그녀는 나에게 정중히 인사를 했다. 나는 그런 그녀에게 말했다.

"그 두 사람 중에서 당신 옆에 오래도록, 한결같은 마음으로 남을 수 있는 사람을 선택하세요"

나도 모르게 내가 좋아했던 여자에게 해주고 싶었던 말을 그녀에게 했다. 그녀는 잠시 생각하더니 다시 나에게 인사를 하고 갔다.

"저 선생님, 오늘 그 사람을 만났어요"

다음날, 그녀를 만났다. 나는 무슨 일이 있었는지 물어보았다.

"그 사람 옆에 어떤 여자가 있었는데, 그 여자가 저를 보고 소영이라고 했어요. 그 사람은 당황한 듯했고 저는 그 여자를 어디서 봤는지 생각해봤어요. 그 여자가 그때 공항에서 만난 스튜어디스더라고요. 그 여자는 저를 그의 동생으로 알아서 그 사람 앞에서 다 말했어요. 제가 그를 얼마나 기다렸는지. 다시는 생각하고 싶지 않은 기억이었기에 황급히 자리를 떠나려 했는데, 그가 나를 붙잡았어요. 그는 그 여자를 보냈고 우리는 잠시 근처 공원에서 이야기했어요"

"너… 왔었니? 그날 공항에?"

화가 났다. 올 거라고 생각도 안 했으면서 왜 편지를 보냈느냐고 묻고 싶었다. 그러나 이젠 다 지나간 일이기에 다 덮고 무시하고 싶었다.

"지혁 선배가, 네가 내 편지를 찢었다고 했어"

가려던 발걸음을 멈췄다.

"뭐?"

갑자기 그 사람이 저를 안았다.

"그때, 난 그 말을 듣고 난 지금 누구도 행복하게 해줄 수 없다고 생각했어. 그래서 망설임 없이 떠났어. 네가 안 올 거라고 생각했으니까. 어제 다시 만났을 때, 널 잡고 싶었지만 네가 날 싫어하는 것 같아서 잡지 않았어. 나 혹시 늦지 않았다면 지금이라도 네 옆에 있으면 안 될까?"

내 눈빛이 흔들렸다. 오랜만에 듣는 그 따뜻한 목소리에, 그 아련한 웃음에, 보고 싶다고 눌러 왔던 내 감정이 우리가 처음 만났을 때 내리던 비처럼 눈물이 쏟아졌다. 그러나, 설령 그게 진실이라도 우리는 너무 서로 다른 먼 길을 걸어왔다. 방향을 되돌린다고 해서 만날 수 있는 거리가 아니라고 생각했다. 그래서 나는…

"미안해. 너와 함께 했던 시간은 나의 영원한 희망으로 간직할게. 그리고 나에게 처음이자 마지막으로 설렌다는 감정을 느끼게 해줘서 고마워."

우리는 그렇게 서로를 따뜻하게 안아주고 서로 다른 방향을 걸어갔다.

"어떻게 그런 선택을 하게 되셨나요?"

"어제 그러셨잖아요. 내 곁에 오래도록, 한결같이 남을 사람을 선택하라고 어제 그 말이 맞는 것 같다고 생각했어요. 그 사람과의 추억은 혼자 마음 한 구석에 예쁘게 담아두고 싶어요. 말했잖아요, 이미 우리는 서로 긴 시간을 오해하며 살아왔으니까요."

말도 없이 떠나버린 그 여자도 혹시 그녀가 사랑했던 그 사람처럼 무슨 오해가 있었던 것은 아닐까. 내가 사랑했던 그 여자도 내 앞에 앉아있는 그녀처럼 나의 진심을 알아주었다면, 내 옆에 남기로 했다면 그 여자와 나는 행복하지 않았을까. 누군가 아직도 그 여자를 그리워하는지 물어본다면, 나는 아무 말도 하지 않을 것이다. 누군가 그 여자가 어디 있는지 말해준다면, 나는 아무 데도 가지 않을 것이다. 누군가 그 여자 옆에서 행복하게 지내고 있다면, 나는 아무 감정도 느끼지 않을 것이다. 아까 우산에서 떨어진 단풍잎을, 이제는 내 손에 있는 단풍잎을 책 속의 그녀에게 주었다. 그리고 그 책을 내 손이 닿기도 힘든, 내가 꺼낼 생각조차 할 수도 없는 책장의 꼭대기에 올려 두었다. 밝힌 어둠을 지우고 침대에 누워서 단풍잎이 떨어지는 가을 빗소리를 들으며, 나는 잠이 들었다.

더블 딥

'지 것도 아니면서 생색이란 생색은 다 내네.'

나는 오늘도 지점장 손에 들려있는 카드를 보며 마음속으로 욕을 한다.

"아, 오늘은 내가 살게."

오늘도 저 놈이 법인카드를 가지고 생색을 내고 있기 때문이다. 그 꼴을 보기 싫어서 먼저 밖에 나와 담배에 불을 붙였다. 입김보다 하얀 담배 연기가 하늘로 올라간다. 오늘 하루도 끝이 났다.

'따르릉 따르릉'

왼쪽 주머니에 있는 휴대전화가 울려 꺼내보니 중학교 때는 죽고 못 사는 승민이 녀석이었다. 고등학교를 다른 곳으로 갔기 때문에 저번 동창회 이후로는 오랜만이였다.

"어이~ 만수르, 잘 지내냐?"

"그냥저냥 지내지 뭐. 근데 갑자기 왜?"

"뭐 집이면 술이나 한잔하자고 전화했지. 여기 너희 집 반대편 상가 술집인데 나올 수 있으면 나와라. 술이나 하게."

어느새 조심스럽게 빠져나온 내 발걸음은 술집 앞에 도착했다. 작은 조커 인형이 달린 유리문을 열고 들어가니 저 끝에 승민이의 얼굴이 보였다.

"어이!"

나는 누군가와 전화를 하고 있던 승민이를 불렀지만, 승민이는 무슨 전화를 하고 있었는지 내 부름도 듣지 못하였다. 승민이를 놀라게 해주려고 한 나는 승민이의 뒤에 있던 작은 나무로 다가가 놀라게 할 준비를 하고 있었다. 하지만 '잘해보자.'라는 말과 함께 전화를 끊던 승민이는 시계를 보더니 두리번거리다 나를 발견하고 말았다. 나와 승민은 반갑게 인사하고 술을 마시기 시작했다. 11시, 12시, 1시… 그 자리에서 3시간 동안이나 술을 마신 어제의 기억은 잘 나진 않지만 중요한 건 없었던 것 같다.

'아이고, 머리야.'

내 책상 서랍 속에 있는 아스피린을 한 알 꺼내 삼켰다. 대성이 자식은 요즘 이상하다. 나를 적으로 보는 것 같기도 하고 어쩌다 한 번씩 이상한 웃음을 짓곤 한다. 오늘도 사람들의 인생 얘기가 담긴 은행 문을 열고 집으로 향한다. 집으로 가는 도중에 휴대전화가 울린다. 나승민이다. 오늘도 한잔하고 싶었지만 참으려고 했다. 인생 뭐 있나. 하고 싶으면 해야지. 오늘은 집에서 20분 정도 거리에 있는 고급스러운 분위기가 물씬 풍기는 술집에서 만나기로 했다. 오늘도 계산은 자기가 한다고 기어코 고집을 부리길래 불편하지만 술집으로 들어섰다. 한 잔, 두 잔 술술 취해갈 때마다 승민은 은밀한 이야기로 넘어가고 있었다. "내가 천만 원 투자해서 지금 10억 벌었다니까? 그래서 요즘 내가 돈이 많으니까 이렇게 비싼 술집도 내 집 마냥 드나드는 거 아니냐?" 그래도 도박이라니 얼마 전에 TV에서 봤던 것처럼 모든 걸 다 잃고 노숙자 생활을 하고 있는 중소기업 사장의 스토리가 생각이 났지만, 마음 한편으로는 '우리 집이 5억인데… 10억? 이거 대박이잖아.'라는 작은 악마가 속삭이고 있었다. 나는 생각을 좀 해보겠다고 하고 무언가에 쫓기듯이 집으로 왔다. 아내는 항상 나를 반겨주지만 항상 좋은 것만은 아니다. 밤늦게 집에 가면 안자고 기다리고 있는 아내 때문에 늦게까지 밖에 있을 수 없는 노릇이었다.

오늘도 내가 집에 올 때까지 대세와 같이 기다리고 있다가 반겨주지만 무언가 찔리는 게 있는 터라 불편함이 가득했다. 내가 문을 열고 들어가자

대세는 나를 오랫동안 기다렸다는 눈빛으로 달려와 나의 품으로 안기었다.

"아빠! 다녀오셨어요. 아빠, 내가 오늘 엄마랑 같이 어… 어 거기 마트를 갔는데 자동차가 있었는데 너무 갖고 싶었는데 엄마가 안 된다고 그래서 그냥 왔어요. 내일 아빠랑 같이 가서 그거 다시 봐요"

"대세야 그 자동차 너무 비싸서 안 된다니까."

'돈만 있으면 다 될 건데…' 그리고 다음날 아침부터 어제 그 얘기가 머릿속을 맴돌더니 결국 나는 도박을 해보기로 결심했다. 지점장은 오늘도 나한테 말도 안 되는 트집을 잡으며 윽박을 질렀다. 나는 한 귀로 흘리며 머릿속으로는 '내가 30억 벌면 니 얼굴에 사표 던지고 멋지게 산다.'라고 생각했다. 그러곤 오늘 약속은 다른 술집에서 잡았다. 평범한 술집인 것 같았지만 승민이가 종업원에게 가서 뭐라고 하니 종업원이 구석으로 안내해주더니 지하로 들어갔다. 지하로 들어서니 위에 있는 술집보다 더 큰 공간이 있었다. 대충 세어 봐도 테이블은 50개가 넘게 있었고 사람들은 미처 다 셀 수 없을 만큼 앉아 있었다. 처음 들어서자 뿌연 담배 연기와 딴 사람의 환호의 소리와 잃은 사람의 좌절의 소리가 가득했다. 나는 최대한 처음 온 티를 안내려고 자연스럽게 살짝 미소를 띠며 약간 구석진 곳으로 걸어가서 앉았다. 긴장된 마음에 덜덜 떨고 있으니 승민이가 괜찮다고 말해주었다. 그리고 몇 분이 지나자 내 테이블도 승민이와 나를 포함해서 5명이 앉아 있었다. 뚱뚱한 아줌마, 무척이나 비쩍 마른 아저씨, 나와 승민 그리고 승민이 아는 사람이라고 소개 시켜준 젊고 예쁜 여자가 내 옆에 앉아서 도박을 하기 시작했다. 그날에 나의 패는 좋았지만 운은 그러지 못했다. 처음 판은 먼저 어떤 식으로 돌아가는지 보기 위해서 패를 보지도 않고 죽었다. 첫판은 뚱뚱한 아줌마와 승민의 싸움이었다. 아줌마가 200만원을 걸자 승민은 400만원을 걸었고 아줌마가 200만원을 더 걸고 패를 까보기로 했다. 승민이 먼저 패를 뒤집었다. 벚꽃 하나가 나오더니 다른 패 하나도 벚꽃이 그려져 있었다. 3땡이었다. 3땡을 본 아줌마는 아쉬움과 짜증스러움이 섞인 탄식을 내뱉으며 1땡을 테이블로 내동댕이쳤다. 두 번째 판에서는 나와 아줌마의 싸움이었다. 아줌마는 처음부터 500만원을 걸더니 내가 500만원을 거니 200만원을 더 걸었다. 오기가 붙은 나도 역시 200만원을 걸었지만 나는 뚱뚱한 아줌마의 아까와 똑같은 1땡을 이기지 못하였다. 나는 호시탐탐 기회만 보다가 내 손에 7땡이 떴을 때 내가 가지고 온 돈 2천만 원을 올인했다. 다들 사뭇 놀란 눈치였지만 앞에 앉은 비쩍 마른 아저씨가 콜을 하였다. 나는 조심스럽게 7땡을 웃음 띤 표정으로 내놓았다. 7땡을 본 아저씨는 호탕하게 웃으며 3과 7을 내놓았다. 땡잡이었다. 나는 가지고 온 돈 2천만 원을 잃고 패닉에 빠져 있었다. 그렇게 허탈한 모습으로 자리에서 일어나자 옆에서 계속 죽기만 하던 젊은 여자가 괜찮다며 2백만 원을 손에 쥐어 주었다. 그러곤 자신과 같이 술을 한잔 하자고 말하였다. 나는 그 술집에서는 마실 기분이 나지 않아 좀 더 먼 술집으로 가서 술을 마셨다. 그 여자의 이름은 혜빈이었고, 나와 말이 잘 통하였다.

그날 밤새도록 술을 마신 뒤 집으로 들어가니 아내는 역시 깨어 있었다.

"왜 이렇게 늦게 와?"

나는 그 말에 오늘 있었던 일을 사실대로 말할 수 없어 승민이와 밤새도록 술을 마셨다고 했다. 아내는 나를 믿어준다며 내일 회사가려면 얼른 가서 자라고 일러주었다. 나는 마음속에 죄책감이 들었다. 다음날 내 마음과는 달리 내 몸은 어제 그 뿌연 연기가 가득한 지하 도박장에 서 있었다. 그날은 어제의 2천만 원을 메우기 위해 3천만 원을 들고 가서 기회를 보다가 확실한 패가 나왔다. 오늘은 비쩍 마른 아저씨 대신 멀쩡하게 생긴 회사원이 앉아 있었다. 그 남자는 내 올인을 받았고 그 남자는 어제와 같이 3과 7을 내놓았지만 나는 장땡을 내놓고 3천만 원을 땄다. 그리고 몇 판 더 치다 2천만 원을 더 벌었고 사람들이 일어나자 나도 같이 일어나 혜빈 씨에게 술 한잔 하자고 했다. 그날은 혜빈 씨와 내가 많이 취했고 졸리다는 혜빈 씨를 데리고 꽤 좋아 보이는 호텔로 들어갔다. 나는 침대에 혜빈 씨를 눕힌 후 샤워를 하면서 수만 가지 생각이 들었다. 내일은 얼마를 들고 갈까, 회사를 언제 그만둘까, 잠깐 동안 아내 생각이 났지만 이내 사라지고 없었다. 샤워를 하고 나와 침대로 향했다. 잠만 자려고 왔던 곳이 었는데 술에 취해 나를 향해 실실 웃고 있던 혜빈 씨는 너무나 매력적이었다. 그렇게 남편이자 가장으로서 넘지 말아야 할 경계선을 아슬아슬하게 걸쳐있던 나는 결국 그날 그 경계선을 넘고야 말았다.

그날 이후 나의 자신감은 오만을 불러왔고 그 다음날은 더 큰판으로 가기 위한 5천만 원을 다 잃고 말았다. 테이블에는 나와 혜빈과 승민 그리고 아줌마와 내 나이 또래로 보이는 남자가 있었다. 하루하루 그 남자에게 잃어가던 나는 결국 손에 대지 말아야 할 부동산까지 건드렸고 그 돈마저 다 잃고 아내는 나의 외도와 도박한 사실을 알고 대세를 데리고 집을 나갔다. 돈을 다 잃고 나니 승민은 연락이 되지 않았고 혜빈은 더 이상 도박장에 나오지 않았다. 나는 몇 날 며칠을 술과 담배로 지냈고 회사에서 마저 짤리고 말았다. 아무도 없는 집에 딱지가 붙은 물건들을 보니 미쳐 버릴 것 같아 결심을 하고 집을 나와 택시를 타고 마포대교로 갔다. 가는 도중 택시 기사 아저씨는 나에게 뭔가 잘 안된 것 같아 보이지만 어쩔 수 없는 일이라고 했다. 그래, 나 때문에 어쩔 수 없이 생긴 일인데 누구를 탓하랴. 나는 그렇게 1월의 찬바람을 맞으며 다리난간에 섰다. 차가운 바람이 내 몸을 관통하는 것 같았다. 하지만 내 마음속의 후회로 가득 찬 울분을 뚫지는 못 하였다. 나는 생각했다. 그날 지점장이 법인카드로 생색을 내던 그날 아침으로 돌아가면 모든 것을 바꾸고 싶다고 생각했다. 생각이라기보다는 그냥 도박하다가 다 잃고 목숨도 잃기 직전인 한 남자의 한탄에 더 가까웠다. 밑을 바라보니 5만 원짜리가 둥둥 떠다니고 있었다. '너는 끝까지 날 괴롭히는구나' 그리고 짧은 시간동안 희미하게 많은 생각이 났지만 하나만은 뚜렷하게 내 머리를 울렸다. '후회해도 소용없는 일이다.' 그 순간 나는 차디찬 물속으로 뛰어내렸다.

"……어? …어……. 어라?"

번쩍하고 눈을 떴다. 눈을 뜬 순간 내 눈에 가장 먼저 보인 것은 차가운 강물이 아닌 우리 집 천장이었다.

"뭐… 뭐지…?"

분명 나는 차가운 강물로 뛰어들었다. 분명 나는 모든 돈을 잃고 또 아내와 자식도 잃었었다. 나에게 남은 거라고는 이 부질없는 목숨뿐이었다. 그러나 지금 나는 시퍼렇게 살아 내 방 침대 위에 누워 있는 것이다. 순간 머리가 아파오면서 지난날의 기억들이 떠올랐다. 그 순간 머리가 지끈지끈 아파오기 시작하였다. 나는 물 한잔을 마시면서 천천히 기억들을 정리해보았다. 나는 분명 지점장이 회식을 하겠다고 한날 승민의 전화를 받았고 그렇게 해서 나는 도박의 빠지게 되었고 그리고 또 혜빈 또한 만나게 되었다. 그리고 혜빈과 하룻밤을 지내게 되고 나는 아내와 자식에게 버림받는다. 엎친 데 덮친 격으로 나는 회사마저 짤리고 만다. 그리고 나는 강물에 몸을 던진다. 그렇다. 이것이 내가 며칠 동안 겪은 정말 끔찍한 기억들이다. 그때 누군가 이쪽으로 걸어오는 소리가 들렸다. 나는 '아무도 없는 집에 나 말고 누가 있단 말인가.' 하고 생각하고 있었다. 그때 방문이 벌컥하고 열렸다. 그 발소리의 주인공은 바로 나의 아내였다.

나는 화들짝 놀랐다. 아내는 분명 나를 버리고 집을 나갔지 않았나? 아내는 아무렇지도 않은 듯 싱긋 웃으며 "여보, 빨리 일어나. 이러다가 지각하겠어."라고 하였다. 나는 당황하였지만 태연한 목소리로 "어. 알겠어. 빨리 준비할게."라고 하였다. 나는 출근을 하면서 어떻게 된 일인지 계속해서 생각하였다. '뭐지… 분명히 아내는 나를 버리고 대세를 데리고 집을 나갔는데…. 어떻게 아무렇지도 않게 나한테 출근하라고 할 수가 있지. 나는 분명히 뛰어내렸는데. 도대체 이게 어떻게 된 영문이란 말인가?' 출근을 하고 나니 지점장 박대성이 오늘은 회식을 한다는 것이다. 분명 저번에도 했으면서 뭘 이렇게 자주하냐고 생각하고 휴대폰을 꺼내서 날짜를 보았는데 날짜가 박대성이 법인카드 가지고 자기 돈인 것처럼 생색내던 그 날짜가 아니던가… 그 순간 나는 '아! 내가 과거로 돌아왔구나. 나는 아직 죽은 게 아니고 아내 또한 아직 나를 버린 것이 아니구나!' 이렇게 생각하였다. 나는 화장실로 가서 눈물을 흘렸다. '아. 하느님 감사합니다. 정말 되돌리고 싶은 과거로 돌아오게 해주셔서 감사합니다. 이제는 정말로 열심히 살겠습니다.' 이윽고 저녁이 되어서 그날과 똑같이 모든 직원이 다 회식을 하러 갔다. 나는 곧 음식이 다 떨어질 때쯤 박대성이 생색을 낼 것을 알고 있기에 "허허. 이거 참 미안합니다. 오늘 집사람 생일이라서 저는 먼저 들어가야 될 것 같습니다. 죄송합니다." 하고 먼저 자리를 벗어났다. 그리고는 빨리 집에 돌아와서 과거로 돌아온 것을 어떻게 해야 잘 활용할 수 있을까하고 생각해 보았다. 너무 골똘히 생각한 나머지 오늘 아침처럼 머리가 지끈지끈 아파오기 시작하였다. 그래서 나는 머리도 식힐 겸 TV를 켰다. TV에서는 축구를 하고 있었다. 그 경기는 1등팀과 꼴찌팀의 경기였다.

"에이. 보나마나 이 경기는 맨체스터시티가 이겼네."

이렇게 생각하고 다른 채널로 바꾸려는데 꼴찌팀이 동점골을 넣었다.

"어라? 이거 모르겠는데?"

나는 계속해서 그 경기를 보았다. 숨 막히는 경기가 끝이 나고 그 경기는 모두의 예상을 깨고 꼴찌팀이 대역전극을 펼쳤었다.

"아이고. 오늘 스포츠 토토 이 경기에 건 사람들을 돈 좀 많이 잃었겠는데. 꼴찌팀의 건 사람들을 얼마나 많이 벌었을까. 하핫."

그 순간 내가 스포츠 토토를 하게 되면 어떨까라는 생각이 들었다. 나는 앞으로 며칠간에 미래를 알기 때문에 스포츠광인 나는 웬만한 경기결과를 다 알고 있었다. 나는 정말 큰돈을 벌 수 있을 것 같았다. 그래서 나는 경기결과가 기억이 나는 모든 스포츠에다가 나의 전 재산을 걸었다. 그리고 며칠이 지나고 내 수중의 돈은 정말이지 어마어마하게 벌려있었다. 나는 정말 내가 바라던 떼부자가 되어있었다. 그 순간 전화가 와서 보니 나승민이었다. '개새끼……'라는 말이 먼저 나왔다. 내가 자살하게 된 것은 어찌 보면 이놈을 만나고 나서였다. 잠시 생각을 하고 난 뒤 나는 그 놈의 전화를 받았다. 승민은 거짓된 웃음소리와 함께 나의 안부를 물으며 집에 있으면 술 한잔이나 하자고 말하였다. 나는 기가차서 승민에게 "야…… 아이 새끼야…… 도박은 너 혼자해. 이 새끼야…. 어? 친구 병신 만들지 말고 착하게 살어…" 이러고 바로 전화를 끊었다. 기분이 조금은 풀렸지만 확실히 개운하지는 않았다. 이렇게 끝나면 내가 당한 것들이 너무나도 억울했다. 나는 어떻게 해야 승민에게 복수할 수 있을까하고 생각하였다. 승민의 전화를 바로 끊어버렸으니 이제 그 자식과 만날 일은 없을 것이다. 그러면 내가 아는 사람 중 그 자식과 관련된 사람은…

"아!! 맞아. 그녀가 있었구나."

그 순간 나는 아내가 아닌 다른 여자와 밤을 보냈던 그날 밤이 생각났고 그 여자가 누군지 생각이 났었다. 그 여자는 바로 혜빈이었다. 지금 나와 승민 사이에 연결고리는 바로 그 여자밖에 없었다. 그 생각이 들자마자 나는 옷을 잘 차려입고 그날 승민이 나를 어디로 끌고 갔는지 잘 생각해보며 몰래 도박이 열리는 그 장소로 갔다.

그곳에는 과거 아닌 과거에서 봤던 대로 뿌연 연기로 가득 차 있었고 50개가 넘는 테이블에서 수많은 도박이 열리고 있었다. 나는 내가 찾고 있는 그녀를 보기위해 50개가 넘는 테이블 하나하나를 일일이 다 둘러보았다. 한 20~30개쯤 둘러봤을까 어느 구석진 테이블에 내가 찾던 그녀가 다리를 꼬며 도박을 하고 있었다. 나는 아무도 몰래 그녀의 뒤로 갔다. 그녀가 배팅을 하는데 상대방에 무지막지한 배팅에 돈을 걸 수 없는 상황이 되어버렸다.

"아이참 진짜 이기는 판인데 돈이 더 잖아. 아 어떡하지." 그녀는 낮게 속삭였다. 나는 고개를 숙여 그녀의 귀에 대고 "제가 돈 좀 빌려 드릴까요?"라고 하였다. 혜빈은 고개를 번쩍 들고 나를 바라보며 작은 목소리로 "정말 그렇게 해주시겠어요? 감사합니다, 감사합니다!"라고 하였다. 그리고는 상대방에게 "이 사람은 제 남자친구인데 돈을 좀 더 내주신대요. 그래도 되죠?" 라고 하였다. 상대방은 못마땅한 눈치였지만 그래도 수긍하였고 혜빈은 삼팔광땡을 내보이며 판을 쓸어갔다. 그리고 그녀는 나에게 감사 인사를 하였다. 혜빈은 나를 아예 모르는 것 같았다. 그 순간 머릿속에 어떤 생각이 떠올랐다. '혹시 이 여자랑 승민이 그냥 아는 사이가 아니고 둘이 미리 편을 짜서 나의 돈을 뺏어간 것이 아닐까?' 나는 정말 혹시나 해서 "아… 그런데 혹시 승민이라고 알아요? 나승민이라고… 제 친구인데…" 그 순간 혜빈은 눈빛이 바뀌면서 "아… 혹시 그쪽이 승민이 오빠 중학교 친구세요? 얘기 정말 많이 들었어요!!" 이러는 것이었다. 나는 그 순간 깨달았다. 아 나승민이랑 내 앞에 있는 이혜빈이 한패였구나… 그 순간 너무 억울했다. 이 두 놈들 때문에 나의 인생이 날아가게 되었고… 내가 정말 열심히 지점장에게 계속해서 구박을 받으면서도 벌어온 내 돈을 이두명이서 꿀꺽했구나… 정말 너무 화가 나고 분했다. 이 두 명을 정말 죽이고 싶었다. 일단 앞에 있는 혜빈에게 "아니, 저는 고등학교 친구였어요 하하. 승민이랑 여기서 만나기로 했는데… 애는 어디 갔는데 아직 안오나~" 하면서 밖으로 나왔다. 그리고 생각했다. '내가 너희 두 놈에게 돈으로 사기를 당했으니 이번엔 너희 둘에게 내 돈으로 정말 끝없는 절망을 안겨 줄 테다.' 하지만 이내 배신감에 들은 분노를 삭이고 잠시 생각에 빠졌다. "일단 침착하자… 난 돈이 없었고 지금은 아주 많은 부자의 인생을 살고 있어"

이 자본주의 국가 대한민국에서 돈이란 무기가 될 수 있다. 사기? 청부? 공갈?

영화 속 악당처럼 그 둘을 복수할 생각에 피가 끓어올랐다. 어두운 도박장을 나온 후 편의점에서 담배 한 보루를 사고 건들거리며 집에 가고 있었다. 손목시계의 바늘은 01시를 노리고 있었다. '아내에게 더 잘해줘야 하겠지?' 하고 꽁초를 던지고 집 문을 열었는데 내가 알던 냄새에 무언가 불쾌한 냄새가 섞여 코에 들어왔다.

"늦었네요? 얼른 씻고 자요."

아내는 여전히 날 걱정해준다. 죄책감이 밀려왔다. 목욕을 하고 있는데 아내의 머리카락이라고는 지나치게 곧고 짧은 머리카락이 보였다.

"대세 꺼겠지."

별 대수롭지 않게 넘겼다. 그런데 이 날부터 안사람의 행동이 수상해 보였다. 툭하면 전화를 받지 않거나 집을 비워두는 일이 수십 번이다.

"아무래도 변한 것 같아 이 여편네가 어디 나갈 데도 없는데 말이야."

"드라마에서만 보던 바람 아닐까?"

회사 동료와 대화를 나누다 문득 불길한 느낌이 왔다.

나는 떠보기 위해 집에 혹시나 전화를 해봤지만 역시나 부재의 목소리만 들려왔다.

나는 곧장 아내에게 문자를 해봤다. '여보, 집이면 혹시 내 서랍 옆에 서류 있나 확인 좀 해줘.' 부들부들 떨며 답을 기다리는데 얼마 지나지 않아 답신이 도착했다. '없는 것 같은데요? 거실에도 없고' 그 순간 불안에 떤 나는 휴대폰을 부여잡고 집으로 내달렸다. 초인종을 눌러봐도 아무도 나오지 않는다. 문을 열었다. 아무도 없다. 왜? 왜 미희는 나한테 거짓말을 한 거지? 현관부터 살펴보았다. 그런데 저번에 본 머리카락이 이번엔 확실한 증거가 되어주었다. 대세의 키가 자라지 않는 신발장에서 발견되었기 때문이다.

"저녁에 미희랑 얘기를 좀 해야겠어."

나는 머리카락을 가지고 회사에 갔다. 오늘따라 지점장도 지랄이고 회사일도 뜻대로 풀리지 않는다. 안 그래도 짜증투성이인데. 나는 퇴근 시간이 되어서야 피곤한 몸을 이끌고 담배를 피며 집으로 가는데 불이 꺼져있다. 동시에 담뱃불도 꺼졌다. 바깥의 자동차 소리 바람 부는 소리만 들려왔다.

"여보? 미희야?"

답은 없다.

"아들? 아들?"

또 답은 없다. 거실도 그대로고 안방도 내가 아까 왔었던 그대로였다. 한 걸음 한 걸음 화장실로 갔다. 화장실 물기가 마르지 않은 걸 보면 나간 지 몇 시간이 되지 않았다. 근데 그 불쾌한 냄새가 또 났다. 어떤 향수 냄새인 것 같은데… 머리를 잡고 코를 계속 비벼댔다.

'이 냄새는? 어디서 많이 맡아 봤는데?' 난 과거 아닌 과거를 회상해 보았다. 그렇다.

이 냄새는 바로 그 개자식 나승민 냄새다. 그때는 술기운에 잘 몰랐었는데 이제야 모든 퍼즐이 맞아 떨어지는 것 같다. 나승민은 미희를 꼬드긴 거다. 자기 계획대로 되지 않자 내 주변 사람을 이용한 것이다.

"알고 있는 것보다 더 독한 놈이었군."

난 하나뿐인 미희를 나승민한테 잃고 주저앉았다. 냉장고 불빛으로 쪽지가 보였다. '여보, 아니 만수 씨! 저 만수 씨랑 살면서 좋았어요 그런데 더 이상은 안 될 것 같아요. 돈이 참 무섭나봐요 사람도 살 수 있고 대세는 제가 돌볼 테니까요. 만수 씨도 건강 잘 챙기고, 행복하게 살아주세요 그리고 이 사람 착한 사람이에요. 걱정하지 마세요.'

"착해? 나승민이?"

나승민에 대한 혐오와 아내의 걱정에 난 더더욱 울었다.

"흑… 흐끅… 그때의 내가 아니야. 내가 꼭 세상에서 제일 비참하게 만들어 줄게."

정신을 차리고 무작정 집을 빠져나왔다. 막상 집을 빠져나오니 나승민을 찾는 것부터 막막함을 느꼈다. 어째서 미희는 날 떠났을까?

나승민 그 자식도 돈 밝히는 짐승에 불과한데 그런 놈이 미희의 돈을 다 뜯으면 버릴 게 불보 듯 뻔하다. 일단 도박장으로 가서 혜빈에게 캐물으면 승민의 위치를 알아낼 수 있을 것 같다.

황급히 도박장으로 가니 바로 남자들에게 가식적으로 웃고 있는 이혜빈이 보였다. 난 손을 붙잡고 올려 혜빈을 일으켜 세운 뒤 물었다.

"야, 당장 나승민 어딨는지 말해, 빨리 말해!"

혜빈이 내손을 뿌리치더니 오히려 짜증을 냈다.

"왜 이러시는지 모르겠는데요. 저도 그걸 알고 싶어요. 어제부터 연락이 안됐다고요."

"그럼 알아내야 할 거 아냐? 너희 둘 땜에 내 인생이 망가졌어. 못 알아내면 죽일 줄 알아."

"아씨, 이 아저씨 왜 이래, 좀 쫓아내 봐요."

곧 거한 두 명이 날 붙잡고 바깥으로 끌고 갔다. 날 바라보는 혜빈의 표정은 비웃는 듯 했다.

"형씨 한번만 더 오면 형씨가 죽을 거요."

거한들은 그렇게 말한 뒤에 문을 닫고 사라졌다. 난 닫힌 문을 보면서 아내를 찾지 못할 것이라는 절망감에 하염없이 눈물이 흘렀다. 돈이 많으면 뭐 하는가 정작 중요한 건 돈으로도 살 수 없다. 난 터덜터덜 걸으며 집에 도착하고 그대로 누웠다. 내일 회사에 사표나 던지고 어디 멀리 떠날 것이다.

아침에 일어나 사표를 작성하고 양복을 차려입고 부은 눈으로 거울을 바라본 뒤 무거운 발걸음으로 은행으로 향했다. 그런데 도착한 은행은 분위기가 싸했다. 직원들은 날 보고 수군거리고 평소 아는 척도 안하는 지점장은 웬일로 날보고 미소를 보내고 있었다.

"아, 만수 씨 오늘은 아주 기분이 좋습니다. 일단 제 방으로 오시죠."

방으로 가니 금융감독위원회 배지를 단 사람들이 앉아 있었다.

"만수 씨, 참으로 실망입니다. 어떻게 신뢰가 생명인 은행의 돈에 손을 대시다니 이거 참."

난 지점장의 말을 이해 할 수 없었다.

"네? 그게 무슨 말씀이신지."

"정만수 씨."

갑자기 금융감독위원이 일어나더니,

"정만수 씨, 공금횡령을 하셨더군요. 감사 중에 없어진 돈이 있어서 추적을 하니 만수 씨 차명 계좌로 입금된 걸 확인했습니다. 자세한 절차는 경찰이 와서 진행할 것이니 부인할 생각은 하지 마시지요."

"네? 그게 무슨 말씀이십니까? 제가 비록 착한 사람은 아니지만 그런 짓을 할 정도로 비겁하고 궁색한 인간이 아닙니다."

그때 지점장이 끼어들었다.

"어허, 이 정도로 나왔으면 이제 인정할 때도 안됐나? 정 과장, 10억이나 우리 몰래 빼돌리다니 이 정도면 은행 신뢰는 물론이고 완전 기삿거리야."

상황 파악이 되지 않는다.

"그럼 지점장님, 저흰 이만 가겠습니다."

"아이고 다음에도 잘 부탁드립니다."

그들이 나가자 지점장은 날 향해 웃었다.

"의아하시죠. 당연히 그런 적이 없으실 테니. 허허. 아, 최근에 우리 딸이 명문대에 입학하려 했는데 10억 정도 요구해서 준 적이 있죠."

난 그 말을 듣고 지점장의 짓이란 걸 깨달았다.

"정 과장도 이 정도 들었으면 대충 상황 파악이 되셨겠죠. 굳이 이런 뒷사정까지 얘기 하는 이유는 정 과장이 빠져나갈 수 없기 때문이죠."

사표를 구겨서 지점장 얼굴에다 던졌다.

"망할 새끼, 횡령 했으면 덮으면 되지 왜 나한테 뒤집어 씌어."

지점장의 얼굴이 묘하게 일그러졌다.

"전 말이죠. 이 위치까지 오는데 더러운 꼴도 많이 보고 더러운 짓도 했죠. 하지만 누군가에게 무시당한 적은 없었죠. 당신은 항상 불만 쌓인 눈으로 너 같은 더러운 인간이랑 상종하기 싫다는 듯이 절 상사 취급도 하지 않았어요. 내 앞에서 아양을 떨어도 모자랄 판에, 당신이 그렇게 잘났어?"

지점장의 가식적인 표정 뒤에 비열한 자의 얼굴이 드러났다.

"뭐 그런 저런 이유로 당신의 코를 납작하게 해주고 싶었어. 고개 숙이며 사과하면 없던 일로 해주려 했는데 내 얼굴에 쓰레기를 던지다니 무릎을 꿇어도 모자르겠구만."

그 와중에 핸드폰으로 전화가 걸려왔다.

"여보세요?"

"서울 경찰청인데요. 집 압수 수색하게 비밀번호 좀 말해 주시죠."

"네?"

지점장의 표정은 더욱 고조되어있었다.

"자, 어서 빨리 제가 만족할 수 있는 행동을 해 보시죠."

난 갈등이 되었다. 이젠 아내를 잃은 것도 모자라 이런 자에게 무릎을 꿇어야 하는가? 꿇으면 이 지긋지긋한 세상을 벗어날 수 있지만 분노와 절망을 곱씹으며 살아야 할 것이다. 하지만 꿇지 않으면 벗어날 순 없어도 승민과 마찬가지인 돈의 짐승에게 더 이상 나를 잃지 않아도 된다.

"난 너같이 돈만 믿고 우월 의식에 고취된 짐승한테는 고개도 숙이지 않아."

이 말을 들은 지점장은 빨갛게 충혈된 눈동자로 부들부들 떨고 있었다.

"이런 쳐죽일!"

난 지점장의 말을 더 이상 듣기 싫어 뛰쳐나왔다. 집에 도착하니 문을 강제로 열어서 수색을 하고 간듯했다. 잔뜩 어질러진 신발장에 대충 신발을 벗고 들어가니 열려진 서랍들과 각종 옷, 도구들이 어질러져 있었다. 짜그작, 발밑을 보니 액자를 밟고 있었다. 들으니 유리는 부셔져 있었는데 내가 망가지기 얼마 전에 찍었던 가족사진이었다. 환하게 웃고 있는 아내와 아들을 보니 다시 지난날이 떠올랐다. 이게 무슨 일인가. 모든 걸 정리하고 떠나려 했는데 승민에 대한 분노와 가족을 잃은 슬픔이 지점장에게 돌아갔다.

"돈으로 성공한 사람에겐 돈이 몰락을 불러 온다는 걸 알 필요가 있어."

나의 경험에서 우러나온 말이기도 했다.

지점장에게 복수를 하기 위해선 확인해야 할 게 몇 가지 있었다. 일단 난 은닉 계좌에 있는 돈을 확인했다. 다행히 그대로였고 경찰 쪽에서도 알지 못한 거 같다. 하지만 얼마 못 가 들킬 게 뻔해서 계획은 지점장이 안심하고 있을 오늘 안에 해야 한다. 또한 은행 출입 카드와 은행 금고 카드인데 서랍을 보니 이것 역시 다행히 있었다. 은행에서 10년 넘게 구른 만큼 계획은 확실하고 빠르게 구상 되었다. 금고의 돈이 사라진다면 지점장은 짤릴 것이다. 그러나 경찰 조사로 금고의 큰돈들은 본사로 옮겨 놨을 것이다. 은행은 8시가 되자 직원들은 퇴근했고 방범 장치가 켜졌다. 경비는 예전부터 지점장이 자신이 빼돌려서 부족한 돈을 아껴야 된다는 말도 안 되는 변명으로 경비를 잘라서 지키는 사람이 없고 내가 은행 출입 카드를 갖고 있는 이유이긴 했다. 보안 카드로 보안 해제 뒤 CCTV를 끄고 금고를 열었다. 열고 보니 다 갖고 간 듯하지 않았다. 몇몇 작은 고객들의 돈이 남아 있었는데 더욱 나에게 유리해졌다. 일단 고객 명의를 도용해서 은닉 계좌에 돈을 빼서 내 은행에 입금 시켰다. 내 돈과 몇몇 사람들의 돈을 자루에 담은 나는 다시 CCTV를 켜고 보안 설정 뒤 지점장의 집으로 향했다. 이 돈들을 지점장 차에 넣어서 내 공금 횡령 사건과 엮어서 같이 경찰 조사를 받게 할 것이다.

도착하고 지하 주차장을 가니 외제차인 지점장 차가 있었다. 트렁크만 열면 되는데 키가 없기 때문에 유리를 깨야 하는데 내가 깨는 모습이 CCTV에 찍혀도 점장이 이걸 본대도 내가 화풀이 하는 걸로 생각해서 화만 내고 트렁크는 확인하지 않을 것이다. 유리를 깨서 재빨리 트렁크를 열고 자루를 넣은 뒤 도망쳤다. 자루가 발견 안 되길 빌 뿐이다. 다음날 경찰서 출두하라는 문자를 받았다. 근데 생각해보니 지점장이 경찰들과도 인맥이 닿을 것이란 생각이 들자 신고를 해도 묻힌다는 것을 깨달았다. 고민하며 경찰서로 가니 기자들이 인터뷰를 위해 날 찾아왔다. 그 순간 언론을 이용하자는 생각이 들었다. 기자들 중 특종은 절대 안 놓친다는 유명한 신문기자 한 명에게 인터뷰를 허락하는 조건으로 지점장의 트렁크 얘기를 슬며시 흘려주며 같이 신문에 실어주길 요구했다.

"정말 확실하십니까?"

"예, 당연하죠. 전 같이 빼돌린 지점장만 살아남는 것에 대해 불만이 많거든요."

기자는 미끼를 덥썩 문 듯했다.

다음날 신문 표지엔 '○○ 은행 신뢰를 잃는가?'라는 헤드라인과 함께 내 사진과 지점장 사진이 있었다. 이 정도면 아무리 인맥이 넓은 지점장이라도 빼도 박도 못할 것이다. 훌륭한 복수 아닌가? 경찰서를 가기위해 나가는데 전화가 걸려왔다.

"야 정만수, 니 짓이야!"

지점장의 전화를 무시하고 경찰서로 갔고 이후 며칠간 조사를 받았고 공금 횡령을 내가 한 것으로 하고 지점장만 끌어 들이면 되는데 지점장의 모습은 보이지가 않았다.

"저, 지점장님은 왜 조사를 안 받죠?"

"아, 몰랐어? 어제 아침 몰래 도망치려다가 교통사고 당했다는데 ○○ 병원에 의식이 없는 채 실려 갔다는군, 죽을 수도 있대."

조사 후 더 이상 복수의 필요성을 못 느꼈다. 터덜터덜 걸으며 정처 없이 가다보니 마포대교였다. 복수를 했는데도 통쾌하진 않다. 핸드폰을 켜서 미희와 대세의 사진을 봤다.

"돈 말고 가족을 지킬 걸."

그때와 다름이 없다. 더 이상 세상에 남아 봤자 가족 잃고 공금 횡령으로 매스컴에 얼굴 팔린 범죄자 취급 받을 것이다. 날짜도 그날과 똑같다. 난 지갑을 꺼냈다. 돈이 오만 원 남아있었다. 끝까지 돈에 대한 미련이 남아있었던 걸까?

"나한테 이젠 네가 필요 없다."라는 말과 함께 돈 욕심 없는 누군가가 더 좋은데 쓰길 바라며 길 위에다 떨어뜨렸다. 하지만 갑자기 불어온 바람에 날려 강물에 떨어졌고 밑을 바라보니 오만 원짜리가 둥둥 떠다니고 있었다. '너는 끝까지 날 괴롭히는구나.' 그리고 짧은 시간 동안 희미하게 많은 생각이 났지만 하나만은 뚜렷하게 내 머리를 울렸다. '후회해도 소용없는 일이다.'

그 순간 나는 차디찬 물속으로 뛰어내렸다.

추운 겨울이었지만,
오랜만인 햇살은 따뜻했다

　바람이 불수록 유화는 움츠러들었다. 새벽이 밝아 올 때 유화는 다 마르지 못한 머리를 만지며 학원 차를 기다리고 있었다. 정신이 몽롱한 상태로 학원 차에 오르고 내려 학원에 도착했다. 자신과 사뭇 다른, 키 크고 눈동자 색이 다르고 새하얀 피부를 가진 외국인 강사와 아침 인사를 나눈다. 오고가는 대화 속에서 유화는 하루를 시작 할 수 있도록 정신을 가다듬었다.

　"Man is a genius when he is dreaming."

　'인간은 꿈 꿀 때 천재가 된다.'

　외국인 강사가 수업을 마칠 때마다 하는 이 말이 유화를 고민에 빠지게 만든다. 자신의 꿈이 무엇인지 유화는 아직 확신하지 못하고 있기 때문이다. 학원 차에 내린 유화는 칼바람이 부는 등굣길을 걸었다. 저절로 목이 움츠러들었다.

　"신유화!"

　유화의 친구 태은과 문희가 유화 뒤를 따라왔다.

　"뭐야, 아침부터 축 쳐져서. 힘내자고!"

　활발한 성격의 태은이는 유화의 어깨에 팔을 걸며 말했다.

"너는 월요일인데 힘이 샘솟나봐?"

문희가 대단하다는 듯 물었다.

"월요일이니까 힘 좀 내야지. 안 그러냐, 유화야?"

유화는 귀찮은 듯 태은이의 팔에서 벗어났다.

"난 별로…. 그나저나 둘 다 어제 학원 안 왔던데 어디 갔었던 거야?"

"나는 연습실이지. 좀 있으면 오디션이거든."

춤추기와 노래하기를 좋아해 연예인이 꿈인 태은이 다시 유화의 어깨에 팔을 걸며 대답했다.

"나는 팀원이 승급전이라 도와주려고 PC방 갔었는데 상대팀이 만만치 않더라고."

게임 실력이 프로 선수급인 문희가 말했다.

"너희 부모님은 너희가 그러는 거 알고 있으셔?"

유화가 어이없다는 듯 둘의 얼굴을 쳐다보았다.

"당연히 모르시지. 아셨다가는 내 다리를 부러뜨리겠다고 하실걸?"

태은이 당당하게 말했다.

"나도 마찬가지야."

문희는 부모님이 자신의 상황을 처음 알아차렸던 때를 생각하며 떨었다. 그래도 자신의 꿈을 갖고 노력하는 두 친구가 유화는 마냥 부럽기만 하다. 교실에 도착한 유화는 책상에 앉아 시간표를 확인한다. 월요일 1교시는 국어 시간이다. 시험이 끝난 뒤라 채점과 자습을 할 것 같았지만 유화는 예습할 부분을 펼쳐들었다.

시끌벅적한 교실 안은 시작 종소리가 울려도 잠잠해지지 않았다. 교실을 잠재운 것은 '스나이퍼'라고 불리는 담임의 날카로운 목소리였다.

"조용들 안 해? 이러니까 너희들 성적이 안 오르는 거잖아. 쉬는 시간에 앉아서 책을 좀 들여다보면 좀 좋니?"

반 아이들은 담임 선생님인 이숙녀의 총알 같은 잔소리에 하나둘씩 자리도 돌아갔다. 담임의 등장은 교실을 한겨울로 만들어 놓았다. 담임은 교탁으로 걸어가면서 반을 이리저리 훑었다. 잔소리 거리를 찾기 위해서였다. 의외로 깨끗한 교실 상태에 담임은 조용히 교무 수첩을 펴고 아침 회의 내용을 전달했다.

"시험 끝났다고 너무 풀어지지 말고 다음 시험 준비해야지. 매점에서 사서 먹고 난 쓰레기는 제대로 버리고 그리고 내일부터 개인별 진로 상담 할거니까 다들 준비하고 있도록."

유화는 개인 진로 상담이라는 말에 선생님께 정확하지 않은 자신의 꿈에 대해 어떻게 이야기해야 할지 머리가 지끈거리기 시작했다. 오늘 아침 외국인 강사의 말이 다시 떠올랐다. 과연 자신이 어떤 꿈을 가지고 있는지, 자신이 좋아하는 일이 무엇인지 생각에 빠져들었다.

국어 선생님이 들어오고 반장이 인사를 한다.

"반장 나와서 답 불러 주거라."

반장이 국어 선생님 옆으로 가서 답안지를 받고 답을 부르기 시작한다.

"1번에 3번, 2번에 5번, 3번에 1번, 4번에 4번…."

"잠만 4번에 몇 번이라고?" 항상 이런 식으로 맥을 끊는 아이들이 있다.

"4번이라고"

다른 아이가 신경질적으로 대답한다.

"아! 고쳐서 틀렸어. 씨…."

"5번에 3번, 6번에 3번…."

한숨과 탄식이 끝나고 반은 자습을 시작했다. 채점 때의 시끄러움은 없어지고 엎드려 자는 아이들의 숨소리만 반을 채우고 있다. 유화도 시험지를 서랍에 넣고 가방에서 책을 꺼냈다. ≪멈추지 마 다시 꿈부터 써봐≫ 유화는 마음이 무거워지는 것을 느끼며 책을 펼쳤다.

마치는 종이 울리자 하동이가 매점가자고 했지만 유화는 거절하고 책을 계속 읽었다. 2교시 수학 수업도 1교시와 마찬가지로 지나갔다. 3교시는 음악 수업이라 교실 이동을 해야 했다.

"유태은. 일어나. 음악실 가야돼."

유화와 문희가 자고 있는 태은이를 깨웠다. 침을 닦으며 일어난 태은이 정신이 몽롱한 채로 둘에게 끌려갔다.

"시험 잘 봤냐?"

하품을 하며 태은이 물었다.

"나는 뭐 평소처럼 망했지."

문희가 한숨을 크게 쉬었다.

"유화, 너는?"

"나도 그렇게 잘 친 건 아니야."

"잘 친 게 아니야? 국어는 한 개, 수학도 겨우 서술형 1점 까인 게?"

문희가 부러운 듯 말했다.

"너도 너다, 정말."

태은이도 고갤 저으며 부러워했다.

음악실은 추운 복도보다 따듯했다. 다행이 종이 치기 전에 들어와 자리에 앉았다.

"오늘은 시험도 끝났는데 동영상을 감상할까?"

매일 자습만 시키는 다른 선생님들과 달리 잘생긴 얼굴과 훤칠한 키 그리고 학생들과 잘 어울리는 성격 때문에 음악 선생님은 아이들 사이에서 인기가 많았다. 유명한 오케스트라 영상을 다보고 5분 정도 시간이 지나자 아이들은 떠들기 시작했고 선생님도 수업을 마칠 준비를 하는 듯했다. 유화도 문희와 지난 시험 이야기를 하고 있었는데 피아노 소리가 유화의 주의를 끌었다. 아름다운 피아노 선율에 반 아이들 모두 조용해졌다. 피아노를 치는 사람은 바로 음악 선생님이었다. 수업 마침 종이 치기 전, 피아노 연주는 아이들의 박수로 끝이 났다.

아름다운 피아노 선율이 유화의 머릿속에 수업이 끝난 후에도 맴돌고 있다. 유화는 어렸을 적 자신의 모습이 생각났다. 피아노 학원에 다닐 적 다른 애들과 달리 유달리 악보를 읽는 것이 빨랐고 손가락이 길어 건반도 부드럽게 쳤다. 그래서 피아노를 치면 주변 사람들이 피아노를 잘 친다는 말을 수차례 들을 정도로 유화는 피아노를 열심히 했고 좋아 했었다. 그때를 떠올리면 행복했다. 하지만 지금 꿈도 못 찾고 어떻게 해야 할지 모르고 있는 자신을 보면 유화는 행복감을 느낄 수 없었다.

학교가 끝나고 학원으로 가기 전 유화는 집으로 갔다. 현관문을 열었을 때 엄마가 웬일이냐는 표정으로 유화를 바라보았다. 유화는 엄마에게 내일 있을 상담에 대해 말을 꺼내려 했지만 엄마의 말에 말문이 막혔다.

"책 두고 간 거 있니? 지금 학원 갈 시간이잖아. 늦겠다, 빨리 가보렴."

피아노에 대한 엄마의 반응을 생각하며 유화는 언제 어떻게 말을 꺼내야 할지 망설이다 차마 이야기를 꺼내지 못하고 학원으로 발길을 돌렸다. 예전 유화가 피아노를 계속 치고 싶다는 애기를 했을 때 엄마는 단호히 거절하고 공부를 열심히 하라며 크게 혼을 낸 적이 있었다. 그때를 생각하면 엄마의 반응은 불 보듯 뻔했다. 유화는 짜증이 솟구쳤다. 길 위에 버려져 있는 빈 캔을 개발 같은 자신의 발로 차며 짜증을 분풀이했다. 빈 캔은 날아가 담장을 넘었다. 갑자기 큰 개가 짖는 소리가 들리자 유화는 깜짝 놀라 학원으로 뛰어갔다.

다음날 아침부터 웬일인지 유태은과 박문희가 유화 집 앞에서 마중 나와 있었다. 문희가 어쩐지 기분이 좋아 보였다. 평소 웃음을 짓는 것이 어색하던 문희의 얼굴에는 밝은 미소가 지어져 있었기 때문이다.

"왜 무슨 일이야? 무슨 좋은 일 이라도 있어?"

"그래, 무슨 일 있어? 너 오늘 되게 기분이 좋아 보여."

"나 사실 프로 게임단에서 제의가 왔어."

"정말? 대단하다. 그래서 거기 들어가게?"

"아니, 아직 잘 모르겠어, 부모님이 반대를 심하게 하실 것 같아. 일단 선생님에게 상담해보고 부모님에게 말씀 드릴거야."

"나는 오늘 오디션 잡힌 거, 담임한테 말할라고 아마 깜짝 놀라겠지?"

태은이 들떠서 말하지만 머릿속이 복잡한 유화에게는 태은의 말이 들리지 않는다. 문희가 유화의 어깨를 두드리자 그제야 정신을 차렸다.

"어? 그래. 그럴 거야."

유화는 자신은 어떤 이야기를 해야 할지 고민 하느라 말을 얼버무렸다.

"유화 넌 대학교나 진로 생각해 본거 있어?"

문희의 질문에 유화는 대답을 하지 못한다.

"유화야, 당연히 높은 데 가겠지. 그래도 서울대는 안 되려나?"

태은이 유화 앞자리에 걸터앉으면서 말했다. 문희가 말도 안 된다는 얼굴을 하며 고개를 흔들었다.

"아닐 걸? 서울대도 충분히 들어갈 수 있을 거야."

"응? 그렇게까지는 아니야."

유화는 쑥스러운 듯 손을 흔든다.

"성적이 좋다고 했지만 그 정도였냐?"

태은이 부러운 듯 유하를 쳐다본다.

"나도 그 정도는 안 돼. 야, 네가 그렇게 말하니까 오해하잖아."

유화는 수습하듯 말했다.

"그래도 부럽다. 머리 좋아서 성적도 좋고 좋은 대학도 들어 갈 수 있어서."

문희가 애꿎은 책상을 차며 말했다.

"그래도 난 너희가 부럽다. 하고 싶은 게 뚜렷하잖아."

자신의 꿈을 찾아 앞서가는 친구 둘을 보며 유화는 점점 뒤처지는 자신이 부끄러웠다.

담임이 들어와 반을 한번 훑어보며 말했다.

"1번부터 다음 쉬는 시간에 교무실로 내려오도록."

몇몇 반 아이들에게 쓰레기를 주우라며 지시를 하고 교실 밖으로 나가는 담임을 보며 유화는 안절부절 못했다. 아직 진로에 대해 확실히 정하지 못해서 일터이다.

1교시 국어 수업이 선생님이 들어오면서 시작되었다.

"진도도 다 나갔고 기말고사도 끝났으니 자습합니다. 그리고 시험 문제에 대해 궁금한 점이 있으면 지금 나오고, 자는 건 안 됩니다."

몇몇 아이들이 시험지를 들고 앞으로 나가고 국어 선생님은 빈 책상을 끌어 교탁의 의자로 쓴다.

"조용히 하고"

아이들이 수군거리자 국어 선생님이 교탁을 두드리며 말했다. 곧이어 조용해지는 교실을 보며 유하는 가방에서 읽을 책을 꺼낸다. 책을 읽으려 하지만 책이 눈에 들어오진 않는다. 갈팡질팡하고 있는 진로에 대해 선생님은 뭐라고 하실지, 피아노 치는 것에 대해 지지해 줄지 고민이 되기 때문이다. 좋은 대학교를 보내기 위해 혈안이 되어있는 담임은 자신이 피아노를 치겠다고 하면 반대할 것이 당연했다. 하지만 한편으로 혹시나 자신 의사를 존중해 줄 것 같은 느낌이 들었다. 주위가 잠잠한 것 같아 유화가 고개를 들어 둘러본다. 이어폰을 끼고 엎드려 자는 애들이 대부분이고 남아 있는 아이들은 책을 보거나 짝꿍과 이야기를 하고 있었다. 책을 덮은 유화는 자려고 엎드렸다. 잠에 드는 그 순간까지 진로에 대한 고민을 놓지 못했다. 종이 치는 소리에 유화는 잠이 깬다.

"유태은! 담임이 교무실로 내려 오래."

반장이 부르는 소리에 태은은 시험 성적 확인을 하던 도중 자신을 부르는 이유를 모르겠다는 표정을 지었다.

"바보야! 상담가야지."

문희가 상기시키는 말에 태은은 기억이 났는지 허둥지둥 교무실로 내려간다. 태은이 나가는 모습을 보며 유화는 상담이 두려운 자신과 반대되는 태은의 모습이 부러웠다. 다시 엎드려 잠을 청하는 유화는 쉽게 잠들지 못했다.

"밥 먹으러 가자."

잠든 유화를 깨운 건 문희였다.

"시험 때문에 못 잔거 몰아서 자는 거냐?"

문희의 비아냥거리는 농담 속에 유화는 옷을 챙겨 입는다. 식당으로 가는 길은 바람이 많이 불었다.

"야, 도저히 안 되겠다. 뛰어가자."

세 명은 뛰어서 식당으로 갔다. 식당에 들어서니 학생들이 줄 지어 서있었다. 줄 뒤에 서며 문희가 태은에게 물었다.

"상담은 어떻게 됐어?"

"그냥 사실대로 다 말했지, 뭐. 근데 담임은 나를 포기 했는지 내 마음대로 하라던데? 야, 오늘 반찬은 뭐야?"

"맛없어 보이는데 기대 하지마라. 포기? 왜?"

문희가 식단표를 보며 말한다.

"나는 성적도 낮고 특기도 없으니까 맘대로 해라지 뭐."

"딴 말은 없고?"

유화가 물어본다.

"아! 떠들지 말라고 하더라!"

유화는 자신의 진로에 관한 문제 때문에 쉽게 점심이 쉽게 넘어가지 않았다. 점심과 나른한 5교시가 끝나고 유화의 앞 번호가 담임에게 가보라고 말해주었다. 유화는 떨리는 마음으로 교무실로 향했다. 교무실은 조용했다. 그 조용함이 유화를 더욱 조여 왔다. 담임의 자리로 찾아가가 담임이 잠시 기다리라는 신호를 보냈다. 키보드를 몇 번 두드리고 담임이 일어나 인쇄기로 향했다. 인쇄기에서 종이 몇 장을 들고 유화에게 따라오라고 했다. 담임은 휴게실 안 의자에 자리 잡고, 유화도 담임을 마주보며 자리에 앉았다.

"네가 성적을 계속 유지하면 갈 수 있는 대학들이야. 어느 곳에 원서를 넣고 싶니?"

담임이 건네는 종이를 본 유화는 숨이 막히는 것을 느꼈다.

"너 정도면 안전하게 들어갈 수 있을 거야. 과는 어느 곳으로 정했니?"

담임의 쉴 틈 없는 질문에 유화는 당황했다.

"왜 그러니? 따로 정한 곳이라도 있어?"

유화의 주춤거리는 모습에 뭔가 이상 하다는 것을 느낀 담임은 물었다.

"아니요, 그게 아니라 저는…."

"그런 게 아니면 뭐 때문에 그러는 거야."

따지듯 묻는 담임 때문에 유화의 말은 다시 입으로 들어간다. 유화는 우물쭈물 입을 열었다.

"선생님, 저는 피아노를 배우고 싶은데요…."

유화의 말에 담임은 한동안 말을 잃었다.

"왜 그런 생각을 한 거야? 너 정도면 이 정도 대학을 그냥 들어갈 수 있는데."

높아지는 담임의 언성에 유화의 어깨는 점점 내려갔다.

"부모님도 아시는 거니? 부모님은 가만히 계셔?"

"아니요, 부모님은 모르세요."

기어들어가는 목소리로 유화는 대답했다.

"일단 올라가거라. 내가 부모님한테 연락할 테니"

유화는 인사를 하고 반으로 돌아갔다.

그 후 유화는 시간이 어떻게 지나갔는지 모른다. 시간이 흘렀음을 집에 도착해서야 알게 되었다. 피곤한 몸을 이끌고 집으로 돌아온 유화를 반기는 것은 유화 엄마의 날카로운 목소리였다.

"신유화! 이게 어떻게 된 일이야. 피아노를 배우고 싶다니? 피아노는 어릴 때 잠깐 배운 거지. 지금부터 다시 배워서 뭐가 되겠다고 피아노를 배우니. 그리고 그거 배워서 어떻게 먹고 살려고 그래. 피아노로 성공하기 쉬운 줄 아니? 성적도 잘나오는데 왜 하필 피아노야!"

엄마의 속사포 같은 잔소리에 유화의 아빠가 안방에서 걸어 나왔다.

"무슨 일이야?"

"아니, 유화가 다시 피아노를 시작하고 싶다고 하잖아요. 한참 늦은 나이고 성적도 잘나오는데 왜 대학을 안가고 피아노를 해요. 당신이 말 좀 해봐요, 좀."

유화 엄마는 아빠도 거들라는 듯이 말했다. 유화 아빠는 난처한 얼굴로 상황을 수습했다.

"유화는 방으로 들어가 쉬어라. 당신은 나랑 얘기 좀 해."

"여보, 유화랑 이야기를 해야지 왜 나랑 해요?"

유화 아빠는 엄마를 끌듯 안방으로 들어갔다. 유화는 힘 빠진 발걸음으로 방안으로 들어갔다.

"아니, 좋은 대학교를 나두고 피아노를 치겠다니요. 이게 말이 된다고 생각해요? 여보, 당신이 유화랑 말해 봐요."

방문을 닫기 전까지 엄마의 목소리를 들었다. 방문을 닫고 벽에 기대어 앉아 유화는 눈물을 훔쳤다.

유화의 머릿속에는 계속 어젯밤 일이 떠나질 않았다. 마치 준비 못 한 시험을 앞둔 것 마냥 근심 가득한 얼굴이었다. 늦은 시간 학교와 학원이 끝나고도 유화는 집으로 곧장 돌아가지 못했다. 앞만 보며 길을 걷던 유화는 어디에서 본 아주 낯익은 얼굴이 보였다. 유화는 어둠 속에서 홀린 듯 공원에 앉아있는 사람에게 이끌려 걸어갔다. 낯익은 얼굴의 주인은 엄마의 친구 아들인 민석이 형이었다. 유화는 예전에 민석이 형에 대해 엄마가 말한 것을 떠올렸다.

"유화야, 내 친구 아들 민석이 형 알지? 그 형은 연세대학교 의대에 합격했다고 하더라. 너는 고등학교에 가면 의대 말고 경영이나 법대에 원서를 넣자."

엄마는 그런 말을 하며 유화의 손을 잡고 학원에 등록했다.

유화는 말을 걸까 했지만 민석의 수척한 얼굴에 선뜻 말을 걸기가 어려웠다.

"형, 안녕하세요"

조심스럽게 인사를 건넸다. 하지만 민석은 깊이 생각에 빠졌는지 유화의 인사를 받지 않았다. 유화는 일부로 형의 어깨를 툭툭 치며 큰소리로 말했다.

"형, 안녕하세요"

민석은 그제야 유화를 돌아보았다. 유화는 형의 얼굴이 별로 안 좋다는 것을 알고 있었지만 궁금함에 물어보았다.

"형, 무슨 일 있어요?"

민석은 당황한 듯 잠시 멍하니 유화의 얼굴을 쳐다보았다. 그리곤 잠시 우물쭈물 거리다 결심한 듯 유화에게 털어놓았다.

"그게 내가 말이야, 이번에 학교 휴학하게 됐어. 진짜 나랑 너무 안 맞는 거 같아."

민석이 형은 한숨을 크게 내쉬며 말한다. 유화는 형의 말을 그제야 이해할 수 있었다. 유화는 그 심정을 충분이 이해할 수 있었다. 가만 들어보니 유화는 꿈을 포기하고 엄마의 말대로 대학에 가야할 자신의 상황과 비슷했다. 유화는 마음이 더 무거워졌다.

어두운 길을 돌고 돌아 집으로 돌아간다. 집에 도착한 유화를 기다린 건 어제 일을 잊은 듯한 엄마의 성적 얘기였다.

"오늘 시험 성적 나왔지? 엄마한테 보여줘."

유화는 엄마에게 성적표를 주고 도망치듯 자신의 방으로 발을 돌렸다. 자다가 일어나 물을 마시러 가는 도중 부모님이 싸우는 소리를 듣고 유화는 방문 가까이 다가갔다.

"아니, 피아노가 말이 된다고 생각해요? 좋은 대학 나와서 대기업에 취직해서 그렇게 살면 얼마나 좋아요. 여보, 당신이 유화 맘 좀 돌려봐요."

"아들이 하고 싶은 일을 할 수 있도록 도와주는 게 부모의 도리야. 유화가 하고 싶다는 피아노 치게 우리가 도와줍시다. 당신이 맘을 돌려 봐요."

"나는 유화가 피아노 치는 거 못 봐요. 절대로."

부모님이 자신 때문에 싸우시는 걸 듣고 유화는 힘없이 자기 방으로 돌아갔다.

평소처럼 학원에 가기 위해 일찍 나오는 유화를 잡으며 유화 엄마가 말했다.

"신유화, 딴 생각하지 말고 공부에 집중해. 알겠어?"

유화는 대답 없이 현관문을 열고 나왔다. 학원 차에 내려 등굣길을 가던 유화는 앞에 걸어가는 문희를 보고 다가간다.

"문희야?"

"아, 유화구나. 좋은 아침."

평소라면 어제 자기가 게임을 어떻게 했는지 구구절절이 말 했을 텐데 왠지 모르게 힘없어 보이는 문희를 보며 유화는 이유가 궁금했다.

"무슨 일 있어?"

"어? 어… 있어. 그게 저번에 프로 게임단 입단 제안 말이야. 선생님은 내 마음대로 하라는 분위기였는데… 부모님한테 말씀드리니까 바로 게임단에 전화해서 거절하셨어. 후…."

문희의 한숨 소리로 유화와 문희 사이의 침묵이 시작됐다. 침묵 속에서 반에 도착하고 문희는 자리에 앉자마자 책상 위에 엎드렸다.

"안녕, 유화."

"아, 태은이구나. 안녕."

"문희는 무슨 일 있어? 왜 이렇게 힘이 없데?"

태은이의 물음에 유화는 아침에 문희에게 들었던 일을 들려주었다.

"그런 일이 있었어? 문희야 괜찮아?"

조용히 엎드려 있던 문희가 일어나며 말했다.

"이제는 좀 괜찮아. 너 오디션은 어떻게 됐어? 학교 째면서 갔잖아."

태은은 잠시 당황한 모습을 보였다.

"아, 어제 오디션 보러갔지."

"그래서 결과는?"

유화가 물었다.

"뭐, 떨어졌어."

세 명 사이의 말은 갑자기 없어졌고 유화는 무안한 듯 책을 아무 이유 없이 넘겼다. 태은은 애꿎은 책상만 툭툭 쳤고 문희는 다시 책상 위에 엎드리려했다. 침묵을 깬 건 태은이었다.

"괜찮아. 다음 오디션에선 꼭 붙을 거니까. 걱정 하지마라."

태은은 둘을 보며 씩 웃었다.

수업종이 울리고 자리로 돌아간 유화는 어제 밤에 있었던 일을 떠올렸다. 꿈은 포기할 수 없고 부모님까지 싸우게 만든 자신이 너무나 한심했다. 계속되는 고민 속에 점심 시간이 되자마자 유화는 음악실로 갔다. 음악 선생님이 연주하던 노래를 다시 떠올렸다. 건반 위를 가뿐히 움직이는 선생님의 손가락들, 감미로운 선율이 가득 채운 음악실, 피아노 한 음만으로 자신의 마음을 가득 채웠던 순간들이 생각나며 피아노가 자신의 고민을 잠시나마 잊게 해줄 것 같았다. 유화는 피아노를 치기 시작했다. 얼마 지나지 않아 유화는 그 노래를 악보 없이 완벽하게 치고 있었다. 그렇게 유화가 시간 가는 줄 모르고 치는 동안 음악실로 음악 선생님이 들어왔다. 유화는 선생님이 들어온 줄도 모르고 계속 피아노를 쳤다. 그렇게 곡이 끝날 때까지 음악 선생님은 유화의 연주를 가만히 듣고 있었다.

'짝짝짝'

"우와, 너 피아노 엄청 잘 친다."

갑작스러운 박수 소리와 음악 선생님의 등장에 유화는 깜짝 놀라 자리에서 벌떡 일어났다.

"아, 감사합니다."

"피아노를 언제부터 배웠어? 지금도 배우고 있어?"

"그게… 어릴 때 4년 정도 배웠어요."

"유화야, 다른 곡도 쳐 줄 수 있어? 부탁할게."

"네. 안 될 거야 없는데…."

유화는 평소 자기가 제일 좋아하고 자신 있는 곡인 이루마의 'river flows in you'를 연주했다. 시작은 삐걱되고 불완전 했지만 유화는 곧장 부드러운 선율을 만들어 냈다. 그러면서 처음에 힘없게 연주 되었던 곡이 힘이 더해져 갔다.

시험이 끝난 뒤 학교 수업 시간은 거의 자습이 되었다. 유화는 그 시간 동안 피아노에 관한 공부를 하며 틈만 나면 음악실에서 피아노를 쳤다. 피아노에 빠져 있는 유화의 모습을 문 밖에서 유화 아빠가 지켜보고 있었다. 진로 상담 차 학교를 방문한 유화 아빠는 유화의 열정적인 모습을 보고 아빠는 흐뭇한 미소를 지었다. 유화가 피아노에 몰입하고 있던 도중 갑자기 선생님이 들어왔다.

"유화야, 교무실로 내려와라."

선생님의 말을 듣고 유화는 교무실로 내려갔다. 유화는 선생님이 자신을 왜 내려오라고 했는지 궁금해 하며 교무실 문을 열었다. 교무실 문을 여니 의자에 앉아 있는 아빠의 모습이 보였다. 이 상황은 부모님 면담일 것이라고 유화는 짐작했다. 그리고 유화는 아빠 옆에 앉았다. 그리고는 잠깐의 침묵이 흘렀다. 침묵의 시간을 깬 사람은 아빠였다.

"유화야, 진짜 피아노 치고 싶니?"

유화는 이 말을 듣고 잠시 망설였다. 그리고 유화가 말했다.

"네, 아빠 저는 진짜 피아노를 치고 싶어요! 단순히 하고 싶어서가 아니에요. 피아노를 치고 있으면 행복하고 하루 종일 피아노 생각만 나요. 피아노로 성공할 자신은 없지만 그래도 제 꿈을 포기하고 저와 맞지 않은 일을 해서 힘들어하는 것보단 조금 힘들지 몰라도 제가 하고 싶은 일을 하고 싶어요."

"그럼 네가 원하는 피아노 맘껏 해보렴. 아빠가 도와줄게"

유화는 아빠의 말에 당황했지만 마음속에서 큰 기쁨이 솟아났다. 담임은 당황스러운 듯 유화와 아빠를 바라보았다.

"아빠, 정말 고마워요"

유화는 아빠와 선생님께 인사하며 교무실을 나갔다.

"갑자기 왜 유화에게 피아노를 시키시는 거죠?"

담임은 이해가 되지 않는 듯 물었다.

"글쎄요. 우리 유화는 매일 학원에서 늦게 들어와 또 공부를 합니다. 새벽에도 학원에 가고 다시 또 학교로 가죠. 확실치 않은 미래를 위해서, 나중을 대비해 그렇게 열심히 해왔어요. 그런데 그랬던 유화에게 확실한 꿈이 생겼다고 합니다. 부모가 돼서 말리면 되겠습니까? 선생님, 저는 우리유화가 하고 싶은 걸 하면서 살았으면 하고 그것이 부모의 의무라고 생각합니다."

그리고 유화 아빠는 선생님께 인사를 한 뒤 교무실을 나갔다. 그리고 선생님은 유화 엄마에게 전화를 걸었다.

시간이 지나 밤이 되고 유화가 집에 도착했다. 유화가 현관문을 열고 들어가니 화난 엄마의 뒷모습이 보였다. 유화가 방문을 열고 방에 들어가려는데 엄마가 단호한 말투로 말했다.

"유화야, 피아노를 계속하겠다고 하면 나는 너를 가족으로 취급 안 할거다. 네가 알아서 판단해라."

유화도 단호하게 말했다.

"도대체 왜 피아노 치는 걸 반대 하시는 거예요? 저는 제가 하고 싶은 일을 하면서 살고 싶어요. 그런 저를 조금만 존중해 주실 순 없는 거예요? 엄마… 저는 엄마가 계속 반대하시더라도 피아노를 칠거예요. 그러니 엄마가 이해해주세요."

유화 엄마는 유화의 말의 다 듣지 않은 채 방안으로 들어갔다. 유화는 방안으로 들어가는 엄마의 모습에 가슴이 아팠다. 유화가 침대에 누워있는데 아빠가 들어왔다.

"유화야, 너무 신경 쓰지 마라. 엄마가 널 사랑하니까 엄마의 방식대로 너에게 표현하는 거야."

"알고 있어요."

"유화야, 방학이 언제니?"

"방학이요? 기말고사도 끝났고 성적 처리도 다 되어가는 것 같은데."

"아마 조금 있으면 방학일 거예요."

"그래? 그럼 방학 동안 제대로 한번 피아노를 배워 보는 게 어떠니? 그동안 공부만 하느라 감을 잃거나 어릴 때 미처 배우지 못한 걸 방학 동안 배워 보고 그 후에 진로를 정하는 게 어떨까?"

유화는 아빠의 말의 고개를 끄덕였다.

"네, 아빠 말대로 할게요."

"엄마한테는 아빠가 말해볼게. 너는 걱정하지 말거라."

유화 아빠는 유화의 어깨를 다독이고 유화의 방에서 나갔다.

유화 아빠는 유화 엄마를 찾아 안방으로 들어갔다. 등을 돌리고 앉아 있는 유화 엄마의 앞으로 가서 마주보며 앉았다. 어색한 기류가 흘렀고 침묵을 깬 건 유화 엄마였다.

"그래 유화 좀 설득해봤어요? 뭐라고 했어요?"

"유화 엄마, 우선 방학 동안 피아노를 배울 수 있도록 해줍시다."

"뭐라고요? 지금 그게 할 소리에요? 말리기는커녕 부추기고 있으면 어떡해요. 안되겠어요. 내가 가서 말을 해야지 당신한테 맡겨다간 유화가 정말로 공부를 때려 칠 것 같아서."

유화 엄마가 벌떡 일어나는 것을 유화 아빠가 막으며 말했다.

"유화 엄마, 당신이 조금만 유화의 마음을 배려해주면 안 돼?"

"아니, 아들이 망하는 걸 보고만 있자고요?"

"망하다니 무슨 말을 그렇게 해."

엄마 아빠의 말소리는 유화의 방 안까지 흘러들었다.

겨울이 오고 학교가 방학을 시작하자마자 유화는 피아노를 다시 배우기 시작했다. 새로운 곡의 악보를 보며 연주하는 순간 동안 유화의 얼굴에는 미소가 가득했다. 유화 엄마는 친정으로 갔다. 유화와 유화 아빠가 찾아가도 방문을 닫고 얼굴을 보여주지 않았고 유화의 외할머니는 그럴 때 마다 유화를 다독여 돌려보냈다. 차를 타고 집으로 가는 길에 유화가 어렵게 입을 뗐다.

"아빠, 정말 죄송해요. 저 때문에 엄마랑 싸우시고…"

"유화야, 아빠는 괜찮아. 아빠는 자식이 하고 싶다는 일을 하게 해주고 싶어. 자신이 하고 싶은 일들하며 사는 게 얼마나 행복한 일인데."

유화는 고개를 숙여 눈에 맺힌 눈물을 훔쳤다.

"그래서 아빠는 너에게 묻고 싶다. 유화 너는 지금 피아노를 치는 게 행복하니?"

아빠의 물음 뒤에 잠깐의 시간이 흘렀다.

"아빠, 피아노 선생님이 제가 피아노를 치고 있으면 얼굴에 미소를 짓는대요 매우 행복한 미소를요 그럼 저는 행복한 거겠죠?"

유화의 대답을 들은 유화 아빠는 미소를 띤 얼굴로 액셀을 밟았다.

추운 겨울이었지만, 오랜만인 햇살은 따뜻했다.

사감과 아이들

"너 이 새끼야! 지금 뭐하는 거야!"

짝! 사감이 아침부터 바락바락 소리쳤다. 그와 동시에 사감의 육중한 오른팔이 어리둥절한 이슬의 뺨을 내리쳤다.

"학생이 기숙사 내에서 술을 먹고, 거기다가 내가 담아둔 뱀술을 먹어? 엉? 너 같은 놈은 지금 당장 퇴소야. 어서 썩 꺼져!"

우당탕탕! 투두둑. 기숙사의 문 앞에는 마구 널브러진 이불가지와 옷가지들과 사태 파악이 안 되는 민이슬이 있다. 민이슬은 넘어질 때 부딪힌 충격으로 엉덩이가 아픈 듯 연신 문지르고 있었다.

새로운 무리들이 들어오고 형성되는 작은 사회 성의고 기숙사. 이번 13년도 새로운 사감과 새로운 학생들로 기숙사는 새로운 방향으로 접어들게 되는데…. 이것은 그러한 이야기. 이제부터 그 모든 것을 낱낱이 드러내고자 한다.

오늘은 스승의 날. 선생님들은 평소 어리다고만 생각한 학생들에게 1년 중 처음으로 뭉클한 마음이 들고, 일찍 마치기까지 하는 행복한 날. 성의고등학교 역시 전통적인 스승의 날 행사가 열렸다. 모든 학생들이 성의 고등학교 정문부터 건물까지 이어져있는 성의로에 서 있으며 선생님들이 끝없는 박수 갈채와 인사를 받으며 등장하는 중이다. 학생들과 함께 뛰어가는 교사, 입에 장미를 문 채 학생들에게 들려 슈퍼맨 자세로 날아가는 교사 등 인기 교사가 많았지만 그 중에서도 가장 눈에 띄는 사람은 두 학생이 서로의 팔을 엮어 만든 가마에 오른 채 고풍스레 지나가는 사감 선생님이다. 김천에서 자라 성의중, 성의고를 나와 성의 고등학교 사감으로 35년을 지낸 선생님의 은퇴식이다.

"와! 선생님 자랑스러운 성의인으로 건강하세요!"

"선생님, 나중에 선생님 댁에 가면 모르는 척 마시고 맛있는 거 사주시는 거예요!"

사감 선생님은 은퇴식 길 자신에게 다짐을 맹세하는 학생, 아쉬워하며 슬픈 기색을 띤 학생들 모두에게 다가가 머리를 쓰다듬어 주었다. 그리고 그의 마지막 길, 성의로 밑에 있는 정문에서 학생들에게 내려졌다.

"자신이 자랑스러운 성의고를 나온 사실을 잊지 말고 나날이 증진하여 세계로 나아가는 성의인이 되어라."

말을 남긴 채 사감 선생님은 떠났고 그 다음날부터 새로운 사감이 왔다.

학교를 마치고 기숙사 학생들은 야간 자습을 기숙사에서 하기 때문에 모두 기숙사로 간다. 재하는 체육을 한 날이라서 샤워를 하기 위해 종이 치자마자 기숙사로 뛰어갔다. 늦게 가면 샤워실에 사람이 꽉 차서 기다려야 하기 때문이다. 자기 방으로 가기 위해 2층으로 올라 간 순간 처음 보는 남자가 사감실 앞에 서 있었다.

"엥, 누구세요?"

재하는 너무 놀라서 물어봤다.

"니 사감이다."

자기를 사감이라고 하는 남자는 피식 웃으면서 말했다. 그 남자는 아니, 새로운 사감은 반쯤 풀린 눈, 육덕진 체구, 느긋한 말투 등을 가지고 있었지만 어딘가 비열해 보였다. 새로 온 사감은 재하가 마음에 들었는지 재하에게 이름을 물었다.

"야, 너 이름이 뭐고?"

"최재하라고 합니다."

"씩씩하고 좋네, 잘 지내보자."

사감은 재하를 향해 씩 웃으며 사감실로 들어갔다. 사감의 말에 기분이 좋아진 재하는 태형, 택용에게 갔다. 태형, 택용은 재하와 같은 방을 쓰고 있는 아이들이다. 태형은 재하와 같은 초등학교를 나온 동네 친구인데 머리는 길고 키는 살짝 작은데 통통하여 도라에몽 같다는 소리를 듣는 아이이다. 택용은 기숙사 자습실 자리가 재하 옆 자리라서 서로 자다가 사감이 오면 깨워주고 하다가 친해진 아이다. 택용은 중학교 때 인기가 많았다고 한다. 날렵한 코에 부리부리한 눈이 그걸 증명해 준다. 태형이와 택용은 샤워를 하기 위해 옷을 벗고 갈아입을 옷을 챙기고 나가려고 하고 있었다.

"야, 이번 사감 너무 좋아."

"어떤데?"

"순진해보여, 갖고 놀 수 있을 것 같아."

재하의 머릿속에는 사감에게 착한 모습을 보여 사감을 놀릴 생각으로 가득했다.

"야, 너희 아몬드 있지? 엄청 많잖아. 그거 들고 사감실로 가자."

"아 왜, 우리 샤워 할 거야. 너도 해야 되잖아."

"아, 몰라. 밥 먹고 하자, 일단 들고 따라와."

아이들은 아몬드가 가득 담긴 봉지를 들고 사감실로 갔다.

똑똑똑

"들어와라."

"안녕하십니까, 선생님."

재하가 말했다.

"어. 그래, 재하야 무슨 일이냐."

"여기까지 오시는데 고생하셔서 저희가 먹을 것을 좀 들고 왔습니다."

"새끼들, 사람 대할 줄 아는 놈들이구만. 고맙다. 여기 놔두고 올라가서 쉬어라."

"네, 안녕히 계세요."

재하는 사감에게 점수를 땄다는 생각에 흥이 절로 난 나머지, 콧노래 까지 흥얼거렸다. 태형이와 택용은 어리둥절했다.

"야, 사감한테 잘해주면 좋을 거 있을 거란 보장도 없잖아."

"맞아, 그리고 너 엄청 기분 좋은 가보네."

"기분 안 좋을 수가 없지. 야, 두고 봐라. 우리한테 분명히 이득이 있을 거야."

저녁 시간이 끝나고 7시부터 자습 시간이다. 3층에 있는 자습실은 1, 2, 3학년 기숙사생 전부가 들어간다. 칸막이가 있는 나무로 된 큼직큼직 한 책상들이 나열 되어 있는데, 책상은 한 덩어리에 여섯 자리가 있다. 한 덩 어리가 여러 개씩 나열 되어 있어서 길게 자습실 뒤쪽까지 뻗어있고, 나열 된 줄은 세 줄 이라서 자습실을 돌아다닐 수 있는 통로는 두 개 이다.

"자습하자!"

3학년 대표형이 소리치고 모두가 자리에 앉고 자습을 하고 있었다.

끼익~ 자습이 시작되고 조용해 질 때쯤 두꺼운 자습실 유리문이 열렸 다. 새로운 사감이 들어온 것 이다. 자습실은 웅성웅성 대기 시작했다.

'누구야?'

'새로 온 사감이라는데?'

'되게 불만 많게 생겼다.'

'키킥. 야, 다 들리겠어!'

학생들이 웅성댈 때 사감은 출석부로 책상을 내리쳤다.

"조용히 안하나! 사람 처음 봐?"

난데없는 사감의 고함에 자습실은 숨소리 하나 없이 조용해졌다.

"분위기 되게 안 좋네, 쯧!"

사감은 웅성웅성한 자습실 분위기가 마음에 안 드는지 혀를 차며 감독 자리에 앉았다. 그러고는 출석부에 뭔가를 끼적이고는 일어나서 말했다.

"이호현이라고 한다. 잘 지내보자."

"차렷! 경례."

"안녕하십니까!"

3학년 대표형이 인사를 시켰다.

'야, 사감 되게 까칠해!'

'성격 진심…. 찍히면 진짜 개고생 다 하겠다, 아우.'

학생들이 불만을 토하고 있을 때 사감이 말했다.

"아, 자습실 청소 당번을 뽑아야 하는…."

"아이씨."

그 순간 자습실은 조용해졌고 아무 생각 없이 내뱉은 말 때문에 조용해진 자습실 분위기에 당황한 민이슬은 고개를 배꼼 내밀었다.

"아이씨라고 한 새끼 나와 봐라."

민이슬, 손도익 둘이 쭈뼛거리며 나왔다. 사감은 출석부로 애들 머리를 툭툭 내리치며 말했다.

"야, 니들 뭐야. 어디서 배운 버르장머리야? 싸가지 없는 새끼들. 니네는 한 달간 자습실 청소다. 니들 조심해라. 아 그리고 재하 나와 봐라."

재하는 후다닥 사감 앞으로 갔다.

"네가 임시 기숙사 대표해라 아까 방에 온 애들은 층 대표 시키고, 할 일은 별로 없을 거다. 내가 시키는 일만 하면 돼. 대신 니들은 청소 면제다."

재하는 고개를 끄덕였다.

"알겠습니다. 선생님."

"잘해봐라. 자, 자습시작!"

사감은 이 말을 하고 자습실 문을 열고 사감실로 갔다. 재하는 거들먹거리며 친구들에게 다가가 작게 수군거렸다.

"야, 내가 분명히 이득 볼 거라 했지?"

"무슨 이득?"

재하는 어리둥절한 택용과 태형을 한심하게 쳐다봤다.

"택용이 네가 3층 대표, 태형이 네가 3층 부대표 해."

"갑자기 뭔 소리야?"

영문을 모르겠다는 듯 택용이 말했다.

"사감이 니네 시키래, 대신 청소 면제래."

"이게 더 힘든 거 아냐?"

태형이 볼멘소리를 중얼거렸다.

"시키는 일 거의 없대."

"아 진짜? 그럼 좋지 뭐."

셋은 후다닥 자리에 앉아 아무 일도 없었다는 듯 책을 펼쳤다. 사감의 행동에 열이 받은 도익은 이슬이에게 말했다.

"야, 화장실로 와."

이슬이와 도익은 형들 눈치를 보면서 슬금슬금 자습실 유리문을 조심히 열고 나가서 화장실로 갔다. 이슬은 주머니에서 담배를 꺼내 불을 붙였다. 도익은 기분이 나쁜 듯 화장실 변기를 차면서 말했다.

"새로 온 사감 새끼 왜 지랄이냐?"

도익은 중학교 때부터 선생님들이 자기를 무시하는 것을 싫어했다. 자기가 학생이라고 무시하는 것 같다나 뭐라나. 도익은 그만큼 자존심이 셌다.

"아, 청소 어떡하냐."

"어쩌겠냐. 우리가 잘못했어, 이거는. 근데 출석부로 머리 친 거 진짜 기분 나쁘다."

"그니까 기분 엄청 상했잖아, 나. 아오, 열 받아. 우리 찍힌 거 같은데?"

"고생 시작이지 뭐."

이슬은 찍히는 것도 별거 아니라는 듯이 말하고는 담뱃불을 끄고 다시 도익이와 살금살금 자습실로 갔다.

"재하야, 사감 쌤이 너 내려오라고 하셨어."

당번을 마친 학생이 자습실에 올라와서 책 읽고 있는 재하를 불렀다. 재하는 기다렸다는 듯 씩 웃으면서 책을 덮고 욕실 슬리퍼를 질질 끌면서 자습실을 나갔다. 재하의 앞자리에 있는 이슬은 며칠 전부터 자습 시간만 되면 사감이 불러서 내려가는 재하가 대체 뭘 하는지 궁금했다. 이슬은 살금살금 일어나서 당번에게 가서 소곤대며 물어봤다.

"야, 재하는 맨날 자습 시간에 내려가서 뭐해? 심부름 하는 거야?"

"너 몰라? 사감이 재하를 엄청 좋아해서 청소도 조금씩 시키면서 같이 놀잖아. 부러워 죽겠어~ 나는 왜 안 부르는 걸까?"

이슬은 그 말을 듣고 이해할 수는 없었지만 고개를 끄덕이며 자리로 돌아섰다. 그때였다.

"어이씨. 민이슬, 쓸데없이 돌아다니지 말고 앉아. 엉덩이 걷어차이고 싶어!"

사감의 목소리가 자습실 스피커에서 울려 퍼졌다.

'아차!'

아직 새로운 기숙사에 적응하지 못한 이슬은 자습실에 새로 온 사감이 CCTV를 설치 한 것을 까먹었었다. 이슬은 후다닥 자기자리로 가서 놀란 가슴을 진정시켰다. 이슬은 다른 애들이 보는 앞에서 망신을 당해서 얼굴이 화끈거렸다. 아무리 찍혔다고 해도 학생들이 다 있는 자습실에서 대놓고 망신 줄줄은 몰랐던 것 이다.

"낄낄낄."

그런 이슬을 보며 태형이 비웃었다. 태형은 '이제 조금 있으면 나를 부르겠지?' 하고 기다리고 있던 참이었다.

"그리고 김태형, 내 방 앞으로 와."

'아싸!'

태형은 속으로 환호성을 지르며 겉으로는 무덤덤한 척을 하면서 서둘러 내려갔다. 이슬은 자기도 자습을 하기 싫은데 왜 저 녀석들만 밑에서 노는 건지 이해할 수 없었다.

'아, 나는 찍혀서 안 부르는 거라고 쳐도, 쟤들은 뭐지? 잘한 게 있어서 밑에서 노는 건가.'

다음날 아침 이슬은 아침 점호를 하고 너무 잠이 와서 다시 잔다는 게 그만 7시 25분까지 자버렸다.

'큰일이다!'

같은 방 애들은 이미 다 나가고 난 뒤였다. 이슬은 부랴부랴 일어나서 머리도 감지 않고 교복을 입고 후다닥 나갔다. 그런데 늦잠을 잤는지 서둘러 방문을 닫고 나가는 재하의 뒷모습이 눈에 띄었다. 재하의 뒤에 있던 이슬은 같이 늦은 애가 있다는 걸 보고 안심을 하고 살살 걸어갔다. 그런데 사감은 이 모든 것을 보고 있었다. 기숙사 밖으로 나가려면 사감 방을 지나쳐야 되는데 사감은 사감 방 앞에서 늦는 애들을 쭉 지켜보고 있었던 것 이다.

"죄송합니다!"

재하는 지나가면서 후다닥 말했다.

"죄송합니…!"

"어디가 이 새끼야."

사감은 이슬을 불러 세웠다. 이슬은 사감에게 재하도 늦었잖아요, 하면서 따졌지만 사감은 막무가내로 몰아세웠다. 그리고 야자 시간에 자습실에 올라가기 전에 자기 방 앞에 있으라는 것이었다. 이슬은 억울했다. 그리고 이슬은 이 이야기를 제일 친한 도익이에게 이야기 해주었다. 도익은 이슬이와 친해서 금방 공감해 주었다. 사감이 말한 대로 도익이와 이슬은 야자 시간에 복도와 자습실 청소를 하고 있었다. 청소라기보다는 밀대에 물을 가득 묻혀서 거의 물바다로 만들고 있었다.

"아오, 진짜 사감 짜증나 죽겠어! 뭐 그렇게 사사건건 시비 거는 거지? 확실히 차별이 심하다니깐."

도익은 구시렁대는 이슬이의 어깨에 손을 턱 얹으면서 말했다.

"이슬아! 사감은 너의 이름처럼 예쁜 마음씨로 이해해라! 기숙사 생활이 다 이런 거 아니겠냐?"

"뭐라는 거야 멍청이가."

이슬은 기분이 안 좋지만 도익이가 웃겨서 입 꼬리가 실룩거렸다.

"안녕?"

그때 갑자기 진호가 뒤에서 나타났다. 둘은 화들짝 놀라서 말을 멈췄다.

"나 알지? 진호? 청소 도와줄까?"

이슬이와 도익은 어리둥절했지만, 진호는 언제 빨아 왔는지 밀대로 자습실을 밀고 있었다. 사실 진호는 재하, 태형이 택용이과 함께 사감이 좋아하는 학생이었다. 이 네 명은 새로 온 사감에게 아부를 떨기 위해 컵라면, 빵, 떡볶이 등 사감에게 각종 먹을거리를 바치곤 했다. 사감은 먹는 것을 좋아해서 학생들이 가져 온 음식을 고맙게 받아먹고, 그리고 사감이 따로 불러서 치킨을 같이 시켜먹으면서 놀면서 사감이 예뻐해 줬는데, 그 학생들이 재하, 태형, 택용, 진호 패거리였다. 이슬이가 진호를 흘끔대며 도익에게 눈짓으로 묻자 도익은 어깨만 으쓱거렸다. 묵묵히 밀대 질을 하던 진호는 이슬과 도익의 눈치를 보다 은근히 말을 건넸다.

"사실… 나도 사감 싫어해."

"엥? 너 사감한테 먹을 거 많이 주지 않았냐?"

"응. 근데 있지…"

진호는 이슬과 도익이 제 말에 흥미를 보이자 술술 속내를 털어놓기 시작했다. 진호의 말은 진호가 항상 먹을거리를 사감에게 가져다주면 그 음식을 재하와 태형, 택용에게 나눠준다는 것이다. 그렇게 며칠 전부터 벼르고 있다가 오늘 터진 것이다. 어김없이 사감이 자습 시간에 진호를 불렀다. 진호는 오늘 단어 숙제를 외워야 돼서 안 그래도 시간이 부족 했는데 자기 성의를 무시하는 사감이 시간 때우려고 부르는 것이 너무 화가 난 것이다. 진호는 쿵쾅거리며 내려가 사감실 방문을 열었다.

"진호 왔나? 오늘은 먹을 거 없나? 좀 배고픈데."

사감은 뻔뻔하게 배를 문지르며 살짝 웃으면서 진호를 주먹으로 툭툭 쳤다. 진호는 순간 욱했다.

"건드리지 마세요! 저 안 불러도 잘 노시잖아요. 저는 먹을 거만 갖다 주는 셔틀일 뿐이죠? 저 이제 공부한다고 바쁘니까 부르지 마세요! 시간 아까우니까."

그렇게 말하고는 혼자 멋대로 올라온 것이다. 그날부터 이슬과 도익은 진호와 같이 어울렸다. 그리고 그들은 자기들을 반사파라고 불렀다. 사감에 반대한다는 뜻이었다.

"야, 우리 이러지만 말고 사감 한 번 골탕 먹여 볼까?"

평소 사감이 자신을 무시한다고 느끼고 있었던 도익은 바로 말을 꺼냈다.

"우와 재밌겠다! 어떻게 골탕 먹일까? 나 지금 설레려고 해! 히히."

"그래도 골탕 먹이다가 걸리면 어떡하지? 무서운데…."

"진호 너는 겁이 너무 많아! 사감한테 못 할 소리도 했으면서 뭐가 그리 겁나? 우리는 그저 학생들을 차별하는 불합리한 대우에 앙갚음 하는 거야. 쫄거나 미안해하면 지는 거야!"

이슬은 도익이와 진호와 함께 사감을 골탕 먹일 궁리를 했다.

"사감 방문 막는 거는 어때?"

"그건 좀 그래, 우리가 했다는 것을 모르게 골탕 먹여야 골탕이지!"

"음, 그런가?"

반사파들은 곰곰이 생각 하다가 갑자기 진호가 손가락을 튕겼다

"아! 너네 그거 알아? 사감은 맨날 자습 시간에 샤워해!"

진호는 그것을 알고 있었다.

"그게 어쨌다는 건데?"

"나 우리 동생 샤워할 때 장난치는 식으로 골탕 먹이면 되지 않을까?"

"어떻게 장난치는데?

"그냥 화장실 불 끄거나 보일러 끄지."

"오오오! 그거 재밌겠다! 오늘 해보자!"

반사파들은 그날 바로 자습 시간이 되기를 기다렸다가 사감이 샤워하는 시간에 맞춰서 몰래 샤워실 불을 끄고 보일러를 껐다.

"으아아악 차가워! 뭐야. 누구야!"

사감이 비명을 지르고 그 세 명은 낄낄대며 도망갔다. 다음 날에는 도익이 방에 다리 많은 징그러운 벌레가 나타났다.

"도익아, 벌레 이거 버리려고?"

"뭐래, 그러면 구워 먹게?"

"아니, 그게 아니고 이 벌레 사감 신발에 넣으면 재밌을 거 같아서."

"아하! 그럼 내가 이거 보온병에 보관해 놓을게."

"우엑, 보온병 안 찝찝하겠어?"

"나중에 뜨거운 물로 씻으면 되지."

"그러든가."

다리 많은 벌레는 아무것도 모르는 듯 도익이 방 옷장 앞에서 가만히 있었다.

"이얍!"

도익은 재빠르게 손으로 벌레를 잡아서 보온병에 넣었다.

"으에에엑. 이거 느낌 짱 이상해. 나 손에 뭐 묻은 거 같아."

"그러게 왜 맨손으로 잡아 멍청아."

"근데 이거 어떻게 사감 신발에 넣지?"

"사감방에 가서 이야기 하는 척 하면서 몰래 신발 안에 넣어!"

"그게 말처럼 쉽냐. 근데 해볼게. 기다리고 있어!"

도익은 쌩하니 방에서 나갔다. 그리고 한 5분 후에 돌아왔다.

"깊숙이 잘 넣었냐?"

"응 완전. 사감이 내가 넣은 줄 꿈에도 모를걸?"

"히히, 사감 반응 웃기겠다. 또 어이씨! 이러겠지?"

"낄낄낄, 사감 맨날 어이씨, 어이씨 거리잖아 진짜 웃겨."

한참을 낄낄거리며 웃던 중에 진호가 말을 꺼냈다.

"야, 너네 새벽에 몰래 피시방 가봤냐?"

"헐. 너는 가봤어?

"이 형은 엄청난 경험자야. 누워서 껌 씹기야. 그래서 그런데 오늘 기분도 좋은데 한 번 가자!"

이슬은 불안한 목소리로 말했다.

"야, 근데 새벽에 몰래 나가다가 걸리면 퇴사잖아…"

"애는 뭐래. 언제는 쫄면 지는 거라더니. 그냥 이 형만 믿으면 돼!"

자습이 끝나고 새벽까지 반사파들은 자습을 했다. 오직 몰래 피시방을 가기 위해 사감이 자는 시간을 기다리는 것이다. 이슬은 설렜다. 이런 짜릿한 기분은 처음이었다. 사감을 골탕 먹은 것도 모자라 이제는 새벽에 탈출이라니! 정말 흥미진진했다. 이슬은 빨리 사감이 자기만을 기다렸다.

새벽 3시쯤 진호가 이슬이와 도익이에게 신호를 보냈다. 이 시간쯤이면 사감이 잠들어있을 것이다. 반사파들은 진호 방으로 갔다. 진호가 쓰는 방은 창문이 열리고 창문 밑에는 높은 담이 있었기 때문에 그 담을 밟고 나갈 수 있었다. 반사파들은 그렇게 탈출을 했다. 하지만 자습실에는 남은 누군가가 이 모든 것을 지켜보고 있었다.

반사파들은 아침 점호 때 바로 준비했다. 피시방에서 점호 시간에 맞춰서 다시 돌아왔기 때문이다. 이 때 재하가 진호를 불렀다.

"야, 남진호."

"뭐야, 잠 오니까 놔."

"너, 어제 새벽에 몰래 피시방 갔지?"

재하는 음흉하게 웃으며 말했다. 진호는 정신이 번쩍 들면서 일단 아니라고 발뺌했다.

"점호 끝나고 내 방으로 와. 할 말이 있어."

점호가 끝나고 진호는 재하를 따라 재하 방으로 갔다. 진호는 머릿속에 오만가지 생각을 하고 있었다. 어떻게 안거지? 어제 새벽 자습 때 계속 있었나? 생각해보니까 있었던 거 같기도 하고.

"야, 내가 묻잖아. 새벽에 피시방 갔냐고?"

재하가 말했다. 다른 생각을 하고 있던 진호는 화들짝 놀랐다.

"아니! 새벽에 어떻게 피시방을 가. 말도 안 돼. 하하…."

재하는 순간 눈빛이 변하고 진호 멱살을 잡고 벽에 몰아붙였다.

"갔잖아. 내가 어제 새벽에 자습하다가 밖에 봤는데 민이슬하고 손도익하고 같이 나가던데? 내가 의심스러워서 아침 점호 때 제일 먼저 가서 쭉 기다렸는데 너네 세 명은 건물에서 안 나오고 밑에서 걸어오더라?"

"그, 그거는…."

"사감 선생님한테 말해볼까? 새벽에 몰래 나가면 퇴소인거 알지?"

재하는 음흉한 얼굴로 웃었다.

"재하야, 한번만. 한번만 봐줘. 우리 집 엄청 멀단 말이야. 퇴소하면 엄청 귀찮아 질 거야."

"맨입으로? 아~ 오늘 뭔가 배고프네. 너 우리 매점에 삼각빵 알지? 오늘 그거 5개만 사주면 왠지 기억 못할 거 같네."

"삼각빵? 삼각빵은 한 사람당 한 개밖에 못 사는 거 몰라?"

"그러니까 하는 얘기지. 못 구하겠어? 그러면 지금 사감 선생님 방으로 달려갈까?"

"아니 아니 아니! 미안해 내가 오늘 어떻게든 구해 볼게. 제발 말만 하지 말아줘!"

재하는 원하는 것을 얻었는지 멱살을 잡은 손을 스르륵 풀어주었다.

"오늘 자습 시간 전까지야."

진호는 매 쉬는 시간 마다 매점에 가서 삼각빵을 구하는데 전념했다. 그런데 한 사람당 한 개 밖에 못 사다 보니 아이들은 쉽게 주려고 하지 않았다. 진호는 할 수 없이 더 비싸게 아이들에게 사야만 했다.

"그러면… 3천원이면 될까?"

"그래, 그 정도면 줄 수 있지."

이런 식으로 진호는 어렵게 5개를 구했다. 진호는 빵이 든 봉지를 들고 저녁 시간에 재하방으로 찾아갔다. 그런데 가는 도중에 이슬이와 도익이를 만났다.

"어? 진호 어디에 있었어? 근데 그거 뭐야? 우와! 그거 삼각빵이야? 다섯 개씩이나?"

도익이 진호 손에 들린 봉지를 열어보며 말했다.

"우리 하나씩만 먹자."

"안돼… 줘야 할 사람이 있어."

"엥? 누구? 사감?"

"아니… 재하……"

이슬이와 도익은 깜짝 놀랐다.

"뭐? 이 많은 거를 다 최재하한테 준다고? 왜?"

"그게…"

진호는 그 자리에서 이슬이와 도익이에게 아침에 있었던 일을 자초지종 설명했다. 이야기가 끝나고 나서 이슬은 진호가 들고 있던 빵 봉지를 가로챘다.

"줘봐! 내가 갖다 준다."

이슬은 쿵쾅대며 재하의 방문을 벌컥 열었다.

"야, 최재하!"

교복을 갈아입고 있던 재하는 느릿느릿 돌아섰다.

"뭐야? 오, 빵 사왔네? 근데 왜 너가 갖고 와? 뭐, 상관없지만."

재하는 이슬이 손에 들린 빵 봉지를 가져가려 했다. 하지만 그 순간 이슬은 빵을 들고 있던 손을 뒤로 숨겼다.

"뭐하는 짓이야?"

재하는 눈살을 찌푸렸다.

"다시는 이런 빌미로 우리 협박 하지마. 진호가 이거 구하느라 얼마나 고생했는지 알아? 평소 삼각빵 가격보다 두 배는 넘게 냈을걸! 그리고 차라리 이걸 너한테 다 줄 바에는 우리가 직접 사감한테 가서 자백할거야. 이 더러운 자식아!"

이슬은 문을 박차고 사감방으로 달려갔다.

재하는 이슬이를 쫓아가려다가 어차피 반사파들이 혼나는 것은 상관없다고 생각해서 다시 자기 방으로 들어갔다.

"칫, 빵 받고 사감 샘한테 말하려고 했는데."

그날 자습 시간 내내 반사파들은 기숙사 복도를 오리걸음으로 왕복하는 벌을 받았다.

"이걸로 끝내는 걸로 고마운 줄 알아! 어이씨, 원래는 퇴사감인데!"

사감은 빈정거리면서 말했다. 사감파들은 옆에서 사감을 거들었다.

"쟤들 언젠가는 다시 갈 걸요? 나중에 한 번 더 걸리면 퇴사시키죠?"

"그럴까? 그건 그때 봐서 결정해야지."

옆에 있던 택용은 박수를 치며 감탄했다.

"와. 사감 쌤, 진짜 착하시네요."

"어이씨, 내가 무슨! 하하하."

복도에는 사감과 사감파들의 웃음소리가 가득차고 반사파들은 그 웃음소리를 들으면서 이를 악물고 오리걸음을 하면서 복도를 돌았다.

그리고 그날은 유난히 조용했던 밤이었다. 모두 잠든 기숙사에는 보이지 않는 그림자들이 움직였다. 그들은 사감의 방문을 조심스럽게 열었다. 사감은 코를 골며 깊게 잠들고 있었다. 그들은 재빠르게 사감의 냉장고 안을 뒤졌다. 빠른 손놀림으로 사감이 가장 깊숙이 숨겨둔 까치산 뱀술을 꺼내 들었고, 올 때처럼 조심스럽게 들고 나갔다. 그때 큰 술병은 방문과 부딪히면서 쨍~하고 소리가 났다. 사감은 끙끙대며 뒤척였지만 이내 다시 잠이 들었다. 그들 중 누군가 깊은 한숨을 내쉬었고, 방문은 소리 없이 닫혔다. 그들은 3층 복도 끝 마지막 방에 들어갔다. 방 안에서는 김택용이 있었다.

"안 들켰어?"

김택용의 물음에 그림자 중 하나였던 최재하가 말했다.

"당연하지! 그리고 만약 들켜도 우리인지는 의심 안 할 거야. 사감 선생님들은 우리들을 좋아하니까. 히히."

"빨리 먹고 자자."

김태형의 재촉에 금세 술판이 벌어졌고, 셋은 밤이 지나가는 줄 모르고 사감의 까치산 술을 마셔댔다. 다음날 아침이 밝아오고 사감파의 방에는 술잔이 뒹굴고 사감파들은 서로 뒤엉켜서 자고 있었다. 기숙사 기상 벨이 울리고 다급하게 일어난 그들은 재빨리 술자리의 흔적을 치웠다. 그 후 꾀죄죄한 몰골로 샤워실에 갔다. 샤워실에는 벌써 반사파들이 씻고 있었다. 사감파들은 편을 나누듯 반대편 샤워기 쪽에서 씻었다. 그런데 반사파 아이들도 사감파 못지않게 꾀죄죄해 보였다. 편이 다르지만 그나마 친했던 남진호에게 김태형은 물었다.

"너희… 어제 술 마셨냐?"

"어… 너희는?"

"우리는…."

김태형이 대답하려는 순간 재하가 태형의 어깨를 치며 말을 끊었다.

"야, 빨리 씻고 나가야 돼."

샤워실에서 나와 교실로 돌아가면서 최재하는 김태형에게 경고를 했다. "입 조심해. 쟤들이 우리 마신 거 사감 선생님한테 이르면 쟤들은 상관없지만 우린 신뢰를 잃어. 다시 한 번 말하는데 조심해라!"

"응…."

김태형은 기가 죽은 채 대답했다.

딩동댕동~ 딩동댕동~ 수업이 끝나고 모두 기숙사로 돌아갔다. 하지만 저녁을 먹은 후 기숙사에서는 잘 없던 집합 명령이 떨어졌다. 저녁을 먹은 후 평소에 아껴먹던 뱀술을 먹으려 냉장고를 열어본 사감이 뱀술이 사라진 것을 발견한 것이다. 사감은 술 도둑을 잡기 위해 집합 명령을 내렸다. 사감은 아이들이 모여들자 귀가 빨개지도록 소리를 쳤다.

"누가 내 방에 들어왔어?"

하지만 아이들은 어리둥절했다. 사감파 또한 불안했지만 예상했던 결과에 침착하게 서있었고, 사감은 갈피를 잡을 수 없었다. 그래서 사감은 아이들을 둘러보았다. 먼저 반사파 아이들을 보았다. 반사파 아이들은 어리둥절해보였다. 결국 사감은 아이들을 다 돌려보내고 자습이 끝나고 밤 11시에 자신이 신뢰하는 최재하를 자신의 방으로 불렀다. 최재하는 긴장한 채 방문을 열었다.

"사감 선생님… 저 왔습니다."

"어! 그래 재하 왔냐? 어서 앉아라."

사감이 웃으면서 반겨주자 재하는 긴장이 풀렸다. 사감은 재하가 자리에 앉자마자 질문을 던졌다.

"요즘 나 싫어하는 애들은 어떠냐? 뒷담하고 그러는 거 아냐? 근데 말이다. 내 술 누가 가져갔는지 짐작 가니?"

처음에는 모른다며 조용히 술 사건을 넘기려했지만 반사파에게 골탕을 먹이기 위해 재하는 대답을 했다.

"제가 알기론 사감 선생님의 술은 민이슬이 훔쳤어요."

"확실해? 증거는? 내가 괜한 사람 트집 잡는다고 소문나면 안 되잖아."

"뒷산에 술병이 버려져있을 거예요. 왜냐하면 제가 버리는 걸 봤거든요."

"뭐라구?"

사감은 이 이야기를 듣고 또다시 분노하여 귀가 빨개졌다. 곧 바로 사감은 얼른 뒷산으로 갔다. 기숙사에서 보은 뒷산 길을 가서 주위를 찾아보니 사감파가 버린 술병이 있었다. 사감은 반사파의 짓이라 여겼다. 이에 반사파에 대한 불신이 더욱 커졌고, 다른 아이들을 불러 모았다.

"태형아, 택용아. 내가 뱀술 사건 때문에 그런데 범인이 누군 줄 아니?"

"예… 민이슬, 손도익, 남진호. 얘들이에요."

그들의 추가 지목에 반사파가 범인으로 확실해졌다.

"좋아. 아이들의 진술과 술병으로 봐서는 민이슬 이자식이 범인이군. 그 새끼는 퇴소감이야."

사감은 2층 방의 반사파 중 수장이나 다름없는 민이슬의 퇴소를 독단적으로 결정했다. 그리고 다음날,

"니가 내 술을 마셔? 그게 어떤 건지나 알고 마신거야? 넌 퇴소야 이 새끼야!"

쾅! 투두둑. 아침부터 사감의 고함과 기숙사의 문 닫히는 소리가 크게 퍼졌다. 굳게 닫힌 기숙사의 현관 앞에는 사태 파악이 되지 않는 이슬과 주위에 마구 엎질러진 이불가지들이 널브러져 있었다.

"문 좀 열어주세요. 이렇게 사람을 이유도 없이 내보내는 게 어디 있어요?"

이슬은 기숙사 문을 두드리며 들어가길 시도했지만 이미 문은 굳게 닫

혀있었다. 진호와 도익은 사감에게 달려가 항의를 했다.

"사감 선생님, 이슬이를 왜 내쫓으신 거죠? 이유는 있나요?"

"너희가 내 뱀술 훔쳐 마셨잖아. 너희 둘은 내가 술 마신 거 알지만 이슬이 주도했다고 보고 퇴소인데 봐주는 거야."

둘은 뱀술을 훔쳐 마신 것은 사실이 아니지만 술을 마신 사실에 찔려 돌아가려했다. 하지만 이내 사실을 말하기 위해 술을 먹은 것을 인정했다.

"사실… 술은 먹었어요. 하지만 그건 소주예요. 뱀술은 저희가 먹은 게 아니에요. 그건 최재하와 김택용, 김태형이 먹은 거예요!"

"뭐라고? 무슨 말 같지도 않는 소리야? 어서 나가!"

사감은 자신이 좋아하는 애들이 자신을 배신했다고 말하는 것에 더욱 화가나 둘을 방에서 내쫓았다. 둘은 항의서를 써서 사감 방 앞에 붙여놓고 주위의 사감파가 아닌 애들에게 억울함을 호소하며 이 사건을 알렸다. 반 사파들이 이슬의 억울함을 호소하는 동안 사감파 중에는 민이슬이 퇴소되고난 후부터 안절부절 하던 아이가 있었다. 그 아이는 김택용이였다. 택용은 태어나서 술 마신 것도 처음인데 기숙사에서 먹은 데다 사감의 술을 훔쳐 먹어서 걸릴까봐 불안했다. 택용은 너무 불안한 나머지 새벽 자습을 하던 도중 화장실에서 씻고 있던 재하한테 가서 조용히 속삭였다.

"재하야, 나 너무 불안해…. 걸리면 어떡해? 우리도 퇴사당하는 거 아니야?"

"야, 우리만 조용히 하면 안 걸린다고~ 왜 이렇게 쫄아있어! 며칠 전부터 자꾸 찡찡대네, 맘에 안 들게."

택용은 나름 용기를 내서 재하한테 말했지만 돌아오는 것은 쌀쌀한 재하의 말이였다.

'아씨, 어쩌지… 퇴사당하면 아빠한테 죽을 텐데.'

택용은 그렇게 몇 날 며칠을 앓았다. 택용이의 안절부절못한 모습을 반 사파인 도익은 며칠 전부터 지켜보고 있었다. 사실 도익은 택용이가 화장실에서 재하에게 말하는 것을 다 듣고 있었다.

"아아악 배 아파 죽겠네. 일주일 만에 싸는 건가."

도익은 새벽 자습을 하다가 갑자기 배가 아파서 배를 잡고 화장실로 뛰어갔다.

덜컹!

"헉, 헉, 죽을 뻔 했네… 근데 또 안 나올 거 같네."

덜컹, 덜컹. 그때 두 명이 화장실 안으로 들어섰다.

"아, 사람 있으면 못 싸는데."

도익은 원래 사람이 있을 때 볼일을 못 봐서 화장실 칸 안에서 숨죽이고 있었다.

"재하야…."

'엥 저건 택용인가?'

"우리만 조용히 하면 된다니까!"

덜컹! 재하가 버럭 하는 소리와 동시에 문이 열리고 닫혔다. 재하가 나간 것 같았다. 도익은 재하와 택용이가 한 대화를 모두 듣고 있었다.

'저게 사실이라면 택용이를 조금만 구슬리면 진실은 나오겠다.'

도익이는 일을 마무리 하지 못한 채 급하게 바지를 올리고 나갔다.

"안녕."

화장실 칸에서 도익이 나오자 택용이는 놀랐는지 안 그래도 큰 눈이 소만큼 더 커졌다.

"아, 안녕!"

덜컹! 택용은 도익의 인사를 받고 후다닥 화장실을 나갔다. 그 모습을 지켜본 도익은 생각에 잠겼다. 다음 날 체육 시간에 택용은 좋아하던 축구를 하지 않았다. 다른 아이들은 하기 귀찮은가보다 하고 넘겼지만 같은 반인 도익은 택용에게 모든 것을 캐내기 위해 혼자 운동장 잔디밭에 앉아있는 택용이한테 갔다.

"야, 너 왜 축구 안하냐?"

"응? 아 하기 귀찮아서…. 그럼 나는 가볼게!"

택용은 도익을 피하려고 했다. 도익은 택용이의 팔을 잡았다.

"야, 너 왜 자꾸 나 피해? 뭐 숨기는 거라도 있어?"

"숨기는 거는 무슨! 에이, 너 피하는 거 아니야."

"근데 왜 어제 화장실에서 도망친 거야? 방금도 내가 너한테 가자마자 자리를 뜨려고 했잖아?"

"아니 여기 밑에 벌레가 있어서…."

"벌레 없는데? 야, 너 나한테 뭐 숨기는 거 있지? 아니 내가 아니고 이슬인가?"

이슬이의 이름을 말하자 택용은 움찔했다.

"야, 왜 움찔 하는데? 뭐 찔리는 거라도 있나봐?"

"아니, 퇴사당한 애 이름은 왜 말해서…."

"걔가 퇴사당했는데, 니가 찔릴 필요가 없잖아, 너 때문에 퇴사당한 거면 몰라도."

택용은 자신의 팔뚝을 잡고 있던 도익의 팔을 힘차게 뿌리쳤다.

"아 좀 놓으라고!"

도익은 택용의 고함소리에 너무 놀라 가만히 있었다. 택용은 안절부절하면서 숨을 가쁘게 몰아쉬었다. 그런 모습을 본 도익은 살살 달래주었다.

"택용아, 여기 앉아봐. 너 퇴소당하면 아버지한테 혼나지? 그리고 너 고등학교 와서 아버지 회사 망해서서 너가 공부 열심히 해야 된다며."

택용은 발끈했다.

"누가 그래? 우리 아버지 회사 망한 게 아니고 외국으로 이전해서 아버지 못 가신 거거든?"

"뭐래. 니랑 같은 중학교 나온 애들한테 물어보니까 다 알더만."

택용은 얼굴이 빨개졌다.

"야, 너 퇴소 당하기 싫잖아. 응? 그리고 너는 딱히 잘못이 없을 거 같은데? 너가 먼저 잘 말하면 너는 퇴소 안당할걸?"

택용은 슬슬 넘어오는 듯 했다.

"내가 너한테 낚일 거 같아?"

"난 다 알고 있는데 그러면 교장실로 가서 모든 걸 말하고 너 퇴소시킬까? 어?"

도익은 일단 택용한테 거짓말로 겁을 줬다. 택용은 긴가민가했지만 결국 도익에게 넘어갔다.

"야, 나는 진짜 퇴소당하면 안돼. 아빠한테 맞아 죽을 거야, 집에서 쫓겨날지도 몰라 그니까 응? 나는 좀 어떻게 좀 해줘 응? 도익아…."

"알았으니까 빨리 말 해봐."

택용은 도익에게 술술 전말을 털어놓았다.

"사실 술을 마신 건 너희가 아닌 거 맞아. 최재하와 내가 사감의 술을 가져다가 마셨지. 민이슬은 우리들의 좋은 방벽이 돼서 퇴소를 당한거지."

도익은 사건의 진실을 알고서는 페이스북에 있는 '김천 익명' 페이지에 긴 글을 써 올렸다. 이 페이지는 무려 3000명이 보고 있는 페이지라서 '좋아요'가 400개를 넘으면서 급속도로 퍼져나갔다.

며칠이 지나고, 점심 시간 교장실 안에서는 SNS를 통해 퍼진 기숙사 관련 소문으로 회의가 이루어졌다.

"큰일이요. SNS에 퍼진 소문 때문에 학교 위신이 장난이 아니에요! 사감 선생님은 어떻게 된 겁니까?"

교장 선생님의 호통에 분위기는 더욱 어두워졌다.

"그게. 그것이…. 민이슬이란 학생과 몇 명이 제 술을 훔쳐 마신 후 저의 벌에 반발을 하는 것입니다…."

사감은 기어들어가는 목소리로 말했다.

"학생들이 자기들 잘못만을 가지고 그럴 리가 없는데…."

교장은 깊은 고민에 빠졌다. 선생님들 회의실에서 나온 사감 선생님의 얼굴은 상당히 굳어져 있었다. 다음 주 월요일에 전교생이 강당에 모여서 조회를 하였다. 마지막에 있는 교장 연설에서 교장 선생님은 말씀하셨다.

"현재 SNS에 퍼져있는 이야기는 사실로 밝혀졌습니다. 허나 이 좋지 않은 이야기가 계속 퍼진다면 우리 자랑스러운 성의 고등학교는 교육계에 먹칠을 하게 되는 부끄러운 학교로 남게 돼버립니다. 우리 선생님들은 민이슬의 잘못을 인정하지만 억울하게 퇴소당한 것 또한 이해해줘서 징계 1주일에 기숙사 퇴소 취소를 발표합니다. 그리고 민이슬 학생에게 누명을 씌운 학생들에게는 기숙사 퇴소를 시키겠습니다. 물론 새로 온 사감 선생님은 다른 학교로 가실 것입니다."

기숙사 아이들은 모두 함께 소리 질렀다. 사감에게 억울한 차별을 받은 학생이 한두 명이 아니었기 때문이다.

"그리고 이제 기숙사에서는 기숙사 위원회를 결성할 것입니다. 학생 대표 5명이 회의에 참가하여 학생들의 의견을 적극 수렴하는 기숙사로 바꿔 나갈 것입니다. 오늘 야자 시간에 학생 부장 선생님이 기숙사 자습실로 갈 테니 위원회를 정해주세요."

교장 선생님은 이러한 부당한 일이 학교에 전해지지 못한 일이 더 있는지 알아보고자 기숙사에는 선생님을 두지 않고 위원회를 시행함으로써 조금 더 학생과의 교류에 적극성을 보였다. 기숙사 위원회의 성립으로 더 이상의 사감파들의 독주는 볼 수 없게 되었다. 하지만 도익은 기숙사를 퇴사하기로 했다. 얼핏 본다면 좋게 결말이 났다고도 할 수 있겠지만, 정권의 교체로 인한 평화는 오래가지 않고 얼마 안 있어서 혼란해진다는 것을 알았기 때문이다. 예전 기숙사 친구들의 말을 들어보면, 다소 사감에게 기대던 아이들이 기가 죽었다는 둥의 소리가 들려오지만, 더 이상 나와는 관계 없는 소리겠지. 도익은 곧게 뻗은 성의로에 서서 기숙사를 바라보았다.

05

시나리오

랭크게임

1. 기획 의도

누구나 삶에 대해 생각해본 적 있을 것입니다.

대표적으로 자신이 왜 이런 세계에 태어나 꿈과 희망이 불확실한 세계에 살아가는지.

하지만 이런 대표적인 예조차 생각하지 못하고 무조건적으로 삶에 불만을 가지고 포기하려는 사람과 삶의 이유를 찾지 못하는 사람들이 존재하기 마련입니다.

물론 저조차 삶의 이유를 찾지 못하였지만 꿈이 있기에 노력해가는 노력파의 사람이라고 할 수 있겠죠.

이 대본은 무조건 삶에 불만을 가지며 의미를 찾지 못하는 사람들을 위해 쓰게 된 대본입니다.

저도 이 대본을 쓰며 삶이란 것에 대해 다시 한 번 생각해보는 계기가 되었습니다.

실질적으로 대본을 쓰며 삶이 바뀌지는 않았으나 조금씩 바뀌어가는 자신의 삶이 느껴지는 것 같았습니다.

저와 같이 이 대본을 보며 많은 사람들이 삶에 대해 다시 한 번 생각해보는 계기가 되었으면 좋겠습니다.

2. 캐릭터

1) **권순진** : (17세, 남) 학업과 친구들을 포기하고 게임에 빠진 방구석폐인.

집에 누가 오든 신경 안 쓰고 게임에 집착하는 꿈도 희망도 없는 학생.

정의감은 강하지만 그 정의감을 펼쳐 낼 때가 없어 자신의 정의감을 깨우치지 못한다.

가상세계에서는 능력을 가지게 되며 전투를 통해 자신의 정의감을 깨우쳐 단순한 1인자가 아닌 신념을 가진 1인자가 되기 위해 팀과 노력하는 타입으로 바뀌어간다.

2) **권승혁** : (15, 남) 권순진의 친동생. 다른 깡패와 대적하여 웬만해선 패하는 법이 없는 싸움의 신이라고해도 과언이 아니다. 하지만 자신보다 강한 적은 없다는 허망함에 늘 짜증내며 다닌다. 가상세계에서 팀과 협력하며 전투하며 자연스럽게 순진과 같이 정의감을 깨우쳐 순진을 돕는다.

늘 자신보다 강한 적이 없다는 허망함에 빠져 사는, 한심하다고 해도 과언이 아닌 권승혁.

3) **이하늘** : (17세, 여) 학교에선 전교에서 알아주는 찐따. 집에서는 그 누구도 건들지 못하는 이중인격자.

인격변화가 심하여 항상 안정제를 섭취해야하지만 귀찮아하며 약을 먹지 않아 성격이 변할 때 마다 극심한 감정변화로 때때로 막을 수 없을 정도로 폭주해버리는 무시무시한 여 캐릭터. 가상세계에서 권순진을 만나 처음으로 사랑을 알게 되고 권순진이 1인자가 되도록 돕는 팀이다.

4) **이 영** : (29세, 여) 대한민국 최초 여자대통령이다.

하지만 여자란 이유로 국민에게 온갖 비난을 받아 하루하루가 스트레스인 생활을 보내는 불쌍한 캐릭터.

그 어떤 정책을 펼치든 국민들은 불평만 늘어놓아 늘 고민에 고민을 한다.

가상세계에서 권순진 일행과 우연히 만남으로 팀의 일원이 되고 자신의 행동이 처음으로 팀에 도움이 되고 불평이 아닌 칭찬을 받아 열심히 활동하는 열혈파.

5) 신한수 : (38세, 남) 극히 평범한 수학교사.

보통 수학교사도 힘들어하는 벡터 계산식, 삼각함수암산, 100항 연산 등 뛰어난 두뇌를 가진 천재적인 인재. 하지만 늘 같은 식과 같은 숫자를 보며 수학이 재미없게 느껴지고 자신의 직업에 불만을 가지게 되며 삶에 지루함을 느끼게 된다.

가상세계에서 다른 이들 보다 한 단계 위인 中랭크의 전략가.

뛰어난 상황판단 능력과 지휘능력으로 팀에 중요한 두뇌가 된다.

<랭크게임>

삶, 그것은 잔인하면서도 아름다운 두 얼굴. 삶, 그것은 동화 같으면서도 꿈이 짓밟히고 짓밟으며 살아가는 것. 삶은 사람을 죽이기도 하며 사람을 만들기도 한다.

야속하지만 이게 삶이다. 죽이고 다시 사람을 만들어낸다.

#엘리스(가상세계)

2014년 11월 28일 금요일 P. M 2시6분 엘리스계.

바람이 절규하듯이 불어오고 땅이 모든 죄를 뒤집어쓰듯이 메말라있는 죽음의 땅위에 폐허가 된 성 그 가운데 백발의 인간과 악마의 혼혈로 보이는 존재가 서있다.

신(하품을 하며): 전쟁을 너무 진행 시킨 건가? 이런 메마른 땅에 즐거운 일이 일어나면 좋겠는데 말이야.

신이 무언가 골똘히 생각하더니 좋은 생각이 난 듯 미소를 띤다.

신(사악하게 웃으며): 그렇지……인간. 인간을 초대하는 거야!세상에 지루함을 느끼는 인간이 수두룩할 테니 말이야.

신이 포효하듯이 외친다.

신(진지한 표정으로): 탐욕과 욕심, 지혜와 양심을 가진 사회에 무력함을 느끼는 인간들이여!!나 리버레이터의 이름으로 너희들을 초대하노라!!

리버레이터가 포효하자 메마른 땅에 우주처럼 넓은 세계가 펼쳐진다.

#2 주인공 집

햇살이 가로로 먼지를 가리킨다.
꼬부려져 앉아 있는 쓰레기들이 굴러다니며 주인인 마냥 그 자리를 지키고 있다.
방에서 키보드 소리가 난타하듯이 울려 퍼진다.

권순진(표정이 썩어문드러지며): 젠장……이제 이것도 슬슬 질려 가는데. 이 빌어먹을 일상에서 벗어 날 수 있을는지……. 응??

게임을 하던 중 강제 종료되면서 화면에 어떠한 문구가 표시되었다.

[초대한다. 인간이여.]

권순진(어리둥절해하며): 뭐야. 이 개 같은 경우는……. 게다가 뭐? 초대한다! 인간이여? 어떤 정신 나간 인간이 이딴 짓을 하는 거지…….

말 끝나기 무섭게 누군가 지켜보고 있단 듯이 화면의 대사가 변한다.

#3 서울의 한빛고등학교

곱슬머리에 찢어진 눈매를 가진 사람이 분필을 내려놓고 교탁을 치면서 말한다.

신한수(웃으며): "오늘은 여기까지."

말이 끝나자 학생들 일사분란한 소리와 함께 교실을 나간다.

신한수(어깨를 돌리며): '하……. 늘 같은 식에 같은 설명……. 지겹다 지겨워……. 다른 수학선생님들이 이런 기분이려나?'

툴툴거리며 프린트를 정리 하던 중 한 장의 프린트의 글이 모두 사라지고 한 문장이 새겨진다.

[초대한다. 인간이여]

　신한수(의아한 표정으로): 뭐지. 이 초자연적인 현상은. 다른 학생이 장난친 건가??
　나 참……. 별 장난을 다치네.

[그렇군! 메시지보단 경험이 필요한 건가? 인간들이란……. 한심하구나. 삶에 지루함을 느끼면서도 변화를 원하지 않다니…….]

　신한수(기대에 가득한 표정으로): 새로운 삶을 주기라도 하시는 건가?

[그렇다고 할 수도 있겠군. 좋다. 새로운 삶을 주겠다.]

　신한수(근엄하게): 새로운 삶이라. 흥미가 생기는군! 그 세계에는 무엇이든지 가능한지 묻고 싶군.

[너희가 이 세계에서 최고의 자리를 차지한다면 무엇이든지 이룰 수 있노래

#4 한빛고등학교 소각장

　단발머리의 체육복을 입고 한 손에는 빗자루를 들고 있는 여자들이 한 여학생을 둘러싸고 있다.

　이유진(미친 듯이 웃으면서): 뭐야?? 벌써 지친거야? 아직 멀었는데~~. 평소처럼 맞아줘야 할 거 아냐!!!

신유라(이유진와 합세하며): 어머머?? 또 맞고 있는 거야? 언제까지 그렇게 맞기만 할 거야? 설마. 우리한테 맞는 걸 좋아 하는 거 아니야??

이하늘(묵묵하게 버티며): ……

이유진(짜증난다! 듯이): 야!! 말을 하란 말이야!! 벙어리도 아니고 그러니까 네가 그렇게 왕따를 당하는 거야!

이하늘(기어가는 목소리로): 아. 아냐…….

이유진(답답한지 하늘을 툭툭 치며): 뭐라고?? 크게 말해야지 벙어리야!!

신유라(유진이를 보며): 유진아 날도 어두운데 그냥가자. 내일 또 괴롭히면 되는 거잖아~. 맛있는 음식은 아껴먹어야 제 맛이야!

이유진(웃으며): 그것도 그렇긴 하네? 다음에 또 놀아줄게 하늘아!

유진과 유라는 학교로 되돌아간다.

이하늘(갑자기 태도가 바뀌며): 짜증나. 저딴 쓰레기들한테 당하기나 하고……. 참 내 성격이지만 정말 짜증난다.…….

권승혁(어이없단 표정으로): 뭐야 넌… 왜 소각장문에 붙어서 그리고 있는 건데.

이하늘(짜증내며): 알게 뭐야?? 니가 무슨 상관인데?

권승혁(주먹을 치켜새우며): 내 성격 건들지 마라… 여자든 남자든 안 가리고 싸우니까…

이하늘(째려보며): 사내자식이… 여자나 때리고 다녀??

권승혁(표정이 썩어 문드러지며): 경고다… 이런 세계 따위 질려서 짜증나는데… 그런 날 건들면 후회…

이하늘(승혁의 말을 잘라 말하며): 너만 질린 줄 아니?? 나도 이 세계가 질려… 내 성격을 숨기고 살아가는 게 얼마나 힘든지 알아?

하늘의 말이 끝나자 승혁과 하늘을 제외하고 모든 시간이 정지된다.

#5 한빛고등학교 반전세계

[환영한다. 어리석은 인간들이여…]

권승혁 (당황하며): …뭐야!!! …누구야!!
이하늘 (온전한 표정으로): 늦은 거라고 생각 되는데 …리버레이터?

[무자비한 삶에 끝없이 지쳐 살아가는 기분이 어떠하더냐.]

이하늘 (침을 뱉으며): 말할 것도 없지… 내가 바꾼 세상이지만 너무 지겹고 짜증나… 조율을 잘못했어.
권승혁(버럭 화내며): 무…무슨 상황 인 건데!! 그리고 너! 누구하고 얘기하는 건데!!
이하늘(한숨 쉬며): 지금 넌 신과 대화하는 거야. 이 세계에 지루함, 무력함을 느끼는 인간을 대상으로 끌어들이는 악랄한 신이지.

[잘 아는군… 서론은 뒤로하겠다. 초대하마! 삶에 지루함을 느끼는 인간이여]

이하늘(승혁을 바라보며): 널 말하는 거야, 찌질아!
권승혁(실실웃으며): 그래… 그렇지… 이런 반복되는 일상 따위… 재미없어서 슬슬 질려서 짜증나던 참이었거든?

[또 다른 시간이 소멸해가는군… 초대에 응하도록 하여라]

#6 청와대

청와대 국제 회의실.
긴 생머리의 정장 차림의 여자가 미국대통령과 회의를 마치고 직무실로
돌아간다.

이 영(울상 지으며): 아아… 정말… 뭘 하든 국민들은 불만만 토해내
고… 나도 나름 열심히 한단 말이야…

김비서(노크하며): 이대통령님 결제할 서류를 가져왔습니다.

이 영(삐죽거리며): 저기 탁상에 놓고 나가봐…

김비서(서류를 놓고 가며): 그럼… 나가보겠습니다.

이 영(서류를 훑어보며): 또… 또 지방정책변경요청… 저번에도 그 서류
대로 처리해줬는데 이번에도 이러면 나보고 어쩌란 거야……. 짜증나…….
여자란 이유로 무시하는 것도 아니고…

#7 청와대 반전세계

허공에 종이 한 장이 나타나더니 글이 써진다.

[모두의 비난을 한 몸에 받으며 삶에 불만을 느끼는 인간이여 나의 세계
로 초대하리라]

종이가 태워지고 공간에 균열이 생긴다.
총에 맞은 유리처럼 금이 가더니 폭발하듯이 공간이 폭발하고 엘리스계

가 펼쳐진다.

[환영한다. 인간들이여!! 그대들의 지혜를 이 세계에서 마음껏 뽐내고 전력을 다해 최고의 자리에 올라 보거라.]

수많은 인간들 앞에 백발의 인간과 악마를 연상시키는 존재가 나타난다.

[이 세계를 소개 하도록 하지. 이 세계는 엘리스계로 너희 인간계와 다른 세계다.

이 세계에서는 모두가 신이고 모두가 천민이다.]

리버레이터가 손가락을 통하고 튕긴다.

[나를 소개하도록 하지. 난 이세계의 신 리버레이터(해방자)다.
그대들 앞에 어려가지 정보가 담긴 두루마리를 주도록 하지]

한참의 침묵이 흐르고 리버레이터가 말한다.

[그대들이 이 세계에 온 이유는 단 하나. 삶의 의미를 모르는 공통점이 있지.

꿈을 이루지 못하고, 이룬 자도 있겠지만, 그에 만족하지 못하고 지루함을 느끼는 그대들을 위해 또 다른 세계, 즉 이 세계를 준비해보았다.]

손가락을 높이 치켜들며 리버레이터가 외친다.

[이 세계, 즉 랭크게임에서 최고의 1인자를 가려, 최고의 1인자는 '판도

라의 상자'를 얻게 된다. 그 상자 하나면 그대들의 삶의 이유를 찾을 수도 있으며, 삶의 의미를 찾지 않더라도 모든 권력을 손에 쥐는 것도 가능하며 모든 인간들의 꿈인 영생이 가능하지.]

권순진(의문을 표하며): 그래서… 이 세계에서 어떻게 전투하지?? 곡괭이를 들고 싸우나? 아니면 주먹다툼인가?

[좋은 질문이군. 그대들 일부에게 랜덤으로 능력을 부여할 생각이네. 시간을 다루고 공간을 다루며 제4원소를 다루는 능력일 수도 있지. 나도 그 세부 사항에 대해선 알려줄 수 없네.]

이하늘(웃으며): 저번이랑은 다른 최강 선별전인가??
이 영(미소 지으며): 재밌겠네요

[능력을 부여해주겠다. 부여된 힘은 자연스럽게 사용할 수 있도록 조율했네.
자…… 게임 시작이다.]

#8 엘리스계 랭크게임 시작장소

수백 명의 사람들이 공포와 환희로 함성을 지른다.

하지만 그것도 잠시 리버레이터의 손뼉 한 번에 모두가 말을 잃고 일심동체가 된 듯이 리버레이터를 바라본다.

[자 인간들이여. 그대들의 두뇌를 사용하여 전략적으로 때론 육체적으로 자신의 한계를 돌파하고 최고의 '랭크'를 위해서 싸워나가는 거다.]

신한수(맑은 미소를 띠며): 재밌겠는데?… 늘 같은 수학적 계산이 아닌 항상 다른 전투를 계산해내어 그 계산대로 승리를 탈취한다… 재밌겠군!

이하늘(무표정으로): 여기 있는 인간들만 요리하면 되는 거야?? 쉽잖아……. 이런 걸 무슨 재미로…

이하늘의 주위에 불꽃이 피워 오른다.

마치 한 마리의 용이 흘러가는 강가에서 춤을 추듯이 승천하는 모습을 연상시킨다.

그 용 같은 불꽃이 하늘을 덮친다.

권순진(감탄하며): 호오… 대단한데? 모습까지 바뀌잖아?!

『name: 권순진

　ability: 이터널 프레임

　Age: 17

　ranks: 下』

이하늘(숨에 찬 목소리로): 너!! 뭐하는 짓이야? 사람 죽이려고 작정 ……. 으앗?!

순진은 하늘이 눈에 거슬렸는지 바로 공격해버리고는 무차별적으로 주먹을 날리려한다.

이하늘(씨익 웃으며): 요즘 사내들은 여자 때리는 게 대세 인가봐? 그렇지!!!!!!!

하늘이 외치자 공중에 수백만 자루의 검이 연성된다.
수백만 자루를 본 사람들은 겁에 질려 도망가기에 바빠 주위가 일사분란 했다.
주위가 신경 쓰이지도 안는지 두 사람은 팽팽히 바라본다.

권순진(어이없다는 듯이): 이 세계에서 여자든 남자든 그게 뭐가 중요하지? 가장 중요한건 이 세계에서 가장 높은 랭커가 되는 것뿐이다.
이하늘(한 자루의 검을 잡으며): 과연… 그 목표를 이룰 수 있는지… 볼까?

『name: 이하늘
ability: 소드 서큘리티
Age: 17
ranks: 下』

수백만 자루 아래 미친 듯이 휘젓고 다니는 불꽃들.
그 사이에 균열이 생기더니 굉음을 내며 폭파함과 동시에 수백만 자루의 검은 가루처럼 분쇄되고 불꽃은 물을 만난 듯이 사그라져간다.

권승혁(순진을 바라보며): 형이 여기서 뭐하는 거야? 이런 걸 하려면 날 끼워야 할 거 아니야……. 어?!!
권순진(승혁을 겨냥하며): 동생이라고 봐주는 건 없는데 말이야?

[그대들은 생각해 본 적 있는가? 삶이란 무엇인지… 자신이 왜 이 세계에 태어났는지.]

모두의 시선이 리버레이터에게 향한다.

#9 이 세계 공상세계

[그대들이 그런 세계에 태어난 이유와 자신이 꿈을 못 찾는 이유, 꿈을 찾았는데도 불구하고 삶에 불만이 느껴지는 이유를 생각해 본 적 있는가?
그대들은 어리석게도 삶이 지루하고 무력한 이유와 꿈을 이루었는데도 삶에 불만을 가지게 된 이유를 모르지]

이하늘(의아해하며): 그게 뭐 어쨌다는 거지?

[자! 생각해 보거라 이 세계에 온 이유를 그대들이 새로운 삶을 위해서지 자신의 진정한 목표를 찾기 위함이 아니더냐

이 영(곰곰이 생각하며): 무슨 일이든지 사람들은 자기에게 이득이 되지 않으면 불평을 하곤 하죠. 그건 저도 마찬가지고요… 그런 건가요? 저희가 이 세계에 온 이유는…
신한수(이 영의 말에 끼어들며): 순수하게 자신의 삶의 목표를 찾아 이 세계를 정복하고 그 바람대로 세계를 바꾸란 건가?
이하늘(짜증내며): 그나저나 우린 전투중인데. 이런 식으로 흐름을 깨트려도 되는 거야?

[허허허허… 역시 인간이군. 예상치 못한 공격이었다. 인간들이란 원래

그런 생물이었나? 오로지 자기 이익을 위해서만 남의 말을 흘려듣고 경솔하게 행동하려 하다니.]

권순진(리버레이터를 뚫어져라 보며): 당신도 마찬가지 아냐? 내 생각뿐이긴 하지만 당신도 어지간히 심심했던 모양이야? 인간들을 당신의 세계에 초대한걸 보면.

[나와 그대들의 다른 점은 하나. 난 목표를 위해서 목숨을 걸고 노력했다는 것이지]

리버레이터가 한숨을 폭 쉬고 말을 이어나간다.

[그대들은 자기 목표를 위해 노력해 본 적이 있나? 목숨을 버릴 각오로 목표를 위해 날뛰어 본 적이 있나? 그대들은 노력은 커녕 세상이 바뀌기만 기다리고 있지 않았나? 설령 세상이 변한다고 해도 그대들이 원하는 대로 바뀐 적이 있었나?]

김현주(반박하듯이): 노력해도 이루지 못하는 것들이 존재하기 마련이에요. 예를 들어 약자는 노력을 해도 자신의 꿈이 처참히 짓밟히고, 강자는 권력을 이용해 노력 없이 꿈을 이루잖아요? 또 하나는…

현주와 리버레이터의 말이 겹친다.

김현주, 리버레이터: <강자와 약자의 구분이 없는 세계>

[역시 그렇군… 인간들이란 원래 그런 건가? 그렇게 바라기만해서는 아

무엇도 바뀌지 아니한다. 세상이 바뀌기 원한다면 자기 자신부터 바꾸고 그 다음 주위를 바꾸고 그 다음 그대가 속한 사회구성원을 바꾸어 보거라. 그럼 자연스럽게 모든 게 바뀌게 되어있지. 그리고 강자와 약자의 기준이 뭐지? 그대는 꿈을 이루지 못했으니 약자다 이건가?]

권순진(반론을 재기하며): 결론은 자기 자신이 바뀌어야 세상이 바뀐다? 웃기지도 않는군…

난 당신이 말 한대로 내 자신을 바꾸어 보기도 했고 주위를 바꾸려고 노력도 해 봤었지 하지만 헛수고였다.

순진이 불꽃을 연성한다.

그 불꽃은 마치 세상에 대한 분노와 자신의 목표를 꼭 이루겠다. 각오를 하는 듯이.

권순진(리버레이터를 겨냥하며): 나의 랭크는 下. 당신은 당연히 上랭크 보다 더 뛰어난 랭크일지도 모르지만… 아니 이세계의 신이니까 랭크측정 불가라 할지라도 난 널 쓰러트린다. 당신을 쓰러트림으로써 당신의 말이 틀렸다는 걸 증명하도록 하지.

순진이 불꽃을 모으고 모아 수없이 많은 불덩이를 생성하고, 리버레이터에게 발사한다.

리버레이터가 순진의 공격을 막으며 말한다.

[그 각오… 언제 어디까지 갈지 지켜보겠다. 인간이여]

#10

이렇게 하루가 지나간다.

하지만 엘리스계는 인간들에게 시간낭비를 허용하지 않겠다는 의지가 있는지

엘리스계가 태양을 꼭 붙들고 있다.

권순진(생각에 빠지며): 목표… 목숨을 걸고 목표를 이룬다라…

이때 승혁 외 3명이 같이 온다.

권승현(비웃으며): 니트페인께서 왜 이리 고민이야.

권순진(성의없게): 알게 뭐냐… 가던 길가라.

이 영(순진을 보며): 저기… 너무 그렇게 있는 건 좋지 않아요. 뭐든 긍정적으로 생각하는 게 중요해요.

신한수(긍정하며): 그래 순진아. 저분의 말이 옳아. 그렇게 고민만해서는 아무것도 할 수 없어. 지금 당장 할 수 있는 일을 찾아 보는게 어떻겠니?

권순진(의아해하며): 근데 갑자기 왜 친한 척들 하는 거죠? 어차피 저흰 곧 적이 될 사이란 말입니다.

이하늘(순진의 턱을 잡고 얼굴을 들이대며): 팀이 되는 거야… 저 수많은 인간들을 혼자서 상대할 생각이야? 혹시 혼자서 저 인간들을 상대하고 이겨서 그게 목숨을 걸고 목표를 이뤘다…라고 할 건 아니잖아?

권순진(끄덕이며): 그렇군… 혼자서는 할 수 없는 일도 있으니까…

이하늘(해맑게 웃으며): 잘 생각했어!

신한수와 권승혁이 서로 속닥인다.

권승혁(표정이 어두워지며): 쌤… 저거 혹시…

신한수(순진과 같이 표정이 어두워지며): 하늘이가 순진을 좋아하는 것 같구나. 어린것들이…

이 영(경계하며): 저기… 무슨 소리가 들렸는데… 아마 서쪽으로 800m 정도에서 오고 있어요.

검을 들고, 말을 타고 오는 거 같은데…….

『name: 이 영

ability: 천리안

Age: 29

ranks: 下』

신한수(지휘하듯이): 일단 첫 번째 전투인가… 좋아 일단 난 너희 셋의 능력을 몰라 자세히 예기해줘. 저 여자 분의 말이 사실이라면 대략 2분이면 도착한다. 어서…

권승혁(한수의 말을 끊으며): 천천히 생각합시다. 너무 급하게 생각해도 될 일없으니까.

승혁이 네 명을 끌어안고 기합을 넣더니 다른 공간으로 이동한다.

『name: 권승혁

ability: 텔레포테이션

Age: 15

ranks: 下』

권승혁(한숨쉬며): 자 여기면 안전하게 이야기할 수 있겠지?

승혁이 이동한 곳은 자신의 집과 완전히 판박이라고 할 수 있는 집이었다.

거실의 위치하며 가전제품의 위치 식기 그릇까지 모든 게 똑같았다.

권순진(놀라며): 이 세계는 가상세계 아니었어? 왜 우리 집이 있는 거지??

이하늘(순진을 째려보며): 지금 그게 중요해? 지금 중요한건 어떻게 이세계에서 살아남을 것이며 어떻게 최고가 될 수 있는지를 고민해야 할 때잖아.

신한수(하늘의 머리를 쓰다듬으며): 그렇다고 급하게 생각할 순 없지. 급하게 생각할수록 될 일도 안 되는 법이지. 뭐든 천천히 조심스럽게 행동하는 게 좋지.

이하늘(끄덕이며): 뭐… 그것도 그렇긴 하죠…

이 영(손을 들며): 그럼… 이제 어떠하실 거예요? 지금 이 집도 그리 안전하진 않아요.

약 1.6㎞ 떨어진 곳에서 이쪽 방향으로 오고 있는데…

신한수(이 영을 바라보며): 당신 최대 얼마까지 볼 수 있는 거지? 무슨 능력이기에 그리 먼 거리까지 볼 수 있지?

이 영(정보 창을 확인하며): 전 천리안이고 최대 200㎞까지 볼 수 있는 모양이에요.

200㎞ 이상은 흐리게나마 보이긴 하는데 뚜렷하게 보이지 않으니 정확한 전략을 세울 순 없어요.

신한수(하늘과 순진을 보며): 너희들의 능력은?

권순진: 저는 이터널 프레임이요. 불의 색깔을 자유자재로 바꾸면서 온도까지 마음대로 조절하며 전투하죠.

이하늘: 전 소드 서큘리티요. 검을 개수 제한 없이 소환하면서 적을 공격해요.

단 주위 환경에 제약을 받는 게 단점이에요.

신한수(끄덕이며): 좋아. 순진은 불을 다루고 하늘은 검을 다루며 이영씨는 우리가 볼 수 없는 곳까지 볼 수 있고, 승혁은 텔레포트가 가능하며 나는 무능력이지만 전략가… 완벽한 팀조합 이라고 할 수 있겠군. 첫 전투의 시작이다. 자신의 꿈을 이루기 위해서나, 자신만의 이상적인 세계를 만들기 위해.

#11 엘리스계 순진의 집

권순진(끄덕이며): 그래서 하늘과 합동해서 싸우란 거죠?

신한수(엄지손가락을 치켜 올리며): 그래. 한번 잘 싸워 보거라. 검과 불의 조합이면 웬만한 적은 이길 수 있을 거다.

권승혁(한수를 툭툭 치며): 전 뭘 하면 되죠?

신한수(하늘과 순진을 가르치며): 넌 하늘과 순진이 위험하다 판단되면 텔레포트 시켜서 최대한 공격에 당하지 않도록 해.

한수의 말이 끝나자 암석덩어리가 유성처럼 떨어진다.

신한수(소리치며): 권승혁!!!!

권승혁(웃으며): 알고 있다고요!

승혁이 떨어지는 암석덩어리들을 다른 곳으로 이동시키고 하늘과 순진이 전투태세에 들어간다.

강성철(주문을 외우고): 뭐야… 첫 번째 타킷이 저런 꼬맹이와 늙은 아저씨라니… 좀 실망인데?

이래선 내가 최고의 랭크를 탈취하는 건…

이하늘(해맑게 웃으며): 아저씨…입을 상당히 나불대시네요? 다물어 주시겠어요??

하늘이 손을 올리자 검이 생성된다.

소환된 검에 순진이 불을 더해 레일건처럼 발사한다.

강성철(비웃으며): 나 혼자 왔다고 생각하면 곤란하지.

강철로 된 벽이 방바닥에서 솟구쳐 하늘과 순진의 공격을 막았다.

박현수(성철을 보며): 괜찮습니까?

강성철(끄덕이며): 당연하지 이 몸이 누군데? 이 게임에서 최고의 랭크를 탈취할 몸이란 말야!!

권승혁(주먹을 쥐며): 당신은 단지 최고의 자리를 위해서만 싸우는 거야?

강성철(당연 하단 듯이): 그렇다!! 최고의 랭크를 얻기만 한다면 뭐든 내 맘대로지. 즉 너희 같은 쓰레기를 복종시키고 이 세상의 왕이 될 거다!

권승혁(부르르 떨며): 꿈도 희망도 없이 단지 약자를 복종시키기 위해서 최고가 된다? 웃기지도 않는 소리하네… 너 같은 인간은 절대 그 목표를 이룰 수 없어.

왜냐고? 단순히 자기 욕심을 채우기 위해 하는 행동이니까. 약자를 괴롭힌다고 당신이 강자가 될 것 같아? 아니 전혀 그렇지 않아. 진정한 강자란 항상 약자를 생각하며 감싸주고 다 같이 발전해 가는 게 강자다. 당신은 이미 마인드부터 최고가 되기는 틀렸단거야, 얼간이 같은 인간아.

강성철(어이없단 듯이): 니가 뭔데 내 목표를 비웃지? 내가 강자가 되어 약자를 지지건 볶고 하는 건 내 자유다. 약자는 당연히 약자답게 밑바닥을 기어 다니는 게 정상인거야!! 너희 같은 쓰레기들이 딱 좋단거지.

권순진(썩소를 지으며): 듣자듣자 하니까……. 약자는 항상 기어다니라고? 강자는 허리 펴고 떵떵거리며 살고? 장난하는 거야? 어디서 그런 쓰레기 같은 마인드를 가진 건진 몰라도

내 앞에서 그런 마인드를 들킨 이상 너의 그 썩어빠진 마인드 좀 고쳐야겠어!

박현수: 형님이 좋은 말하시는데 너희 같은 꼬맹이들이 뭘 안다고 그런 말을 지껄이는 거지?

이하늘(검을 치켜들며): 이 세상은 약자와 강자가 조합해 살아가는 세상이다.

너희 같은 강자가 약자를 괴롭힌다면 세상은 멸망하고 말지.

우리가 살던 세계를 회상해봐. 정부는 강자 행세를 하며 돈과 지휘를 이용해 시민을 이용해 먹기만 하잖아? 그 결과가 지금 현재 대한민국이었어.

정부는 자기 이익만을 취득하기 위해 시민의 돈을 빨아먹고 시민들의 함성을 듣지 않아.

그렇기에 대한민국의 발전이 더 이상 없는 거라고

강성철: 그게 어쨌단 거지?

이하늘: 지금 너희들이 대한민국 정부고 우리가 시민이란거지.

너흰 권력을 이용해 시민을 가지고 놀려하고 있단 거야.

강성철(웃으며): 좋다……. 과연 약자가 강자와 어울릴 수 있을까? 증명해봐. 이 강자 앞에서.

권순진(불꽃으로 주먹을 감싸고): 약자의 힘이 얼마나 무서운지 보여주지…….

한 마리의 고양이가 수백 마리의 쥐를 감당 못하는 것처럼 당신도 그렇게 될 거야

지금 이 자리에서.

순진은 말이 끝나자마자 성철에게 공격을 퍼붓는다. 하지만 성철의 동료 현수의 능력 때문에 재대로 공격을 못하자 승혁이 순진을 적절하게 텔레포트 시키면서 성철 일행을 쓰러트린다.

권순진(승철을 짓밟으면서): 똑똑히 기억해둬. 약자는 약해서 약자가 아니야.

무한한 가능성을 가지고 있어 발전가능성이 있는 사람을 약자라 그런다.

또한 강자는 강하다고 강자가 아니라 약자를 보살펴 줄 수 있으며, 약자와 함께 더불어 세상을 이끌어나가는 사람이다.

결코 강자라고 해서 강한 게 아니고, 약자라고 해서 약한 게 아니야.

약하기에 더더욱 노력하고 강하기에 더욱 지켜주고 싶은 마음을 가지는 자

그것이 진정한 강자와 약자의 개념이란 걸 기억해.

괜찮아유, 만빵

S#1

(가로등불X―어두컴컴한 골목길 헉헉대며 만빵이 뛰어온 후 가로등에 등을 기대 숨을 몰아쉰다. 가로등불 깜빡X2 거리며 켜진다. 안주머니를 조심스럽게 확인하고 주위를 두리번거린 후 다시 뛰어간다. 가로등 다시 깜빡X2 거리며 다시 꺼진다.)

S#2

(철문 올리는 소리)

알바1: (가게 정리를 하는 중) 아이고… 추워라

(사장님이 가게 가까이 걸어온다)

알바2: 사장님, 오셨어요?

(알바1 가볍게 인사)

만빵: 어, 그래(손을 비비며 유리창 안쪽 작업장으로 걸어 들어간다)

알바1: (앉아서 정리하던 중 바로 서서 알바2에게 묻는다)

　　　야, 너 아침 먹었냐?

알바2: 아니?

알바1: 나 아침 사러 저쪽에 정김밥 갈건데 니 것도 사올까?

알바2: 당연한 거 아니야?

알바1: (옷을 껴입으며) 그럼 나 갔다 올게. 사장님이 어디 갔냐고 물으면 니가 잘 얘기해.

알바2: (건성으로 고개 *끄덕*X2)

S#3

알바1: (정김밥에서 나오면서 삼각김밥을 뜯는다)

빵만: (주위를 두리번거리며 걷는다. 알바1을 발견하고 다가온다) 저기요?

알바1: (자기 부르는지 모름)

빵만: (조금 더 큰 목소리로) 저기요~

알바1: 저요?

빵만: 예… 저, 그… 먹거리 거리로 가려면 어디로 가야 되요?

알바1: 저쪽으로 쭉 직진 하시다가 오른쪽에서 도셔서 쭉 다시 또 걸어가시면 나와요

빵만: 아 예, 고맙습니다. (인사 후 직진한다)

알바1: (짧게 인사하고 다시 삼각김밥에 집중한다)

S#4(만빵가게 앞)

알바1: (난로 앞으로 다가가며) 다녀왔습니다.

알바2: (작업장에서 나오며) 왔어? (난로 위에 있는 김밥 확인)

알바1: (작업장을 쳐다보며) 사장님은?

알바2: (봉지를 열어 김밥을 꺼내며) 속 가지러 가셨어. (빈 봉지를 샅샅이 뒤지며) 야 너, 단무지는?

알바1: (젓가락을 뜯으며) 안 가져왔는데?

알바2: 아 왜!(짜증↑) 나 단무지 있어야 된단 말이야!

알바1: 가져오란 얘기 안했잖아! (눈치 보며) 조용히 해. 손님들 오시면

어쩌려고…….

알바2: (짜증난 얼굴로 김밥을 먹기 시작)

(먹는 중)

알바2: (알바1 팔을 때리며) 야, 손님 온다. 집어넣어!

알바1: (끝까지 입에 밀어 넣고 봉지를 들고 난로 옆 찬장에 넣어둔다)

(묘령의 남자가 봉지에 찐빵을 사간다)

빵만: (남자의 손에 찐빵이 들린 것을 보고)혹시 여기 주위에 이걸 파는
데 가 있나요?

묘령의 남자: 아, 이거 저기 만빵이라는데 있죠? 거기서 산 거예요 맛이
얼마나 좋은지^^. 이 지역 명물이라니깐요!!

빵만: (주먹을 쥐었다 폈다 하며 불편한 심기를 보인다) 아… 네. 감사합
니다. 한 번 가봐야겠네요

묘령의 남자: 가려면 지금 가셔야할 텐데… 좀 있으면 줄이 길어서 못
사요.

빵만: (웃으며 인사하고 만빵 가게 쪽으로 걸어간다)

S#5 (만빵가게 앞쪽을 빗자루질 중인 알바1)

　　　(가게 앞에 도착한 빵만)

알바1: (은근히 놀란 눈치를 보이며) 어서 오세요.

빵만: (역시 놀라며)어… 여기서 일 하시는 거예요?

알바1: (빗자루를 돌려 잡으며 머쓱하게 웃는다) 아 예. (알바2를 부르며)
손님 오셨어!

알바2: (앉아서 졸다가 벌떡 일어나며) …어!

빵만: (가게 안을 살피며) 사장님은 어디 계세요?

알바2: 사장님 지금 안 계시는데… 사장님 뵈러 오신 거예요?

빵만: (가마솥을 슥 살펴보며) 뭐 그렇죠. 일단 만두랑 찐빵 1개씩 주세

요

알바2: 2000원입니다.

빵만: 사장님은 언제쯤 오세요?

알바2: (시계를 한번보고)이제 곧 오실 거예요. 사장님 친구분이세요? 처음 뵈는 분 같은데…….

빵만: (손으로 찐빵을 반으로 가른 후 속을 꼼꼼히 확인하며) 아… 뭐 친구까지는 아니고요. 한때 같이 공부했던 사이에요 (만두 역시 찐빵과 같은 방법으로 확인)

알바2: (반으로 가르는 것을 이상하게 본다) 아… 그러시구나. 그럼 천천히 드세요

(알바2가 가고 빵만은 찐빵과 만두를 보며 역시 그럴 줄 알았다는 표정을 짓는다.)

(택시가 가게 앞에 정차 후 만빵이 내린다)

만빵: (내리며) 수고하세요(왼손에 들려있던 짐을 오른손으로 옮긴다. 가게 앞에 있는 테이블에 손님이 있다는 것을 대충 확인) 어서 오세요(고개를 들어 얼굴 확인하고 빵만이라는 사실을 인식한 후 깜짝 놀람) 뭐… 뭐야 너! (오른손에 있던 짐을 더 세게 쥔다)

빵만: (손을 털며) 아니… 뭐 레시피 도둑 얼굴 한 번 보러 왔지.

만빵: (기가 찬 얼굴로) 뭐? 레시피 도둑?

알바1: (만빵 발견) 아, 사장님 오셨어요? (걸어 나와 사장님 손에 든 짐을 받아들며) 아, 이 분 사장님 계속 기다리고 계셨어요. 그럼, 천천히 이야기 나누세요

알바1이 가고 빵만과 만빵 사이의 정적

만빵: 무슨 생각으로 여기 온 거야?

빵만: 아까 말했다시피 레시피 도둑, 어디 얼마큼 잘사나 구경하러 왔지.

만빵: (자존심 상한 표정으로) 레시피 도둑? 아까부터 레시피 도둑 레시

피 도둑거리는데 걍 나가^^ 영업방해하지 말고!

(만빵 뒤돌아 가게 쪽으로 걸어 나가려고 하자 빵만이 만빵을 돌려세워 멱살을 잡는다.)

빵만: (화가 난 표정으로) 니가 그렇게 레시피 훔쳐서 달아나고 무슨 일이 있었는지 알기나 해? 나는 내 인생을 송두리째 빼앗겨버렸어. 20년 동안 키워온 인생을 니가 한순간에 가져가버렸다고!

만빵: (빵만이 멱살을 쥐고 있는 손을 잡아 떼내려고 하고 있다.)

알바1,2 뒤늦게 알아차리고 달려 나온다.

알바2: 어머나, 세상에!

알바1: 아이고, 왜 이러세요? 누구신데 갑자기 이렇게…!

알바1,2 빵만을 잡고 말리기 시작

빵만: (말리는 중에도 계속 멱살을 잡고 있다가 던지듯이 멱살을 푼다)

만빵: (바닥에 던져지듯이 주저앉으며 기침을 하며 숨을 쉰다)

알바1,2: (떨어져서 어쩔 줄 모르는 표정으로 지켜본다.)

빵만: (한숨을 쉬며) 스승님… 어떻게 되셨는지 알고 있냐? 니가 그렇게 들고 도망가고 나서 자그마치 반년을 기다리셨어. 반년을! 마지막까지 니가 다시 들고 돌아올 거라고 믿고 계셨던 분이야…!!!!!!!

만빵: (깜짝 놀라는 표정을 짓는다)

빵만: (한심하게 쳐다보며) 돌아가신 것도 모르고 있었냐?

만빵: (벌떡 일어나서) 나… 난… 단지 나는 사람들을 기쁘게 해주는 만두를 만들고 싶었던 것뿐이야! 그런데 뒤에서 치고 올라오는 사람들은 많고 나… 난 스승님께는 성공하고 나면 꼭… 꼭 다시 찾아가서 백 번… 아니 천 번이라도 사죄할 거라고 그렇게 생각하면서 살았어.

빵만: (화가 나서) 장난치지마! 고작 그런 하찮은 이유로 그런 짓을 저질렀다고? 그걸 나보고 믿으라는 거야?

만빵: (소리치며) 너도 느꼈을 거 아니야! 누가 레시피를 가질지 한치 앞

도 모르는 상황에서 어떻게 그런 생각을 안 하겠어? (얼굴을 쓸어내리며) 이제 그만 돌아가… 이미 나… 끝났어.(가게 쪽으로 몸을 돌린다)

알바1,2: (만빵을 부축해주러 눈치 보며 만빵 쪽으로 감)

빵만: (눈을 질끈 감으며) 애초에 애초부터… 애초부터 그 레시피는 니꺼였어!

만빵: (멈춰선다)

빵만: 다른 애들이 치고 올라와서 무서웠다고? 웃기지마. 너는… 너는 이미 스승님이 우리에게는 알려주지 않는 것까지 알고 있었잖아? 우리가 어떤 노력을 해도 죽을만치 열심히 했어도 결국… 결국 그 레시피는 니꺼였어.

만빵: (주먹을 부들거리며)웃기지마!

빵만: (포기한 표정으로) 그날 밤에 스승님이 다른 보자기에 너랑 관련된 짐 하나하나 닦아서 싸고 계셨어. 마지막으로 레시피를 집어넣으시려다가 그냥 다시 상자에 넣으신 거야. … 좀 더 넣을 짐 넣고 다시 넣으시려고……

만빵: 거짓말… 거짓말하지 마!

빵만: 내가 왜 거짓말을 하겠어! 잘 들어봐! 다신… 이제 다신 보러오지 않을 꺼니까. 그 레시피는 애초부터 니꺼였어. 스승님이 마지막으로 나한테 남기시고가신 말씀이야. 마지막 순간까지도 너만 생각하셨어. 그분은……

만빵: (주저앉으려고 하는 걸 알바1,2가 부축한다)

빵만: 잘 지내라. 앞으로 다신 볼 일 없을 거야.

만빵: (죄책감 가득 한 표정으로 빵만을 쳐다보며) 미안하다 미안해. 정말로……

만빵: (망연자실한 표정으로 객석을 쳐다본다)

빵만: (만빵의 소리를 들었지만 계속 반대쪽으로 걸어간다)

친구가 되어 줄게

S# 1. 호찬의 방

새벽 4시. 핸드폰의 알람이 울린다. "카톡 카톡" 호찬은 떠지지 않는 눈을 뜨며 핸드폰을 본다.

[카톡 화면]

(알수없음) : 호찬아, 너 어제 1시까지 심야야자 했지? 몸 좀 생각하면서 해 ㅋㅋㅋ

호찬 : 뭐야? 누구?

[카톡 화면]

(알수없음) : 나 몰라? ㅋㅋ 하긴 넌 항상 반에서 혼자니까…

호찬 : 뭐야.

S# 2. 버스 안

학교로 가는 등굣길. 흔들리는 버스 안에서 영어 단어를 외운다. 핸드폰의 알람이 울린다. "카톡 카톡" 호찬이 핸드폰을 본다

[카톡 화면]

(알수없음) : 뭐해? 내 생각해ㅋㅋㅋ?

호찬 : (어이 없다는 표정)….

S# 3. 학교 앞

버스에서 내려 학교 가는 길을 걷는 호찬. 누군가의 시선이 느껴져 계속 뒤를 힐끔 힐끔 쳐다보며 길을 걷는다. 주위를 경계하는 호찬.

S# 4. 1학년 5반 교실 (2교시 윤리 시간)

태우 : (조그마한 목소리로) 아 겁나 배고파.

도훈 : (체념한 듯) 아 아직 2교시야 언제 끝나냐. 야, 끝나고 피시방 갈래?

태우 : (비웃으며) 어차피 또 질거면서.

그 와중 호찬은 열심히 필기중이다.

윤리 선생님 : 진태우, 오도훈! 잡담했지 나와!

태우, 도훈 : (입모양만 내며) 아씨….

S# 5. 1학년 5반 교실

4교시 끝나기 일분 전. 모두 한 쪽 다리를 책걸상 밖으로 빼놓고 있다. 점심 시간 종이 친다. 전속력으로 뛰는 아이들. 필기를 마무리 하고 있는 호찬. 뒤늦게 일어나 급식실로 뛰어나가는 호찬의 뒷모습. 텅 빈 교실의 모습이 보이다가 여전히 교실에 남아 고개를 숙이고 공부를 하는 남학생.

S# 6. 급식실

떠들썩한 급식실에서 친구 없이 혼자 급식을 먹고 있는 호찬. 와구 와구 말없이 먹는다.

S#7. 음악실

5교시 음악시간. 가창 수행 평가 시간이다.

음악 선생님 : 14번 이호찬. (앞으로 나온 호찬을 보고 놀라며) 어머, 호

찬아! 바지가 뜯어졌어. 축구라도 한거야? 하여간 남자들은 축구에 목숨을 건다니깐.

호찬 : (조금 당황하며) 어, 뭐지? 이상하네. (목소리 가다듬으며) 시작하겠습니다. 네순 도르마.

가창 수행평가 중에도 여전히 수학 문제집을 풀고 있는 남학생의 모습이 화면에 잡힌다.

S# 8. 야자실

열심히 모의고사를 푸는 호찬. 더 찢어진 호찬의 바지가 화면에 잡힌다.

S# 9. 집 가는 길

버스에서 내린 호찬. 집에 가는 길이다. 여전히 호찬은 자신을 바라보는 시선을 느낀다. 갑자기 무슨 낌새를 눈치 챈 듯 재빨리 비밀번호를 누르고 집안으로 들어가는 호찬. 현관문을 닫는다. 숨이 가빠르다. 집 밖에서는 누군가가 호찬의 집 창문을 바라본다. (호찬의 집 창문 줌인)

S# 10. 집

문을 쾅 닫고 들어오는 호찬. 숨을 헐떡인다.

호찬 : (숨을 헐떡이며, 식은땀을 흘린다) 헉헉헉.

호찬 새엄마 : 아니, 애가 왜이래? 달려왔어? 어디 아파?

호찬 : (숨을 고르며) 아, 아니에요

호찬 새엄마 : 그래, 성적표 봤어. 근데 저번보다 좀 떨어졌던데.

호찬, 방으로 들어가려고 한다.

호찬 새엄마 : 호찬아 잠깐만. 교복바지가 뜯어졌네.

호찬 : 아, 네. 바지 좀 꼬메 주세요

호찬 새엄마 : 그래. 옷 갈아입고 줘. 근데 왜 그런거야?

호찬 : 잘 모르겠어요.

호찬 부, 거실로 나온다

호찬 부 : 호찬이 왔어? 성적표는?

호찬 : (아버지에게 말없이 성적표를 건넨다.)

호찬 부 : (호찬이에게 성적표를 가리키며) 이게 뭐야? 왜 전교 등수가 7등이나 떨어져? 생명과학이 2등급? 이거 어떻게 된거야? 공부를 하는 거야 마는 거야! 재수 삼수까지 인서울 못하면 호적 팔 줄 알아!

호찬, 방 안으로 들어가 의자에 앉아 회상에 잠긴다.

S# 11. 과거 집 안 거실(호찬의 회상)

호찬 부 : (소리 지르며) 아니 이 여편네가!

호찬 친모 : (눈을 크게 뜨며 성질낸다) 하, 그래 이혼해! 당신 원하는 대로 하라고! 내가 떠나줄게!

호찬 부 : (성질내며) 그래, 해! 도장 찍어! (숨 고른다) 근데 저 멍청한 니 자식도 데려가지 그래? 너 닮아서 멍청하기만 하고 어디 한 번 집 나가서 잘 살아봐!

호찬 친모 : (어이없다는 듯) 호찬이는 니 자식 아니니?

호찬 부와 호찬 친모, 계속 싸운다. 싸우는 소리가 점점 잦아들고 호찬의 방으로 시선이 향한다. 어린 호찬, 방 문 뒤에서 듣고 울먹인다.

S# 12. 호찬의 방

호찬, 의자에 앉아 영어듣기 평가를 하고 있다. 새벽 2시를 가리키는 시계가 화면에 잡힌다. 뚝뚝. 갑자기 코피가 흐른다. 호찬이 휴지로 코를 막는다. 핸드폰에서 카톡 알람이 울린다. 호찬이 불안해하며 카톡을 본다.

[카톡 화면]

(알수없음) : 코피 날 정도로 열심히 공부하네 ㅋㅋ 근데 전교 등수가 7

등이나 떨어졌더라? 너 바보구나ㅋㅋ 매일 새벽 3시까지 공부하는데 그 모양이니. 넌 멍청해.

호찬 : (소리 지르며) 으악! 너 도대체 누군야. 니가 뭔데 계속 나에 대해 아는 체 하는 거야. (핸드폰을 방바닥에 던진다) 너 어디 있어! 당장 나와!

호찬 새엄마 : (호찬의 방에 들어오며) 어머! 얘, 호찬아 왜 그러니!

호찬 : ….

호찬 새엄마 : 무슨 일이야?

호찬 : …. 헛것을 봤나 봐요

호찬 새엄마 : 휴, 그런 거니? 그래, 이제 공부 그만하고 자도록 해. 내일 학교도 가야지.

호찬 : 네.

S# 13. 1학년 5반 교실

호찬이 쉽게 집중하지 못하고 멍하니 있다가 필기를 한다. 갑자기 종이 울린다. 재빨리 뛰어가는 아이들. 아이들이 다 가고 없는 텅 빈 교실 속 멍 때리고 있는 호찬. 고개를 숙이고 문제집을 푸는 남학생.

S# 14. 급식실

호찬, 급식판을 들고 잔반을 버리러 간다. 이 때 같은 반 친구A와 부딪힌다. 호찬의 온몸에 국물이 튄다.

같은 반 친구A : (당황하며 놀라) 어, 미안해 호찬아, 괜찮니? (호찬의 옷을 같이 털어주며) 정말 미안해. 일부러 그런 건 아니야.

호찬 : (매우 찡그리는 표정으로 국물을 털며) 아씨. (급식을 버리는 호찬. 그러다 다시 그 같은 반 친구A에게 다가간다. 눈을 크게 뜨며) 야 이

자식아, 너지, 너 맞지? 날 감시하고 스토킹한 게 너잖아. 카톡도 전부 다 너였어. 이렇게 우연인 듯 부딪히면 내가 모를 줄 알았지? 나를 바보로 알 았지?

같은 반 친구의 머리를 잡고 무릎으로 내리찍는 호찬. 같은반 친구, 코 피를 흘리며 쓰러진다. 주위 학생들은 웅성웅성 대고 체육 선생님이 와 말 린다. 난장판이 된 급식실.

S# 15. 교무실

담임 선생님 : 평소엔 얌전하게 공부만 하더니 왜 사람을 때렸니. 요즘 성적도 점점 떨어지는 거 같던데 뭐 나쁜 짓 하고 다니는 건 아니지?

호찬 : … 아니에요

담임 선생님 : 일단 부모님에게 전화 드릴 거야. 반성문도 써와.

호찬 : 네. (호찬, 인사를 하고 교실로 돌아간다)

S# 17. 호찬의 집 거실

호찬 모 소파에 앉아있다. '띡띡띡 드르륵' 현관문이 열리는 소리가 들 린다.

호찬 새엄마 : 호찬아 왔니?

호찬 : 네.

호찬 새엄마 : 잠깐 이리와 볼래. (호찬이가 다가오자) 선생님에게 말씀 을 들었어. 오늘 같은 반 친구를 때렸다며.

호찬 : ….

호찬 새엄마 : 요즘 무슨 일 있니?

호찬 : 없어요

호찬 새엄마 : (걱정하며) 호찬아, 아무 일 없는 거 아니잖아. 얘기 좀 해 주면 안 되겠니?

호찬 : …. 싫어요 (방안으로 들어간다)

호찬 새엄마 : (한숨 쉬며) 에휴.

호찬 모, 미심쩍은 표정 지으며 회상한다.

S#19 초등학교 2-3반 교실

호찬 새엄마, 호찬의 초등학교 담임 선생님과 상담 중이다. 교실 뒷편에서 어린 호찬이 책을 읽고 있다.

담임 선생님 : 호찬이가 예전과는 다르게 말수가 적어졌고 좀 어두운거 같아서요. 원래는 밝고 활발한 아이였는데.

호찬 새엄마 : 네? 아, 저는 원래 좀 조용한 아이인줄 알았는데.

담임 선생님 : 아니에요. 예전에는 정말 활발하고 친구들과 원만하게 지내는 아이였어요. 혹시 호찬이가 요즘 학원에 다니나요? 호찬이 받아쓰기 점수가 눈에 띄게 올랐어요.

호찬 새엄마 : 네. 학원에 보내고 있어요. 애 아빠가 성적에 관심이 많아서요.

담임 선생님 : 너무 이른 나이부터 공부에 대한 스트레스를 받으면 자라면서 공부에 대한 흥미가 떨어질 수 있습니다. 심하면 정서적 문제가 생길 수 있어서 저는 좀 걱정이네요.

호찬 모 : ….

S# 20. 집안 거실

호찬 새엄마 무언가를 결심한 표정.

S# 21. 다음날 호찬 방

호찬 새엄마, CCTV를 호찬 방에 설치한다.

S# 22. 집 안 거실

호찬 새엄마, 소파에 앉아있다. 시계를 본다. 밤 열시 십분 정도 소리는 시계 째깍째깍 소리와 침 넘기는 소리가 번갈아 들린다. 긴장감이 흐른다. 갑자기 현관 비밀번호 해제소리 들리고 호찬 집안으로 들어온다.

호찬 : (힘없는 목소리로) 왔어요

호찬 새엄마 : 그래.

호찬 : 아버지는요

호찬 새엄마 : 출장. 내일 오신대.

호찬, 방안으로 들어간다. 호찬의 새엄마는 호찬의 방문을 바라본다.

S# 23. 다음날, 거실

호찬 모, 긴장한 듯 CCTV 재생버튼을 누른다. CCTV 화면에는 호찬이 핸드폰 보다가 핸드폰을 들고 허공에 대고 욕하고 소리 지르고 있다.

호찬 : 너 어디야. 어디냐고! 숨어 있으면 못 찾을거 같아? 너 경찰에 신고 할 거야. 어라 거기구나?

호찬이 시계를 창문 쪽으로 던진다. 와장창. 호찬 새엄마, 보고 충격 받은 표정. 호찬의 새엄마는 호찬의 방으로 달려간다. 호찬의 창문은 커튼이 쳐져있었다. '치이익-' 커튼을 젖히고 보니 창문이 테이프로 뒤덮여 있다.

S#24. 1학년 5반 교실

쉬는 시간. 태우, 도훈 장난치며 놀고 있다. 태우, 도훈을 툭툭 치며 귓속말 한다.

태우 : (호찬이를 가리키며) 야, 쟤 좀 봐. 왜 지 바지를 지가 뜯고 있냐?

도훈 : 몰랐냐? 쟤 학기 초 때부터 저랬어. 틱장애 같던데 나랑 짝이였잖아. 근데 신발이나 옷 보면 집에 돈 좀 있는 거 같은데?

태우 : 돈 있으면 뭐해 또라인데. (인상 쓰며) 하여튼 맘에 안 들어. 가까

이 하지 말자.

　도훈 : 언제는 아는 척 했었냐 우리가?

S# 25. 집 안, 거실

　다시 집안. 호찬 새엄마는 손톱을 씹으며 CCTV 반복 재생 중. 그때 호찬 부 들어온다.

　호찬 부 : 나 왔어.

　호찬 새엄마, 얼굴이 하얗게 질려 호찬 부 바라본다.

　호찬 부 : (놀라며) 왜 그래, 무슨 일 있어?

　호찬 새엄마, CCTV 건넨다. 호찬 부 표정, 충격과 경악의 표정.

S# 26. 호찬의 방

　호찬 부, 호찬의 방 안에 서 있다. 그때 호찬 들어온다.

　호찬 : (살짝 놀라며) 오셨네요. 근데 왜 여기 계세요.

　호찬 부 : 애기 좀 하자. 나와 봐라.

S# 27. 거실

　호찬과 부모, 거실 소파에 앉는다. 호찬 부, CCTV를 호찬에게 보여준다. 호찬의 표정이 일그러진다.

　호찬 : 이, 이게 뭔데요?

　호찬 부 : 보면 모르겠냐 CCTV잖아.

　호찬 : 이게 뭐에요 도대체! 이젠 제가 공부를 하나 안하나 CCTV를 설치해서 감시하는 거예요?

　호찬 새엄마 : 아니야. 그건 내가….

　호찬 부 : 닥쳐! 사내 새끼가 이게 뭐야! 정신이 나태하니깐 성적도 떨어지고 이상한 행동을 하지. 허, 내일 정신병원 갈거니까 그렇게 알아!

호찬 : 이게 다 누구 때문인데. 정신병원? 내가 버림 안 받으려고 공부를 얼마나 열심히 했는데. 아버지가 엄마처럼 지방대 간 사람들이랑은 상종도 하지 말라매요 내가, 버림 안 받으려고, 좋은 대학 갈라고, 얼마나 열심히 했는데. 이게 다 누구 때문인데. (자기 분을 못 이긴다는 듯이) 공부하는데 미친놈은 계속 장난질이고 (살짝 웃으며) 그래도 나한테 관심 가져준 사람은 그 놈뿐이지.

호찬 부 : 아니 이 자식이! 어디서 말대꾸야! 너도 니 엄마랑 똑같이 살려고 하지 말란 말이야!

호찬, 자기의 방에 뛰쳐 들어간다. 호찬 부모, 심란한 표정.

호찬 부 : 지 친엄마랑 똑같아. 에휴, 내가 저런 걸 낳아가지곤.

호찬 모 : 애한테 그게 무슨 말이에요, 당신도 그런 말투 좀 고쳐요

S# 28. 호찬의 방

호찬이 방안에 들어와 거친 숨을 쉰다. 휴대폰에서 '카톡 카톡' 하는 소리가 난다.

[카톡 화면]

(알수없음) : 호찬아, 아버지께 그게 무슨 말투니? 정말 정떨어지게.

호찬 : (화난 말투로) 너 지금 어디야! 너 때문에 이렇게 내 생활이 다 틀어졌어. 찾기만 해봐 죽여 버릴거야. 네가 죽던 내가 죽던.

[카톡 화면]

(알수없음) : 어머 무서워라.^^ 어디 한 번 찾아보던가.

호찬 : 대체 왜! 왜 이러는 거야? 나한테 대체. 충분히 힘들어. 네가 괴롭히지 않아도 제발 그만해. (살짝 웃으며) 그래도 너는 세상에서 처음 가져본 친구다. 히히히히.

문이 벌컥 열리며 호찬 부가 들어온다.

호찬 부 : 들어가서 공부를 하고 있나 봤더니. 또 핸드폰이야? (호찬의

핸드폰을 뺏으며) 이러니 성적이 떨어지지. (거실로 나가며) 여보, 당장 가서 핸드폰 정지 시켜요. 학원도 하나 더 알아보고.

　　호찬 : 내 휴대폰. 안 돼요 내 유일한 친구인데. 안 돼. 나한테서 뺏어갈 순 없어. 안 돼! (호찬이가 울면서 난동을 부리기 시작한다. 호찬 부모 호찬을 말리다가 말리지 못해 호찬의 난동을 보면서 멍하니 서 있는다.)

S# 29. 1학년 5반 교실

　　도훈 : 밀지 말라고 개자식아! 아나, 진태우! 넘어졌잖아! 아 책상 속 다 엎어졌어.

　　태우 : 아니 남자 맞아? 왜 이리 다리 힘이 약해?

　　도훈 : 너가 당해봐야 정신 차리지?

　　태우 : 꺼져. 야 근데 저 자리 누구자리냐, 진짜 다 엎어졌네.

　　도훈 : 저기가 이호찬 자리일걸?

　　태우 : 아. 근데 걔 왜 자퇴했데?

　　도훈 : 몰라. 소문으로는 미쳤다던데?

　　태우 : 그럴 줄 알았어. 내가 걔 좀 이상하다 했지?

　　도훈 : 됐고 줍기나 해.

　　태우 : 자리 주인도 없는데 뭐 하러 주워.

　　딩동 댕동. 점심 시간 종이 친다.

　　태우 : 야, 밥이나 먹으러 가자.

　　도훈 : 아, 그래도 주워야지.

　　태우 : 그럼, 나 먼저 간다.

　　도훈 : 아, 같이 가!

　　텅빈 교실 안에는 한 남학생이 공부를 하고 있다.

　　[카톡 화면]

　　(알수없음) : 재민아 밥먹으러 안가? 빨리 가. 오늘 고기 반찬 나온다.

ㅋㅋ

재민 : 뭐지? 일주일 전부터 자꾸 모르는 사람한테 카톡이 오네.

[카톡 화면]

(알수없음) : 나 누군지 모르겠어? 내가 친구가 되어 줄게. ^^

마지막 앞에 한 발짝 더 간 끝

#1 동아리(JUST)실

(민국은 책상에 앉아 책을 읽고 있고 유진은 옆 자리에서 자고 있다.)

민국: 야야.

유진: (귀찮다는 듯이)아, 왜.

민국: (천천히)있잖아, 끝과 마지막의 차이가 뭘까?

유진: 그게 무슨 자다가 봉창 두드리는 소리야. (하품하면서)끝은 끝이고 마지막은 마지막인거지.

민국: 아니, 이 책을 봐봐. "(국어책 읽는 말투로)이 시간은 마지막이지만 여기가 끝은 아니다."라고 쓰여 있잖아. 아, 도대체 무슨 소리지?

(민국이 계속 모르냐고 물어보며 자고 있는 유진에게 장난을 친다.)

(수업을 알리는 종이 치고 명수가 등장한다.)

명수: (다급하게 뛰어오며)애들아, 애들아, 크…큰일났어!

민국: (관심 없다는 듯이)뭔데?

명수: (헉헉거리며)그…그게, 우리 동아리가 없어질지도 모른데.

유진: (벌떡 일어나며)뭐?!?!? 무슨 소리야! 동아리가 없어지다니?!

(기철과 은수가 등장한다.)

은수: (밝게 웃으며)애들아, 안녕~ 늦어서 미안

기철: (손짓으로 인사한다.)

은수: (눈치 보다가)분위기가… 왜이래?

기철: 야, 송민국 너 또 오유진이랑 싸웠냐?

민국: (속삭이는 목소리로)아니거든!

명수: (주춤하다가)저기…애들아. 우리 동아리가 없어질지도……아니 없어진대.

기철: 뭐? 동아리가?

은수: (명수에게 쿵쿵거리며 다가간 후 정색하며)누가 그런 헛소리를 짓거려.

명수: (옆에 있던 유진 뒤에 숨으며)나, 나도 잘 몰라~

유진: 지민이도 알아? 걔가 제일 충격 받을 텐데…… 우리 중에서 가장 열심히 했잖아. 밥도 안 먹고 미리 와서 연습할 정도로 말이야.

명수: 아마 알거야. 아, 아까 담당 쌤이랑 같이 얘기하는 모습을 봤거든. (이때 지민이 한숨을 쉬며 등장한다.)

민국: 지민아! 저기, 우리 동아리 진짜 없어지는 거야? 아니지?

유진: (눈치를 주며 작은 목소리로)그 말을 바로 하면 어떡해!

지민: 나도 몰라…… 아, 진짜! 내가 얼마나 힘들게 만든 동아리인데! 맡아주실 담당 쌤 찾으러 쉬는 시간마다 내내 교무실가서 사정하고, 예산도 없어서 팔이 빠져라 신청서도 쓰면서 마침내 짜잔~하고 만든 지가 1년도 안됐는데…그랬는데… 이렇게 금세 사라지다니…에휴…(힘없이 퇴장한다.)

(3초 간 침묵)

은수: 우리 이제 어떻게 하지?

(또 3초간 침묵)

기철: (허탈한 말투로)내가 이렇게 될 줄 알았어.

민국: 어?

기철: 야, 생각해봐. 학교에 뜬금없이 뮤지컬 동아리라니. 게다가 외고에. 선생님들이 좋아하시겠냐고 처음에만 "그래~ 해라~"라고 한 거지,

애초부터 사라질 줄 알았던 거야. 결국 이게 마지막인거라고.

유진: 그럼 넌 처음부터 동아리가 없어질 줄 알고 들어 왔다는 거야?

기철: 그런 뜻이 아니…

유진: 내 말이 맞잖아. 서로 머리 맞대고 해결하려해도 시원치 않은데, 뭐? 마지막?

기철: (언성을 높이며)그럼 너는 무슨 생각이라도 있어?

명수: 애…애들아. 우리끼리 싸우면 아… 안돼.

기철: 넌 끼어들지 마! 말더듬이 주제에

은수: 야, 남기철. 너 너무 말이 심한 거 아냐? 그리고 우리끼리 고민해 보면 해결책을 찾을 수도 있잖아.

민국: 근데 고민한다고 달라질까? 아니, 사실 기철이 말도 일리가 있어. 언제까지 공부도 안하고 가망 없는 동아리에만 빠져있을 수도 없고…

유진: 송민국, 너까지. (전 보다 침착한 목소리로)하…그래, 나도 알아. 하지만 이대로 동아리가 없어지는 걸 지켜보고 있을 순 없어. 뭐라도 해야 겠다고 (퇴장한다.)

명수: (따라서 퇴장하며)유… 유진아!

은수: 너희 말도 일리가 없는 건 아냐. 그래도 그동안 노력했던 시간들 을 되돌려봐. 진짜 이 시간이 끝인지 말이야. (퇴장한다.)

민국: 우리가…잘못한 건가?

진구: (고개를 숙인 채)하아…

#2 수학실

(무대 중앙에서 동아리담당선생님이 수업 준비를 하고 계시고 무대 한 쪽에 유진, 명수, 은수가 서있다.)

유진: (헛기침 후 애교 섞인 목소리로)쌤~~ 저희 JUST인데요. 저희가 이번에 준비하고 있는 노래가 있거든요. 이거 들어보시면 분명 생각이 바

꿰실 거예요! (명수에게 하라고 눈치를 준다.)

　명수: 아… 라씨아~끼…끼우피앙가~라두라소르테

　(선생님, 하던 일을 계속한다.)

　유진: 쌔앰, 저희 잘하죠. 끄죠~~(은수에게 애교부리라고 눈치를 준다.
은수가 하기 싫다고 하지만 결국 억지로 떠밀린다.)

　은수: 아…아아앙~쌤~~저희 좀 봐주세…

　선생님: (분필을 던지며)에라이 씨! 당장 나가!!

　유진, 은수, 명수: (놀라서 퇴장하며)죄송해요~

#3 복도

　(무대 가운데 동아리 연합 회장이 서류를 들고 서있고 무대 끝에 유진,
은수, 명수가 서있다.)

　명수: 저…저 애야. 쟤가 동아리 관리 책임을 맡고 있대. 근데 서…성격
이 엄청…(머리 옆에 손가락으로 원을 그리며)이거에다가 고집도 세서 아
무도 감당 못한대.

　은수: 정말? 짜식, 그런 건 기특하게 잘 알아왔네.

　유진: 애들아, 지금이야. 가자!

　(유진, 은수, 명수 동아리 회장 옆에 바짝 붙어 선다.)

　유진: 야, 저번에 일루 공연 했던 거 엄청 재미있지 않았어?

　(동연회가 힐끗거리다 무시한다.)

　은수: (동연회 눈치 보며)맞아, 역시 JUST야. 우리학교 대표 동아리라니
깐.

　명수: (동연회 들으라는 듯이 크게)노래면 노래, 연기면 연기. 진…진짜
(엄지손가락을 세우며)인재들이야~

　동연회: (짜증 썩힌 목소리로) 아, 진짜 시끄럽네.

　은수: (정색하며)뭐? 지금 뭐라고 했어.

동연회: (살짝 움찔하며)시…시끄럽다고 했다! 너네, 동아리 없어져서 그런가본데 소용없어. 이미 선생님들이랑 회의해서 결정한 거라고 (콧방귀를 꿰며)그리고 인재는 무슨.

은수: 뭐? 너, 말 다했냐!!!!!(멱살을 잡으며 싸운다.)

명수: (말리면서)애, 애들아 싸우지 마 그만해~!

(민국, 진구가 반대편에서 갑자기 등장해서 같이 말린다.)

동연회: 이것들이 니네 내가 누군 줄 알아! 우리 아빠는 국회의원, 엄마는 변호사야, 변호사! 아아~ 이게 뭐야, 머리 다 헝클어졌잖아. 엄마한테 이를 거야~!! (뛰쳐나간다.)

(아이들이 당황한 듯 동연회를 쳐다보다가 서로 마주 본다.)

유진: 야, 너네가 왜 여기에…?

기철: (무안해 하다가)그러니까… 그게…(민국에게) 야, 우리 왜 왔지?

민국: (기철에게 속삭이듯이)니가 좀 말하지! (유진에게)저기…아까 일 말이야. 우리가 미안해.

유진: (비꼬듯이)무슨 일인데?

기철: 아이 진짜… 아, 그러니까 내 말은… 아까 동아리가 끝이네 뭐네 해서 미…미안하다고! 내 생각이 짧았던 것,, 같아. 사실 나도 그렇게까지 말하려고 한건 아니였단말야.

은수: 괜찮아, 사실 나도 말이 심했어. 너네도 동이라가 걱정 돼서 한 말일 텐데……

명수: 저기, 그…그럼 우리 이젠 예전처럼 다시 사이좋게 돌아간 거야?

민국: (다른 부원들의 눈치를 보다가)뭐…아마도? 헤헤 아! 그나저나 동아리는 진짜 어떡하지?

(지민 등장한다.)

지민: 애들아

아이들: 지, 지민아……

민국: 지민아, 우리가 어떻게 해보려고 했는데

은수: 잘… 안 됐어. 미안해.

지민: 괜찮아. 이 정도면, 노력한 거야. (뜸들이며) 그럼… 이게 진짜 우리 마지막 정모네.

은수: 그런 말 하지 마……

지민: 있잖아, (애들을 둘러보며) 너네 기억나? 우리 작년 여름에 연극제 했던 거.

유진: (애써 밝게) 그럼, 당연히 기억나지~그때 우리 진짜 실수 많았는데. (민국을 가리키며)애는 맨~날 대사 까먹고

민국: 내가 뭘~

명수: 나, 나는 컨셉 없다고 혼나고, 히히.

기철: 난 발음 때문에 항상 쩔쩔 매잖아.

은수: (실실 웃으며)지금도 좋은 편은 아니지만.

(다 같이 "맞아 맞아~"하며 웃는다.)

지민: 그래도… 재미있었어. 시간 정말 빠르지 않아? 엊그제 일 같은데 말이야……. 난, 아직도 그때 일이 생생하게 기억나. 물론 지금은 마지막이지만……그래도 끝이라고 하기엔 우리가 지나 온 날들이… 너무 아쉽지 않겠어?

유진: (무언가 알았다는 표정으로)그래, 알겠어!

민국: 뭘 말이야?

유진: 끝과 마지막의 차이 말이야!

명수: 그, 그게 뭔데?

유진: 지금 이 정모는 마지막이지만, 생각해봐. 우리, 여기서 끝낼 거야? 여기서 멈추기엔 우린 너무 어리고 아직 해보지 못한 것들이 많다고!

지민: 그래! 바로 그거야. 마지막이지만 끝은 아닌 거지! 어쩌면 우리는 지금부터 다시 시작하는 것일지도 몰라. 아니, 이제 부터가 진짜 시작인거

야. 그동안은 우리가 더 나아가기위한 밑거름이었던 거라고

기철: 맞아! 우린 아직 하고 싶은 역할은 넘쳐나고, 아직 시도 못한 도전들이 수두룩해. 나도 사실 꼭 한번 도전해보고 싶은 역할은 있어.

민국: 그게 뭔데?

기철: 그게…… 100살 할아버지! 잘할 것 같지 않아?(허리를 두드리며) 에구 허리야~

은수: (천친 난만하게)그 말 듣고 보니까 생각났는데, 나는 말이야… 싸이코패스 역할을 해보고 싶어.

지민: (분위기를 수습하며)좋아! 어쨌든 모두 새로운 도전을 할 여지가 있다는 거네?

유진: 그래 맞아! 우린, 마지막 끝에, 다시 시작하는 거라고!

다같이: (최대한 밝고 희망차게)우린 마지막 끝에 다시 나아가는 거야! (밝은 노래를 삽입하고 조명을 서서히 줄이며 막을 내린다.)

노인, 칵테일 그리고 총

등장인물:

노인 1 - 대기업의 회장, 어린 시절 가난했으나 자신의 힘으로 작은 회사를 키워 대기업으로 만듦, 노인 2와는 어린 시절부터 친한 친구이다.

노인 2 - 현재는 은퇴하고 손자, 손녀를 보는 낙으로 사는 평범한 노인,

바텐더 - 작은 바의 바텐더이자 주인

노인 1의 아들 - 노인 1의 큰 아들로 기업의 회장 자리를 노리고 있음. 알코올 중독에 방탕한 생활을 하고 있음

배경: 어느 마을에 작은 바

노인 1과 노인 2가 작은 바에 앉아있다. 바텐더는 맞은편에서 하얀 천으로 잔을 닦고 있다. 바텐더의 뒤편에 작은 tv가 놓여 있다. 저녁뉴스가 나오고 있다. 노인들은 천천히 술을 마시고 뉴스를 보며 수다를 떨고 있다. 바텐더는 노인들의 말을 듣고 있는지 그들의 농담에 간간히 웃어주고 있다. 작고 낮은 목소리로 들려오던 노인들의 말소리가 똑똑히 들리기 시작한다.

노인 1: (노인 1의 말을 듣고는 웃는다. 하지만 곧 한숨을 내쉰다.)

노인 2: 어찌 그리 크게 한숨을 내쉬는가? 자네 걱정거리라도 있나?

노인 1: 걱정거리라면 넘쳐서 문제지…….

노인 2: (웃는 표정으로) 아이고, 우리 회장님이 그리 걱정거리가 많으면 우리 같은 서민들은 먹고 살 걱정에 치여 어찌 살겠는가?

노인 1: 차라리 옛날에 먹고 살 걱정하고 사는 게 나았다. (씁쓸하게 웃으며 왼손의 알 굵은 반지를 만지작거린다. 반지에는 노인의 회사의 마크라 박혀있다.) 먹고살 걱정 사라지니 다른 놈의 걱정들이 그 자리를 메꾸려 들어. 요즘은 사는 게 사는 것 같지가 않네.

노인 2: 허허 그리 근심이 많아서야 어찌하겠는가? 그래, 말해나 보게 무슨 걱정거리인가? 회사문제인가?

노인 1: 회사는 잘돼서 탈이지

노인 2: 그럼 무슨 연유로 그리 근심걱정 가득인가?

노인 1: 자식들 문제지, 자식들 문제야. 큰아들 놈은 술에 절어 살면서 내가 눈에 띄기만 하면 회사를 넘겨라 닦달이지. 둘째 아들놈은 요상한 여자한테 빠져서는 얼른 가정 꾸릴 생각은 하지도 않고 이리저리 쏘다니지. 막내 딸년도 처음엔 싹싹한 게 되먹은 녀석인 줄 알았더니 머리가 좀 크니 나는 고리타분하다며 말도 잘하지 않는다네.(크게 한숨을 내쉰다)

노인 2: 자식 놈들 키워봐야 키워준 은혜는 모르고 지 부모만 잡아먹으려 하지, 우리 같은 노인네야 그저 씁쓸하게 바라보며 할멈이랑 같이 손녀, 손자나 가끔 보는 낙으로 사는 것 아니겠나?

두 노인 모두 씁쓸한 표정으로 술을 마신다. 잔이 비자 바텐더가 노인들의 잔에 술을 따라준다.

바텐더: (술을 따르며) 이거 회장님의 그런 푸념을 들으니 제가 한잔 살 수 밖에 없군요. 마티니입니다.

노인 1: 처칠 식이겠지?

바텐더: 하하 당연하죠. 베르무트를 쳐다보며 진을 넣고 베르무트를 속삭이며 진을 넣었습니다.

노인 1,2 술을 마신다.

노인 1: 역시 이러니 마티니를 마실 수밖에 없어. 인생처럼 씁쓸하고 인생처럼 담백하고 말이야.

노인 2: 괜히 마티니가 칵테일의 왕이겠나?

노인들과 바텐더 잠시 웃는다. 바텐더는 다시 잔을 들고 닦기 시작하고 노인들은 약간 만족한 듯 뉴스를 보며 술을 마신다. 노인들의 말소리가 간간히 작게 들려온다. 그때 갑자기 문을 박차고 아들이 들어온다. 아들은 술에 잔뜩 취해있고 화가 잔뜩 나서 숨을 씩씩거리고 있다. 바텐더가 어서 오세요란 말을 다하기도 전에 아들은 총으로 노인 1의 머리를 쏘아 버린다. 노인 1의 피가 노인 2에게 튄다. 바텐더는 놀라 잔을 던지고는 뒷문으로 도망간다.

아들: (총으로 노인 1의 시체를 쏘며) 망할 노친네, 감히 유언장에 회사를 다른 사람에게 넘긴다고 써?

아들이 고개를 들어 노인 2를 본다. 그리곤 노인 1의 피가 튄 그의 이마에 총구를 갖다 댄다.

아들: 노친네 당신도 죽어줘야겠어.

노인 2: (노인 1의 시체를 한번 살펴보고 이마 앞에 총구를 들여다본다.) 이런 아무래도 우리가 틀린 모양이야. 칵테일의 왕은 마티니가 아니라 몰로토프 칵테일(화염병)이었구먼.

아들이 방아쇠를 당긴다. 총성이 울려 퍼진다. 노인 2가 쓰러지며 마티니 잔이 떨어져 깨진다. 아들이 주위를 두리번거리다 바텐더를 쫓으려 밖으로 나간다. TV에 뉴스는 계속된다. TV에서는 아나운서가 냉담한 목소리로 온갖 폭력, 살인, 전쟁 사건들을 떠들고 있다. 연극이 끝이 난다.

몰로토프 칵테일

유리병 속에 소이제(燒夷劑)를 넣어 만든 사제 수류탄류이다.

초기의 것은 가솔린을 유리병에 담아서 군용으로 사용하였으나, 제2차 세계대전 후 일본공산당을 비롯한 도시 게릴라들이 주로 폭동용으로 제조·사용하게 되었다.

화염병은 '몰로토프 칵테일'로 부르게 된 것은 제2차 세계대전 당시로 소련의 핀란드 침공 때였다.

전쟁 초기 소련은 핀란드를 침공했으나 핀란드군은 지형과 기후를 이용해 게릴라전을 벌여 소련군을 궁지에 몰아넣고, 결국은 소련에게 휴전을 맺게 했다. 당시 핀란드군이 소련군 탱크를 공격하는데 사용한 것이 화염병이었는데, 핀란드군은 이 화염병에 소련의 당시 외무장관 몰로토프의 이름을 따 '몰로토프 칵테일'이라고 불렀다.

이는 입버릇처럼 "나는 핀란드인들을 누구보다 잘 이해하는 좋은 친구"임을 자처하던 소련 외무장관 몰로토프에게 주는 술이라는 시니컬한 의미로 사용되었던 것.

06

웹툰

벽장속에서

유예은

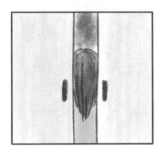

숨는 걸 선택했습니다.

밖은 너무 힘들었어요.

벽장 속에 너워습니다.

숨도 턱턱 막혀왔구요.

그래도 나가지 않았습니다.

두려웠거든요.

혼날까봐, 버려질까봐.

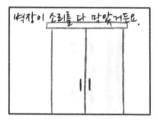

사실 행복하지 않았습니다.

내가 원했던 건 이게 아닌데..

너무나도 외로웠고

누가 날 좀 찾아줬으면 좋겠어요.

너무나도 쓸쓸했습니다.

벽장에는
왜 숨은거야?

...너무 힘들어서
숨어 있었어요

다음 번에는
머리 말하고
숨으렴.

... 왜요?

그래야 오늘처럼
아빠가 널
꺼내줄 수
있을테니까.

네 ...

Fin.

07

비평문

'정다운 사람들'을 읽고

　'정다운 사람들'이라는 제목만 보면 우리들은 일반적으로 사람들의 따뜻한 '정'을 다룬 소설일 것이라 예상하게 된다. 하지만 사실 이 소설의 내용은 예상한 것과는 다르게 사람들 간의 삭막한 인간관계, 인간과 인간 사이에서 발생하는 여러 가지 심각한 사회 문제들을 다룬다. '정'에 대하여 이야기를 나누는 것은 맞지만 '따뜻한' 정이 아닌 사람들 간의 '부족한' 정에 대하여 이야기함으로써 제목과 내용이 대비되는 반어적 효과를 가지게 되어 내용이 더욱 부각된다.

　이 소설의 주인공으로는 '김세원'이라는 편의점에서 아르바이트를 하는 우울한 분위기의 대학생이 등장한다. 그러나 이야기가 진행되면서 억울한 사람들의 '모임'에 모인 사람들이 한명씩 자신의 이야기를 할 때 그 이야기를 하는 사람의 시점으로 시점변환이 이루어져 주인공의 비중이 그리 크지 않다. 모임에 모인 인물들 모두가 주인공이라고 볼 수도 있다. 이 작품은 김세원이 우연히 '억울한 사람들'의 모임에 관한 쪽지를 발견하고 그 모임에 참여하여 다른 사람들의 이야기를 들음으로써 사회의 여러 문제들과 그 사이에서 발생하는 인간의 이기성에 대하여 이야기해준다.

　그런데 특이하게도 작품의 주인공들이라고 할 수 있는 '모임'에 모인 사람들 중에서 이름이 드러나는 인물은 비중이 가장 큰 주인공인 김세원과 그가 '모임' 이전에 이미 알고 있던 공인중개사 '방남준' 밖에 없다. 나머지 인물들은 이름을 밝히지 않고 살고 있는 동만 밝힘으로써 '112동 남자, 107동 여자, 108동 옆집 여자'라고만 서술된다. 이를 통하여 작가는 서로 처음 만나 이야기를 나눔에도 불구하고 서로의 이름은 밝히려고, 알려고조차 하지 않는 현대 사회의 정 없는 '삭막한 현실'을 효과적으로 표현하려 했음을 알 수 있다. 이 작품은 '입김만큼이나 축 처진 나', '의미 없는 공간' 등의 어두운 분위기를 자아내는 표현들을 다수 사용하여 작품의 전체적인 분위기를 내용과 어울리게 어둡게 한 것을 느낄 수 있다. 또한 '노예', '돌연변이' 등의 여러 가지 참신하고 독특한 비유를 사용하여 주제를 효과적으로 전달하고자 하였다.

그러나 각 인물의 효과적인 감정 표현이 가능하지만 자칫하면 가독성이 떨어질 수 있는 잦은 시점 전환이 사용되고, 참신하고 독특하지만 많은 사람들이 공감할 수 있을지는 확신할 수 없는 비유들을 사용하고, 내용이 전체적으로 후반부로 갈수록 이야기들이 간략해지고 함축되는 느낌이 있어 독자들에게 각자의 인물들의 이야기에서 작가가 이야기하고자 했던 바를 잘 전달하지 못할 수 있을 것 같아 보였다는 점에서 약간의 아쉬움을 느끼게 된다.

이 작품은 독자들에게 인간의 이기성과 사회의 불공정한 세태에 대하여 다시 한 번 생각해보게 하는 시간을 주는 소설인 것 같다.

울타리 밖에서 마주한 태양

— 박민규의 「아침의 문」을 읽고

1. 누군가는 소외된다, 반드시.
– 관심과 동시에 무관심해져 가는 사람들, 그리고 철저히 소외된 사람들.

현재, 발전된 문명 속에서 개개인은 각자의 삶에 충실히 살아가기에도 벅차다. 이런 상황 속에서 사람들이 타인에게 더욱 무관심해져 가는 것은 당연한 이치다. 자기 주변에는 관심을 가질지 몰라도 정작 그 이면에 존재하는 다른 사람들에 대해선 신경을 쓰지 않는다. 인터넷에서 누군가의 안타까운 사연을 '클릭 한 번으로' 공유하면서 분노하고, 공감하는 척 하지만 사실 무관심한 것이다. 사실 사람들은 손가락으로 마우스 질을 해댈 뿐 그들을 위해서 그 어떤 것도 하지 않는다. 관심을 가장한 무관심이다. 누군가는 소외된다, 반드시. 「아침의 문」에서는 소외된 사람들이 여럿 등장한다. 다른 사람들이 관심을 갖지 않는, 철저하게 소외된 사람들의 모습을 적나라하게 보여주고 있다. 그들은 다른 사람들의 도움과 손길을 필요로 하지만 매정한 세상은 그들을 그냥 지나쳐 간다. 이와 같이 발달하는 문명 속 '소외된 사람들'의 측면에서 「아침의 문」을 분석해보고자 한다.

2. 어둠 속에서 사는 사람

– 소외되고, 외면당한 사람들.

2-1) '질병'처럼 소외감을 앓고 있는 남자

「아침의 문」은 자살 카페에서 만난 사람들과 '빅 데이'라는 이름으로 집단 자살을 시도하지만 혼자서 자살을 실패한 '나'의 모습을 드러내며 소설을 시작한다. 남자가 자살해야만 하는 이유는 나오지 않는다. 다만 '재수도, 재주도 없었던 인생'을 산 깡마른 인상의 삼십 대 남자라는 것. 지난 삼 년간 월세를 미룬 적도 없고, 기물을 파손한 적도 없이 착실하게 살아왔다.

> …하지만 나는 반드시 죽고 싶다. 진짜 이유를 말해봐. 언젠가 JD가 물었을 때도 한참을 고민해야 했다. 그때 나는 뭐라고 답장을 보냈던 가. 기억나지 않는다. 이유 따위는 찾고 싶지도 않다. 살아야 할 백 가지 이유가 있는 거라면, 죽어야 할 백 가지 이유도 있는 거겠지… 붕대를 둘둘 말아 쥐고 나는 크게 기지개를 켠다. **이건 질병이야**. JD는 말했지만 머리 아픈 얘기 따윈 애초부터 질색이었다. _p27

> 이십 년도 더 된 오층 건물의 옥상을 찾는 것은 바람과, 전파가 전부라 할 수 있다. 그들은 대개 무관심하고, 나는 익히 그 사실을 알고 있다. _p13

소설 초반부터 끊임없이 내게 의문점을 제공했던 남자 주인공의 '자살 이유'에 대해, 주인공은 소설 중반에 이렇게 말하고 있다. 앞에서 언급했듯이 그 동안 별 탈 없이 살아왔으나, 그는 '혼자'다. 그가 사는 건물의 옥상은 아무도 찾아오지 않는다. 곁에 있어야 할 가족들은 교도소에 있거나 그들이 살던 아파트 팔층에서 몸을 던졌다. 소설의 처음부터 끝까지 그를 찾는 사람—이혼한 마누라 통장에 월세가 들어갈까 자신의 통장 번호를 알려주러 온 부동산 영감을 빼고— 그에게 연락하거나 도움을 주려고 하는 사람은 나오지 않는다. 철저하게 소외된 사람인 것이다. 그도 그 사실을 안다. JD의 말에 따르면, '질병'처럼 그는 지독한 소외감에 앓고 있다. 그것만으로도 그가 자살할 이유는 충분했다. 그래서 '그냥' 죽고 싶은 것이다.

> …아, 그거 하고 나는 고개를 끄덕인다. 신기하다. 남에게 관심을 가지는 인간이 다 있다니. 언제부터 인간이 남에게 관심을 가졌다고 이러는 걸까. _p15

그러나 사실 남자는 사람의 관심을 그리워하고 있는 듯 보인다. 편의점 알바생이 자신에게 건넨, 사실 별 의미 없을지도 모르는 '저기서 토했잖아요'라는 말에 남자는 혼란스러워 한다. 인간은 남에게 관심 따위 갖지 않는 존재라고 생각하면서, 그것 때문에 자살을 결심했지만, 사실 누군가의 관심을 갈구하고 있는 것이다. 혼자 죽을 수 있었음에도 불구하고 '굳이' 자살 카페까지 들어가 같이 자살을 할 멤버들을 꾸려 자기 집까지 데려오는 수고를 감수하는 그의 행동에서도 그가 자신의 곁에 있어 줄, 관심을 줄 '누군가'가 필요했음이 보인다. 자살 카페에서 만난 여섯 명의 회원들도 모두 마찬가지다. 남자와 똑같이 지독한 소외감을 질병처럼 앓고 있었을 거다. 돌아간 두 명은 어쩌면 누군가가 자신을 붙잡아 주길 바랬을지도, 누군가에 의해 '살아야만 하는' 명분을 찾고 싶었을지도 모른다. 아주 나약한 존재들이다.
오랫동안 사람의 관심을 받지 못한 탓인지, 편의점 알바생의 작은 말 한마디에도 남자는 공격적인 태도를 취한다. '제가 치우고 갈게요' 라며 말이다. 누군가의 관심을 바라면서도 정작 관심을 받으면 받아들이지 못하는 인간이다. 어떻게 보면 아주 안타깝고 애처롭게 느껴진다.

…편의점에서 산 순간접착제를 나는 손끝으로 확인한다. 이상하다. 아무리 생각해봐도 접착제를 산 이유가 기억나지 않는다. _p18

남자는 자신도 모르게 순간접착제를 산다. 자살을 하려고 그렇게 노력하지만 실은 세상을 아직 떠나고 싶지 않은 마음, 또는 일시적이라도 무엇인가가 나를 붙잡아줬으면 하는 바람이 무의식중에 나타난 것이 아닐까. 여기까지, 작가는 세상에서 철저히 소외된 '남자'의 모습을 그리고 있다.

2-2) 죽을 용기는 없고, 상상으로 위안을 삼는 여자

어떤 미친 인간이 나타나 편의점 주변에 휘발유를 뿌린다. 그리고 불을 붙인다. 그랬으면 좋겠다고 그녀는 생각한다. 물론 그런 일은 일어나지 않는다. _p20

두 명의 손님이 더 다녀가고, 이제 서서히 동이 터올 무렵이다. 소변이 마렵다고, 그녀는 느낀다. 그래서 화장실을 갔는데 갑자기 똥이 쑤욱 하고 쏟아진다. 생각 없이 물을 내리고, 그녀는 자신의 배가 꺼졌다는 사실을 알게 된다. …… 난 정말 아무것도 모르고… 그럴 수만 있다면. _p23

여자는 끊임없이 머릿속에서 상상을 펼친다. 자신을 이 지긋지긋한 현실에서 벗어나게 해 줄 상황들, 내가 할 수 없는 일을 다른 누군가가 해준다든지, 무엇인가에 의해 자신이 행동하든지 이런 일들 따위를 말이다. 어쩌면 이 상상은 가족도 없고 남편도 없는 여자 혼자서, 그것도 뱃속에 또 다른 생명을 안은 채로 이 비참한 현실을 견딜 수 있게 하는 자기 위안적 행위일 것이다.

여자는 미혼모다. 자신의 뱃속에 있는 생명체에 환멸을 느끼지만 동시에 모성애도 가지고 있는 듯 보인다. '그녀는 점점 그녀라고는 할 수 없는 다른 무엇이 되어간다.'에서 여자는 이런 절박한 상황 속에서도 본능처럼 엄마가 되어간다.

> …꺼내 든 칼로 아랫배를 누르며 왜, 병원서 못 지운대? 내가 지워줄까? 하던 목소리가 귀에 울려 퍼진다. _p21

> 가족 때문이라고 그녀는 생각한다. 그녀의 부모에 대해 설명하기란 쉽지가 않다. …… 한집에 살면서 서로 괴물이라 부르긴 좀 그렇잖아? 그래서 만들어낸 단어가 가족이라고 그녀는 생각했다. _p22

> 외면해왔을 뿐이다. 그녀는 울부짖는다. 고통이 심해서가 아니라 이제 무엇을, 어떻게 해야 할지 몰라 우는 것이다. …… 그녀는 억울하다. 도대체 왜, 이런 고통을 당해야 하는지 분노가 치민다. 원치 않았던 것, 나와는 상관없는 것이 나를 아프게 한다는 사실을 견딜 수 없었다.
> _p23

그녀는 지금 완벽히 혼자다. 의지할 수 있는 사람 하나 없고, 자신이 지켜야 할 존재만 덩그러니 품고 있다. 죽을 용기는 없다. 그저 자신은 아무 잘못이 없는데 주변 사람들과 상황들이 자신을 이렇게 만들었다며 원망하고 분노할 뿐이다. 미혼모의 책임감과 동시에 두려움을 안고 어쩔 수 없는 삶을 살아가는 여자. 그녀 역시 세상에서 철저히 소외된 인물이다.

3. 소외로부터의 독립
  － 소외된 자들의, 나름의 혁명/

모택동은 말했다. 혁명은 결코 우아함과 예의 따위와는 어울릴 수

없는 것이라고 모택동이 누군지는 몰라도 순간 고개가 끄덕여지는 말이다. _p11

　　끝끝내 삶은 복잡하고, 출구는 하나라는 생각이다. 어떤 우아함과도 예의와도 어울릴 수 없는 문을, 나 역시 열고 들어서는 것뿐이다.

_p18

　남자는 말한다. 혁명은 결코 우아함과 예의 따위와는 어울릴 수 없는 것이라고 그리고 자신 역시 우아함과도 예의와도 어울릴 수 없는 출구, 그 문을 열고 들어선다고 말한다. 그리고 또 한번의 자살을 시도한다. 행위 자체만 놓고 본다면 그는 자기 나름의 혁명을 하고 있는 것이다. 그렇지 않고서는 단조롭기만 하고 아무도 관심을 가져 주지 않을 자신의 삶에 대해서.

　여자 역시 어떻게 보면 나름의 혁명을 하고 있다. 지긋지긋하고 비참한 현실 속에서도 '모성애'란 본능 때문에 결국 극단적인 선택을 하진 못하고 뱃속의 생명을 지키다가 결국 그 생명을 세상에 내보낸다. 자살을 시도하는 남자와는 다른 의미의 나름의 혁명이며 변화다.

　이런 각기 다른 두 혁명을 하는 사람들이 옥상이라는 공간 안에 존재한다. 그리고 서로의 존재를 알아차린다. 남자는 여자가 낳은 아이랑 왠지 눈을 마주친 기분이었다고 말한다.

　　이곳을 나가려는 자와
　　그곳을 나오려는 자는
　　그렇게 서로를 대면하고 있었다. _p33

　이곳을 나가려는 자는 남자를, 그곳을 나오려는 자는 아이를 뜻하는 말일 것이다. '이곳'은 삶을, '저곳'은 죽음이라는 반대의 개념일 듯싶다. 남자는 삶에서 벗어나 죽으려고 하고 아이는 죽음에서 벗어나기 위해 태어나려고 한다. 그렇게 서로 정반대의 행동을 하고 있는 두 인물이 서로의 존재를 확인하며 소설은 극에 달한다.

남자는 자신도 모르게 여자에게 소리를 치고, 여자는 도망쳐 버린다. 그 다음에 남자가 한 행동은 상당히 의외다. 사실 남자에게 있어 여자는 전혀 상관도 없는 사람이고, 하물며 그 사람이 낳은 아이는 자신과 더더욱 관계가 없는데 남자는 마비된 다리를 이끌며 아이 곁으로 다가가기 시작한다.

그는 아이를 내려다본다. ……주섬주섬 붕대를 모아 그는 일단 아이의 몸을 덮어준다. 그러면 안 되는데, 그는 잠시 아이를 안아본다. …… 바닥의 콘크리트보다도 무뚝뚝한 인간이지만, 적어도 따뜻한 인간이기 때문이다. ……하물며 그 인간은 울지 말라고 속삭인다. _p36

남자는 지금까지 철저히 소외된 존재였다. 그를 찾는 사람은 아무도 없었다. 하지만 남자는 관심이 필요했다. 누군가가 자신을 붙잡아주길, 자신이 살아야 하는 이유를 만들어 주길 바래왔을 것이다. 그렇지만 정작 자기 자신은 누군가에게 관심을 준 적이 없다. 주려는 노력조차 하지 않고 수동적으로 살아왔던 인물이다.

그런 그가 아이를 안고, 달래고, 울지 말라고 한다. 자신과 아무런 관련이 없는 아이를 말이다. 처음으로 남자가 다른 누군가에게 관심을 건넨 순간이다. 바닥의 콘크리트보다도 무뚝뚝한 인간이지만, 적어도 콘크리트보다는 따뜻한 인간적인 모습을 지닌 '그'가 보인다. 이전에는 갈팡질팡, 의지할 데 없이 여리고 혼란스러운 존재였으나 아이와의 만남 그리고 아이를 향해 내민 관심이 그 자신을 찾고, 그를 소외라는 울타리 안에서 벗어나게 해 준 것이다. 그는 비로소 콘크리트처럼 견고해진다. 남자는 자신이 내민 관심으로 인해 비로소 울타리 밖에서 아침을 맞이하고, 태양과 마주하게 되었다. 여자는 비록 도망갔지만 아마 남자의 이 변화가 여자도 변화시킬 것이다.

'소외'라는 것은, 어쩌면 소외된 자들, 그들 자신이 만들어 놓은 울타리에 불과할 지도 모른다. 그 울타리를 만든 것은 그들 자신이란 말이다. 그 울타리에서 벗어나 스스로의 힘으로 울타리 밖에 발을 내딛는 순간, 그들은 소외라는 질병을 치료하고 소외로부터 독립하게 될 것이다. 바쁜 현대 사회를 살아가며 무관심하고 타인의 아픔에 무뎌지는 사람들 사이에서 소외 계층은 다른 이들의 도움을 바라기보다 자기 자신 스스로 노력해야 한다. 자신을 가둬 놓은 소외라는 울타리를 깨고, 밖으로 발걸음을 내딛는 적극적인 행동이 필요하다는 것이다. 언제까지 남의 도움만을 바라고 있을 수는 없는 노릇이 아닌가? 누군가가 도와주지 않는 이상 자기 자신을 변화시킬 수 있는 것은 자기 자신밖에 없다. 이 소설은 그런 소외계층들을 깨우고, 그들에게 아침의 문이 되길 기꺼이 자처하고 있다. 이것이 작가의 의도가 아닐까 싶다. 소외 계층들, 이제 울타리를 깨고 밖으로 나와 아침을 정면으로 맞이할 시간이다.

세상이 준 기회

― 박민규의 「아침의 문」을 읽고

1. 자살, 이기적 자살

대개의 학자는 죽음이란 "한 생명체의 모든 기능이 완전히 정지되어 원형대로 회복될 수 없는 상태" 라고 말한다. 그리고 죽음에 이르는 방법 중하나가 자살이다. 사람들이 자살을 하는 이유는 여러 가지 인데 가장 유명한 것은 사회학자 뒤르켐(Emil Durkheim)의 이론이다. 그는 자살에는 이기적(egoistic), 이타적(altruistic), 붕괴적(anomic) 자살이 있다고 말한다. 집단과의 결속이 없어져 버린 개인이 삶을 견디지 못하면 이기적 자살이고, 가미카제 특공대나 논개와 같이 국가와 민족을 위해 생명을 던지면 이타적자살이다. 붕괴적 자살이란 한 사회가 다른 구조로 변화될 때 이에 적응하지 못한 개인이 견디지 못하고 삶을 끊는 것이다. 이는 <난쟁이가 쏘아올린 작은 공>(조세희) 속 난쟁이의 죽음과 같이 사회의 급격한 변화에 낙오되거나 희생된 많은 이들의 자살이 이 유형에 속한다. 특히 이기적 자살은 '과도한 이기성'이나 개인주의와 연결된다. 뒤르켐에 의해 이기적 자살의 증거는 "사회의 통합 정도에 따라 차이가 있다."고 제시되었다. 예를들어, 프로테스탄트가 가톨릭 신자보다 자살률이 더 높은 이유는, 가톨릭신자의 집합적 신앙과 관행이 종교적 공동체 내에서 더 강력한 제재를 가

하기 때문이다. 이 중 주목하여 볼만한 것은 '이기적 자살'인데 이것이 <아침의 문> 속 남자가 시도한 자살의 유형이기 때문이다.

2. 남자의 자살 시도

2-1) 남자가 세상을 대하는 태도, 세상에 대한 무지

소설 속의 남자는 세상과 동떨어져 살아간다. 이 남자는 모르는 것이 많을뿐더러, 알고 있는 것이 분명해 보이는 것들도 그저 모른다고 말한다.

> *광고 하단에 찍힌 브랜드 옆에는 분명 모택동으로 보이는 남자의 얼굴이 로고처럼 박혀있다. 산 사람일까, 아니면 죽은 사람일까… 어쨌거나 그는 유명한 인간일 것이다. … 어쩌면 모르는 이 청바지 회사의 설립자일지도 모르겠다. 말하자면 저, KFC의 영감 같은. 그렇다 치자.*
> 14~15p

모택동을 알고 있으면서 모택동이 죽은 사람인지 유명한 인간인지 모른다, 청바지 회사의 설립자 일지도 모른다고 말하는 것은 모순이다. 주인공은 세상을 잘 알지만 세상은 주인공을 알지 못한다. 주인공의 모순적인 생각은 세상의 주의를 끌기 위한, 사회와 끊어진 자신의 삶을 연결하기 위한 일종의 반항 행위로 보인다.

> *무엇이 문제였을까? …모르겠다. -14p*

> *몰랐다. 자살을 원하는 인간들이 그토록 많을 줄은 정말 몰랐다.*
> -15p

남자는 자살을 원하는 인간들이 많을 줄 몰랐다고 말한다. 주인공은 세상의 '표면적인 부분'을 알고 있지만, 그 세상을 살아가는 많은 사람들의 '내면'심리를 알지 못한다. 혹은, 그 사람들이 모두 자살을 하지 않을 것이라는 걸 알고 있음에도 반어적으로 표현한 듯하다.

신기하다. 남에게 관심을 가지는 인간이 다 있다니. 언제부터 인간이 남에게 관심을 가졌다고 이러는 걸까. 묘하게 살찐 눈앞의 인간을 향해 나는 싱긋이 괜찮다는 표정을 지어준다. -15p

남자는 여자가 괜찮으냐고 묻자, 지금까지 인간이 남에게 관심을 가진 적이 없었다고 하며, 신기하게 여긴다. 남자는 스스로가 남에게 관심을 가져오지도 않았으며, 관심을 받아본 경험도 없다. 남자는 세상에 대해 알고 싶어 함과 동시에 모르고 싶어 한다. 그 예로 세상한테 '모르게 하라'고 말한다.

모르게 해. 제발 모르게 하란 말이야, 생각도 들었다. -33p

남자는 목을 매달아 자살을 하려고 하는 순간에 편의점에서 만났음이 분명한 '모르는 여자'가 맞은편 건물 옥상위에서 출산하는 것을 목격한다. 그런 상황에서 여자에게 '모르게 하라'라고 말한 것은, 앎으로써 생기는 책임을 회피하기 위한 것이다. 남자에게 있어, 세상은 자신을 모르는 곳이고, 자신도 세상을 몰라야 한다. 그래야 자신의 '이기적 자살'이 성립하기 때문이다. 사회와 철저히 고립된 채 죽는 것이야말로 남자가 진정 원하는 것이고, 남자가 느끼기에 편한 것이다.

2-2) 이기적 자살의 실패와 자살을 시도했던 '진짜 이유'
그렇지만 남자의 희망과는 반대로, 출산을 하는 온 과정을 직접 보게 되고, 새 생명과 눈이 마주쳤다는 인상을 받는다. 세상에 나온 '생명'을 '알게 된'순간, 남자는 더 이상 세상으로부터 고립될 수 없는 존재가 된다. 결국, 여자가 새 생명을 해하려는 것을 보고 목에 감긴 붕대를 풀며 달려 나갈 수 밖에 없게 된다.

> *야! 스스로도 믿기지 않는 큰 소리였고, 약간의 울음이 섞인 목소리였다. … 자신도 모르게 남자는 입술을 깨문다. 에이 씨발, 그는 넥타이를 푼다. 의자를 내려서고 쥐가 온 듯한 왼쪽다리를 질질 끌며 굳게 잠근 통로의 걸쇠를 푼다. 허약한, 무방비 상태의 생명을 공격하는 그 느낌을 그는 누구보다 잘 알고 있다. 끝끝내 대면한 자신의 진짜 이유 앞에서 그는 갑자기 이성을 잃는다. 에이씨, 그는 어린아이처럼 울기 시작한다. -34~35p*

그리고 이 부분에서 남자가 유일하게 '알고 있는 것'이 밝혀진다. 남자는 어린 시절, 생명을 위협당한 경험이 있는 듯하다. 일종의 트라우마인 셈이다. 그리고 이것이 바로, 남자가 이기적 자살로 위장하려고 했던 자살의 '진짜 이유'이다. 이 '알고 있는 것'은 남자를 다시 한 번 세상과 강하게 묶는다.

> *그곳으로 가는 이유를, 이곳을 벗어나려는 진짜 이유를 그들은 누구도 알지 못한다. -35p*

다만, 그 남자는 자신이 그 트라우마를 기억해내고 아이를 위해 달려가는 이유를 알지 못하는데, 이전까지 세상과 '공감'하고 '소통'해 본적이 없기 때문이다. 남자는 자신이 아이를 자신이 경험했던 위험으로부터 지키기 위해 달려가는 것을 알지 못한다. 자신에게 보호 본능이라는 것이 있어 달려가는 것임을 알지 못한다.

이제 무엇을, 어떻게 해야 할지 그는 알지 못한다. … 바람과 전파가
전부인 옥상의 한켠에서 그는 급속도로 냉정을 되찾는다. 알게뭐야, 하
고 그는 아이를 내려다본다. -36p

그러면 안되는데, 그는 잠시 아이를 안아본다. -36p

자신에게 성큼 다가온 새로운 세상을, 남자는 어떻게 대해야 할지 몰라
하고 있다. 그렇지만, 그 세상을 피하지는 않는다. 곧이어 알게 뭐야, 라고
하며 무심하게 받아들인다. 한순간, 자신이 과연 세상에 속해도 되는 존재
인지 의심하며, '그러면 안되는데' 라고 말해보기도 하지만 결국 남자는
아이를 안아 들고 울지 말라고 속삭인다. 세상으로부터 겉돌던 남자가, 세
상을 받아들이고 소통하는 것이다. 결국 남자의 '이기적 자살'은 실패로
끝나고, 남자는 세상 속으로 들어가게 된다.

3. 결론

남자는 처음에 의도적으로 자신의 삶을 세상과 끊고, 이를 구실삼아 이
기적 자살을 시도 했으나, 새 생명과의 만남을 통해 자신이 죽으려는 진짜
이유를 마주한다. 그리고 그 생명과 접촉하면서 세상과 다시 강하게 결속
된다. 남자에게 있어 아기는 세상과의 연결고리인 셈이다.

세상을 살아가는 사람들 중 많은 이들이, 설명할 수 없는 복잡한 이유를
가지고 자살을 결심한다. 하지만 자살은 결코 쉬운 일이 아니다. 소설 속
남자의 경우에도 자살을 시도 했지만 2번이나 실패한다. 이것은 남자의 의
지가 부족해서 였다기 보다는, 죽음이라는 관문을 들어가는 것이 일반 사
람들의 생각 외로 쉽지 않기 때문이다. 이런 세상은 소설 속 남자에게 생
명을 조우하는 기회를 줌으로써 남자가 강제로 열려했던 죽음의 문을 지

워버린다. 자살을 시도하는 많은 이들에게도 그것을 막기 위한 세상의 방해가 있었을 것이다. 그것을 발견하고, 자살을 그만두느냐, 끝끝내 죽음의 문으로 들어가느냐는 개인의 몫이다. 어쩌면 지금도 자살을 생각하고 있을 많은 사람들이, 세상을 꼭 붙잡고 죽음의 문으로 들어가지 않기를 소망한다.

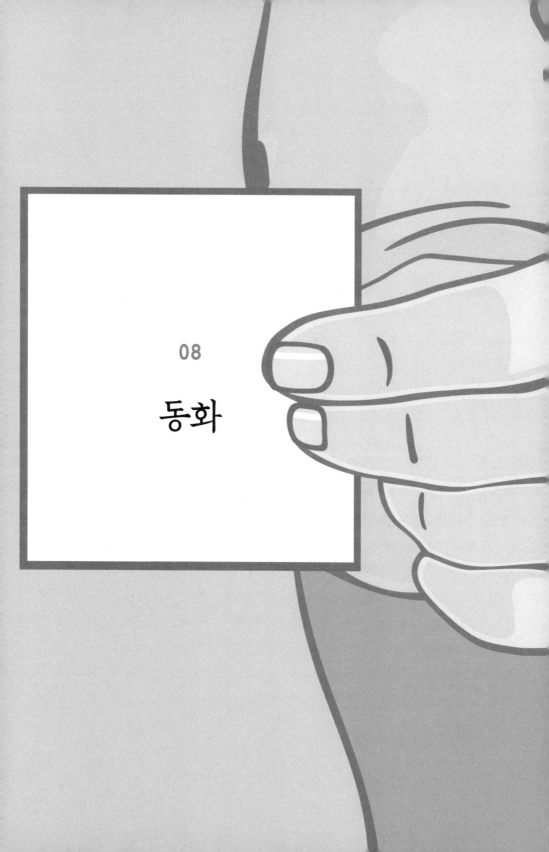

08

동화

인형의 꿈

드르륵

문이 열린다. 나는 '애니'라는 새 주인과 함께 방으로 들어간다.

방 안은 조용하고 모두가 흘깃흘깃 나를 쳐다보는 듯했다. 방의 내부는 아담하고 대부분 침대와 책꽂이, 책상이 차지하고 있었다. 침대 위에는 인형이 하나 있었고 그 아래 깔려있는 담요 위에 많은 인형들이 앉아 있었다. 책상 위에는 방금 마트에서 같이 온 인형이 있었고 책꽂이 선반 위 구석에는 한 늙은 강아지 인형이 나를 온화한 미소로 바라보고 있었다.

애니는 한동안 말없이 방 안을 둘러보더니 나를 담요 위의 인형들 앞으로 데리고 갔다. 그러고는 나를 모두들 앞에 소개해주었다.

"안녕, 애들아. 이 애는 보다시피 새고 이름은 럭비야."

그때 밖에서 "밥 먹자" 하는 소리에 애니는 바로 달려 나갔다. 그러다가 다시 들어와서는

"모두 사랑하는 거 알지?" 하고는 다시 나갔다. 그러자 어디선가 "당연하죠!" 하고 대답했다. 뒤를 돌아보자 모두가 침대 위에 의기양양하게 앉아있는 흰 곰인형을 얼굴을 찌푸리며 쳐다보고 있다는 것을 알 수 있었다.

"아무렴 당연하겠지!"

옆에 있는 미키마우스 인형이 말했다. 뭔가 이상한 기분이 들었을 즈음에 어떤 연두색 쿠션이 앞으로 나와서는 내 자리를 지정해준 후 말했다.

"자, 새로운 인형이 왔는데 이렇게들 싸우지 말고 우리 모두 자기소개를 하는 건 어때?"

"좋아!"

"그런데 50명이 모두 소개를 하면 너무 오래 걸리지 않을까? 게다가 인원이 너무 많아서 새로 온 인형이 머리가 터져버릴 지도 몰라."

"그러면 일단 임원들만 먼저 소개하자." 이때 나는 나도 모르게 웃어버리고 말았다. "왜 그러는데?" "인형들 사이에도 임원이 있어?" 내가 묻자, "물론이지. 해마다 뽑는걸." 하며 연두색 쿠션이 대답했다.

"일단 내 소개부터 할게. 내가 우리 인형들의 반장이고 이름은 포비야. 만나서 반가워." 하고는 연두색 쿠션이 들어가자 또 한 명이 나오며 말했다.

"내 이름은 부메랑이고 너처럼 새 인형이야. 궁금한 거 있으면 부반장인 나한테 물어봐." 하고 들어갔다. 그러자 모두가 서로 떠들기 시작했다. 내 주변에 있는 인형들도 나에게 말을 붙이며 자신들을 소개했다. 그러던 중 책상 위에 있던 인형이 소리쳤다. "애니가 오고 있어!" 모두 입을 다물고 제자리로 돌아가서는 처음 상태로 있었다.

다시 문이 열리고 애니는 어머니와 함께 들어왔다. 애니는 책상에 앉아서 약 두 시간 정도 어머니의 영어 수업을 들었다. 수업이 끝난 후 어머니가 나간 후에도 약 30분간 정리를 더 한 후 방안의 커튼을 열어젖혔다. 어쩐지 방이 너무 작다 했는데 역시나 공간이 더 있었던 것이었다. 그 곳에는 피아노가 하나 덩그러니 놓여 있었다. 애니는 30분 동안 피아노를 친후, 다시 우리에게 돌아왔다. 우리를 한 명 한 명 훑어보더니 침대 위로 올라가서는 그 곰인형에게 말하기 시작했다.

"난 친구들보다는 인형들과 함께 있는 게 더 편한 것 같아. 친구들과 함께 있을 때는 정말 내 내면에 있는 모든 생각을 솔직하게 말할 수 없잖아.

하지만 인형들은 내 말을 잘 들어줄 뿐만 아니라 인형들에게는 나의 진심을 말할 수 있어. 학교에서 벌어진 모든 일, 성적문제, 나의 진로 같은 것들 말이야. 그래서 특히 요즘에는 내가 이중생활을 하고 있는 것 같다는 생각이 들어."

"……."

"그런데 그러다 보니까 중학교 때부터는 친구들도 잘 사귀지 못하게 된 것 같아. 어떡하면 좋을까?"

"……."

"너도 고민하고 있구나. 정말 고마워." 하고는 그냥 방을 나갔다. 방 안에는 한동안 정적이 흘렀다. 그러다 갑자기 책상 위에서 망보던 인형이 내려와서는 말했다. "내가 항상 애니를 따라다니니까 잘 알고 있는데 정말 항상 저 생각뿐인 것 같아. 마치 자신의 고민을 머릿속에 감춰둔 채 모두에게 행복하고 좋은 모습만 보이는 연예인처럼 말이지. 쯧쯧." 그러자 모두가 혀를 차며 가슴 아파했다.

"시험이 끝난 지 얼마 안 돼서 더 저러는 지도 몰라." 침대 위의 곰인형이 말했다.

"우리한테라도 말했으니까 곧 괜찮아질 거야. 걱정 마." 그러자 담요 위의 다른 곰인형이 퉁명스러운 말투로 쏘아붙였다.

"그게 말이 돼? 지금 고등학생인데 항상 저 생각뿐이겠지. 그러니까 점점 우리한테도 소홀해지고 있고 그리고 우리? 우리는 무슨, 너한테 집중적으로 말했잖아!"

"그건 그래. 하지만 어차피 모두 다 들었잖아. 그리고 애니가 나한테 말한 것을 나보고 어쩌라고!"

"그래 너 잘났다."

"자 그만, 그만해!" 포비가 말싸움을 멈추었다. 나는 궁금해서 애니에게 관심을 많이 받고 있는 듯한 침대 위의 곰인형에게 다가갔다.

"너는 이름이 뭐니?"

"나? 내 이름은 릴리야. 백합처럼 하얗기 때문이지. 사실 나 같은 흰색 곰인형은 굉장히 드물어. 대부분의 곰인형은 갈색이거든."

"맞아 맞아. 마트에서도 흰색 곰인형은 별로 못 본 것 같아." 내가 대답하자 그 인형이 또다시 쏘아붙였다. "또 자랑이네. 흥!"

나는 다시 내려와서는 책상 위에 있던 인형한테 말했다.

"너는 이름이 뭐니?"

"난 폴리라고 해."

"폴리?"

"응."

"어디든지 항상 애니를 따라다니니?"

"그럼."

"언제부터 그랬니?"

"이 집에 오자마자 그렇게 됐지. 이 집에 왔을 때 애니가 아홉 살이었어."

"정말? 되게 귀여웠겠네!"

"그렇기만 했겠니? 정말 아무 걱정 없는 착하고 예쁜 소녀였지."

"그럼 저 릴리는 너보다 먼저 왔니?" 나의 질문에 폴리는 갑자기 소리를 낮추며 말했다. "아니. 사실 내가 오고 나서 1년 후에 왔어. 애니가 저 애를 사는 모습을 난 바로 옆에서 봤지. 저 애 얘기를 할 땐 저 애가 이기적이라는 생각이 들지만 한편으론 좀 불쌍하다는 생각도 들어."

"왜?"

"왜냐하면 저 애가 크리스마스 즈음에 우리 집에 왔는데 그때 애니의 아버지께서 못마땅하다는 표정으로 릴리를 바라봤거든. 그때부터 저 애는 인형으로서 인간들에게 사랑받는 것이 가장 중요하다고 생각하게 되었어."

"그렇구나. 그런데 왜 저 곰인형은 릴리와 사이가 안 좋니?"

"나름대로 이유가 있지. 왜냐하면 애니가 중학교 들어갈 즈음에 릴리의 옷이 다 헤져서 못 입게 되니까 옷을 얻기 위해서 다시 산 곰인형이 저 애야. 이름은 코지야. 그래서 지금 릴리가 입고 있는 옷은 원래 코지 거야. 코지는 그 일 때문에 지금껏 자신이 릴리를 위해서 희생되었고 자신은 애니의 사랑을 받고 있지 않다고 생각하고 있어. 애니의 외할머니께서 손수 만들어주신 예쁜 옷을 입고 있으면서도 말이야."

"그렇다면 애니가 가장 좋아하는 인형은 릴리니?"

"전혀 그렇지 않아. 애니는 우리 개인의 개성을 알고 있고 우리 하나하나를 존중해주고 평등하게 대해주려고 많이 노력하고 있어."

"그걸 어떻게 알아?"

"왜냐하면 애니는 꿈이 선생님이거든. 뿐만 아니라 애니가 다니는 학교는 학생들을 평등하게 대해주는 정말 훌륭하고 특별한 학교거든. 그래서 애니는 공정함과 평등함을 중요하게 여겨. 그래서 릴리나 코지와 같은 고민은 모두 쓸데없는 고민이야. 그러니까 너는 천국에 온 것과 다름없는 거지."

저녁이 되었다. 애니는 다시 방 안에 들어왔다. 모두들 제자리로 돌아갔다. 애니의 손에는 수학책이 들려 있었다. 책상 위에 책을 올려놓고는 힘없이 한숨을 내쉬었다. 동생 방에서 수학 인터넷 강의를 듣고 온 모양이었다. 밖에서는 애니의 어머니의 청천벽력 같은 목소리가 들려왔다. 애니가 얼굴을 들었을 때 애니가 울고 있다는 것을 알 수 있었다. 너무 안타까웠다. 애니는 수학 문제를 풀려고 했지만 연필이 손에 집히지 않는 듯했다. 결국은 릴리를 안고서 우리 앞에 와서 앉았다. 그러고는 말했다.

"엄마 말이 맞아. 해보지도 않고 안 된다고 단정 짓는 건 내 잘못이지. 최선을 다한 자가 모두 성공하는 것은 아니지만 이 세상에서 성공한 사람들의 공통점은 모두 최선을 다했다는 점이래. 하지만 난 최선을 다하기는커녕 시도도 해보지 않았는걸. 그러니까 난 점수를 매우 공정하게 받은 거야. 이제는 항상 초심을 갖고 공부에 임하도록 할 거야. 암, 그렇고말고"

밤 열두 시가 되어, 애니는 릴리와 함께 어머니께 갔다 와서 우리 모두에게 잘 자라고 말한 다음 릴리를 안고 잠이 들었다.

다음날부터 한 주가 시작되었기 때문에 애니는 아침 일찍부터 밤 열 시까지 집에 없었다. 그러니 우리는 마음 놓고 방 안에서 놀 수 있었다. 망을 보는 일은 폴리 대신에 반장인 포비가 했다. 릴리는 나에게 말을 걸어주었고 그래서 우리 둘은 매우 친해졌다. 그러던 수요일 아침이었다. 릴리는 또다시 나에게 말을 걸어주었다.

"안녕, 럭비? 잘 잤니?"

"물론이지. 너는?"

"나는 물어볼 필요도 없지. 매일 편안하게 애니의 품속에서 자니까."

그 말을 듣자마자 코지는 열이 뻗쳤다. 그래서 옆에 잡히는 대로 아무거나 집어서 냅다 릴리에게 던졌다. 그런데 그것이 그냥 옆에 있던 인형들 중 하나였으면 조금 덜 아팠겠지만 하필이면 애니의 동생인 조이가 가장 아끼는 제트기 모형이었다. 그래서 던진 즉시 제트기 모형은 부서지고 말았다. 릴리는 코를 그 모형으로 심하게 맞고는 아파서 엉엉 울었다. 코지는 놀라서 아무 말도 하지 못했다. 릴리를 제외한 사방이 잠시 조용했다. 그때 병아리인 삐악이가 나서서 릴리의 코를 애니의 손수건으로 코를 감싸며 말했다.

"얼음 찜질을 해야 될 것 같아."

하지만 얼음 찜질팩은 주방의 냉장고에 있었다. 그래서 인형 다섯 마리를 뽑기로 했다.

"지원할 사람!"

그러자 부메랑이 먼저 손을 들었다. 그러고 나서 흑두루미 한 쌍인 꾸루와 꾸미가 말했다.

"부메랑이 우리 둘을 주방으로 인도해주면 우리가 냉동실 문을 열고 꺼낼게. 그런데 그동안 감시할 두 명이 필요해." 그렇게 간절히 부탁하자 내가 손을 들었다.

"네가?"

"응!"

"좋아. 오자마자 정말 고마워. 또 다른 사람?"

"내가 할게."

모두가 뒤를 돌아보았다. 바로 코지였다.

"정말?"

꾸루의 말에 코지는 고개를 끄덕였다. 모두들 눈이 휘둥그레졌다.

"좋아. 우리 용감한 다섯 명! 꼭 성공해!" 포비가 응원해주었다.

다섯 명은 모두 문 앞에 섰다. 포비는 망을 보았다. 어머니는 베란다에서 빨래를 널고 있었다. 동생은 학교에 가고 없었다.

"지금이야!"

포비의 말에 우리는 동시에 계단 아래로 달려 내려갔다. 포비는 위에서 계속 망을 보았고 나와 코지는 계단 아래로 내려가자마자 망을 보았다. 부메랑이 냉장고를 가리켰고 꾸루와 꾸미는 냉동실 앞으로 갔다. 그런데 냉동실이 너무 높이 있었다. 꾸루와 꾸미가 의자를 냉장고 앞에 놓으려고 하는데 어머니가 베란다에서 주방으로 오고 있었다. 나와 코지는 신호를 주었다. 그러자 꾸루와 꾸미는 식탁 밑으로 숨었다.

"나 참, 누가 의자를 냉장고 앞에다 뒀대?" 애니의 어머니는 다시 의자를 식탁 밑에 놔두고서는 갑자기 생각난 듯 전화기 앞으로 갔다. 그러고는 전화를 걸었다. 어머니가 거실에서 한참 전화상으로 대화중일 때 꾸루와 꾸미는 냉동실 앞에 다시 의자를 놓고는 냉동실의 문을 열려고 안간힘을 썼다. 하지만 잘 열리지 않았다. 결국은 다시 돌아와서 속삭였다.

"냉동실 문이 안 열려! 어떡하지?"

"그럼 내가 힘이 세니까 내가 열어서 갖고 올게." 코지가 말했다.

"알았어. 너만 믿는다." 하고는 나는 꾸루, 꾸미와 다시 망을 보았다. 코지는 냉동실로 갔다. 그때 다시 애니의 어머니가 전화를 끊었다. 코지는 재빨리 의자를 치우고 식탁 밑으로 숨었다. 애니의 어머니는 부엌에서 커피를 끓였다. 포비가 위에서 속삭였다.

"아직 멀었어?"

"아니, 코지가 냉동실 문만 열면 되는데 애니의 어머니가 주방에서 커피를 끓이고 있어."

"코지가?"

"응."

어머니가 커피를 끓인 후, 책을 읽으며 커피를 마시고 있었다. 커피를 다 마신 후에 책을 가지고 동생 방으로 들어갔다.

"이번에는 정말 성공해야해!"

꾸미가 신호하며 말했다. 코지는 재빨리 다시 의자를 놓고는 냉동실 문을 열었다. 바로 앞에 있는 아이스 팩을 손에 쥐었다. 하지만 냉동실 문을 닫으면서 떨어뜨려 소리를 내고 말았다. 코지는 안간힘을 내어 아이스 팩을 챙겨 계단 앞으로 달려왔다. 어머니가 놀라서 나왔다.

"무슨 소리지?"

모두 위로 올라갔지만 부메랑은 올라가지 못하고 어머니의 눈에 걸렸다. 하지만 어머니는 그저 의아해하며 말했다.

"애니가 오늘 부메랑을 학교에 데려가기로 했나?" 하고는 부메랑을 손에 들고 위층으로 올라갔다. 포비는 모두에게 신호를 보냈다. 그러자 일단 삐악이는 릴리를 이불로 덮고 모두 제자리로 돌아갔다. 어머니가 들어왔을 때 부서진 제트기를 보며 놀랐다.

"어머나, 이를 어째! 정말 왜 동생 것을 망가뜨리고 난리야! 어휴! 공부나 할 것이지. 정말 칠칠치 못해서 어디에다 써먹을까나. 쯧쯧." 하며 어머니는 부서진 제트기를 들고 나갔다.

삐악이는 코지가 챙겨온 얼음을 가지고 릴리의 코를 찜질해주면서 말했다.

"너를 위해 수고한 코지한테 감사해야 돼. 알겠어?"

"응."

찜질한 후, 포비가 직접 얼음을 식탁 위에 두고 왔다. 돌아와서는 사건을 마무리하려고 모두 제자리로 불렀다.

"일단 릴리, 괜찮니?"

"응. 고마워."

"부서진 제트기 모형은 아마 알아서 잘 될 거야. 어차피 조이는 착하니까 이해해줄거야. 그리고 앞으로는 이런 일이 일어나지 않기를 바라. 이건 정말 바보 같은 짓이야. 앞으로는 모두 사이좋게 지냈으면 좋겠어. 알겠지?"

"응."

"수고한 다섯 명한테는 정말 용기가 필요한 일이었는데 매우 고마웠어."

인형들이 모두 박수쳐 주었다.

"인간한테 사랑을 받느냐, 마느냐는 중요한 게 아니야. 내가 사랑받고 있다고 생각하면 사랑 받고 있는 것이고 내가 사랑받지 않는다고 생각하면 사랑받지 않는 거야. 그러나 난 우리 모두가 애니에게 사랑받고 있다고 생각해. 하지만 무엇보다도 중요한 것은 나 자신을 사랑할 줄 아는 것이라고 생각해. 그렇지 않아?"

그러자 모두 고개를 끄덕였다.

"이번 주에 애니가 멀리 있는 외할머니 댁에 같이 갈 인형들 열 명을 뽑을 텐데 그렇다면 과연 데려가지 않는 인형들은 사랑받지 못하는 인형일까? 절대 그렇지 않아. 우리는 모두 소중한 존재들이야. 그러니까 같이 가지 못한다고 상처받지 않았으면 좋겠어. 그리고 어차피 하루밖에 안 있을 거야. 토요일에 가서 일요일에 오는 거니까. 나는 집에 남을 거니까 집에 남은 나머지 인형들은 애니가 올 때까지 기다리면서 재미있게 집 안을 구경하면서 놀면 되지. 안 그래?"

"맞아!"

"그러면 그렇게 하기로 한 거다."

때마침 조이가 집에 들어왔다. 인형들은 모두 문 앞으로 가 몰래 숨어서 밖을 내다보았다. 애니의 어머니는 부서진 제트기를 조이에게 내밀었다. 역시나 조이는 놀란 표정을 짓더니 다시 미소를 지으며 말했다.

"괜찮아요. 다시 고치면 되죠."

"다행이구나." 어머니도 빙긋 웃었다. 그제야 우리도 모두 마음을 내려 놓을 수 있었다.

저녁 즈음에 조이는 고친 제트기를 가지고 들어왔다. 그러고는 인형들 사이의 원래 제트기 자리에 다시 갖다놓았다. 밤 열시에 애니는 웃으며 방 안으로 들어왔다. 들어오자마자 우리 앞으로 와서는 말했다.

"내 단짝친구가 생겼어, 애들아. 축하해줘! 게다가 동아리 친구들과도 친해진 것 같아."

행복한 얼굴로 모두 잠자리에 들었다. 불이 꺼졌지만 우리의 얼굴과 마음은 마치 빛나는 해처럼 밝고 환해진 듯했다. 우리 모두에게 사랑이 깃들기를……

찍찍이 크리스마스

"로로, 오늘은 즐거운 크리스마스이브란다. 내가 가장 좋아하는 치즈를 사왔어. 널 위한 생선도 사왔지, 옜다."

"야옹!"

집주인 포포는 크리스마스 파티 준비를 위해 시장에 다녀왔어요. 식탁 위에는 빵, 케이크, 과일 말린 것, 치즈, 그리고 고양이 로로를 위한 생선이 가득 놓였어요. 먼 길을 다녀오느라 지친 포포는 거실 불을 끄고 따뜻한 벽난로 앞 소파에 앉아 로로와 함께 눈을 감고 잠을 청했어요.

바로 그때, 거실 한구석에 뚫려 있는 구멍 속에 모여 있던 다섯 마리 쥐들 가운데에서 시력이 가장 좋은 리본 쥐가 식탁 위의 치즈를 발견하고 소리쳤어요.

"찍찍, 포포가 치즈를 사왔어! 어서 저걸 훔치러 가자!"

"무슨 치즈야? 내가 제일 좋아하는 에멘탈 치즈? 찍찍."

먹보인 까만 쥐가 입맛을 다시며 말했어요.

"음, 노랗고, 구멍이 숭숭 뚫려 있는 걸로 봐선 에멘탈 치즈인 것 같아."

리본 쥐가 신이 나서 말했어요.

"그럼 다함께 출발~!"

뭐든 열심히 하는 흰 쥐는 신이 났지요.

"찍찍, 잠깐! 저 밖에는 고양이 로로가 있어. 치즈를 가져오기 위해서는 치밀하게 작전을 짜야 해."

똑똑한 안경 쥐가 말했어요. 쥐들은 가슴이 두근거렸어요. 평소에 쓰레기더미만 뒤지던 쥐들이 오랜만에 신선한 치즈를 맛볼 생각에 작전 세우기에 다들 적극적이었지요. 한 마리만 빼고요.

"흠흠, 이 몸께서는 훔치는 것은 적성이 맞지 않아. 체면이 서질 않거든. 차라리 버려진 걸 먹겠어. 도둑질을 하려고 저렇게 머리를 맞대고 있다니, 나 원 참. 찍찍!"

긴 수염 쥐의 말을 듣고 흰 쥐가 흥분해서 말했어요.

"흥, 할아버지는 저렇게 맛있는 치즈를 먹을 수 있는 기회가 왔는데도 가만히 계시는군요. 하지만 저흰 달라요. 꼭 먹을 거라고요!"

계획을 마무리한 네 마리의 쥐들은 살금살금 밖으로 나오기 시작했어요. 벽에 바싹 붙어서, 한 명씩 한 명씩 차례로 이동했지요. 로로와 포포에게 들키지 않으려고 말이에요. 드디어 식탁 옆으로 이동하는 데 성공했어요. 하지만 어떻게 위로 올라가죠? 사다리도 없는데. 아하! 쥐들이 미리 계획을 세워 놓았지요? 먹는 것만 좋아하는 줄 알았던 까만 쥐는 힘도 세서, 옆에 있던 바구니를 의자 옆에 거꾸로 엎어 놓았어요.

"흰 쥐야, 리본 쥐야. 어서 올라가!"

안경 쥐와 까만 쥐는 둘이서 망을 보기로 하고, 재빠른 리본 쥐와 용기 있는 흰 쥐는 바구니를 밟고 위로, 위로 뛰어 올라갔어요. 리본 쥐와 흰 쥐는 식탁 위의 맛있는 음식들을 보고는 깜짝 놀랐어요. 평소에 못 먹던 진귀하고 신선한 바게트 빵과 촉촉한 케이크가 있었기 때문이죠. 그것뿐만이 아니었어요. 치즈는 다섯 마리 쥐가 며칠 동안 배불리 먹어도 남을 만큼 많았어요. 한 덩어리, 두 덩어리……, 무려 네 덩어리의 에멘탈 치즈가 있었답니다.

"애들아, 우리가 무엇을 발견했는지 아니?"

흰 쥐는 기쁨을 감추지 못하고 안경 쥐와 까만 쥐를 향해 조용히 소리쳤어요.

"치즈가 무려 네 덩어리나 있어! 하지만 우리 둘이서는 다 옮기지 못하겠어. 까만 쥐야, 네가 힘이 세니까 올라와서 도와주렴."

흰 쥐와 까만 쥐, 그리고 리본 쥐는 낑낑거리며 치즈 네 덩어리를 모두 밑으로 내렸어요.

"쿵!"

아뿔싸! 이를 어쩌면 좋아요. 리본 쥐가 엉덩이로 그만 케이크를 떨어뜨렸지 뭐에요. 모두들 혹시나 로로나 포포가 이 소리를 듣고 잠에서 깨지 않을까 겁이 났어요.

"애들아, 침착하자. 포포가 못 들은 것 같아. 어서 서두르자고!"

쥐들은 각자 치즈 하나씩 들고 가기로 했어요. 가장 힘이 센 까만 쥐는 제일 큰 치즈를 들고 갔지요. 넘어지면 모두들 끝장이기 때문에 한 걸음 한 걸음 조심스럽게 갔어요. 은신처 입구에서는 긴 수염 쥐가 이 모든 것을 엿보고 있었어요. 쥐들이 치즈를 훔치는 데 성공을 할지 너무나도 궁금했기 때문이에요. 맨 앞의 흰 쥐가 치즈 덩어리를 들고 돌아오는 것을 보니 자기도 따라갈 걸 그랬나 봐요. 매우 샘이 났죠.

"찍찍, 할아버지! 이것 봐요, 에멘탈 치즈에요. 매년 크리스마스 다음날 포포가 먹다 버린 상한 것만 먹다가 이렇게 신선한 치즈는 처음 보시죠? 저희를 도우시지 않으셨으니, 같이 먹지 않겠어요!"

흰 쥐는 긴 수염 쥐가 자신들을 돕지 않은 게 미웠어요. 하지만 긴 수염 쥐는 끝까지 자존심을 굽히지 않았지요. 치즈가 탐나지 않는 것처럼 애써 등을 돌렸어요.

"흠흠! 난 절대로 도둑질 한 것은 먹지 않아. 차라리 내일 모레 쓰레기 통을 뒤져서 나온 상한 치즈를 먹겠어."

흰 쥐에 뒤이어 치즈를 들고 벽 속 구멍으로 들어온 안경 쥐가 눈을 흘겼어요.

"그럼, 할아버지는 잡수시지 마세요. 저희끼리 맛있게 먹을 테니, 찍찍!"

리본 쥐, 안경 쥐, 흰 쥐는 치즈를 한데 모아놓고 게걸스레 갉아먹기 시작했어요.

"그런데, 까만 쥐는 어디 있지? 아직 안 온 거야?"

"글쎄, 방금 내 뒤에 따라 오고 있었는데, 왜 아직도 안 들어 왔을까? 한 번 나가보자!"

리본 쥐와 흰 쥐는 입구 밖으로 고개를 배꼼 내밀었어요. 이런, 이런. 리본 쥐의 눈에 들어온 것은 바로 정신없이 식탁 위의 과일 말린 것을 먹어 치우고 있는 까만 쥐와, 그 소리를 듣고 잠에서 깨어나고 있는 고양이 로로였어요. 로로가 눈을 비비려고 손을 가져다 대고 있어요! 리본 쥐는 재빨리 휘파람을 불었어요.

"휘-익! 까만 쥐야, 어서 내려와! 로로가 방금 잠에서 깼단 말이야, 어서!"

"냠냠, 쩝쩝. 아유, 맛있어! 이렇게 맛있는 과일 말린 것은 처음인걸. 매일 썩은 과일만 먹다가 이게 웬 떡이야? 여태껏 고양이 로로 때문에 먹지도 못했는데, 오늘 실컷 먹겠군!"

먹을 게 눈 앞에 잔뜩 있는데 어떻게 리본 쥐의 목소리가 들리겠어요? 까만 쥐는 먹기에만 바빴어요.

"이를 어째, 고양이가 눈치 챈 것 같아, 찍찍!"

흰 쥐가 당황해서 크게 소리쳤더니, 포포가 잠결에 들은 모양이에요.

"으아아악! 쥐다, 쥐! 저 더러운 까만 쥐가 식탁 위에서 내 파티 음식들을 망치고 있잖아. 저 구석에도 두 마리나 있어. 로로, 어서 잡아버려!"

"야-옹!"

자기가 제일 좋아하는 생선 위에 올라가 있는 까만 쥐를 본 로로는 눈이 발칵 뒤집혔어요. 그래서 까만 쥐에게 가장 먼저 달려갔지요. 까만 쥐는 로로를 보고도 옴짝달싹 못했어요. 그러다 덥석, 잡히고 말았지요.

"로로, 나의 귀염둥이가 이렇게 더러운 쥐를 먹으면 못 써. 어떻게 처리하면 좋을까? 흐음……. 아하! 쥐를 통째로 구워서 시장에 내다 팔면 다시 파티 음식들을 장만할 수 있을 거야. 감히 내 크리스마스를 망쳐놓다니, 맛 좀 봐라, 이 쥐들아!"

까만 쥐는 먹던 빵 조각을 입 속에서 우물거리기만 했어요. 도저히 무슨 상황이 벌어진 건지 파악되지 않았기 때문이에요. 포포는 까만 쥐를 큰 바구니 안에 던져버리고는 다시 소파에 누웠어요. 그제야 정신을 차린 까만 쥐는 무서워서 훌쩍이기만 했지요. 리본 쥐와 흰 쥐는 슬퍼하며 다시 구멍 속으로 재빨리 들어갔어요. 로로는 쥐들의 은신처 앞에 자리를 잡고 쥐들이 나오길 기다렸어요.

"어쩌면 좋아, 우리들의 친구 까만 쥐가 그만 고양이 로로에게 잡혀버렸어. 찍찍!"

"구할 방법이 없을까? 안경 쥐야, 넌 똑똑하잖아. 어서 작전을 세워봐!"

안경 쥐는 고민에 빠졌어요. 까만 쥐를 구출하러 갔다가 잡히기라도 하면 통구이 신세가 될 게 분명했지요. 그때, 입맛을 다시던 긴 수염 쥐가 말했어요.

"꼬르륵-. 애들아, 내게 좋은 방법이 하나 떠올랐는데, 이걸 알려 줄테니 그 먹음직스러운 에멘탈 치즈를 같이 나눠먹자꾸나."

"그럼, 먼저 알려주시면 나눠 드릴게요."

"찍찍, 하지만 나는 구멍 밖으로 나가지는 않겠다. 그 방법이란 말이지……."

드디어, 작전이 개시되었어요! 재빠른 리본 쥐가 먼저 로로를 속이기 위해 전속력으로 구멍 밖으로 뛰어 나갔어요.

"미야오옹!"

로로는 발톱을 세우고 리본 쥐를 쫓아갔어요. 그 틈을 타서 흰 쥐, 안경 쥐가 차례로 나왔어요.

"까만 쥐는 어디에 있지?"

"바로 저 커다란 바구니야! 내가 봤어!"

둘은 고양이가 보지 못하게 숨죽여 뛰어갔어요. 그런데 그 커다란 바구니를 어떻게 하겠다는 걸까요? 아하! 안경 쥐가 어디선가 기다란 밧줄을 구해왔어요.

"흰 쥐야, 엎드려! 내가 어깨를 밟고 올라가서 까만 쥐를 밧줄로 구할게! 찍찍."

"까만 쥐야, 그만 울고 위를 보렴. 우리가 구하러 왔단다. 여기, 밧줄을 잡고 올라와."

"희, 흰 쥐야! 오, 신이시여! 감사합니다. 살았다, 살아!"

"찍찍찍! 애들아, 나 좀 구해줘!"

아니, 이게 무슨 일이에요? 재빠른 리본 쥐가 고양이에게 잡혀버리고 말았어요. 다들 당황해서 어쩔 줄 몰랐어요. 이런, 이런. 포포가 찍찍 소리에 잠이 다시 깨 버렸지 뭐에요! 쥐들을 발견한 포포는 당장 두 손으로 잡았어요.

'덥석!'

"아니, 쥐들이 도대체 몇 마리나 있는 거야? 이것들을 죄다 통구이로 만들어서 팔아야 겠군!"

포포는 쥐들을 요리조리 살펴보았어요. 통구이로 만들어도 살이 없으면 팔리지 않기 때문이에요. 리본 쥐와 안경 쥐, 그리고 흰 쥐는 평소에 많이 먹지 않아서 그런 대로 날씬했어요. 하지만 까만 쥐는 먹는 것을 너무 좋아한 나머지 살이 포동포동 오를 대로 올랐답니다.

"그래, 요놈은 오늘 구워서 팔고, 나머지 녀석들은 조금만 더 살을 찌워서 구워 팔아야겠다."

포포는 나머지 쥐들은 바구니에 던져 넣고 한 손으로는 까만 쥐의 꼬리를 잡고 벽난로 앞으로 갔어요. 얇은 꼬챙이에 까만 쥐를 묶어 놓고 굽기 시작했지요.

"으, 으악! 너무 뜨거워! 애들아, 살려줘!"

바구니 속에서 안절부절 못하던 세 마리의 쥐들은 까만 쥐의 비명소리를 듣고도 도와줄 수 없었어요. 가만히 까만 쥐를 위해서 기도할 수밖에 없었어요.

"애들아, 잠깐! 우리 여기서 탈출할 수 있어!"

안경 쥐가 무언가를 가리켰어요. 바로 아까 까만 쥐를 구하기 위해 걸쳐 놓았던 그 밧줄이었어요!

"어서 이걸 타고 올라가서 까만 쥐를 구하자!"

리본 쥐 먼저 재빨리 밧줄에 오르기 시작했어요. 그 다음 안경 쥐, 흰 쥐 순서로 올랐어요. 로로와 포포 몰래 바구니에서 탈출하기에 성공하면 기쁠 줄 알았는데, 포포의 손에 쥐어진 꼬챙이 위에 바싹 구워진 까만 쥐를 보자마자 꽁꽁 얼어붙어, 로로가 발견할 때까지 꼼짝할 수 없었어요.

"야오오옹!"

전속력으로 달려오는 로로를 보고서야 흰 쥐 먼저 발걸음을 떼기 시작했어요. 걸음아 나 살려라 하며 재빨리 도망치지만, 벌써 로로가 꼬리를 잡기 일보 직전이었어요.

"찍찍! 이것 보거라, 내가 치즈를 훔쳐간다! 찍찍."

아니, 긴 수염 쥐가 로로의 시선을 끌기 위해 식탁에 올라가 있는 것이 아니겠어요? 다른 쥐들을 위해서 스스로 구멍 밖으로 나온 흰 수염 쥐는 죽을 각오를 하고 로로를 불렀어요. 역시나 로로는 긴 수염 쥐가 계획한 대로 식탁 위로 뛰어 올라왔어요. 그 틈을 타서 다른 쥐들은 보금자리인 구멍 속으로 헐레벌떡 달려갔어요.

"로로! 그 늙고 비쩍 마른 쥐를 잡을 것이 아니라 저 싱싱한 어린 쥐들을 잡아야지. 아이고, 이 노오옴! 놓쳐버렸잖아!"

하지만 이미 로로의 앞발에 잡혀버린 긴 수염 쥐는 로로의 입 속으로 들어가고 있었어요. 하지만 그 순간, 다른 쥐들이 구멍 속으로 안전하게 들어간 것을 보고 흐뭇해했어요. 비록 맛있고 신선한 에멘탈 치즈를 먹지는 못했지만, 앞으로 살아갈 날이 많은 쥐들을 위해서 자신을 희생한 것이에요.

"흑흑, 괜히 우리의 욕심 때문에 하룻밤 사이에 까만 쥐와 할아버지를 잃게 되었어. 찍찍!"

"앞으로는 욕심을 부리지 않고 쓰레기통을 뒤지겠어!"

"이렇게 될 줄 알았다면 처음부터 할아버지께 치즈를 나누어 드릴걸!"

안경 쥐, 리본 쥐, 그리고 흰 쥐는 그 후로 절대 포포의 음식을 훔치지 않고 버려진 음식을 찾아 먹기로 결심했답니다. 아참, 그리고 까만 쥐 통구이는 시장에서 비싸게 팔렸어요. 그 돈으로 포포는 쥐덫을 하나 사서 쥐구멍 앞에 놓았어요. 포포는 정말로 쥐를 싫어하나 봐요.

09

융합 창작 장르

시나리오/소설 융합

졸업

중심인물 5인

이민석(남자 주인공)
설수연(여자 주인공)
설영철(학생주임, 민석이 담임)
차유희(같은 아픔이 있는 친구)
이중훈(민석의 아버지)

다툼에서 졸업까지

'벌써 2년이 지났네, 엄마가 돌아가신 지도……'

나는 엄마가 이렇게 빨리 나를 떠날 줄 몰랐다. 어머니가 나의 곁을 떠나간 날은 매우 추운 겨울날이었다. 내가 중학교에 입학하던 날, 어머니는 위암 4기를 진단받으셨다. 난 엄마가 언제 날 떠날지 모르는 공포감에 휩싸여 매일 매일이 지옥 같았다. 중학교 1학년, 한겨울날 엄마는 나를 떠났다. 세상에 하나밖에 없는 나의 엄마는 나를 떠났다. 난 울부짖었다. 하지만, 아빠는 나를 신경 쓰지 않았다. 매일 밤 중학교 수업이 끝났을 시간에도 학교에 남아 있다가, 늦게 들어오셨다. 내가 아빠한테 바라는 게 있거나 엄마를 그리워 할 때면 아빠는 곧장 나에게 소리를 질렀다.

"좀, 철 좀 들어라 네가 초등학생이니? 엄마 하나 없다고 아빠가 그걸 다 해 줘야하니?"

"……"

난 아빠가 점점 싫어졌다. 아니 정확하게 말하면 점점 기피하는 존재가 되어버렸다. 내 말을 들어주지 않는 아빠. 그저 무늬만 아버지인 사람과 살기 싫었다. 그렇게 2년이란 세월이 흘렀다. 1학년에서 앞의 숫자가 3으로 바뀌었다. 난 아버지 때문에 중학교 3년 동안 상위권에 있었지만, 그게 전혀 행복하지 않았다. 그래서 아버지께 공부를 그만둔다고 말씀드렸다.아버지는 또 나에게 화를 내셨다.

"잘 쌓아놓은 내신은 어떡하고, 언제까지 지 아비 속을 썩일는지……"

"정말하기 싫어요. 이때까지 아빠가 저에게 억지로 시키신 것이 교육이라면 전 그 교육을 받지 않겠어요."

"민석아, 정신 차려 다 너 잘되라고 아빠가 시키는 거야 이제 고입원서 내는 건 내가 알아서 할 테니 잔말 말고 공부나 열심히 해"

결국 아버지의 강압적인 선택으로 인해 나는 가고 싶지도 않은 고등학교에 진학하게 되었다. 정말로 싫다…정말 가야할까? 고등학교…난 내가 선택한 대로 살고 싶다. 아버지가 정해주는 삶이 아닌 진짜 나의 삶.

그렇게 나의 중학교 생활이 끝이 났다.

새로운 시작

결국 나는 내가 원하지도 않는 고등학교에 발을 들이게 되었다. 내가 입학한 곳은 자율형 사립 고등학교란 곳이다. 이곳은 공부를 배우는 곳이 아니라 수능 잘 쳐서 대학 잘 보내기 위해 만들어진 곳으로 다양한 지역에서 공부 좀 했다는 애들이 입학하는 곳이다. 아버지의 선택 때문에 오고 싶지도 않은 곳으로 오게 되었다. 입학식 날, 고등학교 건물을 처음 본 난 이 곳에서 3년 동안 공부에 찌들어 살아가야할 나를 생각하면 치가 떨렸다.

입학식 행사가 열렸다. 나는 1-3반에 배정받았다. 입학식이 끝나고 다들 자기 반을 찾아갔는데, 난 들어가기 싫어져서 복도에서 돌아다니다가 어떤 선생님 한 분을 마주쳤다. 그 분이 말을 건다.

"넌 왜 자기 반 안 찾아가니? 몇 반이야?"

"1학년 3반이요."

"우리 반이네. 이름이…… 이…민석. 아! 네가 중훈이 아들내미제?"

"어! 어떻게 저희 아버지 이름을 아세요?"

"중훈이 하곤 사대에서 공부도 같이하고 술도 많이 마셨지, 그때가 엊그제 같은데… 너거 아빠한테서 너 좀 잘 봐달라고 전화 받았다. 여긴 자사고니께 좀 열심히 해봐라."

"예……"

"교실은 저기 복도 끝에서 2번째에 있다 먼저 드가 있거레이."

난 결국 우리 반 교실을 찾아갔다. 교실에 들어서니 기분이 뭔가 묘하다. 반에 앉아있는 아이들 모두 자기 지역에서 공부깨나 했다는 아이들이라고 들었는데 실제로 그런 느낌이 났다.

"망할, 왜 이런 데다 원서를 썼대, 자기 아들 생각은 한 치도 생각을 안 해요."

난 아버지를 원망하고 싶었다.

"저기……" 누가 나에게 말을 건다.

"응?"

"안녕? 난 임시 반장인 설수연이라고 해. 네 이름이 뭐니?"

"이민석이야. 나도 만나서 반가워"

"우리 앞으로 친하게 지내자"

순간 심장이 쿵 하고 뛴다.

"어 그래…"

운명적인 만남이었다. 그 여자애한테 첫눈에 반한 것 같다. 집에 가서 수연이와의 첫 만남을 회상했다. 난 순간 이 학교에 입학한 게 그렇게 나쁘진 않을 거 같다는 생각에 빠졌다.

"뭐 어떻게든 되겠지"

난 잠자리에 들었다. 내일도 또 그 후에도 쭉 그녀와 만나겠지?

날아라 병아리

띠리리리링~~ 띠리리리링~ / 딸깍(자명종 버튼을 눌러 알람을 끈다.)

자명종 소리에 잠에서 깬다. 난 가끔씩 중학교 1학년 때가 그리워진다. 엄마가 계셨을 때는 사랑을 담은 어머니의 포근했던 목소리를 듣고 잠에서 깼지만 어머니가 나를 떠난 이후로는 아빠가 깨워주지 않아 자명종을 따로 준비해야만 했다.

버스를 타고 학교로 향한다. 학교에 입학한 지 한 달이 지나간다.

"조금 늦은 것 같다. 처음으로 지각하겠는데…"

결국 5분 정도 늦었다. 반에 들어가니 담임 선생님이 나보다 먼저 나와 계신다.

"민석아 늦었네. 저기 청소용구 함에서 밀대 꺼내 와서 교무실에 내 자리 청소 좀 하그레이"

"네? 딱 5분 정도 늦었는데 벌 청소요? 그리고 처음 지각이잖아요"

"그럼 진짜지 가짜겠나?"

오늘은 일진이 안 좋으려나 보다. 밀대를 가지고 교무실로 내려갔다.

"하… 까라면 까야지…" 난 설영철 선생님 자리를 닦고 있는데 다른 선생님들이 피식 웃는다.

"진짜 쪽 팔리네 내일부터는 일찍 와야지"

난 최대한 빨리 일을 끝내고 교무실 밖으로 튀어 나왔다. 교무실로 나오는 순간 수연이와 마주쳤다. 수연이는 학기 초에 반장선거에서 우리 반을 맡는 반장이 되었다. 수연이 서류봉투를 들고 교무실로 들어온다. 수연이가 나에게 말을 걸려한다. 난 부끄러워서 교무실 밖으로 뛰쳐나왔다.

진짜 부끄럽다. 수연이가 날보고 어떻게 생각할까?

수업을 듣는데 오늘 있었던 일이 계속 생각났다. 내가 얼마나 하찮아 보일까? 수연이가 날 쳐다볼 때마다 난 얼굴이 홍당무처럼 붉어졌다.

점심 시간에 수연이가 나를 찾았다.

"저기 아까 전부터 왜 얼굴이 붉어져있어? 어디 안 좋은 거야?"

"아니, 아픈 덴 없는데…(지금 수연이가 나를 보면서 무슨 생각을 하고 있을까?)"

수연이 내게 말을 건다.

"아까 교무실에서 청소 열심히 하더라 너무 열심히 하는 거 보고 놀랐어."

"혹시 봤어?"

"왜, 뭐 문제 있니? ㅎㅎㅎ"

"아니…… 나 참 초라해 보였지?"

"혹시 그 일 때문에 아까 전부터 나보고 얼굴 발그레져 있는 거야? 민석이 너 되게 귀여운 구석이 있네. ㅎㅎㅎ"

수연이는 뭔 생각으로 나한테 이런 말을 하고 있는 걸까?

난 용기를 내보려했다. 난 수연이가 나에게 어떤 생각을 가지는지 알아보기로 했다.

"수연아 넌 나를 어떻게 생각해?"

수연이 말한다. "그냥 좋은 친구지. 그건 왜 물어봤어? 혹시 나한테 관심 있니?"

"아니! 아니야. 그냥 궁금해서 물어봤어."

'바보자식아 그냥 남자답게 얘기했어야지.' 내 자신이 너무 한심했다.

"그럼 다음 수업 준비하자 같이 열심히 해야지" 수연이 내게 말을 건넨다.

"그래……"

그렇게 수연이와 대화를 마쳤다.

집에 가서 오늘 있었던 일을 다시 돌아봤다. 정말이지 찌질한 나였다. 용기 있게 좋아한다고 말하지도 못하고 계속 수연이에게서 도망치고만 있다.

바꾸어야만 해. 소극적인 태도만을 가진 나의 모습을 버리고 수연이 앞에서 당당히 설 수 있는 남자로.

난 내 마음속에서 엄마만을 찾고 있던 아기 병아리 같은 모습을 이젠 날려 버려야 한다. 난 잠에 빠져든다. 꼭 수연이에게 좋은 모습이 되기를 바라며.

신입생?

1학기 중간고사를 마쳤다. 별로 좋은 성적이 나오지 않아 아버지와 크게 싸웠다.

"성적이 이게 뭐냐, 아이고 이 자식 이거 애비 속 썩이는 법만 배워가지고…"

"다음번에 잘 치면 되죠. 이제 첫 시험인데 왜 자꾸 잔소리에요."

"아이고 다음번에 좀 잘 좀 쳐봐라 성적이 이게 뭐고"

"네."

아버지는 내가 자신이 바라는 대로만 자라면 되는 그런 로봇 같은 존재인 것이다.

과연 아버지께 내가 의미 있는 존재일까?

"정말 이런 아버지와 살기 싫다."

난 학교로 향했다.

아침조례를 가졌다. 오늘 아침도 역시나 시끄러운 설영철이다.

"시험 치느라 고생 많았고 이제 수학여행 가는 거 알제? 이번에 수학여
행 장소가 제주도로 잡혀 있으니게 기대해도 좋구마."

설영철의 설교가 끝나니 수연이 종이를 나누어 준다.

"이거 우리 반 수학여행에서 조별로 나눠서 가는 건데 3인 1조로 랜덤
으로 짰어. 짜여진 조별로 이동하니까 모두 자기 조 확인하길 바라."

난 수연이랑 같은 조일까? 난 조가 적힌 종이를 확인하러 교탁 쪽으로
향했다.

'음… 난 2조네… 수연이가…… 2조다! 같은 조! 음… 이제 가장 중요한
걸 알았으니 됐고 2조에 나머지 한 사람은 누군지 확인 해 봐야겠다.'

'차유희? 모르는 이름인데 우리 반에 이런 애가 있나?'

한 번도 들어본 적 없는 이름에 놀란 나는 수연이에게 이 아이가 누군
지 물어보기로 했다.

"저기 수연아, 여기 차유희라는 애 우리 반에 있었나?"

수연이 종이를 곰곰이 보다가 말한다. "음… 나도 처음 보는 이름인데
누구지… 나도 잘 모르겠는데…"

이 궁금증은 다음 날이 돼서야 풀렸다.

다음 날 아침 조례시간에 전학생이 왔다는 소식을 들었다.

같은 조의 그 아이, 차유희가 모습을 드러냈다. 첫인상은 쑥스러움이 많
은 여자아이였다. 담임인 설영철이 유희보고 앞에서 자기소개를 시킨다.

"전… 차유희라고 합니다…… 경기도에서 왔습니다."

영철이 말한다. "부끄러버 하지 말고 당당하게 생활해라 다 니 식구인

기라."

"네…" 유희가 조용히 답한다. 영철은 이후에 수학여행 주의 사항 등을 반복 설명했다.

설교가 끝나고 설영철이 나를 부른다.

"뭔 일이지? 나 불림 받을 만한 짓은 안했는데."

"민석아 유희 너랑 같은 조제? 아직 적응이 잘 안된 것 같으니께 수학여행 가서 니가 잘 해줘야 된데이."

(다행이네 혼나는 게 아니었구나) "네."

따로 신경 쓸 사람이 생겼네. 귀찮게… 아이고 내 팔자야.

그래도 수학여행 기대된다. 아버지 안 봐도 되고 공부도 걱정 없으니까.

이렇게 중요한 일 있을 때면 시간은 쏜살같이 지나간다. 벌써 수학여행 당일이다.

우린 제주도로 가기 위해 김포공항으로 향했다.

"비행기는 처음인데 괜찮을까?"

또 병아리 근성이 발동했다. 새가슴인 나를 바꾸고 싶어도 이미 본능적으로 반응해버렸다.

떨린다. 하지만 비행기에 올랐다.

"이젠 약한 내가 되지 말자."

처음 붕 뜨는 느낌이 들었지만 얼마 지나지 않아 천해의 자연을 지닌 섬에 도착할 수 있었다.

제주도에서

우리 학생들 모두 공항에서 내려와 버스에 안착했다. 버스를 타니 제주도 문화관광 해설사 분께서 우리가 갈 곳이 어딘지 설명해 주신다. 오늘은 올레길을 걷다가 숙소로 가는 편안한 일정이다. 우린 조별로 올레길을 걸었다. 수연이가 반 전체를 책임지느라 난 유희와 함께 걷게 되었다. 그런데 유희가 웬일인지 안색이 안 좋아 보인다. 여기서 내가 분위기를 띄울 방법 없을까? 난 대화로 기분이 풀어지길 희망했다.

"유희야, 학교 온 지 얼마 안돼서 이렇게 수학여행 오니까 좀 싱숭생숭하지?"

"음… 애들도 다 괜찮고 오히려 수학여행와서 더 친해질 수 있을 것 같아서 기뻐."

"혹시 뭐 걱정되거나 그런 일은 없지?"

"음… 혼자계신 어머니가 걱정돼서… 좀 그렇네."

난 혹시나 유희가 나 같은 아픔을 가지지 않기를 기도했다.

유희가 먼저 입을 연다.

"사실 아버지가 내가 아주 어렸을 때 일하시다가 순직하셨대. 아버지는 경찰관이셨는데 범인 잡으시다가 결국에……"

유희가 결국 울음을 터뜨린다.

"잠시 저기 앞에 있는 쉼터에서 쉬었다 가자."

우린 쉼터에 있는 의자에 앉았다.

난 유희에게 손수건을 건네주었고 내 이야기를 해주었다.

"나도 엄마가 안 계셔. 나 중학교 입학하시고 얼마 안돼 돌아 가셨거든. 그때부터 엄마 없이 지내서 니 마음 이해해. 가족 중에 일부가 떨어져 나갔을 때 그 슬픔이 얼마나 큰지 말로 설명할 수 없다는 걸 말이야. 펑펑 울어도 돼. 울고 다 털어 버려."

그 말을 들은 유희는 하염없이 울었다. 그녀가 울기에, 난 가슴으로 울었다. 한 20분쯤 지난 것 같다. 이제 일어나서 걸어가야만 한다. 유희에게 이제 걸어가자고 말해본다.

"그럼 이제 올레길 끝까지 같이 걸어가 볼까?"

"그래."

우린 올레길을 걸으며 다양한 얘기를 나누었다. 올레길 끝에 다다르니 선생님들과 학생들이 기다리고 있었다. 설영철이 나보고 왜 이리 늦었냐고 묻는다.

"뭐 이렇게 늦노 너희 기다리느라 팔 빠지겠구마."

"죄송합니다."

"죄송해요."

"이제 다 왔으니 다 버스위로 올라타라. 이제 일정은 근처에 박물관 한 곳 들렀다가 바로 숙소다."

우린 버스 위로 올라탔고 오늘 일정을 마쳤다.

숙소로 돌아가서 남자들 방에 들어가니 애들이 다 전학생이랑 어땠냐고 묻는다.

"이상한 소리 좀 그만해라. 그냥 애가 힘들어 하길래. 잠깐 휴식하고 왔어."

"정말?"

"정말이라니깐?"

"에이 싱겁게…"

이런 오해를 내가 왜 받아야 되는 건지…참내…숙소에서 그렇게 애들의 무차비한 공격을 받은 후 밖으로 나왔다.

"제주도도 밤에는 시원한데."

바람에 몸을 맡기며 서 있는데 여자 숙소 동에서 여자애 한명이 밖으로 나온다.

"누구지?" 난 누군지 궁금해서 그 쪽을 유심히 봤다.

어디서 많이 봤는데, 누구지?

여자애가 이쪽으로 걸어온다. 망했다. 날 본 거 같은데…

여자애가 날 부른다.

"민석이?"

"어? 수연이였네? 밤에 왜 나와 있어 여잔 나오면 위험해."

"걱정 하지마. 선생님들도 다 주무시러 가셔서 괜찮으니깐. 근데 왜 넌 바깥에 나왔어?"

"그냥 바람 좀 쐬러 안에 있으니까 좀…(안에서 애들이 아까 있었던 일 때문에 갈궈서)"

"너한테 뭐 물어 볼게 있어서… 아까 나 없는 동안에 유희랑 올레길 걸어 왔잖아, 그때 아무 일 없었지?"

그걸 애가 왜 묻지? 안 그래도 남자 동에서 이 일 때문에 시끄러웠는데…

"아무 일 없었어. 그냥 유희가 힘들어 하길래 잠깐 쉬었다 온 게 다야."

"그래… 진짜지?"

"응. 진짜야."

"아까 너랑 유희 같이 좀 느리게 올 때 너희 어떤 관계인가 속으로 생각해봤어. 근데 아니라니까 다행이네."

혹시 수연이가 날 생각해두고 있던 건가 했다. 이번이 기회다. 이번에 고백해야지 안하면 정말 바보 소리 들을 것 같다.

"수연아 나 너 좋아해. 이렇게 말로 표현하는 게 서툴지만 날 받아주겠니?"

"응. 나도 사실 널 좋아했던 거 같아. 그때 니가 나한테 고백해 주는 줄 알았는데 왜 이렇게 늦게 한 거야. 증말…"

난 정말 기뻤다. 수연이가 날 받아준 것에 대해서 너무 감사할 뿐이다.

"나 똑디 책임지레이"

수연이에게서 나온 사투리는 담임 선생님과는 다른 사랑스러운 사투리로 들렸다.

그렇게 수학여행에서 나는 내 첫사랑과 사귀게 되는 큰 수확을 얻게 되었다.

수학여행 첫날부터 마지막 날까지 수연이와 함께 여기저기 걸어 다니며 다양한 경험을 해봤다. 둘째 날에 바다낚시를 같이 갔고, 마지막 날에는 캠프파이어에서 서로 같이 춤을 추며 고등학교 3년 중 가장 기억에 남을 만한 수학여행을 보내고 다시 학교로 돌아왔다.

아버지, 그 존재

학교에 돌아온 지 한 달 정도 지났을까 한학기가 거의 끝나갔다. 학교에서 수업을 듣던 중 나는 담임이 나를 부르는 소리를 들었다.

"민석아 따라 나와라." 설영철은 나를 부르고는 매우 초조해 하고 있다.

뭐지 이 불길한 예감은…

담임의 부름을 받은 나는 교무실로 향했고 거기서 담임의 우는 모습을 처음 보았다.

"민석아… 너거 아버지 쓰러지셨단다. 지금 상태가 많이 안 좋다는데. 인근 병원에 있단다. 나랑 같이 가야쓰겄다."

"아버지가요……? 정말이요?"

"지금 중환자실에 있단다. 빨리 짐 싸고 뛰어나온나."

그 건강하셨던 아버지가 갑자기 왜 쓰러지실까. 눈물이 내 앞을 가린다.

그 후 인근 대학병원 중환자실로 향했다. 차 안에서 계속 눈물을 흘렸다.

싫어했던 아버지, 일에만 미쳐서 엄마 아프실 때 신경도 하나 안 쓴 아버지가 오늘따라 왜 이리 날 슬프게 만들까?

중환자실에 들어선다. 갑자기 아버지가 왜 저렇게 된 건지 담임 선생님이 묻는다.

"급성 심근경색입니다. 다행히 빨리 와서 위험은 넘겼습니다."

"의사 양반, 그럼 중훈이 생명에 지장은 없겠죠?"

"네. 추가적으로 혈관수술만 된다면 일상생활에 문제없는 수준까지 돌아갑니다."

"민석아, 아버지 아무 문제 없을끼다. 걱정마레이."

난 아버지가 다행이라는 소식을 들은 뒤에야 좀 안정이 되었다.

그 이후로 일주일 동안 병원에 내가 보호자로 있어야 한다는 의사 선생님의 부탁으로 병원에서 지내게 되었다.

아버지가 병 앞에서 너무나도 나약한 모습을 보인 것을 처음 본 나는 정말 내가 아는 그 아버지가 맞나 싶을 정도였다.

응급수술 이후 3시간이 지나 아버지가 정신을 차리신 것 같아 보였다.

"아버지, 정신이 좀 드세요?" 아버지께 조심스레 묻는다.

"어……ㅇ…민…석…이…민석아……숨이……하……하…"

"여기 간호사 없어요? 여기 빨리 좀 와봐요!!!"

아버지가 숨을 쉬시는 데 굉장히 힘들어 하신다. 다행히 간호사가 왔고 산소마스크를 씌어줘서 고비는 넘겼다. 아버지 침대 옆에서 계속 상태를 지켜보다 지쳐서 난 잠이 들고 말았다. 꿈에서 난 죽은 엄마를 만났다. 엄마와 나는 동산 위에 앉아 서로 대화를 나눈다.

갑자기 엄마가 떠난다. 아버지가 내 쪽으로 다가온다. 나를 혼낸다. 난 울고 있다. 아버지가 내게서 멀어지고 난 더 서럽게 운다.

꿈에서 깬다. 불길한 꿈을 꾼 것 같다. 시계를 보니 아직 새벽 2시 반이다.

난 다시 잠에 빠져들려고 노력해서 겨우 잠들었다.

다음 날이 밝자 우리 반 애들이 시간을 내서 단체로 아버지 문병을 왔다갔다. 특히 수연이가 날 위해서 이것저것 신경을 많이 써준 것 같아서 정말로 고마웠다. 며칠이 지나고 아버지 건강이 많이 나아지셨다. 특히 나에게 필요한 것이 있으시면 의사소통이 되는 수준까지 말을 하실 수 있게 되셨다.

"민석아. 수건에 물 좀 적셔서 들고 와라."

"네."

그래도 다행이다. 저렇게 말도 원활하게 하실 수 있게 된 것만 해도 어디야… 그날 밤에는 아버지가 주무시면서 손을 내 쪽으로 내미셨다. 난 아버지 손을 쥐고 아버지와 대화를 나눴다.

"아빠, 엄마가 우릴 떠나갔을 때 아빤 기분이 어땠어요?"

"기분이 어땠냐고? 음… 말할 수 없이 슬펐지. 슬펐지만 견뎌내야만 했단다. 교직에 서야 되는 사람이 감정에 휘둘려선 안 되거든."

"하지만 저는 그런 아버지의 모습이 정말 싫었어요"

"미안하구나. 하지만 난 널 사내아이니까 남자답게 키우고 싶었어. 그게 애비 맘이었다."

"전 아버지께 왜 그렇게 교육에 집중하시고 저한테 신경을 하나도 안 쓰시는지"

"민석아, 미안하구나 너한테 못해준 게 많아서."

"이젠 아빠에게 빈자리를 채워주시는 걸 바라지는 않아요. 아빠가 빨리 건강 챙기시는 걸 바라죠."

"고맙다."

난 아버지와 함께 잠이 들었다. 아버지와 이런 대화를 해본 적이 처음인데 내가 몰랐던 아버지의 모습을 본 것 같다.

시간이 흘러 아버지는 수술대에 오를 수 있게 되었고 수술을 성공적으로 마치고 1달 동안을 쉬시다가 다시 학교로 돌아가셨다. 나도 학교로 돌아왔다. 하지만 이젠 그렇게 가기 싫은 학교가 아닌 내가 꿈을 찾기 위해

가는 학교가 되어버렸다. 수연이와 학급 활동에도 열심히 참여하게 되었고 2학기엔 반장선거에 나와 당선도 되어봤다.

아버지가 이제 나에게 학업에 대한 스트레스 보단 내가 꿈꾸는 게 뭔지 물어 보신다.

난 아직은 꿈을 정하진 못했다.

앞으로 2년간, 졸업하기 전까진 그 답을 찾을 수 있지 않을까?

-FIN-

시/소설 융합

알 수 없는 이야기

평소에는 소년을 포근하게 안아주던 공기가 이제 차가운 칼날이 되어 소년의 몸 곳곳을 훑고 지나갔다.

"……, ……."

소년은 평소의 무표정한 얼굴로 하늘을 향해 몸을 돌렸다.

희뿌연 안개가 점점 소년의 시야를 침식하는 가운데, 거대한 나다─우리 세계의 하늘을 떠돌아다니는 땅덩어리. 붙박이 땅은 없다.─의 뾰족뾰족한 뒤편을 가득 채우던 나무뿌리가 얽히고 얽혀 한 덩어리가 되어가고 있었다.

두루마기 자락이 바람에 세게 팔락이다 결국 소년의 몸에서 스르륵 빠져나왔다. 두루마기는 빠르게 떨어지는 소년의 몸에서 점점 멀어졌다.

소년은 몸을 옆으로 뉘였다. 소년이 떨어진 나다와 조금 멀리 떨어져 있는 나다 하나가 천천히 부유하고 있었다. 그 나다 너머로 끝없이 펼쳐진 안개바다, 간과 그 위로 고개를 빼쭉 내미는 붉은 태양은 주위 하늘과 안개를 고백 받은 소녀의 발그레한 홍조처럼 붉게 물들였다.

저것이 노을이라는 것이구나.

소년은 고개를 살짝 끄덕였다. 바람이 불안정하게 흔들리며 소년의 볼을 할퀴고 지나갔다.

나다는 하늘 위를 고요히 떠돌았소
안개바다 위에서 무겁게 헤엄치오
나다는 하늘을 나는 우리들의 땅이오

소년의 입에서 입김과 함께 맑은 목소리가 흘러나왔다. 다시 다물어진
입술 사이로 비틀어진 웃음이 비집고 나왔다.

그렇게 잊으려고 했으면서. 아직도 잊지 못한 거냐.

소년은 길을 잃었다. 길벗도 없이 길을 잃어버려서 소년의 마음은 굳게
닫혀버리고 말았다. 그렇기 때문인지 이야기꾼은 아직 소년의 마음속에 남
아있는 듯하다. 처음으로 말동무가 되어주고, 길벗이 되어준. 이야기꾼은
소년에게 수많은 이야기를 해주었다.

사람은 살아가며 경험을 하게 되고
사람과 엮여가며 인연을 만들기에
나 같은 이야기꾼도 이렇게도 있지요

「도깨비의 어르신들이 나다 아래를 쳐다보지 말라고 하는 이유가 뭔지
알아?」

이야기꾼은 어느 날 소년에게 이렇게 물어왔다. 소년이 떨어지기 전의
이야기이다.

"글쎄."

소년은 평소처럼 무심하게 대답했다. 이야기꾼이 피식 웃으며 하늘을
가리켰다. 소년이 이야기꾼의 손가락을 따라 하늘 위를 쳐다보았다. 소년
이 늘 보는 하늘—해도 달도 별도 구름도 하나 없이 오직 회색의 별 하나
만이 떠있는 하늘—만이 거대한 공간을 채우고 있었다.

「너의 세계에서는 하늘에 다른 것은 하나도 없고 오직 회색별만이 있다

고 했지? 그런 거야. 나다 아래의 간에는 회색별이 빛나고 있기 때문에, 그것 때문에 도깨비 아이들이 길을 잃고 떨어질까 봐 걱정하는 거지. 그래도 너의 경우하고 조금 다르다고 해야 하나?」

종이를 종이 위에 겹쳐 올리련고
먹물이 위를 향해 아니 스며든데
그대는 어찌 아래로 스며들려 하는가

소년의 주위로 세계가 하얗게 물들기 시작했다. 하늘은 점점 검어지고 회색별은 더욱 밝아졌다. 하늘 위를 날아다니는 날개달린 사람들과 국영우체의 집배원이 타고 날던 날틀은 사라지고, 바람소리나 풀잎이 사그락거리는 소리 같은 작고 소소한 소리까지 사라졌다.

오직 소년만을 위한 세계가 펼쳐졌다.

이야기꾼은 저편의 세계에서 공간을 가르고 나타났다. 소년은 가만히 이야기꾼의 발밑을 살폈다.

이야기꾼의 발밑에는 새카만 그림자가 일렁이고 있었지만 소년의 발밑에는 없었다. 오히려 땅바닥의 완전무결한 백색이 소년과의 경계를 허물고 발목까지 땅과 구별하지 못하도록 물들려 있었다.

「너의 경우에는 별이 스스로 네 하늘 위로 떠오른 거니까. 또 그것이 네가 지금까지 죽지도 다치지도 않고 살 수 있는 이유이기도 하겠지. 너는 우리 세계에서 길을 잃고 이곳 세계와 하나가 되었으니까.」

소년이 가만히 손을 들자 세계가 제 색을 찾고 소리가 소년의 귀를 울렸다.

「그래서 우리 같은 놀음놀이를 하는 사람, 노리지기가 해결해야 할 문제이지. 그런데 여기에 있는 나는 도저히 손도 못 대겠다. '나'라면 모를까.」

이야기꾼은 작게 혀를 차고 소년의 등 뒤에서 나타났다. 아니, 소년이 이야기꾼의 앞에 나타났다. 이야기꾼은 가만히 있었고, 소년이 돌연 안개가 되어 흩어졌다가 나타났으니.

"그래서 난 어떻게 해야 할까?"

하늘에 이르도록 날아오른 그대는
아래의 모든 것을 내려 볼 수 있건만
그대의 곁에는 이미 벗이라곤 없군요

「가로되, 벗이 있으면 어떤 일이든 능히 할 수 있으리니. 가장 중요한 것은 진심을 보여야 한다는 것이로다.」

다시 소년이 정신을 차려보니 광장 한가운데에 있었다. 이야기꾼은 소년의 옆에서 장난스럽게 웃으며,

「내가 너의 첫 번째 벗이 되어 주겠다.」

하고 속삭였다. 소년은 풋풋하게 웃으며 고개를 끄덕였다.

대나무 곧게 자라 사철이 푸르려나
수백의 겨울 끝에 꽃 하나 피어나니
뿌리가 썩어 무너져 쓰러지게 되었다

「나는 이제 떠나야 해. 물론 영원히 떠나는 건 아니지. 네가 계속 벗을 받아들인다면 나도 언젠가 다시 찾아가겠어.」

이야기꾼은 불현듯 그렇게 말해왔다. 소년은 무심하게 고개를 끄덕였다. 소년과는 달리 이야기꾼은 차원 곳곳을 돌아다니며 해야 할 일이 많다. 여기에만 주구장창 앉아서 소년에만 신경을 써야 할 것이 아니다. 소년은 그것을 알고 있었고 자연스럽게 받아들였다. 이전에도 그런 적은 많았기 때문에.

「이제 내가 마지막 이야기를 해주지.」

이야기꾼은 품속을 뒤져 인수(印綬)와 부절(符節) 하나를 꺼내들었다. 그리고 둘을 손에 쥐고 힘을 주자 은은한 빛을 내며 점점 작아졌다.

저것이 환술이라는 것일까? 아니면 놀음놀이라는 것일까?

「노리지기만이 알 수 있는 것이 있는데, 그 중 하나가 '한뉘누리'라는 것이지. 혹시 알아?」

"하늘누리?"

소년은 고개를 갸웃거렸다.

「엘-크로시아, 즉 차원융합 사태 이후 국가라는 개념은 무너지고, 홀연히 나타난 '누리나라'와 그 산하의 '천군령(天君領)', '국영우체', '학술회' 등등이 추구하는 목표이지.」

여전히 알쏭달쏭한 말이다. 소년은 누리나라라는 것도, 천군령이라는 것도 처음 듣는 이야기였다. 그리고 엘-크로시아라니? 그런 일도 있었을까?

「후후, 깊게는 알려줄 수는 없겠구나. 시간이 없어서 말이야. 하지만, '내'가 계속 이야기를 하고 있다면 언젠가 다 알 수 있을 때가 올 거야.」

뭐 아무튼.

이야기꾼은 손에서 나오던 빛이 멈추자 손을 펼쳤다. 손바닥 위에는 도장과 반으로 갈라진 옥판 대신 은색 반지 하나가 놓여있었다.

「사실 나도 잘 모르지만 한뉘누리, 한뉘는 가장 절대적인 진리이자 모순이래.」

이야기꾼은 소년에게 반지를 건넸다. 소년은 아무 생각 없이 반지를 크기에 맞는 손가락에 끼워 넣었다.

「그것은 원래 있던 분야들, 예를 들면 종교, 철학, 사상, 예술 등등……. 이 모든 것을 포용하면서 동시에 모두와 완전히 다른 생각이지.」

소년의 오른손 약지에서 반지가 반짝거렸다. 소년이 왼손잡이가 아니었으면 왼손 약지 같은 의미심장한 부위에서 반짝거렸을 반지를 상상하며 이야기꾼은 피식 웃었다.

「후유. 지금의 너도 그런 상태야.」

소년이 잘 이해가 되지 않는 다는 듯이 고개를 갸웃거렸다.

「생각해봐. 너는 이 뒷골목과 연결되어 있어. 그리고 이 뒷골목은 상당히 넓지. 그 안에는 모든 환상, 실체, 마괴, 믿음, 존재들이 한 나다에 있다고 하면 믿을 수 없을 정도로 다양한 종류의 것들이 있어. 그리고 동시에―,」

> 날개가 꺾여들어 하늘에 아니 날고
> 높이가 너무 높아 누구도 아니 가고
> 그대로 장막 속으로 숨어드는 아무라

"「누구와도 동떨어져 있어」라고……."

그리고 이야기꾼은 소리 소문도 없이 사라졌다. 소년은 이야기꾼이 사라지고 나서 늘 그랬던 것처럼 모든 것을 잊어버렸다고 생각했다.

하지만 이렇게 모든 것이 스쳐지나가는 것을 보니 그러지 못한 것 같았다.

> 눈물은 아니 나고 웃음은 터져오고
> 그대가 떠날 적에 마음은 아려온데
> 내 마음 스스로 위해 웃으련가 하노라

웃음이 터져 나왔다. 바람이 소년의 입속으로 들어갔다. 소년의 속을 날카롭게 찢고 나왔다.

소년은 입에서 짧은 입김이 연달아 튀어나왔다. 거침 기침소리가 바람 소리를 갈랐다.

"한뉘라……."

이야기꾼이 마지막에 한 이야기는 인상적이었다. 평소 소년이 최대한 이해할 수 있도록 설명을 덕지덕지 붙이던 이야기와는 다르게 오직 이야기꾼이 하고 싶은 말만 한 이야기였다. 이해할 수는 없었지만 무언가 묵직한 느낌이 소년의 마음속을 가득 채웠다.

이야기꾼은 처음부터 끝까지 이해할 수 없었다. 소년의 세계에 제멋대로 들어갈 수 있었던 것부터 해서 소년의 기억에서 사라지지 않는 것까지.

소년은 몸을 돌렸다. 나다는 이제 새카만 그림자로만 보일 뿐이었다. 몸을 뒤집었다. 안개는 점점 짙어지며 소년의 몸을 이끌었다. 눈을 지그시 감았다.

저 멀리에서 희끄무레한 빛이 잠잠히 비춰오고 있었다.

나다가 하늘 위에 떠올라 헤엄치니
아래에 안개바다 흔들려 넘실이고
너머로 잿빛별 하나 반짝이나 하노라

이 아래에 바닥은 없다. 이곳에 떨어진 사람은 비군(飛君)이나 용에게 잡아먹히거나 안개에 의해 몸이 서서히 분해되는 운명만이 기다리고 있다. 그래도 고통은 없다는 것이 위안일까.

소년은 눈을 떴다. 나다는 그림자조차 보이지 않았다. 짙은 안개만이 소년의 몸을 가르고 지나갔다. 피부가 따끔거렸다. 바람에 눈을 제대로 뜰 수 없었다.

몸을 뒤집었다. 팔이 힘없이 바람에 흔들렸다. 안개가 점점 짙어져갔다.

거대한 안개바다 고요히 헤엄치며
수백의 눈동자로 손님을 맞이하오
무거운 땅덩어리를 지고 있는 임금은

멀리서 푸른 그림자가 소년에게 가까이 다가오고 있었다. 소리가 뒤늦게 들리기 시작할 정도로 멀리에서 날아오고 있었다.

그림자의 목소리가 소년의 등을 울렸다.

≪그대는 어찌하여 떨어졌는가?≫

그림자는 더 이상 가까이 오지 않았다.

≪자의인가? 타의인가? 실수인가?≫

소년은 고개를 들었다. 그림자가 안개 사이로 조금 뚜렷하게 보였다.

비군(飛君).

거북이 혹은 고래처럼 생겨서 등에 땅덩어리를 지고 있다고 전해지는 존재이다.

소년은 입을 다물고 비군을 쳐다보았다. 비군은 소년에게 다시 물었다.

≪분노하였는가? 슬퍼하였는가? 즐거운가? 씁쓸한가?≫

소년은 조용히 입을 열었다.

"길을 잃었을 뿐입니다."

비군은 멀리 그림자로도 보일 정도로 크게 고개를 끄덕이고 서서히 사라졌다. 비군이 마지막으로 남긴 말이 소년의 등골을 작게 흔들었다.

≪너의 별은 이곳이든 하늘이든 똑같다. 너는 어디에 있든 상관없다.≫

그랬나. 소년은 점점 멀어지는 비군의 그림자를 가만히 쳐다보았다. 비군의 지느러미가 마치 소년에게 팔을 흔들 듯 흔들렸다.

소년은 문득 이야기꾼을 만나기 전에 만났던 소녀가 떠올랐다.

소녀는 '죽음'이라는 힘을 가진 소녀였다. 소녀의 곁에는 아무도 없었다. 살아있는 것이라면 소녀의 손이 삶을 빼앗았고, 살아있지 않은 것이라면 소녀의 손이 먼지로 만들어버렸다.

그런 소녀에게 한 소년이 다가갔다.

청년은 스스로 '죽음지기'라 부르며 소녀를 지키기 시작했다. 신기하게도 청년은 소녀를 만지고도 살 수 있었다.

소년이 만났을 때 소녀와 청년은 아주 깊은 사이가 되어 있었다. 둘은 평생을 함께했다. 어디에 있든지 한결같았다.

소년은 골목 어디에 있든 똑같았다. 언제인지 기억도 나지 않을 정도로 오래 전에 길을 잃은 이후로 소년은 골목에서 살아왔다.

이건 저주인가, 축복인가.

소년은 불현듯 깨달았다.

소년은 뒷골목 어디에든 존재한다. 이곳마저도 뒷골목이라고 할 수 있다.

빈 가슴에서 기침이 튀어나왔다. 그래도 돌아갈 곳이 있다는 것은 얼마나 큰 행복인가.

그 골목에서 수많은 인연을 만날 수 있고, 그 골목에서 가능성을 찾을 수 있다.

"벗이라고 했던가."

소년은 돌아가면 해야 할 일을 떠올렸다. 이야기꾼이 해준 말이었다.

"이제 돌아가야지."

소년은 아침안개와 같이 스르륵 그대로 사라졌다.

　　검푸른 먹물 위로 잿모래 반짝이고,
　　까치가 물들이는 노을로 날개 쳤다.
　　현 꿈아! 이야기꾼의 한뉘에서 보는가?

이번 이야기는, 처음부터 끝까지 알 수 없는 것 투성이이었다.

다음 이야기는, 조금이나마 알 수 있는 것이 있을까?

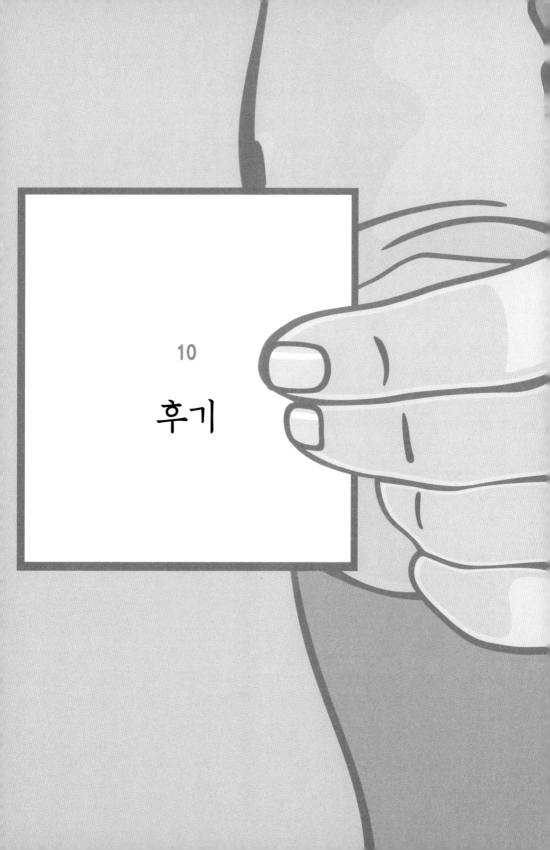

10

후기

나의 고등학교 마지막 수업
- 문예 창작반 수업

2014년 4월16일 사고가 터지고 저는 아주 힘든 시간을 보내고 있었습니다. 그 힘든 시간을 보내고 있는 동안 문학으로 위로를 받고 싶어서 소설책을 많이 읽었습니다. 그때, 저의 친구인 민혁이가 문예 창작반 수업을 들어 보는 것이 어떻겠냐고 제안을 했습니다.

저는 문학에 관심이 있었고 좋아해서 민혁이 제안을 따라서 문예 창작반 수업을 듣기로 결정을 했습니다. 저의 친구 민혁이 따라서 문예 창작반 수업을 신청하려고 상담실에 계시는 허혜진 선생님께 문예창작반 수업에 대해서 상담하고 그 수업을 참관을 할 수가 있었습니다. 참관이라고 표현한 것은 사실 재미없거나 따분하면 듣지 않으려고 한 저의 속셈도 있었습니다.

문예 창작반 수업을 듣기 전 저의 감정은 힘들고 아주 슬픈 감정이었습니다. 엊그제 만해도 함께 운동장을 가득 채우고 놀던 동생들이 하루아침에 하늘나라로 갔다는 생각을 하면 무서웠고 슬펐기 때문입니다.

지금도 9월 2일 처음 문예창작반 수업을 들었던 순간을 떠 올리면 지금도 입가에는 미소가 번집니다. 처음으로 문예 창작반 수업을 들었을 때 저는 힘들고 슬픈 감정이 슬쩍 감춰지고 밝고 화창한 감정으로 바뀌면서 즐겁고 좋은 시간을 보낼 수 있었습니다. 문예 창작 선생님 (박금숙 선생님)은 학교의 그런 분위기를 환하고 밝게 이끌어 가시는 것 같아서 마음에 들었고 또한 즐거웠습니다.

수업방식은 게임식으로 하지만 결국은 자연스럽게 글을 쓸 수 있게 했기 때문에 정말로 재미있었습니다. 또한 이 수업은 선생님과 친구들이 협동해서 만드는 수업이었습니다. 매 시간마다. 수업이 끝나면 문예 창작반 친구들 얼굴은 밝은 기운이 돌아 발그레해졌습니다.

저는 문예 창작반 수업을 가족 모임 때문에 한 번 빠졌는데 너무 아쉬웠습니다. 하지만 그 아쉬움을 달래주는 것은 그동안 문예 창작반 수업을 알차고 재미있게 들어서 위로가 되었습니다.

또한 문예 창작반 선생님 후배였던 방송작가 정재홍 작가 선생님이 특강을 해주신 것입니다. 작가 선생님은 MBC <PD 수첩> 외 다큐 작가로 활동하셨다고 했습니다. 작가 선생님은 우리들에게 방송작가가 되는 길과 방송사에서 일어나는 에피소드를 말씀해 주셨습니다. 창작반 학생들 중에 방송작가가 되고 싶은 아이들이 많았고 저도 궁금했기에 알찬 시간이었습니다.

문예창작반 수업을 들었던 순간순간을 기억하면서 추억 속 한 장면으로 영원히 남아있습니다. 낙엽 떨어지는 길을 걸었던 야외수업, 까페 다락방에서 비싼 커피를 시켜놓고 시를 돌려가며 읽던 일, 마지막 빕스에서의 종강파티……

16주의 시간이 영원히 끝나는 수업처럼 보이지만 이것은 새로운 시작의 길 위에 있다고 봅니다. 저에게 이 시간은 새로운 길 위에서 날개를 펼치고 힘차게 날아오르는 시간이 될 것입니다. 대학에서 전공을 문학으로 택했기 때문입니다. 또한 문예 창작반 수업은 우리 모두의 추억이자 즐거운 수업으로 영원히 기억 속에 남아 있을 것입니다.

저는 이제 얼마 안 있으면 단원고등학교 떠납니다. 고등학교에서 마지막으로 들었던 문예창작반에서 수업은 행운의 기회이고 선물이었습니다. 우울한 분위기로 마칠 수 있었던 시기에 밝은 화법으로 우리를 밝게 해주시고, 문학에 대해 잘 모르던 제게 격려의 말씀과 용기를 주신 문예창작반 박금숙 선생님께 감사드립니다. 앞으로도 선생님 특유의 그 밝은 화법으로 우리 후배들에게도 많은 용기를 주시기를 바라면서 이 소감문을 마칩니다.

'2014 우리들의 창작 울림' 후기

학교 벽면에 커다란 포스터 하나가 걸렸다. 난 나와 상관없겠지 싶어 그냥 지나쳐 다녔다. 지금 내 앞가림하기도 바쁜데 무슨? 날짜가 막바지에 다다랐을 무렵 평소에 눈에 뵈지도 않던 그 포스터가 눈에 들어왔다. 호기심에 가득 찬 눈빛으로 읽어내려 갔다. 문예창작에 관한 내용이었다. 국어교육과, 국어국문학과, 국어과 등 이런 쪽으로 생각하는 학생들을 대상으로 모집한단다.

'문예라…' 당시 난 국어라는 과목에 관심이 컸다. 그러니 당연히 생각해 볼 수밖에. 그날 난 하루 종일 그 포스터에 대한 생각으로 가득 찼다. 문예창작에 들어가기 위해서는 양식에 맞게 이메일로 보내야하고 전원 합격도 아닌 뽑는다고 했기 때문에 꽤 고민이 되었다. 내가 과연 합격할 수 있을까? 꼭 되고 싶은데. 그렇게 지내다가 며칠 뒤 학교 동아리인 '작가동아리' 담당 선생님께서 전원 집합의 공지를 띄우셔서 작가동아리 학생들이 모두 한자리에 모이게 됐다. 선생님께서 우리 학교 벽면에 붙어 있는 문예창작에 관한 포스터를 보았냐며 물으시곤, 문예창작 담당선생님께서 우리 작가동아리 학생들이 신청을 하면 절반이나 합격시켜 주겠다는 파격적인 조건을 얻어오셨다고 하셨다.

이 소리에 솔깃한 난 밥이 되든 죽이 되든 신청 해보자는 생각이 들었고, 집에 가서 신청을 했다. 떨리는 마음으로 한자 한자를 쳐가는 나의 마음이 요동쳤다.

문예창작반 수강생 모집 발표 당일, 난 떨림을 감추지 못했다. 몇 번이나 쓰고 지우며 고심한 끝에 보낸 이메일. 그러나 보내 놓고선 또다시 후회를 했다. '좀 더 잘 쓸 걸. 안 될 것 같은데. 꼭 하고 싶은데.' 갖가지 생각이 나의 머리를 채웠다. 발표 장소를 두 번이나 찾았다. 어디에 걸리냐며 목을 빼며 찾았다. 처음 갔을 때 걸려 있지 않은 것을 보고 개인적으로 알려주나 보다. 내게 소식이 온 것이 없으니까 난 안 됐나 보다. 하고 체념을 했었다. 그러나 나중에 쉬는 시간에 친구가 내게 와서,

"은지야, 너 문예창작 됐어! 축하해~!"

누군가 내 머리를 망치로 때린 듯 했다. 그리고 곧 바로 감출 수 없이 가슴이 벅차왔다. 정말 너무 행복해서, 기뻐서 말이 안 나왔다. 하지만 난 친구의 말을 확실하게 믿지 못했다. 거짓말이나 장난을 당한 게 한 두 번이 아니기에. 결국, 난 발표 장소를 다시 찾아갔다.

명단을 쭉 훑어 내려가던 나의 눈이 내 이름에서 멈췄다. 이게 꿈인가 싶었다. 너무나 행복함에 웃음이 감추어지지 않았다. 1학년, 2학년을 통틀어 신청자 중에 20명도 채 되지 않는 학생들이 뽑혔는데 거기에 내가 있다니. 명단과 함께 다른 학생들에게 보내는 메시지도 있었다. 다시 이메일을 보내면 읽어보고 결정한다는 내용이었다. 그러니까 탈락자도 없지 않아 있다는 것인데, 소름이 끼쳐 왔다. 눈물이 찔끔 나올 정도로 너무 기뻤다. 또 그 밑에는 합격자들끼리 한번 모인다는 내용도 써져 있었다. 나와 친한 친구들도 함께 합격한 탓일까 빨리 이날이 오길 손꼽아 기다렸다.

합격자끼리 모인 날. 학교 국어선생님을 통해 알게 된 선배도 함께 있어 놀랐다. 그리고 곧 바로 수긍했다. 이 언니는 글로써 많은 상을 타고 큰 곳에 나가서 돈까지 타서 올 정도니까. 이런 곳에 합격한 건 당연하겠지 싶었다. 새로운 선배님들과 친구들, 선생님을 만나서 너무 기뻤다. 뒤처지지 않도록 열심히 해야겠다고 속으로 다짐했다.

작가 선생님과의 첫 만남. 그저 뻥 쪄 있을 수밖에. 경력도 대단하셨고 상상 그 이상 초월하기에 우와! 라는 말만 나올 수밖에 없었다. 작가라는 말에 내가 지금 여기에 있어도 되나 싶었고, 작아지는 듯 한 느낌도 들었다. 이쁘시고, 친근감도 들고 짱!이라는 말이 절로 나왔다. 친한 친구들마저 낯설게 느껴지는 이런 느낌은 너무 싫은데. 앞으로 괜찮을까? 살짝 염려도 되었다.

수업은 정말이지 최고였다는 말로 다 표현이 되지 않을까 한다. 선생님은 외부 강사님도 초대해서 수업에 더욱 흥미를 느끼게 해주셨다. 탈춤도 배웠는데 정말 재미있었다. 장소가 좁은 탓에 다른 곳으로 옮겨 배웠다. 먼저 스텝을 익히고 팔을 휘두르는 것을 배우고, 서로가 탈춤을 추는 것을 보았다. 하는 내내 웃음만 나왔다. 처음 배우는 탓에 어색함이 마구 묻어났다.

영화도 보고, 연극도 보았다. 어바웃 타임. 유명하다고 하는 영화인데 내가 영화에 큰 관심을 두지 않아서 일까 난 몰랐다. 그래서 이번 문예창작에서 처음 보게 되었다.

눈물을 흘리며 보면서 큰 깨달음을 얻었다. 바로 시간의 소중함이었다. 1초의 소중함. 보고 난 뒤 더욱 시간을 소중히 여기며 단 1초라도 의미를 두며 보내려고 하는 내 자신을 볼 수 있었다. 지나 간 나의 모습들이 영화 필름처럼 스쳐 지나갔다. 연극은 도깨비가 생각난다. 샌드 아트가 참 신기했다. 도깨비 연극은 작가님이 쓰신 것이라는 말을 들었을 때 정말 멋지고, 대단하시다는 생각이 들었다. 내 또래가 나와서 연극한다는 것에 신기해하며 끝까지 재미있게 봤다.

맛있는 것도 종종 사주시고, 다이어리도 선물해 주셨다. 수업 준비와 더불어 이런 깜짝 선물까지. 정말 하나부터 열까지 감사하다는 말밖에 나오지가 않았다. 시화를 만드는 수업이 제일 재미있었다. 마지막으로 마무리하면서 만든 것 때문일까. 원래 우리들이 전시회에 가서 우리 작품이 전시되어 있는 것을 봐야 되는데 일이 틀어져 못 보게 되었다. 아쉬움 반과 함께 더욱 열심히 만들었다. 시화를 만들면서 쓴 소리도 많이 듣고 눈물도 흘렸다. 하지만 그것으로 인해 난 조금이나마 성장하게 되었던 것 같다. 나의 글에 대해 지적당함으로써 내 글에 대해 돌아보게 되었고 그런 좋지 않은 부분을 수정할 수 있었다. 많은 조언도 들었다. 쓴 고배를 많이 마셨다. 기분이 상하기도 했다. 그래도 참 감사하다는 마음이 더 크게 든다.

마지막 수업 때는 선생님이 떡을 해주셨다. 원래는 우리가 준비해야 되는 건데. 죄송함이 밀려왔다. 그래서일까? 더욱 맛있게 먹었던 것 같다. 눈물이 나오려는 것을 꾹꾹 참으면서 마지막까지 웃으며 수업을 마쳤다.

난 종종 선생님과 같이 하교를 하곤 했다. 선생님과 좀 더 가까워졌으면 해서였다. 마지막 수업을 마치고서도 준비물을 들어드린다며 같이 하교를

했다. 선생님께 마지막까지 웃는 모습을 보여드릴 수 있어서 다행이라고
생각했다.

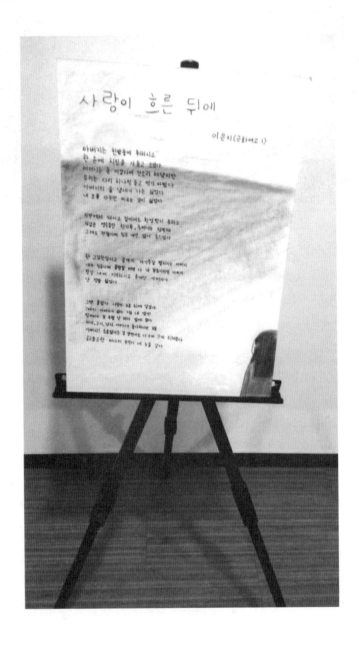

집에 오니 선생님께 잘해드리지 못한 내 모습들이 생각나서 죄송했다. 더 잘해드릴 걸, 하고 후회가 없지 않았다. 그래도 마지막 모습 환하게 웃어드렸으니 다행이라고 생각했다. 본래 '감수성이 풍부하다', '눈물을 잘 흘린다'와 같은 말을 종종 듣고는 했던 터라 그랬다. 잠자리에 드니 온갖 것들이 생각났고, 이것들은 나의 추억 앨범의 한 부분이 되었다.

<우리들의 창작 울림>. 학생들에게도 참 고맙게 생각한다. 선배님들과 함께인 자리가 처음에는 어색했지만 천천히 조금씩 친해져 지금은 처음보다는 덜 어색하게 지내니까 말이다. 선배들의 말을 잘 듣고, 후배들을 챙겨주는 모습은 보기만 해도 정말 흐뭇했다. 선생님의 말씀을 잘 듣는 선배들을 보면 '나도 잘 들어야지!' 하는 생각이 들었다.

처음부터 마지막까지 함께 한 우리 <우리들의 창작 울림> 문예창작반. 영원히 잊지 못할 추억이 되었다. 정말 고맙습니다.

To. 정혜숙 선생님께

선생님, 안녕하세요?
저 아시죠? 그 동안 정말 감사했습니다. 마지막까지 저희 챙겨주셔서 정말 고맙습니다.
수업은 하나부터 열까지 정말 마음에 들었고 재미있었어요! 만약 제게 다시 수업을 들을 수 있는 기회가 생긴다면 신청할 의향이 생길 정도로요.
선생님께서 주신 다이어리는 너무 이쁘고 아까워서 못 쓰겠어요. 정말 감사합니다. 저희에게 많은 것을 해주려고 노력하시는 선생님의 모습에 저희가 보답을 제대로 했는지 모르겠네요. 하라는 거 제대로 안하고 놀고, 그래도 야단 한 번 제대로 안치신 선생님. 죄송합니다.
종종 수업 끝나곤 '오늘 수업 제대로 안 들었네.' 이러면서 한숨을 쉬곤 했는데. 또다시 수업이 오면 반성은 어디로 갔는지. 외부 강사 분

들도 초대해주시면서 많은 경험을 할 수 있게 해주셔서 감사드려요

전 경험에 의해 글을 쓰는 편인데, 소중한 경험 만들어 주셔서 감사해요 마지막 수업 때까지 저희를 위한 말씀해주시고 선생님과 함께한 모든 시간들은 잊지 못할 거예요 학교생활이 많이 힘든 제게 정말 자유로우면서 즐거웠던 시간이었어요 <우리들의 창작 울림>에 들어간 것이 단 한 번도 후회가 되지 않았어요.

그리고 제게 쓴 소리도 해주심으로써 어떻게 글을 쓰는 지에 대해 알려주시고 선생님의 바쁜 하루 속에 저희를 신경 써주신다는 것에 너무 감사할 따름이에요 속 많이 썩힌 것 정말 죄송해요 이후에 언젠가 만나게 된다면 밝고 환한 미소로 인사드릴게요 그때 감사했다고, 고맙다고요. 날씨 추운데 몸 조심하세요 이만 줄일게요

선생님, 사랑합니다 ♥

2014.12.28.

이은지 올림

16주 수업을 끝내며

어릴 적 나는 내가 세상을 크게 바꿔 놓을 사람이 될 줄 알았다. 세계를 돌아다니며 수많은 사람들을 만나고 유창하게 외국어를 하며 일하는, 누구에게나 존경받는 그런 사람. 드라마에서 나오는 통유리 건물의 최상층에서 높은 구두를 신고 야경을 보며 와인을 마시는 여유로움을 즐기고 내 말 한 마디에 모든 것이 바뀔 수 있는 영향력 있는 모습을 꿈꿨다. 나는 옆에 앉아있는 짝보다, 아니 그 누구보다 위대한 사람이 될 것이라 자신했었다. 모든 일에 자신감이 넘쳤고 사회는 날 필요하다고 느꼈다.

하지만 그렇지 않았다. 내가 살던 세상에서 한 발짝, 한 발짝 걸어 나올 때마다 나 같은 애들은 아무것도 아니었고 나보다 더 잘난 아이들이 널려 있다는 사실을 공들여 깨달으려 하지도 않았는데 깨달았다. 제일 괴로웠던 것은 다른 아이들에 비해 못난 내가 아니라 그 자체로도 별 거 없는 나였다. 뭔가 생산적인 일을 하기 보다는 포기 상태로 생각 없이 살고 있었다. 문예 창작반이 생긴다고 했을 때 처음 든 생각은 저걸 들으면 글을 잘 쓸 수 있을까? 였다. 글을 잘 써보고 싶은 마음에 대뜸 신청을 했다. 첫 수업에 가기 전 마치 정규 수업을 들으러 가는 느낌이었다. 공부를 하러가는 것 같은 마음이 컸고 재미있겠다는 생각보다는 열심히 들어서 글쓰기 실력을 늘려오자는 생각이었다.

하지만 문예창작 반은 내가 생각했던 그런 수업이 아니었다. 책상 앞에 앉아 선생님이 앞에서 수업하는 대로 지루하게 글을 쓸 거라는 생각이 깨지는 데는 몇 분 채 걸리지 않았다. 외부에서 오신 전문적인 강사님은 선생님이라는 호칭으로 불리기를 거부한 채 이름을 불리기를 원하셨다. 동그랗게 앉아서 수업은 시작되었고 이야기하기 편한대로 누워도 되고 바닥에 앉아도 됐다. 살짝 당황했지만 일단 앉았고 수업은 시작되었다. 같은 학교였지만 처음 보는 아이들도 많았고 분위기는 어색했다. 이런 분위기에서 첫 수업은 자신이 숨기고 싶은 점, 페르소나를 서로에게 털어놓는 것이었다. 처음 듣는 수업에서 친하지 않은 사람들과 나누는 대화 치곤 부담스러웠다. 하지만 하나 둘 씩 자신의 이야기를 털어놓는 아이들을 보면서 오히려 친하지 않기 때문에 더 잘 털어놓을 수도 있겠다는 생각이 들었다. 할 말은 많았다. 평소 내가 외면했던 진짜 내 모습에 대한 얘기를 내 입으로 서른 명이 넘는 친구들에게 털어놓기 시작하면서 나도 내 진짜 모습을 똑바로 바라볼 수 있게 되었다.

　나에게 나를 소개하며 시작된 특별한 토요일의 문예창작 수업은 글쓰기 실력 향상반이 아니었다. 서로 나눈 오고 가는 말 속에서 글이 시작되었고 항상 이야기와 여운을 남기며 마침표가 찍혔다. 수업시간에 한 번도 글을 어떻게 쓰는지 배운 적은 없지만 함께 했던 모든 활동이 쓸거리였다. 조별 활동으로 진행된 동화책 만들기에서는 스토리를 쓰며 이 책을 읽을 아이들을 생각하며 말랑말랑한 느낌을 살리기 위해 즐겁게 쓰며 어릴 때로 돌아간 것 같은 기분을 느끼기도 했다. 소설은 몇 번이고 쓰다 고치고 엎고를 반복했다. 미처 친구들과 나누지 못한 시놉시스가 몇 개씩 쌓여갔고 지칠 때도 있었다. 그렇지만 내가 하고 싶은 일이고 재미있는 일이기 때문에 지쳐있는 기간은 정말 짧고 다시 의욕적으로 노트북 앞에 앉기 일쑤였다. 특이했던 시간은 행위 예술을 조금이나마 체험해 볼 수 있는 시간이었다. 눈을 감고 모든 감각을 집중한 채 움직이지 않고 다른 친구들의 손길을 느꼈다. 나누는 말은 없지만 토닥이는 손길엔 위로가 묻어 있어 나도 모르게 울컥했었다. 전지에 누워 나에 대해 써보고 아주 특별한 자화상도 그리며 점점 나를 알게 되었고 소설을 읽고 토론할 때는 말을 하고 싶게 만드는 각자가 직접 제안한 주제로 신나게 토론했다.

때로는 울기도 하고 배가 아플 정도로 웃기도 하면서 행복한 문예창작 시간이었다. 16주간의 짧은 수업은 끝이 났지만 나는 쓰던 소설을 계속 쓸 것이다.

'2014 우리들의 창작 울림' 후기

16주간의 시간이 끝이 났습니다. 이 끝이 학생들에게 문학을 바라보는 새 시야를 시작케 하는 시작이었으면 좋겠습니다.

문학이 학생들에게 쉼터이자 놀이터가 되길 바라며 동국대 중점기관 <인간과미래연구소> 모든 선생님들, 충남외고 선생님들, 16명의 예술강사 선생님들 그리고 충남외고 문학창작반 학생들에게 감사의 인사를 전하고 싶습니다. 2015년 또 어떤 만남을 마주할지 기대됩니다.

새해 바라고 원하는 모든 일들 다 잘 되시길 바랍니다. 부족한 저에게 많은 시간, 좋은 기회를 주셔서 참 감사합니다. 행복하세요

'2014 우리들의 창작 울림' 후기

   하남고 학생들과의 창작 수업은 올해 가장 좋은 추억거리다. 첫 수업부터 마지막 창작발표대회까지 예의바르고 맑은 눈을 가진 학생들과 함께할 수 있어서 즐거웠다.

   적절한 시어를 고르고 비유적 표현을 쓰기 위해 노력했던 시 창작팀. 늘 애정이 넘치는 시를 쓰는 주찬이. 어머니에 대해 담담하지만 깊은 사랑을 담아낸 소영이. 시적 화자의 마지막 상황을 그려내면서 울어버린 아영이. 매력적인 도마뱀을 그려낸 강재, 카카오톡으로 짝사랑의 마음을 그린 윤나. 디지털 기기로 인한 소통부재에 대해 비판한 소미, 시는 쓸수록 더 어렵다고 한다. 시를 통해 세상과 소통하려는 노력을 멈추지 말길 바란다.

   이야기꾼들의 시끌벅적함을 보여준 소설 창작팀. 미리, 현주, 다은아. 강평회에서 친구들의 질문에 막힘없이 대답을 하는 모습에서 소설에 대한 너희들의 열정을 보았다. 정은, 보현, 혜린아. 희망의 메시지가 담은 동화와 그 동화에 어울리는 소설 광고를 만드느라 고생 많았어. 톡톡 튀는 자기만의 개성을 소설에 고스란히 담아낸 민지, 차분한 문장으로 진정한 배려가 무엇인지를 그려낸 윤영이, 사회적 약자에 대해 끝임 없는 관심을 보여준 호준이. 너희들의 기발한 아이디어와 소재들 덕분에 내내 즐거웠어. 잘 보관했다가 조금씩 다듬어서 너희들만의 소설을 보여줘.

   용감했던 시나리오 창작팀. 시나리오 형식이나 용어가 낯설어 어려웠음에도 불구하고 끝까지 작품을 완성하느라 정말 고생이 많았다. 아버지와 딸의 갈등과 화해를 그려낸 윤진, 수연. 성적에 대한 압박감, 왕따 등의 학생들의 불안감을 카카오톡 스토킹으로 표현한 예린, 강빈. 마지막으로 웹툰으로 성적에 대한 중압감을 지닌 학생의 내면을 세밀하게 그려준 예은이.

문학창작 수업은 끝이 났지만, 우리들의 창작은 이제 시작이다. 더 멋진 작품으로 너희들을 표현해주길 바란다. 너희들의 건필을 기원한다.

11

예술강사 소개

▶ 경화여고 정혜숙 선생님

▶ 근화여고 김종대 선생님

▶ 김포제일고 권미경 선생님

▶ 대전공고, 유성고 황정아 선생님

▶ 단원고 박금숙 선생님

꿈과 희망을 보여주신 선생님 감사합니다.

▶ 동안고 강태식 선생님

▶ 문창고 한유미 선생님

▶ 선주고 박혜우 선생님

▶ 성의고 박예슬 선생님

▶ 안산 동산고 김 신 선생님

문학 열정을 보여주신 선생님 잊지 않겠습니다.

▶ 영석고 허태연 선생님

▶ 천안고 박진규 선생님

▶ 충남외고 이보연 선생님

▶ 하남고 전세영 선생님

▶ 한민고 사유진 선생님

그동안 수고해주신 선생님 정말 감사합니다.

12

창작 수업

▶ 경화여자고등학교

▶ 근화여자고등학교

▶ 김포제일고등학교

▶ 대전공업고등학교

▶ 동안고등학교

문학 열정의 아이콘 ^^

▶ 문창고등학교

▶ 선주고등학교

▶ 성의고등학교

▶ 안산동산고등학교

▶ 영석고등학교

진지한 자세로 문학창작 수업에 임하는 모습들…

▶ 유성고등학교

▶ 천안고등학교

▶ 충남외국어고등학교

▶ 하남고등학교

▶ 한민고등학교

문학을 통해 더 넓은 세상으로 나아갈 우리들…

13

창작 발표회

2014 우리들의 창작 울림-창작 발표회
-2014 학교문화예술교육 문학 창작 분야-

- 일시: 2014년 12월 27일 토요일(14:00~18:00)
- 장소: 동국대학교 본관 중강당, 중앙도서관 로비 전시실

저자 소개(원고 게재순)

강동원 / 문창고등학교

강창훈 / 유성고등학교

강희민 / 유성고등학교

김민규 / 영석고등학교

김민제 / 영석고등학교

김승우 / 대전공업고등학교

김예나 / 근화여자고등학교

김주영 / 영석고등학교

김준혁 / 유성고등학교

김지윤 / 경화여자고등학교

김태형 / 김포제일고등학교

김택림 / 안산동산고등학교

김해인 / 한민고등학교

김현주 / 천안고등학교

김효원 / 근화여자고등학교

남진실 / 선주고등학교

문기영 / 영석고등학교

문재욱 / 유성고등학교

민재근 / 영석고등학교

박상렬 / 유성고등학교

박정우 / 유성고등학교

박주용 / 유성고등학교

박준규 / 유성고등학교

박지원 / 김포제일고등학교

박철진 / 김포제일고등학교

박초희 / 선주고등학교

배보근 / 천안고등학교

백승윤 / 대전공업고등학교

서동규 / 천안고등학교

서성윤 / 대전공업고등학교

성인규 / 유성고등학교

송정은 / 선주고등학교

신동연 / 김포제일고등학교

신동훈 / 김포제일고등학교

신영선 / 영석고등학교

심유경 / 충남외국어고등학교

안나연 / 한민고등학교

안찬희 / 유성고등학교

오광영 / 유성고등학교

오재현 / 대전공업고등학교

오해성 / 영석고등학교

옥믿음 / 김포제일고등학교

이강현 / 유성고등학교

이명은 / 경화여자고등학교

이병훈 / 유성고등학교

이상혁 / 천안고등학교

이승환 / 대전공업고등학교

이승희 / 한민고등학교

이시현 / 근화여자고등학교

이은서 / 안산동산고등학교

이주형 / 영석고등학교

이지은 / 충남외국어고등학교

이찬영 / 대전공업고등학교

이창준 / 문창고등학교

이현용 / 유성고등학교

임주혁 / 유성고등학교

장하늘 / 영석고등학교

전세영 / 경화여자고등학교

정성주 / 대전공업고등학교

정승은 / 근화여자고등학교